〔清〕顧嗣立 編

元詩選

二集 下

中華書局

黄提舉清老

清老，字子肅，其先光之固始人。諱惟談者，徙居邵武。五子各治一經，人號黄五經。清老少治《春秋》，泰定三年，爲浙江鄉舉第一，明年登李黼榜進士。曹尚書元用、馬學士祖常請留館閣，授翰林典籍。尋陞簡閲，遷應奉翰林文字、同知制誥、兼國史院編修官。出爲湖廣行省儒學提舉，至正八年卒于鄂，年五十九。子肅爲文馴雅，詩飄逸有盛唐風，平生多所著述，學者稱爲樵水先生。有《樵水集》、《春秋經旨》、《四書一貫》行世。三山張以寧志道序其詩曰：子肅之於詩，天禀卓而涵之於静，師授高而益之以超，由李氏而入，變爲一家。其自得之髓，則必欲蜕出垢氛，融去查滓，玲瓏瑩徹，縹緲飛動，如水之月，鏡之花，如羚羊之挂角，不可以成象見，不可以定迹求也。志道與子肅爲同年，好踰昆弟，故能言其妙悟如此。

古詩六章送王君冕歸陝西 名弁，甲寅進士。

麥熟天乍熱，開軒理瑶琴。兹晨有客至，一逕蒼苔深。日出樹影倒，曠坐分緑陰。清談落餘花，松風雜幽禽。君子希道德，永言結同心。

園林步春曉，芳徑澹已開。日出露未晞，孤吟池上臺。虚閣納翠光，硯寒欲生苔。清坐契心賞，白雲時入來。君子晚相識，南山碧崔嵬。

西山三月春，萬物好顏色。鳥啼自宮商，花開各紅白。滔滔東流水，千里在頃刻。風雨入遠林，苔痕有新籜。雞鳴潮欲上，山月遲歸客。

狂風卷茅屋，遥見溪上山。人生有遇合，離別何足歎。黄鵠將西歸，臨水振羽翰。我有雙明珠，置之青雲端。朝朝復暮暮，照君千里還。

少年處山谷，壯歲游京師。性本猿鶴羣，焉能牛馬馳。曩有採薪憂，挂冠願爲醫。近得聖賢心，讀書甘如飴。習貫已成癖，豈無君子知。

十載宦京輦，田園就荒蕪。兹焉擬歸耕，休馬南山隅。舉酒樹色動，鶯燕一作「燕鶯」。鳴相呼。流水既送君，白雲亦邀余。錦囊可贈遠，愧非明月珠。

訪子威都事不遇 同年狀元。

清曉抱緑綺，來就夫君彈。夫君久已出，野水流花間。石澗度微雨，秋生湖上山。松陰坐永日，心與雲俱閒。人事有離合，白鷗聊共還。

招友人

晨雨洗餘花，塵慮日蕭散。芳草緑如茵，空林坐春晚。遥思江上客，尊酒愧折簡。臨流擷嘉蔬，共此林下飯。

送楊信父歸臨江

自別武夷君，海水落幾丈。當年尊俎地，顛倒疊横嶂。君從山中來，應見桃花開。秦人笑相語，愧我非仙才。茫茫八極中，雲月秋徘徊。苦吟不出門，孤負黄金罍。劃然西風生，拂我琴邊埃。願從雙白鶴，去去不復回。

送李子威代祀嵩衡淮海三首

天香出金門，春色動遠山。使者持節去，翩如跨雙鸞。崔嵬嵩少峰，卓立乾坤間。中夜南極浮，星河遶天壇。石室有寶書，泉鳴玉珊珊。安得揖浮丘，青雲驂羽翰。

羣生望甘澤，五岳雲氣通。天香落巖谷，瑞靄春冥濛。海潮天際來，金碧森萬峰。劃落紫翠堆，亭亭玉芙蓉。古廟絲竹存，迎神奏黄鍾。空山遞餘響，落花舞青童。

南海祝融宅，汪洋載神州。巨浸涵萬有，元氣何空浮。蒼蒼島嶼間，仿佛通十洲。神魚在深淵，甘霖何以求。朝折若木枝，夕飲桐柏流。萬里一瓣香，豈徒司馬遊。

古樂府三首

君好錦繡段，妾好明月珠。錦繡可爲服，服美令人愚。不如珠夜光，可以照讀書。

君好春芍藥，妾好夏池蓮。芍藥多艷色，春風迷少年。不如蓮有實，可以壽君筵。

緜緜江上草，鬱鬱庭中柯。人生不相知，有如東逝波。食杏猶苦酸，食梅當若何？衣褐猶苦寒，衣葛寒更多。豈無千載友，肯聽漁樵歌。

山行二首

愛山不知倦，緩步成幽尋。觀泉度疊嶂，攜日穿層林。睠彼枝上鳥，少憩松間陰。蕭然清風來，發我松下琴。白雲邀我飲，流泉永我吟。曾謂塵中人，不知君子心。

采采巖下菊，菊老花壓地。泉露飄我衣，擷英不盈袂。錚然松子落，林下遠風至。沈吟不成詩，支筇領山意。

古意懷仲章貢侍御二首

娉婷二八女，絕色妙難畫。新妝薄鉛華，照影修竹下。盛年事夫婿，錦玉耀精舍。雖非伯鸞妻，惓然惜春夜。琴餘月當軒，默默倚風榭。寄語東家兒，紅顏莫輕嫁。此首一作《燕中懷古》。

梧桐生高岡，雲氣涵空清。南枝挂孤月，上有蒼鸞鳴。大匠揮玉斧，渾然合天成。置之白玉堂，被之弦歌聲。一彈松風來，再鼓溪月明。子期人已往，青山爲誰情？

送僧定觀歸

詩僧百丈來，復作五臺別。丁然振金錫，桂子落秋雪。山空白雪閒，風息萬籟滅。相思何處無，江湖一明月。

鄱陽舟中聞友人消息因贈

岧嶤九天門，玉署青瑣闥。老我煙霞心，參商坐寥闊。十年望春雲，不忍鑷白髮。鴻雁還塞來，頻頻附書札。江湖秋水淺，舟楫苦不達。不知南山陽，梅花爲誰發？

題竹外一枝梅花

仙標何處來？一寒倚寒玉。晴窗見疏林，座上春可掬。山陰帶殘雪，水影兼遠緑。珍重孤竹君，歲寒伴幽獨。

題醫人黄子厚

悠悠溪上山，疊疊山下雲。幽人不出户，芝草日以春。伯也種丹杏，心與孤鴻輕。仲也擣玄霜，西風林間聲。世降運不齊，病隨人心生。芳草何所無，誰能擷其英。吾宗幼方積，積久用更精。金丹有時合，白日升蓬瀛。

武夷道中

積雨多浮雲，百川合爲一。新晴落花深，草逕没行迹。溪風淡和柔，天宇浩澄碧。諸峰出雲間，净若露初拭。遲遲策駑馬，稍稍度翠壁。從人不知疲，佳境恣所歷。松間古仙人，燕坐松下石。羽化今幾年，蒼苔滿雙屐。乾坤妙無言，小大自有得。爲我謝羣芳，春風各努力。

福山庵

晨光海上來，雲氣升萬壑。雞鳴落花中，殘鐘度城郭。庵僧戴星出，我自飯藜藿。寧知天地心，但有山水樂。書燈夜揺動，霧氣侵几閣。開扉得新月，欲掩見棲雀。煙霞暫相違，筆硯庶有託。但留松間雪，付與雙白鶴。庭柯换故葉，林竹脱新籜。何日芝草開，挐舟赴前約。

丁卯及第歸和揭經歷見賀詩

兒時見月欲上天，昆侖獨往三十年。山深染得秋水緑，所思忽到梅花邊。螢燈照雪心炯炯，危坐空齋似禪定。落花啼鳥意不驚，澗瀑松風自相應。書成上謁天帝君，半夜掣起扶桑雲。麒麟峥嶸列萬户，虎豹㚇屭懸千鈞。翠盤八珍爲君薦，劍佩鏘鏘揖羣彦。木天日上五色雲，知有百靈護經傳。春城如海花滿園，狂吟中有白與元。至今風雨飛動意，垂楊起舞花能言。銀潢東流幾時了，松下夢回秋又曉。蒼蒼此意誰得知，蟾闕佳人霜雪皎。

題胡修撰金華雜興小稿

吾聞金華之山東南峰，石壁巉起如飛龍。滄溟盤礴幾萬里，但見扶桑日影倒挂金芙蓉。山中仙人古愚老，青霞落落雲間松。翩然獨去遊無窮，謁帝西上昆侖宫。春苔染水碧於酒，輦路人家插楊柳。金莖露瀉明月珠，散落人間作星斗。君不見西山日上紫氣横，花下有人調玉笙。太平擬進九成樂，五雲樓閣生秋聲。

上繼學王公

大風卷地沙塵昏，十日不得一出門。眼中俗子浩於海，思欲一見雲中君。雲中之君玉爲節，鵕冠峩峩照晴雪。振衣驚落琪樹花，片片人間作明月。有時霹靂生風雷，松聲曉落一作失。青崔嵬。衆芳收雨作春色，瑶草緑遍三蓬萊。有時筆端吐光怪，干將生花玉龍蜕。廣寒天上聞步虚，萬壑千崖起秋籟。嗟余困學無所成，仙家幸識黄麒麟。願從輞川覓詩法，白鷗飛入南山春。

送素庵劉總管歸

當年繡斧出九天，倏如白雲下長川。千峰收雨作秋色，至今梧竹吟寒泉。熙臺重來又三載，干將出匣光不改。冰漿盡貯明月秋，風露冥冥接滄海。海空迢迢行玉麟，霜影蕩漾龍蛇驚。石田歸來紫芝好，策馬更入南山青。漁陽歌兩岐，何如陽春生物物不知。魯人頌泮水，何如弦歌一千里。昆也虎渡河，寬也蒲作鞭。何如樵溪九曲落葉静，平鋪緑水栽紅蓮。紫微殿前列藩輔，華蓋蒼蒼五星聚。夔龍蹴蹹天一方，蟋蟀吟秋桂枝暮。蓬萊楓葉昨夜秋，瑠樓夢覺題金甌。銀河横空白鸞去，安得追逐鈞天遊。

行路難

奉君七寶鳳凰之繡柱，五色麒麟之錦囊。王母九霞觴中之酒，秦女萬縷爐中之香。去年紅花今日開，昨日紅顔今日老。一生三萬六千日，歡日頗多愁日少。對吴歌，看楚舞，歌舞怱怱變今古。歸去來，莫行路。

送三山張國寶府掾美歸

三山星斗高貼天，三山潮汐走百川。張公平生飲中仙，襟度脱落神飄然。三山神人不敢友，天風吹度金鼇顛。掃清案牘待明月，平鋪緑水栽紅蓮。公庭無人山色落，時有雙燕歸簾前。樵溪夜雨深一尺，城外明朝翠如織。春歸草木不可遮，黯澹已作離别色。離别兮奈何！若有人兮佩女蘿。公不顧兮山之阿，山之阿，滄海渺渺浮雲多。

縣令行

石田海上秋不熱，抱琴入山翠如簇。白雲一榻流水深，獨對青松結茅屋。西風喚起泥塗身，野冠未見天上人。靈丹一粒肯分與，便當負水耕炊薪。

題高都事戴崧二牛圖

東風吹浪翻平林，吴江咫尺移春陰。牧童曉出不知雨，日暮歸去清溪深。一童驅牛涉古岸，草煙慘澹迷目觀。雙蹄湧出層水間，蒼峽蹴翻石雲斷。一童踞策溪中流，溪風不動波悠悠。恍然顧影驚自失，尚疑身跨蒼龍遊。平瀾遠峰結寒色，至今宇宙留墨迹。可憐三子人不識，我欲問之漢津客。

送海東之

海東之，玉騩之人奈子何！一朝趨試當大廷，搜奇抉秘如懸河。胸中二三策，發憤精研磨。中山兔毫渴濡染，緑文臣研出大沱。御卷足揮霍，如見山人泰華江之番。紫髯長戟凍不折，濁流鼓柮冰峩峩。得官固好好，東之情最真，遂使吾儂日相親。不誇文字雄，退與寒士相推尊。淫哇鄭衛非所云，闔閭城邊種楊柳，柳江柳子子亦聞。我有刻玉書，願與窮朝昏。子若修之可凌雲，不廢世間功與名。況聞子弟功策勳，一門科第凡五人。瓊林之中翱且翔，如此文文而章章。所以青城樵者有歌曰：海東之，兄弟三人如鳳凰。我歌曰：二雛亦復鳴朝陽。再歌曰：二雛亦復鳴朝陽。

登平遠臺鼇頂峰

六鼇簸蕩玄圃碎，三島崩騰失空翠。海風掣斷南山雲，分我滄江半江水。臺南巖谷青岌岌，奇松怪石作人立。山巔恐有風雨來，林徑空濛落花溼。水東岃崱結平緑，積霧飛嵐坐堪掬。蓬萊迢迢幾萬里，一碧天光浸寒玉。吟翁回首看不足，緩步策驢度空谷。誰知咫尺山中幽，望斷殘暉立修竹。

天馬山

溪隨天馬西北行，半空忽見蓮花生。雙鸞欲下却飛去，旌旗引入丹霞城。攀蘿上到猿啼處，恍然曠坐消百慮。千山無人雲氣深，終日徘徊不能去。虛空樓閣時自開，異香忽起三清臺。風吹笑語落天半，疑是神仙跨鶴來。百花潭上春自照，白鹿呼人猿亦嘯。路迷不敢輕問津，恐有賢人隱耕釣。蒼厓九折樵徑通，絶頂可見西崆峒。塵心豁然臂欲羽，竦身直上凌天風。

與索編修士巖訪馬學士伯庸于蓬萊館因觀藤花

昔訪蓬萊館，春烹芍藥牙。重來尋竹逕，久坐落藤花。君欲鳴瑶瑟，予將拾紫霞。鶴吟知雨近，留宿白雲家。

送人之金陵答贈張質夫

林塘殘月曉，松露滴清聲。此日佳人別，空山碧草生。江湖雙白鳥，風雨一啼鶯。解纜春花發，悠悠萬里情。

送歐子歸盱并寄江西諸友

盱水曾游處，燕城獨眺時。雁來惟我在，葉落祇秋知。風雨連今昔，江湖重別離。送君芳草色，千里見相思。

晚春過城西

林塘密葉静，禽語緑波翻。坐想青雲士，幽尋白石村。西山遥下榻，芳草欲移軒。時有漁樵侶，春風載笑言。

尋故人

適與一尋君，君家在白雲。幽花秋一作春。後見，落葉夜深聞。隨意坐苔石，呼童煮澗芹。不須談世事，詩思正紛紛。

留别

相尋復相别，把酒意如何？雲石有時合，風湍無定波。此生無出處，一笑對嵯峨。長揖下山去，暮煙浮女蘿。

哭朱教授竹所

日問竹平安，淒然泣白鸞。講堂春寂寂，歸路夜漫漫。前度成虚設，斯文已不刊。些聲雲谷外，落月帶微寒。

興聖殿進史 庚午。

瑶編初進侍清一作明。光，日麗龍池晝刻長。堤柳染成春水色，宫花并入御爐香。金壺灑露層階滑，玉椀分冰廣殿涼。曚瞍似知天意喜，鳳笙新奏五雲章。

貢闈偶成呈同院諸公

射宫闈棘斷經過，閒却秋聲太液波。風定碧簾聞禁漏，夜殘銀燭見星河。仙人共對青藜杖，詞客孤眠白玉坡。弱水蓬萊三萬里，不知何處月明多？

雪夜直宿玉堂

琪樹花生禁漏遲，金莖月色近書闈。白雲入水春無迹，銀漢横空夜有輝。竹静似聞蒼玉佩，松寒欲傍緑荷衣。乾坤清氣蓬萊表，獨對天風拂素徽。

寄劉辛鳳溪

玉署芸香課石經，江湖無復舊詩名。日移宫樹春懷友，花落天階曉聽鶯。滄海料應流不盡，白雲安得與同行。君行十八灘頭路，爲説相思萬里情。

巧夕偶書

幾葉梧桐暮雨收，綵棚尊俎候牽牛。青鸞西去瑶池冷，烏鵲南飛碧水流。屋角月明三尺竹，河邊雲濕數星秋。天風掃退塵間夢，一曲金徽獨倚樓。

夜宴友人席上有懷志能照磨暮春會同年所作因寄二首

碧池開冰朱夏凉，瑶席倚翠芙蕖香。清歌夜半起秋籟，妙舞風前摇露光。雲行星月遞隱見，雁度河漢相低昂。青山對面隔一水，渺渺長空愁欲霜。

青山林下啼斑鳩，緑楊門前嘶紫騮。落花成陣作春雨，東風淡淡雲悠悠。美人卷簾日在手，胡蝶飛上珊瑚鈎。南山不見筍成竹，擬約滄波同倚樓。

丁丑三月七日會同年于城南子期工部仲禮省郎世文編修文遠照磨學升縣尹子威主事克成祕書至能照磨子通編修凡十人二首

曾記城南尺五天，重來攜手宴同年。春風遠塞蒲萄酒，明月佳人玳瑁筵。苔上藥闌紅染露，鶯啼柳逕碧生煙。瓊林十載多離別，欲拂金徽思渺然。

川鳧浴日金粼粼，垂楊馬嘶三月春。游蜂舞蝶總愛客，飛絮落花時近人。東風吹水入銀甕，芳草爲我鋪緑茵。更催朝露染魏紫，舞袖一拂南山塵。

張志道別都門

竹寺西軒共聽琴，杏花猶記紫囊吟。溪山老我扁舟興，風雨知君萬里心。滄海夜潮銀漢溼，蓬萊春樹碧雲深。三年離別尊前話，傾倒何時更似今。

柳絮風

三月韶光天氣清，游絲舒卷太無情。微飄簾幕當春晝，亂撲亭臺似雪晴。醉臉欲吹新燕弱，舞腰初軟落花輕。江頭點點行人淚，相逐離歌灑客程。

梧桐雨

曾將秋信報人知，又與西風泣別離。病緑滴殘猶有淚，題紅流去更無詩。舊巢鳳冷朝飛遠，古井金寒曉汲遲。待得楚臺雲散後，却憑琴調寄相思。

天運不已歲時又春學已可乎作自勉詩呈李□初教授諸公

東風一笑可人心，旋瀝新醅對客斟。山色未勻春意淺，梅花已老白雲深。半軒依竹閒聽雨，千里懷人欲抱琴。試問樵溪隔年意，碧波東注渺難尋。

題平翠樓

華樓突兀摩蒼天，青吟飛上神飄然。虛闌六曲拂雲起，蓮峰千仞當尊前。晴嵐帶霧結秋色，修竹過雨鳴寒泉。東風一笑歌石鼓，心期試問金鼇仙。

友人擬古樂府因題十絶句

早晚臨妝鏡，秋容怯玉鈿。君心如日月，照妾似初年。

采荇歸來午，花梢日轉廊。緑陰涼似水，不用洗紅妝。

生愛東鄰女，蛾眉畫不如。近來機杼廢，臨得右軍書。

漫道從軍樂，風霜只獨居。三年遼水上，不得一行書。

海上扶桑景，清光日見君。衹愁風雨夜，西北有浮雲。

今夜中秋月，含情獨上樓。辰星三兩點，偏照玉簾鉤。

自見南樓月，頻頻夢楚州。無端今夜雨，衹作小山秋。

露井疏桐晚，風亭碧蔫秋。卷簾山月上，水宿見雙鷗。
堂上春花老，流泉日繞山。願爲雙白鶴，雲路載君還。
天子西巡狩，彤弓錫虎臣。樓蘭何日斬，看汝畫麒麟。

望雲

日出五丈高，白雲浩如海。城郭在雲中，山人在雲外。

憶昔寄子静弟

憶昔走馬尋丹丘，醉卧白雲溪上樓。黄石橋東兩松樹，一夜水長到梢頭。

海子上有期

金隄晴日共鳴鑣，傾蓋松陰待早朝。數盡荷花數荷葉，碧雲移過水東橋。

懷友時住夏玉泉山

遠水平林翠遶城，秋來風雨動離情。玉泉千尺梧桐樹，月下時聞落葉聲。

登岸書所見寄魏亭道

紫霞摇日花滿川，漁翁不歸鷗在船。白雲悠然渡水去，平野秋色青連天。

寄劉鳳溪時有麻源之約不果往

南國佳人鬢欲絲，仙壇孤負杏花期。多情惟有東橋水，流到瓜州月上時。

題牧牛圖

平原雨多煙草浮，牧童驅牛如挽舟。柴門正在水深處，青山流過屋西頭。

偶題二首

永夜覸兒課舊編，小窗燈火憶當年。曲肱自笑不成寐，月上瑶琴第五弦。

雪夜題書玉署深，思山便欲寄瑶琴。征鴻若問平安信，河漢東流是此心。

題鄱陽方氏心遠亭二首

湖上千峰碧染衣，琴軒春雨白鷗歸。無人共語乾坤外，燕子南來雁北飛。

柴門垂柳曉啼鴉，露逕苔封芍藥芽。分得鄱陽雲一半，自攜春雨種黄花。

春晚

春老他鄉奈老何，可人紅紫漸無多。閒來緑柳坡頭路，記得流鶯第一歌。

題春江小景圖

小艇無人載緑陰，白鷗門外笋成林。不知多少山中雨，染得一江春雨深。

錢塘懷友

舟泊楓林一雁聲，白蘋紅蓼共思君。月明江水多于海，雨後秋山碧似雲。

登福山遇僧偶出二首

欲叩禪關未有詩，滿山空翠溼人衣。竹間倚杖到西日，試看白雲歸未歸。

鷲嶺雲深杖屨幽，竹一作江。風松影共悠悠。何人分得僧家榻，坐看南山一片秋。

贈江玉成

千里還家獨抱琴，象山杳在白雲林。晚寒莫厭江東路，人倚梅花雪意深。

友人見訪不遇

君乘白鶴下青雲，我入春山聽曉鶯。可惜小樓風雨過，無人收拾萬松聲。

送馬編修

軍山流水繞盱城，曾記維舟聽曉鶯。君過柳陰聊駐馬，春風蓁葉是離情。

劉處士詵

詵字桂翁，廬陵人。生二歲失母，七歲失父，九歲宋亡。年十二，作爲科場律賦論策之文，蔚然有老成氣象。宋之遺老鉅公一見，即以斯文之任期之。既冠，重厚醇雅，素以師道自居，教學者有法。蕭御史方厓、文集賢學山、鄭尚書鵬南先後以教官館職遺逸薦，皆不報。至正十年卒，年八十三，門人私謚曰文敏。所著詩文曰《桂隱集》，桂隱，詵所號也。歐陽原功謂其文根柢六經，屬饜子史，躪轢百家，渟滀演迤，資深取宏，桀犪哲匠，達于宗工，液古融今，自執其轡，應慮不獲，靡施弗宜，雖未嘗露其雋傑廉悍踔厲風發之狀，韞玉在櫝，氣如白虹，不可掩抑。至正間，門人進士羅如箎宗仲刊行其詩十四卷，題曰「存稿」。明嘉靖間，永新族孫志孔重爲鋟梓，太史羅洪先爲之序。桂隱律詩多佳句，五言如：「山作登樓色，天留隔巷□。」「雲分潭際樹，帆上驛邊洲。」「落日湖陰笛，涼風水郭秋。」「一燈遺老鬢，四海後元春。」「樹懸山雨白，門掩佛燈紅。」「村煙茅屋午，籬蜨棘花晴。」七言如：「燕子樓臺人影瘦，海棠池館月痕孤。」「桃花浪起春風闊，燕子寒生社雨多。」「鳥斷空山孤樹悄，馬嘶小驛一燈昏。」「江湖宦客孤舟夜，城郭詩翁白髮春。」「燕子池塘詩句好，蒲花簾幕酒杯深。」「君如硎刃千牛解，我似車輪四角方。」「刺繡簾櫳鶯語倦，讀書院落絮飛忙。」「草意欲供新得句，桃花猶記舊來人。」當時諸老宿評其詩，以爲高逼古人云。

感興二首

秦人燔詩書，聖道散若煙。宫殿干斗極，東遊問神仙。漢祖祠孔子，遂爲百代先。大哉禮樂意，所見何卓然。因勢道其趣，勇赴如決川。但恨羣臣問，餘習猶橐鞬。良平雖善慮，不在三代前。安得豁達□，一見賈少年。

金張貴朝廷，衛霍列茅社。奴隸凌虹霓，親戚折五霸。鬬雞馳鄠杜，射虎宿滻灞。意氣驕盛時，咳唾有光價。相如滌器夫，萬里馳駟馬。買臣最微賤，懷綬出邸舍。賢愚何必齊，時至俱氣化。豈無單練士，叩角五陵夜。太史重成名，寂寞千秋下。

春寒閒居五首

貧居託幽巷，久雨客來絶。春寒霰時集，淅瀝在高葉。鳥鳴日已宴，寂寂茶鼎歇。慚無晁氏智，懶事主父謁。閉門自讀書，庶以勵高節。

瀟瀟山城雨，摵摵書館風。喔喔鄰屋雞，迢迢遠坊鐘。遐思在古人，展轉魂夢通。抱拙俗所棄，歲晚將誰同。賦成不輕賣，金盡當忍窮。

久寒卉木寂，初旭陰翳謝。春淺有令姿，澹澹在平野。山明孤煙發，天迥一鳥下。積憂鮮曠懷，怡詠聊此暇。賦詩勿鏤刻，養生師叔夜。

昔時如花人，今年兀若株。華滋散安在，嗜好豈不殊。河水不灌翳，春風不歸枯。聞道須少日，立功無暮塗。

西里夜回燭，東鄰朝玩山。相視無羡心，豈約自不關。芳草滿幽庭，日宴人未還。久陰忽微暄，孤禽語花間。

吴寧極惠和閒居五詩復用韻爲謝 録三。

嗜澹務墳素，端居世機絶。微風被崇梢，撩亂書幾葉。山家晨煙薄，日晏遠春歇。庭寒掩餘蕙，剥啄謝過謁。幽懷忽浩然，高詠脱音節。

衰髮如素雪，一往隨飄風。悵然平生懷，危坐聞遠鐘。守身易成隘，應俗或謂通。不惜舉世稀，所慕知者同。傍偟豈有求，寂默非傷窮。

文章在天地，萬古相遞謝。風霆春行天，雕隼秋縱野。所得雖良殊，自役總無暇。飛霜厲薄寒，木葉日以下。咫尺不共論，孤燈結遥夜。

古意二首

古風日以喪，交道遂以圮。昔時素心人，忽若匪知己。朝直蓬萊宫，暮宿光禄邸。聯騎多季劇，填門集金史。疑嗔著天下，名德爲垢秕。古言西施貴，衆色失桃李。不見秦張儀，卷舌讓蘇子。

南方有佳人，天質辭紅妝。素手映輕雪，明璫照羅裳。二月千花開，笑語春風香。盈盈水晶簾，丹雲貫疏房。自倚絶世姿，鬒鬟不能霜。秋葉鳴西樓，城烏啼夜凉。高節良自固，諒不悲年芳。

飲酒有何好

飲酒有何好，但取愁可消。古人不造酒，天地皆是愁。劉阮醉一石，我飲三蕉葉。當其忘世累，略與劉阮侔。人生量淺深，隨分無過人。天地儻無愁，無酒亦可休。

作詩能窮人

作詩能窮人，誰能忍不作。但見平生愁，霏霏筆端落。朝騎孤鳳凰，暮駕兩黃鶴。手攜王子晉，吹笙上寥廓。人言忌太高，下筆寧淺弱。窮通信有命，詩道未可薄。

山中雜賦二首 壬申。

昔出憂雨來，今行恐無雨。儻蘇八月旱，寧受一日苦。瀟瀟涼浥稻，稍稍潤入土。生物吸流滋，如飢得膏乳。田家隔短牆，頗亦聞笑語。幸收饘粥資，筋力庶可補。

我飲本不多，興至不可無。但恨無美酒，旋買山中壺。山中近村味，山外多澆渝。飲灰令人病，飲敗令人愚。寄言好飲人，慎無以名沽。

山中二首 丙子。

蓐食希早出，出城日已辰。況憫肩輿勞，時亦步嶙峋。嶙峋苦難步，投宿荒村民。啓扉熾燈火，延客意頗真。苦辭村無酒，無以洗埃塵。歲歉有稚粟，尚可分炊晨。高門多吠犬，倉卒難投身。勿投高門宿，勿厭村家貧。

溪橋落白水，野路覆紅葉。山邊四五家，日暮煙火白。歸牛認深巷，行客指新月。村田旱傷餘，老稚筋力竭。方今冬序初，饘粥儻未缺。雪霜且已來，卒歲諒何策。

古詩三首贈張漢臣遊金陵　能詩琴。

古詩出情性，聲在閭巷間。采之被絃歌，聽者醇風還。大音既寥闊，羣啄何間關。燕硜混良璞，楚萎藏崇簡。妙理忽有合，正在不可刪。秋高星河空，天風吹珮環。

古桐藴至理，出陽或施陰。和爲祥鳳鳴，悲作離鵠吟。高寄周孔思，清寫夷齊心。子期不可鑄，空有千黄金。天高九州曠，百世無知音。夢騎白麒麟，振衣蓬萊岑。

金陵南之鎮，興廢滿目中。青山澹無言，萬里江流東。高樓朱雀橋，野笛交秋風。子行覽其餘，彈琴送飛鴻。柏臺雲霄間，貂蔫峨羣公。爲言經濟理，所貴賢俊崇。

石洞雜賦　廬陵羅士奇都事葬母新淦石洞，山水甚佳。丙子冬，其姪履貞邀同游，穿幽覓勝，相與徘徊者連日，擇其景之尤佳者賦詩。

石洞

蜿蜒辭夷皋，迢遞陟穹巘。緜緜千萬峰，蒼秀入遥見。既疲猶穿雲，小息仍下阪。崎嶇到祠庵，高檜挂日晚。人家繞稻田，窅然復平遠。園廬接煙火，籬落散雞犬。雖知非仙源，諒亦樂農畎。卜居兹未能，撫景徒繾綣。

石溪 是日，與郭德方坐溪石論文把酒忘歸。

冬旱水愈涸，微流行石間。炯如玉瑣窗，屈曲相交關。泠然落幽罅，隱約聞珮環。擇石踞其高，兀兀相對閒。日宴遂相酌，持觴看青山。疏雨作還止，徘徊澹忘還。

石泉

重巖括元氣，雲竇出涌泉。迸流絡廣石，百尺高簾懸。微風度午日，燁燁生紅煙。始知窮幽討，奇觀滿垓埏。我友趁奔鹿，搴裳陟其巔。蹇步獨跉跰，矯想爲欣然。瓢汲試茶鼎，庶足凌飛仙。

山家

山中煙明明，山下泉曲曲。書聲出疏林，楓葉半茅屋。簷敖曝𧦫臬，園疃縱雞畜。寄言避世人，如此亦可足。

江上晚興

南堤直而崇，西岸窪以折。中流千片帆，水日相映白。翩翻孤鳶逝，迢遞高樹没。緬思沿洄人，今古幾英傑。晚泊得鮮魚，舉杯望新月。

征夫歎

六月征廣徭，塗埃千丈高。渡水波沸骨，登山汗流刀。豺虎攫疲馬，荆棘破長橐。賊來多如雲，石洞穿千整。鐵甲日曬火，大旗煙漲濤。惡溪塞斷骨，亂礫紛流膏。前年過流沙，苦寒脱鬢毛。風裂壯士胄，雪積將軍旄。人生莫作軍，寒暑相戰鏖。人生莫作軍，性命如蓬蒿。君王方神武，狐鼠何足薅。但願四郊静，微軀敢辭勞。

春懷

連陰如病酲，耿耿乍離索。鐘疏山館静，花落春衣薄。清心近懶率，壯事成寂寞。卧看古木枝，幽鳥午頻啄。

夜坐二首

月入暑未解，夜久涼始歸。山月升漸高，照見幽人衣。幽人行未已，月亦轉牆西。

雲行樹陰薄，風過樹陰敧。雲風清弄一作「弄清」。夜，政爾無人知。惟聞牆根水，泠泠下幽一作秋。池。

閒居燕坐望城隅李花

春晴滿天地，我獨了一室。得欣或暫時，積念動彌日。遥花洗宿潤，姝静耿獨立。日光照素服，玉氣起數尺。紛紛看花人，車馬共朝夕。幽意當誰言，微風斷城笛。

桂山堂獨坐

笙竽閙春晴，此處乃幽闃。啾啾唯鳥鳴，寂寂鮮人迹。青天樹光動，白日瓦氣溼。陰陰庭下影，滿地不可執。蛛絲網虛檐，懸葉如墮翼。緬懷昨日心，孰擬坐兹室。抱迂世同薄，得景意自適。窮通信所遭，逍遥聊永日。

初秋感興

秋風殊未來，林葉獨先見。譬如老將至，顏貌已潛變。娟娟庭中月，落落梁上燕。有酒誰與同，微涼鬓如練。

送范主一憲郎

庸夫老丘里，志士輕山川。古來環轍人，往往皆才賢。范君繡衣家，白璧生藍田。清游半朔南，征衫積濤煙。崇臺交辟剡，思親理歸船。吴州肯暫駐，風概傾四筵。揮毫走秋蛟，吐句紓春漣。清霜浄江波，水花寒更妍。櫂謳催客發，風正帆始懸。翩翩鳳凰翎，終當儀九天。

十六夜雨邀諸姪小飲

世事不可期，今宵竟疏雨。豈無樽中酒，終復減歡趣。子姪既滿前，稍稍相笑語。共言見面稀，無月亦良聚。燭花剪欲盡，絡緯語庭樹。雲開月已高，還照人歸去。

中秋故鄉南鄰楊氏招飲

老來歸故里，百事非故情。惟有山間月，猶作兒時明。是時秋且半，夕氣忽已清。南鄰招客飲，步聽危澗聲。月色酒中亂，樹影盤中横。鄉曲佳節意，風露白髮莖。我懷豈在酒，酒觴且徐傾。

寄題胡氏澗月堂二首

泠泠山中澗，皎皎天上月。以月照澗泉，舉世無此潔。月以表我心，澗以明我德。秋風吹八極，踞石濯華髮。短瓢吸寒光，羽衣弄飛雪。夢騎白鳳凰，直上碧瑶闕。安知世間人，咻咻方病熱。

世人不識泉，等之黄泥湍。世人不識月，視若白瓦盤。斷蒿三板船，沮洳鰍鱔蟠。擊筳喧里耳，嘵嘵聲不完。嗟此泉與月，信當何人看。我嘗遡其源，顥白通廣寒。懿彼隱君子，相從此盤桓。

曉行

畏熱中夜發，出門人已多。紛紜各有役，如水争趨河。始知昨宵夢，此時方無何？悠悠百年間，勞逸瞬息過。大星如玉斗。照我雙鬢皤。東日如車輪，三輾未上坡。

八月四夜聞微雨

夢覺有奇事，淅瀝高瓦鳴。焦枯豈云潤，且欣聞雨聲。秋稻既無及，蔬麥猶可耕。側耳恐復止，顧望深中情。向來春夏交，流潦高入城。秋旱理宜有，天道良難平。大鈞轉萬物，旋斡勢孔輕。仙瓢貯海水，安得盡注傾。

庚午冬留淦州憶亡孫鳳二首

古道昔同往，天寒今獨行。汝死不自悲，我老難爲情。死者若不悲，死當勝於生。霜重草盡委，山空泉自鳴。我髮既盡白，我懷何由平。

快意每不至，傷心來自多。十年五痛哭，安得鬢不皤。之子入夢想，長眉雙頰酡。魂氣既何之，耳側猶弦歌。月上高林楓，月落幽社蘿。怪魑攫人命，陰壑森蛟鼉。吾聞聖明時，沴不干太和。重華不可遡，千古當奈何。

和張慶遠遊青原

平生嵩恒心，今日行兹原。東風豈不好，褰衣步青天。境空忽欲動，意劫仍貪前。白日照八極，千厓偃如眠。芙蓉遠脩供，鈴鐸晝不喧。佛祖了何語，香爐自生煙。羣經過名教，乃以文字傳。題詩雜好醜，訥者存歲年。不知自有此，登覽誰最先。春橋喚飲酒，一醉日可千。陰陰風在麓，炯炯天映泉。同來不同趣，隔花亦垂鞭。

和羅昌逢千葉桃

閏嬴首增春，朔霽久連望。梅殘不留玉，桃盛忽成障。異姿奪衆妍，姝萼同一狀。重緋雜裼襲，疊綵迷下上。淚明露借光，影墮日分漾。紛披競年華，剪刻費天匠。先生被花惱，書罷時亦訪。亭空晝無人，山鳥立幽桁。横波繞碧帶，老樹入古像。同遊無前度，得句有孤倡。仙源誰與期，微風起衣浪。

和鄧牧謙社日郊行

春風輞川花，社日浣溪酒。百年少曠懷，四海幾佳友。馬蹄破莎泥，輿影掠桑畝。交深主忘賓，句逸心應手。流水清繞廬，好山秀當牖。幽尋既有會，劇語不知久。撫卷如同遊，不待接踵肘。妙哉蓬萊音，三歎得希有。

和羅元翁

清風如高人，爽致可以師。浮游天地間，匪亟亦匪遲。齊紈之所招，似者或致之。豈伊至妙意，而或入控持。如何執熱人，可熱不可思。

送艾幼玉赴南安儒教

儒官如蔗杪，妄意近佳境。亦知嗜習累，詎俗示雋永。堂堂道心翁，學道倚〔袖領〕（領袖）。擿詞屈鄒枚，講道來華邴。盛世擅場屋，金石出欬謦。東家升仙子，往往盡餘鼎。空山三十年，華髮忽垂頂。春風八極意，獨立修竹影。一官豈足償，跋涉壓崇嶺。五陵多少年，冰雪照清炯。楊花鳥語亂，走馬出三省。古來天地間，此事從耿耿。南中少人事，山水清可詠。歲晚不負君，梅雪三百頃。

追和白樂天三月三十日作

人生天地間，行樂苦未畢。陪歡與強笑，有似名無實。新年如乍來，四序忽復一。池痕亂微雨，檐翼語殘日。青山澹無言，風花雜徐疾。笑持鬢間絲，爲問此何物？

白木槿 重臺，每開踰十日。

數花出籬樓，耿耿照夜闌。月寒客獨起，恍若山雪殘。天風泠然來，坐久身欲翰。夢酌瓊宮漿，薦以雕玉盤。羣妃霓裳冷，天姣環青鸞。世言朝暮落，耐此十日看。始知潔白姿，頗勝施朱丹。大鈞縱萬物，爾本羞蕙蘭。同類偶自別，亦復得賞歎。勗哉勵貞節，相期在歲寒。

荷花莊獨步二首 庚午。

少年所寓留，今視爲故里。鄰翁不知老，笑我老如此。徘徊阡畝間，感會獨在己。雨足秋禾肥，平偃如席几。雞豚散原隴，菰芋繞池水。饑饉稍已忘，及此樂生理。日暮樵未歸，炊煙數家起。

吾與二三友，周回此田疇。中歲風雨散，兹游誰與儔。望山漸適意，得樹亦少休。峰回西風長，吹我駝毛裘。登高遂遐矚，一粟託九州。去住定有契，欣戚焉足留。戲攀西祠花，下濯北澗流。曩與楊士奇、羅君遜皆寓此。

元日賦紅梅

紅梅本遲暮，冬暖遂爭先。亂蕊額黄澹，細蘤丹砂圓。雖加點染工，風致終自然。懷哉生意具，欲折還復憐。物理且如此，吾生寧怨天。

石菖蒲

盆池有靈苗，石罅忘偪仄。微根亂繁絲，疏葉散纖碧。苔莓封巉巖，沙水明的皪。所貴含貞姿，終然傲蒼色。道人勤養護，黄悴輒剪剔。常與貝葉書，珍愛同几格。豫章蟠青冥，風雨作霹靂。小大固爾殊，賦分焉得易。相期喬松交，歲晚堅九節。

旦坐對客

夜久聽寒雨，坐來星滿天。重霧被原野，漫漫白於氈。五更雨復集，急灑驚客眠。豈意今日霽，旭暾如黄緜。相對庭樹下，滿傾藥玉船。萬事且勿慮，蒼天工轉旋。

曉行

星明天宇迥，山驛鼓初發。行人稍已動，露氣漫野白。方塘浸道隅，荒荒似寒月。日出炊煙横，雞聲隔林樾。

和臨江饒自然夜坐

庭樹秋月高，危葉光欲墮。孤蛩感涼氣，唧唧稍近坐。鄰家弄機杼，微燈出窗破。寢齋生新苔，襌裯掩關卧。

霰雪和彭經歷琦初

歲饑瓜地荒，老病卧玄晏。閉門三日雪，飛霰相雜亂。飄空乍鳴屋，穿隙已在案。載塗積愈高，集水凝不泮。山寒消久暄，土潤蘇亢旱。頗疑湘鮫泣，珠璣夜分散。又如洛倉破，白粲接原岸。柔條壓既低，高木擎欲斷。體圓工簸弄，地遠迷界限。我生事嘲吟，寒餓不可逭。坐憫民瘼深，誰與覓醫緩。救荒既不預，應卒自無算。古稱兆豐年，至此可三歎！時歲將除，再用韻和之。

別歲夜卧遲，怯冷朝起晏。黄雲低不動，白霰下愈亂。鳴簷鏘若珮，積地厚成案。遇堅勢屢躍，得煖溼先泮。嚴冱阻春生，蕭條助人旱。紛如撞斗破，疾若摶沙散。朽株發英華，深谷變陵岸。先生懶斫路，門外人迹斷。作詩無雕鏤，白戰安可限。空山斸黄精，微此命難逭。少年喜映書，老大悔儒緩。豪門方飲羔，觴急不可算。安知負薪者，道旁拊膺歎。

和邵有初同飲熊氏小園

客佳不必多，地近得頻往。極知後花時，聊復縱心賞。樹深路欲盡，林缺天忽敞。坐久飛雨來，黑雲湧奇嶂。清風雜笑語，共作金石響。尚疑有餘韻，隱隱在蓬莽。豆觴稍狼藉，賓主各酣暢。安知牆外人，謂牆外叢冢也。千載落埃坱。生時諒自謀，局促戒游蕩。百嘗有醜妍，一盡無老壯。何爲苦不飲，勞身入羈鞅。

和張尚德憲郎

君詩如長江，浩浩積瀦匯。縱之瀉千里，所過不可界。又如百貨集，光采照圜圚。銛鋩干莫鋒，温潤琚瑀珮。變化發令姿，富博駭羣睞。鬱孤留十日，山水各獻態。振衣千仞顛，謦欬答秋籟。涉溪螺斗驚，窺谷杞根吠。羣峰如故人，拄杖静相對。盡追坡仙游，踏破山浪翠。吟工壓木容，氣正失恒魅。知君青雲士，勝蹟猶所愛。經濟滿胸中，領覽暫方外。不同牛山登，流涕感謝代。五羊屹霜臺，掾檄促今迨。懸知衆器陳，政復待殷鼐。古來成功人，所貴志慷慨。文奎動遐極，爽氣破炎靄。九月霜露嚴，整駕俶高邁。便同南溟鵬，俯謝蜩鷃類。

和張子明學録三首

比竹無至情，焦桐無餘滋。和音發清潤，婉戀令人思。奇藹傾衆目，矯然出藩籬。物理終有合，恨無音與姿。

白雲豈不潔，或謂無其芳。斗柄豈不高，或謂難挹漿。高潔自皦皦，傝褥驚堂堂。倚杖久無言，飛雲度横塘。

張君北方學，易道究微凈。長才譬騏驥，跼蹐果下徑。作亭依層城，傲悦有餘興。芳草皆會心，飛雲亦成詠。

臨江傅用賓以詩見贄并貽端石用韻爲謝

幽幽端溪石，來自佳人持。相待三千年，所得非所期。春風琢粹質，秋泉湧寒滋。文增李杜壯，書助鍾王宜。聞昔初取時，千夫下巖陲。堅錐啓石礦，利刀斬荆藜。鐫鎪后土閟，百醜得一奇。點若魯雒美，伏如虞雞雌。宜登白玉堂，黃麻照春姿。發揮四海治，潤洽萬姓私。謨希禹皋懿，誥逸周召規。胡爲到窮谷，一落不可追。飢吟臘雪凍，病哦春日遲。蹇蹇涓滴潤，不能霑硯湄。生從嘉興學，江漢驅文辭。鉅册傳羣理，三讀爲歎咨。硯磨不自寶，乃以贈所知。愧我無所用，藏之如鎮圭。

雨晴門外獨坐

東風瞰我幃，啼鳥發我興。出門更無人，惟有青山静。琤琤石水鳴，忽洗人世聽。他日豈不來，邂逅乃復勝。

暮坐

悄悄若有懷，悠悠竟無適。春深牆英落，失我庭下石。颯然一雨止，坐見萬瓦溼。風急寺鐘静，惆悵成暝色。

開歲三日池上小立

今日天氣暖，已似三月春。經冬雨雪少，風起颿生塵。道人幽行倦，樹下一正巾。流水見兩鬢，一笑歎我身。日光墮木葉，滿沼黃金鱗。白雲行其間，游儵動淪淪。偶然景與遇，亦足適吾真。人生會心處，何必窮其濱。芸芸黃埃中，勿語行道人。

山家阻雨得晴出郊

山家半月留，坐待雨聲住。東風入我簷，領客村南去。晴光著天壤，生意欲飛舞。野禽拂清漣，雜花滿幽樹。回首西岡麥，十里緑如雨。新年今日佳，復足濟勝具。兒時所經過，仿佛猶可覩。穿深過亂峰，意與仙境遇。白雲行洞口，枯木記歸路。安知山間人，不訝余何故。

早行值雨

瀕江夜不寐，舟客聲可怪。颼颼篁竹動，沙水輒澎湃。晨征路泱莽，春泥踏行蟹。江空霧連山，隔手已爲海。古木夾道邊，宿雨驚我蓋。我行亦何爲，益信勞大塊。平生青藜杖，至此始足賴。天地稍嚮明，雲來復如黛。平田萬白珠，欲攬不可待。奇變固可觀，跋涉良可慨。作詩寄我友，要使心目會。何時終南山，卧聽響窗外。

園亭夜飲

酒酣愛花香，三觴滄欲既。春風心骨軟，狂歌發永歎。却念坐間人，誰共此時意？

池亭卽景

小亭掃芳徑，幽鳥語初暖。坐敧階草柔，行避徑條短。水光與花影，歷歷明不亂。疾風忽翻林，落紅半池滿。

午坐

今日頻送客，兀坐心未定。午倦睡適來，鳥語偏滿聽。昏昏半人世，隔屋喧笑競。惱我彼不期，閲動正在静。清風白晝永，庭影亂復正。悠悠無與言，起步林東逕。

援筆

落日池上飲，荷花醉於人。清風吹人衣，玉笙徹秋旻。酒酣起絶叫，遊子不念貧。平生阮嗣宗，定勝石季倫。

賦小松樹

何時始移根，今日已映坐。沐露欲五寸，出草先幾箇。林深帶宿潤，滑滑垂白唾。欣然千丈意，鬱勃不可挫。我無定居地，此計恐成蹉。他年欲待陰，日月當已過。桑麻要生養，文字迫寒餓。柳傳未可學，汜書真足課。如何抱空疏，矧復習癡惰。嗜飲此山水，五歲飽高卧。君看重來時，風雨夜相和。

遊崇福寺

我齋不盈丈，面壁兀若頑。出門天地闊，曠如脱牢關。青童迎相揖，笑報山僧還。婆娑三四客，竟日長松間。中心定何如？氣象無此閒。誰當千載後，如我坐兹山。

和蕭天敍山行

臨水偶成趣，朋來如相期。人家山澗限，往覓槳水遲。清樾抱石橋，行旅坐支頤。交交雙鳴禽，見客已驚移。

暮齋

客去簷鵲噪，高齋久清立。疏雨無行人，煙崦夕炊溼。前園薺蕪衰，東鄰日夜織。同門信不至，鴻雁滿江澤。

文江同諸公晚步

意登何須高，一覽萬象足。大江繞孤縣，草木入匯溲。東山走虬龍，出没獻所伏。晚晴天氣正，新月映江淥。徘徊數過舟，上下有遲速。是時清霜初，木落秔稻熟。平田見溝塍，荒野縱牛牧。天時既已豐，世運或可復。陋邦亦何爲，巨鎮今所獨。遥聞郅都鷹，郡邑所側目。西鄉瞰官塗，亦或理逃屋。苟安儻可期，未敢責深欲。

雨後

微鐘生暝色，遠舍春正急。空檐暮雨歇，偶然有餘滴。危坐久無言，童子了不識。

出墅初冬 甲戌。

鄰春五更動，機杼響俱發。薄霜厲層宇，天西輾孤月。驛馬嘶不已，壁蛩鳴乍歇。故人期不來，山莊多落葉。

夏初城西樓讌集

輕陰翳高屋，夕陽在遥山。空濛亂紫翠，變化頃刻間。憑虚一以眺，衆景何斑斑。甍棟散高下，岡巒如斷環。孤檣出窗曖，飛鳥時去還。客佳飲逾多，感此良會艱。睠言名利徒，誰能同此閒。勢集易徼俗，有求多俯顔。悦己嫉來式，違時傷廢班。百年一丘墟，勞生共塵寰。願與王子喬，騎鳳相追攀。

蕭孚有以左耳陶瓶對客煎茶名快媳婦坐間爲賦十六韻

南中土埴堅，妙器出陶火。控摶雅以静，整削平不頗。渾淪象瓜團，短小類橘顆。粤椰實盡刳，蜀芋膚未剥。喙如柄揭西，耳若柳生左。油滋飾外鍛，灰坌增下裹。高齋奉煎烹，湯勢疾軒簸。狹束蟹眼高，薄逼車聲播。俄頃潤渴喉，巧婦愧其惰。乃知轉旋工，政要傾酌妥。主翁嗜吟詩，佳客時滿座。呼童汲深情，淪雪澆磊砢。急需既能應，閒棄無不可。東家重函鼎，菌蠢腹徒果。美人預爲奩，常恐遲及禍。何如且小用，慎勿誚幺麽。

九日偶賦

我性不藏事，急吐如建瓴。世人務寬厚，叩意如堅城。豈不共談笑，何以同其情。秋風一杯酒，千載無淵明。

和友人端居遣懷

嗜書固成癡，愛馬亦成癖。塞垣馳風朔，山牖映雪夕。黄埃髀盡消，細字髮變碧。功名諒何補，歲月良不適。始知苦心人，不特貧賤迫。

哭袁從義

別君未兩月，傳訃始疑妄。童來得直報，失歎淚自放。歸城弔君兒，内慘刮肝臟。君廬乃未定，欲哭無所訪。念昔客君家，我弱君始壯。山窗古衣冠，談論瀉春漲。三峰奇競秀，清絶行雁蕩。座客多英豪，車笠填里巷。廄馬騰驕嘶，樓姬咽清唱。鼓鐘喧朝晡，昌運積饋饟。夜詩涸鴝硯，朝酒發鵝盎。君尤嗜迂闊，叉手折詞匠。叩扉報警聯，急吐如技癢。約試古洪州，五月舟已榜。蹉跎我興盡，君志乃獨亢。霜臺肅縉紳，昏闥排棨韔。落筆風霆生，四座色驚悵。文書上省曹，吏點歲月曠。復以茂異聞，州里許其當。才高命苦奇，選近身已喪。知君豈有待，獨可念趣尚。前年從謹兄，千里殞茅瘴。齎志不得年，追憶有餘愴。君今復繼亡，如山剗危嶂。死生固有數，髽絰乃相望。福善理則那，造物疑可謗。知心幾何人，而況日泉壤。君兒既奠居，麻雪始垂帳。屬我病山疃，乏劣積哀狀。束芻付兒輩，含悽黯東向。青春如昨日，白髮餘輩行。悠悠酒壚荒，寂寂鄰笛亮。秋風高動木，夜永月窺幌。三歎平生魂，淒其隔風浪。

白木槿

潔比何郎白，浄如寶兒憨。秋風竹籬逕，日暮道人庵。

假寐

梅樓幽鳥鳴，山客睡初起。空齋晝無人，寒日在書几。

蒲萄

枯葉展大蝶，低枝屈長虯。露寒壓成酒，無夢到涼州。

山居即事四首

井口橘依塹，井頭桃覆屋。山家秋日晏，閉門數修竹。
村墅薄生理，門静如招提。柿葉大如扇，滿地無人題。
竹架已藏扇，陶瓶時煮茶。疏疏十日雨，開盡黄葵花。
静意便野性，新涼足高寢。山屋夜雨來，攲枕談歲稔。

春陰

短短麥苗遠，泠泠溝水清。北山晴雨裏，一樹李花明。

新春

淑氣已著物，晴雲時弄陰。隴梅坡麥外，别自有傷心。

春雨曉坐

衆木蔽春塘，花落如墮鳥。山莊苔滿階，久雨來人少。

題彭宜遠所藏羅稚川山水樓閣圖

平沙蒼蒼鳥未歸，煙村四合高復低。漁翁兩兩青蓑衣，賣魚直上長楊堤。千峰萬峰何崔嵬，朽枝瞰水忽倒垂。倦驢向橋欲渡疑，後有羸僕勢若追。却疑詩人獨尋詩，舍鞍先濟何所之。飛樓縹緲山之西，中有美人長鬢眉。凭闌相對知爲誰？豈非海上喬與期。宫中琪樹秋離離，彷彿疑有香風吹。吾聞蓬萊有此地，流水落花隔人世。便當賸買青芒鞋，小音少。向是問住千歲。

題盤谷圖

廬陵郡幕賓盤所李君，字長翁，家藏《盤谷圖》非必盤谷也，志隱耳！爲賦長句。

千厓蒼蒼倒石懸老檜，下瞰空闊森白根。上有縈絡斜下之瀑泉，下有縹緲半出之窗軒。忽然漁舟散浦漵，疑是秦人桃花之仙源。叢林盡處長堤繞，柳外沙邊行客少。汀煙漠漠不成雨，汀樹疏疏似飛鳥。依稀水檻知誰家？疑是唐人洗藥之温日。問君此地何處尋？可買不惜捐千金。君言此亦盤谷境，我已先從畫中隱。嗟君才氣何堂堂，胸藏霖雨未八荒。平明走馬入黄閣，日晏文書紛雁行。峩峩奎章九天上，白日旌旗下仙仗。秋風插翮高頡頏，雖有此境何由往。丈夫英氣多難攀，九環寶帶懷青山。輞川墅，龍門灘，會買青鞋待君還。

和東坡四時詞

燕子輕寒生院落，佳人自卷猩紅幕。樓頭風細墮楊花，簾下日長添繡蕚。纈紋酒暈透瓊肌，雙陸初贏笑問誰？閒綰同心當户立，不知花影滿春衣。

幕波微皺回廊永，酒闌手枕珊瑚冷。槐影横階午簟涼，榴花滿地風簾静。梅酸未試意先顰，倦拂琵琶撥未匀。紈扇半閒冰椀凍，翠禽兩兩下窺人。

瓶浸雙頭連顆緑，畫闌閒却青奴竹。微涼半下水晶簾，坐看疏螢度高屋。夜静樓風時動扃，隔牆一葉落虚庭。血色鴛羅裁未就，月明處處起砧聲。

燭暗睡輕一作消。聞畫角，玉盆脂水紅冰薄。深户無風繡幄垂，小瓶一片梅花落。轆轤隔屋轉一作聲。伊鴉，雲母香猊暈宿霞。報道卷簾寒霧重，午妝纔試翠鈿花。

前采薇歌

庚午大饑，民多采蕨而食。因借伯夷采薇餓死意，作《采薇歌》。蓋薇亦蕨屬而差大，山間人食之，謂之迷蕨，見朱氏詩注。

我不是西山民，采薇不粟哀亡殷。又不是周戍卒，采薇禦邊踏霏雪。年荒良田三尺塵，甑懸鏊冷兒號嗔。長鑱短錐采薇去，東家西家相爲羣。霜嚴磴滑山路峭，月落鼯啼山鬼嘯。曉翻石罅得叢根，共恨土枯根亦瘦。寸根入手如寸金，春烹作餅碎勞薪。鹽空菽盡味慘惡，空憶飯甑曾炊銀。人言食薇無穀氣，五日十日終亦斃。今宵妻孥暫充腹，誰料後來死何地。我死願隨行雨仙，偏傾大瓢作豐年。薇根滿山人不食，天下米斗皆三錢。

後采薇歌

春采薇，嬰兒拳。賣與豪門破肥鮮，年年得米不費錢。冬采薇，潛蚪根。白石犖确斸掘難，俯身榛莽如獸蹲。山寒雪高衣裂破，塹藤束縛筠籃荷。瘦妻羸子暮候門，地碓夜舂松節火。沸漿浮浮翻小杓，溼霧騰騰升土銼。熬烹成餌甘比飴，一飽聊償終日餓。冬采薇，猶可爲，春采薇，今年根盡春苗稀。豪門有米無可賣，隴麥短短難接飢。采薇采薇，我聞夷齊嘗食之，餓死首陽天下悲。嗚呼天高蕩，萬物微，我死安得蒼天知。

釋枯林鐵如意歌

枯林，天台葉西澗丞相之後，有才氣，能詩，以畫蘭名世。頗勇俠，或不舟渡水，蓋隱於浮屠者，嘗遊京師，走馬海子上，中飛矢，流血滿靴，不顧。殆歐公所稱祕演之儔歟！

君不是金谷園中石季倫，明珠買妾長安春。錦絲幃障輕一世，珊瑚高株碎如塵。又不是黃鶴樓邊王處仲，萬騎上流縱馳鞚。狂釃千石發浩歌，唾壺敲碎天爲動。君是天台丞相之嫡孫，胸中八九呑崑崙。少年寶玦落荆棘，再拜禪林依世尊。手持鐵如意，笑傲典午二豪之富貴。良工精髮生碧花，古制蟬螭隱元氣。木杯不用輕大江，蛟鯨辟易馮夷僵。薊門駿馬疾秋鶻，飛箭穿髀心如忘。談經說史似支遁，四座公卿遜高論。古來豪傑多竄託，槁面布衫塵土混。畫蘭千紙生秋風，賦詩萬卷老愈工。承平智策無所用，落魄行遍江湖中。嗟哉爾之如意兮，不願爲大梁遊俠之袖椎。寧落爲許行耕野之鉏犁，寶光發匣閭里怪。珍重深藏莫輕賣，君不見干將莫邪困豐城。化爲兩龍飛去延平津，利器不識空有神。

庚午歲七月自城中歸吉文故鄉南嶺谷平廬陵印山凡故舊多招飲者飲後輒援筆賦詩五七言律外得歌行九篇聊書以遣懷云爾 録四。

望城岡楊誠齋入城，必從螺岡徘徊，望城岡上，故有醉飲螺岡門外私酒之句。

楊侯醉飲私酒門，今日秋風卷行迹。不知更後數十載，何人知我曾登陟。憶昔老人攜我行，紅顏照路雙髩青。蹉跎忽亦如此老，還望層城坐衰草。衰草秋蕭蕭，官亭路遥遥。後有芙蓉亘古之岧嶤，前度三江閲人之石橋。百代百代高鳥飄，一村一村自漁樵。

飲南山故居

旛竿東峙彭家寨，五代時，彭玗曾立寨於此。鹿角南繞劉家村。彭家旗槊落草莽，玗敗。劉家衣冠遺子孫。百年風土又一變，叢林化壑池成塹。山亭楊柳驛馬坊，官道豫章北商店。喆人令族困屠沽，疃夫互郎高門閭。故家兄弟日益少，惟有老夫長眉鬚。少狂幾何忽衰懶，歡樂無多飽憂患。天寒木落砧乍急，日暮門空客初散。餘年定有幾還鄉，倚杖秋風看飛雁。

飲谷平李氏

粟黄黍短沙連浦，白髮涉江尋故路。伍家渡頭篁荻秋，柳侯廟前煙火暮。昔時冠蓋風雨凋，舅家喬木涼蕭蕭。微吟西州淚自墮，欲訪黃壚誰可招？社墟左轉增閭室，兩街坐賈如郛邑。殺牛壓釀百貨交，道逢少年不相揖。尚餘八十病姻兄，羅羞饌客空罍瓶。夜深山月窺前庭，童稚熟睡二老醒。談舊未了荒雞鳴。

飲印山田舍　即熂下。

少年曾客金竹峰，壯歲移住城之中。城中金竹幾來往，贏得白髮成衰翁。居人與亡秋葉換，巧黠四方拙閭閈。天公顛倒作奇觀，舉世區區事籌算。我友秀川羅文學，以通，號通齋。白頭胸著天祿閣。我友龍湖李隱君，正則，號方心，二公皆居印山之近。秋風落筆吹行雲。干將白虹發原草，蚩尤夜墮玄武老。談王著經卿與軻，感時屈宋能高歌。古今坎壈稱數子，數子之外應更多。山中秋高月如斗，醉呼老農同舉酒。同舉酒，滿瓦船。便令餘生滿百年，飲酒之日萬五千。

天馬歌贈炎陵一作「甲寅進士」。陳所安所安名泰，甲寅，以《天馬賦》領薦下第，頗不遇，故以此歎之。

房精一作星。夜墮滎波中，騂騮奮出如飛龍。昂頭星宮逐枉矢，振鬣雲闕追天風。漢家將軍三十六，分道出塞爭奇功。當時一躍萬馬一作里。盡，蹴踏少海霓旌紅。韓哀謝輿伯樂去，蹶塊□□奚官庸。十年皁櫪食不飽，雖有駿步難爭雄。春隨錦韉北陵北，秋卧衰草東阡東。時從駑駘飲沙澗，未免泥滓霑風鬉。夜寒苜蓿山谷迴，長嘶落月天地空。時平文軌明蕩蕩，萬里窮荒無虎帳。交河不用踏層冰，裹足山城學馴象。吾聞天子之廄十二閑，驥騄並收無棄放。金根雲罕出都門，喚取雍容肅仙仗。

題文山衡陽躍馬圖和須溪韻

將軍紫綬馳燕然，丞相白髮祁山前。重瞳悲歌泣虞美，伏波眼穿鳶墮水。英雄相望千萬年，西風荒草迷五原。延秋王孫折金鞭，女牆明月銅駝門。衡山春濃風日好，紫韁電轉人未老。豈知蹶塊追海横，海天如雪狂瀾倒。玉樓十二春衣妍，流雲却月争取憐。落花金谷獨一死，蒼旻不語丹心傳。劉家的盧空識意，金粟龍媒俱久逝。少年相對那得知，掩圖醉倚南風睡。

丁都護

丁都護，郎騎白馬今何處？丁都護，郎骨今歸還是否？妾心痛似杞梁妻，夢殺夫讎夢無路。采石江，雲陽渡，斜陽江上山無數。後人不識都護誰？時唱此歌渡江去。

秧馬歌和蕭養吾

天門龍駒來貳師，朝燕暮越千里姿。折旋蟻封乃不可，彼固信美非吾宜。江南二月秧事急，水田千畝肩雁隨。壁間木馬忽湔沸，欻若起廢逢明時。背輕腹滑騎不蹶，昂昂首尻過高犂。方畦曲畎翠分路，意會規矩無差池。平生芻豆了不顧，獨以筋力充人飢。驪黄不形牝牡混，踶齧俱泯兒童嬉。東家少年輕稼穡，千金市駿窮所之。看花九州誇疾走，世路險遠難爲期。不如田家水土熟，與汝老大長相知。借汝潑褲覆塵坌，錦韉青絡非汝思。

木牛歌和蕭養吾

吾聞景升養牛千斤一作金。肥，椎之不了士卒飢。王生號牛八百里，徒瑩一作營。蹄角將何爲？此猶虛名乏實用，負任毫末了不支。何如武侯象其似，獨化枯槁爲神奇。平生憂人不自食，餉運常飽千里師。刳心俯首竭筋力，氣象深穩人誰疑。中多抱負外遲鈍，論功猶勝狂犢馳。雖無奮一作舊。勞效耕種，尚以微力裨興衰。自期中道可不廢，雖有捷徑寧能趨。一作追。惜哉清渭不可渡，不一作未。得束載四海隨。我嘗讀書論成敗，魏不足控爲吴持。江陵蹶羽秭歸屻，鄖南衰髮秋風知。前謀既輕後過重，天意蹉跌長如兹。浩歌木牛感豪傑，空有遺恨供人詩。

題白府判仲謙所藏錢舜舉巖壑圖

我如謝公好名山，開卷著我千巖萬壑間。亂煙遥峰出縹緲，怪石翠樹相回環。忽然山破飛瀑落，皎如仙人玉帶垂雲端。喧豗欲撼溪谷動，使我毛髮森青寒。不知其間有何徑，但見荷擔兩兩相追攀。浮屠崔嵬蒼壁頂，佛屋隱映長松關。下通窈窕知何處，想見小溪穿石去。沙邊汲叟犬相隨，橋上行人驢半度。林空路斷孤舟横，或坐舟尾或疾撐。左巖右灘地苦狹，長篙落石如有聲。我疑桃源從此逝，恍若風景非人世。欲呼錢郎問其塗，錢郎已去誰能呼？

送劉玉成之杭

錢塘之景天下無，我昔未遊知畫圖。吴山闌檻神仙壺，沙河燈火錦繡衢。四城翠翹上靈隱，萬象畫舫遊西湖。孤峰一作村。梅花白雪廬，大堤楊柳黃金株。百年風物未盡改，遊子那得聞其初。錢王觚棱墮秋蕪，趙家宮殿佛鼓喧朝晡。西風吹潮落越嶠，夜角呼月沈姑蘇。劉郎妙趣世希有，五色燦爛披珊瑚。請君一往覽古昔，酹以千斛之酒鵝黃酥。寫以文考賦魯城之筆千萬字，吹以東坡弔孟德之簫聲嗚嗚。歸來錦囊壓蹇驢，與君共簸明月珠。

謝王宜遠餉黃雀

野田秋陰稻穗垂，山禽來啄日以肥。斑斑背點楚雁色，煌煌腹借倉庚衣。稍飢作陣帶雨下，既飽聯翅穿雲飛。土人攜網巧覘伺，或布一網無脱遺。高明購買貴初出，但取悦口寧論貲。饌美鮮浄凝琥珀，入酒瀲灔明琉璃。詩人尤喜體質滑，錫以美號柔縣披。嗟哉羣百性命易，一旦鼎鑊魚貫隨。物惟有美足取害，復以貪得忘罟維。頭顱萬里奉包篚，幸免遠貢遭明時。吾徒縱食誠有愧，捫腹何以酬相知。

草蟲

晴風麗日天地熙，昆蟲草木同生機。墅花煌煌綴組繡，山葉剪剪明琉璃。黃蜂天半各有役，白蝶彩蝶相隨飛。野蠶卧枝玉一笏，新蜩脱蜕冠雙緌。角蝸吐腥螳臂怒，蜻蜓翼剪吳綃素。蛛絲散網專攫饕，縛蠅似縛白門布。畫工胸有太極心，秋毫點染追天真。胡爲所畫僅九物，終以殺機疑非仁。嗚呼安得人心皆祥麟，阜螽草蟲蕩蕩共適周原春。

題羅稚川小景

遠洲連岡近洲平，高樹稀葉低樹青。長溪浸日流無聲，中有數葉漁舟横。誰家飛軒接水亭？沙邊客至扶杖迎。江村頗類浣花里，人品兼似陶淵明。

野人家

野人家，瓦少茅半遮。牆外横青山，牆頭出葵花。遶屋桐樹繞屋麻，地碓舂粟如黄芽。小如高髻髮爬鬠，平生有額不點鴉。月色夜夜照紡車，木棉紡盡白雪紗。爲言主家頗豪奢，繡羅作裙歌嬌娃。州符昨夜急如火，馬蹄踏月趨官衙。

贈劉尊德善琴工畫

劉郎善琴如雍門，萬感畢赴指下弦。和如威鳳鳴若木，閶闔蕩蕩開晴天。怨如玄猿嘯遥夜，酸風孤馬行窮邊。劉郎善畫如鄭虔，落筆飛雨大化懸。豪鷹秋翻代北月，飢雁暮下江南煙。悲匡哀壑遠蕭瑟，斷蘆短荻寒芊緜。洞庭廣野神忽動，秋風六合心高騫。九成韶鈞夢舜日，萬騎羽獵思秦川。惜哉流落世未識，酒酣自賞詩千篇。嗚呼明時才藝衮衮班集賢，安得有力貢之至尊前。

題鐵仲堅宣差所藏羅稚川煙村圖

荒村漠漠煙連山，誰家野店兩樹間。青帘稍出樹梢外，秋風敗葉寒班班。路通白石流水亂，長橋縹緲依山澗。漁姑得酒歸意速，攜稚渡橋如落雁。寒藤老木又一川，罾船方餜罾斜懸。有魚有酒復有客，風致何必能詩篇。亂鴉幾點天疑暮，欲泊未泊環高樹。小舟七八散前灘，或倚長篙收釣具。君不見鴟夷一舸遊五湖，子陵羊裘釣桐廬，安知若人非其徒？

廬陵十景同蕭克有孚有諸公作 録四。

神岡晚橋

兩江秋波燕尾岐，千嶂春木鳳翅齊。道人結船布江面，行者如蟻東復西。巒頭煙起樵子急，林杪磬發山僧歸。庵中老〔僧〕（山）危坐穩，付與萬古看斜暉。

螺峰殘雪

城東青山女兒眉，天寒變作滄浪髭。晴風忽放寸碧出，亂白猶在蒼松枝。暾光日射分衆色，斷纈碎錦春離離。道人看山踏泥去，日暮拾得金螺歸。

古城秋釀

大江蓼花紅滿堤，堤上人家多竹籬。雨廚争炊白雪甑，霜甕滿瀉黄酥卮。城中少年好游冶，渡江買醉攜蛾眉。江東估客貪祭賽，第一先酹蕭郎祠。地有蕭衍祠。

小洲暮漁

螺湖石屋江水平，大船小船滿東津。舉罾出魚輒數十，落日光射金鱗鱗。楓橋煙起新酒熟，共穿小魚飲西鄰。大魚雖肥且勿食，明朝賣與城中人。

賦杜氏秋晚紅梅用友人韻

君不見緑珠吹笛意態閒，畫樓百尺垂闌干。紅妝千年不復識，今日忽見春風村。又不見景陽麗華唱璧月，酡腮半露鈿花繁。酒酣妙舞未肯散，一笑婉娩宮井寒。餘妍尚可眩一世，緑空化盡難爲完。坐令前身白玉質，施朱作艷嬌能言。頗疑守宮點臂痕不滅，又疑如意傷頰血未乾。淒風澹月疏竹外，幽香著客能返魂。同根霜雪魁百卉，未有早秀争秋蘭。煌煌庭院生曉色，一樹變作扶桑暾。我欲呼坡仙，叩門共醉詩清温。我欲唤東野，長安一日走馬看。向來酒禁今已釋，莫遣頃刻無罍尊。

賦歐園海棠和羅起初

蜀州海棠錦成畦，昌州海栗芳氣菲。名花自古恨不見，東風吹在西家西。美人壓酒紅珠落，半笑新晴半含萼。玉膚柔薄絳袖寒，妝淚輕盈脂臉怍。太真姣睡金屋春，緑珠夜燕宮蠟薪。一時羣花盡妾媵，娉娉嫋嫋真仙人。雨餘繁枝深緑净，好及佳時入觴詠。花容相對易新故，人事無情有衰盛。我昔曾同花下歡，寶釵插映鴉髮盤。只今便能日日爲花醉，欲挽朱顔應已難。

感舊行

余生九歲，爲至元十三年丙子，避兵山觀李氏。又三十一年丙午，哭内兄其淵。又三十一年爲後至元二年丙子，諸親相邀，復留數日。因思三至，歲皆逢丙，若有數然者。

憶昔丙子宋祚變，天兵南來混九縣。舉家避兵竄山巖，道逢哨騎落髇箭。倉皇奔匿道旁家，弓槊穰穰短牆見。當時脱命五步間，店叟焚香身手顫。行投李家日已晡，張燈招魂具饍餔。老人攢眉論興廢，我時雖幼知艱虞。又聞土兵在嶺外，肝腦滿地紅模糊。偷生度日四五載，短衫窄袖忘詩書。聖朝右文庠序起，始復勉學思爲儒。兩家昏姻益稠密，冠蓋城闉相絡繹。君家氣運如新春，我家貧賤如前日。却從丙午哭盤淵，六月赤煒行青天。歲當饑饉路蕭瑟，殣殍横野無炊煙。陂灘悍激落青浪，草樹蒙翳號悲蟬。天道一周如電掃，偶向山中事幽討。兵饑定息太平久，少壯丘墳童稚老。溪流改徙棟宇多，短植參天修木槁。後生秀者來如雲，欲陳往事誰可論。烹羔擊鮮醉賓客，東家西家邀款門。所嗟淫雨連十日，不得登覽徒清尊。天留老眼儻不死，重來山水與子笑傲觀乾坤。

憶昔行送李省掾友仁從李龍川平章定寇

憶昔韓退之，運籌辨幕擒吴兒。蔡城夾道拜丞相，歸來却作平淮碑。憶昔于公異，槊頭露布從東渭。文章功業相久長，一語精神照天地。兇姦小大雖不同，賓主千載同高風。舳艫白鉞航玉虹，勁氣欲剗千崆峒。丘夷穴踣九兕斃，溪湮壑倒羣蚊窮。莠稂薅盡嘉穀在，鉏惡樹善心元工。城門夜開燈火鬧，童哇婦織村無哨。四郊桑麻與天平，弦誦家家施禮教。懸知耆老歌盛德，鋸斧春風餘幼少。章江水滿牙旗舞，勾陳橫空搥大鼓。殺牛擊鮮勞歸旅，千斛鵝黃浮甕醑。相君黄扉君紫府，先生作詩如吉甫。

遊沙山和蕭安國

書窗半月雲冥冥，今朝有客天亦晴。七年懷山始一往，宿雲卷盡羣峰明。峰回水橋帶行路，數尺便覺分俗情。穹厓白石飢虎踞，髽髻樵笠玄蟻行。軒車既令路人駭，杖屨亦有青山迎。倦攀尚覺人語遠，小憩先得亭陰清。仙樓下俯心忽動，天風吹衣疑化城。芙蓉崔嵬去未已，青原拔怒來如爭。偉哉造物裂元氣，削此蒼壁懸亭亭。臨風指碑誦未了，虛谷洶湧波濤生。江山千年如一日，是間風雨平復驚。舊爲寇區。今人頭髮照溪水，昔人壁間遺姓名。豈無樽罍可一笑，獨懷南磵悲山陰。同來豪士亦不少，狂絶如白歌如青。風流益自愧寒鄙，謔調未覺須娉婷。闤闠野花暮眠鹿，滕王修竹春聞鶯。丈夫登臨要勝迹，向來意氣終何益。槎牙江頭樹千尺，記我斜陽下危石。欲題妙語還自惜，恐有仙人怪今日。

南樓乘月

人間塵埃能幾何？夜夜明月九州白。獨提愁髮御秋風，漢江染之不成黑。江流迎我來滔滔，古今銷盡黄龍高。樓頭擕酒邀天飲，我與殷庚爲三豪。吴姬膚肉映肪雪，笑倩坐客穿舞袍。胡牀吹玉龍，朱闌懸豪曹。已傾四海添我酒，更推三山鱠其鼇。苻堅石勒豎子耳，尺組縻之如猿猱。昔人功名何足論，惟有風流千載存。當時結束不成興，誰愛明月來端門。我起舞，君莫回，姮娥隨人不可推。君捉我影入我手，酌君玻瓈三萬杯。

淮南芍藥

西施三十埋五湖，魂飄南國香骨枯。隋皇羣姬一朝死，迷樓妖氣夜如水。江南草木千載歸，廣陵芍藥天下奇。晴風羅漢春色午，輕塵微雨姑蘇池。東家繡韉西紅絲，黄冠女兒學塗脂。屏風夜色丹砂泣，王孫倫醉青蕪溼。豹胎猩脣宴王母，滿城鼕鼕椎大鼓。油車翠幌推不行，竹西將軍舞虓虎。萬花夜逐錦雲空，四相化作神仙去。風流老守今種瓜，灌畦馬廏春日斜。城中氈車泥滿路，唤賣遺花人不顧。

天上謡 戲效李長吉。

瑶京夜宴弁紛星，洞庭神樂八荒聲。幼龍未起月忽墮，捫空路迷失仙纓。轉杭東海蓬萊曉，遥看太白當天小。海塵相隔青茫茫，玉玦海邊委秋草。雁啼霜溼衆娥裙，緑毛斷耗三千春。桑枝千層拂人馬，春寒夢繞高丘下。

和劉元翁

廬山江水之西流，今年涉我舟復舟。平生歲月向此盡，百里何必非并幽。伏波少游兩不可，玄髮如客誰能留？南飛鳧鷗北鴻雁，我亦天地無幾求。空山歲晏催客別，與子擊筑歌四愁。陌頭雞鳴曙光發，池上古木寒蕭颼。人生百年各有願，養牛種橘亦得齊封侯。

題楊補之梅

補之之梅不易作，況乃藏自澹翁閣。澹翁千載忠，補之一世雄。元氣擘裂乾坤冬，開卷灑然見二公。孤山之月羅浮風，淡雲萬古吹不融。黑埃黯慘翠羽失，小窗滉瀁重湖東。塵心蕭蕭淡若水，卧看青天露如洗。

萬户酒歌

泰定乙丑，真定吴侯來守廬陵，議行萬户酒，申請垂定，郡民預喜，賦詩相賀。

城中禁釀五十年，目斷吹秫江東煙。官封始運桑落甕，官隸方載稽山船。務中税增沽愈貴，舉盞可盡官緡千。先生嗜飲終無錢，指點青旗但流涎。今年忽縱萬户釀，處處争説邦侯賢。富家遶郭買秫田，小家盆盎争濯泉。開城曉避麴車道，築室夜甃糟丘塼。便將相如舊渴吻，一吸擬盡長鯨川。老翁童稚喜欲顛，秋醉月下春花前。豐年五穀賤如土，市上遊人歌復舞。歌復舞，邦侯堂有八袠母，共飲蟠桃幾千度。春風吹醉九九州，公但飲醇丞相府。

織錦歌

南州織錦天下奇，家家女兒上錦機。蓬萊額黄染萬斛，渭川茜紅種千畦。鳳刀冷淬并江水，龍梭細琢炎洲犀。春波雨深浄如練，挼紅濯黛隨時變。高鬟半鬟玉腕明，心逐輪絲千萬轉。晴漪翠浪舞白鯨，細柳高花穿紫燕。青樓臨道起鞦韆，胡蝶鴛鴦逐少年。月中三郎坐聽曲，海上漢武來求仙。窮年玩歲容髮改，研精極巧造化憐。陌頭楊花春鳥語，東家西家教歌舞。燕姬金捍擁四絃，百萬纏頭棄如土。

人生得意各有命，豈無紅顔甘自苦。君不見郭門十里桑柘村，蠶婦朝朝踏風雨。

陳所翁子雷巖畫龍

所翁畫龍妙天下，墨水千江醉傾瀉。天地變色草木寒，霆電交作晝爲夜。陰風蕭蕭出空庭，天落黄金壁間挂。前身是龍身不知，龍來與語相娛嬉。歲饑乖龍不肯起，畫龍夜出行雨歸。不知雨到幾千里，但見綃素濡淋漓。所翁丹成駕龍去，雷巖傳家有奇趣。蜿蜒半幅浩欲動，鱗鬣槎牙攫雲霧。軒窗怒濤聲洶欻，篋笥夜光亞春吐。嗟哉雷巖今亦仙，此龍神妙不再覩。誰能久藏繫金柅，雷公繞柱窺囊楮。只今春風急雨日夜多，便恐一日飛去驟天河。

寄劉濟用萬户

君如襄陽杜征南，輕裘緩帶峨兩驂。峴花江笛邊吏閒，風流千載成美談。又如荆州庾征西，上流重鎮雄孤羆。旌旗不動萬馬嘶，秋風颯颯紙自題。世家桓桓産燕朔，山川英氣横詩槊。啖牛釃酒赤羽旗，讀書揮麈青油幕。去年擁麾戍潮陽，貔貅六月飛風霜。溪潭鱷去洗瘴雨，滄溟颶息凝清光。暮春歸帆拂鷺嶼，滿城酒香咽簫鼓。客來痛飲百尺樓，樓上青山浩無數。槐陰晝戟列校滿，榴花猩裙小姬舞。丈夫窮達固有命，才氣騰驤天所賦。嗚呼向來書生百年文字間，一日乘障如狄山。

雪林獵虎 丙辰歲晏無營，友人有賦十題者，援筆戲效其體。

朔風曉寒天地白，將軍打圍千騎列。南山老獸工避人，穿厓蔽木蹤不滅。地窮怒躍戟亂衝，千丈瑶峰盡成血。却懸駝背歸入城，不見爛㜹見白額。

竹外梅梢

誰家修篁千萬竿，短牆流水朱闌干。孤芳託根得春早，一枝斜出行路看。遥凝青林炯初霽，一點兩點雪未殘。小窗月落霜角動，誰與伴此空山寒。

水邊柳影

江南殘臘冰雪消，人家垂楊如灞橋。窺春嬌眼寒未動，仿佛已學東風腰。東家女兒重歲月，心逐時物先妖嬈。此時欲寄未可折，直待二月黄金條。

山村臘酒

青峰抱田溪遶門，茅屋數十連炊煙。水春香秫簸白玉，糟壓新釀鳴紅泉。黄雞肥彘更平。餞歲，但取醉飽不作筵。城中爭學北官飯，官釀苦薄空費錢。

城角春聲

江城窮年柳芽黄，家家辛盤鬬稱觴。城樓夜吹梅花引，起視天宇皆飛霜。牛衣有人久待旦，冷銼三尺冰花長。勿云暖律苦未轉，中有萬斛東風香。

江帆雪影

朔風殷讀作引。空夜飛霰，百萬玉龍交曉戰。茫茫天地如大荒，只有行波蒲一片。推篷四望眼光眩，倒浸玉扉水中見。却疑馮夷宴未終，舞女猶持白鷺扇。

寒食行

去年寒食城東橋，郭田野花春搖搖。城中家家出上家，久晴争試紈與綃。松邊細馬擁繡陶，柳下輕車窺翠翹。竹籃買花分載酒，酒酣遮路行吹簫。高岡纍纍臨廣道，敗輕短籬編棘棗。北人火葬哭望雲，士人高墳歲剪草。老翁愴咽心未平，童稚嬉遊未有情。懸知十日辨一出，焄蒿不及行春心。男兒百年驚昏宦，慵癡未必輸精悍。黃金堆堂紅頰笑，闔棺未了如雲散。夏畦埋骨繞里閭，海上田横無麥飯。江山滿眼樵牧歌，萬古行人一長歎。我時醉卧山下家，與闌行吟西日斜。郭門排前競先入，却獨倚樹觀歸鴉。今年孤村又寒食，閒笑清遊無一日。人生時序良可驚，疏雨閉門落花積。

和羅昌逢吾廬亭海棠

閉門春色深深許，日暖紫綿生霧雨。主人慣看不常來，過客暫遊那忍去。短梢未許隔牆知，落片暗隨流水度。古砌侵泥新蚓行，修竹滿林幽鳥語。紅顔流落未須嗟，妙語發揮吾亦主。

和羅昌逢蠟梅

梅兄不見今幾時，黃塵盡涴冰玉姿。却疑來從金仙國，已覺顔貌俱近之。水邊林下恍如昨，都非都似驚相嬉。額黃萬斛塗未了，瓶怒半落宫簷枝。縹裾下壓紺裾褐，緗袖醉枕紅膚脂。天寒鵝兒凍凝酒，日明蜂户光分脾。暗香著人欲襲骨，妙意未必和靖知。小窗静晝膽瓶古，長廊微雪朱簾垂。一枝几案誰所置，便覺春意生睫眉。勿嫌吟詩苦不似，酒觴更倒黄金巵。

和羅昌逢

空江五月輕帆漲，南風飄飄卷衣浪。故人百里肯重尋，相逢喜見平生心。窮通慣見貌難老，談笑生風人愈好。新詩猶欲俎豆予，倦遊久已如相如。夢中占夢竟何據，鄉人説鄉念歸去。春花繞屋菘韭長，有酒不願求西涼。

湖山歌送攸州武寬則再入京　寬則自號湖山，能詩琴。客京久，諸名公多贈以言。

洞庭瀰漫萬水會，衡山突兀千仞外。青天偃蹇浸其尾，白日跳丸出其背。地維窪坼波濤高，元氣淋漓雷雨霿。其間人物多豪英，山爲襟裳湖作佩。武君講書河西府，貔貅動容熊虎拜。玉京羣仙迎笑談，夢斷依稀廣寒界。始知十二宫中玉李奔，馬周富貴不繫常將軍。武君常才有如此，秋風彈琴望天閽。琅玕五色騎青鳩，嗚呼！衡山之高，何不拔在居庸脊，洞庭之大，安得上接黑水渾，坐令武君官爵高大難比論。

故里夜坐

故里復秋夕，客懷誰與同？澹雲低近屋，涼月緩行空。道與身俱拙，愁兼病作翁。閲人惟老樹，語夢有鳴蛩。

山野中秋有懷諸子姪

百里不能返，孤村圍碧厓。茆廬佳節夜，秋雨老人懷。多病猶能賦，長貧更寡諧。中郎諸子姪，今日定誰佳？

山莊阻雪

三日不出户，巷深交馬蹄。鳥銜危雪下，樓挂溼煙低。測測衣疑薄，荒荒眼欲迷。故鄉翻似客，買酒短橋西。

和邵有初遣懷

每見清談勝，豁然人意開。書如秋蚓結，才擁蜀江來。雪盡春生柳，沙晴路有梅。柴門常寂寞，相過定無猜。

和邵有初郊行

久凍餘趺坐，初晴偶意行。花濃慚客鬢，酒薄勝人情。野廟春旗動，山城暮角清。悠悠百年事，倚杖斷雲横。

故里

故里留人住，新秋起客悲。不知横笛處，適與此心期。夜久風藏樹，天清月動池。平生遊射地，壯日尚棲遲。

正月二日

泥潦無來客，題詩受午風。功名山色外，歲月雨聲中。拜跪頻懷舊，悲歡始悟空。九州春欲滿，未許歎途窮。

和袁鑒翁

病客終何似，鬢髯日日深。能詩今見子，閱世自憐心。溼礎生花氣，晴枝墮鵲陰。村村風物好，我自愛禪林。

十六夜懷諸兄

相看自非節，月是昨宵圓。露下江山静，天虚象緯連。開尊從到處，憶弟定三年。坐念吴江夜，清光滿客船。

對客暮坐

危坐高齋夕，東來喜友生。空庭疏雨後，四壁亂蛩鳴。燭至瓶花落，秋涼架藥輕。西頭動刀尺，澹月上檐楹。

寄友

吾友葉居士，三年二已疏。每來曾不駐，今别復何如？歲月同爲客，勳名合著書。先朝文獻遠，風雨一欷歔。

除夕

疏雨孤燈夜，相看又歲除。江山猶寓客，親友絶來書。新酒初堪酌，長愁未暫疏。艱難吾敢恨，百歲定何如。

和家兄巽翁久别聽雨

夜闌不能寐，長聽雨聲寒。萬里風塵遠，三年會聚難。每憐伯仁勝，自作少游看。不用聞鄰笛，相悲正淚潸。

和許中立

始識未逾壯，重逢四十餘。狂隨春酒盡，病與好詩疏。有賦堪懲咎，無成託遂初。阿同頻共語，時得問何如？

輓文文溪宣慰

身世從違夢，功名毁譽資。平生惟客在，後死有兄知。危涕秋風遠，華顛嶺海期。空餘千載意，不得盡吾詩。

桂隱五言近體，多哀輓之作，於宋之遺老，尤三致意焉。如《輓楊節父》云：「關西猶有族，江右欲無人。」《輓蕭吉甫》云：「賓客清時酒，臺池故相園。」《輓高志翔》云：「生無百年半，天忌一官多。」《輓羅見大》云：「柳家從有子，王令竟無年。」皆警句也。

輓劉須溪太博

早日驚吴洛，餘年畏有聞。蹉跎臣結策，流落大蘇文。世外風流盡，人間論議分。豈無千載淚，不得灑公墳。

輓鄧中齋侍郎

海上青油幟，城中白髮簪。百年重得老，萬事獨餘心。過客門啀雁，遐荒字抵金。平生俱莫料，造物意何深。

又代輓

雅望驚南北，斯文屬古今。艱危魯連意，老大管寧心。落日空庵白，秋風病髮深。太玄當有識，流落欲千金。

輓李鳳林

篤行成迂闊，垂言累隱淪。儒林多未傳，耆舊已無人。家學傳衣重，門生負土新。未須生世早，相望一霑巾。

輓蕭方厓御史

歲月無餘分，功名不計身。世方危獨行，天若忌斯人。精鬱山川古，魂流楚越春。遥憐無盡意，未必著堅珉。

輓胡宗瑞節推

海内多先友，如今可幾人。高冠餘後死，一第是前身。雅俗形神遠，窮通表裏醇。山陽寒笛斷，宿草欲生春。

輓潮州教授李以翁

白髮居庸塞，青衫瘴海濤。平生餘志在，薄宦累才高。器業庸流嫉，篇章大化勞。鄉邦人物盡，江漢日滔滔。

和劉寔翁後中秋 庚子。

此地元無約，窮年亦倚樓。亂雲江市白，落木鬢毛秋。逢節偏驚客，資身可廢謀。天多今夕月，有酒未須休。

春日江上

山市風敧樹，花津雨漲泉。路分歸越客，春入下潮船。嗜懶終違俗，無成數計年。殘梅如有待，耿耿映青天。

留村岡山中

村早谿源絶，年虚鼠雀飢。庭風扉自語，山雨客先知。窮達堪杯酒，暄涼任鬢絲。梅花春欲動，不盡歲寒期。

故里

兄弟各逾老，青林祇自觀。午煙山驛静，社雨水村寒。燕子風當户，桃花客倚闌。莫論千載去，且共一杯歡。

輓文遜志學士

聲名天下士，人物玉堂風。坐失杜羔孝，真成嵇紹忠。壽無人世半，論有後來公。今古元如此，江流日日東。

哭蕭安國州判

早日分鄰燭，中年隔宦郵。青衫南徼雨，白髮洞庭秋。風誼真堪哭，交游取次休。短修同一夢，華寂亦何尤。

和羅士奇遊洞巖見示

昔往興遄盡，今遊期未齊。天連華蓋起，山抱白雲迷。樹老時來鶴，星低半在溪。故人題筆在，遺墨似鴉棲。

故里曉坐用立敬韻

曉起復危坐，蕭蕭聞馬嘶。歸雲山色静，宿雨竹枝低。客意空山笛，秋聲隔屋雞。廣南方盜賊，疲卒困山谿。

清明和歐陽山立二首 己丑。

江南二月三月，野水一村兩村。花落人家寒食，燕歸山館黄昏。

細雨海棠成子，餘寒江燕初歸。立馬橋西沽酒，行人未試春衣。

春日偶賦二首

官路落花馬過，人家高樹鶯啼。故里故人何處，夕陽長在樓西。

楊柳輕寒水驛，楝花小雨官橋。回首人間往事，孤燈挑盡春宵。

和龍麟洲題黄次翁黄鶴樓圖

孫曹百戰何在？大江千載狂瀾。誰倚樓頭呼鶴，秋風落日危闌。

元夕諸子孫小飲

梅外初升寶月圓，柴門春入菜絲盤。鼓鐘不斷山城閙，燈火無多野郭寒。童子折花偏愛節，老人持酒强爲歡。牙旗鐵馬羣英事，謾賦新詩寄客看。

社日偶成

西郭先生嗜酒杯，敝裘潦倒積緇埃。疏疏社雨梨花老，漠漠春陰燕子來。灌圃天隨餘杞菊，閉門仲蔚長蒿萊。衰年頗覺頭風進，烏帽何因倩客裁。

和彭贊府琦初新歲陪拜黄堂之什二首

九州八極共年華，未覺天顔萬里賒。雉扇排春階立笋，猊煙泛曉燭生花。侯藩勢重嘶千騎，仙樂聲高進九霞。懸想故人袍帶冷，頗輪高卧屬儂家。

金竹峰前共歲華，新詩同賦酒同賒。君如老柳春先緑，我似寒梅臘未花。晴日市眉行却月，暖風客臉上流霞。小桃忽露牆東蕚，春色寧遺陋巷家。

和張漢英見壽

吾里文章小晏家，才情欲學賈長沙。妙書鴻戲秋江水，佳句風行曉苑花。富貴未來歌扣角，畸窮相對賦煎茶。芳年京國飛騰近，預想春車墮馬撾。

旦日試筆并自和二首

爐煙燭影共徘徊，手試春風第一杯。萬里星辰環極共，五更鼓角挾春來。凌寒柳意如先動，閱歲梅花不受催。坐久不知天向曙，出門爆竹發驚雷。

老來節意重徘徊，小案猶横隔歲杯。得句定知春未覺，開門喜報客頻來。江山萬古晴陰老，花柳千林雨露催。郡國升平人自樂，城頭畫鼓響輕雷。

和劉道淵

小巷柴門剥啄聲，齋爐相對得詩盟。春寒未了花開落，山雨頻來窗晦明。我自一經成皓首，君方萬里起修名。人間變化知何據，危坐東風看馬程。

和彭庭發

卷簾危坐似枯株，微雨羣峰半有無。山墓鳥啼寒食近，人家花落暮煙孤。病辭美酒空佳節，老憶東風識故吾。爲問鄰春餘幾許，嫩黄一寸長園蔬。

送劉巨川赴惠州海豐巡檢　太傅之孫。

須溪孫子好才名，百丈龍山繞屋春。文學盡交天下士，弓刀更治嶺南民。盾頭壘溼長亭雪，扇外旗麾列嶂塵。若見羅浮花爛熳，可能遠寄一枝新。

庚午上元雨陪學翁兄飲

元夕相看白髮兄，燈花應笑兩無成。村醪薄薄客三五，疏雨瀟瀟漏幾更。老境情懷多舊感，荒年市井少歡聲。興來欲聽祈賓唤，門巷成泥懶復行。

再和上元韻答彭琦初

平生相視只殷兄，文字江河落筆成。時序百年尊酒在，風霜萬里鬢毛更。交游依約青燈夢，豪傑銷磨畫角聲。見説教坊歌盡變，無誰能記落梅行。

和蕭孚有新年

閉門十日雨漫漫，詩思焦枯酒盞乾。杜若水生江舫集，海棠風起郡齋寒。千年競轉青春易，百藥重回白髮難。知子頗憂天下事，可能參錯立朝端。

彭琦初用坡翁紙帳韻惠建昌紙衾次韻一首爲謝

雪縢揉碎密縈連，清卧梅花性更便。茸暖何須鑾客帳，座寒但少廣文氈。窗升紅日那知曉，夢壓白雲疑近天。但恐少陵茅屋漏，雨宵霑破不成眠。

盱溪水暖楮藤連，練作雲衾與老便。補幅全勝羊續布，裹身疑是鄧侯氈。温欺臬絮娱霜夜，潔與梅花共雪天。要識故人淘瑩意，可貪一暖但高眠。

中秋和蕭孚有二首

旱雲卷盡昨宵陰，節物偏供酒盞深。病骨怯風難久坐，衰年見月易傷心。金螺水落千峰笛，白鷺城高萬户砧。頗憶五羊臺上客，頻從驛使寄新吟。

萬里青天無寸陰，酒闌秋氣入衣深。百年晴晦中秋月，四海悲歡此夜心。佳節有情惟藉酒，孤蹤多感更聞砧。文章政要追周雅，底用欷歔學越吟。

中秋和學翁兄

七十老兄生理浮，未寒先試木棉裘。管絃四海華筵月，鐘鼓半山僧寺秋。其年學耐偶寓僧舍。醉裏一尊歌浩浩，老懷萬事歎休休。故人相棄誰來往？惟有殷勤白髮留。

登滕王閣

來往南州老一經，登臨轉覺鬢星星。戍兵晝守滕王閣，驛馬秋嘶孺子亭。舸艦北連章水白，樓臺西映蓼洲青。鵠袍多士誰能賦？謾笑王郎筆意輕。

登金竹峰

一峰歸起何奇哉，太古削成蒼壁堆。四野雲開墟井見，半天鐘動鬼神來。山前戴景全消歇，洞口朱陳自往回。誰畫先生心似鐵，秋風千丈立崔嵬。

曉起用麟孫韻

七月今年涼氣高，牆東古木夜蕭騷。孤城殘月角初動，野屋秋風雞亂號。萬事惟餘雙短鬢，百齡須用幾綈袍。故人莫薦揚雄賦，衰老難勝執戟勞。

甲戌和蕭孚有見壽二首

少日曾期諸子先，如今潦倒且尊前。鬢絲夜雨窮東野，城屋秋風老玉川。自度新詞傳玉笛，莫將舊事問銅仙。文章星斗真何用，但把長鑱了暮年。

玉頰修眉入繪圖，自騎紫鳳衣霞裾。佳時燒筍洋州畫，長日臨流逸少書。歲月浮沈羈羽翮，風雲變化看鯤魚。君家累世堆牀笏，未可逢人賦《遂初》。

和涂率修見壽

袞袞高冠盛玉堂，牛衣誰復念王章。百年風雨青燈在，萬里乾坤白髮長。我懶惟應棲畏壘，君才終許奏明光。郭門東轉三泉美，來往還能共酒觴。

和楊貫道見壽

學易未成先退藏，鶴鳧非短亦非長。文章底用追韓孟，富貴元應屬禹光。已老不求方染鬢，平生惟有句成囊。星辰劍履危朝露，甘老秋風一草堂。

和張伯温見壽

蕭蕭短髮不重新，老去何由復競辰。百世光陰消鐵研，半山風雨語銅人。病餘久看花成霧，醉裏猶驚筆有神。浮世功名無念我，相期早致日邊身。

和蕭公著見壽

少年佳卉發春芒，老大真如凍木僵。天闕曉寒遺太白，魯城夜爐見靈光。嗟余學采雲根藥，知子應攀月窟香。學問無窮功業遠，好騎騄駬驟周行。

和王帥赴廣東過快閣寄文同予

家世詞林舊子期，旌旗鎮遠路逶遲。金城老將三軍略，銅柱功臣絶域碑。帳下風清環萬卷，盾頭墨溼落千詩。梅花荔子多高致，寄與中州故舊知。

故鄉夜坐有感

諸兄棄逝有喬木，病妻死别今空帷。淒涼聽雨夜如此，老大還鄉心轉悲。風氣百年無舊俗，江山滿目記兒時。孤燈明滅可誰語，援筆悵然還賦詩。

中秋陰雨

疾風掠雁不成行，常歲中秋無此涼。萬里陰雲圍野郭，中宵落葉響回廊。蒼茫天地容吾老，寂寞山林識夜長。猶似姮娥未忘世，天衢隱遞發孤光。

和友人遊永古堂二首

流水小橋園路迂，虛堂午憩息徐徐。山空轉覺禪機寂，地勝不知人意舒。静倚修篁聞鳥語，閒尋敗葉認蟲書。輞川金谷餘荒址，三兩園翁自結廬。

勝日偶尋山寺幽，老僧石鼎沸茶漚。市窮路轉得此地，人語經聲在小樓。君似淵明來白社，我如蘇子説黄州。雪乾沙静春晴好，出郭何妨更小音少。留。

和蕭孚有閒居卽事

天氣初宜小扇輕，故人不至巷泥深。水村鷺去千畦雨，山郭花開四月陰。愁裏有誰同細酌，老來并欲廢清吟。若爲共息塵勞意，行遍青原處處岑。

和羅起初觀校場剪柳

治世衣冠立九天，將軍語勇尚欣然。元戎擁帳孤羆兀，萬衆圍風一騎先。三箭觽鳴軍盡賀，兩行柳斷目無全。鼓收人散成虧遠，惟有牛羊縱滿阡。

遊新淦塔寺

未信明時一士寒，却從六合得兹山。鼓鐘不了行人老，天地無言古佛閒。地迴樹林環晻靄，雨多田澗互潺湲。不知今日無登覽，曾有何人此往還。

荷花莊小音少。留

城西郭門白髮人，印峰舊隱歸重尋。故人盡化青山雨，古月常懸老樹林。野廟鼓鐘春社過，村家燈火暮寒深。平生謬有相如賦，老大何堪賣一金。

和友人病起自壽

藥案常行鼠迹塵，花枝閒結膽瓶春。病餘不放吟詩樂，別久重如識面新。鷓鴣茶香分供客，荼蘼酒熟足娛親。與君共語如銅狄，長作比鄰還往人。

友人楊君所往金陵省忠襄公墓學士虞公送以詩壯鬱沈痛使人流涕因用韻爲別次篇遠哀雍公以虞詩序及此故也二首

邊陲侵軼尋常事，但恨朝臣少寇萊。汴水殿荒秋鳥下，金陵城落暮潮來。忠臣遺廟長存祀，吴代諸孫肯一哀。理櫂又爲江海去，不妨覽古更遲回。

窺渡驕兵淩采石，撫軍使者出蓬萊。東南國勢一朝定，吴蜀江流萬古來。諸葛八圖司馬走，臨淮孤冢杜陵哀。只今貴胄知天道，奎壁光芒與漢回。

簡晏提舉

胸中至寶等隋和，鞭鳳曾聞第一歌。天地百年喬木在，山川萬里宦塗多。詩成夜月揚州笛，賦罷秋風赤壁波。讀徹大編無一語，低頭東野愧如何？

辛亥清明日陪彭琦初黄用寔八人同登螺山瑞華用仲子尚文韻

故人新句妙何險，一笑相看得會心。勝日從來成邂逅，老懷正復託浮沈。山含萬古春晴薄，水挾孤城霧氣深。隨意酒家聊復醉，暮歸未用典腰金。

再用韻酬同遊諸公

聽盡城鐘聽寺鐘，暖風扶醉覺衣重。粥魚飼午催僧飯，酒榼行春酹墓松。羈客得晴辭櫪馬，歸人分路各房蜂。簪花泥飲田間老，我自不如渠興濃。

送彭宜賓赴潭州學録

盛年才氣自無雙，振鐸長沙佐泮黌。人物古來推楚産，文章天下説歐鄉。湘江春水雲山近，嶽麓秋風草樹蒼。豪傑功名須異路，定超天馬到長楊。

丁巳上元前一夕留飲蕭氏盤中和友人韻二首

香篆縈簾九曲盤，清尊對客語更闌。不妨小雨留人住，未覺東風到酒寒。絳燭燒廊春意鬧，玉笙連巷市聲歡。文園元有吟詩渴，更愛茶香透舌端。

樓外青山勢折盤，春愁正在最高闌。落梅門巷行人少，細雨山城薄暮寒。醉裏聞歌偏易感，老來撫節强爲歡。戲拈詩句償今夕，尚覺春風滿筆端。

飲罷偶賦

雨中簫鼓滿山城，節序偏供感慨增。貪聽清歌行美酒，不辭白髮看華燈。粉登夏果明羣壁，菜挾春風響碎冰。却憶去年山水夜，籠紗醉踏雪棱層。

送黄新之教古端

聲名疇昔重南州，又著儒冠理驛舟。要識海波窮壯觀，直尋石硯亦清遊。桄榔葉暗詩筇瘦，蕉葉花濃講席秋。帥府秪今須傑士，知君談笑幕青油。

題安成李氏秀野亭

人生役志是虚名，富貴誰言勝隱淪。數世衣冠前輩意，百年亭榭太平人。美花修竹隨時勝，白水青山繞屋春。今世恨無摩詰畫，不妨詩筆發清新。

游新淦興善寺二首

不待前期偶出門，酒壺詩擔散郊原。樹連山勢高藏屋，路挾溪流曲抱村。老遇清游偏易感，醉思往事了無言。此生定合重來否，細踏沙頭屐齒痕。

欲雨不成雲往還，筍輿穩載度禪關。青天四匝高峰外，白水交流亂畝間。經論已隨仙客去，佛煙長共老僧閒。竟忘柏子西來意，惟有溪聲送出山。

再和曾學士

《風水霓裳》妙可聽，斷雲過雁筆縱横。揚州杜牧樓中夢，淮海秦郎天下聲。駱馬柳枝餘感慨，沉香芍藥待才名。從今伐梓供新譜，流播梨園與妓營。

上元次學翁兄

春似高人喚不來，輕寒鐘鼓自相催。年華未了供燈市，節意聊堪託酒杯。菜甲半存冰地裂，桃花預約雨時開。故園風物今何似，惟有初心不受埃。

贈蕭克有赴興國税務

小駐青雲九萬程，塗商里販樂寬平。古來闕市多賢哲，盛世舟車少算征。雨漲玉虹灘石滅，春深金鯽郡池清。看山攜酒吾曹事，定有新詩許共評。

贈胡履平偕克有之興國

主賓二美古稱難，笑語輕舟十八灘。幕有仁言官政善，士從知己旅懷寬。文章不肯時科試，山水元須勝士看。想見鬱孤吟賞舊，渚煙汀樹滿毫端。

和友人遊洞巖追用須溪韻二首

巖裏桃花千歲開，巖扉無復老仙推。萬山挾洞人間斷，一瀑如川天上來。古殿碑橫苔入字，忠臣像老月窺臺。平生歐尹神清興，爲約秋風更往回。

雲峰髣髴畫圖真，石户深藏萬古身。山水何知天下事，神仙本亦世間人。日高壇樹三門午，雨漲源花滿洞春。濟勝尋幽平日意，天風吹動華陽巾。

謁安成魏君壇留宿其下

一溪抱峽玉潺湲，奇草幽花滿古壇。千岫月明丹石去，萬松風轉斗垣寒。白雲可踏天垂屋，老鶴不歸人倚闌。定有吹笙王母下，露淒夢冷欲生翰。

發洪州

童稚相催忽白頭，西風滿袖古洪州。重陽天氣村村雨，殘柳人家處處樓。樵牧忘機鴻北去，古今無迹水東流。卸帆旋買楓林酒，飽睡歸舟十日秋。

重游青原回塗過清都臺和坡韻

門外江流萬里東，青山曾識老仙翁。百年客鬢東風裏，兩岸人家落日中。蠟屐平生須幾到，桃花前度有誰同？文章隨意成千古，草樹荒荒老屋空。

寒食和友人

二月微暄試白團，得晴一笑未應難。故人不至花頻落，好句初成酒半酣。郭外漁樵無世念，墓門翁仲看人歎。夜歸坐聽瀟瀟雨，自剪西堂寸燭殘。

江上清明和友人

北郭山花開赤鵑，東津榆莢作青錢。大江萬里雲連野，元氣千春樹接天。豪傑盡隨流水去，文章未許俗人憐。感時惜别俱常事，莫放清愁到酒邊。

暇日至吾廬亭

小池淺淺落紅堆，猶有荼蘼可酒杯。種樹十年堪共待，扣門一笑勝頻來。楸枰坐久霑危露，紈扇晴嬉墮脆梅。爲報詩人箋注苦，暖風天棘蔽階苔。

九日同蕭焕有兄弟蕭安國陳誠伯彭天玉華明胡履平涂率修兄弟泛舟觀橋吉塘飲酒橋菴順流而下登西臺寺城岡山復飲山亭觀先朝所賜廟神劉誥封及硯泛月而歸和焕有韻

斜日千峰生纈斑，憑高飲酒未知還。百年寒暑朱顔變，萬古興亡白鳥閒。野叟豈知酬令節，是日耕夫極多。高人從昔愛名山。回舟月色寒如水，共指城樓杳靄間。

和涂率修

出郭意行何所歸，史家園裏得新詩。野香一逕客稀到，秋興滿山僧不知。老愛故人鴻得侶，愁欺短髮葉辭枝。他年尚有經行約，莫忘西山見月時。

故居南山感興

涼風薄日滿天地，團作人間一片愁。衰柳馬嘶山驛晚，冷菰雁落野田秋。吕安潦倒黄公酒，杜甫蕭條白帝州。欲説舊家無故老，杖藜默數昔經遊。

乙亥留故鄉自壽

七十古稀今已迫，回頭一一記兒時。三生我豈後商隱，舊嘗夢與李商隱語，謂余乃其後身。四海今無半子期。紮髥有情聊暢適，文章無用祇娱嬉。旁人莫比耆英輩，但好商山學采芝。

舊嘗夢崔嵬若仙境者樓觀肅然香氣襲人得二句云天懸桂樹三千界人在梅花萬斛間竟莫省何故偶閒坐憶此因謾以夢中所見足成之 己丑。

珠簾坐卷燭花殘，殿上昭儀擁翠鬟。紅日牙旗明曉仗，青煙雉扇立仙班。天懸桂樹三千界，人在梅花萬斛間。始信蓬萊司下土，坐繙前史燭忠奸。

和高方大初度日登中華

到祠七十二雲扉，俯視齊州一粟微。萬樹挾風濤洶湧，千峰倚漢石嶔崎。銀河垂屋天如近，瑶斗當壇夜有輝。欲與浮丘談舊事，瓊樓高處未能歸。

送龔如逸赴南康學正

秋風千里送飛帆，又戴儒冠俎豆間。美教古來無鹿洞，清游天下少廬山。弄烏綵服三年別，騎馬青衫一日還。渤海家聲元有舊，衢雲努力更追攀。

和許山立見壽

兩袖秋風酒一中，浩歌無復問窮通。極知白髮形如木，謾憶青年氣摶叢。隨意文章逃俗謗，可人談笑有君同。平生最是鍾情處，明月娟娟水館東。

九日蕭孚有約諸賢登高遂訪青龍寺午至桂溪橋飲於小庵晚登庵後山藉草松下浩歌痛飲舉酒酹野墳又呼樵童爲山歌行者屬目賦詩

朝尋古寺石罌屨，暮上崇丘風掠冠。狂飲眼看紅日盡，高歌聲入碧雲寒。亂峰猶作太古色，野墓不知遊客歡。何必龍山爲故事，賦詩留與後人看。

彭叔和和余九日詩次韻

共醉黄墟無吕安，重陽誰與正紗冠。百年風雨鳴蛩晚，萬里江山老雁寒。陶令淒凉惟菊對，杜陵潦倒奉人歡。城西賴有彭居士，來往真能耐久看。

寄題翠屏晚對齋

幽居縹緲出修林，讀易焚香坐夕陰。歸鳥不知元化役，青山俱是古人心。巃峰雲散天如畫，玉峽風來樹亦琴。用世驅馳成底事，始知一静抵千金。

送曾韞暉赴京任檀州學正

芳年儒正紫貂裘，北出都門亦壯遊。五季山川分漢界，太平學校過檀州。禁楊拂纛黄金色，泮水通城碧玉流。寄語向來勒碑客，筆錐儻可到封侯。

壬子八月十四夜對月

萬里輕陰晚忽收，天公有意作風流。今年對月又爲客，明日無雲始是秋。多病情懷成老態，早涼天氣似中州。少陵兒女癡何似，共景懸知不共愁。

十五夜再和二首

銀河垂屋夜氛收，卧看長星一點流。萬古塵勞餘好景，四時風致是中秋。天懸海外三千界，月滿人間幾百州。殷庾升沈俱不見，卽時有酒未須愁。

林下杯盤夜未收，尊前何必盡名流。人生快意元輕日，客裏中年最感秋。酒滿恨無歌赤壁，月明閒聽說揚州。故人只隔行雲外，剩著新詩寄四愁。

送趙光遠道州寧遠稅使

故家喬木鬱衣冠，小試司征第幾班。鵬翼未摶千仞外，馬蹄初踏萬山間。門當遠嶠花連務，縣接清溪水繞闤。詩課書程應不減，東風早送錦衣還。

憶鳳二首

舉世堂堂福禄人，衰門覆咎獨何深。學違素志元安命，老哭才孫最損心。暑載漁舟翁挽柩，夜歸僧屋鬼同林。庭前檜竹陰陰在，陳迹如今豈可尋。

清姿方頰兩眉揚，從我東西近我長。諸子誰能高意氣，十年却悔學文章。眼前言笑疑生死，篋裏詩書半在亡。坐愧太丘真有德，賢孫迎客立成行。

送宋趙儀赴貴德知州

秋風千騎擁旌麾，畫角高吹出塞詩。綠水山川唐國界，朱幡人物漢官儀。信知懷土非男子，更覺專城貴壯時。三葉郎官人白首，向來顏駟有誰知。

次韻蕭上舍仁叟賦杭州舊遊

帝城鐘鼓雨初晴，御柳春煙繞禁青。萬里湖山天遠近，百年歌舞夢酣醒。别離共歎秋雙鬢，興廢惟餘月一庭。寄語遺編須愛重，清時要聽伏生經。

題蕭將軍廟次歐陽山立韻 蕭將軍廟在吉文山中，碑無名字，但載其提兵五百逐寇，一日俱死。

將軍汗漫化人城，猶得游人小隊行。海上田横從有士，山中鄒湛竟無名。東風亡國何曾戰，上日空江幾度晴。社鼓枌陰耆老在，陌頭過馬訝昇平。

中秋留故居兄弟對月分韻得多字

棘院功名風雨過，柴門兄弟月偏多。分詩莫作中年語，對酒何妨壯士歌。老桂欲花先撲袂，長空無籟澹横波。却思高館吹簫罷，卧聽蕭蕭雨打荷。

春雪

開歲雨陰連十日，雪寒兼與舊春同。乾坤半落窮荒外，樓閣横陳澹月中。瑟瑟松篁山屋夜，疏疏鼓角郭門風。梅花慣與清寒敵，却喜羣英未放紅。

雨中出郭訪友

驟解冬棉復用棉，江城二月社寒天。野桃漠漠一村雨，山屋冥冥半隖煙。燕子未歸風滿面，馬蹄不度水生川。惜無濁酒供新興，但把新詩答暮年。

清明和李亦愚

煮茶閉户看殘編，風味凄涼似玉川。春到名花偏久雨，人逢佳節恨衰年。棠梨野館輕寒燕，楊柳人家薄暮煙。新水夜來生郭外，麥畦桑隴不論錢。

送周儀道往池州謁蕭經歷

三月江南湖水平，周郎理棹舊知津。古來多附青雲士，秋浦今看白玉人。燕子拂波江驛曉，楊花撲面柂樓春。老親不管離憂苦，準擬秋風薦鶚新。

壽袁恭甫

先生無酒自顏酡，笑擲人間玉叵羅。金谷樓臺隨地勝，銅人歲月入詩多。鄰翁重見三千履，時還鄉城胡尚書舊府。春色分藏十二窩。爲問東湖消息好，青衫催染楚江荷。

龍文璟和余韻次謝并簡漢英

二妙能詩舊有聲，笑人筆退似聞鉦。黄金蘇子游偏遠，白首揚雄宅未成。共信他年終用世，相逢一笑豈無情。梅花池上先春發，縠縠微風璲面生。

題明皇並簫

青鳥西來太液池，《霓裳》舞影落瑶墀。並吹玉管同心調，惟有姮娥月裏知。

題張敞畫眉

京兆春風到柳枝，翠簾縹緲遠山奇。梁鴻亦有齊眉樂，不要人間黛緑施。

宿荷花莊

晚宿山村待雨晴，夜深雲弄月痕明。茅廬四面溪田遠，半是蛙聲半水聲。

題李鶴田穆陵大事記後

宋自穆陵升遐，元氣盡矣。時攢宫屬官李珏紀其本末頗詳，橋山劍舄，歷歷如見。異代覽之，亦爲凄然！李吉水人，號鶴田先生。此本今在廬陵羅祖禹家，其子中行以示余。余因用鶴田先生昔陵下元夕韻，以識感慨云

陵寢巍峩十二闌，西興吹角浙江寒。老臣無限遺弓淚，寫與人間異代看。

癸卯元日晴繼復雪亦不廢出穀日復晴歸鄉塗宿上元觀燈野廟隨所賦得十絕

鐘鼓籠銅報曉晴，燭殘曙色近簾明。老來最憶兒時樂，拜罷新年處處行。

燭痕點點墜紅銀，香影明窗綴曲藤。春帖自題還坐久，梅花瓶水旋生冰。

市門處處繫冰花，燈影蛾雲動絳紗。走馬城中三日雪，不知春已入誰家。

朱門日日泊高車，陋巷冰枝積寸芽。春色不隨人意薄，夜來潛到小瓶花。

潙山人日馬蹄忙，懸勝輕寒剪剪黃。閒笑梅花無媚骨，至今不洗壽陽妝。廬陵城中人日，士女多游潙仰寺。

杖屨新年第一行，江山殘雪畫初成。春風歲歲藏何處，又與人間作曉晴。

聯袂吟詩不計程，暮投村店屢占晴。霜濃睡熟無人喚，誤待城頭畫角聲。是日自城歸，遇學翁兄同宿于塗。

雪後蒿菘旋作青，村家沽釀白于銀。山中未見新年曆，閒剪桃梢試立春。

緑麥黃梔染繭絲，紙旗戲鼓祭叢祠。少年風物今仍在，別有傷心人未知。

驛門北女賣蛾兒，水屋紅燈出樹枝。鄰笛孤吹春未動，一簾微雨似秋時。

題濃淡竹

遠看如淡近看濃，雙立亭亭傲晚風。俗眼未應輕揀擇，此君清致本來同。

鄰有廢屋久閉金沙一枝忽穿屋山而出衆爲驚顧然亦竟無一賞者

古屋幽花閉不知，忽穿碧瓦怒横枝。辛勤自致高堂外，却得行人立頃時。

元日

曉街泥淺馬蹄過，元日雖陰氣已和。處處桃花如二月，東風應比去年多。

乙巳五月過瀘江

抱田曲水走修蛇，溪勢如鳴萬疊車。山雨挾涼閒客扇，渚雲分暝失人家。

城歸塗中春暮野陰風物蒼然

津橋半斷水如雷，屋角古墳青草堆。三月荒村春最慘，萬山微雨棘花開。

庚午春夏閒居卽事三首

老託園林困雪霜，橘株病悴蕙枯黄。荼蘼獨擅春風力，無數新花出短牆。

桃花梨花争滿園，金沙玉棠蜂鳥喧。少年看花夜載酒，老子看花春閉門。

門掩熏風小小齋，紫薇幾尺正當階。誰言省掖偏宜種，偶落山林亦自佳。

横石渡候舟有感

沙邊一樹誰家李，歲歲逢渠白作堆。滿眼青山衣袂溼，又隨春雨過江來。

題秋日江村圖

黃葉秋風趁蹇驢，平洲遠嶺雁相呼。野舟盡日閒無用，只與人間作畫圖。

對花偶成

芍藥花前閒日坐，海棠枝下醉時眠。自今歲歲窮心賞，已負看花四十年。

題李陵宴蘇武圖二首

居延山下馬成羣，伎樂聲高夜入雲。初志消磨如衛律，殷勤置酒教蘇君。

屬國難酬白髮郎，延平誰與弔沙場。隴西使者如雲出，却要迎歸右校王。

重涉瀘江二首

立沙稍稍行人聚，踏水悠悠去鳥雙。回首十年來往路，祇添華髮照寒江。

渚雝漁網懸秋日，山寺人家起夕煙。欲共故人評好句，微風吹袖水痕圓。

蘇武持節圖

朔雪漫沙幾白羝，胡風吹凍滿氈衣。少卿駝馬彌山谷，何似中郎一節歸。

和趙子昂寄馮海粟二首

長沙易中鄉得此卷，揭曼碩有和，易復索余和。

古今翰墨散如塵，晝夜荒荒走兩輪。莫說鍾王今不見，湖州學士白楊新。

老粟清名雪作宫，揭家健筆驤追風。閒思海内文章士，攲枕蕉花細雨中。

玉笥山中有白鶴花頂翅宛然類鶴王蘭友作詩送至用韻二首

縞衣玄瓜立前除，天上人間剪紙糊。除却青青三四葉，月明滿地却全無。

千載蘇仙上帝鄉，空餘琪草似人長。夜涼環珮不知處，夢覺滿山風露香。

和蕭克有主簿沅州竹枝歌四首

人生結交莫如月，人生行路莫嫌熱。熱當三伏易變秋，月能萬里長隨客。

沅人健飯無盤蔬，沅士多熱無雞蘇。官船自有龍鳳茗，試寫松風斑鷓鴣。

一州一州本有枝，一江一江水可炊。北人奈事不怕險，南人多情易思歸。

黠胥取利如斧樵，苛法銷骨如膏燒。官規難減賓布稅，縣政莫急蠻人徭。

上巳獨坐

蕭然門巷野人家，山鳥行階啄草芽。上巳焚香看易罷，自銜微雨整幽花。

秧老歌三首

效王梅邊體，江南農夫插秧，上下田長歌相應和，其詞似《竹枝》而加淺直。

三月四月江南村，村村插秧無朝昏。紅妝少婦荷飯出，白頭老人驅犢奔。

五更負秧栽南田，黄昏刈麥渡東船。我家麥田硬如石，他家秧田青如煙。

春寒風雨來滿川，牛蓑走遍東西阡。郎君騎馬莫問渡，江頭自有官渡船。

哭蕭孚有四首　孚有，方厓御史之季子。少甚穎異，從余游，其爲詩，短篇高古幽淡，追逼韋、王。長篇豐贍逸宕，別自風致。皆欲與古人爭衡。至元三年丁丑七月一日病死，士友傷之，以其有才而未著，其可憾如逢原、敦夫。九月九日，余既送殯城東，歸塗賦以寄感慨云爾！

去年九日共登高，絶嶺長歌意頗豪。今日送君誰共哭，一間殯屋大江皋。
畫圖摩詰神情遠，詩律蘇州句意清。身後生前千古恨，荒荒白日下高城。
翰墨周旋二十春，暮年卜宅遂爲鄰。永新門外雙松樹，無復相攜踏月人。
螺湖橋外草如煙，螺子山前水接天。應有故人來下馬，愁雲深處是新阡。

丁處士復

復字仲容，天台人。負詩名。延祐初，游京師，公卿奇其才，與浦城楊載、清江范梈同薦入館閣，復度當國者不能用，不俟報可，翩然去之。乃絶黄河，憩梁楚，過雲夢，窺沅湘，陟廬阜，浮大江而下，遂家金陵。買宅於城北，南户故有兩檜樹，醉則倚樹而咿唔，因自名其什曰《雙檜亭詩》。歿後，其婿饒介之、門人李謹之先後編輯，共得若干首。永嘉李孝光曰：國初以來，臨海爲詩數十家，其什曰《閬風》、《樗園》、《山南》、《天逸》、《素心》、《聖泉》。其後又有張子先、陳剛中、楊景羲，皆自樹一家，足以名世。復讀仲容詩，令人欲飛，皆已絶去生獰，操蹙精悍，猶之宛馬，不踶不齧不踶而日行千里，衆馬雖十駕，不能超也。中山李桓曰：仲容學博才敏，爲詩精麗奇偉，格超而趣遠，深入古人閫奥。上元楊翮曰：仲容詩必因酒而作，引觴揮毫，若不經意，而語率高絶。蓋仲容胸次夷曠，生平有隱君子之趣，而以酒自託。故當時論詩者，亦以太白方之。

瀛海篇贈吕鍊師

我本瀛海人，瓠落九州土。三山不得歸，六鼇竟何所？凝精耿宵寐，往往呼安期。跂余紫霞想，感此白日馳。一作遲。客有金庭一作陵。仙，玉霄住雲月。近從爵溪來，霜紈卷溟渤。褰衣拂天姥，跣踞青芙蓉。

羲和擢僵指，夜寒答六龍。金烏飛上天，露草忽已晞。奈何祕靈境，一作景。忍使一作此。人民非。朝褰四明霞，夕涉會稽道。鄭弘招不來，賀監亦已老。胥濤吼奔雷，逆折生回風。鸞乘桂子府，鶴語梅花宮。清湖自歌舞，顏髮凋青紅。壺丹碧光瀉，劍影洞庭水。霜落山橘寒，還過一作至。吴王里。吴王湎不醒，館娃骨已冰。乃爾憶張果，亦復尋茅盈。玉妃發春晒，手折雙瓊花。寄贈兩一作「語雙」。女兄，一作兒。相逢學丹砂。翩然不肯留，浪迹金陵市。長歌六帝秋，娟娟聞夢耳。青裾曳明月，問我丹井南。揮手緑雲表，語别愁何堪。往年去天台，藥草逕香滿。彼之溪上人，泣向西風斷。瓊臺天上遥，銀橋霧中一作「露井」。没。葛陂一丈竹，一作「杖行」。鱗鬣生倏忽。飈車劃雷逝，一作近。輪轅不相將。尺地不可縮，況兹道路長。故人衡湖居，舊約赤城下。緣厓履靈迹，弄瀑漱清瀉。今聞綰漢綬，好作常州牧。輿公賦金聲，名山阻高躅。東行卽相討，自稱回道人。榴皮醉香墨，曉過東林春。海圖愼勿視，但恐馳其神。

甘雨昨日足

甘雨昨日足，今日豈不游。文漪散清沼，緑樹未驚秋。步出西郭門，浩浩江漢流。危檣隘川浦，乃有遠人舟。江租赴海漕，驚沙無定漚。號呼走羣吏，肉食懷鄙謀。及時不歸耕，卒歲何用周。悄悄緑髮子，還家多白頭。爲農極凋瘁，猶用苦誅求。

東海有蟠桃

東海有蟠桃，結根何歲年？花開不關春，霜露不繫天。仙種固靈異，未知樹所緣。我欲往問之，代無絶世賢。適來王母至，遂奉武皇筵。驕主好自誕，後來信謂然。愚者諒多惑，智者當不傳。

竹山

離離鳳食幹，緜互亘修巒。君子懷静儀，虚貞媚蒼寒。靈厓發潛穎，崇苞閟幽盤。箛鄰從蔣詡，永結求羊歡。

同縣尹張志道徵士黄觀復陰秀才燕集六縣校官葉仲庸池上分韻已而互相爲和三首

分得碧字

江水秋未清，林暉午能碧。相忘散亂坐，幸老談笑劇。以君久寒氈，且爾暫暖席。同心勿辭飲，况有陶彭澤。

次韻殿字

堂堂瓊林客，籍籍金鑾殿。一官巖州最，再調淮縣見。謂張也，張以丙科授黄巖州判，再授淮東六合縣尹。人生逐日老，世事浮雲變。亦有古宫臺，淒凉入荒甸。

次韻下字

王日不注官，從天得長假。年衰豈能高，老坐不許下。新秋席爲展，欲夕尊未罷。誰揮魯陽戈，請駐羲和駕。

次韻鄭復初録事秋夜三首

漫漫秋夜長，時蟲號四壁。出門天宇高，仰見河漢白。在世亦有道，胡乃自偪側。寸心寧中居，萬物終我役。雞鳴夢茫茫，不知誰舜跖。

涼涼秋夜深，白一作時。露霑重衣。志士不在飽，詎復懷饉饑。啼蛄怨衰叢，煥景淒已微。屈父從遺則，宋玉有餘悲。馴致諒以道，爾亦安爾爲。

寥寥秋夜高，時物得其心。榮華無終玩，衰悴遞相尋。微月流西極，東溟足幽陰。客爲哀商奏，弦促憂思深。揮置各就寐，已亡人與琴。

題鏡開亭

方池開浄鏡，湛水涵虚象。空明納朝陽，承塵澹清漾。豈以感物故，至静含動狀。還將觀物心，宴坐池亭上。

贈耕民樊秀才

溪南得新雨，微萌浮緑坰。晨及聊負耒，初旭破高冥。慈牸遲鳴犢，小策揮柔青。角端帶春泥，亦復挂一經。回緣卽竟畝，取讀輒爲停。池塘稻白芽，感時含帝靈。嘉種在良播，□生安得寧。苗長重耘耨，況恐生蟊螟。

送張志可侍父之奉化幕官二十首用杜少陵萬壑樹聲滿千厓秋氣高浮舟出郡郭別酒寄江濤爲韻 録十。

涼日在原野，西風動林壑。州城界溟渤，崦溆互參錯。良牧徵自今，窮俗慮非昨。采采老萊衣，婉婉芙蓉幕。

遐邦榑桑澨，往往仙所館。海近天易寒，山多日如短。度巷青霧深，開軒白雲滿。故家富積書，往借手自纂。

山中士有道，置屋上縣厓。坐嘯鍾竽合，行隨鹿豕偕。葺衣牽葛藟，煮飯拾松釵。見說幕官好，問郎時出街。

高月滿席光，多露襲裳氣。朱船蓮葉芳，赤鱵柳根墍。起爲清夜吟，遠有太古意。南飛雙白翎，沙頭故無睡。

羣公集清滸，出祖發江艘。碧色瀉空宇，望來秋氣高。爲子諒有道，在世豈徒勞。尊親況未艾，微霜瞻二毛。

生人俱幬載，舉世異沈浮。客厭翟公第，妻憎季子裘。割席有高義，多金無鄙謀。如逢魯連子，一笑璧空投。

涯居面沮洳，瀕路轉磽确。巖精徹夜語，海怪有時出。塗人相如鬼，天使香禮佛。陶公五十畝，便可盡種秫。

四明古名區，天台接旁郡。幽居無俗家，靈苗長仙菌。海底日見浴，峰頭天可問。有方卽請遊，山輿窄如畚。

谿橋長入村，海舶不到郭。山□香滿籠，江蛹脆堪斫。朝登白玉盤，暮獻黃金杓。取釀石中寒，水甘酒不惡。

民厚靜開户，官清深見江。酒行山客幾，花發野鶯雙。冷署霜生座，高眠月滿窗。而翁在城府，自謂鹿門龐。

送周士德還北

東風吹花繞白門，南人送客開綠尊。綠尊空盡客當發，白門惜别花無言。周郎挾書南州讀，濯髮春江水如綠。功名早年一唾手，鄉里老人皆刮目。巍巍廊廟急需材，明日辟書天上來。鳳凰翩翩下千仞，羽翼五采江南臺。南竹有實梧有樹，歸飛卽向岡頭去。霜風一肅天地春，鬱作雲雷散霖雨。老夫借屋鄰僧房，門前蓬蒿十丈長。目力苦短耳力彊，喜聞斯世登虞唐。

題畫馬爲方遠上人賦

上人超世資，脱然了無爲。猶有愛馬癖，或比道林支。天馬由來出天池，西大宛國乃有之。房星寫神孕龍媒，雄志倜儻精權奇。飛行滅没電莫追，空塵留煙不得窺，月氏之□那敢騎。漢武遠慕穆天子，欲隮昆侖游具茨。遣使先開玉關道，鳳頸虎翼初就羈。王良造父死已久，當時不知馭者誰。唐人爲馬置馬監，奚官果是何物兒。況復教之作馬舞，跪拜起伏取笑娭。伏仗能鳴輒引去，俯首低摧青絡絲。欲從駑駘服轅下，局促動遭箠策施。非徒喪志失天性，病骨瘦柴如宛錐。所以韓幹爲畫肉，不忍神駿成凋羸。大漠茫茫天作屋，飢齕飽卧驕且馳。蒲梢肅颯輕風度，苜蓿參差新雨滋。胡爲束縛對厮養，長嘶無聲情内悲。我豈伯樂知馬者，意與馬類傷馬時。自從眼前見此卷，把軸起坐斂更披。上人之意無乃爾，笑絶長題畫馬詩。

醉歌贈雲心子一作《贈卜者》。陸華之

雲心子，陸農師之子孫，老來賣卜錢唐門。搜玄抉微擘混淪，進退五緯扶兩輪。皞父及芒兒，束手就律吕，不敢差毫分。前身定是張博望，老樹倒騎上昆侖。投杼機上女，飲牛河畔人，與之細説天地根。却來人世三千歲，君平朽骨呼不聞。功名富貴無足云，祇談禍福開盲昏，得錢沽酒和天吞。赤城有狂客，十年江海看浪翻，歸來黄塵□，拭目驚見君。抵掌一長笑，各拂頭上巾。别時緑髮滴可染，祇今雪繭繅吴盆。少者忽已老，老一作長。者不復存，政須日日醉倒湖邊尊。尊已倒，還再沽。不愁黄金盡，但恐清且無。舉手招羲和，低頭唤天吴。勸爾勿東逝，止爾毋西徂。西徂不可止，東逝無窮已。囑付酒家兒，明當復來此。

題百馬圖爲南郭誠之作

一馬百馬等馬爾，百馬一馬勢態異。龍眠老李意脱神，代北宛西無不至。樓蘭失國龜兹墟，玉門無關但空址。蒲萄逐月入中華，苜蓿如雲覆平地。始皇長城一萬里，漠雨平添窟中水。將軍昔有李貳師，尺箠長驅萬騏驥。當時無乃或爾遺，齕草翻沙縱眠戲。就中驍黠嚙與踶，或示仁柔奔且逝。循坡屹立意度閒，下首當膺若多智。昂頭振鬣彼者雄，似恐世間無猛士。輪臺詔下不更求，蕃使往來知禮義。不徒嫁女事烏孫，祇以金繒相贈遺。茫然圉牧不知誰？牝牡驪黄交乳字。世有伯樂不願逢，御若王良空善技。汗血溝珠胡爾爲，無能安並駑駘視。唐家太平有天子，開元天寶周四紀。是時天下政無事，深宫每欲妃子喜，教之舞數政如此。漁陽鼙鼓動地起，禄兒見慣亦有以。可憐零落四十匹，後來值得田承嗣。

送孟久夫遷内臺掾

陽烏本是日中物，下來古柏棲冰霜。南枝不如北枝好，北枝近日揚清光。揚清光，散朝彩，鳴鳳高岡久相待。天涯亦有鴻鵠羣，莫使冥飛向雲海。

寶鴨曲

銅池織風翠波躍，睡足暖煙飢不唼。重簾未厭雲水姿，華屋清深寄閒絶。生咮剥花紅錦翅，枯咽半溼薔薇水。寶燈夜懸瑠璃光，恍若澹在滄浪裏。方筵慢舞得嬌饒，指痕膩染羅紋細。就中恐有絶纓人，誤識韓郎衣上氣。古聞舄化之言豈虛語，願學飛仙作雙去。

題劉堯輔觀瀑圖

劉侯校書天祿閣，向人輒作山水畫。長巒老樹翠蓋攲，轉瀑崩厓一作巖。練花瀉。玄冠白袍問子誰，濠梁漆園避一作忘。世者。京師塵起碧於雲，炎洲瘴來疾如射。揮毫定憶龍河上，挾帆久睨匡廬下。

送李光大之海北憲司書吏

我聞之徽之黃山秀之聚，三十六峰比如敔。支而散去不可數，周環紆餘蛟鳳舞。瘠之爲石天所斧，真宰重惜保其故。仙者不得開洞府，李君乃生貌清古。殷彝周鼎冰雪貯，而有錦繡之肺腑。丈夫用世當不負，他年抱策上京去。蓬萊宮深隔煙霧，弱水三萬不可度。祭酒先生纔見取，忼慨登樓念鄉土。奉檄南歸大江滸，古木陰陰覆韋布。御史殷勤再三顧，叩之使言見平素。小却黃堂掌書簿，溷溷泥塗塞中路，白璧自持終不污。前年妖蟆月更吐，天下秋風吹桂樹。炳豹文章墮羣瞽，八月錢唐潮亦怒。竟無愠色向人前，但道命邪多謬誤。行臺二十四松廳，衆更奇之交愛護。百鳥啾啾徒下處，一鶚空中肆高舉。憲司十道虞有罟，紀綱庶政袪殘蠹。三在炎荒鼎而柱，五羊八桂窮險阻。棋分南北海爲部，民黎雜居性豺虎。俗嗜相殘粿負弩，濱水而採名蜑户。一從孟嘗去合浦，珠不更還遠無賈。臺官擇人如善估，以君政似王夷甫。長干置家坐空窶，遣佐繡衣蘇病苦。君今此行人共許，還珠奚翅瞻三語。夷齊有心當弗沮，君其勗諸報明主。道命之行澤施溥，萬鍾之賜安厥予。

題句容趙氏松磵堂

愛客趙公子，春登松磵堂。展席翳長蔭，臨流進餘觴。陽漪動五色，天聲散幽篁。無謂山笛詠，此樂殊未央。

按上元楊翮《松磵堂記》云：縣之南而西五里，岡巒盤迤，融結爲山，氏曰秦。復有水駛其下，環秀拱奇，若與配焉者。志曰：是秦淮之源所經也。趙氏漢章居其間，負山距水，構爲新堂，名之曰松磵，合山水之勝言之也。

題秋江晚渡圖

白雲在青山，紅葉爛無數。亦有東青枝，長松共如故。茅堂當樹間，江光澹凝素。扁舟不可呼，誰令汝來暮。

月灣釣者歌

月灣釣者天與閒，長日釣魚明月灣。黄昏坐到月上山，天低月高人未還。月圓在天半在水，明月灣頭人所喜。先生月灣家密邇，坐釣明月那可已。波神起笑弄明月，月滿波心魚撥刺。柔緡摇月寒餌没，爛月錦鱗魚上出。得魚叩月唤鄰家，煮魚和月吞香霞。舉杯月來金滿花，酒光蕩一作漾。月天無涯。杯痕倒瀉月入腹，月與惱人清不足。杯空仰天月照目，顧影翻憐月孤獨。夜深月冷霜滿天，勸月不飲月乃延。置杯餽月坐月前，月謂汝飲天之緣。呼童就月即更酌，月故憐人月不落。月在憂來無處著，但恐尊空月相却。豈不知曹老瞞，明月可掇憂無端。豈不聞嚴家灘，漢月不滿羊裘寒。非熊辭月就西伯，夜夜渭川空月白。來如明月灣頭客，釣月取魚賒酒喫。忽自笑把酒，問月者何如？古人今人月在諸，金尊照月長不虚。胡爲捉月騎鯨魚，青溪好月連江湖，回環九曲月若鋪。我今亦願爲，月灣釣者徒。磯頭展席爲月沽，酒後耳熱醉舞明月歌嗚嗚。

題息齋竹爲袁仲芳賦

息齋老仙不可呼，封君千户渭川都。緑雲旌纛翡翠跗，眼中萬个森相扶。澄波懸影倒玉壺，飛煙澹拂□如無。當時可人商德符，仁皇邸西作浮圖。不喜神駿遊八極，復愛勝絶羅寰區。素壁不得畫神鬼，亦不得用金朱塗。但令水墨寫河嶽，蒼松赤檜盤根株。此君政爾在所娱，臣衎筆妙生須臾。往往袖手立商側，口雖不語心胡盧。商也蓄機致李劬，積疊壑谷空其餘。一朝清風吹鶴車，電繞左右龍徐趨。指點謂此何所須，古來豐鎬王者居。渭水東來是爲墟，羣流如輞土膏腴。地産宜竹連沮洳，衎應補之臣弗如。一時京都傳盛事，走方年少宗爲迂。空塵成雲下步驅，明明柯幹照鬢鬚。緑色不愧竹與俱，老客江南搔雪顱。見此祇復增長吁，何當唤起二大夫。

題稚川山水

江光如空山在天，好風佳日散晴煙。緑陰成蓋厓樹連，野橋楊柳亦娟娟。擔簦之子何促速，況有荷杖當我前。茅堂獨坐豈待客，或者傲兀忘流年。又疑浣花溪上叟，索句未得掩兩肘。對樹不語胡爲然，將非得詩不得酒。好客不來兩何有，耐可有酒有客無詩篇。出門諒不可，天地烏用我。乃不使之老爲農，耕種南山田。陶公秫熟五十畝，往往爲酒愁無錢。不如兩漁翁，靜釣春江船。有時掣得十尺魚，紫鱗耀日錦色□。賣魚買酒自可醉，仰歌明月披蓑眠。金陵美酒斗十千，老客抱甕雙檜邊，長日渴吻流無涎。六代江山眼中好，六帝池臺没荒草。五錦驄，嘶滿道，歸來輒向蓬萊島。蓬萊島，海上仙，凝波倒影髮正玄。百年未信人能老，大笑長呼羅稚川。

贈杜一元

廬陵奇勝獨未識，夢去夜踏霞五色。仙人手掉金芙蓉，倒向西州笑相擲。秦淮水上天影低，水底喔喔啼天雞。明朝怪事即走覓，劉郎捉手水門西。眉間黄氣浹面耳，稱好不休談杜子。梁鴻孟光病不理，抱枕十年今日起。清晨把鏡整□鬟，自道更作來人間。巾箱黄雀毛羽健，爲我快致雙玉環。杜子胸中置六籍，江日如年閒禹稷。傳家況有軒岐闕，展手活人非我職。六一先生空有文，平園緑草秋紛紛。文山頸血久寒碧，舉目但送春空雲。詩聲往往脱袒骨，霜氣横空飄俊鶻。并州健兒快馬駝，握槊沙場縱驅突。韓休市隱聊復嬉，下馬每受臺官知。得錢買酒喚明月，相與飲者同襟期。不作東風吹杏樹，祇有春香滿行路。遼東老鶴未歸家，乞藥時煩桂旁兔。劉郎喜事良可書，苦吟倚徹兩檜株。庭前采采三鳳雛，陰德信有茲其符。

題煙波雲樹圖爲楊元清賦

江鄉自是多煙雲，緑波青樹渺不分。小檜大棟隔兩瀆，黑犍如蟻人如蝨。布帆西來飽風色，寒聲動地秋紛紛。黄蘆白藋摇斷渚，坐客回頭聽急雨。孤蓬遥遥半鍼許，健刺沙灣逆風去。亦知家在前村住，百年卽合老爲農。六十江湖秃鬢翁，而今借宅六帝宫，眼花霧落天濛濛。夢魂不到潯陽浦，爲人愁水更愁風。

題錢舜舉青馬圖

青馬自是天騏驎，奚官引出羈絡新。垂頭緩行意態馴，緑髮不動空無塵。聖人不肯事東巡，千里一日志莫信，賴有吴興爲寫真。

扶桑行送銛仲剛東歸

日出扶桑根，日上扶桑頂。海色秋茫茫，天光何萬頃。扶桑日東出，若木日西落。日出天始明，扶桑人不惡。扶桑有國自鴻荒，有國有人天性良。亦復有君臣，棟宇垂衣裳。自古國有主，不知何姓氏？聞自周中王，世嗣相傳宗揖讓。至今惟一姓，不識有興亡。君君臣臣，父父子子，至道之綱，何弛何張。且吾聞之扶桑之國人，寧殺不受辱，豈不謂死亦何短，生亦何長。身在義所恥，身死義不忘。皇元發仁被六合，海服遠來貢，大泊凌廣洋。陳辭極懇款，器物盡精緻，黄金鑄甲白日光。大珠徑寸夜發芒，利刀截鐵斷兩旁。水玉拾海底，湛澈團天槳。奇才妙識不及數，一一具獻無詭藏。上者國有使，下者通販商。年年以爲常，奈何漢中葉，獨用桑弘羊。内府無錢愧張武，大官小吏貪如狼。懷金辱明主，穢德腥外邦。彼豈侮大國，顧敢爲猖狂。夜半海水赤，南風無回檣。十年不遣使東天，遂裂長鯨奮怒火熾揚。波濤洶生，海中不寧，上人何年來，瞳人正碧髮未蒼。詞句所發，如衆妙香，自言讀書在扶桑。慕法五天竺，十七來錢唐。十八姑蘇住，浩歌濯滄浪。問劍虎丘石，挂席楓橋霜。古臺吟鳳去，新寺訪龍翔。振衣香爐顛，洗鉢三石梁。天上歸來虞閣老，留之廿日掃室置禪牀。笑謂門生及兒子，海國有此圭與璋。一一作歌送，彷彿扶桑之故鄉。珊瑚樹底龍所宮，照之五色雲錦章。龍兒護惜不得睡，中天夜掉紫玉幢，意用慰此遥相望。往年上人去，我在霅上不得見，前年上人歸，我方僦宅園中央。日夕還往雙櫓下，列榻坐受南薰涼。寫詩不記首，把酒無數觴。苧袍浮霜踏月色，夜未及鼓猶攜將。雙櫓先生不及仕，抱甕灌園而已矣。有家何曾隔海水，有路未即還鄉里。園苪二畝差可擬，菜本作羹播其子。日日月月逝莫止，朝朝暮暮聊爾耳。此非天運固知此，扶桑之國邈東溟。子其懷歸子所應，天之所在子無能。方今天子聖且明，子能有道玉帛徵。林泉之家從所營，子子孫孫無盡燈。子國君臣家父兄，一日聞之千載名。子毋扶桑歸，聽我歌此扶桑行。

題長江萬里圖

天不限南北，人方樂耕漁。承平百年日，慷慨萬里圖。恍然舊遊地，浩蕩清興發。放船白帝城下秋，載酒黄牛峽中月。明發古夷陵，爲訪姜詩井。披蓁冒修筒，寒花汲空冷。湍流激柔櫓，峽下荆門灘。荒藤漢景廟，落日還登攀。霞沈宜都驛，夜宿松滋渡。水色瑪瑙光，繁星粲無數。荆南亦坂郢，章華猶故臺。壞堤明斷鏃，團沙如粟堆。雨休雲夢澤，天空洞庭水。曹瞞敗軍處，殘灰餘故壘。仙人白雲表，招手爲我留。待網嘉魚穴，銜華黃鶴樓。醉來思禰衡，憤起叱黄祖。不見人間來鳳凰，何用筵前賦鸚鵡。磯頭若蹲虎，江流多怒聲。客枕不成寐，已在潯陽城。飛瀑瀉銀河，匡廬倚天碧。遥憶義熙人，黄花空好色。黄陵二女廟，小姑江上頭。舟人問風水，幾日到揚州。月色過馬當，長風沙在眼。雁投秋浦雲，鴉啼戍樓晚。蕪湖水東注，逆磯無回波。兩山隔江滸，倒浸雙青蛾。抵掌女媧石，浩然歌《白紵》。太真然犀真自愚，謫仙騎鯨竟何去？黄鬚天子七寶鞭，曾挂當塗道邊樹。一百二十里，樹色連長干。豪將多反覆，都邑無時安。金蓮曉步滅，玉樹朝歌闌。千載空舊迹，令人起長歎。天運開昌期，地險亦何有。年年江上春，東風入楊柳。往來白下亭，日夕金陵酒。夾船出金焦，越賈行松維。況聞巴人婦，半是吴女兒。我生亦何幸，白首無亂離。所願憶萬年，永永長如斯。

金陵奉餞趙公子去疾理問侍平章魯公世延入蜀歸秦次韻龍翔大中二十韻

平章向三峽，公子奉雙親。祖帳聯裾盛，官船發櫂新。屋墩誰較謝，宫井自餘陳。劍閣當西極，刀州遠北辰。魯公加上爵，趙氏洊名臣。死節褒賢嗣，生榮溢老身。朝廷懷謇謇，韋布佩諄諄。及□□違後，其□接見頻。渚風開鷁尾，江日湧龍鱗。夾岸觀如堵，中流望若神。埋金陵樹遠，濯錦水花勻。前纛仍踰隴，先墳宛在秦。布帆知到日，繡斧拜新春。亦有羅貔虎，無非聚鳳麟。川將天作限，山入海爲濱。從騎遥思棧，安車緩度輪。晨調珍翠釜，夕侍妥文茵。雛弄娱依坐，雞鳴服伺鄰。所期長壽考，莫或後嘉賓。儻有星回使，唯應日問人。

次夏允中禁體雪詩六十韻

衾夜生孤擁，樓更死屢撾。墨雲常黯黮，絲雨先鬖髿。半醒身何所，全迷意罔涯。露眠當莽蒼，風泊在蒹葭。□起平行地，訛聽亂撒沙。羣憨摇始覺，衆怪語□□。幔卷争成片，裳霑袛見些。尺深良可待，寸測即頻□。熾炭肌還木，張燈眼暈花。闖明和月澹，學舞逐風斜。在臘時能應，祈年歲必嘉。競投窗内隙，密糝砌旁窪。尾亞攢槍竹，肪分破刃爪。恍疑行朔幕，只訝失胡笳。賸有開罌貯，渾無樹屏遮。廊飄黏畫翠，庖焮泣炊椵。静凝檐頭髓，清垂瓦口牙。回溝填小曲，側巷積微衺。夕氣干牛斗，酆城瘞鏌鋣。暖融團腐草，晴綴嵌空槎。易化行人路，偏多隱者家。池心堅暮日，山脊晃晨霞。馬齒沈虚屐，羊腸阻峻車。荒叢喧餓雀，垂蔓抱僵蛇。縮頸牛如蝟，拳毛馬盡騧。自須□潔浄，誰敢訾疵瑕。公子添重錦，夫人儗副珈。聚□□簇雁，作隊野屯鴉。鬖縷搔鷺似，髯珠貫暫呀。淵宫裁斷織，閨服帽初髽。晉女吟稱謝，唐人賦憶叉。大田將有穀，沃壤早宜麻。久睆偎牆色，寧論在土芽。舞娥臨月桂，才士縱天葩。朽壓傷頹架，長支惜偃笆。梅封新蓓蕾，薪爨濕杈枒。京洛多豪富，長安有狹邪。掃開交擁篲，戲聚互推爬。帶沍張魚笱，淩晨没兔罝。臥來窮就捉，跳出捷從杈。粔食何煎迫，苹蘁漫咄嗟。跣趨哀蹴躃，志肆笑矜夸。數戰肩踰竦，頻訶指更挼。脣呼吟蟋蟀，足跌伏蝦蟆。懶出從嘲鼊，甘貧任處蝸。市舂窮也糴，鄰酤薄猶賒。

送秦元之赴太禧同僉

君家好兄弟，聖主自知之。周爵推秦仲，虞官舉伯夷。萬方天浩蕩，五采鳳威蕤。宣室虚前席，蒼生屬論思。

金陵送人還武昌

相送白鷺洲，因思黄鶴樓。遥觀禹一作鄂。王蹟，重起禰生愁。西上不可得，東關曾獨留。江吞趙佗石，歲月但空流。

題程先生西行集後 程年七十餘，歸蜀，改葬父母。

峽束水如箭，巴行船上天。亂離藁葬後，衰老秭歸地名。邊。手把西行集，心追北上年。東風故山淚，落日灑江煙。大德丙午旱，明年浙東饑，僕因北上，茲有感焉。

登高分得疊嶂

遠近不可數，澹濃渾自成。人煙諸崦隔，鳥道半空横。日夕黄微映，江寒碧倒生。憑高共臨眺，憶得在宣城。

送李御史

南臺鐵冠舊，西府繡衣新。吏部冰霜曉，皇家雨露春。三苗蠻作俗，八桂嶺爲鄰。虞帝猶遺廟，殷勤薦渚蘋。

送楊友直赴刑部主事

少昊煩司幕，先生自此升。九重趨玉陛，一騎發金陵。邊静龍堆月，河清馬頰冰。徒慚太平日，江海老無能。

送谷經歷之淮西憲幕

淝水緑逶迤，淝山青陸離。江天清共遠，沙鳥白相宜。百錬精一作真。金在，孤忠聖主知。幕蓮非久地，臺柏有高枝。

送賈西伯

西風苜蓿花，南客又移家。此道寧無用，吾生未有涯。峰青宜霧日，潮白逆江沙。猶憶南樓夜，吹簫度歲華。

輓許覃峰　號松雲。

失訪松雲隱，哀吟《薤露》歌。前朝諸老盡，浮世百年過。山水高情足，詩書遠澤多。何曾入城府，秦磐自寒波。

送張克讓

秋花白露芹，鄉郡萬山雲。官冷難爲滿，囊空政喜聞。灘船牽月上，嶺路入閩分。有客來書辟，青霄記雁羣。

送王伯庸赴石埭校官

先生官已冷，縣僻冷於官。坐席嵐歸潤，琴壇月過寒。奇峰花作朶，幽瀨玉爲湍。所喜無迎送，高吟寄碧瀾。

賦孺子亭送心上人還洪

東漢久無國，南州猶有亭。虚楹過日白，老樹入湖青。歲晚送僧去，天寒行獨經。搔頭雙檜側，余髮故星星。

送李景初試吏淮陽便養

讀書初試吏，捧檄且娱親。當代推經濟，何人獨隱淪。河兼淮海遠，雪滿渚城春。里舍多凋瘵，周旋及撫循。

送客

馬帳朋方集，麟經講未殘。皤然懷故里，誰此障狂瀾。黄卷秋檠短，青氈夜榻寒。好將池草句，題與惠連看。

題山莊晚靄圖爲楊元清賦

野居豈不好，況是晚晴初。草閣村村樹，溪船箇箇漁。□松應宿鳥，行李尚騎驢。老託西園灌，鄉愁賴酒除。

郭生生子

歌愛誇頭玉，憐應過掌珠。河東真小鳳，冀北定名駒。英物須啼看，先生要醉扶。老夫無重大，折簡便堪呼。

送人省親

子仕親亦喜，子歸親更歡。江湖片帆遠，風雨一氈寒。沙鳥行秋渚，江豚拜午湍。莫看松桂色，容易厭時官。

題李息齋枯木竹石圖

霜柯硐庭寒，露葉渭川冷。幽人美清夜，獨寫秋燈影。

題牧牛圖

邈爾三尺童，御此兩觳觫。春風笠底回，前村燒痕緑。

題宣和畫卷

澹意芙蓉外，閒情翡翠邊。波翻太液水，分送向南船。

送僧還洪

帆開建業水，人上豫章臺。許令蛟腥起，滕王雨色來。

飲酒

北闕諸公貴，東門幾客還。撇來缸面酒，攜坐一作上。屋頭山。

贈孟通

孟通朔方彥，領薦過昇州。花發瓊林苑，題詩向上一作石。頭。

送吴景賢赴廣東二首

秋浦同爲客，金陵祇得君。天風復戲我，吹作嶺南雲。

隱之千載後，共喜遠孫來。爲酌廉泉水，殷勤寄鳳臺。

送楊文質侍父之西臺

御史乘驄西入關，郎君曉服擁斕斒。東風柳色寒猶淺，南國桃花春未殷，後騎送官過白下，前驅衛士負黄間。州城獬廌峩冠度，里社雞豚衣繡還。問膳早朝河畔驛，舉鞭遥識陝中山。道塗來往增加額，父老邀迎各解顔。渭水東流連二漢，蜀都南去帶諸蠻。秦中兵饉仍凋瘵，劍外人風更阻艱。勤讀古書探要眇，與論時政及餘閒。他年先後聽周魯，迭拜蠣頭最上班。

壽龍翔長老訢笑隱

玄雨高秋集九龍，東天震旦主諸峰。青蜺座踞黄金築，紫鳳書銜白玉封。賜到屢鳴官寺鼓，召歸兼聽御樓鐘。雄文獨步專三氏，大法全提正五宗。筵擁方來無數衆，倉分鄰住有餘舂。詩留杜甫頻茶椀，社許陶潛更酒鍾。涼夜熱眠貪夢蝶，清朝苦思困吟蛩。曇華世界慚吾晚，桂子天香喜氣濃。住世幾何論小劫，陳詩再拜謝疏慵。隨班作客應長席，歸醉從兒且小筇。

新寺和張仲舉兼次韻

天宫兜率下崔嵬，結綺交疏面面開。地勢周圍龍虎國，鐘聲疏應鳳凰臺。鼎湖仙去秋遺劍，笠澤僧歸夜渡杯。千騎巡街羣樂動，五雲深處御香來。

雁門送楊仲弘姪士耕歸龍泉

伯也未入玉堂日，我亦忝薦金閨名。三千里外嗟淪落，二十年餘異死生。猶子初從雁門見，故鄉能作龍泉行。腸斷東門別小阮，索詩相送若爲情。

趙君澤母一百七歲

南康校官致仕日，北堂夫人長壽身。一百歲後又七歲，千萬人中無一作能。幾人。王母蛾眉曾不老，諸孫鶴髮但重新。桐川之水東到海，海上桃花一作「蟠桃」。樹樹春。

送陳子英縣尹之崇仁

江回彭蠡天與碧，路入臨川山復蒼。令尹先爲武進縣，弦歌況逢君子鄉。黄禽雙啼白日静，緑草自動春風香。巾車數問虞夫子，未慚元亮在柴桑。

越州景德寺鏡清方丈題醉先宋僧名也。岳麓圖

鏡清方丈見岳麓，堂虚咫尺行江潭。樹木連雲匡一作巖。影溼，樓臺隔日水氣一作聲。酣。皇英雙騎龍上下，蒼梧九點天東南。道人得我千古意，復遣老夢登嶇嵌。

送唐長卿赴常州

三茅斷作湖嶼碧，常州昇州猶比鄰。山君化鶴去問客，水鳥銜魚來獻人。釀酒未嫌官舍冷，開倉長恐士家貧。絶嗟一概鳴琴地，杏花閉門消却春。

題觀海圖爲張晉賢作

自古十洲三島勝，幾時一釣六鼇連。千年王母蟠桃實，五百童兒採藥船。日出早看金柱湧，天空只擬玉壺懸。乘槎欲接張公子，直到牽牛織女邊。

題方壺子天台圖送曹士安省親還上清

仙人飈車竟獨往，我家天台不得還。六一作七。十江上老爲客，半夜一作「夜半」。夢中無數山。雲飛舍下兩白髮，桃熟溪頭雙緑鬟。《元音》本中四句倒轉。更煩爾祖方壺子，寫我與君劉阮間。

送廉公子北歸

策勛際盛皇元世，賜姓爲廉舊相家。江上行逢瑶圃樹，天邊歸泛玉河槎。黄封蠟水人人酒，白下春風處處花。誰謂王孫慰離别，踟蹰芳草獨興嗟。

次韻答惠長老

棄爲狂士幸相容，敢向明時歎不逢。明月近人閒傍水，白雲邀客更登峰。百年耳厭咸陽犬，千載神交劍浦龍。車馬滿街門映燭，夢魂初熟蔣陵鐘。

九月一日遊昭亭 在宣州。

山色江光帶近郊，道旁楊柳舞寒條。半生九日黄花酒，多在西風白下橋。千里客遊仍暮景，異鄉人事又今朝。老來未遣登臨懶，盡醉東家緑玉瓢。

寄謝子木

秦贅誰徵夢午年，漢官倉氏豈淹賢。荒凉秋浦時時酒，仿佛番江夜夜船。湖海客身皆暮齒，家山兒蕨等春拳。何時與和歸來賦，白石謝住家。黃沙丁住家。未有田。

送公子帖穆入京

龍沙公子五雲思，鶯語皇州二月時。苜蓿土融鞭節上，蓬萊春近佩聲移。承恩賜坐黃金褥，獻壽親擎白玉卮。馬上偶看鴻雁過，簫中吹與鳳凰知。

送南臺掾史劉孟琛陪治書順昌朝賀

上帝南郊法駕親，憲臣北道傳車新。冰霜隨路關河曉，雨露垂天海嶽春。千里渥洼從騕子，九重閶闔候雞人。冕旒再拜三呼日，玉帛交橫萬國賓。

寄黃宗師

颷輪峰頭鶴下空，華陽洞口百花紅。長林藥草無人識，上界蓬萊有路通。爛醉前年春作客，頻憐今日老成翁。丹砂不遺來城市，故著題詩寄葛洪。

送僧遊廬山

廬山東南山木多，石梁顛倒挂銀河。仙燈夜半天人一作神。落，佛屋春深海客過。五老芙蓉還好在，陶公楊柳定如何？布帆又起江湖興，應道西風動薜蘿。

送萬容長老歸故山

長記題詩送萬容，喜看飛錫下諸峰。笙吹緱嶺仍騎鶴，劍出豐城又化龍。山氣含霜飄夕磬。溪聲和月瀉寒春。何如官寺聽車馬，空伴黃塵起斷鐘。

送僧歸鄱陽

護龍客賦《紫芝》歌，飯牛翁如白石何。山頭桃熟不歸去，秋深葉落忽已多。舟行夾岸轉青嶂，風定滿湖皆白波。記得康郎洲下住，月明如海看漁蓑。

送由上人游金華兼簡信上人

金華東日挂清曉，玉樹西風吹晚秋。皇郎羊化青山石，帝子龍飛白下州。二阮同居蕃佛寺，雙溪獨坐野人舟。茶餘儻問西園檜，翠色依然映白頭。

寄題金鵝泉石軒

金鵝泉石有深趣，黃鶴仙人曾獨來。匡雨溜雲青玉瀉，海天澄日碧蓮開。山翁宴坐秋簾静，野客倦游溪櫂回。幽徑依然生藥草，他年從此入天台。

題王元章梅

三年不見王徵士，一見梅花如見人。風致山陰頻夢夜，雪晴江上又逢春。毫端只作尋常寫，意度真同造化神。聞道邪溪新買宅，想栽千樹作比鄰。

送清涼寺友上人歸永嘉

江心舊作野客宿，石頭今逢開士歸。半夜落潮隨櫂發，十年殘夢逐雲飛。相看接手話鄉里，獨老忍淚霑裳衣。新春亦有還家願，會過石室推煙扉。

次韻噩無夢梗用堂吴中倡和佳什

二客當時共泊舟，何人清夜獨垂鉤。劉郎爵土方諸將，嚴子生涯老一裘。萬里關河空悵望，百年江海儘嬉遊。而今豈但忘機甚，也得頭顱似白鷗。

次韻具菴送湛淵上人永嘉省師

早年爲客曾遊處，今日題詩却送僧。珠箔濺厓看雪瀑，寶窗緑塔見天燈。金仙爛熳開銀界，玉女嬋娟倚翠層。禮罷阿師窮勝討，諸峰歷歷漸攀登。

送郭筦勾之西臺

南州待著騎驄馬，西土今須聽鳳凰。風妥浪花清度月，秋先關樹早驚霜。汾陽宅畔槐應老，泰華峰頭藕正香。願得盡分冰雪片，沈痾天下總令嘗。

送答彦修御史調西臺

泰華雲開仙掌明，闕門樹冷早霜清。九天丹鳳銜書下，六月青驄擁轡行。南國江山吟總遍，西周人士喜争迎。鷹鸇鵰鶚高風外，麟趾騶虞美化成。

覽勝樓

二水三山帶遠洲，五臺雙闕起高秋。齊梁宮苑依城在，江漢波濤入海流。金刹曉開龍虎國，玉笙宵下鳳凰丘。一天灝氣清無際，況及此時長倚樓。

近仁臺郎見示樊左司在南臺時憶昨五首柯博士蘇徵君既爲和之天台丁復僑居金陵草莽之臣也不能悉奎章故事欽覩皇潛飛之盛猶能記之僭用元韻以寓鼎湖之思云爾　録二。

猶記金陵觀稼遊，翠霄深處想瓊樓。縱横未草三千字，縹緲如瞻十二旒。祇爾丹心馳魏闕，依然白髮老滄洲。翠華不復南巡幸，歲歲空來鴻雁秋。

猶記奎章擁紫薇，五雲流彩日揚輝。已頒玉果開春宴，亦賜金蓮送夜歸。俊逸詩篇凌鮑照，風流人物動〔崔〕（雀）徽。還憐杜牧《秋娘賦》，色線寧堪補舜衣。

與杜清碧先生四首

武夷山水先生宅，山上松聲落醉眠。不廢乾坤有清氣，至今巖壑出神仙。南陽諸葛吟《梁父》，西蜀揚雄草《太玄》。聖主如天明日月，九重虛席正求賢。先生九曲溪邊住，錦里風光太逼真。當代如求董狐筆，名家政要杜陵人。玉堂金馬頻催詔，朱紱銀魚懶挂身。聞道少微星不夜，已知江上有垂綸。五雲絳節下林丘，萬里銀槎上斗牛。聖代已興周禮樂，大儒宜法魯春秋。上林花霧冥冥溼，太液恩波浩浩流。清夜夢回高閣遠，一蓑煙雨泛漁舟。聖君虛席禮賢初，太史濡毫應詔餘。沙草總肥金騕褭，宫花時落玉蟾蜍。晉朝人物推安石，漢代文章識仲舒。成業經綸有如此，人生須讀五車書。

與李五峰先生

雁蕩山前結屋牢，先生攲枕聽松濤。麒麟一出空祥瑞，鳳鳥孤飛惜羽毛。漢代文章遷史盛，晉時人物謝安高。懶將白髮供朝紱，縱有金魚换酒醪。

送僧遊浙東

我家浙東海水西，危峰高上起天梯。蛇喉尊者秋歸洞，虎背禪師夜過溪。晚日桃花山更好，春風藥草路多迷。何堪相送寒江上，短髮頻搔更不齊。

題茅山彭道士畫梅花仙子

緑燕棲寒夜不飛，洞天霜浄月流輝。夜深彷彿梅邊卧，起掇青霞染素衣。

次韻元宵雨雪

銀燭春光玉雪霄，翠簾歌管思寥寥。羅浮洞裏花如織，誰立寒香背小橋。

題江村小景

野篷忘世寒罾下，沙筥牽兒早餉遲。有客封侯玉門道，緑閨春恨繞花枝。

馬德昭席上賦

江上重逢鄒大娘，桃花紅嫩染纖裳。蔓青溪上曾相見，猶記胡麻飯顆香。

題李遵道山水

層峰高出雲樹外，飛溜直下天河懸。江南老客腸空斷，舊宅不歸三十年。

酒間贈賈西白

思入東風白雨邊，暮雲春樹兩茫然。不因絳灌輕新進，未必長沙識少年。

淮上作

昨日水淺雀兒浴，今日能勝萬斛舟。人生有時亦如此，請看秦淮江水流。

題美人卷

玉山横管淚痕光，繡褥雙回綵鳳凰。百巧心情題不得，九疑雲冷隔三湘。

絶句

沙遠晴波淺漾金，魚苗初上小如針。將船載酒江頭飲，水柳千株滿岸陰。

題汪伯高梅

兔臼寒霜染雪毫，緑煙微散月初高。野人醉醒羅浮夢，長憶仙娥玉色醪。

次韻西湖竹枝歌四首

上塘楊柳下塘陰，阿郎一作儂。愛人不愛金。塘水西流一作來。東入海，水深不似阿儂深。

柳葉如眉枝似腰，贈郎輒挽最長條。條長卽與儂心遠，不是爲儂春態嬌。

錢唐潮來兩岸平，錢唐潮歸一作落。江月明。錢唐女子新樓閣，夜半吹簫鸞鳳鳴。

郎愛捕魚儂織蓑，勸郎不必要登科。一家賣魚得食少，一官懸魚憂患多。

題楚江清曉圖

海色澄明霞欲生，白煙樓閣静崢嶸。青楓江上船已發，苦竹嶺頭人未行。

題危太樸雲林圖

天台萬八千丈，雲林三十六峰。幾載山中獨憶，今朝江上相逢。

同永嘉李季和望鍾山聯句

鍾山日在望，匏繫未成往。我本忘世人，李。誰能久塵鞅。窮猿苟一作尚。擇木，丁。冥鴻不離網。納蕞升斗穈，李。迺此尺尋枉。川江互迢遞，丁。天地一莽㝗。霸氣遂終陳，李。山名猶姓蔣。策羸結幽躋，丁。拔茹傾勝賞。踡林萬虬伏，李。獰石羣獸仰。雨晴虹蜺裂，丁。雲熱鸛鶴響。靈骨瘞浮屠，李。癯趺踞方丈。陟閣鷹巢危，丁。闖户蜂房敞。禪林舊稱一，李。梵刹新闢兩。苾芻化城喻，丁。獅廌嚴駕上。一人尅小月，李。七佛築峻壤。狻猊睥玉除，丁。科斗冒銀榜。庸超謝羶葷，李。媢禱懷肸蠁。俗子空卑棲，丁。至人廓遐想。相期訪龍盤，李。何如遊雁宕。窗明誦《楞嚴》，丁。林昏過魍魎。終然千仞顛，李。極彼九州廣。圓龕坐覓心，丁。方具跪合掌。攬秀目顒顒，李。討幽心養養。沈緜阻客遊，丁。爽塏令人獎。境虛雲壓闌，李。江遠浪浮槳。揮清宜麈尾，丁。翳静便鶴氅，域分三國鼎，李。淮湊百川輞。喜彈青綺冠，丁。倦曳緑玉杖。朝晴竟崎嶔，李。夜夢猶髴髣。祝酒遣詩魔，丁。搜句搔技癢。深推衆鑿宗，李。雄據諸峰長。碧眼一作「眼碧」。覽益遠，丁。白髯一作「髯白」。聯苦強。地籟息箕簸，李。天孫遺女紡。金聲調危鐸，丁。石華繡卑磉。騎驢約兹後，李。驚猿記疇曩。資罄恐支離，丁。腹果歸莽蒼。問休幻安席，李。敏奪雲門棒。竹露曉衾濕，丁。松飈秋髮爽。玉樹異風標，李。珠林列星朗。躡屐去後齒，丁。早炊囊宿澆。弔古重追尋，李。披荒增慨慷。丁。

蘭堂上人之金陵因寄憲府張使君 見《乾坤清氣》。

初平牧羊處，白石及秋登。挂錫月中到，禪房雲上曾。使君持玉節，老客望金陵。想見雙溪水，先霜早已冰。

姑蘇臺

白日初高瓦欲黑，姑蘇臺前春拍塞。百花緑洲水曲尺，小浪羣吹度游鯽。晴煙漲暖野荒荒，箇箇西山澹疏碧。海氣東來揚短篷，吴兒岸坐長歌發。逸興遥將白波去，送目飛鴻倦低翮。扁舟甚有五湖思，風雨漂摇從所泊。幸逢大國全盛日，地極蒼生無裂坼。向來時運數更變，河山南北烽火隔。人攀巖穴恐不險，樂土不居何暇擇。只今城雉多壘鑿，麋鹿所游盡桑麥。自笑生來但爲客，五十有家無土著。有酒不作懷抱惡，明日日出已非昨。

蜀江春曉

蜀江二月桃花春，仙子江頭裁錦雲。牙檣靛子雙蕩槳，蘭葉衝破愁殺人。浣花詩客茅堂小，醉眼看春狎花鳥。柳絮抛風乳燕斜，畫簾卷雨啼鶯曉。蘼蕪草生蘭葉齊，碧流黛石青無泥。郫筒有酒君莫惜，明日殘紅如雨飛。

逢僧話舊

朱雀橋頭白下門，舊遊回首幾人存。令威不返遼東鶴，圓澤難招石上魂。金刹火餘灰未冷，錦囊詩在墨猶温。東來邂逅逢僧話，老淚臨風墮酒尊。

題疊山卷

江山老骨歸元亮，今古何心兩伯夷。半夜寒增霜院酒，一編孤憤雪樓辭。

莊節先生韓性

性字明善，紹興人。其先家安陽，宋魏忠獻王琦，其八世祖也。性深於先儒性理之説，四方學者，受業其門，户外屨無所容。前代遺老王應麟、俞浙、戴表元輩皆折輩行與交。同里與游最密者唐珏、王易簡、吕同老，皆一時名士。每值風日清美，或同挾策于雲門禹穴，或共榜舟于邪溪鏡湖，逍遥容與，彌日忘返，望之者疑其爲世外人也。延祐中，憲府嘗舉爲慈湖書院山長，受而不赴。天曆中，趙世延以其名上聞。後十年，門人李齊爲南臺監察御史，力舉其行義，而性已卒矣，年七十六，賜謚莊節先生。所著有《禮記説》四卷、《詩音釋》一卷、《書辨疑》一卷、《郡志》八卷。文集有《五雲漫稿》十二卷。虞學士集曰：君爲文優游不迫而陳義甚高，汪洋不窮而立論甚要。黄侍講溍曰：先生之文，博達雋偉而變化不測。人第見其如奇葩珍木，不擇地而發，魚龍出没，隱顯後先，以爲可喜可愕，而莫知夫山之所以高，水之所以深也。兩公皆文章大家，而謦折先生如此，宜爲一時人望所宗也。

題水仙圖

洛下風流人，人言影亦好。況乃蛟宫仙，迥立清漢表。翠裙溼涼蟾，晴光白如掃。坐對冰雪容，不受東風老。澄江渺余懷，相期拾瑶草。

蘭亭

昔人藝芳蘭，遺迹越溪上。風流晉諸賢，好奇極尋訪。坐令後來人，弔古更惆悵。憶昔初來遊，精廬適新創。俯仰三十年，故交獨青嶂。今晨天氣佳，煙隄繫輕舫。相攜得良朋，舉酒互酬倡。散策依晴林，沿洄俯新漲。地偏塵易遺，慮澹情自暢。回首昔時遊，樂事終不忘。誰謂古人遠，千載欣一餉。彭殤端齊軌，蒙莊諒非妄。

曹娥廟歌

承荃橈兮桂舟，弭靈旗兮中流。望四山兮何所，映朝陽兮上浮。玉笄兮瓊珮，馭青蛇兮雲之外。采杜若兮江臯，芳菲菲兮未沬。潭不極兮海門，餞多景兮江濆。吹參差兮屢舞，馳玉軑兮繽紛。雷填填兮拊鼓，檜陰陰兮靈雨。波渺渺兮安流，神樂康兮終古。

題謝臯羽西臺碑

零陵斷石青如天，七星下貫寒蛟泉。神訶鬼護萬萬古，中有處士西臺篇。臺前月色爲君好，斷港馳啼蕙花老。酪瓶羊炙試招魂，一片丹心向晴昊。邯鄲枕冷泰山秋，海樹不著人家愁。晞髮陽阿向天籟，鳳凰作使追靈脩。紫霧黄塵窺下土，清都仙人半空語。汶楸十九春鬼長，玉雞吐綬闌扶桑。

韓左軍馬圖卷

五花雲散紫電光，縶維未許飛龍驤。垂頭欲就圉人飲，渴烏作勢吞銀潢。長安畫史擅筆力，萬里猛氣收毫芒。羽人乘風倦鞍勒，一笑收拾藏巾箱。世人不識真驌驦，顧影尚爾分驪黄。放鶴峰前有遺意，神駿政可誇支郎。

題龔翠巖中山出遊圖

是爲伯强爲譎狂，睢盱鬼伯髯怒張。空山無人日昏黄，回風陰火隨幽篁。辟邪作字魏迄唐，殿前吹笛行踉蹡。飛來武士藍衣裳，夢境胡爲在縑緗。中山九首彌荒唐，猶可爲人祓不祥。是心畫師誰能量？筆端正爾分毫芒。清都紫府昭回光，三十六帝參翱翔。陰氣慘澹熙春陽，謂君閣筆試兩忘，一念往復如康莊。

宛委山

秦山幾千仞，翠入蓬萊城。城中望山色，明暗分陰晴。老夫散策山前路，爲愛看雲不歸去。仰看驚怪鷺飛來，回頭忽見雲生處。崦中孤起如炊煙，乘風騰上蒼厓巔。厓巔宿雲喜迎接，横空一幅兜羅縣。天風吹散銀千縷，淡處是煙濃是雨。雲師拗怒不肯回，露出峰頭尺來許。一雨三日溪水肥，老夫欲歸不成歸。雲師知我慘不樂，故出小譎相娱嬉。老夫作詩一笑領，舉袖收雲散空迥。倚松絶叫山下人，仰看雲峰起山頂。

東山

遠山倚空青濛濛，剡溪白匝來天東。天機不卷芳草碧，中有行地雙蟠龍。扶藜欲出人間世，俯仰明河在平地。長松忽動鶴飛來，萬里剛風起衣袂。薔薇開落春復秋，洗屐何人繼清遊。憑闌一笑衆山小，遥指雲氣看齊州。

陽明洞二首

洞天深窅行客疑，飈輪碧簡誰能稽？倚松長嘯巖壑動，放懷未必今人非。石氣盤空散成霧，檜子無風落青雨。草間欲問苗龍壇，薜荔鱗鱗絡銅虎。

蕙草雪消蜂蝶疑，遊子挈榼來何稽？少待山桃綴紅糝，回首已憐春事非。青風成雲濕成霧，洞天深沉百花雨。山深玉殿鎖碧苔，天上通明羅九虎。

若邪溪

一川暝色鎖煙蘿，蕭灑禪關偈獨過。簷蔔香中詩夢遠，芭蕉葉上雨聲多。九重闕下心猶戀，二十年前事總訛。畫舫蘭橈待明發，若邪溪水夜增波。

陽明洞

日日攜壺坐釣磯，眼看門外軟紅飛。已無遊騎尋芳事，却訪幽人入翠微。石磴欲青春雨足，酒爐初冷絮花稀。悠然自解登臨意，十里香風一棹歸。

鏡湖

鴉陣連空木葉疏，西風衰柳半平蕪。湖山照眼長奇麗，不枉千金買畫圖。

曹娥江

隔岸檣竿著暮鴉，待舟人立渡頭沙。數拳頑石生雲氣，一半斜陽有浪花。

天香閣

闌干曲曲亂雲封，回首爐峰翠幾重。上界剛風秋萬頃，銀河開徧碧芙蓉。

集杜句題五馬圖

使君五馬一馬驄，聲價欻然來向東。飛電流雲絶瀟灑，迥立閶闔生長風。肉鬉磊塊連錢動，大宛立仗青絲鞚。不須對此成歎嗟，古來才大難爲用。

葛仙井

鳳凰不栖枳，天馬肯就閑。胡爲九淵龍，卧此數仞山。苟無風霆威，何異蛙蠙繁。世網易嬰人，有如百尺瀾。悠哉志士懷，直欲甦人寰。一朝躡浮雲，游戲窮玄間。寧知天瓢側，不及眢井蟠。百年撫陳迹，老木亦已刊。名高雖易毁，志遠終難攀。山中白頭僧，笑我發浩歎！

歌風臺

武帳如星連鉅鹿，重瞳誰敢相馳逐。劉郎深閉函谷關，坐聽城南新鬼哭。赤鱗半月天無光，陰陵匹馬虛徬徨。百二山河笑譚取，殿前上壽稱明良。榆社歸來故廬在，山川不改風光改。酒酣自作三侯章，兒童拍手聲翻海。君不見帳中悲歌愁美人，樂府千載傳授新。英雄吐氣天爲窄，便肯變滅隨飛塵。高臺古碑字盈尺，神呵鬼護蛟龍石。四顧銅雀歎淒涼，墮瓦無聲土花碧。遠山横空暮煙起，行客徘徊殊不已。當年遺事尚可尋，斷雲飛度香城水。

天衣寺

春流雙澗深，曉色十峰陰。勝地青蓮宇，千年靜者心。焚香入空翠，鳴磬出幽林。去路白雲滿，禪宫何處尋。

定善寺

開人宴坐時，大千入毫髮。兩山不受招，胡爲在吾闥？

樵風廟

湖南暮北樵風逕，遺廟千年尚乞靈。山瘦不知如許事，閉門新注相牛經。

讀三國志

玉壘浮雲尚慘然，興亡自古總由天。渭川星殞嗟何早，却遣譙周七十年。

題趙子固墨蘭

鏤瓊爲佩翠爲裳，冷落遊蜂試采香。煙雨館寒春寂寂，不知清夢到沅湘。

薛助教漢

漢字宗海，永嘉人。幼力學有令譽，以青田教諭遷諸暨州學正。始擬北郊制宫懸於杭，衆推漢董務，樂成，驛傳上之，大臣以太祝薦。延祐五年，待銓京國，辟功德使，授休寧縣主簿。將行，祭酒鄧文原薦之，遂留止。泰定元年春二月，選國子助教，四月，大駕北幸，用故事赴教上都。八月還，九月三日卒居賢坊寓舍。宗海於古今制度名物創作變易，年考月究，無或有爽。趙文敏公號爲鴻識，得古遺器書畫，必宗海辨之乃定。與司業虞伯生、博士柳道傳友善。其卒也，二君哭之甚哀。魯子翬誌其墓，稱其詩律書楷嚴縝有法，而慎慤不矜，非雅交莫克知也。

和鄭應奉雜詩六首

茫茫穹壤間，環溪大州九。壯遊不及辰，坐待迫蒲柳。窮通付分定，達識當順受。但願薰風詩，在在民物阜。一瓢安菽水，吾計亦良厚。

當年東山翁，笑傲聊永日。弓旌一朝下，萬里赴星驛。回頭故山友，十見秋柏實。峩峩東觀中，大書黑如漆。想見日暮歸，沙輕馬蹄疾。

淳風散已久，青黄陋窪樽。婉孌争媚好，役智空自昏。豈知葛天民，無言道彌敦。我有《白雲操》，泠泠寄桐孫。調古識者寡，幽探萬化源。

驅車涉遠道，日晏不知疲。一見嵩華高，始覺培塿卑。吾道麗天壤，昭昭匪難知。千金買刀圭，但爲方士欺。羸糧往問道，去結汗漫期。

所以巢居子，商歌竟不輟。安知横江鯨，中路螻蟻狎。志士方盛時，危冠怒衝髮。猛心石爲開，壯氣山可拔。歌竟寂無言，坐聽天籟發。

軒裳百年間，竹帛千載後。光陰不可玩，歲月坂丸走。宦游夢入槐，宴坐肘生柳。出處亦何常，臨岐一分手。永願堅素心，舊學安敢負。

送曹學士草詔畢還大都

四方聽綸綍，千載仰日轂始巡幸，風伯前汛掃。宸衷自警畏，廷論各至到。黼飾資舊臣，優渥發新號。訓誥。言歸玉堂署，送別龍庭道。戀闕信馬行，及門聞鵲噪。

和虞先生上京夏涼韻

登臺美皆春，覆盆慘長夜。誰能均苦樂，世道勤汛灑。灤京逼穹昊，重纊度朱夏。下方正喘汗，歊赫在爐冶。南北各異宜，敢訝行化者。倦遊念苕霅，漁竿自堪把。

和虞先生箸香

鼻觀奇芬禱精微，纖莖挺修直。炧輕雪消睆，一作晛。火細一作紅。螢耀夕。素煙裊雙縷，暗馥生半室。

靜裏參，心原坐來息。有客臭味同，相看終永日。

送馬少卿伯庸南祀嵩恒淮瀆

總章盛金德，齋明赫當宁。皇皇遣天使，肅肅承聖一作詔。語。三熏禮岳瀆，萬里涉梁楚。祝釐歸堯舜，降神出申甫。南斗迎文星，西風起儀羽。樂張洞庭月，旆溼湘岸雨。壯吟鄙騷怨，高談一作馳。洗儒一作塵。腐。過家猿鶴喜，攬轡鴻雁聚。青闈一作闌。閔賢勞，黄屋深記注。歸騎慎勿徐，席虛玉堂署。

和張仲實秋夜感舊

古道日緜邈，何由探羲軒。六籍載緒餘，攻鑿日已煩。豈無奇士志，尋枝或忘根。忽聞孤鳳凰，百鳥寂不喧。邀我澆古胸，泠然酌窪尊。既感氣類殊，況復德義敦。秋風江海上，英材昔同門。載詠《伐木》章，清夜勞夢魂。斯文儻未磨，餘事安足論。蕭蕭蒲柳姿，含英伺春暄。皓首崇明德，懷哉昔人言。

送牟伯厚還霅

西風起雙鴻，渺渺度萬山。空林霜霰落，各念飲啄難。中塗忽相失，獨留諒無歡。極目送冥飛，風雲逸修翰。低回守矰網，自顧形影單。奮翅念遠舉，天路浩漫漫。空想五湖水，春一作東。風漲波瀾。

書墨竹

當年文湖州，愛竹骨已朽。祇今高李筆，可繼湖州後。何人裂霜紈？寫此三五葉。想見翠琅玕，蕭然挺清節。

題畫馬

渥洼龍媒少人識，世上駑駘日充斥。班生畫馬畫兩匹，駿骨雄姿殊未得。赭袍烏幘坐奚官，似出春風十二閑。掩圖不語三太息，我方垂耳鹽車間。

都城曉起和張漢杰韻

扶桑日射蓬萊頂，下視瑶都森萬井。金門未啓曙光寒，月落觚棱微有影。枕上遊士夢未回，喔喔鄰雞爲呼醒。知君曉約穀城翁，再擬銘功漢鐘鼎。杏村天近易爲春，莫厭西齋官獨冷。

題劉理之木石

木石山人枕溪曲，盡日看山如不足。一朝木石真到眼，昔者寓言今實録。何年老楠生長空山中，枯根入地蟠蛟龍。嵌竇玲瓏削蒼璧，宛如當年蘇老之三峰。浪齧沙沿歲時久，豈知竟落漁人手。漁人好飲君好奇，駝入君家博升斗。君不見嗜石相國李與牛，不惜千金購羅搜。豈知山人奄有一丘壑，只費平原五督郵。

雪山盤車圖

車焞焞，石逕犖确輪欲摧。疲牛分寸挽莫前，前車後車相逐來。大府城門倚天開，羣山雪深白皚皚。

卒夫鞭牛凍墮指，轉輸號令如風雷。官中委積等塵土，黔黎膏血無復回。君不見明時屢散粟與帛，桃林之牛亦悠哉。不知何代畫此景，我自一見令心哀。

和袁德平

世路不可涉，風霜苦見侵。園廬長入夢，歲月易驚心。木落秋容瘦，雲昏雨意深。登樓試長望，烟水晚沈沈。

寄余希聲

寄語中林友，相思又幾朝。書雖爲路阻，夢不怕山遥。風定落花漫，雨深青草驕。人情諒難必，不似往來潮。

摇落

摇落歲華晚，蕭條門巷空。黄花數點雨，紅葉五更風。挽鏡徒催老，耽書漫得窮。親朋頓乖隔，幽意若爲同。

枉渚

枉渚倚孤櫂，意行隨杖藜。鷗邊漁艇小，牛後牧童低。秋色多因樹，寒聲半是溪。何當買茅屋，此地卜幽棲。

和伯雍夜坐

月落夜方半，江空歲又闌。浮生知易老，久客欲歸難。漏靜忽聞笛，樓高誰倚闌。呼燈更小酌，起舞戲盤跚。

湖上

一舸泛霜晴，湖波寒更清。平堤連野色，遠市合春聲。塵土浪終日，山林負半生。回頭夕陽外，煙渚白鷗輕。

和馬伯庸御史效義山無題四首

羽林垂彩動天江，幕府光聯一作「先懸」。白虎一作玉。幢。吏法有章皆畫一，將壇得士故無雙。臺中長夏霜凝簡，掖內通宵霧鎖一作斂。窗。若使九門容逕入，肯思巖隱聽一作抱。流淙。

良人執戟待一作侍。明光，誰與金爐共夕香。妝鏡曉寒凝蝶粉，舞衣春暖卸一作妒。鶯黃。一作簧。渡江桃葉應憐我，照水荷花似見郎。太一作歎。息蹇脩無復理，空思摻手爲縫裳。

乘槎準擬逐秋潮，却訪成都萬里橋。滄海有山皆縹緲，青雲無路不迢遥。閒居潘岳驚斑鬢，歸去陶潛懶折腰。後夜相期明月上，露臺高處弄笙簫。

驥服鹽車兩耳垂，臂空一作無。九折未成醫。欲尋箕潁終逃世，苦恨章逢不入時。金井蛩一作鹿。鳴知露冷，銀河一作橋。鵲度看一作見。星移。長貧久客應無補，擬挽滄江塞漏巵。

馬元博下第歸松江省覲

木落蓬飛天已寒，束書火急出燕山。霜蹄暫蹶終超忽，風翮高摶祇等閒。文度且應歸膝上，士龍能久在雲間。深秋送盡南轅客，一夜思家鬢欲斑。

送杜清碧入京二首

玉笥峰前久白雲，銅駝陌上暫紅塵。有書未肯干時宰，命駕惟應訪故人。滄海魚龍波浪闊，顛厓草木雪霜頻。逢時少試經綸手，回首山林迹未陳。

風雨蓬蒿病已侵，那堪送遠更秋深。離情不斷千尋綆，高義難磨百鍊金。喬木參天元有節，閒雲出岫本無心。湖山揺落關河杳，後夜相思遣夢尋。

送楊仲弘編修

今代揚雄更絶倫，布衣一出便詞臣。眼空四海譚無底，胸著千年汲愈新。芸暖圖書蓬閣曉，花明劍佩鳳池春。傳聞賈傅初歸國，亦有當年共策人。

和柳道傳感懷

已無言語可爲階，野性那兼不好排。買笑誰揮金似土，澆愁空想酒如淮。儀庭鵷鷺多乘運，失水鱣鯨自感懷。物我本無何得喪，且隨達士共談諧。

送柳湯佐

太行盤踞勢嚴嚴，五馬初行衆具瞻。他日去思應借寇，此時來暮正歌廉。七賢舊竹風流在，萬善新茶歲貢兼。莫謂名邦天稍遠，飛龍曾向此中潛。

送趙虛一降香至南海廬山會稽

天香分下殿西頭，處士今乘使者騶。曾是騎麟驂北斗，真成跨鶴過揚州。山中五老應相識，海上三神亦易求。勾越東南仙柱觀，神光依舊貫林丘。

郭子昭淮東經歷

蹕林前歲偶同遊，話舊知經五五秋。未厭羣烏棲柏府，又騎一鶴上揚州。受書此日名方起，奏最他時考更優。塵裏初衣方皎潔，豈令大幕久淹留。

題趙顯卿友義卷後

古稱燕趙多豪俊，今向燕山得趙君。中歲挂冠心似水，閒時說劍氣如雲。塤箎每爲家聲合，囊橐曾因友誼分。七十長年天所相，名駒汗血更超羣。

睡起

卷簾春色上苔衣，新水相看近竹扉。風動樹枝鳴宿鳥，雲收山崦放晴暉。舉杯竹葉掃愁去，攲枕楊花約夢飛。腸斷碧苔溪上路，暖風晴日釣魚磯。

夜歸

有客有客胡未一作不。歸，長安三見秋葉飛。警霜老鶴夜不寐，弔月孤雁寒無依。紛紛北里厭粱肉，落落西山甘蕨薇。人生窮達各有命，何須中一作終。夜泣牛衣。

題醫學李教授歸隱圖

一官歸隱絳山陽，山色蒼蒼接太行。自古終南多捷徑，只今盤谷是康莊。仙家虎賣林中杏，洞府龍傳海上方。吾友玉堂稱二妙，爲君圖寫爛生光。

壽承旨張疇齋

鍾王書法得精微，每日霜毫不厭揮。相業曲江金鑑録，幽懷西塞緑蓑衣。蟠桃開日三千歲，古柏參天四十圍。應與赤松相伴約，他年名遂早知幾。

閒閒宗師生朝

天正子月一陽回，春入環樞已放梅。壽酒淋漓傾九醞，仙階縹緲接三台。函關昔日青牛度，華表他年白鶴來。更向何方覓鼇島，帝垣東畔是蓬萊。

題桶底圖

蕊珠宫闕見毫釐，中有羣仙按羽衣。莫訝此圖天地窄，黍珠境界更希微。

題四馬圖

世上駑駘眩凡目，祇今誰識馬中龍。昂頭振鬣長鳴處，似向秋風訴未逢。

糟豚蹄東陽酒送理之

彭生失足落糟丘，醉入肌膚味更優。亦有曲生差可意，伴君倚檻看春流。

九月晦日二首

九月晦日終夜雨，酒醒無處著閒愁。起聞更張有明詔，實與萬國同戚休。

今年年豐穀差賤，白米應飢翳桑夫。飛蝗是處有遺孽，未省臘前能雪無。

潘省元伯脩

伯脩，字省中，黄巖人。至正間，嘗三中省試。方谷珍亂，刼致之海上，欲官之，不從，遂死于難。應夢虎作詩弔之，有「嵇康未必輕鍾會，黄祖何曾愛禰衡」之句。今讀其詩，纏緜感慨，多出入於二李之間。如《燕山秋望》、《丙申元旦》諸詩，則忠君愛國之心，固藹然溢於言外也。

擬古

芙蓉裊秋水，中夜生清露。乞君白玉盤，明珠已無數。雖無白玉盤，月在水中央。蓮房脱紫菂，種在浮泥香。仙人躡素鱗，吸此秋月光。歲晏憺忘歸，天際肅微霜。誰能爲此曲？高歌水雲鄉。稽首無極翁，可念不可忘。

古意

空中望海水，日暮動微瀾。神州何偪仄，半落煙霞間。少小戲嵩華，南魚落星灣。七澤一朝枯，我亦非朱顔。道逢兩白鵠，欲下昆侖山。寫書寄西母，早遣君王還。

起坐歎

丈夫七尺軀，而無一金資。内懷千年意，外有萬里思。終朝閉關坐，辛苦不敢辭。身長不肯屈，何以慰親慈。

君子有所思三首

海日蕭條雲雪岡，追鋒百里逐天狼。雲羅四面伏不動，金錯旌竿風簸揚。侍臣結束鴻雁行，玉階鳴鞘立翠黃。君子有所思，琱弓既韔姑置之。

天青海緑黄金閨，明星繡户弱柳迷。陽春從中蕩八極，花迎劍佩黄鳥啼。萬方獻壽來侏韎，吉雲寶露榑桑西。君子有所思，羽觴重持姑置之。

黄衣灑掃明光宫，銀牀玉井牽銅龍。風簾如煙不可極，水殿晚立秋芙蓉。美人吹笙明月中，曲臺央央蘭露紅。君子有所思，雲和欲御姑置之。

結客少年場

黄金千，白璧雙。東燕市，秦舞陽。西咸京，張辟彊。舞陽言死卽死耳，執策驅之類犬羊。辟彊任智持兩端，爲虎傅翼加之冠。漢廷諸老失措手，大節爲之久不完。英雄俯仰傷今古，成敗論人何足數。我今絶交謝少年，西山拂石卧秋煙。丈夫未遇亦徒爾，澠池奮翼龍鸞鶱。由來萬事付天道，爲蛇爲龍身已老，結屋青厓傍林鳥。

麥青青

大麥青青三月中，東鄰欲盡西鄰空。幾人忍死待麥熟，麥方掉頭摇晚風。嗟來麥語汝，天已一月雨。

麥今不自保，況乃未秋先易主。豈不聞二月賣新絲，麥苗典盡秋無期。

石龜潭

柔川有潭名石龜，石潭見底行斑魚。中有小兒累十餘，爺娘困劇棄黄口。不忍面兒疾返走，脱兒飢大著水中，宛轉呼啼亦何有。兒幸儔侶衆，精魂未能消。散作飛蟲上樹木，黑爲謝豹黄鵾梟。爺娘語精魂，毋煩啄我腦。三日五日吾當來，共汝相呼春樹杪。

下第京師别諸鄉友

風紛客懷鄉思起，吹作長雲行萬里。蛟龍春歸戀窟澤，虹霓晝動含陰雨。憶昨路遠彭城來，酒酣獨上歌風臺。青天無雲野草白，高帝事業安在哉！丈夫挾策干一命，忍恥隨人作奔競。道上能無屠狗人，戲作悲歌君莫聽。

萬歲山

龍首岡前玉樹林，丹青萬點紫煙深。廣寒臺殿秋如水，太液波濤晚向陰。西北雲山涼冉冉，東南星海氣湛湛。麟簾不卷空良夜，水鶴翛翛警露心。

積水

白鷺羣飛積水寒，怪鱗收雨漸泥蟠。銜風自散涼波上，落日猶明高樹端。晚色無人聊佇立，秋聲何處起叢攢。他年幸願青山築，拄杖穿雲戴鶡冠。

憶昨四首

憶昔西陵橋下路，彩舟初試一蓮紅。菱花妝鏡春鷗裏，杏子單衫玉笛中。郡國三年烽火入，樓臺萬井劫煙空。江湖何預人間事，沙合重洲不遣通。

靈巖好在涵空谷，圖畫天開兩洞庭。雲日長天摇積水，蛟龍九月弄飛霆。舟歸范蠡江湖遠，兵壓閶門草木腥。欲就吴王借秋劍，硯池星月洗秋萍。

二十四橋寒草緑，廣陵無復見人家。解將明月金盤露，相勸春風玉蕊花。城苑西頹餘斥堠，衣冠南渡渾泥沙。登臨俯仰千年跡，流水孤村屬暮鴉。

金水年來通太液，妝成金屋繞龍池。宫衣溼露生花氣，瑣闥含風入柳姿。玉椀傳頭明素手，紅鱗飲羽掣生絲。病身歷歷燕山道，卧對征鴻有所思。

燕山秋望三首

西山水落向高風，萬壑千崖出梵宫。翠幕遥看銀榜合，金精虚逐火輪空。构欄静立倚倚上，冠佩飛行蕩蕩中。何日龍船移櫂曉，露房雲水四簾通。

遼海東空鶴不歸，平蕪遥際極涼霏。寒天霜静鵰鷹没，沙苑秋高牧馬肥。落日美人歌玉帳，西風獵騎擁金羈。豪豬猛起當前立，曾冒鳴弓脱曉圍。

北落師門霄漢間，陰雲粉沸夜漫山。水聲亂趁龍門道，月色斜窺碣石灣。劍卧古臺星鬱鬱，笳凝幽草露斑斑。千秋萬歲滄浪面，長照君王入近關。

庚寅宿天姥嶺

夜宿天台最上頭，四無雲彩衆星秋。金庭鼇背東南重，玉几蓮花左右浮。過客躋攀咸欲老，顛厓辛苦未知瘳。不眠起看涵波日，赤鳳輪困映十洲。

江檻

四十無成鬢欲皤，題詩江檻慰蹉跎。雨餘蛺蝶垂花並，春到菁蕪落絮多。富貴失身憐鬼樸，文章得意等天魔。年來收拾心情坐，轉奈雲山緑水何。

癸巳冬至李君時可同客柔川追感永嘉舊遊以詩爲贈當己丑歲會永嘉時十月桃花盛開氣如春半識者憂其不祥既而果然就用前韻因并及之

江城十月桃花發，小至看花半已殘。香點客衣驚歲晏，醉燒官燭坐更闌。鬢毛荏苒風霜急，雲物蕭條海水寒。猶有黑貂能當酒，老來分手向君難。

甲午元日感懷

春色年年出帝京，河冰未解柳還青。東華正擁如雲騎，南國空瞻戴斗星。日月由來雙過鳥，乾坤及此一浮萍。愁緣底事濃於酒，起傍梅花步短櫺。

甲午六月卧病柔川呈地主五首

西界羣山半削成，平居悵望指高青。銀河上水通三石，玉筍餘雲散五星。曠歲移家方失路，連城帶甲此譚經。不圖顛沛流離日，樹色溪光滿户庭。

長憶靈巖對卷簾，客居還此面晴尖。雨分西崦泉鳴屋，風借南鄰竹蓋檐。病寫烏絲清欲苦，眠抛白羽黑初甜。亂離未覺三遷定，行就君平試一占。

喬木龍皮絡翠煙，昔人成立等升天。芝蘭玉樹看盈畹，騄駬驊騮不受鞭。垂老託身書滿屋，平生好客坐無氈。諸君有意憐衰白，惟有丹青照暮年。

巷南巷北長相見，友誼金張舊最深。黄奥憶穿桐嶺宿，烏巖行對竹溪陰。人煙接壤通江路，兵火無家共越吟。擬向清秋一疏散，不堪華髮病傷心。

楊溪積雨緑於苔，亂竹梢梢不遣栽。自愛水風横笛語，欲乘秋漲刺船來。眠從朱老詩澆潑，書及黄郎使往回。困餓只餘皮骨在，故人初見恐驚猜。

丙申元日

元朝舉酒欲傷神，六載崎嶇脱死身。草木不忘春雨露，山川猶擁宿風塵。河南輕重須藩翰，江左安危數縉紳。家國未知焉税駕，等閒笑語答時人。

宿□□軒咏海棠

折得繁枝特地紅，可憐憔悴卧東風。春酣玉帳花陰合，夜照香篝藥氣濃。白髮與心酬喪亂，青燈因淚識英雄。金盤華屋人間夢，一笑荒雞落枕中。

李伯時畫太白泛舟小像

李白自號謫仙人，更得龍眠爲寫真。一箇青蓮初出水，千年金粟再來身。胸中元氣詩如海，物外還丹酒借春。一笑掀髯緣底事，桃花潭上見汪倫。

大車

大車檻檻出北口，馬垂兩耳牛昂首。行人莫説牛力強，牛角可垂垂已久。

泖上

倦客蕭條曉自眠，夢行秋水踏秋煙。黄山在眼忽驚覺，屋上長林風動天。

山中二首

青天去人不咫尺，白雲映我作坡陀。奔星直下不知處，料得人間風雨多。

幽人采藥不知暮，夜宿王子吹簫臺。天雞忽叫海水赤，東南雲氣如蓬萊。

過芙蓉村

日暮東風吹客衣，水光春色弄晴暉。野桃無主清江渡，山雨初收白練飛。

靈山

玉環諸山靈山深，環以大海根太陰。空青水碧澹相映，散爲風露來蕭森。嗟予賦命落台雁，調笑魚鳥成滯淫。南遊華蓋動連月，勝地在近徒歆歆。風帆徑渡不再宿，綬裹長劍攜青琴。種楡瓊田中，吹笙玉山岑。吾將於兹養年命，岐路四斷誰能尋。

玉環山

海氛兼天赤，山雲捧日黄。波濤開霽景，島嶼極清光。南下思秦帝，東巡憶武王。刀弓清似水，神物敢跳梁。

松門山

沙巷蛟蜒白，松門蜃氣平。强弩支江斷，長劍落日明。

甘相掾立

立字允從，陳留人。年少得時譽，公卿辟爲奎章閣照磨，至丞相掾卒。楊鐵厓謂允從平日學文，自負爲臺閣體，然理不勝才，惟詩善鍊飭，脱去凡近，其《夜烏啼曲》可配古樂府云。

八月十一夜直省中

涼風生廣除，白露墜斜一作「墮銀」。漢。沈沈夜氣集，皎皎月光爛。門深棨戟嚴，庭寂兵吏散。柝鳴棲雀起，階溼吟蛩亂。徘徊久不寐，感慨輒興歎。非才直承明，弱冠弄柔翰。遭逢愧終賈，漂泊類王粲。名臣鎮大藩，從事乏良算。

寄題湖口方氏木齋

雲林生曉陰，露葉表秋浄。天清鶴能高，風急蟬更競。果落忽疑雨，交柯轉成暝。龍影翻研池，翠羽窺水鏡。幽人此優游，讀書了深性。

送張文煥安定山長

春水生霅溪，輕舠去容與。東風吹白蘋，晴煙散芳渚。飛花著離筵，翔鷗逐柔櫓。酒闌意彌深，别至慘無語。緬彼嘉樹林，之人事籩俎。所望崇德業，前修有遺緒。

晚出西掖同柯博士賦

薄暮出重闈，透遲望雙闕。輦路猶輕塵，上林已初月。悠悠文書静，去去車馬絶。小草慚長松，承恩總無别。

送客賦得城上烏　一作《夜烏啼曲》。

月落城上樓，烏啼樓上頭。一啼海色動，一作迷。再啼朝景浮。馬鳴黄金勒，霜滿翠羽裘。烏啼在故一作何。處，人生多去留。

瓊林臺爲薛玄卿賦

西山有崇臺，上與雲氣通。仙人紫霞佩，導以雙青童。逍遥琪樹林，盤礴瑶華宫。積石象玄圃，連岑搆空同。纚纚駐朝景，泠泠度天風。丹鳳刷儀羽，一作「羽儀」。絳節飄曈曨。矯首不可及，滅没凌飛鴻。願言授靈藥，與世無終窮。

送方叔高賦得長安道

灞陵橋上秋風早，行人曉出長安道。長安城頭烏正啼，長安陌上聞朝雞。征車遥遥行復止，征馬蕭蕭鳴不已。將軍年少美且都，黄金箭鏃雕玉弧。未央前殿進書罷，諸生拜官辭石渠。將軍歸去亦草草，長安道邊人羨好。莫憐賈誼謫長沙，不見馮唐禁中老。

有懷玉文堂 一作《有懷敬仲伯生》

眉山老仙丹丘生，三日不出風雨驚。玉文深沈發奇祕，天藻動盪流芳英。錦鱗行酒白晝静，金鴨焚香長夜清。秋深病久不得往，撫卷悵望難爲情。柯敬仲有晉賢書《黄庭内景經》，因以玉文名堂。奎章學士虞伯生製文。虞亦有天藻亭云。

秋雨夜坐

風雨夜窗急，庭帷秋思多。蕭蕭聞落木，洶洶度驚波。階溼吟蛩亂，檐深宿鳥過。青燈挑不盡，無奈客愁何。

送閤一作周學士赴上都

從官萬騎擁鑾輿，東閤詞臣載寶書。雨過草肥金絡馬，月明山轉紫駝車。龍庭日近瀛洲路，灤水天高玉帝居。明日仙凡便相隔，少年僚吏謾踟躕。

送國王朵兒只就國

奕世名王策駿功，遠分茅土鎮遼東。玉符金印傳孫子，鐵券丹書誓始終。滄海斷霞通虎帳，黑河飛雪暗琱弓。莫忘聖武艱難日，四傑從容陟降同。四傑今四怯薛之祖。

郊祀慶成

圜丘親祀自吾皇，夙駕鑾輿建太常。冕服並行周典禮，樂歌不數漢文章。清臺夜奏靈光紫，温室朝迎瑞日黄。今代侍臣多馬鄭，明年應許議明堂。

和完一作宋。學士晚出麗正門

暮光霞彩炫金題，絳闕高居雉堞低。上相樓臺連御苑，中郎車騎過沙隄。皁雕孤捩淩雲翮，紫燕雙翻蹈雪蹄。回首上林涼月夜，蘂珠多是鳳鸞栖。

題柯博士墨竹

嶰谷春回落粉香，拂雲和露倚蒼蒼。月明後夜吹簫過，應是伶倫學鳳凰。

和西湖竹枝詞

河西女兒戴罟罛，當時生長在西湖。手抱琵琶作胡語，記得吴中吴大姑。

吴王納涼圖

六月長洲水殿涼，酒酣揮袖倚新妝。芙蓉露冷秋雲薄，回首西風響屧廊。

賈治安騎驢圖

西風烏帽鬢毵毵，拂袖長吟倚暮酣。得句不衝京兆尹，蹇驢行徧大江南。

古長信秋詞二首

缺月流光入綺疏，金壺傳箭夢回初。秦臺彩鳳無消息，桂影空閒十二除。
輦路青苔雨後深，銅魚雙鑰晝沉沉。詞臣還有相如在，不得當時買賦金。

昆明池樂歌二首

彩鷁齊飛簇畫旗，甲光如水入雲低。長楊五柞遥相望，笳鼓歸來日每西。
博望封侯萬里還，血流青海骨如山。將軍新賜樓船印，錦纜牙檣杳靄間。

送唐子華嘉興照磨

羡子才名久，人稱老鄭虔。風流今共識，政事昔曾傳。坐幕揮談塵，移家載酒船。郡城秋水上，相望故依然。

送孫士元越州經歷

江樓酒欲醺，離思亂江雲。官舍山陰近，郵亭水驛分。聲華當衆望，贊畫藉多聞。退食須行樂，裁詩孰和君。

春日有懷柯博士二首

闔閭城外亂鶯啼，笠澤春深水滿陂。好買扁舟載圖畫，布帆東下若耶溪。
聞説新來白髮稠，茂陵多病不勝愁。吟成定似張公子，癡絶真成顧虎頭。

陳公子柏

柏字新甫，號雲嶠，泗州人。其祖平章，故宋制置，即龍麟洲題琵琶亭以譏之者。柏嘗爲侍儀舍人，館閣諸老、朝省名公，莫不折輩行與交，咸稱之曰陳公子。官至太祝，年逾六十，不得志而卒。臨終作偈，有「前身本是泗州僧」之句。雲嶠性豪宕，結客，積金七屋。不數年散盡，平日喜居錢塘，不樂小官，怒罵宰相。嘗被命監鑄祭器于杭。無錫倪元鎮慕其名，來見之，張燕湖山間，羅設甚至，酒終爲別，以一帖饋米百石，雲嶠命從者移置近所，舉巨觥，引妓樂騶從者而前，悉分散之，顧倪曰：吾在京即熟爾名，云南士之清者，他無與比，其所以章章者，蓋以米沽之也，請從今日絶交。且罵諸嘗譽之者，時張伯雨在坐，不勝踴蹐，其豪氣類如此。

京口送戴壽卿之金陵學録兼寄劉雲松

甕城至治城，山影碧崚嶒。泮水春纔動，雩壇價已增。烏臺争薦鶚，鵰海看飛鵬。問訊雲松客，清溪隱釣罾。

雪中騎牛拜米南宮墓

少年不解事，買駿輕千金。何如小黃犢，踏雪空山深。小小雙牧童，吹笛穿松林。醉拜南宮墓，地下有知音。

和王參政崔徽寫真韻

芳時無語惜年華，綵筆何心賦落霞。鏡裏自憐人似玉，天涯不隔貌如花。雙瞳蘸緑横秋水，高〔髻〕(結)堆春鬌碧鴉。猶勝無金買延壽，黑山空使夢還家。

與茅山李道士同宿石門

山空萬籟沈，論語對青燈。君本無心侶，吾真有髮僧。

焦山題塔

樹老雲間鳥宿，洞深月落潮回。此時此興不淺，何日何年再來。

思親 都下與妻兒夜坐，聞歸雁作。

天外東風吹塞沙，忽聞歸雁落梅花。江城此夜正春雨，獨倚闌干心到家。《輟耕録》云：陳雲嶠妻，鐵太保女也。恃富貴，近戚偶以一言驕之，遂終身不見。

登焦山塔二首

遠尋蘭若訪參寥，仰見龍蛇窟宅高。試上雲梯舒望眼，蓬萊咫尺限雲濤。

歸鞭裊裊拂斜曛，踏碎長街九里雲。漸愧蝸牛廬下客，終朝城市醉醺醺。

王永豐禎

禎字伯善，東平人。官旌德宰，六年再調永豐，山齋蕭然，終日清坐。每歲教民種桑若干株，凡麻苧禾黍牟麥之類，所以蒔藝芟穫，皆授之以方。又圖畫所爲錢鎛耰耬耙耖諸雜用之器，使民爲之。名其書曰《農器圖譜》、《農桑通訣》。如《詠平板》云：「一行已見光如拭，再過都無迹可尋。」《輥軸》云：「本擬助禾輕著力，却馮偃草重于風。」《水閘》云：「禹門似是崇三級，巫峽還同束衆流。」《陰溝》云：「花逕有同流暗水，桃源誤認出殘紅。」皆能刻畫摹擬，曲肖情狀。剡源戴表元稱其綱提目舉，華搴實聚。顧舊農書有南北異宜而古今異制者，此書歷歷可以通貫。信儒者之用世，非空言也。

圃田

二頃負郭田，人上寧易取。數口仰成家，片産足爲圃。遠郎加倍蓰，多仍防莽鹵。雖云絶里閭，終得並城府。幽可尋山限，潤宜臨水滸。未始外犂鋤，或亦事斤斧。中可居一廛，外或輿百堵。請學擬樊須，不如聞孔父。業作灌園翁，籍沾輸税户。作計務勤劬，傭工贍貧窶。水種要漸濡，糞滋饒朽腐。蔬茹問甘辛，瓠瓜無苦窳。芃芃黍稷苗，蔚蔚桑果樹。鬻利達市廛，植木入村塢。界展陣圖横，區分僧衲補。隨分了朝昏，無心富困庾。高卧儘元龍，信誣從市虎。閒看穴蟻争，静聽井蛙怒。偶爾閲物情，居然爲地主。進退綽有餘，奔競恥爲伍。寸壤思康莊，衆流獨砥柱。自我結蓬茅，從渠愛簪組。畎畝著吾身，乾坤留此土。陵谷幾變遷，耕鑿一今古。四序轉軒楹，八表際庭宇。造境到羲炎，逢時知舜禹。柴荆敞昏夜，桔槔憩煙雨。俱同動植甦，黍與膏澤溥。斗酒一醉歡，粲餐衆美聚。口腹粗能甘，身形不知苦。養生誠足嘉，報本非敢侮。五土既有神，百穀豈無祖。齋祭奏《豳》詩，歲時鳴土鼓。不務農務中，是用紀圖譜。

圍田

度地置圍田，相將水陸全。萬夫興力役，千頃入周旋。俯納環池地，穹懸覆幕天。中藏仙洞秘，外遶月宫圓。蟠互參淮甸，紆回際海壖。官民皆紀號，遠近不相緣。守望將同井，寬平却類川。隰桑宜葉沃，隄柳要根駢。交往無多逕，高居各一廛。偶因成土著，元不畏民編。生業團鄉社，囂塵隔市廛。溝渠通灌溉，塍埂互連延。俱樂耕耘便，猶防水旱偏。翻車能沃槁，瀽穸可抽泉。擁緑秧鋤後，均黄刈穫前。總治新税籍，素表屢豐年。黍稌及億秭，倉箱累萬千。折償依市直，輸納帶逋懸。歲計仍餘羨，牙商許懋遷。補添他郡食，販入外江船。課最司農績，治優都水權。富民兹有要，陸海豈無邊。祈奏載芟詠，報歌《良耜》篇。降穰今若此，蒙利敢安然。壤土常增築，風濤每慮穿。積儲趨日用，防□廢宵眠。擊鼓供惟急，苫廬守獨專。本爲憑禦護，或未免災愆。誰念農工苦？惟知粒食鮮。并將農譜事，編紀作詩傳。

櫃田

江邊有田以櫃稱，四起封圍皆力成。有時捲地風濤生，外禦衝盪如嚴城。大至連頃或百畝，内少塍埂殊寬平。牛犂展用易爲力，不妨陸耕與水耕。長彈一引徹兩際，秧壠依約無斜橫。旁置瀽穴供吐約，水旱不得爲虧盈。素號常熟有定數，寄收粒食猶囷京。庸田有例召民佃，三年税額方全徵。便當從此事修築，永護稼地非徒名。吾生口腹有成計，終焉願作江鄉氓。

梯田

世間田制多等夷，有田世外誰名題？非水非陸何所兮，危顛峻麓無田蹊。層磴横削高爲梯，舉手捫之足始躋。傴僂前向防顛擠，佃作有具仍兼攜。隨宜墾斸或東西，知時積早無噬臍。稚苗亟耨同高低，十九畏旱思雲霓。凌犯風日面且黧，四體臞瘁肌若刲。冀有薄穫勝稗稊，力田至此嗟欲啼。田家貧富如雲泥，貧無錐置富望迷。古稱井地富可稽，一夫百畝容安棲。餘夫田數猶半圭，我今豈獨非黔黎。可無片壤充耕犂，佃業今欲青雲齊。一飽纔足及孥妻，輸租有例將何齊？慚愧平地田千畦。

礰礋

他山有奇石，鐫鑿煩良工。制成三尺餘，箕軸旋其中。齒齒鋋鍔堅，就彼磈塊功。一轉土膏潤，再轉春泥融。礰礋復礰礋，妙用無終窮。遥觀萬頃緑，粼粼漾春風。不辭處泥滓，但願歌年豐。

钁

鋈柄爲身首半圭，非鋒非刃截然齊。凌晨幾用和煙斸，逼暮同歸帶月攜。已啄靈苗挑藥籠，每通流水入蔬畦。更看功在盤根地，辦與春農趁雨犁。

木杴

柄頭掌木儘寬平，穀實抄來忌滿盈。苗夏耰鋤方用事，幾回高閣待秋成。

耨

創物各有名，薅器卽云耨。壅厚破蟻封，啄深過鳥味。護苗如養賢，去草極擊寇。曾聞傴僂翁，功毋求速就。

鏟

古鏟惟制小，頗逾鋤耨功。今於古制異，用亦差不同。溝田壠鼓仄，他刃誠難攻。製器度地宜，創物須良工。長柄加闊首，圓柄投直鋈。畎畝耀吐月，肘腋凌輕風。務進同撞戈，再前隨換蹤。覆芟易反掌，剷地深潛鋒。已令土膏潤，旋看蔓草空。要處薅薙外，不離耘芓中。養苗成此稼，去穢利吾農。無田非力闢，有具致時豐。嘗見燕趙北，亦傳遼池東。遠近或未識，圖譜容相通。

薅馬

嘗見兒童喜相迓，抖擻繁纓騎竹馬。今落田家薅具中，髣髴形模懸跨下。頭尾微昂如據鞍，腹脇中虛深仰瓦。乘來壠上斂褰裳，借竹於人寬兩髁。初無鞭轡手不施，只有叢莞常滿把。昔聞坡老歌秧田，以木爲軀名我假。雖云制度各殊工，不出同塗趨稼野。豈無燕市駃騠材，千里驅馳汗如瀉。亦有尚廄麒麟姿，路乘一鳴何似啞。爭如寓器千同宮，芻秣不煩殃咎寡。又如畫幅出龍媒，過目徒教費模寫。尤疑鐵騎響風檐，聒耳胡爲勞鑄冶。豈知創物利於民，獨有老農真智者。朝騎暮去有常程，暑月奔忙非夏庌。茶蓼朽止方告勞，杳不聞期馴里厦。回看所歷稼如雲，擬賀豐穰奏豳雅。功成翻爲一長嗟，控御由人多用舍。

銍

制形類短鎌，名義因聲聞。總秸既異賦，禾藁惟中分。雖云一鉤鐵，解空千畝雲。小材有大用，乘時策奇勳。苟無遽棄捐，磨礪以須君。

鐮

利器從來不獨工，鐮爲農具古今同。芟餘禾稼連雲遠，除去荒蕪捲地空。低控一鉤長似月，輕揮尺刃捷如風。因時殺物皆天道，不爾何收歲杪功。

推鐮

北方寒早多晚禾，赤莖烏粒連山阿。霜餘日薄熟且過，脆落不耐揮刈何。因物制器用靡他，田夫已見伐長柯。一鉤偃月鐮新磨，置之叉頭行兩碣。仍加修杖雙眉蛾，推擁捷勝輪走坡。左猣忽若持横戈，原頭積穗雲長拖。秋成助斂知時和，欲充糲食無飢魔。北風捲地翻長河，此時鐮也收加多，試向田翁云此歌。

鋸

百鍊出鍛工，修薄見良鐵。架木作梁横，錯刃成齒列。直斜隨墨絃，來去霏輕屑。儻遇盤錯間，利器乃能别。

田盪

農事方殷春已歸，緑雲滿掘春秧齊。秧馬既具田成畦，尚欠有物平水泥。横木叉頭手自攜，盪磨泥面如排擠。人畜一過饒足蹄，却行一抹前蹤迷。瑩滑如展黄玻瓈，插蒔足使無高低。處汙不染濯清谿，歸來自潔從高棲。一遇詩人經品題，附名農譜名始躋，願言永用同鋤犂。

喬扦

江鄉新霽稻初收，縛竹爲扦可寄留。白水有時深鼎足，黄雲隨意挂叉頭。豐年有象居人喜，滯穗無遺寡婦愁。稼事畢時仍有用，不妨場圃作量籌。

刮板

廣舌橫短柄，雙環繫長紖。却行作斂蹤，前排如擁盾。起偃作陂塘，分田立畦畛。人間不平地，所到略能盡。

擊壤

泰和民如何？戲適因塊壤。相從雜稚耋，峙立越尋丈。乘平初側一，得雋終殺兩。徒歌足歡愉，至意自融盎。帝力既不知，大德日蕩蕩。爾來幾千年，古俗遂長往。雖云遺制在，淳風邈難想。誰能陶真樂，返古如指掌。懷哉壤父歌，三復有遺響。

屝

蒯菅柔韌自編成，不換仍呼不借名。長向綠蓑衣底著，兩行偏稱野夫情。

覆殼

田頭赫日曝膚頳，微智能令庇廕清。竹股合編深可覆，篛胎層布薄還輕。製成龜背兼龜兆，俯作鶴軀如鶴行。南北薅鋤人得此，隨身長若片雲生。

通簪

汗隨低首沛如淋，散髻斜橫得此簪。冰筋玲瓏清吹入，月痕依約墨雲深。孤標不作附炎態，虛腹寧無利物心。微眇棄餘能適用，何殊敝帚直千金。

臂篝

篘篝編織作中虛，穿臂農夫護若膚。不似舞姬華宴上，巧籠衣袖絡珍珠。

縠匣

取制異囷京，初憑梓匠成。虛中元有受，正位乃無傾。封鐍開還瀉，方層貯每盈。家家能置此，亦號小常平。

籃

賣花檐上兩相宜，斸藥山前屢挈歸。何似採桑盛葉好，是中還有綺羅衣。

曬槃

平如鋪簟淺於舟，穀實攤來亦易收。嘗笑昔年高鳳麥，漫教平地雨漂流。

堈碓

杵臼搜奇作碓堈，米翻堈滑恣舂撞。鐵籠木末裝全杵，皮護篘材倚半腔。頻作低昂身與共，慣成踏躧足須雙。近隨文軌通南北，不獨鏗鍧在楚邦。

油榨

巨材成榨牀，細溜刻槃口。麻爛入重圈，機械應心手。取之亦多方，脂膏竟誰有？回顧室中婦，何嘗潤蓬首。

土鼓

粵昔伊耆氏，樂制惟土苴。繼自神農氏，作鼓正從瓦。蒯桴一引擊，真性足陶寫。當時風俗成，往往朴而野。大音能希聲，調高和誠寡。迨周因用之，歙合豳頌雅。祈年及祭蜡，齊敬格上下。是雖器質略，名亦不徒假。花腰鳴且急，可以愧來者。

划船

水鄉遠近多歧路，誰作划船新制度。不煩梢桅與帆檣，一櫂翩翩恣來去。農事方殷負載多，水陸無拘隨所遇。歸來閒艤古方塘，不知江海風濤怒。有時撐出柳邊來，還勝斷橋人不渡。

野航

東皋茫茫春雨晴，前溪溶溶春水生。小橋攲仄已中斷，野航一葉通人行。長日一鞭春事畢，來去谿邊少人跡。雨打風牽盡日横，白鷺有時來上立。

拖車

早同農具破煙來，暮帶樵薪載月回。不比看花南陌上，雕輪繡轂殷春雷。

守舍

禾穗纍纍青半黄，邊山除野多熟鄉。一粒未得人初嘗，不應辦作鹿豕糧。老農作計須夜防，結草構木安匡牀。高低量置田中央，容身僅足庇雨霜。比於露宿知猶强，所圖歲晏實饑腸。世族多少居華堂，安然熟寢無更長，便腹何嘗乏稻粱。敢較甘苦均閒忙，不遑寧處禾無傷。

水栅

山源迴洑谿澗空，兩岸對峙如崇墉。傍田救旱無由供，上流作障憑地崇。支分下灌畦磴重，卧邀沛澤真伏龍。復有川水波濤洪，枚椿列植當要衝。仍制石廩如合縱，要約中流無必東。穿渠遠溉波溶溶，至今陸海稱秦中。甽澮距川惟禹功，田間濬治方成農。後世拒水能傍通，却資沃灌開田封。向來陂堨皆餘蹤，海内萬水空朝宗。餘波儻使膏潤同，縱有湯旱無饑凶，坐令歲歲歌時豐。富民有具今始逢，此栅功利將無窮。

牛曳水車

日日車頭踏萬回，重勞人力亦堪哀。從今攏首澆田浪，都是烏犍領上來。

高車

通渠激浪走轟雷，激轉筒車幾萬囘。水械就攜多水上，天池還瀉半天來。竹龍解吐無雲雨，旱魃潛消此地災。安得臨流施此技，樓居滁去暑天埃。

水筒

刳竹作連筒，流泉一脈通。勢雖由上下，用不限西東。遠借居人便，常資沛澤功。伊誰憑好手，扶起卧龍公。

石籠

誰編藤竹作長籠，塊石填來勢自雄。螮蝀有形横巨浸，鯤鯨無力戰秋風。波濤已捲奔騰勢，壟畝都歸扞禦功。擬喚六丁鞭爾去，若爲能障百川東。

水篣

瀑布中懸護土沙，飛流聚沫白生華。即看器用成天巧，積雪巖前走浪花。

水擊麪羅

春雷聲殷雪成圍，收拾羅牀別有機。纔得水輪輕借力，方池勻受玉塵飛。

麥鈔

利刃由來與鐙同，豈知芟麥有殊功。回看萬頃黄雲地，不用銂鐮捲已空。

麥綽

芟麥雖憑利刃功，柄頭還用竹爲籠。勿云褊量容多少，都覆黄雲入籠中。

芟麥歌

田家食力不食智，辫麥年年勤種蒔。老農八十諳地利，暑夏呼兒先暵地。再耕再耨土華膩，手把樓犁知已試。土沃不妨投種概，今年已報春澤被。覆壠苗深如櫛比，薫風長養見天意。獵獵青旗催稚穗，繿結稃胞花雪墜。赫赫曦輪熾鑽燧，儘著精華輸至味。粒飽芒森密如篲，頓失前時浪翻翠。豈知真宰調元氣，化作黄雲表嘉瑞。老農眼飽雖自慰，旦夕却憂風雨至。子婦奔忙事芟器，釤綽翩翩轉雙臂。曳籠腰間盈復棄，急載牛箱夜無寐。轉首登場簇高積，風翻日碾半猶未。已向公門奉新餽，麴材和糴凡幾次。年餉巡門仍語誶，夏税有程今反易。自餘宿負如取寄，指此有秋争蟻萃。一得豈能償百費，終歲勤勞一歔欷。昨日公堂宴賓貴，尊俎横陳混肴胾。檀板珠繩按歌吹，萬錢不值供一醉。庖人搓揉出精粹，尚喜食新誇餅餌。物不天求皆力致，飽食何人知所自？春祈夏薦禮所記，報本從來追古義。但願斯民不畏吏，吏不擾民民自遂。凡在牧民遵此治，坐見兩岐歌政異。日富囷倉均被賜，不使老農憂歲事。

火倉

朝陽一室虚窗明，今朝喜見蠶初生。四壁匀停今得熟，火龕挫壘如三星。阿母體測衣絹單，添減火候隨寒暄。誰識貴家勸飲處？紅鑪畫閣簇嬋媛。

蠶簇

捲去緑雲桑已少，箔頭有絲蠶欲老。月餘辛苦見成功，作簇不應從草草。南北習俗久不同，彼此更須論拙巧。北簇多露置，積疊仍憂風雨至。南簇俱在屋，施之蠶北良未足。南北簇法當約中，別搆長厦方能容。外周層架蒿草平，内備火患通人行。飼却神桑絲已吐，女灑桃漿男打鼓。作繭直須三日許，開簇團團不勝數。我家多蠶方自慶，得法於今還可證，免似向來多簇病。

繅車

人家育蠶憂不得，今歲蠶收繭如積。滿家兒女喜欲狂，走送車頭趁繅緝。南州誇冷盆，冷盆繳細何輕勻。北俗尚熱釜，熱釜絲圓儘多緒。卽今南北均所長，熱釜冷盆俱此軠。軠頭轉機須足踏，錢眼添梯絲度滑。非絃非管聲咿軋，村北村南響相答。婦姑此時還對語，準備吾家好機杼。豈知縣吏已催科，不時揭去無餘紇。迫索仍憂宿負多，車乎車乎將奈何。

熱釜

蠶家熱釜趁繅忙，火候長存蟹眼湯。多繭不須愁不辨，時時頻見脫絲軖。

冷盆

瓦盆添水火微燃，繭緒抽來細緻全。不似貴家華屋底，空教纖手弄清泉。

蠶連

前朝繭如山，今朝卵如粟。如山今歲謀，如粟來歲足。來歲一何神，生花楮一幅。丁寧語荆婦，依時勤曬沐。

絡車

軠絲張柅復相牽，絡婦車成用具全。座上通槽連篗舊，軸頭引籆逗繩圈。一鉤遞控防偏度，獨縷依循入卧纏。幾向華筵曾誤認，箜篌人坐理冰絃。

木棉彈弓

主射由來彀此弓，豈知弦法有他功。却將一掬香綿朶，彈作晴雲滿座中。

蟠車

績紡功才畢，蟠纑得此車。行桄運樞臬，交榱寄横叉。宛轉荆釵手，周旋里布家。豈知羅綺輩，惟務撥琵琶。

梅巖野人郭豫亨

豫亨，自號梅巖野人，性愛梅花。見古今詩人梅花傑作，必隨手鈔録而歌詠之。暇日輒集其句得百篇，目爲《字字香》。其中工妙之句，如：「不禁夜雨輕欺著，却怕春風漏泄香。」「十年世事三更夢，斜日闌干萬古心。」「春回積雪層冰裏，人倚閒庭小檻前。」「嵐氣欲飛山隔岸，生香不斷樹交花。」「動摇臘信隨征使，裁剪春風入小詩。」「定知深院黄昏後，多在青松白石間。」「一生知己林和靖，晚歲論交何水曹。」「家爲逆旅相逢處，人倚闌干欲暮時。」「生無桃李春風面，好作梨花夜月看。」「雪後園林纔半樹，水邊風月笑横枝。」「幾處酒旗山影下，一川風物笛聲中。」「白雪却嫌春色晚，好風吹送暗香來。」「肯隨騷菊同奴僕，却説山礬是弟兄。」「已成白髮潘常侍，自棄明時孟浩然。」梅巖自謂句煅意煉，璧合珠聯，亦有天然之巧，吾不知其爲古作也。

梅花集句 録十二。

水沈爲骨玉爲肌，好處曾臨阿母池。雪後園林應有恨，籬邊屋角立多時。早開却被嫣紅妒，未落先愁玉笛吹。要識此花奇絶處，滿窗唯有月明知。李堯夫。毛澤民。和靖。後邨。盧元賛。曹松。簡齋。白廷玉。

刻玉雕瓊作小葩，濕雲黯澹雪横斜。半開半落緣誰事，和影和香屬我家。數抹晚霞憐野笛，一泓流水度寒沙。吟邊苦思無佳句，立盡斜陽數過鴉。趙福元。□□□。程月溪。竹塘。和靖。程梅窗。徐棨。應鳳山。

黯澹江天雪欲飛，屋檐斜入一枝低。禽翻竹葉霜初下，春在花梢日未西。晚歲風霜從冷澹，小園煙景正淒迷。平生慣是思梅苦，多謝詩翁爲品題。陸倉。和靖。趙天樂。黄師雄。子蒼。和靖。張介卿。趙愚軒。

天寒落日澹孤村，占斷風情向小園。翠羽啼花追昔夢，縞衣和雨立黄昏。薜厓直上雙飛屧，茅店驚寒半掩門。憶得去年風雪裏，江南石上對窪尊。東坡。和靖。陳起。陳竹泉。方惟深。放翁。程梅窗。山谷。

踏破溪邊一徑苔，與尋陳迹久徘徊。雲漫隴樹魂應斷，風靜寒塘花正開。只恐好枝爲雪壓，留看瘦影上窗來。花前獨立無人會，謾使詩腸日九回。石屏。吕居仁。秦韜玉。劉滄。石屏。易涉趣。趙嘏。元廣。

雪後相看意更深，謾將一朵插銅瓶。人生此樂須天賦，歲晚知心唯月明。白鶴未歸春已老，危闌倚遍酒初醒。逋仙只說香和影，不是詩家莫浪評。道潛。張逢吉。東坡。陳月溪。雪磯。耐菴。柯柏軒。劉炎午。

勾引春情出苑牆，無人知處忽然香。愁連粉豔飄歌席，亦要天花作道場。風約暗香臨淺水，月明疏影媚寒塘。浣花溪上堪惆悵，可是無心賦海棠。楊蟠。玉蟾。羅隱。李商隱。□□□。無逸。鄭谷。介甫。

貌榼神澤骨槎牙，蕭索東風兩鬢華。甘與雪霜同冷澹，醉看參月半橫斜。溪山冷落泥三尺，水竹參差屋數家。自笑自吟還自得，案頭摇落小瓶花。孤山。東坡。劉斗溪。東坡。吕居仁。張逢吉。盧槃。方煮瀑。

榾柮爐寒硯欲冰，舍南舍北雪猶存。旋催妝額添宫樣，静愛寒香撲酒樽。兩岸嚴風吹玉樹，一灣流水護柴門。閒中有意堪圖畫，溪上無人月一痕。竹溪。疎寮。于湖。羅隱。韋莊。葉水竹。黄文度。吴可。

半屋蒼雲冷不知，茅檐竹鴭雨幽奇。凝情金谷登樓日，依約華清出浴時。隴月定知今夕恨，春風摇動故人思。緑楊解語應相笑，雪裏開花恐是遲。沈□□。晁叔用。趙義若。梅亭。□□□。程梅窗。臧謀。東坡。

滿地飄零更斷腸，恐隨春夢去飛揚。柳搖臺榭東風軟，花撲玉缸春酒香。驛使不來羌管歇，燕釵初試漢宮妝。巡檐説盡心期事，幾度憑闌到夕陽。□□□。林季謙。介甫。周詞。岑〔參〕。張榮。韓偓。晦菴。王叔安。

湖山搖落歲方悲，自恐冰容不入時。但笑紅芳誇艷冶，渾將絳雪點寒枝。橋邊野水通漁路，城外春風吹酒旗。正似美人初醉著，澹妝濃抹總相宜。□□□。東坡。□□□。〔毛澤民〕。和靖。劉禹錫。介甫。東坡。

侍郎伯顏

伯顏，字子中，西域人。其祖父宦江西，因家進賢。五舉至正鄉薦，辟東湖書院山長，改建昌路教授。壬辰兵起，行省以便宜授贛州路知事，陞經歷。參政全普庵撒里守贛，辟爲都事。戊戌，僞漢陳友諒遣將來攻，伯顏出募兵應援。會城陷，間道奔閩，右丞章完表爲行省員外郎，佐閩帥陳友定復建昌，因浮海抵大都獻捷，進兵部侍郎。持節之廣西發兵，時明師已定閩廣矣。墜馬折足，爲將軍廖永忠所得，不屈，義而釋之。乃變姓名，遁迹江湖間且二十年。往來居進賢之北山，創竹室三間以居。洪武十二年，詔搜遺逸，布政使沈本立以伯顏名應，使者將至，飲藥死。子中有學行，喜談兵，元亡後，妻子没入掖庭。語及往事，涕泗潸然下。出以鴆自隨曰：此所以志也。歿之先一夕，具牲醴祭其先與昔時共事死節之士，作《七哀》詩。讀者悲之。

過烏山鋪

溪流霜後淺，野燒曉來明。古路無人迹，空山有驛名。衾寒知夜永，柝響覺風生。苦被浮名誤，棲棲復此行。

挽余廷心

義重身先死，城存力已窮。百年深雨露，一士獨英雄。甲第聲華舊，文章節概中。只今千種恨，遺廟夕陽紅。

過故居

白頭歸故里，荒草没柴門。鄉舊仍相見，兒童且不存。忠清千古事，骨肉一家魂。痛哭松楸下，雲愁白日昏。

十華觀

十載風塵忽白頭，春來猶自强追遊。香浮素碧雲房静，日落青林石徑幽。海内何人扶社稷，天涯有客卧林丘。此心只似長江水，終古悠悠向北流。

春日絶句

幾片殘紅點客衣，小溪流水鱖魚肥。畫橋盡日無人過，楊柳青青燕子飛。

北山

平川楊柳翠依微，暖日游絲挂緑扉。啼鳥不知江國變，多情到處勸人歸。

過豫章

艤棹滄洲外，行行入故城。樓臺空舊跡，門巷半新名。盛學誰從説，明身只自驚。惟看徐孺子，千古有餘清。

七哀詩七首

有客有客何纍纍，國破家亡無所歸。荒村獨樹一茅屋，終夜泣血知者誰？燕雲茫茫幾萬里，羽翮鎩盡孤飛遲。嗚呼我生兮亂中遘，不自我先兮不自我後。

我祖我父金月精，高曾累世皆簪纓。歲維丁卯兮吾以生，於赫當代何休明。讀書願繼祖父聲，頭白今日俱無成。我思永訣非沽名，生死逆順由中情，神之聽之和且平。嗚呼祖考兮俯覈假，籩豆失薦兮我之責。

我母我母何不辰，腹我鞠我徒辛勤。母兮淑善宜壽考，兒不良兮負母身。殺維新兮酒既醇，我母式享無悲辛。嗚呼母兮母兮無遠適，相會黄泉在今夕。

我師我師心休休，教我育我靡不周。四舉濫叨感師德，十年苟活貽師羞。酒既陳兮師戾止，一觴我奠涕泗流。嗚呼我師兮毋我惡，舍生取義未遲暮。

我友我友，全公海公，愛我愛我兮人誰與同？惟公高節兮寰宇其空，百戰一死兮偉哉英雄。嗚呼我公兮斯酒斯酌，我魂我魂兮惟公是托。

我子我子兮嬌且癡，去住存歿兮予莫女知。女既死兮骨當朽，女苟活兮終來歸。嗚呼女長兮毋我議，父不慈兮時不利。鳺兮鳺兮置女已十年，女不違兮女心斯堅。用女今日兮人誰我冤，一觴進女兮神魂妥然。嗚呼鳺兮果不我誤，骨速朽兮肉速腐。

蘇參政天爵

天爵，字伯修，真定人。父志道，官至嶺北行省左右司郎中卒。天爵少從安熙學，爲國子學生，得吴澄、虞集、齊履謙先後爲之師。延祐四年，馬祖常以御史監試國子員，試《碣石賦》，天爵文雅馴美麗，考究詳實，拔置第一。釋褐授大都路薊州判官，改翰林國史院典籍官，遷應奉翰林文字，陞修撰。元統初，累拜監察御史，遷翰林待制。後至元間，累遷禮部侍郎，出廉訪淮東。入爲樞密判官，改吏部尚書，進參議中書省事。至正二年，拜湖廣行省參知政事，遷陝西行臺侍御史，召爲集賢侍講學士兼國子祭酒。出廉訪山東，拜江浙行省參知政事，歷大都路總管兩浙都轉運使。十二年，淮右江東盜起。仍命參政江淮行省，總兵于饒信。卒于軍中，年五十九。伯修多知遼金故事。爲文長於序事，而詩尤得古法。新安趙汸稱其明潔而粹温，謹嚴而敷暢，若珠璧之爲輝，菽粟之爲味。有詩稿七卷、文稿三十卷。嘗著《國朝名臣事略》十五卷、《文類》七十卷、《松廳章疏》五卷、《春風亭筆記》二卷。晚歲復以釋經爲己任，學者因其所居稱之爲滋溪先生。於時中原前輩凋謝殆盡，伯修獨身任一代文獻之寄。故自成均諸生以至歷官翰苑，凡前言往行與當世之所可述者，無不筆之于簡册。國子助教陳旅稱其學博而識正，非虚譽也。

鶴壽堂詩　并序。

河東李生僑家真定，築室以奉其母，揭名鶴壽，爲之賦詩曰。

奕奕新堂，滹水之陽。于以奉母，允壽且康。惟此滹陽，風物淳美。旨甘膳羞，亦孔之備。母氏壽康，由克致養。子職慎修，晨夕弗爽。九皋之禽，其色尚玄。爰祝慈母，惟以永年。瞻彼冀方，俗儉而嗇。我固不忘，昊天罔極。生也屬屬，肄業詩書。堂構益崇，其永勿墮。

千夫長梁侯壽詩

皇有中夏，戡定南土。猛將如雲，奮厥才武。于時梁侯，旅力方剛。被甲執殳，從征遐荒。嶺嶠海壖，蝮蚖瘴霧。出入廿年，王事勞苦。嗟爾師旅，以殺爲嬉。梁侯姁姁，撫寧遺黎。天相其德，受福不那。黄髮歸休，子孫孔多。伯也總戎，于江于漢。仲也在廷，執法侃侃。皇錫封命，寵予褒嘉。酒醴維醹，往告于家。周有方叔，漢有充國。征罔不服，謀罔不克。維今南疆，猺人猖狂。思得虎臣，往斧其肮。盍即老成，爰咨爰度。我武惟皇，九宇式廓。

甄處士訪山亭辭

倚高人兮遯肥，羌欲淡兮心夷。卜居兮何許？山隱隱兮旁圍。朝撫兮孤松，夕采兮秋菊。招白雲兮爲賓，抱明月兮同宿。展吾樂兮徜徉，又何必兮空谷。余亦慕兮由巢，家滋水兮滔滔。歲晏兮來歸，願與子兮同逍遥。

春露亭辭

鎮陽東郭，滹沱北滸。有亭翼然，密邇先墓。草木蓊兮菲菲，雨露降兮朝晞。雲冥冥兮不返，鳥鵙鵙兮增悲。歲時兮來享，陟彼高兮騁望。感吾念兮思親，悵音容兮惚恍。日月兮交馳，寒與暑兮相依。尚永延兮孫子，勿俾汝親兮鬼飢。

送都元帥述律杰雲南開閫

世祖神武真天縱，萬里中華歸一統。當時六詔亦親征，大醜小夷咸入貢。聖澤涵濡垂百年，昆蟲草樹猶生全。豈意狂童聳邊鄙，戈鋋一掃成蕭然。君侯累世稱將種，落落奇才奮忠勇。往歲乘軺諭蜀歸，威名烜赫傳秦隴。邇來天子褒前功，璽書進拜明光宮。腰間金符射白日，胯下寶馬鳴春風。金碧山高天拱北，瘴雨蠻煙今已息。元戎爲國保遺民，日讀豐碑歌聖德。

送同知任君玉西歸

薇花曾見照青春，今日都門又送君。入蜀使迎新太守，渡瀘人識舊將軍。琴聲彈落巴山月，馬首披開劍閣雲。見說西州民事簡，客來多誦長卿文。

送南宫舍人趙子期出使安南

聖德隆千古，皇威奠九壥。金門頒鳳詔，玉節使龍編。博雅資專對，才華屬妙年。郎中初遴選，省府昔周旋。文治中華盛，仁恩漠國宣。清風消瘴雨，麗月淨蠻煙。跋涉思銅柱，委蛇跨錦韉。堯天新正朔，禹貢舊山川。鞶語時難解，雕題倍可憐。明年春色早，歸拜御階前。

煮石山農王冕

冕字元章，諸暨田家子也。父命牧牛，冕放牛隴上，潛入塾聽村童誦書。暮亡其牛，父怒撻之。他日依僧寺，夜坐佛膝，映長明燈讀書，安陽韓性異而教之，遂通《春秋》。嘗一試進士舉不第，即焚所爲文，讀古兵法，著高簷帽，衣緑蓑衣，躡長齒屐，擊木劍，或騎牛行市中，鄉里小兒皆〔訕〕(詘)笑，冕弗顧也。嘗北遊燕都，泰不華薦以館職，冕曰：不滿十年，此中狐兔游矣，何以禄爲？冕工於畫梅，以臙脂作没骨體。燕京貴人争求畫，乃以一幅張壁間，題詩其上曰：「疏花箇箇團冰玉，羌笛吹他不下來。」或以爲刺時，欲執之。冕覺□亟歸，隱會稽之九里山，自號「煮石山農」。命其居曰「竹齋」，題其舟曰「浮萍軒」，自放鑑湖之曲。賦詩輒千百言，鵬騫海怒，讀者毛髮爲聳。明太祖既取婺州，遣胡大海攻紹興，屯兵九里山。大海延冕問策，冕曰：越人秉義，不可以犯，若爲義，誰敢不服。若爲非義，誰則非敵。明日疾，遂不起。宋文憲公濂作《王冕傳》，言太祖取婺州，將攻越，物色得冕，寘幕府，授以諮議參軍，一夕以病死。秀水朱檢討彝尊曰：冕爲元季逸民，自宋文憲傳出，世皆以參軍目之，冕亦何嘗一日參軍事哉！讀徐顯《裨史集傳》，冕蓋不降其志以死者也。向來選本，俱編元章入明詩，茲特援朱檢討之言以正之，使後之君子得以考焉。

水仙圖

寒風蕭蕭月入户，渺渺雲飛水仙府。仙人一去不知所，池館荒凉似無主。江城歲晚路途阻，邂逅相看顏色古。環珮無聲翠裳舞，欲語不語情悽楚。十二樓前問鸚鵡，滄海桑田眯塵土。王孫不歸望湘浦，芳草連天愁夜雨。

棠梨白練圖

芙蓉香冷簫聲杳，月淡煙清楚宫曉。仙禽不語雪衣輕，相逢却恨秋風早。土花翠淺霜露蒙，山梨小結丹砂紅。玉人醉倒不知處，夢回故苑朝雲濃。

秋山圖

前年放船九江口，秋風獵獵吹蒲柳。買魚沽酒待月明，不知江上青山走。三更吹笛欲唤人，溥溥白露侵衣巾。故鄉遥遥書斷絶，空見過雁如飛雲。去年却下七里灘，秋水滿江秋月寒。子陵先生釣魚處，荒臺直起青雲端。先生不受漢廷官，自與山水相盤桓。至今高節敦廉頑，清風凜凜誰能攀。泊舟登岸行復止，小徑分岐通草市。石林掩映樹青紅，正與今年畫相似。茅廬半住林木裏，白狗黄雞小如蟻。翁媪無言童稚閒，可是太平風俗美。清谿水落魚蟹新，東鄰釀熟呼西鄰。相牽相把意思真，親密不異朱陳民。李端筆力乃巧妙，寫我舊日經行到。豈是老夢眩水墨，不覺掀髯發長嘯。殷家大樓滄江頭，留我十日風雨秋。觸景感動客邸愁，便欲卜築山之幽。斷橋流水無人處，添種梅花三百樹。直待雪晴冰滿路，騎驢相逐尋詩去。

對景吟

溼雲不飛山雪滿，越王城頭鼓聲短。曉來谿上看梅花，虎跡新移大如椀。老烏縮項如凍鷺，呼羣强作嬰兒啼。紅桃翠柳眼欲迷，舊時紈袴今塗泥。淮南千里無煙火，淮東近日多軍馬。寸薪粒粟不論錢，行客相看淚盈把。如何五陵年少郎，賣田去買青樓娼。吴歌楚舞不知夜，歸來也學山翁狂。明朝酒醒入官府，方知不是城南杜。落花風急雨瀟瀟，索莫無言面如土。

題申屠子迪篆刻卷 重刻嶧山秦碑二石於紹興路學。

我昔聞諸太古初，馮翊窅窅安可摹。自從庖羲得龍馬，奇偶變化滋圖書。結繩之政由此毁，科斗鳥跡紛紜起。後來大小二篆生，周稱史籀秦誇李。只今相去幾百年，字體散漫隨雲煙。岐陽石鼓土花蝕，嶧山之碑野火燃。縱有秦銘刻岑石，冰消雪剥無蹤跡。書生好學何所窺，每展史編空歎息。樊山先生東魯儒，好古博雅耽成癯。八分小篆純古法，鑿石置之東南隅。白日光芒争照耀，滿城走看嗟神妙。向來傳寫何足珍，棗木空遺後人誚。徐公手摹烽火塵，金陵近刻殊失真。那知此本意態淳，丞相李斯下筆新。申屠墨莊有傳授，法度森嚴非苟苟。豈爲後學得所師，萬世千秋垂不朽。

寄太素高士

我昔扁舟上耶溪，尋君直過丹井西。長松月冷啼子規，春風滿地芳草齊。樓殿玲瓏金碧涌，鐘聲不出松雲重。老猿掬磵山影亂，翠禽啄露巖花動。此時相見不作難，握手笑上松花壇。壇下十萬青琅玕，空陰漠漠常風寒。我對青山論今古，青山茫茫無一語。知其與我忘爾汝，石瓢酌我雲根乳。冷然使我肝膽清，飄裾欲度浮雲輕。千峰回影陷落日，萬壑欲盡松風聲。回首谿山忽成別，幾見江梅飛白雪。洞庭湖上聽夜雨，仲宣樓頭望明月。惸惸對景傷古情，寸心欲吐書難憑。何當相晤一抵掌，與君細看真《蘭亭》。

柯博士畫竹

湖州老文久已矣，近來墨竹誇二李。紛紛後學争奪真，畫竹豈能知竹意。奎章學士丹丘生，力能與文相抗衡。長縑大楮盡揮掃，高堂六月驚秋聲。人傳學士手有竹，我知學士琅玕腹。去年長歌下谿谷，見我忘形笑淇澳。爲我愛竹足不閒，十年走徧江南山。今日披圖見新畫，乃知愛竹亦如我。何當置我於其下，竹冠草衣相對坐，坐嘯清風過長夏。

明上人畫蘭圖

吴興二趙俱已矣。雪窗因以專其美。不須百畝樹芳菲，霜毫掃動光風起。大花哆脣如笑人，小花斂媚如羞春。翠影飄飄舞輕浪，正色不染湘江塵。湘江雨冷暮煙寂，欲問三閭杳無迹。慷慷不忍讀《離騷》，目極飛雲楚天碧。

息齋雙竹圖

李侯畫竹真是竹，氣韻不下湖州牧。墨波翻倒徂徠山，筆鋒移出篔簹谷。千竿萬竿清影遠，百丈十丈意自足。就中分取一兩枝，别是山陰瀟灑族。疏梢颯颯鳳尾顫，修幹隱隱虬龍伏。憑軒忽若秋風來，坐使旁人脱塵俗。我生愛竹太僻酷，十載狂歌問淇澳。歸來不得翠琅玕，聽雨冷眠谿上緑。而今已斷那時想，見景何曾動心目。便欲爲君真致之，相對空窗慰幽獨。

柯博士竹圖

先生元是丹丘仙，迎風一笑春翩翩。琅玕滿腹造化足，須臾筆底開渭川。我家只在山陰曲，修竹森森照谿緑。只今榛莽暗荒煙，夢想清風到茅屋。今朝看畫心茫茫，坐久忽覺生清涼。夜深明月入高堂，吹簫唤來雙鳳凰。

題畫蘭卷兼梅花

湘江雲盡湘山青，秋蘭花開秋露零。三閭已矣唤不起，蕭蓊蕭艾春娉婷。冷颷吹香散郊坰，山蜂野蝶何營營。幽人脱略境色外，竟坐不讀《離騷》經。西湖昨夜霜月明，梅花見我殊有情。逋仙祠前塵土清，老鶴彳亍如人行。天邊縹緲來鳳笙，玉壺吴酒顛倒傾。酒闌興酣拔劍舞，忽覺海日東方生。

劍歌行次韻

先輩匣中三尺水，斬蛟曾入吴潭裏。提歸未肯策奇勳，軒冕泥塗真戲耳。雞林削鐵不足比，昆吾百鍊安能齒。淬花不瀅鸊鵜膏，掉箾却敲鸞鳳髓。憶昔破敵如破竹，帶霜飛渡桑乾曲。于今鏽澀渾鉛刀，不遇何異荆山玉。驚雷夜作青龍哭，血痕冷剥苔花緑。野人一見駭心目，到手撫摩看不足。雪花皎皎明闌干，毛髮凜凜肝膽寒。老軍弊將長慨歎，願欲置諸武庫間。書生無用且挂壁，引杯時接殷勤歡。天眼太高俗眼頑，鋭鍔宜許兒曹看。先生有志不在此，出處每談徐孺子。清高厭見萬户侯，笑引江山歸畫史。我來四十鬢已斑，學劍學書俱廢弛。五更聞雞狂欲起，何事英雄心未已。

五馬圖

太僕濟濟唐衣冠，五馬不著黄金鞍。飲流繫樹各有適，未許便作駑駘看。鬣鬣蕭蕭緑雲茸，噴沫長鳴山嶽動。世無伯樂肉眼癡，那識渥洼千里種。官家去年搜駿良，有馬盡拘歸監坊。遂令天下氣凋喪，驢騾駝駒争騰驤。只今康衢無馬跡，得見畫圖差可識。畫圖畫圖奈爾何，撫几爲之三歎息。

吹簫出峽圖

巔崖峭絶撑碧空，倒挂老松如老龍。奔流落峽噴白雪，石角險過百丈洪。我昔放舟從此出，牽柁失勢氣欲折。春風回首三十年，至今認得山頭月。草堂清晨看圖畫，畫裹之人閉似我。波濤洶湧都不知，横簫自向船中坐。酒壺茶具船上頭，江山滿眼隨處游。安得更唤元丹丘，相攜共上黄鶴樓。

孤松歎

孤松倚雲青亭亭，故老謂是蒼龍精。古苔無花護鐵甲，五月忽聽秋風聲。幽人恐爾斧斤辱，獨傍孤根結茅屋。月明喜看清影摇，雪凍却愁梢尾秃。昨夜飛霜下南海，山林草木無光彩。起來摩挲屋上松，顏色如常心不改。幽人盤桓重慨慷，此物乃是真棟梁。嗚呼既是真棟梁，天子何不用是扶明堂！

痛哭行

雨淋日炙四海窮，經綸可是真英雄。岐豐禾黍泣寒露，咸陽草木來悲風。京邦大官飫酒肉，村落饑民無粒粟。東魯儒生徒步歸，南州野老吞聲哭。紛紛紅紫已亂朱，古時妾婦今丈夫。有耳何曾聽韶武，有舌不喜論詩書。昨夜虚雷擂布鼓，中天月破無人補。休説城南有韋杜，白璧黄金天尺五。

梅花三首

疏枝錯落花燦爛，正似推篷谿上看。凍痕不剥五更霜，蘚色猶存百年幹。孤山處士詩夢寒，羅浮仙人酒興闌。天荒地老行路難，誰傳春色來人間？君不見江南物色今匪昔，大谷長林盡荆棘。歲寒何處論襟期，坐對雲山空歎息。東樓女兒《白苧》歌，西樓美酒唤杏花。〔縱〕（總）有高人愛高潔，踏雪誰肯來山家？老我無能慣清苦，寫梅種梅千萬樹。霜清月白夜更長，每是狂歌不歸去。只今潦倒霜鬢垂，世情雜雜俱忘機。讀書寫字兩眼眵，斷白搔墮隨花飛。轉首江南隔塵土，白月流光雙鶴舞。一聲羌管過南樓，鐵石心腸亦淒楚。安得喚起陳元龍，長船滿載玻瓈紅。浩歌拍拍隨春風，大醉驚倒江南翁。

江南十月天雨霜，人間草木不敢芳。獨有谿頭老梅樹，面皮如鐵生光芒。朔風吹寒珠蕾裂，千花萬花開白雪。髣髴蓬萊羣玉妃，夜深下踏瑶臺月。銀鐺泠泠動清韻，海煙不隔羅浮信。相逢共説歲寒盟，笑我飄流霜滿鬢。君家秋露白滿缸，放懷飲我千百觴。興酣脱帽恣盤薄，拍手大叫梅花王。五更窗前博山冷，么鳳飛鳴酒初醒。起來笑抱石丈人，門外白雲三萬頃。

昔年曾踏西湖路，巢居閣上春無數。雪晴月白最精神，瑪瑙坡前第三樹。虬枝屈鐵交碧苔，疏花暖迸珍珠胎。初〔疑〕（擬）羣仙下寥廓，瓊璫玉佩行瑶臺。又疑幽人在空谷，滿面清霜鬢華緑。迎風冷笑桃杏花，紅紫紛紛太粗俗。今年來看秦淮水，路隔西湖一千里。草堂上是白雲窩，夜半松風喚予起。青山隔世無游塵，雲根粉壁光如銀。長嘯一聲月入户，孤山處士來相親。江南梅花自有主，休問當年何水部。山僧對我默無語，柏子無風墮青雨。

關河雪霽圖爲金陵王與道題

飛沙羃人風墮幘，老夫倦作關河客。歸來松下結草廬，卧聽寒流雪山白。悠悠如此四十年，世情脱略忘間關。今晨見畫忽自省，平地咫尺行山川。烏道連雲出天險，玉樹瓊林光閃閃。陰崖絶壑望欲迷，冰花歷落風悽慘。枯槎側倒銀河開，三巴春色隨人來。漁翁舟子相笑語，不覺已過洪濤堆。谿回浦潊石齒齒，谿上人家成草市。長林大谷猿鳥稀，小步蹇驢如凍蟻。西望太白日色寒，青天削出蛾眉山。人生適意隨所寓，底須歷涉窮躋攀。明朝攬鏡成白首，春色又歸江上柳。何如高堂挂此圖，浩歌且醉金陵酒。

金陵行送余局官

李白題詩舊游處，桃花楊柳春無數。六代衣冠委草萊，千官事業隨煙霧。大江西下秦淮流，石頭寂寞園荒丘。原田每每盡禾黍，青山不掩諸公羞。高樓如天酒如海，觸景令人生感慨。紅墮香愁燕子飛，風流王謝今安在。我欲去尋朱雀橋，澹煙落日風蕭蕭。交疏結綺杳無迹，但見野草生新苗。小兒紛紛競豪縱，區區割據成何用。芙蓉水冷臙脂消，千古繁華同一夢。傷今弔古如之何？頭上歲月空蹉跎。君行喜有絲五紽，宦情不似詩情多。江南故事可知否，白雲霙霙變蒼狗。休論平生錦機手，浩歌且醉金陵酒。

大醉歌

明月珠，不可襦。連城璧，不可餔。世間所有皆虛無，百年光景駒過隙，功名富貴將焉如？君不見北邙山，石羊石虎排無數。舊時多有帝王墳，今日纍纍蟄狐兔，殘碑斷碣爲行路。又不見秦漢都，百二山河能險固。舊時宮闕亙雲霄，今日原田但禾黍。古恨新愁迷草樹，不如且買葡萄醅。擕壺挈榼閒往來，日日大醉春風臺，何用感慨生悲哀。

趙千里夜潮圖

去年夜度西陵關，待渡兀立江上灘。灘頭潮來倒雪屋，海面月出行金盤。冰花著人如撒霰，過耳斜風快如箭。叫霜鴻雁零亂飛，正似今年畫中見。寒煙漠漠天冥冥，展玩陡覺心神清。便欲吹簫騎大鯨，去看海上三山青。

雪簑漁舟圖

大山小山無寸青，長江萬里如月明。楚天不盡鳥飛絶，老樹欲動風無聲。何人方舟順流下，草衣箬笠俱瀟灑。篷底有兒能讀書，不是尋常釣魚者。玄真子，陶朱翁，避世逃名俱已矣，後來空自談高風。我視功名等塵垢，何似忘言付杯酒。武陵豈必皆神仙，桃花流水人間有。

題夏迪雙松圖

我昔曾上五老峰，白雲盡處看青松。中有兩樹如飛龍，正與夏迪畫者同。夏迪畫松得松趣，箇箇乃是廊廟具。貞固不特凌雪霜，偃蹇猶能吐煙霧。蒼髯獵獵如有聲，鐵甲半掩苔花青。六月七月炎火生，對此似覺形神清。丈人兀坐誠有道，豈比商山采芝皓。有琴有琴不須彈，而今世上知音少。

送无咎遊金陵兼簡丁仲容隱居

長松撼空風怒號，門前大水推斷橋。山中坐雨六十日，不知野草如人高。今晨出門天氣好，眨眼忽驚春事老。楊花散作雪滿谿，送客俄然動懷抱。金陵六朝古帝都，古時風景今何如？珊瑚無根土花碧，露團玉樹生流珠。江山無人隔塵土，丹鳳不來孤燕語。上人脱灑無滯留，〔底〕（抵）用登臨重懷古。世人往往乘險機，老我白髮無能爲。道甫問訊丁令威，有鳥有鳥何時歸？

送人上燕

燕山三月風和柔，海子酒船如畫樓。丈夫固有四方志，壯年須作京華游。京華名花大似斗，看花小兒競奔走。蒲萄瀲灧金叵羅，羊尾駝峰膩人口。知君慷慨非膏粱，生銅卧匣韜光芒。出門一笑頗自許，光範不用投文章。玉霧紅門天尺五，要爲蒼生説辛苦。得時便覓好官歸，行道當依聖明主。我將細釀松花春，明年此時當遲君。遲君不問宦途事，但欲要知伊傅何其人？

悲苦行

悲風吹茅墮空屋，老烏號鳴屋上木。誰家男子從遠征，父母妻孥相送哭。哭聲嗚咽已别離，道旁復對行人悲。去者一心事，歸者百感隨。前年鬻大女，去年賣小兒。皆因官税迫，非以饑所爲。布衣磨盡草衣拆，一冬幸喜無霜雪。今年老小不成羣，賦税未知何所出。昨夜忽驚雷破山，北來暴雨如飛湍。

此時江南正六月，酸風入骨生苦寒。東村西村無火色，凝雲著地如墨黑。瞶翁瞽嫗相喚忙，屋漏牀牀眠不得。開門不敢大聲語，門外磨牙多猛虎。自來住此十世餘，古老未嘗罹此苦。我感此情重歎吁，不覺淚下沾裳裾。安得壯士挽天河，一洗煩鬱清九區，坐令爾輩皆安居。

猛虎行

去年江北多飛蝗，今日江南多猛虎。白日咆哮作隊行，人家不敢開門户。長林大谷風颼颼，四郊食盡耕田牛。殘膏賸骨委丘壑，髑髏嘯雨無人收。老烏銜腸上枯樹，仰天烏烏爲誰訴？逋逃茫茫不見歸，歸來又苦無家住。老翁老婦相對哭，布被多年不成幅。天明起火無粒粟，那更打門苛政酷。折髖敗肘無全民，我欲具陳難具陳。縱使移家向廛市，破獍猰貐喧成羣。

勁草行

中原地古多勁草，節如箭竹花如稻。白露灑葉珠離離，十月霜風吹不到。萋萋不到王孫門，青青不蓋讒佞墳。游根直下土百尺，枯榮暗抱忠臣魂。我問忠臣爲何死？元是漢家不降士。白骨沉埋戰血深，翠光潋灎腥風起。山南雨晴蝴蝶飛，山北雨冷麒麟悲。寸心摇摇爲誰道，道旁可許愁人知。昨夜東風鳴羯鼓，髑髏起作摇頭舞。寸田尺宅且勿論，金馬銅駝淚如雨。

有感

江南古客無寸田，半尺破研輸租錢。好山好水難夤緣，荃房日薄蒙荒煙。囊中科斗二百年，大經大法垂幽玄。他人不知我自憐，落花春暮啼杜鵑。杜鵑啼苦山竹裂，錦官宮殿煙霏滅。人間百鳥無處棲，青蠅貝錦成行列。北望茫茫莎草黄，葱河五月天雨霜。岐陽不見真鳳凰，山雞野鶩爭文章。江南估客苦無計，却向水中搴薜荔。沙漚夢老蘋雨殘，溼雲不動天如醉。回觀蓬萊十二樓，我曾讀書樓上頭。樓前平碧千頃秋，白露暗洗芙蓉愁。歲寒歸來有誰在？青松是兄梅是弟。山中巢許不可尋，却對老秮飱石髓。

蝦蟆山

春風吹船著牛軛，牛軛澤在蝦蟆山下。扶桑直上山之脊。山上老石怪且頑，皮膚皴皵苔花碧。我來不知石有名，拊摩怪狀心亦驚。野人指點爲我說，此物乃是蝦蟆精。古昔曾偷太倉粟，三百餘年耗中國。天官燭其陰有毒，勑丁破口劃其足。至今突兀留山丘，雨淋日炙無人收。樹根穿尻蛇入肚，老鴉啄背狐糞頭。牧童時時放野火，耕夫怒擊樵夫剺。自從殘墮不能行，見者唾之聞者罵。蝦蟆蝦蟆非令僕，無功那竊天之禄。如今蝦蟆處處有，天官何不夷其族。致令驕氣吹臊腥，干霄上食天眼睛。百蟲啗盡心未已，假作鼓吹怡人情。三月江南春水漲，紆青拖紫真跳浪。漁父持竿不敢言，獵犬布弩空惆悵。黄童白叟相引悲，田中更有科斗兒。

秋夜雨

秋夜雨，秋夜雨。馬悲草死桑乾路，雁啼木落瀟湘浦。聲聲喚起故鄉情，歷歷似與幽人語。初來未信鬼啾唧，坐久忽覺神凄楚。一時感慨壯心輕，百斛蒲萄爲誰舉？山林豈無豪放士，江湖亦有饑寒旅。凝愁擁鼻不成眠，燈孤燄短寒花吐。秋夜雨，秋夜雨。今來古往愁無數，謫仙倦作夜郎行。杜陵苦爲茅屋賦，只今村落屋已無。豈但屋漏無乾處，凋餘老稚匍匐走。哭聲不出淚如注，誰人知有此情苦？秋夜雨，秋夜雨。赤縣神州皆斥鹵，長虵封豕恣縱横。麟鳳龜龍失其所，耕夫釣叟意何如？夢入江南毛髮豎，余生聽慣本無事，今乃云何慘情緒。排門四望雲墨黑，縱有空言亦何補。秋夜雨，秋夜雨，何時住？我願掃開萬里雲，日月光明天尺五。

古時歎

箕子奴而比干死，屈原以葬湘江水。痛哭書生不見歸，朱董何人呼得起？深衣大老爲腐儒，紈袴小兒稱丈夫。學士時爲八風舞，將軍日醉千金壺。人間赤子苦鉗釱，抱麟反袂空流涕。嗚呼噫嘻！不有祝鮀之佞，宋朝之美，難乎免於今世矣。

苦寒作

昨日風寒枯木折，今日五更霜似雪。河伯泉仙驚怪言，凍殺深潭三足鼈。南海一平行大輿，五尺之冰千古無。珊瑚樹死日色薄，老翁破凍叉僵魚。鳳凰不出鸜鵒語，禿鶖飛啼血如雨。駝馬交馳入不毛，兜鍪不憚饑寒苦。豺狼夾道狐兔驕，白草萬里蠻煙焦。紛紛赤子在炮炙，三士何緣爭二桃。君不見江南古客頗癡懶，養得一雙青白眼。

紅梅翠竹山雉圖

游絲冉冉游雲暖，翠石凝香上花短。管絃不動白日遲，可是江南舊亭館。湘簾隔竹翠雨濃，玉肌醉染臙脂紅。文章羽毛亦自好，轉首似覺懷春風。去年我過長洲苑，落日滄煙芳草淺。滄浪池畔野景生，姑蘇臺上離情遠。今年放櫂游西湖，西湖景物殊非初。黄金白璧盡塵土，朱闌玉砌荒蘼蕪。東園寂寞西園静，梧桐葉落銀牀冷。十二樓前蛛網懸，見畫令人發深省。

吴姬曲二首

吴姬美，遠山澹澹横秋水。玉纖軟轉綰青絲，金鳳攢花摇翠尾。隔雲移步不動聲，騎馬郎君欲飛起。欲飛起，樓上游人鬧如市。

吴姬來，香風未動游塵開。勾玉遲遲錦雲重，百花掩媚春徘徊。王孫公子金無限，爲君一笑成飛埃。成飛埃，珊瑚頃刻生苺苔。

寓意次敬助韻二首

荆軻上秦殿，酈生下齊城。斯須屬鼎鋸，何如衞叔卿。脱身傲萬乘，泰華鴻毛輕。所謂達道人，貴在機決明。

聖賢不浪出，處士匪懷居。孔明是何人？高卧南陽廬。躬耕良自苦，待時故踟躕。所爲《梁父吟》，豈比《封禪書》。

寓意三首次敬助韻

森森廊廟具，蕭艾成長松。春春川澤靈，蛭蚓爲游龍。時明在除祓，世混姑相容。忠義在草莽，讒諂分提封。擾擾路旁兒，仰面嘶征鴻。

蠻觸雜奔競，蠅蚋紛爭喧。鸞鳳巢枳棘，鴟鴞集琅玕。風雷久不作，野露生微寒。壯士萬里懷，肯謝漂母飧。古來王佐材，多在耕釣間。

后地生虚靁，天驚漏秋雨。女媧死已久，此罅誰爲補？紛紛讀書兒，碌碌無可數。古人今人心，今人不如古。

傷亭户

清晨度東關，薄暮曹娥宿。草牀未成眠，忽起西鄰哭。敲門問野老，謂是鹽亭族。大兒去采薪，投身歸虎腹。小兒出起土，銜惡入鬼籙。課額日以增，官吏日以酷。不爲公所幹，惟務私所欲。田闢供給盡，嗟歎屢不足。前夜總催罵，昨日揚胥督。今朝分運來，鞭笞更殘毒。竈下無尺草，甕中無粒粟。旦夕不可度，久世亦何福。夜永聲語冷，幽咽向古木。天明風啓門，僵屍挂荒屋。

冀州道中

我行冀州路，默想古帝都。水土或匪昔，《禹貢》書亦殊。城郭類村塢，雨雪苦載塗。叢薄聚凍禽，狐狸嘯枯株。寒雲著我巾，寒風裂我襦。盱衡一吐氣，凍凌滿髭鬚。程程望煙火，道旁少人居。小米無得買，濁醪無得酤。土房桑樹根，彷彿似酒壚。徘徊問野老，可否借我廚。野老欣笑迎，近前挽我裾。熱水温我手，火炕暖我軀。叮嚀勿洗面，洗面破皮膚。我知老意仁，緩緩驅僕夫。切問老何族？云是奕世儒。自從大朝來，所習亮匪初。民人籍征戍，悉爲弓矢徒。縱有好兒孫，無異犬與猪。至今成老翁，不識一字書。典故無所考，禮義何所拘。論及祖父時，痛入骨髓餘。我聞忽太息，執手空躊躕。躊躕向蒼天，何時更能甦？飲泣不忍言，拂袖西南隅。

偶成

二月江亭野色明，楊花飛散雪盈盈。鹽煙半入海氣白，風雨忽來谿樹鳴。離思厭聽孤燕語，客情無奈亂山青。明朝又上長安道，却望咸陽舊帝京。

送頣上人歸日本

上人住近扶桑國，我家亦在蓬萊丘。洪濤逼屋作山立，白雲繞牀如水流。問信不知誰是客？多情忘却故園秋。明朝相别思無限，萬里海天飛白鷗。

送欽上人

石頭城下五更秋，高挂雲帆得順流。鐵甕緣江即東府，瓊花隔岸是揚州。作家相見本無語，在客别離殊有愁。後夜相思好明月，老夫乘興獨登樓。

偶成

四月八日風雨歇，放翁宅前湖水高。典衣沽酒亦足醉，騎馬看花徒爾勞。海國尚聞歌蔓草，山陵誰與薦櫻桃？元龍本是無能者，後世謾稱湖海豪。

歸來

頭白歸來驚面生，東家西家知我名。友朋投老漸凋落，兒女向年俱長成。野梅開花尚古色，山風吹雨墮寒聲。最喜谿翁會真率，濁酒過牆香滿罌。

寄徐仲幾

僦得城樓枕卧龍，儲無甔石是英雄。吟詩不愧杜工部，乞米或如顔魯公。蘭省異於霄漢上，草堂却在畫圖中。故人相見無多論，笑指松花落晚風。

山中答客問

人間塵土苦歊煩，林下清風六月寒。夜半酒醒方脱屐，日高眠起不簪冠。坐看游蟻巡危磴，静聽閒花落古壇。老我自無軒冕意，尋常豈是傲時〔官〕(宫)。

題金陵

賞心亭前春草花，賞心亭下柳生芽。收功謾説韓擒虎，亡國豈由張麗華。江山萬古足登覽，豪傑幾人過歎嗟。野老相逢閒指點，六朝宫闕盡桑麻。

輓吴孟思

雲濤處士老儒林，孟思號雲濤，善書。書法精明古學深。百粤三吴稱獨步，八分一字直千金。桃花關外看紅雨，楊柳堂前坐緑陰。今日窅然忘此景，斷碑殘碣盡傷心。

閒題前元舊事

樓臺矗矗帶山河，金玉重重是帝家。雲合紫駝開虎帳，天連青草入龍沙。春風小殿看飛燕，夜雨重城散落花。甲乙流蘇仙夢好，莫教方士問丹砂。

金陵懷避亂作

壞牆幽徑草青青，何處園林是舊京。海氣或生山背雨，江潮不到石頭城。英雄消歇無人語，形勢周遭夕照明。回首長干思無限，水風楊柳作秋聲。

建康層樓

層樓危構出層霄，把酒登臨客恨饒。草色不羞吴地短，雁聲空落楚天遥。江山如畫知豪傑，風月無私慰寂寥。六代繁華在何處？敗紅殘緑野蕭蕭。

過昭瑞宫次韻

金屋無人玉殿開，青蒲埋没遍莓苔。舊愁隱隱隨煙浪，新恨綿綿入草萊。紅葉已隨流水去，黄門空憶看花來。東南富貴消磨盡，留得荒村古將臺。

發古塘

秋風籬落菊花黄，滿眼江山是故鄉。投老無家真可笑，長年爲客尚能狂。青苔蝕盡牀頭劍，白日消磨鏡裏霜。聞道中州凋弊甚，忘機不解説凄涼。

謾興四首

隱几看山與世違，當門種竹亦無機。五更驟雨隨風過，滿眼落花如雪飛。每爲注書消夜燭，亦常沽酒典春衣。今朝急報任公子，昨日蒼苔滿釣磯。

白霧黃煙慘百蠻，長年不見鶴書還。江河萬里歸滄海，山嶺千重走劍關。白首詞臣空墮淚，青春才子強回顔。舊愁新恨知多少？都在閒花野草間。

關中險固憑三輔，隴右勾連接四川。簇簇樓臺懸日月，盈盈花草爛雲煙。颸回海上沙飛雪，雨足江南水拍天。可笑華山陳處士，風流文采却貪眠。

青山隱隱帶灤河，金碧光中望駁娑。五穀不生羊馬盛，二儀殊候雪霜多。打圍陣合穹廬轉，警蹕聲傳御駕過。漠漠黃沙天萬里，壯心未解説風波。

悼止齋王先生

三月燕山聽子規，追思令我淚垂垂。雖然事業能經世，可惜衣冠在此時。霜慘晴窗琴獨冷，月明秋水劍雙悲。山河萬里人情别，回首春風説向誰。按諸暨張辰作《王冕傳》云：同里王艮甚愛重冕，爲拜其母。艮後爲江浙檢校，冕往謁，履弊不完，足指踐地，艮遺之草履一兩，諷使就吏禄。冕笑不言，置其履而去。

卽事二首

灤水城頭六月霜，東華門外草皆黃。旌旂影動千官慘，斧鉞光沉萬馬忙。青象不將傳國璽，紫駝只引舊氈房。諸郎不解風塵惡，爭指紅門入建章。

白草黄沙野色分，古今愁恨滿乾坤。飛鴻點點來邊塞，寒雪紛紛落薊門。風景淒涼只如此，人情囂薄復何論。知機可有桑乾水，未入滄溟早自渾。

異鄉

東山西山生白雲，異鄉那忍見殘春。野蒿得雨長過樹，海燕隔花輕笑人。每是閉門疏世事，何曾借酒惱比鄰。過從時有相嗔怪，不解《潛夫》意思真。

雨中

江南江北水滔天，覊客相逢亦可憐。坐覺青山沉席底，行驚白浪上窗前。鵓鳩銜草棲危塔，鸂鶒翻飛浴敗船。轉首百蠻寥落甚，絶無茅屋起炊煙。

庚辰元旦

試題春帖紀新年，靄靄青雲起硯田。展卷不知山是畫，舉頭恰喜屋如船。梅花雪後開無數，楊柳風前困欲眠。悵望關河無限恨，呼兒沽酒且陶然。

秋興二首

萬里山河一局棋，曠懷真感獨傷悲。石麟夜雨生新恨，銅雀春風屬舊時。雪捲流沙馹信遠，天沈遼海鶴書遲。五陵年少俱零落，回首故園空夢思。

鼙鼓嘈嘈夜撼山，《霓裳》歌舞入人間。雲鬟環珮沈斜谷，風斂旌旗入劍關。矍鑠野翁掀雉尾，跳踉山鬼覿龍顔。書生豪放成何事，徒步歸來供奉班。

偶成

青山緑水從人愛，野鶴孤雲與我同。所適不須論醜好，相逢謾爾説英雄。樂遊花木蕭蕭雨，梓澤亭臺澹澹風。興廢故無今昔異，幾回搔首月明中。

都城暮春

繡房香幄紫駝車，隊馬連雲擁醉娥。天上柳花隨處衮，人間春色已無多。風流謾聽《黄金縷》，慷慨誰知《白石歌》？江北江南歎愁絶，落紅如雨打漁蓑。

金水河春興二首

神州何處見繁華，儘好當時富貴家。慷慨唤來黄字酒，丁寧將出紫簾車。春風嫋嫋穿楊柳，小雨冥冥度杏花。沉醉歸來不知夜，又傳清響按琵琶。

金水河邊柳色新，玉山館外少沙塵。琵琶未必能愁客，鸚鵡如何錯唤人。翠袖錦襜馱白馬，落花飛絮鬨朱輪。人間天上無多路，只隔紅門别是春。

三月廿九日夜歐陽省郎遞至佳章觀之技癢燈下即和但無童子急走送耳

今時自與古時別，酒興何如詩興賒。風引白雲歸坐榻，雨蒸花氣入窗紗。謾言海上神仙宅，不抵江南處士家。有客相過勿多論，老夫迂闊是生涯。

雜興

蕭蕭白髮滿烏巾，不會趨時任客嗔。種菜每令除宿草，煮茶常自拾枯薪。屋頭流水濺濺響，谿上梅花樹樹春。寄語儒林趙詩伯，好收風月作比鄰。

梅花屋

荒苔叢篠路縈回，繞澗新栽百樹梅。花落不隨流水去，鶴歸常帶白雲來。買山自得居山趣，處世渾無濟世材。昨夜月明天似洗，一作去。嘯歌行上讀書臺。

飯牛翁即煮石道者，閒散大夫新除也。山農近日號老村，南園種菜時稱呼。元章字，冕名，王姓。今年老異於上年，鬢髮皆白，脚病行不得，不會奔趨，不能諂佞，不會詭詐，不能干祿仕。終日忍饑過，畫梅作詩，讀書寫字，遣興而已。自〔偈〕〔喝〕曰：既無知己，何必多言，呵呵。

寫一作書。懷

世情多曲折，客況自堪憐。聽雨愁如海，懷人夜似年。草肥燕地馬，花老蜀山鵑。冷澹無歸計，蒼苔滿石田。

晚眺

密樹連江暗，殘陽隔浦明。不知秦塞遠，殊覺楚天平。故國人何在？荒城鳥亂鳴。徘徊吟未已，搔首忽傷情。

次韻答王敬助

西圃餘薑蔗，東皋足稻粱。今年誠有望，吾計未全荒。倚杖停吟久，看雲引興長。鄰家新釀熟，同醉菊花旁。

泊瓜洲

落日大江秋，淒涼覺底愁。逆潮攻敗壘，荒樹入沙洲。險固空餘迹，清平且壯遊。不須腰上萬，明日上揚州。

八蟠嶺

路繞危垣上，風高松檜鳴。花飛殊失意，草長不知名。遊客諮遺俗，居民指舊京。浮圖天末起，瞻望忽傷情。

中秋次韻答恢太虛

江湖漂泊久，髮白不知年。世遠人何在？天空月自圓。山河清有影，草木浄無煙。誰恤蒼生苦，移憂到酒邊。

解悶

家園嗟寂寞，客計轉疏迂。事失非關酒，身貧不爲儒。功名餘破楮，風雨漫長途。對景成何用，高談却壯圖。

歸來

歸來人境異，故里是他鄉。坐閲紅塵過，愁多白髮長。關山雲渺渺，江漢水茫茫。世事何多感，凴高又夕陽。

村居

避世忘時勢，茅廬傍小谿。灌畦晴抱甕，接樹溼封泥。乳鹿依花卧，幽禽過竹啼。新詩隨處得，不用别求題。

黄牛山

招提萬山底，古屋蔽煙霞。密竹先秋意，長藤過夏花。繁陰沈雨脚，清響漱雲牙。老衲眉如雪，相逢話作家。

次古詩韻

屠沽慚壯士，文繡貴山郎。氣習蟲魚族，風流雁鶩行。從時多俯仰，弔古獨悲傷。無奈連宵雨，蝸牛上石牀。

春晚客懷

落落窮途客，年年不在家。寄眠聽夜雨，借景看春花。空著三山帽，難防兩鬢華。清晨覽明鏡，載笑復咨嗟。

齷齪

齷齪寧堪處，卑汙奈此逢。看人騎白馬，奐狗作烏龍。濯濯河邊柳，青青澗底松。待看天氣好，應得露華濃。

瀟灑

漸覺離鄉遠，寧知出處迂。風流看隊馬，瀟灑入雙魚。誰解辭千乘，無人説二疏。老吾情不愜，謾讀古人書。

有感二首

絶國春風少，荒村夜雨多。可憐新草木，不識舊山河。世事紛紛異，人情轉轉訛。老懷禁不得，悵望一長歌。

對鏡添惆悵，憑誰論古今。山河頻入夢，風雨獨關心。每念蒼生苦，能憐蕩子吟。晚來愁更切，青草落花深。

謾興五首

草木何摇撼，工商已破家。饒州沈白器，勾漏伏丹砂。吴下難移粟，江西不運茶。朝廷政寬大，應笑井中蛙。

壬辰天意别，春夏雨冥冥。雲氣何時斂，江聲未得停。書生憐白髮，壯士喜青萍。昨夜登西閣，悲笳不忍聽。

處處言離亂，紛紛覓隱居。山林增氣象，城郭轉空虚。俠客思騎虎，谿翁只釣魚。諸生已星散，那得論詩書。

干戈猶未定，鼙鼓豈堪聞。憂國心如醉，還家夢似雲。關山千里遠，吴楚一江分。朋舊俱零落，空嗟白鳥羣。

溼雲垂地重，孤雁入天鳴。到處干戈競，何時海岱清。孤燈懸古壁，寒漏落空城。可羡商山老，優游待太平。

梅花六首

月明海底夜無煙，恰似西湖雪後天。清氣逼人禁不得，玉簫吹上大樓船。

海雲初破月團團，獨鶴歸來夜未闌。一片笙簫湖水上，玉妃無語倚闌干。

三月東風吹雪消，湖南山色翠如澆。一聲羌管無人見，無數梅花落野橋。

和靖門前雪作堆，多年積得滿身苔。疏花箇箇團冰雪，羌笛吹他不下來。

馬跡山前萬樹梅，千花萬花如雪開。滿載揚州秋露白，玉簫吹過太湖來。

斷雲流水孤山路，看得春風幾樹花。騎馬歸來城郭是，月明簫管起誰家？按張辰作《王冕傳》云：君善寫梅花竹石，士大夫皆争走館下，縑素山積，君援筆立揮，千花萬蕊，成於俄頃。每畫竟則自題其上，皆假圖以見志云。

墨梅

我家洗研池邊樹，朵朵一作「箇箇」。花開澹墨痕。不要人誇好顏色，只留清氣滿乾坤。

題畫梅

疏花粲粲照寒水，瑪瑙坡前春獨回。却憶去年風雪裏，吹簫曾棹酒船來。

應教題梅

刺刺北風吹倒人，乾坤無處不沙塵。胡兒凍死長城下，誰信江南別有春。錢牧齋曰：余家有元章真蹟，下二句云：「清高只有老梅樹，照水花開箇箇真。」

紅梅四首

彩鳳穿花啄石苔，玉窗瓊户紫煙開。山人不説羅浮夢，却憶玄都觀裏栽。

玉妃步月影毵毵，燕罷瑶池酒正酣。半夜不知香露冷，春風吹夢過江南。

昭陽殿裏醉春風，香隔瓊簾映淺紅。翠袖擁雲扶不起，玉簫吹過小樓東。

爛醉西湖處士家，酒痕吹上水邊花。東風蛺蝶迷香夢，一樹珊瑚月影斜。

紅梅

深院春無限，香風吹緑漪。玉妃清夢醒，花雨落臙脂。

秋懷二首

悲風度古木，吹我屋上茅。茅去屋見底，風聲尚蕭蕭。人心一何苦，人情一何驕。却將眼下淚，散作炎上膏。

明月下西窗，窺我席東枕。枕中夢忽破，俄然轉淒凜。美人天一方，相見猶拾瀋。何時引金罍？開懷笑歌飲。

蘭亭

東晉風流安在哉，煙嵐漠漠山崔嵬。衰蘭無苗土花盛，長松落雪孤猿哀。滿地紅陽似無主，春風不獨黄鸝語。當時諸子已寂寥，真本《蘭亭》在何許？攲簷老樹緣女蘿，崩崖斷壁青相磨。舊時觴詠行樂地，今朝魚鼓瞿曇家。荒林晝静響啄木，流水潺潺遶山曲。游人不來芳草多，習習餘風度空谷。去年載酒誦古詩，今年拄杖讀古碑。年年慷慨入清夢，何事俯仰成傷悲。故人不見天地老，千古點山爲誰好？空亭回首獨凄涼，山月無痕修竹少。

江南婦

江南婦，何辛苦。敝衣零落裙斷腰，赤脚蓬頭面如土。日間力田隨夫郎，夜間緝麻不上牀。緝麻成布抵官税，力田得米歸官倉。官輸未了憂欝腹，門外又聞私債促。大家揭帖出陳帳，生穀十年還未足。大兒五歲方離手，小女三週未能走。社長呼名散户由，下季官糧添兩口。舅姑老病毛骨枯，忍凍忍饑蹲破蘆。殘年無物做慈孝，對面冷淚如流珠。燕趙女兒顔似玉，能撥琵琶調新曲。珠翠滿頭金滿臂，日日春風嫌酒肉。五侯七貴爭取憐，一笑可博十萬錢。歸來重藉錦繡眠，不信江南婦人單被穿。

題墨梅圖

朔風吹寒冰作壘，梅花枝上春如海。清香散作天下春，草木無名藉光彩。長林大谷月色新，枝南枝北清無塵。廣平心事誰與論，徒以鐵石磨乾坤。歲晚燕山雲渺渺，居庸古北無人到。白草黄沙羊馬羣，瓊樓玉殿煙花繞。凡桃俗李争芬芳，只有老梅心自常。貞姿燦燦眩冰玉，正色凛凛欺風霜。轉身西泠隔煙霧，欲問逋仙杳無所。夜深湖上酒船歸，長嘯一聲雙鶴舞。

題月下梅花

平生愛梅頗成癖，踏雪行穿一雙屐。六花散漫飛滿空，千里萬里同一色。衝寒不畏朔風吹，乘興來此江之湄。繁花滿樹梅欲放，彷佛羅浮曾見時。南枝横斜北枝好，北枝看過南枝老。中有一枝置奇絶，萬蕊千葩弄天巧。老夫見此喜欲顛，載酒大酌梅花仙。仙人怪我來何晚，一别已是三千年。醉來仰面卧深雪，夢扶飛瓊上天闕。酒醒起視夜何其，□烏啼殘半江月。

題畫梅二首

朔風撼破處士廬，凍雲隔月天模糊。無名草木混色界，廣平心事今何如。梅花荒凉似無主，好春不到江南土。羅浮山下蘼蕪煙，瑪瑙坡前荆棘雨。相逢可惜年少多，競賞桃杏誇豪奢。老夫欲語不忍語，對梅獨坐長咨嗟。昨夜天寒孤月黑，蘆葉捲風吹不得。髑髏夢老皮蒙茸，黄沙萬里無顔色。老夫瀟灑歸巖阿，自鉏白雪栽梅花。與酣拍手長嘯歌，不問世上官如麻。君不見漢家功臣上麒麟，氣貌豈是尋常人。又不見唐家諸將圖凌煙，長劍大羽聯貂蟬。龍章終匪塵俗狀，虎頭乃是封侯相。我生山野無能爲，學劍學書空放蕩。老來晦迹巖穴居，夢寐未形安可模。昨日冷颼動髭鬢，拄杖下山聞鷓鴣。烏巾半岸衣露肘，忘機忽落丹青手。器識可同莘野夫，孤高差儗磻溪叟。山翁野老爭道真，松篁節操梅精神。吟風笑月意自在，只欠鹿豕來相親。江北江南競傳寫，祝君歎其才盡下。我來對面不識我，何者是真何者假。祝君放筆一大笑，不須攬鏡亦自小。相攜且買數斗酒，坐對青山恣傾倒。明朝酒醒呼鶴歸，白雲滿地芝草肥。玉簫吹來雨霏霏，琪花亂颭春風衣。祝君許我老更奇，我老自覺頭垂一作如。絲。時與不時何以爲，時與不時何以爲，贈君白雪梅花枝。

題曹雲西山水

旭日耀蒼巘，翠嵐生嫩寒。幽人詩夢醒，清響得松湍。

贈雲峰上人墨梅圖

粲粲疏花照水開，不知春意幾時回。嫩雲清曉孤山路，記得短笻尋句來。

白馬湖

十八里河船不行，江頭日日問潮生。未同待詔沈金馬，却異看花在錦城。萬里春風歸思好，四更寒雨客燈明。故人湖海襟懷古，能話舊時鷗鷺盟。

臨江寺

山靈本是愛山農，況是登臨重復重。海水浮來多怪石，雲霄上接有高松。忘情淺淺谿中鳥，不雨深深洞底龍。帶甲如今滿天地，煙霞合此寄高蹤。

乙未春訪仲遠宿寄傲軒觀李著作遂賦長句

花竹參差蔭石苔，幽居却似小蓬萊。山光入座青雲動，水色摇天白雨開。得興不妨閒覓句，忘機儘自可銜杯。主人愛客能瀟灑，許我攜琴日日來。

題巨然畫

溪山對雨起呼酒，一笑還披萬里圖。疏樹遠山秋淡薄，飄風流水盡模糊。

吴處士景奎

景奎，字文可，婺州蘭谿人。七歲力學如成人，年十三爲鄉正。所居去縣二十里許，嘗獨行，夜遇虎，適有持梵具來者，急手取鐃若鈸槌擊之，聲震厓谷，虎乃驚逸。歸拜其親，顔色衎衎如平常。年三十，會海道萬户劉貞爲浙東憲府掾，辟爲從事。明年貞去，景奎亦歸，絶意仕進。久之，用部使者薦，署興化路儒學録，以母老辭不就。至正十五年卒于家，年六十四，同郡黄侍講溍爲作墓誌。文可於書無所不讀，發爲詩歌，詞句清麗，有唐人之風。尤好論詩，鉤取騷選粹辭奥語，爲書曰《諸家雅言》，其所自著曰《葯房樵唱》。宋濂序之曰：公以雄逸之資，濟通明之識，著於篇翰。雕龍彩鳳，不足爲之麗；衝飇激浪，不足爲之豪。其悽惋也，則孤猿夜號，松露初滴。其雅馴也，則冠冕佩玉，儼趨廊廟。由其才無不兼，所以體無不備。子履仙，居縣儒學教諭，亦以詩名，年四十而文可没，爲其父撰行狀，如見文可之爲人焉。

喻鳩

東村五畝園，荒穢久不治。荷鉏種豆苗，愛此膏土肥。森然已甲坼，保之若嬰兒。羣鳩競拂羽，俯啄思無遺。傍麾雖稍却，投間復在兹。一啄不汝惜，再啄苗已稀。剜我心上肉，充汝腸中飢。汝飢誠可憐，矰繳那忍施。桑林正沃若，桑椹方垂垂。椹熟可醉飽，林深無危機。恩怨從此釋，斯園勿重窺。鳩鳴對心臆，翚然亦高飛。

采菊

爽氣浮西山，風煙澹原隰。悠然出衡門，佳節逢九日。衆草萋以青，黄菊正秋色。采之不盈把，妙意良自得。謂能制頹齡，可泛忘憂物。驩言命壺觴，萬事付酣適。永懷東籬人，俯仰已陳迹。

擬李長吉十二月樂辭

正月

麴塵絲拂晴波暖，霽靄空蒙燒痕淺。含章宫中萬玉妃，粉花點額芳霏霏。條風東來初解凍，胡蝶吹醒花底夢。翠鬟梳罷玉纖寒，綵燕銜春上金鳳。

二月

青皇宫中花鳥使，沓翠霏紅教鶯語。移春檻小度芳華，金犢車輕載歌舞。曲房夢斷章臺月，東風不解丁香結。鑰魚夜守倉琅根，海棠飛落臙脂雪。

三月

紫簫吹月黎花老，碧雲冉冉迷芳草。藥欄繭〔栗〕（粟）怯春寒，翠帳流蘇護鶯曉。麗人一去音塵杳，淚灑紅綃怨青鳥。新蒲細柳自年年，曲江流恨波聲小。

四月

輕紅流煙香雨足，新槐影轉構欄曲。水晶簾箔度薰風，簧吻烏衣語華屋。涼簪墜髮初破睡，粉痕淺護修蛾綠。並禽不受雕籠宿，背人飛向荷陰浴。

五月

網軒綠艾懸飛虎，菖蒲花青海榴吐。江蛾倚竹弄湘弦，調笑懷沙怨蘭杜。南薰生涼紈扇薄，雕俎瑤觴勸郎酌。綵索光浮繫臂紗，守宮紅映黃金約。

六月

冰山瓏璁間瑤席，水拍銀盤漱寒碧。象牀湘簟含風漪，膩香粉汗霑凝脂。赤帝啾啾火龍老，琪樹西風轉昏曉。

七月

鳳凰枝頭一葉飛，碧疏朱綴生涼飈。素紈團團恩愛衰，含宮嚼羽吹參差。瑤階露華霑履綦，星橋月帳愁別離，粉筵歡笑占蛛絲。

八月

蘋風夕起涼思多，新愁舊恨生濃蛾。雲兜鷓鴣返故國，瑶階絡緯鳴寒莎。銅仙泓泓泣零露，銀灣漾漾吹涼波。素娥徘徊白鸞舞，廣庭老樹今如何。

九月

黃金花開香滿把，煙草荒臺誰戲馬。楚雲櫛櫛雁西流，秋色悽人正瀟灑。淚花蔌蔌啼新愁，纏絃五色彈箜篌。寶香不暖茱萸帳，明月空過翡翠樓。

十月

小春一花西月黃，縞衣美人吹暗香。錦衾羅薦曉寒薄，夢中持贈雙明璫。霜花莫灑相思樹，愁殺孤棲金鳳凰。

十一月

八姨手持〔榑〕（搏）桑枝，海天凍合青玻瓈。瓊樓仙人喚滕六，夜入銀潢剪瑛球。沈香火暖錦承塵，〔叵〕（巨）羅羔酒生春粼。宮溝不寄題紅怨，日映五紋添弱綫。

十二月

瓊芳銷歇年華改，青鳥無音隔瑶海。綠綃窗户弄晴曦，柳條迎臘含煙彩。上苑花須連夜開，枝頭休願楊家綵。

閏月

若華煌煌縈日馭，氣朔盈虛積餘數。低鬟斂黛拜孀娥，孤負團圓十三度。生物趨功得歲長，山中獨厄黄楊樹。

故園多海棠其一樹大數十圍樹頂一枝如雪白因賦

太真酒酣睡未足，深宫已縱銜花鹿。翠華一夜拂峨嵋，風塵澒洞黄金屋。馬嵬香土埋嬋娟，冶容悔與春争妍。似聞天王狩太白，雪魄幻作花中仙。澹妝獨立東風裏，冷笑漫山舊桃李。芳心恨不聘梅花，雨中有淚如鉛水。蜀山紫錦同本根，得如梨雪聊相温。凝脂醖藉初出浴，玉骨波暖春粼粼。瑶臺月下相逢處，翠袖冰姿生媚嫵。更燒銀燭醉中看，髣髴《霓裳羽衣》舞。

鵲有媒

長林蕭蕭兩乾鵲，牖户綢繆欣有託。雄飛望望杳不歸，飲啄應憐墮矰繳。孀雌哺鷇成孤棲，月明不復從南飛。迢迢織女隔銀浦，風多巢冷將疇依。花間雙鵲能凸喜，來往殷勤道芳意。雄鳩佻巧鴆不媒，願得靈脩幾同類。斯須衆鵲邀提壺，入林繞樹聲相呼。羣飛盡棄遺一鵲，同室定偶攜諸孤。彊彊和鳴如有道，求牡深慚雉鳴鷕。踰牆鑽穴相窺從，重歎人而不如鳥。

旅夜

逆旅頻看鏡，秋來白髮生。孤雲渺何許，遊子獨關情。野迥雞三唱，霜寒雁一聲。此時愁絶處，歸夢度江城。

過臨平

舟過臨平後，青山一點無。大江吞兩浙，平野入三吴。逆旅愁聞雁，行庖只鱠鱸。風帆如借便，明日到姑蘇。

旅夜

秋宵不成寐，缺月向人斜。更漏傳三鼓，寒燈落一花。窮愁長伴客，幽夢只還家。烽火何時息，吾生未有涯。

和韻秋日述懷簡李克明

草木驚摇落，賓鴻度漢河。故山歸夢遠，明月客愁多。不復丁年壯，空悲《子夜歌》。倚闌看北斗，零露滿煙莎。

得家書二首

卧看平安字，移燈就枕衾。兒癡甘廢學，母老最關心。山藥來鄉味，溪藤寄野吟。愁多翻不寐，歸思在遥岑。

病起家書至，頻看坐夜分。弟兄傳雁影，親友散鷗羣。嘗稻應翻雪，栽松欲入雲。故山歸去日，嘉樹定繽紛。

四月二日二首

衰曉聞邊警，蒼黄欲斷魂。徵兵防列郡，帶甲滿中原。老去身多病，憂來眼倍昏。此邦猶樂土，吾得守柴門。

撫景悲涼甚，臨風感慨多。荆舒屯虎旅，滄海起鯨波。世事遽如許，吾生奈老何。愁懷翻倒極，對酒不成歌。

寄題天台楊道士素軒

梨雲漠漠護幽扃，宴坐冥觀内景清。風露洗秋生灝白，雪霜驚曉眩空明。瓊樓奏樂霓裳冷，緱嶺吹笙鶴羽輕。窗户玲瓏人寂寂，碧桃花下步虚聲。

登台州巾山

崒嵂雙峰著此身，危巔夜半見朝暾。天低古塔參雲闕，江送寒潮落海門。帢幘風高仙已去，翠微僧老鶴長存。下觀城郭紅塵隘，水色山光自吐吞。

風雨赤城旅夜書懷

吾兒爲客在黃山，我向丹丘歲又闌。千里鄉關家信遠，一燈風雨客氈寒。衣鉤石角難行路，船趁潮頭易上灘。須信故園歸去好，梅花相伴竹平安。

哭鄭伯容 永嘉天趣幼子。

錢唐十載客淒涼，病入丹丘蝶夢長。滄海歸魂依骨肉，皇天老眼忌文章。春暉早與萱花殞，書種誰傳帶草香。白髮若翁腸欲斷，束棺歸葬鄭公鄉。

桐灘月夜舟中聞琵琶

湛湛長江上有楓，予懷渺渺水雲空。未誇湓浦逢商婦，賸喜桐灘有釣翁。攲枕醉眠秋渚月，亂帆争趁夜潮風。曉寒難結思歸夢，一尺秋霜壓短篷。

蘆花褥

搖落蒹葭白露霜，冰綃覆護帶幬張。瓊臺積雪和煙凝，銀浦流雲入夢香。失絮曾憐衣冷落，吐茵空染酒淋浪。雁聲髣髴瀟湘夜，起坐俄驚月一牀。

奉送江省都事納文郁除湖廣

蟾府秋花滿袖香，盱眙遺愛在甘棠。紫薇幕下除書至，黄鶴磯頭驛騎忙。風静瘴雲消嶺海，雨新春水滿瀟湘。庾公明月蘇公柳，兩地高情屬省郎。

夢仙

紫鸞邀夢到仙家，結佩相逢萼緑華。翠勺細傾千日酒，蜺旗斜插五雲車。飛瓊鬟影含清霧，弄玉簫聲隔彩霞。杜宇無情驚覺後，月痕猶在碧桃花。

望江亭懷古

金刹璇題入絳霄，望江猶自記前朝。羣臣痛灑新亭淚，孱主方看浙水潮。故物蒼龍蟠石柱，當時丹鳳聽簫韶。屬鏤一夜英雄老，曾見鴟夷恨未銷。

過護國寺

帝夢臣繆返故虚，汴京從此化青蕪。直教卧榻人鼾睡，不復中原宋版圖。閶闔草深藏虎豹，秭歸月泠泣魚鳧。玉雲飛去青山在，長繞蓮宫壓舊都。

晚霽

雨晴秋氣轉蒼涼，萬籟依稀奏羽商。煙抹林腰橫束素，日回山額半塗黄。鶼鶩曬翅眠池草，翡翠銜魚立野航。霜蟹正肥新酒熟，破橙宜趁菊花香。

至邵存存庵文叔兄尹舜卿舍弟景參不期而會遂同宿庵中時何仲畏留吴博士宅恨不合并也

兄弟相逢琳館静，倚闌忽見故人來。一時良會有如此，百歲好懷能幾回。竹屋對牀宜聽雨，風簾翦燭共持杯。何郎只在蘭江上，安得相攜笑口開。

和韻春日二首

雨香雲澹燕泥融，珂馬如行罨畫中。江上數峰浮暖翠，日邊繁杏倚春紅。鶯花世界惟消酒，水榭簾櫳易受風。陌上遊人皆倒載，未須拍手笑山公。

游絲無蝶共徘徊，野馬空濛拂面來。風雨一時成晚霽，園林何處不花開。江横羅帶銀鷗起，雲想衣裳玉女裁。賸喜麻姑能送酒，只愁門外索空罍。

春思

飛燕腰支掌上輕，塵生羅襪步盈盈。鑰魚不寐春無賴，箏雁頻移曲未成。斂黛低鬟初破睡，嚼花㸌蕊獨含情。許身肯作王孫女，頭白哀吟對馬卿。

寄蘇伯夔

自笑今吾卽故吾，煩君問訊近何如？馮唐易老雙蓬鬢，殷浩難投一紙書。天北風高鵬翼健，江南水闊雁音疏。他時若遇王摩詰，肯道南山有敝廬。

姑蘇臺

烏喙難忘石室囚，苧蘿西子入長洲。鴟夷若褭姦臣去，麋鹿安能此地遊。落月當門懸目恨，遠山顰黛捧心愁。後人俯仰悲陳迹，獨倚闌干對虎丘。

舟次丹陽

舟次丹陽成陸走，驅車長坂復經丘。青山東去連京口，紅日西沈向石頭。客路最嫌雞戒曉，鄉心生怕雁橫秋。明朝定宿烏衣巷，斗酒還澆逆旅愁。

奉呈劉御史

紫薇花下演絲綸，又向江南擢諫臣。家世舊傳真御史，典刑今有老成人。校書天祿青藜在，落筆蘭亭繭紙新。一寸寒荄猶未綠，願從桃李得陽春。

答蔣山寶公塔下高閣

寶公塔下登高閣，目盡東南半壁天。江接秦淮圍故國，地連吴楚渺平川。猿驚鶴怨移文在，虎踞龍蟠王氣偏。聞説先皇遊幸日，白豪千丈禮金仙。

六朝遺迹

望中紫氣已蒼涼，六代遺基付夕陽。鍾阜插天猶虎踞，虞淵浴日見龍翔。樓船鐵鎖江城在，玉樹金蓮野草荒。一自王師來飲馬，烏臺百尺凜風霜。

夏夜山中偶成

山氣空濛暑氣收，南箕落落月如鉤。松濤忽卷三更雨，林籟俄驚六月秋。破甕從他中夜舞，敝裘憐我少年游。夜來起坐空長歎，生不成名已白頭。

自山中歸鑑湖别業

數椽茅舍清江曲，六月炎天困鬱蒸。賴有青山園故宅，歸來赤脚蹋層冰。石泉松籟爲琴筑，野蔌山肴薦豆登。明日回頭望丘壑，芙蓉半出白雲層。

同劉伯善賦覺慈寺玉壺冰泉

古寺寒泉霜雪冷，一泓澄碧絶埃氛。瓊漿自注冰壺滿，石眼疑從玉井分。夜落天光常浸月，曉騰秋氣欲成雲。水符乞與山僧調，供給茶鐺日歸君。

春波漁者

水闊江南魚正肥，煙波一櫂動蘭漪。船頭鵶□連書册，海底珊瑚礙釣絲。楊柳月高春醉後，桃花浪暖雨晴時。問渠檇李當年事，越入吴亡總不知。

夜坐感懷

柳影參差月轉廊，酒醒無奈意𢡃懃。鏡中白髮垂垂老，枕上清宵細細長。舊事已隨流水去，衰懷那復少年狂。玄花亂落看書眼，孤負韓檠一尺光。

旅夜對月有懷尹舜卿

金點知更萬籟收，可人清景思悠悠。朱簾卷雨初消暑，冰簟含風不耐秋。推枕忽驚身是客，倚闌惟有月當樓。此時無限相思意，目斷孤鴻寄遠愁。

寄江君逸

斗酒相逢盡醉休，幾回清夢憶同遊。江河牢落知心晚，天地淒涼滿眼秋。客有常何能具草，誰憐王粲獨登樓。思君不見空回首，日落天寒攬弊裘。

次韻答錢思復并簡呂彦夫

相逢動是經年别，笑指沙鷗聚舊盟。芳草只添游子恨，清風還有故人情。薇花亭館春容老，木葉林塘晚氣清。杜宇數聲愁不奈，朝來白髮鏡中生。

寒食

白雪毿毿鬢影斜，風光流轉任年華。杯行不惜斟藍尾，春事如今到楝花。車馬羽毛分戰士，園林鍾鼓是誰家？側身北望空回首，愁絶吾生未有涯。

閏月書事

提封百萬海爲疆，猛士如雲守四方。楚塞烽煙南去急，燕山兵甲北來彊。總戎自信如頗牧，遣使懸知有暴張。多少英才思報國，手操長矢射天狼。

自山中歸

山人留我山中宿，又返湖陰理釣篷。島嶼孤雲邀獨鳥，林梢片雨隔殘虹。田歌互答耘耔樂，野老相親巾屨同。休道干戈猶滿地，捷書已到大明宫。

寄唐公朔

十年落魄西湖上，舞榭歌臺爛熳遊。愛客酒翻鸚鵡盞，采花香滿鷫鸘裘。戚聯盡是千金子，談笑還輕萬户侯。一段風流成白髮，銀牀冰簟不勝秋。

夜宿葉孟洛書樓

小樓蕭爽俯平川，市井收聲暮景懸。雲影消沈山外雨，月華浮動水中天。船舷暝戛層簷底，更漏時傳客枕邊。溪友幾番留我宿，清談終夕不成眠。

秋興三首

玉露彫傷草木衰，風雲慘澹見旌旗。南征車馬無消息，北去關河有蔽虧。畫棟雲飛滕閣曉，胡牀月上庾樓時。遥應此地成蕭瑟，日落江城畫角悲。

吴會雄藩實壯哉，薇垣高倚海天開。雲連樓閣笙歌市，日照湖山錦繡堆。萬國舟車通貨殖，四方冠蓋集英材。悲風吹破繁華夢，鼙鼓聲中半劫灰。

封豕長蛇夜透關，滿城兵火照湖山。生靈化作玄黄血，羣盗争探赤白丸。整整堂堂離復合，纍纍若若去無還。捐軀鋒鏑樊參政，千載英風史册間。按樊執敬字時中，鄆城人。爲江浙行省參知政事。討賊海上，遇賊戰死，時至正十二年也。

席上即事

華筵秩秩宴清宵，拊掌歌呼飲興饒。罵坐灌夫元不屈，絶纓楚客去難招。緑珠嬌小仍吹笛，碧玉殷勤且合簫。待得月斜人散後，一杯花露酒初消。

次韻憶錢唐二首

湖山錦繡照青春，烽火驚心歲在辰。文武衣冠全盛日，旄倪歌舞太平人。金戈鐵馬消氛祲，翠閣朱樓起戰塵。賴有總戎雲鳥陳，闞如虓虎捷如神。

雄冠南來二百州，相君金虎領貔貅。西山雲氣三天竺，東海潮聲八月秋。聖代只今文物盛，名藩自古庶民稠。狂飆一夜煙塵起，太白行天大火流。

御史登城南閲武亭

玉帳分弓列虎貔，繡衣閲武又星馳。沙場慘澹旌旗動，城郭崢嶸鼓角悲。偃武修文當聖代，有征無戰是王師。掃除天下煙塵息，淇上歸來有健兒。

三月七日

松風謖謖響中唐，檐影微微下短牆。新竹纔添十二个，清詩遺却兩三行。流鶯乳燕渾無語，野草幽花各自香。妙意難言成散逸，此身如客獨蒼茫。

病中許存禮葉孟浛見訪示桃巖詩因次韻

絶壁巉巉草木稀，晨暇爛爛照熹微。泥丸果核人何在？藥逕迷花客未歸。空翠倚天開錦樹，亂紅如雨落雲衣。飢餐阿母千年食，還勝山中采蕨薇。

寒食二首

寒食今逢二月天，士甘焚死竟誰憐？年來遺逸争求聘，乞賜新條莫禁煙。

故苑煙縣野草花，廢陵無樹著棲鴉。宫中傳燭人如夢，留得東風御柳斜。

舊遊

古槐疏冷日蒼涼，廢館荒臺隔短牆。自是舊遊偏易感，紫騮曾繫緑垂楊。

赤松雜詠 録四。

赤松山

雙鶴沖天去不回，五雲繚繞散花臺。山中若見皇初起，爲問留侯幾度來。

煉丹井

丹成遺井在層巔，金碧靈光夜燭天。抱甕道人閒不得，白雲深處灌芝田。

濯纓堂

參天老樹倚高寒，誰濯塵纓向激湍。夜半仙人來洗鶴，手翻明月弄潺湲。

卧羊山

雨香雲澹草離離，三百維羣睡覺遲。白石滿山休叱叱，二皇不借五仙騎。

泊臨口

泊舟臨口月初生，兩岸挐音雜市聲。明日丹陽朝食後，小車推上石頭城。

春日雜詠絶句二首

東闌梨雪暗吹香，翠袖金壺爲洗妝。客裏不知花代謝，馬蹄贏得一春忙。

野人居處絶紛譁，芳榿疏籬八九家。昨夜山中風雨急，曉來門巷掃桐花。

山水小景

秋滿西山爽氣多，山人帷箔卷煙蘿。清溪只在雲林外，夜半月明聞櫂歌。

題太真睡起圖

興慶池邊花爛爛，清平調裏思飄飄。玉環睡起嬌無奈，背立東風酒半消。

夜雪

天低野闊凍雲同，脈脈綏綏向晚空。窗影漸明疑近曉，竹聲頻折怪無風。

戲簡江君逸清明日移家

曲巷垂楊映杏花，清明時節客移家。白頭老子風流甚，自與文君駕小車。

代呻吟絶句二首

茅屋蛛絲日日新，亂黏鬢髮惹衣巾。障空錯綜添經緯，不遣飛蟲打著人。
蘆花方褥竹方牀，葛帳含風薤簟涼。夜半起來山月白，滿天清露灑衣裳。

新山道人曹文晦

文晦，字輝伯，天台人。兄文炳，字君焕，號霞間老人。文晦少從之學，穎悟多識，而雅尚蕭散。好吟詠，大有情致。鄞邑令許廣大聘爲儒學教諭，辭不赴。築室讀書，自號新山道人。元季台人能詩者，以輝伯爲首稱云。

采蓮曲三首

采蓮入南浦，欲寄遠方書。不知蓮葉下，自有雙鯉魚。

郎如荷上露，蕩摇不成顆。妾如蓮中薏，苦心思結果。

采蓮須采芳，不采羞自獻。年年來水湄，薰風會相見。

五雜俎

五雜俎，雙玉瓶。舟已具，潮已平。五雜俎，雙玉筯，水自流。天涯一點紅，離思千萬重。

公無渡河

薰風蕭蕭，黄流渾渾。上無舟與梁，下有鼉與黿。勸公無渡河，駭浪□吐吞。惜君只欲留，何不聽妾言。東趨滄海渚，西極昆侖源。浩浩無際流，何處招郎魂？公無渡河，爲郎載歌。往者已矣來者多，歌兮歌兮奈若何！

大堤曲

大堤人家花繞屋，大隄女兒美如玉。早年不肯習桑麻，日唱花間《大堤曲》。十五豪家作侍姬，歌聲送雲雙雁飛。春衫遍□紅石竹，雲鬟斜□黃薔薇。舞倦歌闌三十五，贖身再嫁海商婦。海商歲歲入南番，空房夜夜相思苦。東鄰女嫁西鄰農，夫耕婦織甘苦同。百年相守無不足，豈識花間《大隄曲》。

夜織麻行

松燈明，茅屋小，山妻稚子坐團團，長夜緝麻幾至曉。辛勤豈望卒歲衣，阿翁幾番催罷機。輸官未足私債急，妾身不掩奚足恤。念兒辛苦種麻歸，依舊懸鶉曝朝日。松燈滅，茅屋閉，麻盡機空得早眠，門外催租吏聲厲。

少年行

少年不識愁何物，南陌東郊恣游佚。衰老情懷懶出門，坐對青山遂終日。向時意氣寧愁老，今日方知少年好。北邙多見白楊風，三山豈有長生草。君不見西山日，又不見西風樹。晚霞作態不多時，病葉衰紅將委地。回頭爲語少年人，有酒莫負花間春。

春愁曲二首

春風吹愁花上來，美人花下銀箏哀。去年花開共春燕，今日花開春夢遠。黃鸝紫燕感時鳴，亦既見止寧無情。只愁青春不長好，名花易落人易老。一雙胡蝶不知愁，東園花落西園游。

寧爲水上荷，不作松上蘿。荷葉經秋暫彫瘁，明年薰風滿池翠。女蘿生意託松高，一朝松伐蘿亦遭。丈夫有志當特立，阿附權門何汲汲。君不見石家金谷起兵戈，二十四友將奈何？曷不聽我松上蘿。

上山采蘼蕪

上山采蘼蕪，采采不盈掬。下山逢故夫，褰衣攔道哭。昔君棄妾時，二雛方去乳。骨骼今已成，終能繼門户。飲水當思源，惜樹須連枝。新人雖云樂，當念舊人爲。上山采蘼蕪，歌思一何苦！我欲歌向人，今人不如古。

四時宫詞四首

朱闌轉午陰，銀屏倚春倦。夢作花間蝶，飛入昭陽殿。

玉椀葡萄碧，冰盤荔子紅。内官傳敕過，王在水晶宫。

玉階看桂影，月色傍秋多。不賜金莖露，渴心將奈何。

宫樹墮晴雪，凝寒入毳裘。鄰娃取冰筯，道是玉搔頭。

四時宮詞四首

掖庭春夜燕，小隊去紅妝。勅賜金蓮燭，雕闌照海棠。

水殿笙歌歇，宫門聽漏籤。薰風吹藕蕩，香度水晶簾。

清宵游桂館，燈影散紅雲。手拂芙蓉露，香霑翡翠裙。

雪亞雙鴛瓦，寒生五鳳樓。羊羔初燕罷，分賜繡毦裘。

神仙曲

黄金可致長生藥，祖龍已跨蓬萊鶴。飛廉傳得不死方，茂陵已作白雲鄉。古來王喬赤松子，不識于今在何許？人生有死理固然，雖古聖人不免焉。神仙之説既無據，緑鬢朱顔安足恃。花前有酒且高歌，百年歡樂能幾何！

行路難

行路難，遊説難。前車既已覆，後車心亦寒。宣尼欲歷聘，竟厄陳蔡間。儀秦騁雄辨，黑貂幾摧殘。王陽不能驅九折，酈生禍起三寸舌。千古無人弔章亥，一賢豈盡賢殿茷。行路難，遊説難。我將焚車深反關，不復更思山上山。口中舌在毋翻瀾，從渠相見嘲冥頑。

楊白花

楊白花，風吹渡江去。舟人爲問去何之？不似深宮卧紅霧。宫庭向陽花亂開，只愁五更風雨催。春心已逐東流水，寄謝舟人勿多語。

謬哉行

老來休吟詩，吟詩頭易白。貧來休謁見，謁見多逐客。芙蓉有色春不開，祥禽夜鳴人所積。君王好少臣已老，天寒賣漿何謬哉。茫茫歲月不我與，有力莫回東逝水。閒庭花落晝陰移，卧看游蜂穴窗紙。

和汪本真先生韻

吾嘗笑甯子，飯牛遂成歌。悠悠白石音，時哉將奈何！稊稗滿秋原，風雨殘吾禾。君子不時見，小人日以多。已矣奚足歎，曳杖松間坡。

鵝翎曲

東風細兒三尺箠，日逐羣鵝泛溪渚。一朝里正辦軍程，取鵝拔翎鵝痛鳴。一鵞取十十取百，東家取盡西家索。明日輸官官數虧，探囊出錢賄吏胥。只見官司造弓矢，年年窮賊賊還起。羽毛異類且不寧，民物況得遂其生。君不見文王靈囿民同樂，麀鹿白鳥長翯翯。

和夏學可霞城高韻

霞城高，霞城高。城頭看霞紫氣薄，城下放火紅燄交。黄煙騰騰眯人目，炎風烈烈吹鬢毛。台民急起霞城避，回首閭閻化荒址。一旦空悲赤壁風，六丁難挽天河水。霞城高，登不休，四望豈獨悲吾州。千巖萬壑盡荆棘，置身惟有昆侖丘。物理有窮窮則變，天定勝人人不怨。春陵三策無路陳，安得時平話《封禪》。

書所見

柳黄鶴袖桃花裙，釵梁砑金光射人。顔如花紅語如燕，氣態直與春争新。出門心事多于草，愁滿雙蛾爲花惱。昨夜春風破碧桃，過眼風光二分老。爲誰微步過垂楊，臨水插花青鬢光。回頭貪看雙胡蝶，不意前逢馬上郎。

效老杜出塞九首

我本農家子，生來事犂鉏。手不習騎射，何曾識兵書。一旦應官徭，徒侶同馳驅。茫茫塞路長，去去當何如。

賣牛買刀劍，不顧家業殫。密密縫衣襖，迢迢越河關。妻孥問所之？幾時寄書還。富貴未可必，投身須臾間。

粲粲金鎖甲，駪駪雪毛騧。將軍出師去，士卒如雲多。蚩尤亘天紅，刀劍光相磨。非無六奇計，奈爾勁敵何。
北風吹沙塵，四野寒日昏。忽聞落梅曲，欲斷征人魂。三箭無日發，萬竈空雲屯。我欲砍虜營，未聞主將言。
人言從軍樂，豈識從軍苦。婦女連車歸，玉帛不可數。我行橐屢空，令不違部伍。枕戈夜無眠，悠悠聽更鼓。
將軍不負腹，所至牛酒豐。民間苦箕斂，兵食常不充。曾聞古良將，士卒甘苦同。投醪飲河水，千載懷高風。
昔聞橫行將，今無深入師。募我備行伍，易若呼小兒。桓桓貔虎裝，介胄光陸離。豈知行路人，深爲世道悲。
月落悲笳動，羣馬蕭蕭鳴。驚沙寒掠面，急柝催晨征。中天怒招摇，白光射霓旌。腸斷隴頭水，烏烏聞哭聲。
連年苦東寇，今年困西征。身甘馬革裹，命若鴻毛輕。安得休王師，一言下齊城。歸去對鄰里，耕田歌太平。

宿水車田舍

水車山前溪月白，去年曾作寒夜客。主翁團坐竹爐紅，老姥燒茶多喜色。今年又宿鄰西家，柴門臨水竹交加。眼前風物總如舊，只有疏籬梅未花。平生到處多清興，聊對沙鷗發新詠。明年强健又重來，沙鷗笑我胡爲哉。

水車歌

老農呼婦呼孫子，齊上溝車踏河水。浪走源頭雪霰飛，天翻脚底風雷起。颯颯昆明龍蜕骨，宛宛常山蛇顧尾。倏爾盈科歎水哉，激之過顙由人耳。吼聲瀌瀌河伯怒，苗色芃芃田畯喜。阿香滴瓢苦瑟縮，鮫人泣綃無尺咫。蘇枯辛活莊子鮒，騰空如化琴高鯉。東村桔槔不亦勞，西鄰轆轤安足擬。忘機却笑抱甕夫，巧製端從斲輪氏。天心普順固無邊，人力强爲終有已。欲令田野息愁歎，要在廟堂能燮理。五風十雨歲穰穰，棄置溝車如敝屣。

題筠軒友竹詩卷

有竹無人孤負竹，有人無竹令人俗。二者如何可得兼，惟有君家清意足。君家竹園青玉城，君家有人冰雪清。幅巾相對弄明月，是人是竹俱忘形。東鄰種桑富紈綺，西鄰種花蜂蝶聚。豈無紅袖引壺觴，那得詩人叩門户。詩人愛竹如愛賓，娟娟秀色詩争新。君當開徑掃白雲，相逢不是塵埃人。

九月一日清溪道中二首

老樹依沙岸，柴門上下鄰。斷橋歸郭路，細雨過溪人。白鷺雙飛去，黄花數點新。惜無遺世友，一作客。聯句坐苔茵。

微月懸孤榻，殘雲過斷塍。松風林外笛，茅屋水邊燈。久坐忘爲客，清吟未得朋。沙頭有飢鶻，昏暝亦飛騰。

晚步

一笻循野岸，涼思集衣襟。雁陣迷秦篆，蛩聲助越吟。溪黄添夜潦，雲黑載秋霖。未必號寒甚，前村急暮砧。

和看雲莊樓壁舊題

舒眼層樓表，歸心强自寬。山回江勢曲，樹密雨聲寒。北使君需急，東遊客興闌。最憐苗未格，空憶舞階干。

用韻歎冬雨回集大三首

溼雲連野樹，流水繞孤村。兩月無來客，終朝閉小軒。冥冥山氣重，淲淲潤聲繁。認作清明景，紅芳惜不存。

迢遞接關塞，陰遥送歲年。百川黄潦合，四野黑雲纏。映竹疏還密，如麻斷復連。無由同夜話，一榻獨蕭然。

久厭冬深雨，長吟屋漏詩。淒涼喬木下，想象熟梅時。水没江邊鵠，雷翻水底螭。天時猶爾變，人事得無移。

開巖寺

一箇長松在，入門先自清。舊題猶在耳，重到豈勝情。傑閣依巖出，幽泉繞竹鳴。老來多古意，長記散華名。

遊清心寺

夏日清心寺，蕭蕭樹石佳。高人留别院，幽意滿空齋。松偃新移路，淵臨欲墮厓。五年纔一過，回首爲興懷。

九日

殘日淒風岸，登臨感物華。早禾千頃雪，秋樹半村霞。酩酊攜壺牧，風流落帽嘉。古人那可作，一笑對黄花。

和山居六詠

玉川家口盡風流，絶愛長鬚不裹頭。拾菌斷厓雙屩雨，擣茶破屋一燈秋。飢寒未得文章力，忠孝空遺簡策愁。何用枯腸五千卷，無懷時節有書不。

解却塵纓到處閒，底須峴首與商顔。獨醒不慕酒泉郡，太瘦休嘲飯顆山。得路謾誇騰踏去，有巢何待倦飛還。近來生意君知否，種得琅玕與藥欄。

早年節概慕長纓，晚入玄關探杳冥。歲計僅餘供鶴米，家傳只有相牛經。三更清氣坐生白，千載空名避殺青。兒輩幸能書姓字，底須辛苦學《黄庭》。

毁譽何曾畏簡書，是非終不到庭除。衣忘紈綺食忘肉，山可樵蘇水可漁。民物遇秦多坎軻，世情如蜀幾崎嶇。有時自説江湖夢，一笑梅花月上初。

種花繞屋驗天時，種竹當門作己知。《白石歌》殘牛飯早，青城山下鶴書遲。有年自許鍤隨我，萬里誰甘革裹尸。占得一枝吾事了，笑他〔鵬〕〔鶴〕翼似雲垂。

不釣湘江不洞庭，一庵高卧白雲層。姓名幸不官人識，面目從教俗子憎。麥隴曉晴來饁婦，竹林秋晚約棋僧。分光自有松頭月，高照世間無盡燈。

新山别館十景 并序。

耳目所得者爲景，性情所得者爲樂。景常多而樂常少者，何也？今夫農夫樵牧之處於山野也，雲峰雪嶺，青泉茂林，日當其前，身勞於斧斤犁鉏而不知所以爲樂。富貴之人心醉於聲色勢利，雖有涼風佳日，異卉名花，亦不暇顧以爲樂。間有高世絶俗之士，歸田園而見南山，拄手版而挹西爽者，噫，可數也夫！余家東北麓，作考妣祠堂，題曰「新山别館」。直赤城之陽，烏岡之右，隴勢北走而中斷，屋臨山北，繚以修垣，牽連岡隴，前挺高竹，後□羣松，上下雜遝，蒼翠如織。東偏爲門，登石版，涉隴上，旁通支逕。彎環花竹，間入館中。西翼小亭，坐可五六人。有員嶠却立其前，樹氣清郁，禽語瀏亮，皆若效奇以出，映帶後先。余以耳目所接，次其景，性情所得，發爲韻語。雖不足以鼓吹風雅，然必著之篇什者，志吾樂也。吾之樂，異乎前所聞，非徒樂是山之景而樂吾親之所遺我者何如也！同志之士，一唱三和，吾早暮誦之館中，以樂吾之所樂，亦仁人永錫爾類之心。至正庚寅夏日。

桃源春曉

數點殘星掛綠蘿，看桃行入舊山阿。洞門花霧紅成陣，沙麓巖前翠作渦。天外曙紅驚鶴夢，水邊啼鳥和漁歌。劉郎去後無人到，吟倚東風草色多。

赤城棲霞

赤城霞起建高標，萬丈紅光映碧寥。美人不卷錦繡段，仙翁瀉下丹砂瓢。氣連海嶼一作宇。貫旭日，光入溪甕生春潮。我欲結爲一作「繼茲」。五色佩，碧桃花下呼周喬。

雙澗觀瀾

柱峰堂下翠紛紛，俯鑒澄源氣自芬。兩澗合流元有緒，八風吹水自成文。沄沄尚一作注。想在川上，混混終當放海濱。一作濆。欲舉源頭問寒拾，幽亭盡日對松雲。

華頂歸雲

四萬八千山上山，山中夜夜白雲還。底須出岫彌六合，且復與僧分半間。古殿結陰燈影澹，長松留暝寺門關。謫仙已覽廬山秀，留得書堂相對閒。

螺溪釣艇

舊日溪源浸巨螺，一竿來此老漁蓑。遠尋短櫂輕舟一作「孤吟」。興，高唱斜風細雨歌。夜泊松潭明月近，晝眠花港緑陰多。朝朝老瓦盆邊醉，冷看王孫細馬馱。

清溪落雁

清溪溪口荻花秋，底事年年伴白鷗。北去不辭書帛寄，南來非爲稻粱謀。荒煙渺渺長橋外，落葉蕭蕭古渡頭。見説洞庭風月好，碧波千頃少漁舟。

南山秋色

觀彼南山小衆山，霜明紅樹碧雲寒。餘清入座把不盡，積翠浮空染未乾。漠漠祗愁晴霧隔，霏霏休待夕陽看。何人會得悠然趣，前有陶公後有韓。

瓊臺夜月

萬仞臺端接絳霄，秋風吹夢度金橋。素娥獨倚白銀闕，羽客雙吹紫玉簫。清氣逼人凡骨换，孤光入酒醉魂消。繡襦甲帳今何在，誰爲文生一見招。

石梁一作橋。雪瀑

山北山南盡白雲，雲中有水接天津。兩龍争蟄那知夜，一石横空不度人。潭底怒雷生雨雹，松頭飛霧溼衣巾。曇華亭上茶初試，一滴曹溪恐未真。

寒巖夕照

巖户陰森隔萬松，暮雲卷盡寺林空。天邊漸蝕千峰紫，木杪猶餘一縷紅。兩箇歸僧開竹院，數聲殘磬度溪風。憑誰唤起寒山子，共看回光入梵宫。

和劉伯温感懷四首

在昔曾聞夏變夷，臺萊自足固邦基。爲言横槊賦詩士，不是投戈講藝時。野外觀風憂稼穡，江邊回首見旌旗。斬蛟未有旌陽術，安得相從閭左慈。

舊時左轄下三台，堅壁相持久不開。但欲黄金留翠袖，豈知白骨長蒼苔。兩年征伐多荼毒，一旦功名付草萊。大謬最憐分閫帥，受降未了敵還來。
風雨蕭蕭震廣川，前村茅屋冷炊煙。潮聲有信來還去，賊勢無時斷復連。胠篋難存懸磬室，汙邪化作不毛田。何時甲洗天河水，月色滿城江可憐。
入水無媒得緯蕭，誰能驅退惡溪潮。沈沈城郭貔貅老，洶洶波濤蛟鱷驕。敗舫似聞川鬼哭，畏途不奈客魂消。舞階干羽今何在？千載曾聞格有苗。

詠十器 録五。

鰕鬚杖

曾讀安南奉使書，海翁往往策鰕鬚。隱居素號江湖侶，老去仍充疾病扶。不涉畏途愁鬼奪，怕行滄海見龍趨。烏巾鶴氅舒徐步，宜入香山《九老圖》。

鶴骨笛

長頸中虛發妙音，秋風一曲《水龍吟》。唤回城郭千年夢，吹斷雲霄萬里心。楚水棹閒修竹老，孤山春去落梅深。此時消盡揚州興，只有山陽淚滿襟。

鵝毛褥

野老鋪陳亦好奇，聚毛曾到蔡州池。每思疊雪敷雲處，尚想眠沙泛浦時。坐石未温驚客至，累茵雖貴恐身危。正宜布被梅花帳，旦粥凝香起未遲。

雁羽扇

烹不能鳴有近憂，羽毛之美爲誰留？幾揮赤壁千年敵，借得衡陽六月秋。蒲箑未書尚待賈，素紈捐篋有餘愁。西風不受元規污，一幅綸巾對白鷗。

魚魫屏

何人遺公魚魫屏，定須東海鱠長鯨。不應虛室自生白，正與幽人相對清。素色曉涵銀漢冷，寒光夜照玉蟾明。平生未識豪家客，金雀徒聞後世名。

按輝伯詠十器詩，如《龜殼冠》云：「刳腸難脱豫且網，留骨堪爲子夏冠。」《豬毫筆》云：「鼠鬚過晉今無用，兔穎封秦亦不如。」《雉尾帚》云：「當時照眩水中影，今日掃空堂上塵。」《鸛子杯》云：「小槽酒滴清光透，老瓦盆空飲興多。」《虎頭枕》云：「顧家曾識將軍號，華嶽堪供處士眠。」句亦刻畫肖題，而全首殊欠雅馴，故集中僅録其半焉。

聖壽山休暑

桐相山西暑氣微，碧蘿涼吹透絺衣。巖前倚杖看雲起，松下横琴待鶴歸。白眼看人多變態，青雲得路有危機。下方風浪休回首，深閉柴門到夕暉。

留别友竹軒

紫凝山前野水長，阿咸深住五雲鄉。八年不見頭全白，九日雖過菊未黄。屋外松篁寒作伴，堂前孫子肅成行。從今相就須宜數，不見西山易夕陽。

聽泉

佛閣燈昏石磬殘，漸聞巖竇玉珊珊。月沈古洞一猿歇，人倚脩篁兩耳寒。水樂洞邊趺蘚石，香爐峰下認松湍。何如賞此秋風曲，擊節清吟到夜闌。

六月初三日遷居寄卧雲翁

危疑不決問巫咸，貞吉須過六月三。喜聽鵲聲鳴始旦，强緣鳥道出重巖。病身有託蟲依蓼，家計無存水透藍。雲霧不迷飛鶴路，雅音無惜寄泥緘。

梅魂二首

或傍茅簷或水隈，豈知環珮下瑶臺。幾番冰雪凍不死，一點陽春唤得回。春閣夜寒人已去，西湖春早鶴同來。何當唱我新詞曲，時向梅花酹一杯。

分得瑶姬换骨丹，人間妖艷不能干。小橋流水乘春早，斷角殘鐘伴夜寒。雪霽忽驚開後變，月明常恐見時難。神交自有孤山客，撫樹清吟興未闌。

九日登玉霄峰二首

洞户陰森翠霧開，十年三度夢中來。殷勤爲問松頭鶴，白髪登高更幾回。
赤城下瞰碧雲遮，喬木深林氣自嘉。老瓦盆空無過客，一軒風雨負黄花。

自寧川如鄞道中

盤盤古堰帶崩沙，緑樹陰□四五家。十二寶橋今日過，一灣流水浸桐花。

九日登玉霄峰五首

九日登山正自佳，松梯微露溼青鞋。重巖細菊班班出，一路題詩寄客懷。
嶺頭回首是官塘，野樹青紅天雨霜。清氣著人吟不盡，玉霄峰頂過重陽。
重陽昔與少年遊，紅袖黄花送酒籌。今日西風厓石路，白頭烏帽不勝愁。
白雲如屋深復深，白雲之外松樹林。别峰綫路入雲去，直恐西通天姥岑。
洞門靈氣合玄黄，洞裏仙人白羃裳。見説金鐘飛去遠，不應雞犬不騰驤。

題白翎雀手卷二首

勅勒川寒風怒號，白翎點點入黄蒿。煙塵澒洞鷹鸇急，慎勿奮飛傷羽毛。
沙苑菽盡雪霜多，忍凍飢鳴奈爾何！休向城中啄遺粒，冷官門外日張羅。

九曲樵歌十首 并序。録七。

昔考亭朱夫子作《武夷九曲櫂歌》，余少小愛之，誦甚習。近登桐柏，嶺路盤回，亦有九折，因仿之賦《桐柏九曲樵歌》。固不敢較先賢之萬一，是亦效顰而忘其醜也。

瓊闕峩峩接太清，五雲洞口問長生。欲知嶺上無窮景，聽取樵歌四五聲。

一曲初過亂石硿，兩山松柏翠重重。下方樓閣天台觀，坐聽殘陽數杵鐘。

三曲天開罨畫屏，松風吹鬢不勝情。山城石甃無蒼蘚，絶愛鏗然放杖聲。

四曲崚嶒上石梯，烏巖千仞與雲齊。巖前風起藤花落，一箇畫眉松上啼。

五曲翻身看晚霞，平川歷歷見人家。桐溪水匯清□□，山似游龍水似蛇。

七曲彎彎翠櫟林，風吹萬葉自清音。行人已在長松杪，回首原田似井深。

九曲巖腰坐碧苔，吹簫人去有空臺。雲深不見來儀鳳，野鳥自啼花自開。

自寧川如鄞道三首

賣魚河頭撾團鼓，采蟹途中坦肩女。橋南少憩緑陰風，天外潮來白如雨。

白壯河頭呼晚飯，長年催我上河船。農家最是前倉好，一夜安眠休論錢。

殘陽送棹奉川口，初日迎人角水灣。但覺蓼回風景别，沿河不見幾青山。

東郭生郭翼

翼字羲仲，一作重。崑山人。少從衛培學，工詩，尤精於《易》。生平以豪傑自負，嘗獻策張士誠，不能用，遂歸耕婁上。老得訓導官，竟與時忤，偃蹇以終。范陽盧熊公武題其墓曰「遷善先生」。羲仲自號「野翁」，又號「東郭生」，以東郭先生故事命其齋曰「雪履」。所著有《林外野言》楊維楨序其詩曰：今之詩合吾之論者，斤斤三四人，虞公集、李公孝光、陳公樵也。竊繼其緒餘者，亦斤斤三四人，天台項炯、姑胥陳謙、永嘉鄭東、崑山郭翼也。又曰：其詩精悍者在李商隱間，風流姿媚者，不在玉臺下。按羲仲卒於至正二十四年，崑山朱珪《名蹟志》載有盧熊所撰墓志可據。而錢宗伯牧齋《列朝詩集》謂羲仲洪武初徵授學官，度不能有所見，怏怏而卒。豈未見公武所撰墓志耶？牧翁考證，號爲詳博，而小傳中疏繆如此類者頗多。余一一表而出之，非敢指摘前賢，竊恐貽誤來學也。

花游曲和鐵崖韻

石池天地花溟濛，芙蓉暖紅旗颭風。錦艚兩帆出雲裏，玉灩搖溶養龍水。寶坊壁堂山入門，瓊琚雜佩飄輕裙。館娃愁絶行春步，青狐泣冷鴛鴦墓。鐵蛟噴壑風雨來，花宮香送瓊英杯。玉粒松膏粉雲椀，小扇桃歌紫牙板。苧蘿煙斷東海西，雙璫緘札近新題。青鳥不來無信使，玉雁銜絲啼十四。真珠字密愁滿箋，爲君重賦《花游》篇。

和顧子達見寄

江上去年來避寇，無家歸路轉淒迷。桃花柳絮當三月，瘴雨蠻煙似五溪。直見荒臺麋鹿走，可憐無樹鳳凰棲。讀書支子橋邊宅，瓦礫傷心暗蒺藜。

城南草堂與顧仲瑛夜話

花發草堂風雨春，青燈剪韭話情親。亂離隔世今何夕，生死論交更幾人。城郭是非華表鶴，蓬萊清淺海中塵。三千賓客馮驩在，莫怪傷歌舞劍頻。

聞吕敬夫移家二首

卜築因同野老居，家貧猶有五車書。從人更買青田鶴，入饌頻供丙穴魚。謝朓能詩多警策，嵇康懶性且粗疏。江頭樹裏晴雲出，日日看山候小車。

雨映清秋解鬱陶，無端舒嘯倚東皋。終懷楚國屠羊肆，已愧江州食犬牢。五夜新涼吹枕几，十年舊夢落波濤。老來亦慕歸耕好，田屋芃芃黍豆高。

雪後游華藏寺

晴雪時晴西日微，陰陰碧殿鎖林扉。山中白雲好留客，枝上野梅寒拂衣。經牀無風花自落，瓊田如海鶴争飛。諸郎授簡皆能賦，況復東林此會稀。

登文筆峰

借得登山靈運屐，乾坤眺望倚巑岏。上方日落樓臺碧，積雨春深草木寒。戰馬中原連萬國，風檣巨海隔三韓。寥寥宇宙懷今古，墮淚之碑幾度看。

春日有懷二首

二月作客楊家巷，東望滄浪眼欲醒。雲樓吐氣蛟蜃紫，海户送色蓬萊青。也知奔走非我事，直以疏慵任性靈。別後憶君兼日夜，滿江風雪況如馨。

客裏青一作看。春愁不禁，月頭月尾雨陰陰。海棠結巢花匼匝，楊柳滿門江一作紅。淺深。竟日笙囊寒未解，臨池盤盞晚饞斟。諸郎怕有乘舟興，怪殺喧喧鵲報音。

玉山草堂

玉山草堂誰比數，風流不減浣溪頭。碧梧翠竹一箇箇，鷺鷥鸂鶒兩悠悠。吹笙子晉尋常過，愛酒山公爛熳游。但道幽棲嫌早計，須君更上鳳麟洲。

再題

玉山草堂趣絕殊，風煙白日路縈紆。寄詩未答高常侍，簇馬或迎嚴大夫。花徑埽晴當晚雪，橙林移雨接春湖。主人結搆知幽寂，還約看山傍酒壺。

澹香亭

別館閒將擲果車，澹香亭下賞春華。東闌恰好清明節，千樹都開爛熳花。綺席霏霏吹雪暖，《霓裳》疊疊舞風斜。魏公翰墨秦家得，一字千金未足誇。按《玉山名勝集》：淮海秦約文仲，嘗得趙松雪所篆「澹香」二字以遺玉山，玉山遂作亭以顏之，故結語云然。

南湖有懷

玉山之詩尚清省，草堂緗帙動星光。兒郎箇箇荀文若，賓客人人馬季良。月裏吹笙眠複閣，花間移艇過漁莊。酒酣側近江頭別，獨坐南湖意不忘。

漫興一首呈上玉山道丈

前月海寇入郡郭，病裏移家愁殺人。桃花野屋苦多雨，楊柳清江無好春。誰似龐公居隴畝？自慚杜老在風塵。草堂夢寐驚相見，把酒論詩月色新。

拜石壇

偉兹秀石奇而雄，億千萬年壽作朋。何年天公召雷公，下驅六丁鑿混沌，巨斧落手驚飛龍。初疑帝遣神鼇首戴海上之青峰，又疑星蕊墮地變化爲芙蓉，神物之神固有馮。一朝當變遷，霹靂千丈崩。左股臂折卧棘蓬，虎頭顛絶如南宫。作壇置之衆不驚，如在培塿視華嵩。題識況重仇池翁，仇池雪浪空玲瓏。丹丘白野拜下風，嗟哉天地生物功。一成一毁無終窮，人之顯晦靡不同。吾嘗視天唯夢夢，貴賤壽夭□□□。幽人采薇窮谷中，石也幸爾千載逢。能令人拜壇再登洛陽丘墟牛李死，甲乙零落平泉空。溝中之斷爨下桐，荆山玉氣吐長虹。賀爾遭也天所蒙，賀爾遭也天所蒙。

白雲海

青田生鶴子，隨母青田飛。母飛向天去，玄裳縞其衣。千年歸來華表鶴，鶴雛悲鳴西日落。好將商墓寺前雲，飛還直過青山郭。

玉山佳處

愛汝西莊給事家，遶屋山石何谽谺。截江秀色發林壑，平地玉氣貫虹霞。佳處如居子午谷，望中開遍冬春華。夜深酒醒月在海，應有仙人來繫槎。

寄青龍瞿惠天博士

醉眠亭上追游日，爲惜高情對物華。草港鬬飛花鴨雨，竹沙深映白鷗罝。叢叢山影侵雲直，一一人家落路斜。近報風流多著作，門生若个是侯芭。

荷亭晚坐寄悦堂長老

海上無家來避寇，行吟何處可消憂。看荷偶到東林寺，落日渾如丈八溝。雲葉層陰青過岸，草堂五月澹於秋。老子情深能愛客，更擬花開一醉留。

過綽墩舟中奉寄玉山

綽墩樹色青如薺，蕩裏張帆曉鏡開。烏目峰高雲北下，白沙湖闊水西來。菰蔣打雨鳴還止，灘鵁迎船舞却回。好入桃源張渥畫，祇慚揚馬是仙才。

同敬常泛婁江

春江一番游春艇，澹沲青山東復東。楊柳孤村寒食雨，流鶯百囀落花風。卷題宫錦駝泥紫，杯泛仙桃枸杞紅。鐵龍後夜來同聽，擬借琴高赤鯉公。

緑陰亭

緑陰亭上夏五月，瀛洲上客與俱來。日出衆鳥繞屋語，竹深好花當户開。鏡裏水涵萍似粟，席間雲落酒如苔。更貪賀監清狂甚，艇子朝朝暮暮回。

漁莊

山色桃花裏，漁莊信少雙。鷗羣回落日，魚笱聚深矼。楊柳秋開屋，蒹葭雨滿江。野翁歸醉晚，水没繫船樁。

春波曲

妾家紅蕖曲，緑水春滿滿。灘鵁不肯飛，雙棲落花暖。

桓王墓

客行古城下，下有桓王墓。古城多秋草，牛羊下來暮。

簫史趙信卿謁玉山昆季且欲登碧梧翠竹之堂詩以道其行

金粟池頭花皜皜，緑陰亭下樹冥冥。一曲重聞簫史過，月明憶上鳳凰翎。

游仙詞十首 録八。

銀流萬里海雲東，只泛靈槎上碧空。仙女踏歌星影裏，老龍吹笛浪花中。

金粟天南碧殿雲，鏡中空影夜氤氲。白鸞樹下三千女，一色龍綃玉雪裙。

令威化鶴已千春，華表歸來是後身。城郭悲歌荒冢在，到頭應愧學仙人。

白鶴下啄瑶草亭，道士夜讀神農經。問之長生有寳訣，授以松根千歲苓。

溪水流香飯熟麻，洞中千樹玉桃花。金盤日日飛仙供，勅賜安期海上瓜。

鬱蕭臺上會神仙，龍燭飛光曉夜燃。玉殿歸來環佩冷，白雲猶護古苔篇。

麟洲宫殿五雲高，夜赴瑶池宴碧桃。借得仙人紅尾鳳，月中飛影拂波濤。

鈞天按樂樂蓬瀛，手把芙蓉朝太清。一曲《霓裳羽衣舞》，仙家只數蕙雙成。

柳塘春

陰陰覆地十餘畝，嫋嫋回塘二月風。雨過鷗眠沙色裏，花飛鶯亂水聲中。

行路難七首

贈君葡萄之芳醇，瓗瑰玉佩之鏘鳴。昆吾鹿盧之寶劍，空桑龍門之瑟琴。紅顏暉暉不長盛，流光欺人忽西沈。願君和樂兮欣欣，聽我長歌行路吟。不見陸機華亭上，寥寥鶴唳詎可聞。朝愁不能驅，暮愁不可處。中區何陿隘，乘雲汗漫瑶之圃。爰從王母訪井公，復約元君謁東父。靈桃花開銀露臺，玉文棗熟青琳宇。我願于焉此中息，錫以遐年永終古。

君不見草木榮復彫，青青摧折風霜朝。人生寓一世，何異石火飛流猋。貴賤壽夭百千殊，死者前後孰可逃。當年稱意即可樂，烹羊炰羔召同僚。莫令閒慮損汝神，未老面皺毛髮焦。岡頭松柏多高墳，聲譽俱逐塵壤消。令人及此意一作志。沈菀，上堂鼓瑟歌詩謠。

門前十字街，車輪馬脚不可遮。馳名逐勢死不畏，赤手生拔鯨魚牙。得之未足爲身榮，敗者顛倒紛若麻。嗟予無能守命分，樂取意適不顧奢。諸君惘惘胡不思，來日苦少去日多。丈夫闔棺事始定，何用無益長怨嗟。

秦女卷衣咸陽宮，蘭煙桂靄茱萸芳。泥金爛爛輝五綵，新衣新賜蘇合房。朝摇羣仙行，羲和御車駕飛龍。暮從天女游，月中吹笙鳳鳴空。君恩恐移今已衰，羞將淚滴紅芙蓉。寧作蓬池並翼鳥，飛飛到死成匹雙。

蹩蹩靡所騁，出自城北門。顧瞻荒丘中，鬱鬱蹲石麟。石闕字漫漫，不知何代貴者墳。形骸已滅魑魅迹，物化盡爲狐兔塵。吁嗟漢家陵闕荒無主，青山落日秦川下。猶聞樗里有智人，天子之宫夾其墓。今日休論智與愚，昔人意氣復何如？願借飄飄丹鳳舄，與子鍊形入雲墟。

庭前芳樹花參差，歲歲爭新滿舊枝。開白開紅接芳葉，撩亂二月三月時。昔日美人顔似花，看花暮去朝復來。紅夾羅襦泫香露，青天白日春風吹。而今零落少顔色，見花惋惋含悲思。百年何人得長好，歎息謂君君不知。

君不見流水泯泯去不還，日月攬攬曾無閒。人生長苦死催促，富貴早來開我顔。飲酒飲不多，直愛美人揚美歌。卽今受樂亦已晚，過眼百年能幾何？

送盧公武應召北上

前朝圖史已全收，詔起丘園重纂修。用夏變夷遵禮樂，大書特筆法春秋。金臺墨瀉朝揮灑，銀燭花銷夜校讎。進卷内庭承顧問，鵠袍端立殿西頭。

漫興九首

瞿盧袁陸思清警，要我題詩來鶴亭。月下吹笙看舞影，竹中移柵護霜翎。

廣平梅詞吐清婉，惠連《雪賦》映嬋娟。況有文章兼二美，呂家亭子得無傳。
白雲滿地如白石，明月窺江來近人。最憶滎陽好兄弟，著霜柿葉寫詩新。
淮泗大水斷禾黍，聞道居人巢樹頭。漢武曾聞歌《瓠子》，老翁更擬賦《黄樓》。
城南市中有楚客，醉卧高樓看月生。兩兒共扶不肯下，紫簫吹度到天明。
側聞朝家置史館，須得班馬出羣材。揭公已老歐陽死，近者何堪爲總裁。
北山一士禪宗秀，爛熳交情只憶渠。每與王郎傳詛楚，不同懷素學狂書。
永嘉爲儒有陳子，更思文雅得曹髯。麟趾鳳毛不復見，龍文虎脊有誰兼。
江上十月風日好，小桃欲開春可憐。絶勝龍沙三尺雪，雕弓射雁拂廬前。

題張戡畫瘦馬圖

瘦骨鋒稜珠汗落，卧痕半雜古苔煙。未脱將軍金叵匝，又駝兒女玉嬋娟。蒼皇日色龍沙外，慘澹秋聲雁塞前。神駿只今誰貌得，開圖老眼一醒然。

江水辭二章

江水一百里，送君君去時。丁寧桃葉渡，莫唱渡江辭。
江水一百里，江流七十盤。初三弦上月，相憶照灣環。

江南曲

江南暄新花月天，美人盤游緩愁年，翠環嬌春扶上船。扶上船，月如水。霞蓋車，度花裏。

游女曲

薴衣寶珞花氤氳，芙蓉小衩金鵝裙，流目艷艷思若雲。思若雲，可憐嬌。玉條脱，金步摇。

采蓮曲

青溪小姑雙嬋娟，蓬蓬荷葉金槳船，含情戲采並目蓮。並目蓮，爲郎喜。刺滿莖，傷玉指。

采菱曲

湖灣小婦歌采菱，盪舟曲曲花相迎，花開鏡裏揺明星。揺明星，妒華月。郎不歸，怨花發。

陽春曲

柳色青堪把，櫻花一作桃。雪未乾。宫中裁白苧，猶怯剪刀寒。

自君之出矣三首

自君之出矣，花開又花謝。思君如日月，耿耿晝復夜。

自君之出矣，徒寫一作守。零落耳。思君如車輪，輾轉愁不已。

自君之出矣，琴瑟何曾御。思君如落葉，蕭瑟悲秋暮。

明鏡篇

開鏡珠璣匣，盤龍百鍊金。使君持照妾，不解照君心。

採蓮曲

蓮子復蓮子，苦心郎不嘗。爲郎剥蓮子，蓮子憶空房。

汴隄曲　一作樂

已信隄名汴，誰教柳姓楊。龍舟行樂地，可得復歸唐。

王孫曲

春來百種草，無那怨王孫。迷却郎歸路，萋萋不斷根。

夜夜曲

蕙花空帳不生春，香壁泥紅墮網塵。微步珊珊燈影裏，金屏夜降李夫人。

蹋踘篇和鐵厓韻四首

簇花小銀雲作團，雙尖繡襪星流丸，金蟬束腰燕盤盤。燕盤盤，□□□。□□□，□□□。

倡園小奴花箇箇，蹋踘朝朝花裏過，釵墜蜻蜓髻倭墮。髻倭墮，玉瓏璁。倚嬌樹，雙臉紅。綠雲草色光如苔，綵樓紅扇相當開，美人淩波蹴月來。蹴月來，不墮地。袖回風，動羅袂。落花水流春滿路，走紅踘踘羅塵步，繡襦鴛鴦暖香霧。暖香霧，酒光獰。紅映肉，太嬌生。

題美人圖

上清宮殿五雲車，降下仙人萼綠華。怪得雪衣無箇信，只將條脱寄羊家。

題詩意圖

鬱金堂上春濃否，薄薄羅襦杏子紅。白日繡窗鶯不語，都緣詩思落花中。

絶句四首

高桃花發江林裏，蝶弄鶯銜四散飛。便開金盞留連看，莫放青春造次歸。
可惜清明雨也晴，好春須看水東亭。桃花如馬斑斑色，楊柳藏鴉樹樹青。
芣苢新生蓋地面，辛夷高開滿上頭。生憎雨惡兼風惡，轉益朝愁復暮愁。
雨多二月連正月，草没南園與北園。一向無情花片片，百般如怨鳥淒淒。

昆山謡送友人

吳東之州婁東江，民廬矗矗如蜂房。官軍客馬交馳横，紅塵軋投康與莊。雞鳴闠市森開張，珠犀翠象

□道旁，吳艎越艦□□驤。大帆雲落如山崩，舟工花股百夫雄，鑾音獠語如吃羌。水仙祠前海茫茫，魚鼇作道虹作梁，龍堂貝闕當中央。靈女媛歌吹笙簧，馮夷伐鼓相鏗轟，或乘飛龍下滄浪。大檣小檣火流光，翠旓摩雲互低昂，左驅勾陳右攙搶。天子錫命祀南邦，重臣下拜靈慈宮，太平無象躋成康。吾州富庶文物昌，厥田下下賦下上。歲貢天府民職恭，君子誾誾講虞唐，小人業業爲工商。大夫從事舉賢明，掌曹僚屬登其良。王郎作掾材用長，理煩剸劇乃不蘉。自少軒輊有父風，穰穰學業盈囷倉。乃翁七十鬢眉蒼，二三昆季故昂藏，中郎偉髯黠而彊。誠心懇懇愛其兄，願汝忠謇爲國禎，子孫昭孝百禄將。願集中正以爲裳，願以仁義雜爲珩，願言揖子以爲明，德音秩秩亦孔章。

天台行送友人

吾聞天台山，一萬八千丈。赤霞壁立百雉城，閶闔天開勢摩盪。瓊臺雙闕雲幾重，羣山俯伏華頂雄。靈仙玄聖所窟宅，紫氣彷佛飛游龍。滄溟直下但如沼，青煙東望蓬萊小。火珠光動金銀宮，日月跳丸幾昏曉。丹厓氣散如飛霜，草木冬夏涵天香。羽人霄蓋擁旌節，雨衣雲帶雙翱翔。石橋縹緲那可度，憑雷躡雲天所怒。不如方廣今有無，如何絶却人間路。有客有客多好奇，方舟明日返靈溪。青山之谷事幽討，手援芝草歌吾詩。

送道士游武當

武當諸峰何壯哉，大朵小朵青蓮開。玄聖中居天地户，赤日下照金銀臺。神龜六眼電光走，山鬼一足一作脚。雲頭來。道人再拜望北極，應帶滿身星斗回。

奉同袁子英簡呈楊廉夫先生 一作《懷鐵雅先生》。

揚子十年官不調，如此永州文力何？一作「湖山不負謫仙才」。洞庭鐵笛龍吹得，天上瓊書鶴寄多。一作「后土瓊花鶴寄來」。車子看花將一兩，雪兒行酒艷雙歌。一作「雪兒行酒拗連臺」。時時對客鼓一作理。弦索，繡領單衫月色羅。一作「月色羅衫小衩裁」。

欸乃歌辭 并序。録三。

吴興卜者，浮舟爲家，遨遊往來，具能道山水之勝。請予言其狀，如杜之歌夔州，禹錫之《竹枝》也。因製《欸乃》新詞五章遺之。言固鄙俚。不能當古作者。然遠方懷其風俗，使歌之，亦足樂也。

芙蓉城裏繞城開，溪月溪煙幾番來。駱駝橋頭有酒賣，鷗波亭下櫂船回。

道場何山山最雄，弁中形勝聞吴中。七十二峰菡萏緑，四月五月楊梅紅。

上塘船行無斷頭，下塘船少好安流。兩岸青山天上坐，看山吹笛上杭州。

無題和袁子英二首

繞帳犀珠坐影移，銅華鋪首齧雙螭。守宫點臂斑斑血，結帶同心寸寸絲。機上金梭回艷錦，篋中玉子卜靈棋。飛花解繫相思否，莫倩韓家賦《柳枝》。

紫殿長楊滿路塵，驪山荒草没麒麟。伶玄作傳追飛燕，李白歌辭忤太真。舞袖夜虚金掌月，香囊魂墜紫絲茵。可憐傾國傾城曲，一度秋風一愴神。

題娑羅室

娑羅樹下幽人室，山氣因之與秋碧。古色猶棲竺國雲，絶頂仰見扶桑日。太陰垂地風雨會，百尺撑空鬼神力。醉呼北海起九原，爲爾重鐫青石壁。

寄陸良貴

堂館緑陰皆面水，圖書烏几喜無塵。椶櫚交葉繞遮井，菡萏傾花故向人。世事從渠寧分拙，交游於爾覺情親。〔澧〕(灃)蘭沅〔芷〕(沚)秋風裏，明日南雲別更新。

天馬

四年遠涉流沙道，筋骨權奇舊肉騣。曉秣龍堆寒蹙雪，晚經月窟怒追風。漢文千里知曾却，曹霸丹青貌不同。拂拭金鞍被來好，幸陪天廄玉花驄。

歲盡寄瞿慧夫

瞿子作官無暇日，南園臘盡未還家。禁春微雪青青草，照眼疏枝細細花。五兩卽看飛落日，屠蘇應待酌流霞。詩成無使能將意，鳧雁寒雲滿白沙。

水閣書事寄鄭明德

方橋區匝小如亭，山色傾江滃滃青。雨裏芭蕉憐畫扇，花間鸚鵡惜金屏。誰傳鴻寶中篇術，白寫《黄庭外景經》。練水東頭三十里，何人識得伍喬星。

擬杜陵秋興八首

露下大江江雁横，窮秋摇落唤愁生。波濤百里風連海，砧杵千家月滿城。佩劍衝衝龍匣動，巢笙夜夜鳳臺清。還同使者將秋色，一到銀河且濯纓。

東返秦皇渡海矼，波聲雲影落淙淙。君平謾識支機石，帝子應愁鼓瑟窗。鳳穴朝陽鳴好樹，槎頭秋水釣空江。坐來清漏荒城斷，愁絶飛蓬老鬢雙。

海門八月雨清霜，可怪殘雷未肯藏。虹蜺斷江將雨映，鴛鵝背日與風翔。羅含自老黄華宅，裴度重來緑野堂。衰暮閉門懷故舊，豈因吹笛滿山陽。

巍巍北斗夜闌干，盛世無憂行路難。轉粟帆檣遼海闊，舞階干羽貘夷安。黄河正道流應復，白日一作月。空江卧獨看。願借雙飛珠樹鶴，清游一接鳳池翰。

灤水秋風曉夜催，上京宫殿護蓬萊。扶桑日近龍波湧，閶闔天高象駕回。綵仗齊迎千騎發，翠旗遥接五雲來。揚雄漫有河東賦，流落何人一薦材。

江上青山接甬東，離離禾黍館娃宫。芙蓉舊苑長洲裏，麋鹿荒臺落照中。銀海雁飛沈夜月，金莖露冷濯秋空。可憐蕭瑟江關暮，詞客哀吟思不窮。金陵佳麗帝王州，今日登臨送客愁。玉樹雲連鳷鵲觀，青山日落鳳凰丘。荒城并與煙蕪没，故國空餘漢水流。渺渺江湖頻入夢，蕭蕭天地不勝秋。落日江南發櫂歌，楚王宫殿鬱嵯峨。雨經巫峽朝雲溼，木落洞庭秋水多。璧月銀河今復在，玉簫金管奈愁何！只今文藻悲遷客，何處波濤弔汨羅。鐵雅曰：人呼老郭爲「五十六」，以其長于七言八句也。

湘弦曲

竹啼非染露，山眩乃疑雲。靈瑟傳神語，休令帝子聞。

征婦怨

君久戍遠磧，妾愁在空幃。不得如青草，隨春上君衣。

柳枝詞

濯濯金明柳，年年照妾容。飛花怨春盡，落日渡江風。

繫子詞

鄧家兒，鄧家兒，長繩誰繫高樹枝。父母各逃生，兒死亦孔悲。弟亡一恩不可棄，兒雖當棄忍繫之。鄧家兒，爲天乎？天乎豈無知。

次韻寄野航

十日不見華州掾，定是清迂在箇邊。青壁〔緣〕（綠）雲題石閣，白沙留月繫湖船。娟娟酒落杯香細，闇闇梅堆雪色鮮。歸來且樂歲年暮，何問他儂識《太玄》。

宴吕敬夫水閣

暮春三月之佳日，畫裏看花小閣杯。一雙皓鶴巡池去，百葉緋桃映綬開。卷幔不知雲亂入，題詩應怪雨相催。武陵何處能忘世，莫遣閒人取次來。

和李長吉馬詩九首

肉礌錦纏綜，流雲汗似紅。太平無戰〔伐〕（代），騑驔走沙蓬。
龍性非凡質，騰波出紫雲。檀溪飛過日，應識漢將軍。
龍印留官字，霜花剥暗毛。長鳴愁過影，祇憶九方皋。
霞口縷衢寒，霜蹄削玉寒。曉看經邏些，暮已驀樓蘭。
神駿如無匹，驍騰絶域來。流沙一丈雪，夜拂白龍堆。
天子飛黄馬，牽來賜近臣。玉階新雨過，風衮落花塵。
内廄玉花驄，斑斑歕肉鞻。奚官新浴罷，沙苑踏春風。

佛郎通上國，萬里進龍媒。曉日開閶闔，虹光射玉臺。天馬誰能馭，和鸞駕紫微。年年清暑去，霹靂逐龍飛。

鳳凰石　在馬鞍山北。

天星墜爲鳳，疊浪耀靈景。獨立白玉岡，如在赤霄頂。碚礲丹穴開，傍薄翠螭並。渾渾玉在璞，庚庚金出礦。寧支織女機，孰作補天餅。屓贔若負力，擁腫或病癭。蜀圖雄八陳，周象重九鼎。鯨駭昆明池，蓮表泰華井。來儀欲巢閣，覽德久延頸。架海功莫神，沈郢恐未醒。山花雜五色，祥雲覆千頃。金鵲徒爲璠，雨燕漫飛影。鐵厓鐵作心，吐句何奇警。寄語山中人，詩法當造請。

松泉圖

迢迢澗上松，瀌瀌松下泉。微颸散晴雪，飛琴瀉寒絃。懷哉山中人，眇子墮塵緣。九江秀可攬，山色青於蓮。浩歌招黃鵠，重賦《雲巢》篇。

美人圖

鬱金殿前楊柳新，長門草色春復春。下階微微動香步，波影晴光流素塵。翠釵蜻蜓凋玉佩，攬髻回風舞裙帶。合歡花落無好枝，伯勞單飛鶯亂啼。玉音夜夜宮車絶，露點蒼苔怨明月。

送秀石芝上人請龍門禪老住奉聖寺

芝草生秀石，野樹含翠姿。青山爲屏幛，白雲爲籓籬。菩提山中之人胡不歸，乃言要與龍門期。龍門吾友僧者奇，爾毋恃力奪去之。龍門山高開翠微，兩厓峽束雷龍垂。六月陰陰看雪飛，不肯走熱觸且馳。南澗送爾來乞詩，爾速行矣無遲遲。交游暮年星亂稀，微斯人兮吾將疇依？微斯人兮吾將疇依？

雲泉生歌

雲泉生，氣如雲，其心玉堂冰，汪汪萬頃澄不清。雲將龍變化，水與芙蓉青。華嶽天風動飛鶚，朝陽巇巇孤鸞鳴。雲泉生，其家亦貧無一錢，躬耕何用南陽田。諸侯不薦士，朝廷不求賢，讀書試吏東海邊。君不見漢留侯，掉舌曾爲帝者師。張鎬窮谷一叟耳，丈夫際會各有時。騏驥一日千里馳，未遇伯樂猶鳴悲。荆山之璧亘光彩，世無卞和誰識之。君於富貴端可期，施之政事無不宜。浮雲漠漠抗高節，君之心兮江水知。捧檄自甘升斗禄，城裏青山照書屋。回首西風瓜戍秋，把酒青天送黄鵠。黄鵠兮高飛，啄琅玕兮飲瑶池。再飛直上昆侖棲，雞鶩蟯龍豈與尺鷃同籓籬。雲泉生，錦袍仙人爾之祖，步武金鑾動人主。采石江頭秋月高，倓倓文章照千古。功名事業在壯年，安得與子同飛翥。甚矣吾衰也久矣，山中早晚結松屋。遲子歸來兮，月明爛醉歌雲泉。

五禽言

布穀布穀催布穀，去年官軍糧不足。里正輪糧車轆轆，六月長枷在牢獄。今年穀種未入泥，布穀早催須早啼。

蘆戛戛，蘆戛戛，沙場盡樵伐。樵人指禿山，無枝梢，嗟嗟！鳳凰無處棲？鵲鵜何處巢一枝。
鍛磨鍛磨，麥熟農夫餓。家家無麥還租課，年年涇麥五斗租，一石曬乾量不過。磨子不鍛竈不燒，門前誰呼婆餅焦？
秦吉了，秦吉了，人言汝是能言鳥。嘲哳觜舌長，賣弄言語巧。野人張羅在林杪，富貴一落樊中羈，不如兩翅盤天嬉。
快活快活不快活，茫茫海洋闊。白日鎗刀來檢刮，風火轟天滿街殺。道傍死尸鴉啄腥，汝雖快活何忍鳴。

小姑謡

小姑年可十五餘，幼小只依兄嫂居。爹孃愛惜不肯嫁，婀娜一朵紅芙蕖。大嫂含笑向小姑，小姑今年當嫁夫。嫁夫須嫁田家兒，莫貪滿屋金與珠。不見東家樓上女，去年嫁作軍中婦。良人戰没招魂歸，日日靈前哭如雨。今年再嫁花娉婷，車馬滿街相送迎。寧爲守義泉下鬼，如何失節須臾生。田家種田雖苦辛，百年貧賤可終身。荆釵布裙灰土面，小姑歸來好相見。

雪

漠漠年華晚，霏霏夜色分。江明非借月，樹重或兼雲。始訝花驚陣，翻愁鶴失羣。梁園詞賦客，飄泊獨懷君。

和東禪悦堂遣興韻

讀經香滿室，燕坐自朝曛。鳥啄生臺飯，龍吞洗鉢雲。心花幽處現，天籟静中聞。汩汩紅塵海，虚空念不分。

寒林

雪落黄泥坂，江空采石磯。老龍寒卧蟄，棲鵲夜驚飛。笙籟無時息，漁樵落日稀。明年春色裏，還此看林霏。

合溪别業和顧玉山韻

雞犬秦人宅，迢迢隔戰氛。桃花浮釣艇，草閣散鷗羣。碧樹重溪合，斜陽遠笛聞。吟詩雲半席，遥想與誰分？

寄雙徑主者

問信維摩詰，山中一錫歸。遥瞻雙徑月，長照五銖衣。寶樹交珠網，香雲護碧扉。虎溪溪上路，來往且忘機。

新雁

江上聞秋雁，秋風第一聲。幾行雲接塞，昨夜月臨城。萬里驚烽火，羣飛憶弟兄。關山書未寄，愁感異鄉情。

巴城秋暮

巴城湖頭日欲曛，巴王殿一作「西廟」。下水如雲。漁船歸去打雙槳，鷗鳥翻回飛一羣。野曠天開秋歷歷，霜清木落雨紛紛。杜陵飄泊誰知己，搔首風塵正憶君。

書聲齋

幽人一室開風露，坐想瀛洲玉爲署。把書夜誦秋滿空，徘徊花影蟾蜍樹。蓮葉艇子風泠泠，太乙下照藜火青。笙簧萬耳洗不醒，謬哉太音誰得聽。

盛季文新莊詩

抱郭春流帶草堂，四瞻桐梓曉蒼蒼。百花潭上詩人宅，五渡谿頭處士莊。且喜比鄰連伯姊，不愁行酒少兒郎。西郊從此頻相過，剪燭論詩夜未央。

杏花鵝

溪上好鵝賓，相呼雪一羣。柳根春水煖，來泛杏花雲。

秋風濯足圖

荆棘銅駝陌，桑田碧海波。秋風歌濯足，歸去白雲多。

絶句

山根秋水落，江樹與船清。遮莫歸來晚，東頭月未生。

雜詠三首

一枕北窗《周易》，五弦南風舜琴。自是無心富貴，從教遁迹山林。

仙人杏花滿樹，處士楊柳當門。白髮烏紗棋局，緑水青山酒尊。

朝汲橘泉丹井，暮耕蕙圃芝田。肘後長生有訣，一笑曾許相傳。

和鐵厓西湖竹枝詞二首

采蓮湖上一雙舟，白縠風生易覺秋。淺淺溪流齊鶴膝，青青荷葉過人頭。

四月南風海岸深，青旗高高柳陰陰。三江潮發來如馬，五兩風摇密似林。

按楊鐵厓《西湖竹枝詞序》云：余以湖上竹枝索羲重和，而羲重以吴之柳枝答，爲賦詩云：「吴中柳枝傷春瘦，湖中竹枝浙水秋。説與錢唐蘇小小，柳枝愁似竹枝愁。」

館娃曲

館娃催賜宴，西子猶酣酒。龍輿下雲旗，鳳樂迎王母。銀橋星□燭，翠扇花連牖。歌樂殊未終，鴉噪城頭柳。

野航老人姚文奐

文奐，字子章，崐山人。聰敏好學，過目即成誦，博涉經史。辟浙東帥闖掾，雖公事旁午，不廢吟詠，把酒論詩，意氣豁如也。自號婁東生，與郭羲仲、郯九成、顧仲瑛諸公相唱和。家有野航亭，人稱爲姚野航。又有書聲齋，永嘉李孝光爲之記。

題高宗詩意便面

畫裏山河尺五天，傷心莫説靖康年。迢迢古木連雲色，何處思陵起暮煙。

玉山佳處分韻得汝字

仲春會桃源，青年映霞舉。道人吹鐵笛，主者捉玉塵。野航晨不渡，溪漁來何許？敧坐蟠根一作桃。陰，匡廬故仙侶。衆賓各雅興，辭適忘爾汝。懷哉張李輩，明月在空渚。復念東海迁，雲林夜來雨。

題玉山佳處

玉山之堂湖水東，朝來佳氣鬱葱蘢。鶴飛瓊圃三株樹，鼈戴昆侖小朵峰。雨裏買魚溪友過，花間吹笛野人逢。朝簪儻擲歸相候，一箇桃枝瘦竹筇。

書畫舫

小築中流便翼然，窗開面面見清泉。微風澹溏生文采，如坐米家書畫船。

題章氏園亭 録二。

壺中堂

身在蓬瀛亦醉鄉，清冰出壑置高堂。誰知天上風雲闕，不似人間日月長。

□□□亭

□□亭下花如錦，野蝶山蜂總不知。獨把一杯芳晝永，美人□我唱《楊枝》。

書聲齋即事

書聲齋底有新涼，行李挑詩上夜航。月色滿襟隨我去，秋花如玉爲誰香？十年客路知今日，百里胥門尚故鄉。朝□太平霑寸禄，不愁白首未爲郎。

題馮文仲畫秋亭野望

黄葉蕭蕭聲自雨，西風夜作離人語。秋亭野色滿江南，誰擣玄霜千萬杵。

送人之江東典史

海上潮生書畫船，秋風此别遂三年。青山近郭容君客，緑水小橋人採蓮。笑我閒居隨造物，看君高步似神仙。江東故舊還相問，白雪新來欲滿顛。

月伯明講經與玉山各賦二絶以寄

玉笛飛空過洞庭，西山不改舊時青。短長橋下風雨夜，知是老龍來聽經。

月□影散閣浮樹，風送將開智慧花。□約清秋□□□，□□□□列毘闍。

西園分韻得何字

□日西園萃森爽，乘閒領客逕相過。洑池新水浮皋陸，石□□華□幔坡。自笑謬稱三語掾，誰能更作《五噫歌》。晚來幽思政傾倒，跋馬且歸愁奈何。

來鶴亭得飛字韻

挹□來鶴亭，主人闔竹扉。鶴來爲客舞，玄裳縞其衣。客起爲鶴歌，相與澹忘機。況兹暮春候，微風蕩晴暉。摘花散□□，飲芳而食菲。古香雜龍麝，新茗試槍旂。真樂足清賞，□□□玄微。作者紀七人，分題詠而歸。明朝當復來，故恐□紅稀。爲君引横玉，再奏鶴南飛。

書聲齋䦨韻得長字

昔我去西齋，含悽逐飄蕩。今我歸西齋，觴情集遐想。氣節忽變遷，宇宙一俯仰。我書時復讀，我琴久絶響。凱風自南來，户庭颯以爽。搔首□良朋，於焉共清賞。歡將酒洽浹，愁借酒滌盪。慨彼岐路人，行行屐幾緉。豈不念厥初，胡爲紲塵鞅。永懷柴桑翁，度其觴類長。

題熊松雲畫茅山秋色圖

□□先生□□傳，仙茅□□□何年。山青雲白秋如畫，此□□□第八天。山雲護芝田，山雨清菌閣。中有學仙人，吹簫侍鸞鶴。

吴仲圭折枝竹

鳳去梁王宅，苔荒習氏池。阿誰春雨裏，見得翠蛾眉。

婁東園分韻得四字

至正八年夏，六月日踰四。故人海上來，朋遊若雲萃。置酒婁東園，清陰障囂滓。談鋒落秋霜，炎飈變涼思。盤餐雜疏□，令舉飛觴至。豈無絲與竹，相與樂文字。西亭及野航，於焉得晚莅。新題到畫壁，草木亦葱翠。浮生一萍流，驩會良未易。載歌《秋水篇》，周還綏歸轡。

招飲野航亭簡謝玉山主人

高君自家會，招此真率賓。一作「野航蕩秋水，式燕娱嘉賓。」昔人酒令圖，一行當一新。少焉日卓午，飛馬秋風塵。一作「郎君跨鞍馬，快踏西風塵。」國色□皓齒，天香墮舞裀。祇愁草茅士，一作詠。形穢珠玉濱。

題張戡瘦馬圖

稜稜出神骨，翼翼照龍光。顧影時思戰，長鳴勢欲驤。征鞍□兒女，遠道負餱糧。歸到龍沙日，秋風苜蓿長。

題岳王墓

旌忠函骨北山根，一過西湖一斷魂。獨掃金人歸朔漠，長驅鐵馬到中原。姦邪百代空遺臭，父子終天尚雪冤。墓木屯陰森戟戟，蕭蕭風雨泣黄昏。

秋日燕古塘蘭若分韻得入字

秋日上闌干，秋風下原隰。萍流三十年，豈不念鄉邑。歸來南山下，故壟謀稍葺。一錫借招提，松光照書籍。□□□□□，良朋偶雲集。解襟納新涼，開樽攬芳裛。起處適自如，獻酬不拜揖。於時發清豪，分韻紀雅什。樂哉固無涯，所貴相講習。西林趣鳴禽，翳翳景將入。

次韻

索居郭外景蕭疏，況是秋風落木初。少出不知今日事，老來猶讀古人書。題詩遠寄何煩爾，載酒相過尚憶渠。見説汾陽多貴客，問君誰是馬相如。

題虞瑞巖描水仙花

離思如雲賦洛神，花容婀娜玉生春。淩波襪冷香魂遠，環珮珊珊月色新。

題西園雅集圖

宋家全盛日，戚里肅高風。四海才華萃，西園爽氣濃。衣冠名教異，興趣一時同。雅好隨賓客，風流見主翁。珍藏出古物，能事競新功。離席高談永，行厨異味重。臺池迷遠近，杖屨任西東。竹色仍多碧，蕉花也自紅。文章關世道，富貴感秋蓬。良會難爲數，清驩未易窮。蘭亭祓禊事，金谷綺羅叢。回首俱陳迹，君看圖畫中。

題畫雞冠花

何處一聲天下白，霜華晚拂絳雲冠。五陵鬬罷歸來後，獨立秋亭血未乾。

題倪元鎮雲林圖

昔從雲林遊，靈光散霞外。回薄萬古情，逍遥五□態。臨流以濯纓，息陰爲解帶。浩歌激清商，參參動天籟。

和韻

天清望不極，逸興晚來多。新月弦初上，秋華酒半酡。水光摇玉麈，山色舞金鵝。坐久衣裳冷，移舟向澗阿。

竹枝詞四首

儂家只在斷橋邊，勸郎切莫下湖船。湖船無柁難輕託，白日風波在眼前。
晚涼船過柳洲東，荷花香裏偶相逢。剥將蓮肉猜拳子，玉手雙開各賭空。
冰肌玉骨自清涼，藕花十里錦雲香。一朵紅衣初脱卸，那將蓮子打鴛鴦。
家住西湖第四橋，自從丱角學吹簫。年來愁得兩鬢雪，吹盡春風那得消。

又題岳王墓

闖外歸來獄未成，秦人先自壞長城。九原父子猶全節，萬世忠邪不共生。古廟有田供歲祀，思陵無樹散秋聲。英魂長在青雲上，高並西湖月色明。

題二喬圖

喬公二姝皆國色，一嫁周瑜一孫策。不緣烈火走曹瞞，鄴下三臺誇虜獲。洛京妝束絕世姿，春風緑緑柳腰肢。深閨娣妹共憐愛，畫史想像如當時。嗟嗟二壻人中傑，半道傷摧瑤樹折。至今恨濃妾命薄，恨似沈沙未消鐵。《念奴嬌》詞歌一闋，愁絶東坡酹江月。

滄江散人徐舫

舫字方舟，睦之桐廬人。幼有俠氣，好馳馬試劍，兼善攻毬蹴之戲。稍長，幡然悔，即從師受章句，治進士業，爲文爛然成章。已而又悔曰：曷習古歌詩以吟詠性情，庶幾少遂其願耳！先是睦多詩人，世號「睦州詩派」，舫悉取而諷詠之，積之既久，圓熟璀璨，明珠走盤，而玉色交映也。復出游江、漢、淮、浙間，與名士相摩切，而詩道益昌。江浙行省參政蘇天爵聞其賢，欲薦之。舫曰：吾詩人爾，其可縻以章紱耶？竟避去。日苦吟於雲煙出没間，倘然若與世隔，因自號曰「滄江散人」。天大雪，獨泛舟釣江中，見者疑其非世間人。元季兵亂，益韜閉不出，易爲隱者服，人莫知其蹤迹所在。至正丙午正月九日以疾卒，年六十八。有《瑶林》、《滄江》二集，《唐詩通考》藏於家。宋景濂撰《故詩人徐方舟墓銘》所載如此。郡志云「方舟少與青田劉基遊，洪武初，基被徵，過桐廬，邀之同行。方舟荷蓑笠以見，縱酒賦詩而别」云云。按景濂墓銘，誠意被徵，乃在至正庚子。明太祖至戊申始建元洪武，時方舟殁已二年矣。舛謬可笑。而《列朝詩集》小傳未經駁正，且云：宋景濂銘其墓曰「明詩人徐方舟」，復何所據乎！

桐君

古昔有仙君，結廬憩桐木。問姓卽指桐，采藥祕仙籙。黄唐盛禮樂，曷去遯空谷。接迹許由壽，曠志狎麋鹿。槲葉爲制衣，松苓聊自服。山中諒不死，時有飛來鵠。余欲訪仙晴，雲深不可躅。

閬仙洞

天龍古洞幾年時，時雨流酥潤石衣。流水桃花春不老，亂山雲樹翠相依。碧雞叫月神魂杳，白鶴凌空仙馭飛。昨夜大風環佩響，洞賓何處浪吟歸？

雲門院

西來寶刹幾年深，寂寂松關掩白雲。風裏草香山麝過，雨中果熟野猿分。樓臺鎖翠幽林静，鐘鼓飛聲下界聞。頭白老僧相對坐，懶將面目看韓文。

桐君山二首

仙馭乘鸞去不停，青山依舊抱荒城。風香藥草春雲暖，露冷桐花夜月明。縣近故廬堪認姓，鶴歸華表自呼名。千年往事俱塵土，時聽樵林吹笛聲。

曉上桐君宿霧收，嵐光蒼翠悉夷猶。丹爐祕訣歸仙子，清景吟懷屬士流。七里灘横孤棹影，立山鐘響五更頭。古來瀟灑稱名郡，莫把繁華數汴州。

白雁

出塞風沙不涴衣，要分秋色占鷗機。遠書玉字傳霜信，斜落銀箏映冷暉。楚澤雲昏無片影，湘江月黑見孤飛。當年繫帛還蘇武，漢節仍全皓首歸。

月色

誤踏瑶階一片霜，侵鞋不溼映衣涼。照來雲母屏無迹，穿入水晶簾有光。雪影半窗能共白，梅花千樹只多香。故人疑似見顔面，殘夜分明在屋梁。

瑶林洞　按郡志，舫避居于此，著《瑶林雜詠》一卷。

洞傳緱嶺似，仿佛玉笙清。石或藏漁鼓，雲從隔犬聲。乍居人頗怪，異聽耳初驚。子晉壺天有，莫疑彩鳳鳴。

釣臺

子陵何爲隱，漢爵不肯受。天子下皆臣，獨稱天子友。平生一羊裘，甘作煙波叟。迨今雙臺石，高風清宇宙。夫何釣者徒，千古祠弗朽。烈烈雲臺功，丹青今在否？

桐君祠

山勢聯翩青鳳凰，梧桐花老舊祠堂。神仙往昔千年事，巖谷猶今百草香。世代無人談用綺，衣冠有像配羲皇。仍傳松頂雙雙鶴，滄海飛來歲月長。

張卜山捐俸重修桐君祠

先生遠有煙霞趣，鐫玉捐金隱者祠。瑶草久荒雲一片，碧桐仍見鳳雙枝。芙蓉日静文書暇，杖履春來嘯詠遲。他日幽期何處好，寒松花發鶴歸時。

祠完迎桐君歸祀

天樂遥風散碧扉，躬勞幕長迎仙歸。閒雲斂斂凝蓋立，白鶴亭亭向水飛。上世人傳草木食，幽情自寄漁樵衣。春來巖谷百花發，勝日攜壺上翠微。

獨高峰

屹立乾坤不問年，獨高高出萬重山。塔簪頂上天梯峻，路出空中石磴艱。雲葉孤飛終莫礙，斗杓斜倚竟難攀。崇高豈是丘陵伍，泰岳分明伯仲間。

尖山

鬼削天鑱萬仞尖，鴻濛判後只巍然。丹青色澹籠晴日，水墨光濃罩翠煙。岸比羣峰咸拱翠，江南一柱獨擎天。天然大筆誰能把，爲掃鵝谿萬幅箋。

清冷山

萬仞寒容尺度量，巍然亘古獨蒼蒼。三秋風露松梢月，九夏林泉石上霜。野徑晴煙籠樹白，危峰暮靄接天黄。我遊乘興吟魂爽，浪欲騎鵬謁帝鄉。

九靈山人戴良

良字叔能，浦江人。少學文於柳待制貫、黄侍講溍，學詩於余忠宣闕，皆得其師承。起爲月泉書院山長。至正辛丑，以薦授淮南江北等處行中書省儒學提舉。然時事已不靖，無可行其志。乃攜家浮海至中州，欲與豪傑交，而卒無所遇，遂南還四明。四明多山水，耆儒故老往往流寓于兹，因相與宴集爲樂，酒酣賦詩，擊節歌詠，聞者悲而壯之。洪武壬戌，召至京師，試文詞若干篇，留會同館，命大官給饍，欲官之，以老病固辭，忤旨待罪。次年四月，卒于寓舍，年六十七。叔能世居九靈山下，自號「九靈山人」。有《九靈山房集》三十卷。王褘謂其詩質而敷，簡而密，優游而不迫，沖澹而不攜，上追漢魏之遺音而自成一家。叔能自元亡後，故國舊君之思，往往見於篇什。其自贊曰：處榮辱而不二，齊出處於一致，歌黍離麥秀之詩，詠剩水殘山之句，則於二子，庶幾無愧。蘇伯衡贊其畫像曰：其跋涉道塗也，類子房之報韓，其徬徨山澤也，猶正則之自放，叔能殆欲終其身爲有元之遺民者歟！

詠懷三首 以下山居稿。

結廬在西市，藝藿仍種葵。謂將究安宅，何意逢亂離。三年去復還，鄰室無一遺。所見但空巷，垣牆亦盡毁。一作頹。久行得荒徑，披拂認門基。我屋雖僅存，藿悴葵亦衰。本自住山澤，此悔將何追。

庭前兩奇樹，常有好容色。年年遇霜雪，一作「雪霜」。誰謂寒可易。大道久已喪，末路多涼德。狐裘已適體，誰念寒塗客。古有延陵子，使還過徐國。徐君骨已朽，信義逾感激。解劍挂高樹，至寶非所惜。此士難再逢，四顧吾何適！

少小秉微尚，游心在六經。苒苒歲年遲，乃與塵事冥。入秋多佳日，何以陶我情。園蔬青可摘，新穀亦既升。命室釀美酒，一壺聊復傾。兒女在我側，親戚還合并。終觴無雜言，但説歲功成。至樂固如此，是外徒營營。

和沈休文雙溪八詠

登臺望秋月，秋月光陸離。晻映西南樓，徘徊東北墀。凝華奪班扇，流輝鑒阮帷。三五暈尚圓，二八形已虧。爰有蓬鬢人，長懷桂殿思。遼城記吟詠，西園憶追隨。願以薄暮景，承君清夜暉。

會圃臨春風，春風弄新陽。驅煙入間户，卷霧出虚堂。響谷鳥將韻，穿林花度香。逶迤動中閨，駘蕩經洞房。逐舞輕靡褰，傳歌低繞梁。所悲金玉軀，遂爍佳麗場。時拂孤鸞鏡，星鬢視飄揚。

秋至愍衰草，衰草遍平陸。方晨露染黄，入夜風銷緑。別葉有歸聲，故蕊無留馥。勁莖坐自摧，寒叢竦如束。彼物既如斯，我年寧不促。已失早生榮，敢冀晚凋福。何當卽去茲，縱浪從所欲。

寒來悲落桐，桐生在長林。積葉既阿那，攢條復蕭森。排雲正孤立，乘風忽哀吟。朽壤方有託，急霰非所任。輪囷龍門側，憔悴嶧山岑。不求削成圭，何待裁作琴。菲薄既非材，固無斤斧侵。夕行聞夜鶴，鶴鳴向天池。奇聲傳月迥，清思逐風悲。寥寥度霄漢，嗷嗷傷別離。華亭侶既失，衞軒寵亦衰。衞軒非我顧，華亭尚余思。蟋蟀悟寒候，商羊識陰期。不有慕類心，此情那得知。晨征聽曉鴻，鴻飛何處所。隨陽弱水岸，違寒長沙渚。冥冥憶霜羣，邕邕叫雲侶。固將聯匹儔，豈惟念羇旅。視夜已昭晰，度聲尚悽楚。以之頻感觸，將何慰艱阻。帛書望不來，誰知我心苦。解佩去朝市，朝市路已迷。敢冀恩私被，但嫌朋好暌。彼讒起青蠅，我行玷白圭。寸心幸能亮，微命不終乖。及今去青瑣，何日瞻泰階。荒服固云忝，是道諒亦迷。安得同志士，三歎寫余懷。被褐守山東，山東古於越。州城冒陘峴，嵐氣屢興没。剖竹曰有行，思君不能發。指塗期闌暑，下車已涼月。汲黯薄淮陽，子牟戀魏闕。豈伊念川塗，固亦悲朝列。日月儻垂照，猶堪慰寂蔑。

築新居

挈杖去中林，卜宅江之邊。江邊多故廬，改築架斯椽。左右皆廢墟，南北盡頽垣。昔人固不留，遺迹尚依然。因之悟物理，盛衰恆遞遷。世既異市朝，海亦變桑田。古來皆有是，念此一長歎。何以慰我懷，斗酒傾前軒。百世非所知，聊且樂當年。

還舊居

自我遠行遊，故廬今始歸。如何廿載間，舊事都已非。曳杖過比鄰，相呼尋故知。不見垂白翁，但見初長兒。我園既稍葺，我田亦就治。種秫釀美酒，拾薪煮豆糜。一笑集親朋，相從説睽離。以之感疇昔，俯仰多所悲。人生一世中，所憂渴與飢。力耕給其用，此外更何思。便當息吾駕，皓首以爲期。

飲酒

在昔童丱時，得年輒自喜。謂當羽翮成，青冥將立致。去去曾幾何，已覺非初意。每思前日事，翻恨莫重遇。盛衰迭相尋，壯極老會至。曩也歎時遲，今焉惜年逝？人生已如此，有酒且須醉。

憶胡仲申

點點階上苔，鮮鮮爲誰碧？已别舊年人，空餘舊年色。我行東齋外，對之還爾惜。所思雖久違，猶有往來迹。

歲暮遲宋濳溪

忽忽歲欲暮，鬖鬖春已迫。出門尚誰思，悲歌遲來客。客昔與我期，近在旦與夕。如何事多迕，月滿且復魄。悲風一夜起，落葉滿長陌。女蘿雖有託，近亦辭松柏。萬物會歸盡，人豈無終極。而我與夫子，況皆年半百。前塗詎難知，玄髮早已白。若不數相過，蹉跎深足惜。

寄許存仁

一鳥方北來，一鳥却東飛。夫豈巧爲避，羽短風迫之。方春遊郡城，子有越上期。及今會吾里，而我復差池。常時隔遠道，暌乖固其宜。豈意兩相接，反更事多違。畏塵念彈冠，懼垢願浣一作涴。衣。士有交臂失，如何弗予思。

楊本初見訪別後却寄

有客越中來，衣帶越溪雨。既來還遽辭，耿耿不得語。譬如東軒月，偶此成賓主。浮雲一與期，清光無定所。出門復入門，悵望夜將午。幾向雨來時，念子溪之滸。事違人已衰，別多心更苦。朝來數鬢絲，近復添幾縷。

答李寧之

涸鱗思赴海，倦翮念歸山。如何遠遊客，歲久不知還。世塗方擾擾，豺虎尚爲患。久嫌軍務勞，翻羨爲客閒。夜雨滴愁夢，晨風颯頹年。丈夫雖耿介，亦或多苦顏。而我承結鄰，獨喜相追攀。未堅金石交，已枉瑶華篇。時時感嘉貺，相視兩悽酸。豈不欲爲答，情深諒難宣。

丁酉除夕效陶體

亹亹冬春易，悠悠時運傾。一歲只今宵，胡能不心驚。我觀寰宇内，誰非愛其生。其生竟幾何？倏忽已頽齡。長風向夕起，寒雪没前庭。緑竹且就壓，衆草豈復青。萬事盡如是，何須動中情。兒女方在側，樽酒亦既盈。今我不爲樂，後此欲何成。笑歌東軒下，且遂陶性靈。

正月五日遊石門懷所遲客

開歲已五日，良辰誠蹉跎。悟彼時鳥鳴，往遊山之阿。平明發陰壑，亭午憩陽坡。崖障獻奇峭，水木呈清華。幽谷既深入，茂林仍遠過。迢迢蹊絶蹤，隱隱泉齧沙。涉澗固洄沿，陟峴復巍峩。舍輿挹飛流，停策引芳柯。石畬忽雲擁，巖广亦星羅。土齒念唐風，民勤懷豳歌。羽檄起淮甸，烽火連浙河。無地可投足，此山思結蘿。良儔愆我素，荏苒當如何？長嘯臨逝川，汩汩感人多。

題蘭溪東峰亭

昔余駐蘭陰，頗得溪山趣。日上東峰亭，遥望水東注。别去曾幾何？重來已遲暮。一時同遊者，大半髮垂素。亦或卧空墳，翳彼梅花樹。因之念所思，倚闌聊四顧。安知游目時，翻是傷心處。咄兹露電身，誰似金石固？此生總滿百，會合能幾度。獨有溪上山，年年只如故。

陪鍾伯紀遊溪南山

一春苦昏墊，今晨收宿霏。因憶謝公語，出遊娱清輝。溪流深可厲，草露泫未晞。林木相映蔚，時禽遞鳴悲。佛廬已高據，鳥道方仰窺。危峰枕樓閣，細竹擁階基。窈窕趨南征，徘徊款東扉。倚闌眺懸瀑，企檻引松枝。地僻慮自澹，身閒意無違。此理誰識察，悟心惟朋知。

寄王子充

燕燕何從來，其羽已差池。飛入華堂內，意在巢君帷。君帷豈不好，傷哉非故知。引去方未能，欲留復回疑。嗷嗷徒曉風，翾翾空暮闈。

送人赴廣信軍幕

慊慊促夜紘，翩翩戒晨軸。臨分將列觴，指景念出宿。羈思無定端，宦程有成速。含思登回陌，抱疢度遥陸。前峰日銜岫，後蹊風出谷。欲投近村去，惟見遠煙緑。冰溪渺森沉，玉山鬱駢矗。方遠悲路長，逾前歎期促。邊障固優暇，邊情易翻覆。贊政諒匪難，布德在所勗。古來固疆圉，豈皆藉頗牧。

送人從戎

世事諒難必，伊人去從戎。平生二三策，乃用軍帳中。東郊已春陽，北陌尚寒風。千里違鄴城，幾日到邊封。漢幟正星羅，淮騎亦雲從。已入青油幕，猶帶騂角弓。願言帷幄士，勉贊戎馬功。但期膺厚賞，不忘捐薄躬。庶幾邊上人，咸識爾爲雄。

送人歸姑熟

一官冒風塵，十載犯霜露。豈伊懷禄情，亦以娱親故。長塗忽榛棘，四海益氛霧。父母且不知，妻子豈得顧。閩海非我鄉，浙河幸余渡。誰知消息近，反使心魂懼。桑梓半不存，骨肉定何處。掩骼古則然，脱驂今豈遇。言歸雖有期，悲情將焉訴。蓼蟲昧葵堇，晨雞識晦雨。君自處平世，安知我心苦。

城東會飲送王天錫

陰崖斂暝霏，霜陸耀晴晛。蕭蕭落木多，緜緜衰草遍。開冬感徂物，列飲會羣彦。美酳溢流霞，妍談粲餘絢。時髦非我匹，清尊豈余戀。行矣送將歸，悵焉罷歡宴。引領阻雲從，搔首歎蓬轉。

題愛柏軒

瑟瑟涼野風，竦竦寒城木。風勁木亦然，受命一何獨。歲物已淪傷，高標誰賞録。偶荷主人恩，開軒向城曲。老枝扶户吟，密葉停窗緑。遂忘孤生悲，行享後凋福。有客正迷方，振衣時躑躅。願爲柏上枝，託蔭歸君屋。

送劉仲修

名都鬱佳麗，公室赫一作兼。弘敞。繽繽一作紛。集時彦，袞袞歸世網。若人固忠勤，受命逾震蕩。藩國簡車徒，邊亭巡境壤。道塗邈以敻，山川修且廣。月宵抱影息，霜晨流念往。仰看零露團，俯聽悲風響。景物勞夢思，驅馳罷心賞。去水無回波，長塗有徂鞅。臨分恨莫留，搔首獨長想。

贈别吕用明

旅雁薄霄遊，輕鷗掠水飛。相逢多間阻，所向有高卑。偶此風雨過，邂逅洲渚湄。翩翩形影亂，嗷嗷鳴聲悲。日落水氣寒，月高風景移。矰繳發中流，又復夜驚離。回翔空有志，棲宿定何時。飄飄天衢上，往慎子毛衣。

使客還自建昌

塒雞初戒曙，關吏已開晨。飭徒臨迥陌，振檝發長津。四郊盛陰氣，千里塞驚塵。艱難將使命，騷屑作行人。時值秋冬交，道經吴楚分。昔出方禡師，今還已歸軍。威遲良馬勞，悽惻僕御勤。王事不可淹，誰知君苦辛。

同子允濬仲遊北山夜宿覺慈院

窮年厭喧囂，今晨愜游衍。豈伊清曠懷，直爲朋知展。指塗陽已升，入谷光未顯。涉流既百折，尋山亦千轉。停策樹頻倚，攀林芳屢搴。路夷始出幽，山暝復凌緬。佛廬既棲薄，僧榻聊息偃。地僻心自怡，俗遠慮乃遣。明發有佳趣，勝處將歷踐。

登鹿田

山北倦游覽，山南縱攀援。苔滑豈可步，蘿弱猶足捫。力竭轉修蹊，險盡得平原。排峰作郛郭，列岫代墉垣。披拂趨蘭社，靡迤入松門。奇石既羅迾，初篁亦當軒。鹿耕事固遠，仙化迹還存。野田遺舊場，孤冢祕精魂。感往情已劇，懷來念彌敦。學道值時阻，攝生逢景奔。何能棄緣業，即此窮朝昏。

贈别祝彦明

悵望臨荒蹊，驅馳騁遐步。江紆練月初，山標綵霞暮。天長路易迷，水深舟難渡。征人去不息，倦僕立相顧。此時悲送君，安能鬢不素。

雙劍篇

君不見干將冶鐵鐵不流，鏌邪遇之剪指投。赫然鍊成雙寶劍，遂匿其陽以陰獻。雌雄離隔經幾年，一朝飛墮君侯前。乃知神物不虚授，必待英豪始聯偶。從今永近君侯身，玉頭珠口相鮮新。韜裏束來白鷴尾，匣中藏却緑龜鱗。遭時未息干戈事，且爲君侯充武備。黑犀中斷未爲奇，白蛇夜斬方稱利。五山精，六金英。也曾埋没豫章城，時時紫氣斗間明。占者已知吾國興，君侯佩之可千齡。

秦鏡歌

玉之榮，石之英，光瑩豈若秋金精。秋金之精鑄鏡成，良工錫以銀華名。銀華顔色如霜雪，攜向秦宫歎奇絶。珊瑚臺上吐菱花，玳瑁匣中生明月。夜籌已竭曉籌終，宫女對之難爲容。雲鬟被首黛渝色，我貌如心不堪飾。早知鑑心如鑑貌，漢兵敢犯咸陽道。咸陽漢殿空中立，秦鏡團團晝飛入，至今鬼母夜深泣。

白紵歌

閶廬宮中夜撾鼓，宮樹烏啼月未午。玉缸提來酒如乳，白紵衣成向君舞。美人醉起行步難，腰間珂珮聲珊珊。肯緣嬌愛減君歡，寶釵墮地不敢言。宮中門户多無數，君恩反覆日幾度。明朝重著舞時衣，心中已道不相宜。

涼州行

涼州城頭聞打鼓，涼州城北盡胡虜。羽書昨夜到西京，胡兵已犯涼州城。涼州兵氣若雲黑，百萬人家皆已没。漢軍西出笛聲哀，胡騎聞之去復來。年年此地成邊土，竟與胡人相問處。胡人有婦能漢音，漢女亦解調胡琴。調胡琴，按胡譜。夫壻從軍半生死，美人踏筵尚歌舞。君不見古來邊頭多戰傷，生男豈如生女强。

短歌行

青天上有無根日，馳光暫明還復黑。晝夜相催老却人，忽忽吾言四十七。偶看舊鏡鏡爲羞，昔髭未生今白頭。朱顔丹藥已難覓，青史功名行且休。歲歲年年待富貴，富貴不來老還至。老既至兮百事非，病妻對之怨且詈。妻年比我雖稍卑，近亦摧頹如我衰。一生仳離殆居半，此世歡娱能幾時。總多子女知何益，北邙冢墓無人識。古往今來共如此，我亦胡爲空歎息。人生滿百世豈多，尊中有酒且高歌，有酒不歌奈老何。

除夜客中

歲月遽如許，蹉跎老却人。一年惟此夜，明日又逢春。湖海未歸客，風塵多病身。感時渾不寐，燈火獨相親。

郡齋度歲二首

失脚雙溪路，今經兩度春。不堪飛雪夜，還作望鄉人。世事方如夢，生涯笑此身。惟應兩蓬鬢，不負歲華新。

條風纔應律，柏酒又浮杯。舊臘隨宵盡，新年逐曉來。浮生蒼狗變，暮景白駒催。自歎憂時客，初心寸寸灰。

寄寧之鵬南兄弟二首

攜家非得計，世亂且求安。有季俱行役，誰人救急難。月從愁裏没，雪向望中寒。昨夜鄉書到，知君不忍看。

一自干戈後，先廬幾處存。遽成豺虎峽，愁殺鶺鴒原。歲酒空今夕，春風非故園。憂來無避處，只是倚衡門。

投王郡守

已落時人後，誰能説姓名。惟應馬南郡，偏重鄭康成。賓館懸牀待，公庭罷吏迎。爲居門下久，童僕亦多情。

投同僉公

授鉞幾專征，分藩復此行。身爲漢飛將，家若魯諸生。祕略三邊服，妖氛一劍横。已多門下客，持筆待功成。

郡齋守歲

守歲寒齋裏，開盤試莫辛。杯行猶是臘，酒醒即逢春。天地長爲客，風塵歎此身。歲時追往事，獨有老隨人。

劍池送人 以下《吴游稿》。

祖龍南狩年，拔劍當風立。慷慨逞雄心，斫石石爲入。耿耿秋水光，棱棱鐵花澀。殺氣纏蛟螭，腥痕凜原隰。參差世祀移，寂寞威風戢。要離去不顧，湛盧見之泣。英圖悵若兹，餘波眇誰挹？茂宰欻騫騰，軍容何翕習。仗劍戍三邊，斬首當幾級。惟國養甲兵，有愾須討襲。相期獻馘歸，此地共棲集。

登堯峰

已從皈泉游，復向堯峰去。堯峰眇何所，甿俗不知處。披拂強追尋，疲苶窘凌遽。息喘倚茂松，濟勝犯零露。積石擁近蹊，飛嵐護遥樹。仰觀天宇垂，俯睨河流注。石湖尚波瀾，洞庭但煙霧。游子多悲懷，觸景增遠慕。微跡既漂泊，流年復遲暮。半生僅一來，百齡能幾度。回駕悵難淹，又復首前路。

對雨金達可送酒至

星纏離夜月，桂渚發朝雷。族雲起泉室，零雨下陽臺。飄檐方似霧，集地復如埃。空濛迷野騖，霑灑滑階苔。旅人乏愉悦，孤館獨徘徊。久缺清酤至，忽值白衣來。豈不欲爲酌，因君停玉杯。

徐叔度遺紈扇

團團七華扇，名在制久缺。感君裂紈素，與蒙却煩暍。入手訝如珪，映容疑學月。玩之炎氣消，握之微風發。却顧暑長在，無使君暫歇。

次韻宿西山

旦櫂東湖溢，暝策西山麓。林光漏月清，水影漾天緑。初風革故和，窮律轉新肅。悲來攢人懷，山房不成宿。

送陳同知

楚客事晉君，已皆榮厚禄。身章襲犀象，鼎食飫粱肉。荀范作姻婭，趙魏與追逐。且分馳道出，夜旁天居宿。故悲絶宗黨，新敬起賓僕。東洲有儒生，官路獨迷躅。青年結主知，窮老佐州牧。今爲千里行，猶未分符竹。

治圃四首

三春豐雨澤，晨興觀我畦。嘉蔬有餘滋，草盛相與齊。勠力治荒穢，指景光已西。好月因時來，歸路杳然迷。暮鳥尋舊林，晚獸遵故蹊。我亦息微勞，去去安吾棲。

長夏罕人事，齋居有餘閒。北窗多悴物，且遂灌吾園。攢根既舒達，積葉亦葱芊。瓜瓞繞畦長，新葵應節鮮。抱甕一回視，生意盈化先。在我豈不勞，即境多所歡。悠悠千載間，樊生信爲賢。

苒苒素秋節，淒淒天宇清。挈杖視西園，俯仰傷我情。藜藿日就凋，惟見野草青。草青亦幾日，霜露早已零。萬物會有終，人生無久榮。功勛苟不建，木若託林坰。所以荷蕢翁，長歌悲磬聲。吾其理吾圃，聊以隱自名。

窮冬霜露下，谷風轉淒其。以今四運周，感茲百卉腓。披榛歸北圃，一作囿。墟里故依依。桑竹餘朽株，臺榭有遺基。野老相與至，嘲諧談昔時。談罷輒引觴，陶然無所思。紛紜世中事，寒暑相盛衰。此理苟不勝，役役徒爾爲。既以適吾願，何能忽去茲。

泛石湖

束髮企名都，游宦及茲年。遂陪登瀛侶，來上泛湖船。水光曜殘日，林影溢中天。巖穴停橈見，樓臺鼓枻看。蒼蒼斂暝色，羃羃曳寒煙。菰蒲有餘淒，鷗鷺相與閒。窈窕趨回浦，蕩漾媚遥川。水宿怯宵清，篷卧愛月穿。俯視潛夜魚，仰睇銜曉鳶。窘身愧浮霄，斂志慚躍淵。何當謝冠冕，歲晏此盤旋。

雨後泊秀州城下憶僚友作

晨風變淑景，春霞啓陰期。雲根結翳翳，雨足散垂垂。鄙人獨言邁，去櫂不得維。路無行輪聲，岸有荒楚滋。暮抵秀城下，夜泊河水湄。游魚返深渚，啼鵑起重基。客塗玩物理，寧不戀所思。

至杭宿錢塘驛

昨夜宿臨平，今旦入錢塘。明岑淨朝氣，回浦漾晨光。隱隱吴岫出，遥遥越岸長。棱棱見擒堞，戢戢覩攢檣。堪歎游歌地，都非佳麗場。樓臺已闃寂，闤闠亦荒涼。平生昧陳力，末暮忝爲郎。徒然感恩義，誰復聽忠良？晚投公館宿，官燭何煒煌。自憐無補報，飲愧遶中腸。

泛西湖舟中作

夙負海嶽志，緬懷西湖名。蹉跎去玄髮，邂逅徵素情。驛舲依岸息，畫舫漾波輕。前睇蘇堤繞，旁窺葛嶺横。戀結處士祠，悲纏忠將塋。興繁賞屢失，境變魂愈驚。雉堞見新築，翬甍失舊營。空餘歌舞地，詎聞簫管聲。顧余文墨吏，遑知治亂情。人隱雖未弭，客懷聊暫清。一動羣生念，咄咄何時平？

游吴山承天觀

石徑趨巍宫，雲甍倚層壁。昔聞帝子游，今見羽人宅。鱗居庭際擁，蜃閣窗外闢。複嶺曲且盤，喬林隱復直。路縈賞心侶，谷館咀芝客。既近已欣覯，撫遠亦驚覿。離離越樹青，渺渺海門白。乘風遲來潮，倚月候歸汐。徘徊憶天險，俯仰誇地德。于時將指使，暫此盪塵臆。豈無犬馬情，終負煙霞癖。何當解朝組，相從隱仙籍。

抵富陽宿縣治作

戾戾風蕩波，鱗鱗雲出崿。乘軺臨安道，指景富春郭。是節春已暮，遥塗寒尚薄。升陽對人掩，傾潤灑衣落。解鞍憩危嶺，倚劍望幽壑。飢禽聲固慘，哮虎勢尤惡。既暝入公署，息念坐塵閣。俯思還浦魚，仰憶回風鶴。以之念鄉縣，臨觴不能酌。

次場口

久宦迷故都，故都在何處？驅車向鄉壤，頭白不知路。長林日夕行，曠野東西顧。方遠歎塗阻，逾近覆心懼。豈無入林翮，莫與歸飆遇。

至古城飲馮氏家

跋馬向斯里，彷彿見鄉閈。徒知故山近，終嫌歸路斷。移疾駐近郊，薄言息短翰。新知固雲集，舊交多雨散。惟君好兄弟，視我實親串。慷慨談昔游，留連興累歎。荒基記歌榭，棄礎憶吟館。不覩物興衰，詎知時治亂。鄙人獲良晤，是節牽薄宦。淸卮阻久陪，別袂限長判。作詩寫情慮，聊用慰憂患。

望九靈山

九靈眇何許，連峰高不極。依稀接遠霧，仿像起寒色。我家是山下，别來歲頻易。屋廬閉鳥聲，冢墓遺獸迹。可望不可至，空多故鄉憶。

泛海

仲夏發會稽，乍秋别勾章。擬杭黑水海，首渡青龍洋。南條山已斷，北界水何長。遠近浪爲國，周圍天作疆。川后偶安恬，天吴亦屏藏。蕩槳乘月疾，挂席逐風揚。零露拂蟠木，旭日耀扶桑。我行無休隙，此去何渺茫。東海蹈仲連，西溟遁伯陽。輕名冀道勝，重已企時康。孰謂情可陳，旅念坐自傷。

渡黑水洋

舟行五宵旦，黑水乃始渡。重險詎可言，忘生此其處。紫氛蒸作雲，玄浪霆爲霧。柁底即龍躍，櫓前復鯨怒。掀然大波起，欻與危檣遇。入水訪馮夷，去此特跬步。舟子盡號泣，老篙亦悲訴。呼天天不聞，委命命何據。川后幸戢威，風伯并收馭。偶濟固云喜，既往益增懼。居常樂夷曠，蹈險憂覆墜。出處愧宿心，禍福昧前慮。皎皎乘桴訓，用以慰情素。

望大牢山

稍入東膠界，即見大牢山。峰攢侔劍戟，嶂疊類雲煙。棱棱插巨海，渺渺漾中川。波濤共突兀，天日相澄鮮。氓居接島嶼，覩宇連術阡。既館茹芝士，亦巢遯世賢。客行積昏旦，水宿倦舟船。茲山思獨往，結茅徵願言。柁師不我從，太息歸中原。

抵膠州

舟行無休期，晨夜涉風水。蹈越入一作歷。吳鄉，乘楚造齊鄙。逗浦波尚險，即陸路纔砥。依稀見州郭，倉皇問官邸。土牆訝半頹，草屋驚全圮。所幸民俗淳，稍使客情喜。北來既旬月，西去尚幾里。嚴程謂已近，危塗方始此。沮洳浩茫茫，菅茅復靡靡。幽燕去魂斷，伊洛望心死。日暮坐空牀，浩然念枌梓。

宿高密

長塗跋且涉，征車馳復息。曉旦發東膠，落景次高密。城居不幾户，驛舍僅容膝。僕馬立空曠，徒侶話嘿黑。客情既牢落，世議復紛惑。前險雖幸過，後艱方未測。骨肉在遠道，親朋皆異域。縱云當别家，胡乃輕去國。明朝望鄉處，嗚咽淚霑臆。

過營丘

營丘古齊國，緜歷幾千春。軌路偶經從，延瞰一悲辛。郛郭盡阡陌，濠湟半煙雲。旦搖禾黍實，暮走狐兔羣。陵遲世祀忽，變換民居新。廟寢想餘基，文物憶前人。在昔商政熄，於時周德聞。聖賢相際一作濤。會，文武共經綸。太公扶大業，伯夷守其仁。首陽遺節義，東海爵功勛。功勛誰獨久？節義兩同湮。物理有感觸，長歎回吾輪。

至昌樂

秣馬安丘邑，弭節昌樂縣。道路正搔首，郡邑忽馳箭。邯河已虎據，穆陵復豺戰。西拒擁戈矛，南出張組練。倉茫走黎庶，錯愕動纓弁。我行日已遠，我力日已倦。亨衢冀棲息，異事駭聞見。如何命不淑，所至時輒亂。既同喪家狗，亦類焚巢燕。僕御心盡灰，妻孥淚如霰。我道苟如此，安得髮不變。

次益都

我行何處所，北海乃其地。去家萬里餘，爲客九秋際。白楊夾軌路，黄茅結官第。陸嫌泥活活，水愁河瀰瀰。逐寇騎宵馳，防敵城晝閉。疲甿已星散，驚塵仍霧起。長嘯指牛山，掩泣望淄水。進退兩難圖，徘徊尚誰恃。《易》戒觸藩羝，《詩》刺離罦雉。已矣可奈何，愁來但甘寐。

題劉凝之騎牛圖

日落未落西山前，誰家老翁牛背眠？短身曲局聳兩肩，山花插帽帽爲偏。左手拊牛右捉鞭，牛行不動穩若船。一童銜冷手握拳，迎風鼓勢走欲先。荒郊羃羃草纖纖，云是匡廬古道邊。匡廬山水好盤旋，此日劉公初挂冠。劉公作令天聖間，民物熙熙德化宣。世上浮榮直幾錢，白髮東歸耕石田。當時出處亦偶然，乃留遺迹後人看。長安城中足豪賢，車騎駢羅氣灼天。一朝變滅如雲煙，姓字寥寥若箇傳？我觀劉公差獨賢。

題平章公所藏天馬圖

君不見余吾水中天馬出，赤鬣縞身朱兩翼，割玉爲鞍鞲不得。錦衣使者捷若飛，紫韁金勒看君騎，却憶拂林初獻時。鳳城五門平旦啓，馳道行驕轡耳耳，路旁見者誰不喜？衆中牽出朝未央，揮霧流沫滿道香，毛帶恩波眩目一作日。光。龍眠老子識馬意，行過天閑重回視，白筆描成落人世。我公購之灤水濱，百金市畫冀得真，奔霄追電何足云。從今吹笛大軍起，料知一日行千里。

次韻春雪禁體

孫生讀書光映檐，楊公滌筆色摇椀。豈知今日物象新，總向三春堆積滿。著地都將委瑣藏，拂池盡把瑕玼浣。直愁芝菌埋没平，詎惜松篁摧挫短。雜梅既無北使折，穿楊那有東風管。千逵曉滑乍羞明，萬瓦夜寒仍待伴。村村掩土蟄迷户，處處壓林巢覆卵。集遲固爲入坎深，消早豈緣侵座暖。世事已如鴻印爪，我生方類鹿行疃。卧廬正慕焦寢安，掃徑却嗟袁路斷。何人無事杖堪尋，誰家有酒門可款？皓首書生自局束，紫髯參軍每蕭散。方晨致命許降臨，未午催詩戒遲緩。徐君可是常勝家，白戰先陳漢庭袒。《陽春》一曲古難和，凍筆閣來敢辭懶。

湖州行送人作郡

湖州歲歲修城堡，敵騎時燒城外草。城外居民如野鹿，目睽睽兮尾促促。去輸官稅輸不足，半在軍中半在獄。獨留新婦餉姑前，也執吴綃供稅錢。吴綃已盡歸未得，復到官家候消息。我相聞之憂爾湖，命選賢侯此剖符。賢侯若爲湖作主，便須罷却徵求苦，留得湖民障兹土。

送歸安丞

之子官何處？湖流一舸通。汀洲蘋影外，城郭水光中。夜泛苕溪月，春吟箬一作若。下風。若逢陳太守，爲報各衰翁。

除夜客中二首

忽忽歲欲暮，飄飄歎此生。孤舟游子恨，兩地老妻情。數蹇頻思卜，塗窮懶問程。遥知小兒女，猶自説昇平。

已就長塗往，堪憐暮景斜。一年惟此夜，千里更誰家。戀國心空赤，憂時髮已華。此身如可乞，只合老煙霞。

歲暮留别

五十明朝過，何從託此身。不堪垂老日，翻作負羈臣。四海無知己，長塗惟見君。明朝分别處，草木爲誰春。

自定川入海

乍離東海郡，又上北溟船。紅見波中日，青窺水際天。鄉關千里隔，身世一帆懸。鄉信何從達，歸鴻落照前。

渡黑水洋

舟行滄海上，魂斷黑波前。好似星沈夜，仍逢雨至天。鯨迷川后國，龍觸估胡船。强起推篷看，惟應髮欠玄。

次大牢山下

草樹叢祠古，波濤仙掌清。鐘聲千里闊，帆影一舟横。茅屋邊山戍，泥牆傍海城。中原風景異，到此暗傷情。

至膠州

自入東膠路，鄉邦此地賒。人悲西候日，帆亂北溟霞。民俗農爲業，州城土作家。驛樓何處是？庭樹暮棲鴉。

宿高密

客路信悠悠，荒城許暫投。黄塵齊地晚，紅葉海邦秋。燈影明官驛，鐘聲度縣樓。去家今幾許，猶自夢東州。

過營丘

山川無變易，人事有消亡。堪歎鷹揚地，都爲鹿卧場。故基穿井邑，衰草半濠隍。屬有歸歟歎，登臨倍感傷。

寓昌樂

淮海來時路，東西幾日程。一年行萬里，數口託孤城。邯水方馳箭，峭函未罷兵。餘年已無幾，坐此欲何成？

次益都

使傅來遥甸，估車馳近坰。茅廬城外市，楊樹驛邊亭。淄水穿原緑，牛山入郡青。西游應未遂，又復渡滄溟。

送班景道

鄉邦南北異，姓字獨先知。忽見還成別，重逢總未期。路分殘雨外，馬度夕陽時。莫動林居興，轅門新拜師。

送路理問出使太原

使君持節欲何之，好是中原酣戰時。天遠儲闈淹歲月，雲纏殺氣傍旌旗。渭川浪急舟行速，秦樹陰深馬去遲。復命東藩還幾日，風霜看取鬢成絲。

次韻游寶華寺

失脚江湖鬢欲華，尋僧姑啜趙州茶。卓泉不復聞飛錫，說法空傳見雨花。水樂隔林迷梵唄，雲衣入户亂袈裟。同遊賴有蘭臺客，時出新詩鬬綵霞。

渡海

結屋雲林度半生，老來翻向海中行。驚看水色連天色，厭聽風聲雜浪聲。舟子夜喧疑島近，估人曉卜驗潮平。時危歸國渾無路，敢憚波濤萬里程。

黑水洋

涉海纔經五日期，深洋一望黑淋漓。波摇月夜人先見，船過雨天龍未知。險勝呂梁漂鷁處，悲同巫峽泣猿時。平生一段乘桴意，莫爲微軀到此疑。

登大牢山

海上名山誰作鄰，數峰高起自爲羣。林明夜見水底日，浪動莫疑巖下雲。渺渺乾坤何處辨，迢迢齊楚此中分。那堪回首東南地，烽火連年警報聞。

至東膠

海上驚聞報曉雞，人家只在水雲西。小舟横浦潮初落，茅屋壓檐鴉亂啼。縣市僅誇南貨聚，州城獨許北軍棲。平生自是多離恨，一到中原便慘悽。

次昌樂

世亂何從託此身，荒城牢落偶相親。民情固洽初來日，兵氣終悲乍見人。鉅鹿郡連來羽檄，穆陵關近起烽塵。攜家避地頭俱白，寇至更堪消息真。

秋思

往事分明似夢中，弊衣破帽立西風。河流不爲愁人計，勢逐長江日夜東。

憶汪遯齋二首

四明羈客近如何？欲去今纔一月過。記得小齋多野色，一作思。豆花陰裏唱離歌。

一身獨向中原去，每到前途憶故知。折得柳條無寄者，小橋東畔立多時。

三婦艷辭 以下《鄞游稿》。

大婦蕩湖船，中婦歌《采蓮》。小婦獨嬌態，含羞辭未宣。牽篷掩花面，何處不堪憐？

雉子班

天地茫茫遂物情，雉子班兮在林坰，心懷耿介飛且鳴。扇綺翼，振錦膺。文章盡稱麗，意氣自多驚。寧判一作「我寧」。帶箭死榛莽，不肯爲裘奉聖明。韓信烹漢鼎，仲由醢衛庭。智勇難並立，賢愚每相傾。宜哉避世士，往同一作從。雉子逃其形。

艾如張

翠爲衿，錦爲衣，朝朝暮暮澤水飛。澤中青草深且茂，莫聽爾媒登壟雉。壟頭西接桃李場，蓬藋艾盡有羅張。羅雖可避機莫測，爾誤觸之恐身傷。請看舊日張羅處，祥鳳冥鴻不肯顧。

感懷八首

黄虞去我遠，大道邈難追。悠悠觀世運，終古歎興衰。王風哀以思，周室日陵遲。五伯方迭起，七雄更相持。兼并逮狂秦，干戈益紛披。復聞晉虜亂，五胡乘禍機。殺伐代相尋，昏虐無休期。羣生困塗炭，萬象翳氛霏。豈無憂世者，咄嗟吾道非。楚狂隱歌鳳，商山淪采芝。去去君勿疑，古今同一時。

杪歲屬揺落，青蒲忽青青。葥達未幾日，大火已南明。天運一如是，廢興安得停。商郊遷夏鼎，殷士祼周京。異方既已没，亳社亦已平。務光真達道，敝屣薄時榮。

寵極辱會至，勢利真禍羅。君看道旁木，幾曾成斧柯。世中繁華子，追恨每苦多。芬芳有徂謝，平地生風波。陸機去華亭，蘇子狹三河。平生已謂畢，末路其如何？

秋風何蕭瑟，一夜下庭緑。登高望宇宙，悄悄傷心曲。人生百年内，四序相迫促。衰顏與頹運，去去不再復。今晨與君會，明旦成往躅。夸父走虞淵，前塗乃爾速。世人不自悟，朝暮營所欲。冰炭滿襟抱，殊無一朝足。奄忽乘物化，身名同草木。

時秋救邊急，喧呼聞點兵。荒城接沙漠，羣馬盡嘶鳴。荷戟者誰子？贏糧將遠征。借問何所之？天驕窺漢城。西奔丁零塞，北走單于庭。窮冬冰雪交，殊方不可行。骨肉兩决絶，悲極哭無聲。怯卒當勁虜，投魚饇長鯨。已分沙場死，暴骨無完形。驅車舍之去，不忍聽此聲。聖人御宇内，早使太階平。

伐木音久廢，交友竟吾欺。利害紛啖食，迫逐方交馳。晨起踐零露，四顧將安之。東路阻山海，北走到臨淄。臨淄古齊國，淳風亦早衰。惟聞管敬仲，嘗受鮑叔知。其人今已歿，鄉里失其依。知音苟不存，仗劍起旋歸。

在世忽如寄，胡乃勞其生。濁酒報初熟，頹然醉前榮。日暮彩雲斂，天宇湛虚明。羣動各已息，一鳥忽嚶鳴。感之欲長歎，酒至還復傾。陶公歿已久，誰能喻吾情？

索居將永矣，浩然懷故都。故都何處所，限此江與湖。時時起望之，風波緬前塗。獨見雙飛燕，連翩還我廬。我廬有叢菊，近亦開幾株。恐從分別來，靈根日就蕪。請爲語比鄰，早把惡草除。惡草除已盡，歎息復何如。

游東湖

漾舟疑港斷，進帆喜湖廣。境麗趣非一，路迷心已往。雲峰互稠沓，煙波紛滉瀁。梵宇浮鏡入，琳宮躡屏上。浪起孤嶼沈，水落衆山長。隱隱草畔堤，悠悠蘆際榜。幽懷自此多，客情復誰獎？身固脱虞穽，心猶寄塵網。安得超世姿，來縱山泉賞。

游大慈山

水行境謂盡，陸出路旋通。乃卽蒼松逕，步入青蓮宫。連嶂既嶜崒，密林亦葱蘢。地涉清浄界，身游紫翠重。臨流玩廣沼，企石眺奇峰。寒鏡湛秋夕，碧玉劃晴空。蘭若與年峻，象筵緣教崇。謁祠慨鄉相，尋僧叩禪宗。契理已無像，觀念豈有窮。願絶區中緣，永依塵外蹤。嗒然遺身世，年齊天地終。

贈别汪定海二首

前舟已云發，後舟更誰待。春事動江皋，客愁滿山海。别晷只須臾，會期知何在？亦既違素心，安得顔不改。

故人忽已別，兀兀吾何適？暮投甬東路，不見往來迹。古寺靜修廊，空齋冷虛壁。獨有階上苔，猶如舊時碧。

客中寫懷六首

寄婦

結髮爲夫婦，所願在偕老。誰知頭白來，喪亂不相保。我昔從一官，攜汝登遠道。芙蓉蕩風波，寧有幾時好。猶記東門日，別歸方草草。再拜前致辭，幽咽不能道。手提小兒女，慟哭向秋昊。詎識是生離，積骨白浩浩。汝歸終可安，我去事轉艱。家既異疇昔，去住亦俱難。況乃畢婚嫁，百費萃兹年。内方撫羣小，外復給上官。日夜聲嗷嗷，孰與分憂煎。夫妻一作婦。不同苦，不如寡與鰥。汝幸毋我尤，我行偶迍邅。人道無終乖，天運久亦還。豈復長流蕩，庶往共飢寒。

憶子

緜緜我瓜瓞，引蔓空爾長。有子將得力，棄之往他鄉。他鄉與故里，兩地永相望。獨有中天月，遠照雙松堂。雙松我所植，念之猶不忘。況復兒與女，不見今六霜。大兒踰弱冠，有娣一作姊。同己長。想當望我時，齊行松樹旁。見樹不見父，嗚咽淚成行。小女年尚稚，與弟走踉蹡。相呼戲樹下，何處褰父裳。反哺有慈烏，跪乳有羔羊。人事獨暌乖，俯仰我心傷。

念姊

淮陰古壯士，猶感漂母情。而況我同氣，由來恩愛并。一朝遭世患，舍之以徂征。惟當欲去時，涕泗下交傾。荏苒歲年暮，兩鬓各星星。每念焚鬚事，怛焉心内驚。老去成飄蕩，所志在偷生。顧往申申詈，詈我久遠行。我欲喻中懷，獨有弦歌聲。弦歌清且悲，一鼓淚已零。再鼓三歎息，四座不忍聽。可隨晨風去，長跪陳素情。

思弟

將老計轉拙，故里不得安。兄弟各東西，何用保餘年。前時吴山上，與汝酌東軒。已知是久别，杯行淚如泉。征夫懷往路，居士戀故山。音容從此隔，望望兩心酸。去冬得汝書，知汝病未痊。道遠不能顧，掩書一長歎。邇來頻夢汝，喜汝無病顔。生死方未知，誰能詰其端。自嗟農家子，止合老田園。才疏學更誤，遂爲塵網纏。晚節益零落，何日得歸旋？仰視雲邊雁，羣飛必相連。徘徊失所從，愴然摧心肝。

示姪

老來逃世難，心力豈能及。賴有平生親，得免諸患入。時當萬里行，所向輒險澀。山多虎豹虞，水有風浪急。自非吾骨肉，誰能去鄉邑。已遂伯陽遁，尚灑楊朱泣。何邦爲樂土，仍期共棲集。囊中黄金盡，資用將何給。豈惜終憔悴，在困難獨立。憮然念猶子，詠言著斯什。

懷友

貴盛多士趨，衰賤親友棄。投老涉險艱，誰人敦氣義。往歲客吴越，保身無善計。風雨交横來，倉皇不知避。陰雲竟日起，龍蛇沸相噬。咫尺且莫期，千里詎能致。徘徊畏塗上，所向色憔悴。不有高世士，緩急吾何恃。時時想舊情，涕淚滿衣袂。恨無縮地法，一見陳往事。絶塞悲鴻鵠，秋原老騏驥。同心不在眼，蹉跎愧前志。

芳橋宴集分韻得兩字

昔思整去裝，今願悤徂兩。顧兹世路艱，愈歎日車往。達人豁繁憂，美景恣歡賞。座有朋簪合，庭多賓珮響。摘英新貯囊，采菊細擎掌。時物已内酬，客心仍外奬。信美終異鄉，雖樂非故黨。何時息風波？一葦泛河廣。

游龍山

昔聞龍石名，今覓龍山路。泛江循近洲，即陸入遥樹。離離列綵巖，泫泫濯甘露。欻見雨徵峰，高出雲飛處。好山殊未歷，游子已多趣。尋幽雖欲行，愛境不能去。庶憑物外蹤，稍息塵中慮。佛廬既崇曠，雲閣復高據。登臨當雨餘，眺望屬秋暮。意同疏木寒，興逐驚烏翥。蒼蒼暝色起，杳杳晚鐘度。耽玩樂地幽，趨事嫌迹遽。爲謝林下人，行當重游寓。

游清泉寺

路繞蒼松迴，寺俯清泉幽。況復得佳友，來游當杪秋。情隨水聲遠，興挾山光浮。兩磵涉游足，雙峰睇吟眸。陸尋虞監宅，林訪袁家丘。徘徊念疇昔，感歎罷冥搜。古今如大夢，身世一浮漚。不悟無生樂，終纏有漏憂。晤言資道侶，冥理契緇流。咄嗟已成累，竟動故園愁。

永樂寺觀先師柳公三大篆及諸石刻泫然賦此

舍舟遵微行，振衣游浄域。誰知登眺初，已動存没憶。大篆揭巍堂，古句刻貞石。辭翰固留今，身世悉成昔。筠緑雨新霽，山寒窗易夕。方懷露電悲，何有林泉適。出覩階上苔，一是舊行迹。我心如磵水，欲流翻震激。

自定水回舟漏幾溺

清游夙所嗜，投老興未已。一朝得良儔，投袂爲之起。龍山屐既躡，藍水舟亦艤。復訪清泉境，三宿石林趾。葉氏好弟兄，堅留酣酒醴。屢辭不聽去，維縶久乃弛。遂乘一敗艇，夜遡潮江水。中流遭墊溺，指顧有生死。既類投湘屈，復近捉月李。雲莊得神助，躍出洪波裏。長呼施援手，臂與老猿似。唐生脱靴襪，投棄如敝屣。亂江上崩岸，赤脚不顧禮。空津稍駢集，尺地僅盈咫。前江後吠澮，擬步輒傾圮。

既爲屈螻蹲，復作拳鷺峙。頃之雲益黑，四顧無託止。復賴雲莊仙，指揮命舟子。竟將補天術，塞却漏船底。仍逆衝波急，直榜慈溪涘。已瞻舊館近，舍舟同步履。叩門訴館人，慰藉雜悲喜。咄兹六尺軀，忽忽當暮齒。危塗冒險艱，到今知有幾。君子處斯世，真與此舟比。傾覆乃其宜，得濟誠幸爾。因歌戒溺篇，持用謝知己。

訪烏繼善不値明日以詩見寄遂次韻答之三首

達士不羈世，投身向寬閒。出處一虚閣，翠樾帶澄瀾。高懷抗塵表，逸思窮玄間。亦念泣岐客，悠悠歎會難。

青雲志已乖，白頭玄懶草。家貧無宿儲，逐食在遠道。風霜減一作滅。容鬢，憂虞損襟抱。不有同心人，誰其慰枯槁。

佳期詎可失，況乃桑榆時。居人忽不見，行子終何之。暮色已凝嶼，晴光始泛池。默默就歸路，益歎瓊樹枝。

龜毛廬

倦游去朝市，委懷在田園。既悟執戟疲，益知荷蓧賢。夙晨飯牛出，夕曛負耒還。春作固云力，秋斂未盈廛。求贏豈其願，拙業乃所安。不見龜上毛，成氈亦良難。

對春雪寄梧竹翁

常時寒已收，今茲陰尚結。惜此豔陽天，盡付蕭騷雪。穿花適自亂，雜雨詎成潔。獨有灞橋人，詩思益清絶。

舟次高錢遲孔昭不至詩以速之

屢約湖曲游，良辰輒蹉跎。及今風雨夕，一葦凌寒波。遥遥度墟里，靡靡轉坡陀。暫息泉上樓，倚闌頻嘯歌。此時知心友，愆期在山阿。儔侶傒之久，不至復如何。

湖下對雨有懷天淵老禪

空濛暗遥甸，淅瀝響高樹。乍縈林表來，復灑重湖去。瀟瀟孤興發，望望寒川暮。念與道人期，雲深不知處。

丹丘先生歌

丹丘先生好仙靈，自言手把天地扃。雷公電母聽使令，衆真狎恰通丁寧。時秋（𩙪𩗗）（𩗗𩙪）氣不清，海頭八月神濤傾。天河咫尺連滄瀛，風雷雨蝕不暫停。雲林老臣却羶腥，欲召羣仙來降精。奈此淋淫時所丁，海媧嶽姥濕輜軿。丹丘先生溘上征，坐驅羽駕逆雲行。赤龍勝御青鳥迎，手執芙蓉朝玉京。告道祠官竭精誠，冀陳脩俎靈爽呈。天胡奪是兩眼睛，有光不照孤羇情。頃之飇風翩以輕，旗旐毵毶擁首飛旌。口含天語悄無聲，爲臣特借三日晴。扶桑暘谷曉曜頳，百拜雜沓天路平。丹丘先生下太清，首戴瓊弁被玉纓。望中恍惚儵若驚，訇然向我振威獰，曷不從之學長生。

游山至葉仲容家飲散因爲醉歌

石林古村鬱深窈，幾處樓居插晴昊。主人喜我攜客來，隔屋頻呼酒家保。老來厭受樊籠束，十日山行恣幽討。世間萬事良可知，一杯且此開懷抱。座中高士毛雲莊，滿腹詩才鬭葩藻。自從偕我林壑游，得句幾回驚絶倒。况逢地主亦善詩，時出新篇慰枯槁。安得思如劉沈輩，席上同吟醉歌好。窗縈月練愛宵遲，樓度日車嫌曙早。衆賓固盡新知樂，賤子獨懷心慅慅。有家遠在越水東，數口漂流千里道。身心已同風撼木，壽命何殊露垂草。柴桑未返彭澤翁，同谷空悲杜陵老。好剩澗水添酒杯，盡把閒愁醉中掃。

胡仲厚爲余寫陋容詩以謝之

世間誰是丹青手，神妙如君不多有。一朝來訪逆旅中，戲捉霜毫貌余醜。人生落地無常身，紅顔幾日白頭新。况當萬死干戈際，豈有丰神堪寫真。胡君胡君眼如電，席上乍窺如慣見。三毛既已發天機，五采亦復開生面。試拂鸞臺青鏡銅，時時鑒我憂世容。雙眉交攢兩肩聳，政與此圖標格同。聞說朝家畫麟閣，褒公鄂公無處著。不從當代寫英雄，却向窮途繪老翁。老翁醜狀固無比，一種孤高差足喜。里巷從今詫許仙，慎勿取錢盈二千。

題何監丞畫山水歌

至正以來畫山水，祕監何侯擅其美。帝御宣文數召見，抽毫幾動天顏喜。有時詔許閱内儲，名筆班班世所無。王吴李范已心識，餘者山堆皆手摹。海内畫工亦無數，才似何侯豈多遇。權門貴戚虚左迎，往往高堂起煙霧。人間一筆不可得，門外車徒漫如織。葉君使還親集送，乘興始肯留真迹。于時在座總儒冠，王鄭歌辭晚更妍。豈無片語道離恨，見侯之畫筆盡捐。此畫攜歸在鄉縣，萬壑千巖眼中見。却憶都門送别時，回頭瞥覩西山面。莫言短幅僅盈咫，遠勢固當論萬里。既似山河月裏明，復同衡霍牖中起。葉君眼力老愈光，愛之不減雲錦章。年來行橐盡抛棄，惟將此紙什襲藏。何侯遷官定何處，有客披圖正傾慕。北騎南轅儻相值，煩君爲我致毫素，請侯一寫滄洲趣。

此畫乃葉君孔昭爲南臺宣使時，以公事走京師，祕書監丞何侯思敬爲寫以贈。而畫上所題鄭仲舒，蓋孔昭同門友，時爲國子博士。其王周叔，則孔昭居胄監時同舍生也。時爲翰林檢閲。章甫亦宦游京都，與孔昭深友愛。一時交舊皆文學之士，而思敬翰墨，尤號知名。孔昭既重思敬之所作，而又以諸君子之會合不可驟得，攜歸故里，請余詩之而并識其始末于後。覩圖畫之如新，念游從之日遠，孔昭安得不慨然于斯！

題顧氏長江圖

天下幾人畫山水，虎頭子孫世莫比。何年寫此長江圖？多少江山歸筆底。巴陵三峽天所開，遠勢似向岷峨來。洞庭瀟湘僅毫末，楚客湘君安在哉！江上一朝風雨急，老我曾來踏舟立。鼓枻既聞潭畔吟，抱琴復聽竹間泣。別來幾日世已非，忽此披圖憶曩時。早知避地多處所，肯逐紅塵千里歸。林下一夫巾屨似，亦有舟人與漁子。能添野老煙波裏，便與同生復同死。

題出射圖

玉門關南百草腓，玉門關北關兵稀。邊頭無事馬秋肥，將軍出射沙塵瀰。一胡據鞍執大旗，翩然前導疾若飛。一胡引弰如附枝，一胡放箭箭不知。後有兩胡躛騎追，側身拔鏃恐鏃遺。玉門關城迥且巍，一時士馬何神奇。我來塞外按邊陲，曾揮此馬看君騎。爲君取酒盡千巵，醉裏爭誇戰勝歸。到今已是十年期，畫家所寫是耶非？却憶當初親見時。

題打毬圖

羣胡擊毬世未見，人馬盤盤若風旋。場中一點走如飛，三人躍馬爭先馳。兩人翻身驚且歎，前視後視回回轉。平沙躛踏黄入天，肯使蒼鷹飛向前。身忘激射但狂走，未知毬落誰人手。君不見秦失其鹿人共逐，劉項雌雄幾翻覆。

袁君庭玉以所藏何思敬山水圖求題爲賦長句

有客訪我城東廬，手持何侯山水圖。乍向高堂一披覩，已知筆力天下無。老我愛山兼愛畫，對此心神忽俱化。得非鼓枻過瀟湘，無乃枝藤上嵩華。野亭倒影浸江清，耳邊髣髴波濤聲。漁子蒼茫泛舟入，林翁傴僂渡橋行。因憶良工繹思處，元氣淋漓滿毫素。豈但胸藏萬丘壑，西極南溟隨指顧。驅山走海何雄哉，滿堂空翠揮不開。丹丘赤城意緜邈，蓬萊弱水情沿洄。何侯天機深，丹青世無敵。自從揮灑近天顔，林下何曾見真迹。年來喪亂走風塵，始爲賢豪下筆親。王吴未可誇神逸，閻公致譽安足真。與客傳觀歎未止，却歎何侯今已矣。卷圖還客休重看，世間夢境亦如此。

經金繩廢寺

寂寞唐朝寺，頻年客到稀。空山孤殿在，荒逕一僧歸。苔色驕秋雨，松聲振夕暉。驚烏初有託，近亦出林飛。

鄮城逢故人

一别無消息，誰知住此城。忽逢難面認，驟語各心驚。身世丹衷折，干戈白髮生。憑君陳往事，相看重含情。

自述二首

事業此生休，追追今白頭。一年看又盡，數口轉多憂。醉憶山公騎，寒悲季子裘。妻兒重相見，説著也堪羞。

家無十日程，歸計苦難成。爲客憂飢餒，頻年仗友生。剛腸隨世屈，白髮向人明。争似湖居好，扁舟載月行。

歲暮感懷四首

驅馳三十載，身世竟何如？人老憂虞裏，交疏病廢餘。鄉邦書未返，湖海歲將除。後夜燒燈坐，依然歎索居。

移家東海上，汩没度危時。草市腥江鮑，居民雜島夷。衣冠隨俗變，姓字畏人知。保己無深計，翻言命可疑。

已被虚名誤，偷生亦偶然。兵戈十年久，妻子幾家全。往事溪雲外，餘齡逝水前。艱難有如此，何日賦歸田。

自我離鄉井，棲棲又十秋。一身渾是累，此世可無憂。道路誰青眼，風塵自白頭。但求歸葬地，餘事總休休。

客居三首

豫作全身計，遠投東海行。地偏惟養拙，歲久未知名。苔徑當湖闢，柴門逐水成。牧童時聚笑，窮老一先生。

漂流何所往，寂寞住湖陰。道路無知己，飢寒亂此心。草枯春牧遠，浪闊夜漁一作流。深。敢憚艱虞事，衰年自不禁。

寥落空山裏，松門晝亦關。江鄉千里隔，天地一身閒。聽雨多臨水，看雲長傍山。自今幽思熟，無復歎時艱。

辛亥除夕三首

眇眇家何在，悠悠歲又闌。十年東海上，千里北風寒。衰鬢隨年改，愁懷借酒寬。何鄉爲樂土，身世各艱難。

湖海風雲暗，道塗霜雪清。如何一年盡，翻使百愁生。俗薄乖留計，時危緩去程。家人團坐夜，應悉旅中情。

移居湖水上，已是一年期。客路頻辭歲，家山忘別時。庭寒無鵲噪，春近有梅知。此夜傷情極，椒觴懶獨持。

秋興五首

野色蒼涼日自斜，海城故故隱悲笳。人間已退三庚暑，天上誰乘八月槎。俯首風塵秋有淚，側身天地老無家。杖藜獨立清溪上，愁對歸鴻没暮霞。

咸陽城下動秋風，落木蕭蕭漢苑空。太液曾聞駐遊輦，上林誰見弋飛鴻。王侯第宅蒼茫外，錦繡山河感慨中。關塞只今無夢到，白頭吟望思無窮。

唐朝宮殿面南山，韋杜曾傳尺五天。馮翊郡連通雨露，崤函地闢接風煙。隴雲秦樹空今日，衰草斜陽異昔年。世事紛更共如此，豈須見後始悽然。

鳳凰飛舞下層巒，珠樹瑶花一夜殘。周室舊聞遷寶鼎，漢宮今見泣銅盤。荒祠猶記雙龍柱，壞埒曾傳乙鳥壇。爲歎興亡腸易斷，不須高眺傍高寒。

露下碧梧秋氣深，天時人事共蕭森。海流不盡衰年恨，節序祇添故國心。千里還家知幾日，十年逃世至於今。芳尊美酒無人共，安得愁中滿意斟。

偶書

自從北渡浣紗溪，十載家山入望低。失學已憐元亮子，長齋應愧太常妻。百年世事醯雞變，一夜鄉心謝豹啼。却向歸塗望遼鶴，白頭和淚寫凄迷。

題永樂寺水竹居　先師柳待制嘗訪匡長老于此。

一上高樓恨有餘，登臨事往竟成虚。已無閣老履約迹，徒認匡公水竹居。佩玉聲流池盡處，琅玕影動月來初。從今便結東林社，曉鉢高擎老衲如。

駱鄭二君子見訪賦絶句二首

欲具盤餐餉故知，村荒市遠只隨宜。家人不解艱虞事，猶想客來如舊時。

兩袖龍鍾雙淚垂，故園幾度入愁眉。相過莫説未歸事，一段傷情只自知。

詠懷

自昔操觚逐縉紳，也曾白眼看時人。年來點檢平生事，海角天涯一老身。

歲暮偶題二十二韻

削迹邊山邑，投身傍海城。驅馳悲世事，出處愧家聲。學術元求志，文章豈爲名。前塗迷軌轍，末路玷簪纓。藩國羈疏冗，衣冠備老成。乾綱遭久紊，坤軸值旋傾。朋舊千家淚，妻孥兩地情。風塵齊國往，雨雪海鄉行。紀晉慚陶令，依劉誤禰衡。世偏欺逆旅，天亦薄遺氓。陋巷棲顏闔，窮塗哭步兵。桐君方避姓，越客豈通盟。壯節雙寒鬢，生涯一短檠。道寧隨世屈，身自向人輕。弧矢乖前志，干戈送此生。何心歸故里，浪迹寄遥程。婦怨憐蘇子，男婚憶子平。攜家期浩蕩，逐食歲崢嶸。雲海望中白，雲山愁畔清。寒天催日短，窮臘逼年更。感激芳時謝，淒涼老思驚。客窗歌一曲，涕泗下縱横。

詠雪三十二韻贈友

暮雲凝黯黮，曉雪墮縱横。騁巧穿窗牖，乘危集棟甍。挾風潛作黨，雜霰暗分聲。綴柳如欺弱，縈梅似妒清。銀盤浮石出，縞帶逐車成。增勢初堆岳，含光復灑瀛。卽卑猶避污，飄急未忘争。細度歌帷遠，斜侵舞袖輕。試深筇屢擲，驗密手頻擎。裹樹形披介，摧篁韻嘯笙。堞遥迷睥睨，岸斷接坳泓。罅隙仍仍掩，高低故故平。陵鋪看象闕，庭積羨猊獰。林寒催雀聚，檐白誤雞鳴。浪走兒應喜，狂號犬自驚。

照躍連金闕，微茫混玉京。烏輪埋欲没，鼇極壓將傾。獻歲先期見，豐祥此日呈。及時消癘疫，潤物達萌生。列賀喧朝貴，騰歡沸野甿。第嫌災因約，仍訝助驕盈。冷艷凌回騎，寒光媚飲觥。風流梁苑宴，悽惻灞橋行。亦有離鄉客，遠居邊海城。底穿嗟履屣，路斷歎門閎。孰動乘舟興，誰憐卧寢情。映書空舊習，授簡豈前榮。倚望勞晨策，吟哦費夜檠。枉煩歌玉樹，寧許媲璇英。刻畫移羣象，搜羅憊五兵。身孤慚待伴，思沮詑羞明。聊示輕微體，殷勤比贈瓊。

哭汪遯齋二十四韻

詩禮趨庭日，風塵筮仕辰。獻荆思報國，捧檄冀榮親。肇典丹陽校，旋蘇海邑民。漁鹽千古舊，弦誦一朝新。浩蕩王綱解，艱虞國步屯。遂令娱綵士，幾作負羈臣。天地裨忠孝，雲山獲隱淪。陶潛猶紀晉，黄綺肯歸秦。體病相如渴，家傷原憲貧。將何具甘旨，并□窘晨昏。善事行驚俗，高居德照鄰。儒言存道脈，野趣任天真。里巷稱耆艾，鄉邦禮搢紳。時方瞻故老，世忽哭斯人。莫駐桑榆景，翻全寵辱身。聲名應不泯，傳播必殊倫。循吏光前史，文場殿後塵。遺音悲賈鵩，絶筆歎姬麟。有客含情切，長塗灑淚頻。知心遺鮑叔，交誼失陳遵。零落今如是，襟懷孰可陳。未懸徐墓劍，空憶漢江綸。獨立西風裏，老吟東海濱。此生何所託，歌罷復霑巾。

歲除示姪十六韻 時將游西浙。

客裏光陰速，天涯道路長。漂流知幾處，奔走已三霜。似汝年猶壯，如余老足傷。應慚謝氏父，徒憶阮家郎。識曠惟游衍，時艱可薦揚。第須依竹徑，未用羨羅囊。卜賣嚴公術，醫鈔陸姓方。暇仍〔研〕(妍)史册，閒亦愛詩章。運至終超達，道窮姑退藏。晴窗開藥籠，雨館倚書牀。苕水支支綠，淞雲片片黄。客行隨處是，旅食在身彊。白首摧頹甚，青春奔迅將。頻年同患難，此去莫淒涼。木德迎新節，條風換歲陽。萍蹤如可合，處困更何鄉。

哭揭祕監三十四韻

試續儒林傳，之人迹已陳。歸魂鍾阜夜，復魄董溪春。憶昔初觀國，乘時早致身。家聲漢司馬，胄教古成均。學術諸生識，才華六館親。南宮燃燭夕，北省聽鑾晨。祕閣詩書舊，容臺禮樂新。討論抽邃典，制作邁常倫。信是闈中彦，端爲席上珍。春官方載筆，東郭已埋輪。鵰鶚期高奮，驊騮且遠巡。薇垣蓮幕客，烏府繡衣人。豈獨司喉舌，猶應領縉紳。青冥來健翮，滄海起修鱗。王氣幽州歇，妖氛國步屯。依劉西適洛，戀闕北過秦。賈傅俄悲鵩，宣尼竟泣麟。風塵辭組日，江漢負羈臣。殷士皆登用，黄公獨隱淪。《黍離》興歎切，《麥秀》入歌頻！牢落征途上，飄零甬水濱。時艱憐子孝，歲儉感妻仁。我羨陶元亮，人誇賀季真。如何遽凋謝，況乃久邅迍。已矣成長往，哀哉付刼塵。黔婁衾不足，原憲數方貧。筆冢名空在，文場事已泯。行囊猶簡牘，旅冢但荆榛。聽雨嘗連榻，吟風更接茵。玉山涵遠潤，金井漱餘津。白首論交地，黄泉訣別辰。分財悲鮑叔，投轄失陳遵。北海誰求隱，東都罷對賓。向來知己淚，霑灑滿衣巾。

和陶淵明飲酒二十首

并序。録十一。以下《越游稿》。

余性不解飲，然喜與客同倡酬。士友過從，輒呼酒對酌，頹然竟醉，醉則坐睡終日，此興陶然。壬子之秋，乍遷鳳湖，酒既艱得，客亦罕至。湖上諸君子知余之寡歡也，或命之飲，或饋之酒，行游之暇，輒一舉觴。飲雖至少，而樂則有餘。因讀淵明《飲酒》二十詩，愛其語澹而思逸，遂次其韻，以示里中諸作者，同爲商確云耳。

今晨風日美，吾行欲何之？平生慕陶公，得似斜川時。此身已如寄，無爲待來兹。況多載酒人，任意復奚疑。山顛與水裔，一觴歡共持。

淵明曠達士，未及至人情。有田惟種秫，似爲酒中名。過飲多患害，曷足稱養生。此生如聚沫，忽忽風浪驚。沈醉固無益，不醉亦何成。

昔出非好榮，今處非避喧。中行有前訓，恐遂墮一偏。商於四老人，遺之在西山。朝歌《紫芝》去，暮逐白雲還。當其扶漢儲，亦復吐一言。

我卜山中居，柴門林際開。湖光并野色，一一入吾懷。勿言此居好，殆與素心乖。越鳥當北翔，夜夜思南棲。蛟龍去窟宅，常懷蟄其泥。此土固云樂，我事寡所諧。惟于酣醉中，歸路了不迷。時時沃以酒，吾駕亦忘回。

悠悠從羈役，故里限東隅。風波豈不惡，游子念歸塗。朝隨一帆逝，暮逐一馬驅。如何十舍近，翻勝千里餘。在世俱是客，且此葺吾居。

世間有真樂，除是醉中境。可能得美酒，一醉不復醒。陶生久已没，此意竟誰領。東坡與子由，當是出囊穎。和陶三四詩，粲粲夜光炳。

里中有一士，愛客情亦至。平生不解飲，而獨容我醉。我亦高其風，往還日幾次。爾汝且兩忘，何知外物貴。尚懼數見疏，澹中自多味。

大男適弱冠，初嘗傳一經。小男年十三，玉骨早已成。亦有兩女子，家事幻所更。女解事舅姑，男可了門庭。悉如黄口雛，未食已先鳴。此日不在眼，何以慰吾情。

棲棲徒旅中，美酒不常得。偶得弗爲飲，人將嘲我惑。天運恆往還，人道有通塞。伊洛與瀍澗，幾度弔亡國。酒至且盡觴，餘事付默默。

結交數丈夫，有仕有不仕。静躁固異姿，出處盡忘己。此志不獲同，而我獨多恥。先師有遺訓，處仁在擇里。懷此頗有年，兹行始堪紀。四海皆兄弟，一作「弟兄」。可止便須止。酣歌盡百載，古道端足恃。

陶翁種五柳，蕭散本天真。劉生荷一鍤，似亦返其淳。步兵哭塗窮，詩思日以新。子雲草《太玄》，亦復賦《劇秦》。四士今何在？賢愚同一塵。當時不痛飲，爲事亦徒勤。我生百代下，頗與四士親。遥遥涉其涯，斂然一問津。但懼翻醉墨，污此衣與巾。君其恕狂謬，我豈獨醒人。

和陶移居二首 并序。

余去歲六月遷居慈溪之華嶼，迨今逾一年，僻處寡儔，頗懷鳳湖士俗之盛，意欲居之。後游其地，得錢仲仁氏山齋數椽，遂欣然徙家焉。因和此二詩以呈仲仁。

昔我客華嶼，古寺分半宅。窮年無俗調，看山閲朝夕。如何舍之去，遥遥從茲役。朋游方餞送，賦詩仍設席。共言新居好，今更勝疇昔。高歌縱逸舟，持用慰離析。

我未踐斯境，已賦《考槃》詩。懷此多年歲，一廛今得之。陶翁徙南村，言笑慰相思。斗酒洽鄰曲，亦有如翁時。投身既得所，何能復去茲。鷦鷯一枝足，古語不余欺。

和陶歲暮答張常侍

長蛇驚赴壑，逸騎渴奔泉。歲月亦如是，吾生復何言。容鬢久已衰，矧茲憂慮繁。俯仰念今昔，其能免厥愆。老馬一作「馬老」。猶伏櫪，鳥倦尚歸山。我一作一。來東海上，十載不知還。竟如庭下柏，受此蔓草纏。枝一作莖。葉日已固，何有挺出年。人生無定在，形迹憑化遷。請棄悠悠談，有酒且陶然。

和陶連雨獨飲 并序。

吾居海上，旅懷鬱鬱。方得諸地主，時饋名酒，慰此寂寥，悶至輒引滿獨酌。坐雨竟日，乃和此詩以寄。

平生不解醉，未飲輒頽然。近賴好事人，置我嵇阮間。一酌憂盡忘，數斟思已仙。似同曾點輩，風此舞雩天。人道何所本，乃在羲堯一作皇。先。如何末代下，莫挽淳風還。淫雨動連月，此日復何年？履運有深懷，酒至已忘言。

題巽上人游息軒

名山鬱岧嶢，飛軒起弘敞。覺花墮檻明，忍草緣階長。日落萬壑冷，風振百泉響。掃庭驅虎出，倚闌延月上。雲影共棲息，山光同偃仰。晚磬度筠清，夕窗含澗爽。偶造幽人境，獲陪芳景賞。談玄悟道言，觀妙滅塵想。良游雖暫適，多累詎長往。所以俗中人，昏昏在天壤。

秋日書懷

獨對闌干苜蓿盤，入秋兩鬢轉斑斑。長途自覺衰難任，故國誰今老未還。猶喜病妻安久困，只憐弱子歷多艱。有書若報征徭事，又遣新愁損舊顏。

九日感傷　先人下世忌。

常年九日倍悲秋，況在長塗獨倚樓。手種白楊何處是，頭簪黃菊此生休。悠悠歲月秖添老，靡靡湖山已倦游。只有思親雙淚眼，寒江忍付水東流。

寄鶴年

衡門之下可棲遲，且抱遺經住海涯。東漢已編《高士傳》，西方仍誦美人詩。衰年避地方蓬轉，故國傷心忽黍離。天末秋風正蕭瑟，一鴻聲徹暮雲悲。

有懷淬用剛賦此以寄

何處名山擅地靈，雨徵峰下樹青青。九天日落疑星化，一夜龍歸挾霧腥。禪窟已鐫新賜翰，法函惟啓舊藏經。道人猶恨居山淺，杖錫時時入杳冥。

寄駱以大

先生節操古人同，每歎清時老不逢。東海眼穿華表鶴，西風淚盡鼎湖龍。家貧已覺交游少，地僻應忘禮數慵。獨有風塵老羈客，時時杖履一作屨。許相從。

寄胡仲孚

客裏游從近十年，一時朋舊羨君賢。學通上古長桑術，道悟《南華》散櫟篇。交久直看書似筍，愛深時借筆如椽。白頭歸倚西風立，一度相思一惘然。

承君衡叔幹遠送賦此以別

長風吹度海東邊，慣聽潮聲已十年。往事免成塵撲面，新愁唯有雪盈顛。半生望眼迷遼鶴，一夜歸心到蜀鵑。遠賦《驪駒》慚二妙，縱歌安得酒如川。

寄胡舜咨

曾著宫袍賦《上林》，一朝歸卧白雲深。昂昂老鶴鳴皋態，耿耿驚鴻避弋心。病起尚餘須送藥，客過時共賜來金。鄉邦珍重斯文寄，莫爲愁多鬢雪侵。

寄俞伯熊兼柬李仲彬

東郭先生最老成，天才久已負時名。能詩不減唐工部，解酒渾如晉步兵。塞上征鴻高避弋，海東歸鶴暗聞聲。比鄰喜有知心客，一夜彈棋直到明。

寄鄭彦博

禮帙初攜入奉常，濯纓又復向滄浪。匡時未必慚長□，撫事無如歸故鄉。雨釣海頭機已息，雲根谷口鬢俱蒼。客來若也詢餘計，題得新詩滿草堂。

懷宋庸菴

《麥秀》歌殘已白頭，逢人猶自説東周。風塵澒洞遺黎老，草木凋傷故國秋。祖逖念時空擊檝，仲宣多難但登樓。何當去逐騎麟客，被髮同爲汗漫遊。

懷滑櫻寧

海日蒼涼兩鬢絲，異鄉飄泊已多時。欲爲散木居官道，故託長桑説上池。蜀客著書人豈識，韓公賣藥世偏知。道塗同是傷心者，只合相從賦《黍離》。

懷項彦昌

滑樹江雲每憶君，别來惟見白頭新。百年誰是知心者，千里同爲歎世人。内景琴心箕谷夜，外丹火候杏園晨。極知養道多餘暇，何得長生及老身。

題高節書院

萬丈層厓置屋牢，子陵冢墓壓靈鼇。繞庭雲氣皆山雨，滿壑風聲是海濤。隱德昔煩天使下，祠光今並客星高。回頭却憶當年事，幾度春陵鬼夜號。

詠懷古迹

客來慎勿説姑蘇，弔古令人百感俱。已訝當年嘗越膽，更堪此日聽《吴趨》。荒臺鹿下江聲咽，古木烏啼月影孤。欲問闔閭埋葬地，五湖東畔已荒蕪。

哭陳夷白二首

白髮江湖一病身，平生精力瘁斯文。師門偉器今餘幾，藩國奇才獨數君。共愛辭華追董賈，肯將出處累機雲。生芻不到黃瓊墓，目極五湖西日曛。

老我歸來託遠林，仙橈猶泛五湖深。身名已喜全離亂，生死俄聞變古今。懸榻空餘徐穉恨，絶絃真亂伯牙心。無端又向溪橋立，望斷秋鴻淚滿襟。

秦湖漁隱爲袁桂芳賦

履運已成昔，名湖尚説秦。避時端有意，把釣可無人。若士居姚水，遺風似舜民。地雖占越上，境實慕河濱。已忝歸漁業，何言託隱淪。月浮孤艇夜，雨著短蓑春。泊渚多依藻，窺汀或傍筠。羽沈疑中餌，絲動訝拖鱗。竭澤知難脱，殃池數已屯。競多聲失厲，得儁語忘嗔。獺怨誅求盡，龍嫌蕩漾頻。腥風連巷陌，穢浪接沙塵。水際呼兒急，牆頭换酒新。謳歌便野習，嗜好任天真。行媿清狂客，名傳放逐臣。家臨煙浦近，門對雪鷗馴。釣渭心徒苦，興周迹已陳。子陵辭漢日，賀老别唐辰。事業今如是，棲遲固足珍。青雲人既遠，白首我還親。衰謝無知己，飄零偶問津。但期連郡邑，豈料結比鄰。東主方懸榻，西風且釣緡。扁舟如可具，同老此湖濱。

甲辰元日對雪聯句

三冬不作雪，元日乃飛花。殆似呈豐兆，蔡。還如獻歲華。曉梅同璀璨，戴。凍蝶鬬交加。疊徑如拖練，徐。旋空若攬車。隨風疏復密，蔡。雜霰整還斜。葩借雲爲葉，戴。光疑月在沙。迷汀難辨鷺，徐。著柳易分鴉。詠絮應輪轀，蔡。吟車欲過叉。寒將椒酒敵，戴。瑩比塞酥嘉。刻畫天呈巧，徐。鋪張地掩瑕。早朝光映笏，蔡。暝獵勢漫罝。後臘寧非瑞，戴。先春益自誇。拂林微見蕊，徐。綴草淺窺芽。煖促庭猊化，蔡。陽催瓦雀呀。土融偏潤麥，戴。水活最便茶。不雨檐常滴，徐。當陰砌或遮。詩成燈屢剪，蔡。坐久鼓頻撾。路滑妨回騎，城嚴畏奏笳。歲寒同在旅，徐。春至倍思家。此日堪乘興，蔡。歸舟向若耶。戴。

對菊聯句

翡翠翦秋葉，金瓊鏤寒英。良。駢枝競戢戢，植幹紛亭亭。翰。逞芳固的皪，鬬媚益晶熒。璜。幽姿匪人造，逸態諒天成。轅。傍芽萌庶孽，乳萼孕懷綳。温。螫虎縮逗翳，痒蚝枯楬莖。良。遲倩颸陣颭，疾役雷輥輷。翰。挈楹互雜沓，跂檻遞紛争。璜。秋榮恣姽婐，春粲失婺嫃。轅。瑩奪鵝肪膩，飛攘鷗毳輕。温。韻洌帖疏穴，迹祕慰羇傖。良。魏書奉延輔，酈水滋甘馨。翰。締芳笑蘭友，論雅傲梅兄。璜。摵摵感餘錣，采采憐孤撐。轅。譜之已百品，詠之復千名。温。或繁若朝弁，或潔若藍瑛。良。或密若飄霰，或粲若羅星。翰。或赴若輻輳，或屹若峩屏。璜。或散若甄豆，或聚若輜軿。轅。或潤若璜佩，或麗若金籯。温。或鮮如鷺振，或悴如魴赬。良。或斥如僕隸，或積如雲仍。翰。或翩如春蝶，或熠如宵螢。璜。或偃如脊傴，或昂如氣盈。轅。或揚如袂舉，或側如杯傾。温。或盛喜若笑，或哀憂若酲。良。或卽階陛立，或俱盆盎升。翰。或儕處士逸，或儷節婦貞。璜。或翔疑孔翥，或峙訝鸞停。轅。或詫天姥巧，或覘地媼靈。温。朝采有元亮，夕餐有屈平。良。用酬我嘉節，來踐爾佳盟。翰。餖容交錯飣，巵許遝巡行。璜。摘鮮盛梨栗，傾濁饒醁醽。韓。起酬足蹂躪，坐嘯腹膨脝。温。陸味萃南品，海腥極東烹。良。已暢一朝樂，復哦千古情。温。句奇媲犖确。韻古鏗韶韺。良。馳驟門接武，格鬭掀麈兵。翰。味辛薑桂性，語險魑魅驚。温。懼敵迹屢屏，懾敗眼頻瞠。良。籍湜走且躓，郊島弛復獰。翰。尊卑異川岳，清濁分渭涇。璜。遐思時踸胃，凝睇靡瞷睛。韓。顧慚駑駘力，莫抗騏驥衡。温。四美已云具，二難亦既并。翰。愁去踰激矢，歡來劇抽絣。璜。卽此成放矌，何用困拘儜。良。永緝婀娜佩，庶濯塵垢纓。翰。

出游聯句

杪秋劃澄霽，游思躍然動。良。林颸迅而清，川氣漾不滃。翰。宿期凌沆瀣，晨集侵暡曚。韓。趨程指悠邈，屏務遺倥偬。源。輿挾康樂高，志激孟賁勇。良。筆牀黄帽齎，茶竈蒼頭捧。翰。放櫂閶鷁飛，揚帆接鵁雝。韓。始循並縣山，尋憩横江隴。源。午分魚食蹤，暮合龍阜踵。良。谷煙披幕紗，階月踏流汞。翰。投院誇舊知，開筵樂新奉。韓。宵嫌墜露繁，曙覺堆嵐重。源。塔訪湯師銘，窆謁先公冢。良。綵巖何業岌，雨徵何巃嵸。翰。崖寺跡蜿蜒，江檻縈螮蝀。韓。藍水碧可通，蜀山青忽擁。良。門羨登龍榮，席矜烹鶴寵。翰。話離憶沈淪，語迹愧荒茸。韓。纓緌已駢集，刀珮亦鞞琫。源。既觀朱扉盛，復瞰清泉涌。良。兩磵耳邊來，雙峰眉際聳。翰。虞宅址空存，袁墓木已拱。韓。委蛇訝客閒，叢脞笑僧冗。源。金繩憩宿倦，石林動新竦。良。大著孕璞玉，賢孫耀珪珙。翰。德邁東家丘，義壓吾邦勇。轅。堅留馬就縶，強別囚脱拳。源。竟忘漏艇危，直遡夜潮洶。良。滿覆倅器攲，顛蹶同駕㔾。翰。二賢首騰踔，小子繼跳踊。轅。江闊水翻翻，雲黑天朦朦。源。甫濟膽固懾，決去心益憁。良。孰書拯溺勳，誰息扶傯癖。翰。迹離魑魅驚，身出蛟鼉恐。轅。叩門氣始振，即館語猶恟。源。儒服漸林立，賓墀竟川壅。良。爭看麟一角，共礱龜五總。翰。吐辭超鮑謝，刮智駕晁董。轅。舫齋窺囊楹，蘭室睇今栱。源。困僮屏屢觸，醉侶酒頻□。良。屈伸付蚨蟆，聚散等蟣蠓。翰。歸情蕩躍鱗，別思眇抽蛹。轅。筆耕期已駛，詩債事尤氄。源。雲莊充昔瞶，雲林跛初尰。良。唐生竟神駭，沈子亦聽悚。翰。畫軸卷入櫓，書册收貯籠。源。磬折向蒼茫，矢躍超濛澒。良。仰視雲畔鳶，去逐煙中鷚。翰。到家跳夜厖，入室響寒蛩。轅。後會知何時？余髮已種種。良。

貞素先生舒頔

頔字道原，績谿人。父弘，字彦洪，號白雲先生。頔年十五六，與同郡朱允升、鄭子美、程以文講明經史之學。比壯，受業姑孰李青山之門，陶子敬、潘元叔並爲同舍生。時馬中丞伯庸、韓祭酒伯高皆器重之。至元丁丑，江東憲使燕只不花辟爲池陽貴池教諭。秩滿調丹徒校官，館于平章秦元之之門。至正庚寅，轉台州學正，時艱不仕，奉親攜書，歸遁山中。歲丁酉，衞國公定徽郡，交章禮聘，高卧北山之陽，以疾辭不出。洪武丁巳，考終于家，年七十有四。道原辭聘後，誅茅結廬爲讀書所，扁曰「貞素齋」。自作《貞素先生傳》，其略云：華陽山中有一老翁，年踰七十，皓髮炯瞳。齋前植花數本，四時紅白相繼，環以湘竹。良辰美景，親朋敘談，有酒酌數行，蔬肴隨所有，陶陶然不計家之有無也。風清晝閒，或篆隸數章，意與筆悟，則快然自得。雖不逮斯繇，然時人亦莫予解，因自題所著曰《古澹華陽稿》、《貞素齋集》。同里唐桂芳仲寔謂其詩盤桓蒼古，不貴纖巧織紝之習。字尤喜樸拙，識者曰宗漢隸，非八法也。

爲苗民所苦歌六十韻 時丙申二月初七日也。

二月日初七，壓天風雨急。僕夫問訊回，苗民水渦集。倉卒戒行李，二三競奔入。天寒泥塗滑，出户行不得。或牽牛數頭，或縛雞數隻。長槍插檐高，短劍耀白日。動輒便殺人，相遇焉敢敵。雜以無藉徒，孰與分南北。老母驚且憂，扶持問道出。彼來此已遁，囊橐罄收拾。急度墓頭嶺，復恐見雪迹。行行葉由凹，手足俱戰慄。兒云母疾行，母說疲無力。坐憩長松下，蔽身草不密。又逢惡少來，見罵作强賊。刀槍羅我前，性命在咫尺。母云我兩兒，懼怕避横逆。再拜致哀告，慟哭并二姪。衣衫盡剥脱，裸體肉見赤。長繩與弟連，縛手黑如漆。嗔叱行步遲，遽以大刀擊。血流未得止，苦痛走更疾。漸圍至田中，槍立哨齊吸。拔刀斫弟項，乞免幸勿及。母憂失兩兒，兒復憂母泣。艱險萬狀生，憂危苦勞役。内懷五臟飢，外被一身溼。箠楚卒未休，死生安可必。山中亦何有，所蓄僅米粒。檢括殆無遺，忽忽日將夕。留連至宋村，心緒茫若失。倏逢一卒來，相見似相識。貌貇心甚慈，衆皆被呵叱。但云解其縛，外懼中悦懌。兄弟相依回，泣母何處覓。哀矜復自憐，舉目百無一。頃刻子見母，哀號敘痛盡。斫松代膏明，拾草當菅席。主僕皆畏寒，相忘共薰炙。憂懼不待明，雞鳴咸盥櫛。又復去喜坑，晨星尚未没。山家已避舍，老母獨匍匐。逐隊躋山椒，冒雨倚松立。頭上水淋面，足下寒徹骨。明朝古唐山，盤折猶律崒。亂石如蹲虎，狹徑跨其脊。呼號風泠泠，掩映雲羃羃。初疑茫昧中，天地如開闢。往來不暫停，昏黑亦忘食。當時已狼狽，寧復問家室。幼女猶可憐，含啼抱嗚悒。不憂行路難，但恐棄溝洫。朝廷本除禍，仁道立民極。假威及蠻猺，所至皆戲劇。殺掠果何辜，曷嘗分玉石。披蘿遍山林，蕩掃空郡邑。不幸生斯時，處處值荆棘。皇天遠不聞，愁悶填胸臆。殘喘儻久延，今亦匪疇昔。渠魁未殄除，默坐長太息。

落梅歌

一枝兩枝橫水濵，千片萬片飛早春。殘香滿地鋪白茵，貪結青子枝頭新。含章檐下肌理勻，春夢未醒香醪醇。君王寵愛恩情真，何況點綴額與脣。託根巖谷遭時屯，莓苔剥落涸紅塵。碧玉柯幹供樵薪，更復擾擾來棘矜。疇昔開伴粉署賓，東風輕點泓池銀。歸來天上迹已陳，心腸鐵石見無因。惜花長歎花下巡，見仁頓覺添酸辛。角聲吹月雙眉顰，不知誰是調美人？

百牛圖歌

繫誰畫此百牛圖？絹素淋漓懸雨壁。摩挲細認角頭奇，無乃戴嵩留宦墨。牧童騎策過前村，春樹陰陰春草碧。雲收霧斂山花明，遠近巔崖翠光溼。平湖斷岸水淺深，皺縠粼粼如展席。犢眠草間牛不乳，飢齧青芻礪蒼石。或飲或浴雲滿身，物我相忘祇自得。橫斜體態百頭殊，牧豎籠雛戲阡陌。有時背上顛倒騎，細雨斜陽橫短笛。時平放爾桃林中，布穀催耕苦相迫。嗚呼比年兵革彌天下，千畦萬隴生荆棘。只今農父把鋤犂，處處開耕皆爾力。斗米三錢户不扃，四海蒼生無菜色。

秋風行

涼風起空闊，即漸吹寒聲。路遠衣裳單，良人久從征。妾身壓機杼，唯恐衣未成。短裁便鞍馬，密縫憂遠行。夫君昔辭家，王事迫期程。守邊十餘載，殺氣猶峥嶸。君以身徇國，妾亦死誓盟。志同心不改，庶保身後名。

繰絲行

小麥褪緑大麥黄，吴姬踏車繰繭香。筅鐺入沸高下忙，雪雹萬斛浮瀟湘。千絲萬縷雪光炯，五色期補帝舜裳。縣吏夜打户，租税無可措。猶豫欲輸官，又恐奉上誤。躊躕展轉無奈何，東方漸明事更多。

織婦吟三首次知縣許由衷

妾家住西湖，家貧守清素。年方二十初，學織常恐暮。父母生我時，不識當門户。夫君良家子，安肯受辛苦。

機織不畏多，但畏官府促。去年布未輸，今年糧未足。阿姑八旬餘，縮首檐下曝。君戍憂邊庭，妾心念機軸。

亂絲入手中，上機十數匹。細花間鸞凰，精巧俗莫測。朝餐釜底焦，下盡雪下滴。君心自明月，願照塵苦力。

絡緯吟

夕露淒以清，涼颸颯然至。籬根斷續聲，長繭繰絡緯。雙股依草荄，兩翼鼓元氣。月明更漏遲，似訴無限意。微物尚知時，歎彼非物類。我懷素瀟灑，聞汝澹忘慮。

竹谿書室圖爲黄克文題

清谿谿上竹無數，愛竹移家竹林住。階前老竹鏗玉聲，秋夜讀書霑竹露。書聲繞屋雜竹聲，竹色侵書助書趣。竹根箇箇長龍孫，竹上鸞凰亦來聚。有時攜琴倍竹彈，兩袖清陰分竹翠。雲梢月幹竹弄影，杖竹尋詩過橋去。平生性癖亦愛竹，不問主人造竹所。君不見一笻投陂忽變化，萬卷幡胸勝插架。

西湖曲

儂家生長西湖住，畫舫紅窗日來去。不識干戈戰四夷，良辰歌舞酣朝暮。越王懷憤攻城來，士卒失守城門開。嬌容如花惜不得，一旦零落同蒿萊。百年氣運如過電，頭白眼昏那忍見。商山路杳雲霧深，桃源不假漁郎便。錢王宫闕草樹荒，景靈臺榭風雨涼。孤山梅花幸無恙，父老含悲辭故鄉。

江南曲

庭院深沉日正長，緑窗紅几繡鴛鴦。落花風起停鍼看，蝴蝶雙雙過粉牆。

寶鴨曲

銅池織風翠波躍，睡足煖煙飢不唼。重簾未厭雲水姿，華屋清深寄閒絶。生硃剥花紅錦翅，枯咽半溼薔薇水。寶燈夜懸琉璃光，恍若澹在滄浪裏。當筵慢舞得嬌嬈，指痕膩染羅紋細。就中恐有絶纓人，誤識韓郎衣上氣。韓壽事。古聞舄化之言豈虚語，願學飛仙作雙去。

繅絲歎

東家繅絲如蠟黄，西家繅絲白如霜。黄白絲，出蠶口，長短繅，出婦手。大姑停車愁解官，小姑剥繭愁冬寒。向來苦留二月賣，去年宿債今未還。手足皸瘃事亦小，官府鞭笞何日了。吏胥夜打門，稚耋生煩惱。君不見江南人家種麻勝種田，臘月忍凍衣無邊，却過廬州換木緜。

春日雜言三首

石煖苔衣軟，谿春荇帶長。化工無限意，袖手立斜陽。

賈誼思明主，華元歸故都。張良辭北闕，范蠡泛東湖。

湖海平一作半。生客，乾坤一布衣。義哉周伯叔，飽食首陽薇。

夢仙

琤琤白玉珮，燁燁紫雲裘。海上幾千里，雲間十二樓。

野興

日落山逾碧，霞明水透紅。物華離亂際，人事寂寥中。園棗經時熟，田禾失歲豐。悲哉秋漸老，天闊叫征鴻。

人日晴

元日至人日，今年却喜晴。四方民樂業，千里卒休兵。春麗山河壯，風清草木榮。老天賜强健，拭目看昇平。

雨中適興

天闊雲横野，春深水繞村。折花攢粉蝶，投果喚青猿。潤物絲絲雨，傷春片片雲。時危朋友少，終日掩衡門。

聞鐘嶺

春雨聞鐘嶺，亂山啼杜鵑。因思亂離日，復見太平年。步月棲巖穴，凌霜度嶺巔。古松曾識我，深省復潸然。

獨步

獨步誰爲侣，谿邊有白雲。情親鷗共狎，機動鹿分羣。細草沿厓出，幽花隔岸聞。歸鴉背秋色，飛過夕陽林。

山莊雜詠

繞屋陰陰樹，通池細細流。寄書來故舊，飛夢上神州。百兩歸朝士，千金買墜樓。知幾誰氏子？一笑過林丘。

春雪

片片沾芳草，紛紛雜落花。籬寒春雀陣，檐凍午蜂衙。雲密深藏樹，谿渾不見沙。小窗風力惡，呼婢莫烹茶。

晴

雲氣扶紅日，江光漾翠濤。煙籠淮樹遠，天浄楚山高。慕道心誠渴，憂時鬢獨搔。明朝鍾阜去，渡口買輕舠。

白土嶺

野水孤城迥，風雲浪積沙。一方龍虎國，六代帝王家。玉樹歌仍在，新亭恨轉加。凝情正寥落，漁唱答邊笳。

茅岡鋪阻雨

巖谷幽棲士，江湖懶散身。思鄉荆楚客，憂國杜陵人。年老常防病，時乖不厭貧。滔滔浸平陸，何處是通津。

嶠源

谿回石欲動，山斷路還通。嵌石蘚花白，颭林楓葉紅。野雞啄寒澗，塞雁下晴空。莫怪楊朱泣，于今路更窮。

看書

一日不看書，此心若有失。看書心未已，細字費目力。六經皆糟粕，中有味如蜜。古來聖與賢，孜孜復汲汲。流傳百世下，相見不相識。今人不如古，古人豈今日。時還看我書，撫卷三歎息。

賦詩

一日不作詩，此心成渴想。非關賤性癖，只爲薄技癢。六義起商周，漢魏相做倣。下迨唐宋間，聲韻迭清響。于焉觀治亂，豈直事標榜。窮幽與曠達，俱屬浩氣養。□當搜神奇，後世知音賞。

古松

偃蹇歲寒姿，盤屈當虛檑。蒼皮絡紫蘚，翠色摇青冥。中藏六月雪，下伏千載苓。酷暑亦何畏，隆冬愈加青。老骨存蛟龍，繁枝庇林垌。不幸失所依，流禍延丙丁。恩深感雨露，猶足揚王庭。天風西南來，慎勿驚山靈。

木槿

愛花朝朝開，憐花暮卽落。顏色雖可人，賦質無乃薄。亭亭映清池，風動亦綽約。彷彿芙蓉花，依稀木芍藥。炎天衆芳彫，而此獨凌鑠。慰目聊娛情，蒼松在巖壑。

白槿花

素質不自媚，開花向秋前。澹然超羣芳，不與春爭妍。涼夜弄清影，縞衣照嬋娟。佳人分寂寞，零落祇自憐。鮮鮮碧雲樹，皎皎萬玉懸。朝開暮還落，物理乃自然。嗤彼壅腫木，徒爾全天年。

七佛菴三十韻

春色如多情，陰雲貸遊矚。登臨不憚勞，跰跰轉山谷。石磴危欲攲，梯身進恐覆。松風響簫笙，花露滴巾幅。鑿鑿石齒連，盤盤山脊伏。初疑路不通，似覺地可縮。小憩林木深，大觀天地育。曠胸陵八荒，舉手決四瀆。歲暮歷險艱，時危事幽獨。情深山水佳，興遣杖屨復。七佛菴先登，一人泉可掬。誓將寂滅心，受此清凈福。人世徒喧啾，山門遠榮辱。艱難慨諸僧，落莫棲老屋。江水清入懷，淮山翠凝目。花陰覆層檐，鳥語隔幽竹。稽首幡幢翻，升階路徑熟。禪心絮沾泥，世味蠟煮粥。軍政期嚴明，民風慕清穆。既與楊朱悲，復動賈生哭。再上講經臺，仍揾御風服。凭高氣層層，眺遠山矗矗。石眼松絡根，崖腰樹飛瀑。一泓照鬚眉，兩地映蘭菊。骨蜕超塵寰，性空悟機軸。無心雲自飛，得趣景何倏。緑樹啼白猿，青莎卧黄犢。川原豁而開，麻麥蔚以蓼。游辰風日和，行徑花草馥。冥冥鶴歸來，長嘯下山麓。

送何子舟征官秩滿

友朋情若何，最苦是離别。親愛不忍舍，臨岐語嗚咽。宦游南北州，江海多隔越。爲官不必高，飲酒不必冽。寬厚長者心，剛強見中輟。所以甘棠陰，千載稱召伯。

暮秋彌月陰雨新米甚艱晚霽至夜復雨

昏黄天開霽，夜黑雨復作。天公亦侮人，稔歲變凶惡。溼薪炊午庖，生稻炒晨鑊。十日九陰雨，何處散吾脚。況味固不佳，光景亦蕭索。孰云歲功成，尚乃滯耕穫。倩誰開扶桑？四海一照爍。

子恭淩君仲冬回冷校居講下醵杯以慰岑寂杯餘偶成

有客美髯子，飄飄雙谿來。手持青芙蓉，笑索梅花開。語寄宣城謝，句詠都官梅。日南見子日，征途雪皚皚。一官勿謂冷，官熱非其才。吾道欣有托，願言且徘徊。將何慰岑寂，時供陳尊罍。

立春 十二月十九日。

三陽肇開泰，一氣回新和。百卉已萌茁，光風扇晴波。田疇入鋤犂，城郭仍干戈。而我抱鬱鬱，居焉萬山阿。忘言今古事，扣角時悲歌。治亂關氣化，世情今如何？悠然出山去，天闊浮雲多。

春陰

昏昏霧隱山，羃羃雲弄水。造化如妒春，又釀明日雨。尋芳未可期，息戰乃所喜。花淚愁闌干，柳眼眠未起。昔日繁華衢，茲焉變荒址。將何測陰陽，默默數甲子。

次王和夫避世入都

生平性放曠，處世嘗澹然。但恐學未至，讀書究其玄。時經喪亂際，向慕心益堅。仰睇高飛鴻，翶翔入雲煙。云何雜燕雀，下與雞鶩連。避謗去城市，尋幽適林泉。枕流夜雨歇，坐石春風顛。徒抱心耿耿，復憂腹便便。王君我畏友，時寄五色鮮。神鬼泣老筆，風雪走長篇。文章古所貴，道義今誰傳。將謂禮樂盛，遽罹干戈年。六經既掃地，一物安得全。籍甚右軍裔，榮讓諸郎先。依山更帶水，問舍仍求田。花下鹿濯濯，雲間鶴翩翩。情懷渺何許，風月渾無邊。尊酒何時會，醉劈雲錦箋。

中秋對月無酒悵然孤吟

對月惜無酒，悵然負良宵。而我鬱居此，時世俱無聊。舉頭問明月，桂影東林高。南箕粲黄道，北斗橫青霄。澹泊固嘗事，佳辰何寥寥。貰酒賞明月，盤中乏擅臊。何如待九日，醉約柴桑陶。

頭陀寺廢

微雲漏疏雨，春事將結束。小徑敷落紅，長條已棲綠。行行扣禪關，寂寂啟老屋。犬吠知客來，巖棲見僧獨。漣漪漾方池，菁葱鬱佳木。立教雖尚空，存心未脱俗。於世竟何裨，零落歸山谷。極樂迷羣生，無生惑三竺。風光慰羇人，聊此寓游目。

春曉

月落窗未曙，鄰雞再三啼。攬衣起徘徊，傍水鳴鷗鶒。木末霧氣薄，花梢露華低。晨光一開豁，照耀東與西。隔屋鳥語碎，叫雲鶴聲齊。治生不可緩，童僕勤鋤犂。春曉最清淑，竟作春曉題。

閒步

和風漾晴雲，約我散芒屩。步出東南郊，晴景欣有託。□鳥鳴嚶嚶，幽花澹漠漠。平生江海交，亂後半淪落。惟餘白髮翁，林下甘寂寞。眼前兒與孫，懶惰不好學。緬懷栗里人，取醉聊自樂。

次朱克用萬户韻

和風駘蕩柳腰斜，茅屋谿邊賣酒家。馬首翩翻旗脚轉，何如偏惹帽簷花。

采石

江聲似欲欺文士，月色曾經照錦袍。八百仙人騎白鶴，紫簫吹徹碧雲高。

維揚十詠 録六

明月樓

昔年明月照盈盈，今日樓空月自明。銀甲錦箏歌舞地，寒鴉落月澹孤城。

皆春樓

樓前景物逐時新，樓上笙歌日日春。華麗已隨時節換，東風吹恨柳眉顰。

嘉會樓

壯年登覽醉歌日，況是太平全盛時。燕子銜將春色去，畫闌寬處樹旌旗。

平山堂

平山山上構高堂，堂下青蕪接大荒。堂廢山空人不見，冷雲秋草卧横岡。

蕃釐觀 即瓊花觀。

天上奇花玉色浮，祇留一種在揚州。如今后土無根蒂，蜂蝶紛紛各自愁。

太平橋

青樓翠幕舞纖腰，金屋銀屏貯阿嬌。二十年前豪俠客，相逢猶是説前朝。

金陵懷古

龍蟠虎踞石頭城，今古英雄幾戰爭。遺恨六朝何處是？江聲猶抱不平鳴。

題水墨蒲萄

老龍騰淵雲氣溼，萬斛驪珠夜光泣。秋風吹滿西涼州，釀就清香浮玉液。

由績坑出乳豁聞鵑

細草幽花二月天，煖風晴日弄春妍。村孤路僻行人少，忽聽深林叫杜鵑。

題清湘秋景二首 并序。

昔人云：詩是有聲畫，畫是無聲詩，善模寫詩與畫者之辭。然一丘一壑，出自肺腑，肆於筆端，不自知其神也。矧蕭蕭灑灑，奇奇怪怪，非深得意趣之妙不可及。友人汪允中以《清湘圖》寄示，予觀滄江白石，茂林修竹，彷彿昔客湘中時景。江滸小艇，坐紫衣，横玉簫，嗚嗚怨訴，又不知誰氏子？意豈亂離後，覩此佳致，有聲二首，敬書以歸。

木落三湘雨後天，細泉飛瀑挂晴川。疏篁影裏簫聲過，借問誰家上水船？

日暮九疑矗矗，清湘萬竹修修。不管掀天風浪，孤鸞引鳳船頭。

偶題

生平不識大鄣山，歷井捫參四十彎。誰道仙家隔蓬島？桃花流出在人間。

書西坑楊子威巡檢官舍

詰曲山蹊穿復斜，谿流淺碧漾寒沙。山村亂後蕭條甚，隱約疏林一兩家。

張氏耕隱堂次韻

獨向南莊卧白雲，遠山點點入簾青。半犂新雨孤村外，始聽春禽第一聲。

至泰州書徐千户壁二首

海天無際接扶桑，此地曾經幾戰場。怨恨不隨流水去，空階夜雨泣寒螿。

圖書整整堆蓬蓽，劍戟森森擁柳營。留客茶瓜話平昔，隨緣妝點泰州城。

自歎

半紙虛名屢失機，六年憔悴北山薇。雲霄路近行囊澀，湖海塵揚故舊稀。官冷位卑思補報，禄高責重慕輕肥。閉門風雨春多少？鳴雁雝雝又北歸。

清明

空濛細雨溼松楸，亂後人家哭未休。幾處燒錢飛蛺蝶，三丫無主祭骷髏。精魂作祟狂魂語，新鬼銜冤舊鬼愁。可是禁煙兵燹際，荒城寥落水東流。

題山中所有

石芥蘚麻紫蕨薇，破頭巾即石耳。骨山梔垂。火流金鑠錦襖子，即石鴨。霜降木落玉面貍。豬耳蕈供黃粟飯，貓頭筍煮紅豆糜。泉聲鳥語和音樂，山翁樂處無人知。

雨窗偶成

雨壓中天雲霧低，華陽閣外草萋萋。江湘夢遠紅塵隔，閶闔門高紫氣齊。紅拂杏花沾翠帽，綠拖楊柳憶金閨。故人騰踏雲霄上，何日相從信馬蹄。

蜀水道中

迢遞春山春日遲，老天無事使人悲。時危漢苑花含笑，風急隋堤柳蹙眉。村落無煙幾千里，麥麻何處兩三岐。年來無限傷春意，獨倚長松聽子規。

復入大鄣

山頂飛泉綠樹齊，彎彎相見倦攀躋。龍眠谿洞涎流石，鹿過林臯麝脫臍。日落空巖山鬼嘯，風生古木野猿啼。兩經寇結山中避，歷徧人間萬險蹊。

對雨

茅屋經年長薜蘿，故人久雨不來過。山川慘慘光華少，天地昏昏殺氣多。階草宿螢藏細葉，庭梧巢鳳覆長柯。細看柱礎饒蒸潤，奈此雲雷未已何！

吴琴忠烈廟

古祠摧敗獨孤村，老衲龍鍾倚廟門。半畝寒冰棲臘意，一川晴日借春温。松林慘澹猿猱嘯，山徑崎嶇狼虎奔。説與行人慎回顧，歸時切莫近黄昏。

度萌坑嶺

雨過郊原緑倍添，竹輿行處倦厭厭。翠垂松葉沾衣袖，紅綻花枝映帽檐。石澗水香麋麝過，林梢露重蝶須黏。嫩晴天氣催農務，麥飯新嘗似蜜甜。

過大石門

一谿流水漾晴沙，行出孤村月未斜。在世由來都是客，此身何必更尋家。向人報喜枝頭鵲，與衆争嫌屋角鴉。眼底休論凶吉事，且看田叟種桑麻。

戴氏樓居次韻

山環水繞居之安，圖畫森列宜晚看。翠幕低垂爽氣肅，銀燈高照書聲寒。世情頗覺眼界窄，酒量不博詩腸寬。湖海半生今白髮，掀髯一笑倚朱闌。

揚州　明月皆春樓名。

仙人已騎白鶴去，倦客漫逐紅塵來。人間又見梧葉落，觀裏無復瓊花開。明月皆春罷歌舞，王宮相府俱塵埃。江山如此豪華歇，千古豈不令人哀。

泥

九陌香塵溼不飛，融融隨步襲荆扉。玉驄行疾濺春雨，紫燕銜遲帶夕暉。蚓竅吐淤黏屐齒，鳳書封漬汙朝衣。夜來滿地沾飛絮，指點行人石徑歸。

失意

失意深潛懶入城，坐愁懷恨老時情。征鴻叫月帶秋色，落木隨風送雨聲。憂國赤心慚未報，思親白首歎無成。傷心莫問人間事，淚灑空城煙霧横。

涇川道中

青山雨後白雲生，雲氣參差草樹清。明月出山雲弄影，清風吹水樹含聲。人家屋角鷩尨吠，官路橋頭去馬鳴。天下之間吾亦客，還將老眼望昇平。

贈孔希文歸浙

我愧爲儒事筆田，君來枉顧辱佳篇。半生騰踏江湖日，孤館蕭條風雨天。青眼故人能有幾，白頭詞客更誰憐。江東遊遍浙西去，風攬蘆花月滿船。

次孤岳主人韻

相逢偶似虎谿橋，借榻仙房卷十朝。無補但思遼海去，投閒安用小山招。吹噓煖雨披紅萼，擸擬春風上翠條。塵世浮雲隨變見，且容花鳥伴淒寥。

寄黄克敬謫歸

力扣清都虎豹關，危言骾直動天顔。一生涕淚常憂國，萬里風塵已賜環。共惜賈生成遠謫，遥知唐介得生還。馬蹄又踏歸來路，應笑奸諛愧鷺班。

九日飲姪女家

菊花杯泛茱萸酒，楊柳村沿石鏡山。門掩黄雲千百頃，谿藏紅葉兩三灣。歡然自覺情難盡，醉矣一作後。都忘夜易闌。細雨斜風休作惡，歲寒心事正相關。

次王和夫見寄

旌旗摇曳柳營前，邑賴元戎守禦堅。林藪漫如秦地日，山河依舊漢家天。剛風萬里掃妖祲，甘雨四方清瘴煙。堪羨山中萃清致，醉歌人訝老詩仙。

金陵懷古

六代繁華古又今，鍾山王氣拂雲岑。玉驄聲斷烏臺寂，赤幟陰移畫省深。月照觚棱風淅淅，霜清甬道夜沉沉。白頭元是觀光客，手弄梅花感慨吟。

雨中呈豐彦輝

十年塞北干戈擾，二月江南雨雪深。時異世情難逆料，天寒老客不能禁。江山明秀動歸興，花柳橫陳驚壯心。休上賈生流涕策，且賡梁父《白頭吟》。

次韻葉實夫西山園飲

西山蒼翠誰家園？竹樹繞屋何森然。置酒邀我坐林下，高歌握手行花前。偶然得句不在巧，相勸爛醉仍烹鮮。世事人情都莫問，百年過去知誰賢？

南山秋色樓爲陳孟德賦

秋色横空眼界寬，玲瓏八面見峰巒。稻花香滿雨初足，梧葉聲清風正寒。百尺不教餘子卧，四時那許俗人看。課孫教子無他事，笑拍闌干醉解顔。

有懷諸公

黿鼉出没黄田蕩，龍虎盤蹲白下城。才俊滿前勞顧問，愚蒙在下冀昇平。波濤江漢暫時險，煙霧乾坤有日清。文士負才徒倚馬，武夫挾勇祇談兵。朝廷安用生疑慮，田野何由覩聖明。薇露每愁東日上，柳雲猶帶北風横。羣公退食方云喜，數子馳心尚慕榮。澤國暮春觀攙滿，江湖深夜炯攙〔槍〕（搶）。鄉村落落真堪歎，冠冕峩峩未足驚。黄犬東門憐往事，白頭南土憶歸耕。攙滿，土器，攙〔槍〕（搶），彗星。

平林煙雨

時人買畫千金傳，一片好景真天然。四時不用舒展看，翠嬌緑潤當窗前。春三漠漠護煖雨，秋九慘慘啼蒼煙。槎牙古怪雲霧暗，屈蟠偃蹇蛟龍纏。初見疑是李將軍，又似水墨王輞川。米家無根與〔懞懂〕（朦朣），安得活動全吾天。明朝雨晴煙就斂，便欲設榻林間眠。請回谷口俗士駕，幸勿驚我雙胎仙。

適耕堂爲吴琴汪壽甫扁而賦之

萌坑一作「夫容」。嶺下吴琴一作「中平」。村，中有汪氏居其源。威烈遺風千載間，一作「文公外家道義門」。積善好禮枝葉蕃。衣冠濟楚信行惇，築室亢爍依山根。適耕大篆楣扁存，挂經扶耒窮朝昏。以適爲樂遺子孫，浮雲富貴安足論。荒煙衰草金谷園，雲關霧谷載來轅，煙蓑雨笠遠市喧。肯堂有子班篪壎，山川瑞氣藏渾淪。文光五采朝吐吞，月明清夜啼黄猿。不羨變化南溟鯤，不貪爵禄何負恩。春蘭秋菊芬幽軒，客至談笑開清尊。任彼輕薄手覆翻，退處寧學羝觸籓。女及笄嫁男已婚，俯仰無愧乾與坤。醉眠老腹摩朝暾，至樂百世垂後昆。周禹錫云：極似昌黎。

胡子坑 屬大鄣。

兩儀未判眹不平，巨凸突兀潛幽靈。毓秀朵奇挺峭拔，攢峰列壑争伶俜。枯槎著蘚半身碧，老石迸土千螺青。天浄森鋩列畫戟，雲開大鄣横青屏。臨深架木側足度，飛瀑灑面洗耳聽。已有仙人浴丹室，寧無烈士摩厓銘。玄猿不驚蘋寂寂，白鶴下舞花冥冥。便欲臨風蜕凡骨，來兹絶粒餐仙苓。尚聞好事薙荒穢，直上絶頂峩新亭。茗椀先春煮碧澗，蓬窗釀臘釃銀瓶。素衣何必待三聘，白首尚可窮一經。空谷時聞尚書履，疏林夜仰處士星。時乖狼虎集妖孽，地闊魑魅行真形。避世何煩慕清致，憂時且復逃羶腥。鄙哉時俗自污濁，喜甚澗谷長清泠。祇恐愚公易輕徙，玉皇敕命守六丁。

題海寧吴筠軒山水窠木卷

世間名士多愛竹，爲愛扶疏伴幽獨。虚心直節傲雪霜，盡日相看看不足。松蘿山下延陵裔，自號筠軒詠淇澳。明窗浄几沘霜毫，煖日晴風弄蒼玉。有時乘興寫山水，復貌時人真面目。一丘一壑胸次奇，萬貌萬形心匠蓄。瀟瀟灑灑聲秋軒，瑟瑟琅琅撼昏屋。我家昔寓湘江濱，此君與我情最親。别來廿載世離亂，蹤跡萍梗無音塵。適與筠軒偶相見，一笑袖拂松蘿昏。怡然贈我一幅畫，滄江萬頃波粼粼。遠岫雲開虎嘯月，疏林霜落鴻來賓。抱琴疑是林和靖，谷口又類鄭子真。扁舟蕩漾空闊際，蘆花兩岸紛繽繽。感子高情寫幽趣，世無管鮑行踆踆。明朝漁翁約我度谿曲，彷彿又似桃源人。

許子仁相招山中叙話

許君邀我來山中，我來但見堂户空。主人送客過谿去，風吹兩岸花濛濛。屋後萬疊金芙蓉，紫氣夜吐仙人宫。澗泉流香過白鹿，林木挂雨拖青虹。羨君築室讀其下，逍遥不與世俗通。一聲黄鳥破幽夢，四顧空牖俱玲瓏。我愛此地無暑氣，重來飽飯談仙蹤。

懷京口

我昔遊北固，飄飄紫霞裾。手招雲中君，嘯傲驚天衢。一别囘塵寰，於今五載餘。緬懷城中朱紫客，朝臺暮省相催迫。東華驛使傳宣來，喜動諸公藹春色。偶遭禍亂居山中，衣冠面目塵土蒙。儒坑選冷難得調，兀兀且作經年窮。不知故人念我否？詩成遠寄南飛鴻。

送莘鄉丘克明

楊柳磯，燕子飛，江西倦客江東歸。蘆芽出水鱖魚肥，君今歸去是耶非？聞君疾，未相識，漫浪贈言恐無益。新豐斗酒何日逢，人生意氣無南北。喜津津，去宜春，鶯花滿路娱歸人。君不見都門冠蓋都憂惱，挂杖故園風日好。

過牛伏嶺

牛伏嶺高高且遠，崎嶇羊腸路百轉。仲冬跋涉汗流漿，每歎時危歷艱險。陰厓慘慘生悲風，極目四顧山巃嵸。人生能著幾兩屐，蹤跡不異無根蓬。我家居山南，别業寄山北。羣兇勢縱横，往返苦行役。山中天氣温如春，絶壁遥見梅花新。梅花年年見春色，不見多少行路人。

舒□□遠

遠字仲修，號北莊，嶼之弟也。嘗與弟士謙隨道原輿親避寇巖谷，被擄執，道原正色叱賊，言甚厲，欲殺害之。弟兄執手争死，賊衆皆感泣，俱釋以全。道原《爲苗民所苦歌》，即紀其實也。所著曰《北莊遺稿》。

莊居述懷二絶

花如鋪錦柳如緜，落日空山哭杜鵑。癡客不知塵世事，顛厓長伴白雲眠。
春山青潑雨初收，人倚衡門獨自愁。路上相逢徧荆棘，酸風吹袂淚交流。

早行和弟可菴二首

月落霜林烏早啼，風生驛路馬頻嘶。柴門犬吠天將曙，知有人家住隔谿。
雞鳴野客整雕鞍，路漸分明出亂山。記得少年因中酒，一竿紅日倚歌鬟。

幽事

樹繞重門盡日陰，倚風時聽晚蟬吟。采松釀酒開除事，畫紙圍棋消遣心。親舊殊方音邈邈，兵戈滿地夜沉沉。眼前得失君休問，家住雲窩深復深。

秋日郊行

陰霾掃淨山歷歷，晴谷回轉泉涓涓。羣雀噪風世欲幻，一狐嘯日天爲旋。祥光垂情閔下土，秋色著意開平川。我老英雄一掬淚，夜深灑向虚皇前。

舒□□遜

遜字士謙，號可菴。道原以詩文名家，士謙與仲修皆從之遊，得其源流。一時唱和，花蕚相輝，道原嘗爲之圖，其樂可知也。所著曰《搜枯集》。

和許知縣織婦吟二首

錦織並蔕花，花成謾停梭。停梭復細看，人與花如何？明月照中天，敗葉鳴寒柯。誰知恩愛心，翻成離恨多。

雙星照短牖，孤月懸高枝。仰睇星月明，對此令人悲。手持并州刀，爲君裁寒衣。不忍密密縫，此心君應知。

李謫仙

召對金鑾殿，榮膺白玉堂。氣吞高力士，眼識郭汾王。醉骨生疑蜕，詩名死更香。何由見顔色，月落照空梁。

和蔡原英暮春雜詠二首

處處鶗聲急，春光大半非。緑扶官柳暗，紅點岸花飛。竹隝消殘靄，柴門掩落暉。高人尋友罷，獨抱一琴歸。

十日九風雨，春來有許陰。氣騰三島暝，緑漲一江深。苔匝痕猶溼，花垂力不禁。遥憐杜陵老，麻麥正關心。

和人韻

山水有真趣，琴書得自由。歌詩哦字眼，沽酒過牆頭。南國黄花景，西風白雁秋。何人發幽興，吹笛倚江樓。

題度洪富嶺道中

蹋破瓊瑶路，行穿翡翠岑。光摇鼇背穩，迹印獸蹄深。冰瑩奩開鏡，泉凝玉墜簪。野梅香徹骨，三嗅動微吟。

題百馬圖

詔許平戎罷戰還，征鞍初卸汗初乾。從今歸牧華山後，只許丹青畫裏看。

道中

雨來雲裏山頭低，雨收雲束山腰齊。眼前好景吟不得，天風泠泠馬頻嘶。

送丘克明副使休官歸河南

二孤高枕大江流，天入蒼茫日夜浮。帆影遠連巴蜀曉，櫓聲清入洞庭秋。菊松雅興同元亮，泉石幽盟慕許由。別後相思梅正發，月明千里倚江樓。

江亭秋霽圖爲黃友仁題

萬頃波光煙縹緲，風颸秋聲生木杪。隔江彷彿是江南，一帶遠山青未了。何人獨引小奚僮，來訪幽亭㕎易翁。亭下扁舟纜莫解，磯頭昨夜多顛風。

和謝宗可霜華花霧塵詩三韻

宿酒禁持夢乍醒，陰陰芳樹鳥無聲。輕籠翠色溶溶曉，漸復紅香淡淡晴。誤避茶煙跧老鶴，慣藏柳影咽嬌鶯。東風却怕花神怪，捲起霏微幕不成。

子周倡和貞素兄佳什見寄因次其韻

澗谷深深圖畫開，依稀潭第等蓬萊。雨餘遠岫青凝黛，水漲平池緑潑醅。話舊西窗燒絳蠟，吟情東閣動寒梅。杜陵已喜千間庇，司馬應憐四壁頽。下榻每應高士至，抱琴時有故人來。采芝不獨商山老，亦有韜光輔世材。

重九日

去年登高靈山顛，新詩醉寫秋風前。金杯酒泛紫萸滑，烏紗帽插黄花偏。今年瀟瀟坐風雨，回首往事心茫然。青山當户爲故友，白髮兄弟羅酒筵。丹楓染霜明秋色，白雁叫雲横暮天。醉窮老眼浩無際，騰欲乘風遊八埏。

題秋江圖爲黄友仁賦

老樹槎牙石巃嵸，隔岸人家紫煙重。長江蒼茫日夜浮，天塹西來雲影動。駕風上水誰家船，片帆高颺孤雲邊。林下伊誰襏襫子，抱琴應訪草堂仙。毫端遠勢莫與比，巴陵洞庭秋色裏。莫是當年顧虎頭，寫出滄洲千萬里。

苕溪漁者郯韶

韶字九成，吳興人。好讀書，慷慨有氣節。至正中，嘗辟試漕府掾，不事奔競，澹然以詩酒自樂。自號雲臺散吏，又號苕溪漁者。日往來於玉山，與諸君相唱和。素不善畫，偶捉筆爲山水圖，輒爛熳奇詭，坐客咸嘖嘖稱歎。作詩務追開元、大曆之盛，楊鐵雅稱其格力與北州李才輩相上下。序其詩曰：我元之詩，虞爲宗，趙、范、楊、馬、陳、揭副之，繼者疊出而未止，吾求之於東南，永嘉李孝光、錢唐張雨、天台丁復、項炯、毘陵吳恭、倪瓚，蓋亦有本者也。近復得永嘉張天英、鄭東，姑蘇陳謙、郭翼，而吳興得郯韶也。

題柯丹丘墨竹

玉文堂上寫琅玕，只作吳興老可看。一夜秋風動寥廓，綵雲零落鳳毛寒。

題王元章畫萬玉圖

西湖千樹玉交加，清夜掀篷看雪花。狂殺山陰王處士，興來放筆掃横斜。

題美人琴阮圖

金谷花飛春半時，花間鶯語太遲遲。美人心事渾無賴，忍把柔情摘阮絲。

題宋高宗詩意便面

深宫華氣接蓬萊，日日題詩上紫苔。一夜雨聲無處著，盡將秋色過江來。

和張伯雨雲林席間韻

句曲先生世所憐，新詩字字總清妍。楚江衹漫聽春雨，蜀上那知有漏天。樹隔青山迎好客，華開白日照芳筵。高居更憶雲林子，目送冥鴻揮五弦。

題柯博士梅竹圖

文王宴罷奎章閣，博士歸來兩鬢絲。寫得寒梅與修竹，照人清影尚參差。

題浴馬圖

花落春雲滿御隄，晚涼試浴濯龍池。五王未許争飛鞚，先賜承恩太僕騎。

湖州東門即事和玉山韻

路入仙源一水分，雞鳴犬吠自成村。晚風忽送青天影，吹入匡廬九疊雲。

游弁山李雲山點杜鵑花與玉山同賦

金井西頭蕚緑仙，霞裾風度影翩翩。隴西才子多清思，謾把春雲染杜鵑。

寄遠曲二首

突騎破天驕，將軍賦大刀。隴頭嗚咽水，一夜夢臨洮。
朔雪滿天山，征人去不還。惟應隴頭月，照見玉門關。

題趙魏公畫

漢家宮闕畫蓬萊，煙雨蒼茫護石苔。惟有金河舊時雁，年年秋色過江來。

用楊鐵厓新居書畫船亭韻與玉山同賦二首

越來溪上暮潮過，飲馬橋頭春水波。出郭喜知塵事少，吹簫無奈月明多。華飛斷岸銜歸燕，柳蔭長溝泛白鵝。儗送一琴臨水榭，扣弦同奏《竹枝歌》。
卜築喜過楊子宅，城居曲曲抱溪流。夕陽在波人影亂，秋水上簾竹色幽。載酒過門從問字，據牀吹笛不驚鷗。月明後夜溪山雪，乘興還能具小舟。

次韻陸友仁吴中覽古一首

赤闌橋下記停橈，細雨菰蒲響暮潮。説與行人莫回首，故宮烟柳正蕭蕭。

過石塘洪

亂石成孤嶼，中流截巨濤。水清時見底，沙淺不容舠。度鳥窺天影，游鱗觸澗毛。前村江路迥，纖月在林皋。

過漁浦

江水飛花作雪輕，月明似入剡溪行。可憐一夜天涯雨，又聽春潮打櫓聲。

題三沙

三洲宛在碧波中，海色晴霞絢爛紅。夜半雞鳴先見日，天邊月暈又生風。鮫女機絲花隔霧，龍君城闕水爲宫。誰持玉節尋真去，直過扶桑弱水東。

送姚子章之浙東帥掾

海右桓桓大府開，勝一作望。中雲氣近蓬萊。借籌底用平蠻策，草檄須煩倚馬才。玉節旌麾江上見，明珠翡翠日邊一作南。來。遥知博望沙頭月，爲照乘槎萬里回。

寄南屏精舍諸友

山中遺老彫零盡，太息于今復數誰？東郭幽人頻曳履，南岡諸子總能詩。夜窗燈影分書幌，午榻茶煙颺鬢絲。何處令人發深省，永明湖上立多時。

同報復元上人登南岡文筆峰兼簡句曲外史

橘林風細涼颸生，石磴雨滑褰衣行。雙肩正如野鶴立，左耳忽若秋蟬鳴。孰云耽詩並齊己，我愛玩世惟彌明。對牀著屐歌楚語，若箇杖藜來細聽。

題王仲弘縣尹所藏高彦敬尚書巴陵山水圖

尚書愛畫山，落筆生遠色。微茫洞庭野，迥與湘渚隔。青山迤邐盤春空，江波欲落江樹重。望中雲夢開七澤，猿啼直與巴陵通。王郎家住巴陵道，按圖只説巴陵好。巴陵女兒歌《竹枝》，微風落日行人少。山中春雨生石田，柴門流水聲濺濺。釣竿長日倚沙樹，扁舟中閣生晴煙。愛此只合山中住，十年作官不歸去。高堂見畫夜夢之，墓中離離溼秋露。白頭官滿思轉多，江南酒美仍蹉跎。人生得意夜行樂，酒酣且和巴陵歌，王郎王郎奈爾何！

龍門山中即事

雷雨過厓驚落湍，空林白晝忽生寒。陰陰草閣開尊坐，細細山雲卷幔看。落日樵聲經木末，青天鳥道挂簷端。亦知吏隱非吾事，直欲從兹賦《考槃》。

和仲舉張博士見寄

金溝河上柳千條，濯濯輕陰覆畫橋。華夾御城涵曉日，波回仙沼應春潮。曾聞獻賦趨三殿，想見承雲麗九霄。欲聽鈞天塵夢隔，蘇臺涼月夜寥寥。

曉發商溪戲簡玉山且要和

商山西頭花滿煙，畫船銀燭理絲弦。翠屏何處驚殘夢，卧看青天春月圓。

送丁彥祥入京兼呈危太樸應奉

畫角城頭烏亂啼，客行秋日思淒淒。黄河一水青天上，□嶺諸山大漠西。飲馬窟深沙草淺，射雕風急暮雲低。經時不見危供奉，想候都門踏雪泥。

寄句曲外史

掬溜室中清夜分，相過曾此說幽文。入池星斗當窗見，枕席波濤隔樹聞。頭上鶡冠朝老子，手中龍節候元君。欲從世外求玄賞，雞犬巖頭有白雲。

鄭蒙泉鍊師子午谷圖

子真今住子午谷，乃在蛟門西復西。繞屋長松落晴雪，倚天絶壁立丹梯。春回大壑三芝秀，月滿空山一鶴棲。歸去看圖望瀛海，定應沐髮候天雞。

和報復元秋興

大星出海芒角稀，新月隔林光景微。空山無眠雞犬静，獨樹忽驚烏鵲飛。已喜朝廷寬賦斂，一作「中朝下優詔」。側聞南國尚戎衣。釣竿早晚落吾手，日日放船來水扉。

登天平山

西來山勢森如戟，上與浮雲石棧連。華蓋九峰當絶壁，龍門一道落飛泉。幽穿石洞潛通穴，下俯天池冷積淵。更欲振衣千仞表，側身東望洞庭煙。

谷口

谷口大星稀，蒼茫夜景微。草驚知鹿過，潭響覺龍歸。楚舞誰一作時。相狎，商歌自攬衣。鹿門應有待，莫遣壯心違。

送趙季文之湖州知事二首

□聞大郡元僚佐　江左文繁費剩裁。殷浩固稱多士選，郗超元是濟時才。題詩金井穿雲洞，下馬窪尊坐石臺。兼有故人資□畫，春風日日好懷開。

□家雲溪溪上頭，苔荒數畝石田幽。連天雲樹當書屋，歸夢青山落釣舟。大邑久傳才子盛，□□好逐王孫游。東林春酒白於蜜，未得相從對狎鷗。

吴浦

山勢分吴楚，江流接混茫。昔年隔南北，此地即邊疆。民近淮鹽市，門通海客船。行人敬風土，云是子游鄉。

伐桂辭

莫斫桂樹，莫斫桂樹，上有慈烏反哺。桂樹有華，慈烏有母。實傷汝心，匪傷汝斧。

寄倪元鎮

幻仙昔過梁谿上，之子清詩日見稱。詎有低頭拜東野，直須長嘯答孫登。書來映雪池頭落，睡起朝暾屋角升。欲酌山泉煮春茗，江干艇子幾時乘。

次張仲舉謝左轄韓公韻

高閣中天亘綵虹，坐看庭樹起秋風。相臣載酒空山裏，供奉題詩别館中。肅肅遠瞻鴻羽集，呦呦尚想鹿鳴同。纖雲不動凉生席，一夜天瓢雨洗空。

過吴興沈十二秀才

游子經年别故鄉，偶從春水泛滄浪。萬行細柳迎歸櫂，幾箇黄鸝隔草堂。北里繅車如雨響，東家煮酒入林香。沈郎阿母能強健，見説新來白髮長。

題尹山寺

王師昔度江南日，曾駐旌旗江上林。劫火不隨人幻化，箭鋒應與塔銷沈。咸池幾見天雞出，蕙帳空聞夜鶴吟。白髮老僧談往事，青山依舊白雲深。

述懷寄倪元鎮

隱吏重來學灌園，輟耕時與野人言。衡門謾有車馬集，厨廩都無鳥雀喧。夜榻張燈鈔籀史，飲瓢分水注陶尊。欲乘艇子梁溪去，稍待春潮繫樹根。

題仙山圖

華蓋諸峰積翠遥，中天樓觀涉岧嶤。白雲窈窕生晴谷，春渚微茫落暮潮。歸鶴只棲玄圃樹，幽人時過赤闌橋。相逢願接飛霞佩，早晚飈車會見招。

爲郇道士賦鍾山

每向鍾山賦草堂，遠林佳樹色蒼蒼。石橋夜迥星河澹，仙井潮生雨氣涼。坐見青松將子落，行看老鶴與人長。釣泉擬解塵纓濯，躡屩還趨千仞岡。

寄熊自得

勘書臺上聽泉者，還憶匡廬入卧遊。千尺雲松平地起，九江春水拍天流。亦知阮籍多貪酒，自愛庾公不下樓。思爾簫聲當静夜，時時吹鳳碧山頭。

題趙氏所藏畫

繡嶺宫前西日暉，忽驚嵐氣上人衣。人家隔岸留殘照，樓閣經年掩翠微。游子不知秋已暮，蹇驢直與世相違。何當寫我臨流處，黄石橋頭看釣磯。

題廬山圖

羣山東南横翠色，倒影芙蓉生石壁。青山直下九江流，吹落銀河二千尺。安得浮雲滿春空，託身萬里之長風。南游濯髮洞庭水，卧看蘿月行山中。

送王生之江陰州吏

不到澄江今五年，城居風物想依然。青山對雨雲連屋，春水到門船在天。此地極知官事簡，清時況乃郡公賢。題詩送子□相憶，又是秋風過雁前。

送僧歸温州

上人靈鷲峰頭客，歸去秋風雁宕南。山沃謝公行處屐，洞留覺祖去時龕。海汀潮白秋波亂，隴樹天青夕照含。莫怪題詩重相憶，頻年有約寄黄柑。

游弁山黄龍洞簡趙仲光

石洞陰陰海氣寒，絶厓千尺落奔湍。白翻飛燕空中見，黑入潛蛟地底蟠。陟險未窮雙蠟屐，放形自笑一儒冠。十年來往青山路，依舊黄塵没馬鞍。

送張大使之湖湘監税

學士諸孫不乏賢，司征猶得紀山川。行人西入湘江路，賈客南通下蜀船。倚竹哦詩春過雨，隔江聽瑟暝浮煙。相思莫寄衡陽雁，待得新秋又一年。

寄范叔豹

江上霜寒木葉彫，憶君何處思迢迢。長年旅食同秋雁，故里風煙隔暮潮。甚欲寄書酬遠别，絶憐把燭待清宵。雙溪月色涼如水，誰採瓊芳慰寂寥。

苕溪草堂爲范叔豹賦

徵君家住白蘋溪，煙霧蕭騷萬竹迷。茅屋秋風遼海闊，錦城秋色傍人低。朝來把釣頻維櫂，雨過看山獨杖藜。傳得杜陵千古意，肯容投老遂幽棲。

次韻楊子壽同浦太守游顧園四首

辟疆園裏好花開，路隔仙源一水回。春暖鳧鷖當檻浴，草青胡蝶上衣來。柘枝屢舞團團扇，竹葉深傾灧灧杯。何事緑波生浩蕩，畫橋風急綵舟回。

厭厭行酒日西斜，太守風流兩鬢華。簫引鳳凰停夜月，杯傳鸚鵡泛流霞。飛花半入長洲苑，歸燕空思王謝家。剪盡緑楊三萬樹，暖風吹絮滿天涯。

望中煙雨赤闌橋，芳草行人去路遥。翠壁流泉通地底，青林虚閣轉山腰。遲遲綵艇香風度，灧灧金塘柳色饒。何處隔樓聞笑語，玉人□按紫瓊簫。

石洞陰陰雪乍融，溪虚弱柳不禁風。花飛草閣通歸燕，舟泊晴江見斷虹。甚欲題詩春竹裏，不堪吹笛水煙中。歸來坐對高城晚，門外烏啼月照空。

次韻聶茂宣見貽就簡陸伯淵

揚雄宅裏曾相識，甫里祠前會面時。白日過門應問字，青春別墅只圍棋。隔溪水漲桃花屋，深巷雞鳴桑樹枝。甚欲相從二三子，篝燈細雨共談詩。

虎丘

春草青青繞闔廬，山深石徑轉崎嶇。空聞落日騰金虎，無復三泉閟玉凫。陸羽井深春雨歇，生公石在白雲孤。傷心莫問魚腸劍，怨逐秋聲上轆轤。

送盧益修鍊師所畫水仙

盧敖愛向山中住，長遣看雲一舄飛。昨夜候神東海上，夢隨環佩月中歸。

題秋林高士圖

山磴坡陀細路平，石橋流水雨初生。絶憐童子驚秋色，聽得空林落葉聲。

題趙仲穆畫送鄭蒙泉之鄞

海寧太守歸來日，愛寫新圖入卧遊。見説甬東風日好，春山如霧隔瀛洲。

題米南宫畫

風流不見米南宫，依舊雲林遠樹重。貌得匡廬舊游處，半江秋色洗芙蓉。

題柯丹丘畫

溪上青山石徑紆，暖雲晴嶂錦模糊。行人如隔湘江岸，日暮青林啼鷓鴣。

題溪村煙雨圖

山雨朝來不作泥，望中煙雨使人迷。依稀絶似羌村路，無數春船逆上溪。

梨花

渚宫花落雨霏霏，春盡江南客未歸。多少東家胡蝶夢，相思并逐彩雲飛。

題扇頭

洞庭木落山月低，出門秋色風凄凄。客行憶過黄陵廟，谷口青猿一箇啼。

題謝仲和竹石

江南謝老獨風流，愛寫晴雲竹樹幽。絶似玉堂殘月夜，數枝晴雪映高秋。

題宋王孫雨竹

閬閤春寒寫素屏，兩枝如玉立亭亭。分明自注銀潢水，白日天階洗鳳翎。

題魏明鉉畫

老翁住在浣花村，日日哦詩醉瓦盆。怪底横江見船尾，不知春水到柴門。

題畫

重岡細草覆坡陀，風引松花落澗阿。草屋雨餘雲氣溼，開門不厭好山多。

過女兒浦

浦口寒煙生白波，蘋花風急櫂舟過。人家一路青山下，只有秋田落雁多。

村行

江煙漠漠雨霏霏，野飯吹香落釣磯。三十六陂秋水闊，背人白鳥一雙飛。

題趙仲穆畫

水晶宮裏佳公子，拄笏看山逸興多。昨夜溪南新水漲，釣絲晴拂白鷗波。

趙彦榮臨畫

北苑南宮奈老何，青山依舊洛中多。相思一夜鷗波夢，稚子船頭結緑蓑。

鸜鵒圖

東風吹柳日沈沈，階下宜男緑正深。百尺游絲春院静，卧看鸜鵒步花陰。

題漁家壁

漫郎家住黄泗浦，閒看飛花坐北窗。渡口青山高似屋，門前湖水直通江。垂楊繫艇已千尺，春鯉上盤纔一雙。野老相過無一事，白頭喜對酒盈缸。

許浦道中

許浦經行三十里，狼山已見宿雲靏。何人挽粟能通海，有客販鹽初過淮。馬度岡巒何歷歷，雞鳴風雨只喈喈。一春多病兼寒色，愁絶山顛與水涯。

題唐子華山水末句用楊廉夫五字

我愛會稽楊使君，洞庭秋月約平分。時時吹笛中流去，卧看茗山如畫雲。

送人之軋溪兼簡王十二秀才

不見草堂柦樹西，春雲雜樹晚相迷。白沙今夜柴門月，又逐青山過軋溪。

爲静嵓上人賦半間雲房

松下半間屋，繞檐生白雲。山香石上起，華雨静中聞。掃榻看桐影，支筇對夕曛。悠悠百年意，世事任紛紜。

送僧歸嚴陵

春船上瀨急，歸路石濺濺。白石百花静，清江初月圓。偶逢林下叟，爲話竹間禪。明發遥相憶，青山生暮煙。

倪元鎮畫

玄館夏初度，青林暑氣中。開軒對流水，坐石待薰風。花落葛巾側，鳥鳴山几空。經鉏者誰子？散髮奏絲桐。

送樊仲益省郎之解州

六月句吴國，重逢樊省郎。題詩過山館，惜别度河梁。淮樹生秋早，汾陰去雁長。明年朱紱貴，遥憶奉華觴。

題胡廷暉畫

仙館空青裏，春船罨畫中。鷗波千丈雪，漁笛一絲風。

題元鎮畫二首

斷靄生春樹，微茫隔遠汀。梁谿新月上，照見惠山青。

高江新水生，微月流雲度。美人胡不知，相思隔春樹。

梁谿倪元鎮爲余寫湖山清曉圖河東張仲舉題詩於上友人鄭君傑竟持去不還雖往欲觀亦不出示鄭眞忍人也今觀斯圖觸景會意寧不爲之慨歎謾賦長句云

韶也性頗癖，爲愛名山遊。及茲見圖畫，近遠須購求。梁谿倪君與我好，看山作圖非草草。春山爛熳走雲濤，海樹微茫隔煙島。碩人之居在澗阿，天青石壁搴女蘿。彈琴暝落松上雪，濯足影動窗前波。而我憶在西湖住，對畫看山日忘暮。河東太史驚見之，爲寫新詩美無度。東家鄭君何太癡，時復把玩稱絶奇。一朝銜雨卷藏去，使我夢寐長思之。只今看畫卽欲死，永言思之嗟已矣！出門笑問沙上鷗，東流瀰瀰春江水。

有懷玉山徵君次沈自誠韻

翔燕屢云至，落花辭故枝。當軒盼流景，惻愴神亦疲。達士多曠志，所慕惟書詩。朝耕孰與儔，夕釣任所之。豈不念時好，沈淪與世違。取琴爲之彈，曲絶令心悲。白雲破高岡，夕月照水涯。徒令千載心，默默誰與期。

次韻倪元鎮雙燕吟

雙燕雙燕復雙燕，年去年來幾相見。東風花落杏梁深，不比朝飛雉帶箭。主人長年不知還，夢隨胡蝶千萬山。人生那似雙飛燕，去去來來梁棟間。

衡門書事二首

風雨衡茅深復深，朝來隱几獨長吟。正憐静裏耽詩癖，忽喜門前有足音。爨下焦桐彈别鶴，篋中繭紙寫來禽。南山千古悠然意，惆悵何人識此心。

門巷青苔積雨深，林花落盡一鶯吟。高情不鼓《南薰》調，長日只聞流水音。澗底青絲牽弱荇，窗前碧色護來禽。莫嫌身外求名遠，自是幽居愜素心。

石榴花辭

石榴花，爲誰好，一樹垂垂向官道。年年花落復花開，不覺前年人易老。去年花開白日長，長官載酒來稱觴。流鶯蛺蝶共飛舞，不惜醉倒花樹傍。今年花開秋可憐，纍纍結子滿樹顛。無人載酒花下飲，只説花開勝去年。去年今年兩結子，雨露生成有如此。人老不似花再開，莫惜載酒花前來。

題女真獵騎圖二首

白草原頭聞雁聲，黄沙磧裏馬蹄輕。舉頭忽見邊城月，倒著絲鞭不肯行。

塞上秋雁白雪飛，濺濺生血灑毛衣。日斜却過輪臺下，争看紅妝獵騎歸。

題青山白雲圖

山腰緑樹雨初收，天際白雲如水流。憶在九江船上望，楊花飛雪下輕鷗。

題九龍圖

九龍起幽壑，百谷走春雷。峽坼蒼厓斷，天傾白浪回。朝行神禹穴，暮過楚王臺。應有天瓢手，爲霖遍九垓。

山水四景 録二。

西風木落曉猿驚，一水東流日夜聲。兩岸青山看不盡，扁舟又過楚王城。

扁舟晚泊洞庭西，江草江花岸岸齊。却過白龍祠下去，兩邊楓樹鷓鴣啼。

芭蕉士女圖

玉階風細漏遲遲，月冷笄珈鬢影垂。怪底新涼滿團扇，紅蕉花下立多時。

梧桐士女圖

厭厭微步出深宫，露溼紅綃怯晚風。争信長門今夜月，肯分清影照梧桐。

秋林才子

殘照下西嶺，微雲翳輕陰。蹇驢行落葉，歸思在秋林。

寄唐子華縣令兼簡趙季文從事

鄉里衣冠日已疏，歸來俯仰十年餘。蒼筠獨喜經秋後，白髮休嫌把鏡初。猶子總傳韋偃畫，諸孫只守鄴侯書。西鄰從事耽詩癖，日日過門應下車。

送僧遊廬山將之西蜀謁玉泉尊者

聞道山人廬阜去，遠從西蜀陟崔嵬。舟行五月瞿唐險，天入三巴鳥道回。蘭若清猿聞苦竹，袈裟細雨憶黄梅。玉泉智者還相見，應説鄉人海上來。

小隱爲居延王孫德新賦

草堂三日風雨驚，閉户不聞車馬聲。書簽頗怪燕泥涇，井屋忽看春草生。王孫亦在城西住，手種團團青桂樹。朝來讀書不下堂，自寫淮南小山賦。

投贈兼善都水二首

尚書北柱最清高，持節東南護水曹。千載河渠數劉向，一時詞賦重王褒。玉垣天近含雞舌，阿閣朝回拾鳳毛。更憶龍池舊時柳，年年雨露浥宫袍。

視草堂深近玉除，每從進講佩銀魚。南宫畫漏通青瑣，東井金文煥石渠。古篆久知通史籀，新詩端擬過黄初。茂陵多病緣行事，惟待青冥薦《子虚》。

送廣德程萬户弟從軍

桓桓程將軍，年未三十氣如雲。一朝詣闕襲父職，獻書討賊争功勛。朝廷恩深禮數厚，授鉞前驅那敢後。雲鳥天青没畫旗，轅門月黑鳴刁斗。將軍有弟才且賢，從兄萬里何翩翩。看雲倏爾歸奉母，如此一門忠孝全。楊花三月潼川暮，揮戈又指湖南去。吹笛高城破虜風，飲馬長江洗兵雨。學書學劍真男兒，功名拾芥須爾爲。長歌更勸一杯酒，歸來細頌平蠻詩。

登姑蘇臺劉從事索賦二首

送客古臺下，繫馬古臺陰。日落黄塵起，馬嘶青草深。古人俱白骨，遺像空黄金。撫事已千載，徒傷千載心。

臺榭已蕪没，江山非昔遊。鳥啼煙樹裏，日落古城頭。源水聞吴曲，青楓繫越舟。望中衰柳色，知是舊長洲。

過南沙曹氏别墅會沈伯熙索賦

虞山相對南沙口，曲曲雲林似輞川。隔岸花飛春片片，開門青竹雨涓涓。故人忽喜經年見，清夢已驚三日前。深夜一尊仍惜别，還家又是月初弦。沈伯熙云：三日前曾夢余相見。

送淩元之湖團監税

廿年作吏辭鄉邑，十月司征去信州。孫子斑衣方在膝，慈親白髮已盈頭。嶺煙散後人歸市，春水生時客放舟。莫爲微官歎淪落，江山如此亦清遊。

望潮曲

夕風吹白波，江樹揺緑煙。行人望潮水，心與滄溟連。榑桑東來三萬里，曉看浴日重淵底。乃知碧海與天通，只隔銀河一絲水。美人住在東海頭，身輕嫁與千户侯。頻年轉粟直沽口，檣頭夜夜望牽牛。

題宋氏緑野莊

暮泊蘭陵郡，朝過緑野莊。飛花度江闊，垂柳蔭門長。掃地春陰合，梳頭荷氣凉。幾時重著屐，來此話滄浪。

玉山草堂

玉山草堂深復深，沿洄路入婁江潯。溪桃始華日杲杲，風磴積雪春陰陰。皁蓋屢過嚴武駕，白頭不愧杜陵吟。稍待清秋林壑静，杖藜與子一登臨。

玉山佳處分韻得玉字

逶迤玉山阿，窈窕桃花谷。林芳綴丹葩，霞彩散晨旭。溪回濯新錦，洞幽答鳴玉。樂哉君子游，于以寄高躅。

分題得柳塘春

美人遠在春塘住，門外垂楊千萬樹。微風白日裊游絲，度水輕陰蕩飛絮。使君來自白玉堂，攀條欲結雙明璫。門前繫著紫騮馬，上堂急管弦清商。美人起舞爲君壽，再拜登歌酌君酒。使君明日上長安，莫唱東風折楊柳。

分韻得寐字

清江下斜日，水落鴻雁至。方舟蕩文漪，葭菼新霜委。岧岧玉山岑，溟溟薄雲氣。沿洄入林塘，池館翳幽邃。羣公欣盍簪，稱觴有餘思。人生當盛年，感彼鴻鵠志。擊節歌慷慨，厭厭夜忘寐。

君子亭

扁舟憶過婁江曲，修竹泠泠隱者家。五月涼風生草閣，幾回白月照江沙。幽人長夏尋棋局，稚子應門理釣槎。更愛開門玉山裏，隔溪千樹種梅花。

聽雪齋分韻得興字

玉山何逶迤，積雪徧行徑。池閣生漣漪，林木發澄瑩。於時接芳筵，遐眺復觴詠。歌停花入檐，笛奏魚出泳。若人多雅懷，起舞屢清興。言歸夜未央，微月逗一作照。初暝。

小游仙

旭日三危際，春煙五色開。誰知大瀛海，似是小蓬萊。靈鶴傳書去，神魚聽瑟來。仙軿如少駐，花底注深杯。

碧梧翠竹堂

去年種桐樹，緑葉高雲涼。今年種新竹，已與梧樹長。幽人讀書坐高堂，夜聞天籟鳴笙簧。下堂仰視明月光，照見烏啼金井傍。烏啼在何處？雙飛向桐樹。枝頭啞啞傳好語，明年結巢鳳來住。

分韻得春字

高堂落新搆，式燕娛嘉賓。華林散玉氣，方池蔭清□。魚游樂磐石，鹿鳴懷早春。陶情寄物表，與子聊相親。

湖光山色樓

兹樓俯吴甸，百里見虞山。雲歸飛鳥外，帆落大江間。河源或可到，星使幾時還。因尋種桃者，繫船清溪灣。

分韻得寒字

玉山臘月春意動，獨樹花開照江干。高閣此時宜望遠，開尊與子一憑闌。雪消野渚鳧鷖亂，水落漁舟網罟寒。明日風帆入城市，且須泥飲罄清歡。

柳塘春

春塘二月春波深，楊柳濯濯弄輕陰。微風裊裊金蟲落，隔屋兩兩黄鸝吟。飛花莫遣度流水，化作浮萍無定止。折時須折最長條，堤邊繫取木蘭橈。

送鄭同夫歸豫章分題虎丘

青山闔閭墓，荒草起秋風。古隧蒼精化，陰房玉雁空。夕陽明野寺，遠樹落霜楓。送子難爲别，無情楚水東。

至正庚寅臘月下澣予與琦元璞吴國良同寓玉山時大雪彌旬日坐雪巢聽簫酌酒煮茗賦詩俄有他故乘夜泛舟泊楓橋下雪復大作匡山于彦成有越上之行余賦是詩以送之二首

長江幾萬里，送子一扁舟。日落雲帆盡，天空海水流。青山無過雁，白髮有歸鷗。爲語乘槎客，何如汗漫遊。

山陰有歸客，雪夜泛扁舟。一笑遽云別，知君静者流。看山對明鏡，濯足起飛鷗。還載一壺酒，相尋賀監遊。

簡于匡山次李五峰韻

之子遠遊吴楚間，春江二月草斑斑。扁舟不愁風雨惡，作客正喜東南還。共愛開門對湖水，幾時高閣看青山。花雨亭前未相見，題詩憶爾尚紅顔。

雪霽顧仲瑛偕余與陳惟允坐劍池上惟允爲寫圖因賦詩云 一本作二首，誤。

殘雪落林度西嶺，古一作幽。又作陰。澗寒泉凝素綆。孤一作山。又作雨。僧倚樹聽微吟，一作鐘。一鶴臨池一作流。照清影。松間旭日映山椒，白雲英英如雨飄。何當爲置王摩詰，更添幾一作一。葉紅芭蕉。王維種紅蕉於輞川莊，嘗寫蕉池積雪，不徒以供揮灑，故云。

至正十年十二月十九日義興吴國良持倪雲林詩來玉山中相與徜徉數日將旋索爲别余與玉山同簡雲林

吴生陽羡溪頭住，歲晏扁舟載雪歸。江上坐看雙槳去，天邊目送一鴻飛。豈無稚子燒桐葉，知有幽人候水扉。後夜相思心欲折，短簫吹月坐苔磯。

聞夜來過春夢樓贈小芙蓉樂府恨不得從游戲呈二十八字代簡玉山主人

金鴨香銷月上遲，玉人扶醉寫新詞。勝游不記歸來夜，春夢樓前倚馬時。

秋夜獨坐有懷玉山徵君

庭樹葉初落，鵲飛驚早秋。玉繩猶未轉，星漢忽同流。楊柳離亭思，芙蓉别浦愁。美人隔煙渚，滄海信悠悠。

次玉山分題韻四首

頻年種豆遶幽居，深巷蕭條意不一作自。如。日晏炊煙分井臼，春前草色上階除。清時自分耽詩癖，白晝休嫌生事疏。祇憶桃源種桃者，秋江多致鯉魚書。

仙館縈紆洞壑幽，草堂三日爲君留。白鷗波浪春江夢，玄豹文章霧雨秋。誰謂阮生多曠達，亦知賀監最風流。才高不得題鸚鵡，重擬登樓賦未休。

玉山樹色倚青冥，灑閣風微酒易醒。移席絶憐江柳碧，鉤簾更愛竹書青。白雲盡日春團蓋，靈石何年夜隕星。却笑虎頭癡絶甚，盡將詩句寫秋屏。

海上青山積翠嵐，望中雲氣似湘潭。水光入夜樓陰直，月色當江樹影涵。只惜鄭莊能好客，亦知王衍愛清談。誰云酒債尋常有，我得詩名取次慚。

律詩二首奉寄玉山徵君

仙人愛向桃源住，曲曲雲林勝輞川。秋水到門船似屋，青山當檻樹如煙。常時待月溪邊立，最愛梳頭竹裏眠。我有好懷清夢遠，題詩還到草堂前。

徵君一月不出屋，客來喜值清秋時。會稽録事應當别，笠澤高僧定賦詩。新月忽從溪上出，清尊還向竹間移。殷勤持寄于高士，切勿愁吟兩鬢絲。

有懷玉山次沈自誠韻

亭亭古昆丘，上有瓊樹枝。仙人居其間，服食忘神疲。朝馭羲和車，夕味金臺詩。我嘗與之遊，中夜夢見之。御風周八極，迥焉人世違。青雲忽氤氲，白鶴長鳴悲。以兹嬰世網，一墮東海涯。安得浮丘公，挾舟候安期。

西湖酌别便欲過草堂因冗未果小詩二章奉寄稍涼當買舟相晤也

片玉山中結草堂，門前流水似滄浪。竹陰覆几琴書潤，花氣薰窗筆硯香。四海詩名唐李杜，一時文采漢班揚。近聞高士增新傳，好紀淮南老更狂。

五月西湖載酒遊，芰荷香裏雨初收。黄蜂飛近花邊坐，白鳥來依柳下舟。佩服盡從唐制度，笑談不減晉風流。幽期莫更歌招隱，擬趁西風桂子秋。

虞山道中有懷玉山徵君

言偃宅前湖水東，千門楊柳緑摇風。一篷山色斜陽外，半夜雨聲春夢中。獨客年年如旅燕，行人草草似驚鴻。芳洲杜若憑誰采？心逐寒潮處處同。

泊垂虹橋口占次顧仲瑛韻二首

洞庭之西湖水東，客行三日上江風。行行塞雁青天外，个个輕鷗白浪中。

鷺鷥灘鵜總多情，蕩漾春江取次行。日日沙頭候歸雁，爲郎搊得小秦箏。

次顧仲瑛晚泊新安見懷韻

長林夕露下，一雁過秋天。月照風燈外，星沈夜水前。美人隔煙渚，清夢落江船。孤坐聞城漏，迢迢夜不眠。

西湖竹枝詞六首

十五女兒羅結垂，照水學畫雙娥眉。長橋橋下彎彎月，偏向儂家照别離。
妾家西湖住横塘，一作「壚頭一月春酒香」。門前楊柳萬條長。馮郎醉後莫一作休。折斷，留待重來繫馬韁。
風篁嶺頭西日暉，青龍港口新月微。放船過去還早在，待取一作奴。一通一作道。夜歌歸。以上三首，見楊維楨《西湖竹枝集》。
闌鎖六橋春水深，鴛鴦瀰鶒蕩人心。吴兒生長自吴語，却向船頭學楚吟。
湖上荷花嬌欲語，湖中女兒木蘭舟。荷花折得渾自好，只恐荷盤不耐秋。
蘇堤寺堤一徑同，春花秋月長相逢。白面少年不相識，笑擲金錢唤阿儂。以上三首，見宋公傳《元詩體要》。

春江曲送唐閔之入關

二月春草青，三月春水肥。楊柳蕩洲渚，胡蝶作團飛。美人向何處，望望隔煙霧。迢遞越王城，青山海中樹。海水高入天，上與銀河連。相思瘴雲合，目送南飛鳶。

病起書事

病起秋水上，拂衣塵土間。雞鳴戴星出，月黑騎馬還。旌節黄龍塞，羽書青海灣。征人在萬里，風雪鬢毛班。

題倪元鎭春林遠岫圖四首

杏花簾幕看春雨，深巷無人騎馬來。獨有倪寬能識我，黄昏躡屐到蒼苔。

春色三分都有幾，二分已在雨聲中。牆東兩箇桃花樹，恨殺朝來一番風。

十日春寒早閉門，風風雨雨怕黄昏。小齋坐對黄金鴨，寂寞沈香火自温。

春寒時節病頭風，惆悵年華逝水同。世事總如春夢裏，雨聲渾在杏花中。

題趙仲穆臨李伯時鳳頭驄圖

蓬萊宫中春晝遲，五馬曾閲李伯時。天閑一一盡龍種，獨愛鳳頭尤崛奇。王孫歸卧江南日，見之爲爾生顔色。乃知神駿世所憐，仿佛明窗親貌得。黄頭圉官頋且髯，絳袍烏帶高帽尖。是日牽來赤墀下，黄門辟易争觀瞻。紅絲絡頭尾窣地，玄雲滿身飛不起。長鳴知是戀九重，豈但一日行千里。君不見春風立仗何駉駉，龍文照地來房星。何當中道爲剪拂，縱目平原春草青。

次韻周子通應奉見貽

文星一箇落南州，太史今爲萬里遊。雲漢依然天北向，風波已見海安流。亦知王粲久爲客，惟有杜康能解憂。欲問南山射虎者，數奇何事不封侯。

山陰道士劉永之

永之，字仲修，清江人。父應奇，知歸州。永之少隨父宦游，治春秋學，能文詞，家富於貲。至正間，四方兵起，日與郡士楊伯謙、彭聲之、梁孟敬輩講論風雅，當世翕然宗之。洪武初，徵至金陵。宋學士濂稱其詞翰雙絶，贈詩有「多少薦紳求識面，江南文價爲君低」之句。永之竟以重聽辭歸。嗣子奉獲罪縣官，籍其家，奉既死，永之亦徙東萊，至桃源病卒。仲修好書甚篤，篆楷行草皆有法，因自號「山陰道士」。所著詩文曰《山陰集》。門人新喻章喆子愚、何光彦謙編輯，得若干篇，孟敬爲之序，謂其遺詞發詠，追金琢璧，鉅篇短章，榘度悉合。亦元人詩之清麗古雅者也。

秋懷

涼飈振庭樹，浮雲結重陰。中情忽不樂，拂几彈鳴琴。泠泠多苦調，零淚霑衣衿。遠懷東都士，登彼北邙岑。悵然望京洛，《五噫》發哀吟。悠悠千載下，誰識古人心。

山澗讀易軒

環環碧澗連，靡靡蒼山屬。初日照林端，春禽鳴布穀。松深有去雲，苔静無來躅。獨把一編書，時向窗間讀。

海屋爲蕭君賦

結屋青海上，弄影滄江涯。手持翡翠竿，誤拂珊瑚枝。龍噓春霧合，鶴度曉雲垂。弱流幾清淺，爲書報安期。

野老看雲圖

文湍激幽澗，白雲流遠山。偃仰長松下，延眺一怡顔。清風拂素服，瑶花落樹間。拾薪青煙際，煮苓供晚餐。耽此丘中賞，竟日未言還。

門有車馬客

門有車馬客，駕言發西京。備諳興廢事，具識治亂情。天子既神武，儲君復神明。鐘鳴啓雙闕，王侯方雁行。要途無貴戚，密地有寒英。懷柔建六典，戡強用五兵。西伐踰葱嶺，東征際滄溟。北盻礬沙漠，南顧定儋瓊。金圖啓天祕，銀甕發地靈。八表既蕩一，九有悉來庭。鄙人值陽九，嗟爲□運并。忼慨攜客泣，矯首晞太平。

至正壬寅二月廿一日雍虞豈臨江宋□道士劉昊李文同登西峰之煙雲臺以登高望遠爲韻各賦四首

仙山百餘仞，振衣聊共登。陽林映昭晰，陰壑瀉璁琤。靈泓蟠玉虯，丹荑冒翠藤。霏霏縠霧斂，冉冉卿雲升。栖遯皆真侣，摛掞盡高朋。雖非幔亭會，終使逸情增。

炎運昔中否，仙吏乃遁逃。朝命三山侣，夕謝九州豪。碧壥儼遺躅，杉桂若旌旄。登覽值春晏，微雨灑蘭皋。俯窺石壁峭，仰羨天路高。愧無謝客才，翰墨聊復操。

素志抱沖澹，每懷丘中賞。兹山實靈異，景物多清曠。蜿虹蒙垂瀑，芙蓉開疊嶂。丹柰遺嘉植，青猿流哀響。赤城如可希，閬風遥相望。聊爲采真遊，毋煩北山謗。

結搆陵紫煙，玲瓏望青巘。花開一水明，松暝衆壑晚。鸞鶴隱還見，長蘿披復卷。既同風中詠，復此林下宴。流眄屬淹延，言歸猶繾綣。誰言薄當世，暫訢塵事遠。

秋林讀書圖爲章光遠賦

疏雨稍侵竹，輕颸已滿林。山窗敞虛寂，席户映深沈。蠨蛸或隊几，蝸牛時觸琴。酌酒□石上，把卷高梧陰。披覽未終帙，繁思浩盈襟。羲農倏已遠，叔季遞荒淫。懷哉魯連子，輕世有遐心。願保金玉體，遺以瑶華音。行當拂塵服，就子碧山岑。

離思方蕭索，況復暮秋餘。衰蘭空委露，殘荷已委渠。獨憶西風宴，還傷北澗居。憂來繞庭樹，閒拈墜葉書。霜露日淒淒，園林煙景變。落日薄寒塘，斜日明秋甸。陶尊湛清醑，瑶枕含幽怨。寂寞西窗下，時聞山鳥囀。

和宋學困韻

蹇劣非世器，固應知者稀。遺紛憩靈館，聊以慰所懷。芳聲契夙仰，良覯副幽期。逍遥對疏雨，山瓢時共持。蘭言發孤唱，酬章愧典彝。促席情未慊，結軫念當離。心知非遠别，終繫故人思。

題匡山石室

羣山爭盤紆，衆壑盡奔放。中峰最奇絶，直立數千丈。危搆倚石壁，面勢極弘敞。心神坐超忽，雲雨接惝怳。山色晚更佳，泉聲静逾響。猶言最絶頂，臨眺極所往。欲窮千里目，更試九節杖。精廬極蕭爽，乃在匡山涯。鮮飈泛林木，旭日生巖扉。樵梧隔煙小，鐘聲出林遲。階前百尺樹，倒挂枯藤枝。中有避喧者，禪誦清四時。挽蘿結幽佩，紉葉爲秋衣。静談遠公傳，東林迹已微。怡然契玄理，令我坐忘歸。

登煙雲臺同西峰諸友分韻得跨字

振策履崔嵬，飛步凌雲榭。俯觀飛鳥翔，遠見平江瀉。彈棋古桂陰，酌酒長松下。谷響嘯哀猿，林香過山麝。祈靈醉巫覡，尋真望仙駕。翠虯金節導，青鸞羽衣跨。逸興殊淹留，吹簫待清夜。

訪驛馬精舍能上人不遇，識其從孫蕭生進修夜坐誦詩次日書此識别留簡能公

晨起忽不樂，驅騎高原行。四山多嵐氣，日照孤峰明。亭午際江渡，煙艇浮沙汀。登岸迷所適，岐路方

縱橫。忽憶驛馬寺，久慕能公名。詢途向煙霧，阡陌互紆縈。漸入石路窄，松蘿藹冥冥。龍象雖寂寞，廊廡猶峥嶸。道人赴齋出，鐘梵杳無聲。款户識之子，開室出相迎。宴坐畢餘景，空花聞夕磬。佳句誦新作，摛藻艷春英。山尊瀉芳醑，秋蔬摘霜莖。性昧空寂旨，心樂儒雅清。夜止西窗宿，風條中夕鳴。病客既多感，聞此心骨驚。明當舍之去，沿流到江城。方從湖海游，暫遠林壑清。山門蔭寔沼，中涵苔蘚青。法源庶無竭，歸日濯塵纓。

過安慶懷余青陽先生

淮壖古重鎮，龍舒實雄冠。顯顯青陽公，銜命兹屏翰。文能宣皇風，武能折兇悍。仁能撫士卒，知能輯流散。孤城抗千里，一身當敵萬。運否拙壯圖，時屯負英算。城亡遂捐軀，仗節死國難。忠義凛霜日，聲名炳星漢。我來當夏杪，延覽遂興歎！俯仰成古今，興亡猶在眼。疲人稍歸廓，買舍臨江岸。午風舟舫集，夜霽燈火亂。精靈或來往，廟食儼容觀。生爲烈士尊，死爲奸臣憚。嗤嗤吟詩臺，千載污青簡。

擬古

南國有佳人，秀色麗春陽。素手弄機杼，織綺向蘭房。涼宵步玉階，羅襪霑微霜。坐愁容華歇，中宵理絲簧。鳳笙歡未徹，瑶瑟怨何長。哀響激林木，回車動華堂。借問此何曲，新聲奏宫商。東鄰有游子，聞之感中腸。願持五離組，繫君羅襦裳。攜手共遊衍，卒歲以翱翔。中情莫自致，脈脈懷内傷。

贈義士郭生

郭解古游俠，然諾聞公卿。片言苟相許，九鼎相爲輕。操丸過洛社，抉丸出咸京。寶刀酬劇孟，白璧奉侯嬴。去之千餘載，君今振家聲。衿懷還倜儻，壯志復峥嶸。脱略時俗子，調笑狎羣英。華筵問綺席，甲第連朱甍。駿馬桃花色，金羈翡翠纓。良時事遊冶，南陌復東城。一朝風塵起，高義激中情。傾家赴國難，誓將斬鯢鯨。長揖二千石，遂長萬夫營。營中燬羣盗，隤垣委榛荆。千金出私帑，梁棟聿新成。門廡既弘遠，堂構復高明。三軍盡鼓舞，羣公亦歎驚。由來豪傑士，乘時樹勳名。生當執金吾，訓練羽林兵。誰能對青簡？齷齪稱儒生。

感遇二首

腐鼠嚇鵷雛，魚目欺明珠。由來青雲士，高視笑泥途。廣途馳駿馬，長戟夾高車。光榮被九族，氣燄陵萬夫。祇言固恩寵，豈悟有榮枯。蒢蒞生朱門，鵩鳥瞰賓除。徒聞黄犬歎，千載爲驚吁。回視揚子雲，獨守《太玄》書。

大道直如矢，曲徑紆且盤。舍車康莊内，遵彼狹邪間。狹邪多妖麗，一笑好容顏。金鋪間綺疏，青樓入雲端。羅袖爲君開，瑶琴爲君彈。明當結綢繆，魚水比交歡。一朝青蠅至，白璧生疑患。恩愛生頃刻，平陸起波瀾。早合雖足貴，中捐良可歎。

新歲有感寄簡席煥章胡居敬

積雪蒼茫裏，寒山慘澹中。艱難經日別，漂泊此時同。筋力年非壯，詩書道未通。狼煙春戍火，禽語夜溪風。心似西橋水，滔滔日夕東。

遐想亭爲憲史劉原善作

柏府多清暇，西曹愛苦吟。結亭修竹淨，開徑古苔深。拄笏延朝爽，抽毫對夕陰。色分滄海樹，興接紫山岑。鶴唳雲侵户，烏啼露滿林。冰紈韜羽扇，素錦藉瑶琴。佩響玲瓏玉，杯浮錯落金。管寧應有約，早晚共幽尋。

江濱小警胡居敬助教來訪雨中有述

日月歲年邁，風霜道路難。晨刁傳警急，夕火報平安。江遠連三峽，山危過七盤。轉篷嗟共逐，落葉喜同看。散帙依松几，抽毫點石闌。劍神終兩合，璧美竟雙完。雲物含朝慘，琴尊盡日歡。慈烏低避雨，鷙鳥急銜寒。迢遞吴天迥，蕭條楚塞寬。魏牟心獨切，目斷北飛翰。

池閣獨坐懷周伯寧諸公

沓閣林光合，冰簾水霧消。虚池含碧鑑，古甃疊青瑶。境託祇園迥，泉分别圃遥。雙桐陰覆地，疏竹幹陵霄。珍鳥銜珠果，金魚蔭翠苕。輕飇吹白苧，涼露濕紅綃。鸚䳇懷深酌，空候想緩調。含情寄柔翰，幽賞憶清杓。

酬寄伍朝賓

才子多文藻，京華富友朋。價同千里駿，情似九霄鷹。學省燃宮燭，倡樓對市燈。醉傾光禄酒，渴飲凌人冰。馬惜障泥錦，人輕半臂綾。御溝縈似帶，馳道直如繩。青瑣彈冠入，朱門躡履登。時清周道泰，運否楚氛騰。六郡良家選，千金國士徵。星驅千載鳥，露宿騎縣棚。荏苒山河隔，蹉跎歲月增。鯨鯢依巨浪，虎豹嘯高陵。野燒兼風起，邊烽共月升。候雞晨喔喔，警鼓夜鼙鼙。水市船通賈，山村屋近僧。陶尊深泛蟻，竹簡細書蠅。交愛虞生好，詩憐辛子能。遠書同客寄，遺稿借人謄。古道時因棄，孤忠世共憎。相思愁極目，惜别淚霑膺。日晚凋琪樹，天寒落翠藤。願堅松柏操，海宇遲中興。

望香爐峰讀孟浩然詩因述

移櫂望廬阜，香爐舊識名。鳥飛千嶂碧，日淨片雲生。傘瀑長虹下，溪深猛虎行。松門通佛宇，蘿徑繞檐楹。業愛遠公白，詩欣孟子清。余方謝羈束，幸此共芳聲。

春日宴胡助教寓館次傅商翁韻

高館向山開，相將海燕來。蘭殽升玉俎，椒醑瀉銀杯。雨竹藏幽鳥，風花點緑苔。傷春無限意，偏憶豫章臺。

畦樂園

郭南抱甕者，久與世情疏。砌長龍鬚草，林開燕尾渠。轆轤花下轉，蒿苣雨中鉏。蔗熟能相寄，酬君鼝葉書。

詠荷葉

圓緘初出水，規蓋已迎風。色迷青鳥度，蔭密戲魚通。裁衣偏覺爽，酌酒乍如空。向曉珠揺蕩，時瀉玉盤中。

贈傅元賓兼謝梁徵士

百里訪柴荆，秋原獨自行。屐雲山雨滑，衣染澗雲輕。賣卜應潛姓，工詩不趁名。故人枉書札，煩爲謝高情。

溪山漁艇圖

夕陽延暮景，秋色遠冥冥。流水雙溪緑，寒山九疊青。石樓依古木，草徑接遥汀。釣叟長年在，何人問客星。

和楊伯謙韻

酌酒長松下，垂蘿拂酒杯。異禽窺藥鼎，乳鹿卧書臺。澗水穿林去，山雲帶雨回。相期同結屋，不厭野人來。

送吴德基赴安化令

春江望不極，芳草緑江潯。千里長沙道，孤帆去客心。縣城依水國，吏語帶蠻音。到日應無事，華亭自鼓琴。

和胡參謀書懷韻簡彭書記

青年杜書記，白髮漢郎官。曉佩聯清響，春衫奈薄寒。詞賦哀時切，詩書易俗難。頗聞邊報早，聊足慰辛酸。

玉峽潭陂山莊

歲杪涉風煙，連村熟芋田。路危楓葉斷，石險桂根懸。鹿栅成山壘，漁梁阻澗泉。爭心逐時化，耕鑿喜安然。

輓吴子茂

昔仕龍驤幕，英風國士前。忍將和氏璧，深瘞北邙阡。擬續王孫傳，愁看絶命篇。重尋結軫地，漬淚爲潺湲。

題張四孝廉山居

家住秋山下，紛紛霜葉飛。雨微檐滴緩，風急雁聲稀。楚國戰初罷，贛城人未歸。憐君奉甘旨，終歲掩柴扉。

經湖口縣

古縣開湖口，高檣集岸隈。山從廬阜起，江向武昌來。近水皆楊柳，荒城半草萊。客心元自速，更遣曉風催。

題方方壺畫仁智圖爲道士主默囦賦

玉檢神仙記，瓊臺羽士家。軒窗明日月，冠佩翦雲霞。白鶴窺殘弈，青童掃落花。憶曾訪丹術，楓徑駐輕車。

同傅商翁何彦正舟中有懷辛好禮韻

浮雲無定姿，青陽易消索。渡口人獨歸，雨中花盡落。風急賈船稀，春寒客衣薄。所念同心友，天涯尚漂泊。

沙際水痕交，細草蒙茸長。春江下連雁，夜雨同孤舫。佳期違宿諾，歡笑懷前賞。餘燼落寒燈，卧聞漁版響。

寫墨竹二枝并題與章子愚

落日洞庭西，曾聞唱《竹枝》。十年江海別，風雨謾相思。

題墨竹

新雨收金玦，輕風輕玉環。截筒爲九寸，吹向武夷山。

寄彭聲之

新蓮已屢摘，君子意何如？憶在湖西舍，花間獨釣魚。

題緑野春陰圖

野色連青藹，春流瀹碧沄。蘼蕪隨處緑，離思滿南雲。

秋日同友人泛舟

來把青竹竿，學釣水中魚。經年消息斷，疑有故人書。

子昂竹石

古研麝煤香，書傳雨漏牆。高齋對松雪，隨意寫瀟湘。

爲潘仲暈題定使君所贈馬郎中畫鶴

郎中畫鶴稱第一，江海十年多見之。蘭皐明月照獨舞，雪影參差風倒吹。滄江玄圃三山上，琪樹金芝日應長。萬里懷歸惜羽毛，中宵怨别流孤響。通泉素壁久漂零，忽見新圖百感并。華亭舊歎傷心切，赤壁扁舟入夢驚。緑錦池邊飼秋雨，驃騎多情每同賦。相思欲報故人知，爲傳一札東飛去。

田園幽隱圖

我家清江縣城北，竹梁花埭環深宅。鄰屋分燈夜讀書，仙山借鹿春耕石。蹤迹年來逐轉蓬，萬事驚心舊業空。無錢買山惟愛畫，坐對新圖如夢中。柴門茂樹森相向，野水山橋接空曠。雨足沙田野犢閒，風回茅屋晨雞唱。隔林炊黍起新煙，接竹穿籬引澗泉。傍隄榆柳皆新種，近舍柘枝不記年。山深住久疏城府，人情頗訝今非古。酒熟頻開白社尊，家貧時賣□公屨。邇者中原相犄角，錦袍白馬相馳逐。得失俱隨去水流，至今猶記王官谷。

劉宗海爲余作清江春雨碧嶂秋嵐二圖賦此贈之

劉君早年善山水，得意往往圖樵漁。西昌城西一相見，忽然贈我雙畫圖。圖中似是清江曲，春雨蒼茫汀樹緑。煙中髣髴辨飛帆，水際依微見茅屋。漁郎繫船江石上，一夜磯頭水新長。孤村日暮煙火微，渡口歸人暝猶往。碧嶂層巒翠轉奇，嵐光秀色含朝暉。風林落葉灑青壁，雲壑流泉生翠微。我昔結廬此山裏，每愛秋嵐淨如洗。經年奔走厭風塵，偶看新圖心獨喜。憑君添我小綸巾，明當歸掃山中雲。他日君來一相訪，松根爲子開柴門。

題金華余仲揚山水

人言吴中山水好，坐使絶境那能到。金華山人懷故山，時拂冰紈寫幽島。贈君此圖更絶奇，妙墨精思奪天造。陂陀重阜隱喬木，掩仰遥汀帶文藻。石嶠雲生暮色微，海門潮落秋風早。賀監居臨鑑湖曲，子猷宅近山陰道。江清落日櫂船回，照水新袍影顛倒。高情千古摹前哲，世俗紛華豈堪保。經年烽火徧江南，萬壑千峰迹如掃。畸人奔走厭塵濁，試觀圖畫開懷抱。思傍幽林結茅屋，柴門低映寒藤老。放鶴前山戴笠歸，獨把長鑱拾瑶草。

題古木幽篁圖

近者天下寫竹枝，息齋子昂最奇絶。金釵折股錐畫沙，直以高情寄豪墨。後來小李用家法，更覺縱横脱羈勒。御榻屏風或詔寫，流落人間豈多得。我家真蹟兼數公，錦囊玉軸複壁中。舊宅荒涼經戰伐，故物多隨煙爐空。此圖尋丈小李作，位置頗殊標格同。半身古樹色蒼潤，篔簹因依相澹濃。長林無人秋氣入，蜿蜿蛇蛟起幽蟄。蟰蛸垂絲晝陰静，老鶴陊翎昏雨集。黄陵廟前湘水深，捐玦江皋思俯拾。浮槎尋源遡空闊，折旌低渡玄雲溼。何郎兄弟最好奇，愛此不減珊瑚枝。幽居正在蘭峰下，亦有喬木當窗扉。共展長圖幽興發，六月涼颸生葛衣。還君珍襲增歎息，他日重看覛舊題。

題傅商翁觀松瀑圖

山風蕭蕭晝寂歷，長松落落倚絶壁。紫煙乍留青巘中，瀑布迸落蒼厓石。山中之人形骨清，幅巾藜杖時獨行。溪回陡絶去無路，坐撫瑶琴摸劍聲。我亦平生慕真賞，十年誤落江湖上。故山蕭條久不歸，夜雨秋衾夢常往。人生適意無是非，雲林久與幽人期。九節預裁青竹杖，明朝試拂薜蘿衣。

題何武子所藏簡天碧松圖

蒼松偃蹇如短虬，垂肘近人寒不收。悲風蕭蕭生晝晦，古鬣陊水令人愁。錦韉騎馬山陰道，石黛空青拂衣好。萬里江湖隔舊游，坐觀圖畫空山老。

送羅與敬歸西昌

石龍磯畔多芳草，游子憶家春已老。水北楊花撲地飛，旁人謾道飛花好。愛子不忍别，送子到水濆。青天孤影飛黄鵠，落日長風吹斷雲。朝發銅塘津，暮宿青泥渡。帆過孝通祠，漸是西昌路。金魚洲遠樹青青，三顧浮煙生杳冥。石扶壞道通高閣，水齧危沙見古城。君家正在何方住，獨有園廬俯江渚。昨夜深閨夢遠人，相思定倚櫻桃樹。

題金人獵騎圖

昔者金源起東北，萬馬南馳蹴中國。青蓋趨燕艮岳摧，殺氣如雲暗吴越。天旋日轉息戰爭，裹革包兵交玉帛。翔南無事號太平，頗習華風變蠻貊。既尊儒術尚文事，立進畫圖供玩閲。是時張戡畫軼馬，尺素流傳擅聲價。此圖彷彿戡所作，似貌燕山馳獵者。秋高露白葭葦黄，隱約寒山接平野。虎韀鶴轡赤茸鞧，騎影聯翩意閒雅。龍媒振鬣望空闊，足若奔暑□流赭。前驅後逐爭豪雄，左旋右轉若回風。駕鵝驚飛百獸駭，蒼鷹脱臂騰高空。策馬數獲落日紫，金盤行炙饜奴僮。當時觀者徒歎息，寫入丹青真國工。古愚先生最好事，錦標鈿束紆鸞龍。郡齋展玩當清晝，驚飈颯颯吹簾櫳。白頭書生幽薊客，不覺涕淚霑膺胸。百年興廢恍如夢，苜蓿蕭蕭迷古宫。

茅屋讀書圖

峨峨蒼山，白雲冒之。靈液滲漉，瀉爲清漪。帶我林薄，環我蓬茨。春日載陽，卉木華滋。呦呦鹿鳴，泛泛浮鷖。紱此幽獨，理我琴册。嗟彼聖賢，遺我令則。顧瞻周道，零露在草。駕言從之，中心懆懆。澗有蘭茝，山有蕨薇。逍遥卒歲，皓首爲期。

題夢鶴軒圖爲淦守曹仲修賦

緑髮山翁宫錦長，十年淪落江之涯。扁舟夜傍弄明月，夢逐西風孤鶴飛。孤鶴西飛渡江渚，星斗沈沈遠山曙。逸思騫騰八極雲，霜豪點染三秋露。梁園才子蘭臺賓，露幌行春移晝輪。未論羽翼沖霄漢，直道襟懷如古人。山城休暇多賓客，共展新圖綺軒側。一曲寒波照縞衣，坐令長憶林皋宅。

白苧詞二首

象牀玉瑱鴛鴦裀，銅盤畫燭燒紅雲。芳尊蘭勺霑朱脣，《白紵》高歌動梁塵。請君試聽曲意新，揮金縱歡及良辰。落葉辭條無再春，遺令高臺作歌舞，鬱鬱西陵那得聞。

連枝蜀錦鋪金堂，中山旨酒賓瓊觴。豹胎猩脣出中房，博山火紅夜未央。催弦促柱歌吹揚，輕身向君回玉璫。妖姿艷態世無雙，君心胡爲樂遠行。

車遥遥

車遥遥，行漸遠，男兒徇名不計返。前年客邯鄲，去年出秦關。今年驅車復入燕，燕城巍巍十二門，龍樓鳳閣起中間。大道通衢容九軌，狹邪岐路相鉤連。壯哉佳麗地，王氣若浮煙。四海爲一家，天下方晏然。列侯皆藉先人業，丞相偏蒙太后憐。兄弟幾人乘畫轂，父子七葉珥貂蟬。貴者自復貴，賤者自復賤。劇辛樂毅徒爲爾，奇謀異畫不得薦。翔風吹沙欺黑貂，拔劍憤歎起晨朝。上林三月花正滿，帳飲東都攀柳條。金尊酒盡客言別，揚鞭復駕車遥遥。車遥遥，向何許？千里行行至單父。因從魯諸生，橫經折今古。束帶纓儒冠，折節耽文事。十載芸窗自讀書，人言詞賦比相如。高車大馬消散盡，寂寞衡門駕鹿車。

猛虎行

山居近多虎害，食民耕牛畜豕，民甚苦之。古人有以文感異類者，此非涼德所及，聊爲歌詩以訟之。

猛虎何咆哮，的顙黑文章。兩目夾明鏡，牙齒若秋霜。朝噉一青兕，暮餐雙豕狼。飢舌舔哺如血鮮，領子時蹲古冢顛。樵采不敢過，草木上參天。夜深月黑風號谷，還向近村噬黃犢。十室九室牛圈空，野翁嗸嗸老婦哭。田荒無牛不得耕，官中增賦有嚴刑。鞭箠恣狼藉，羸老豈足勝。去年甲士頻經過，白晝刼人家復破。軍中貨牛動千頭，貧家無錢那可求。里胥曉至門，怒目氣如山。囷中一豕大如犬，明朝貿米去輸官。未足了官數，少寬里胥怒。猛虎夜復來，銜之上山去。猛虎□，爾何愚，天遣烏兔肥爾軀。今胡使人飢不得食寒不得衣，顑頷如枯株。騶虞有足，不踐萌芽。獬豸有角，唯觸奸邪。爾獨恃力不恃德，使我爲爾長咨嗟。人爲萬物靈，力莫爾敵，心懷忿懥不能平。思翦爾類綏我生，黃間毒矢係長絲。草中潛張當路蹊，爾行不虞絓其機。爪牙雖利將安施，食爾之肉寢爾皮。

行路難

涉水多蛟龍，跋山多猛虎，荒城荊棘上參天。大澤修蛇橫草莽，百里黯慘無人煙。驅車傎行陷泥滓，前車軸折後車來，行人不覺旁人哀。眼前道路已如此，何況太行高崔嵬。爲君歌路難，請君試一聽。位高金多豈足貴，擊鐘鼎食何足榮。東溝水流西溝涸，昨日花開今日落。世事榮枯反覆手，七尺之軀安所託。古來賢達人，與時同卷舒。龐公鹿門隱，馬生鄉曲居。款段聊來下澤車，何用終朝出畏途。

醉贈何能舉

與子十年不相遇，豈意今日重逢君。狂歌痛飲自吾輩，世間俗子徒紛紛。林木蕭疏溼秋雨，蹇驢懶渡溪橋水。咫尺西峰隔白雲，羣仙環佩月中聞。重陽好約冰壺子，同入仙源避世人。

周所立江村草堂

將軍舊日曾分禄，爲結茅堂草覆檐。過橋柳暗烏爭樹，當户花開燕入簾。醉書江石兼雲冷，晚飯山苗帶露甜。之子多才空白首，獨將詞賦擬江淹。

雲卧山房爲了上人賦

空山雲卧杳難尋，惟許人間禮磬音。龍起鉢中生片影，鶴歸仙頂結輕陰。化爲法雨霑衣溼，散作天花繞座深。去住了然無定著，祇應猛虎識禪心。

仙溪書院爲何能舉賦

江海歸來兩鬢霜，仙源深處結茅堂。參差樹映春山遠，窈窕橋通碧澗長。金匱藏書遺鳥迹，石田種玉起虹光。只愁來往迷花嶼，預擬藤陰問釣航。

淵明入社圖

空山樓觀遠蒼蒼，路出深溪石磴長。近瀑飛雲經樹溼，穿花流水過橋香。高僧喜識桄榔杖，稚子歡迎薜荔裳。入社幾時還出社，松陰十里到柴桑。

贈別傅商翁

蔗園瓜地楚山春，野屋梅花照雪筠。鄰甕共開桑落酒，客衣猶帶豫章塵。舊彈長鋏馮煖老，新著衡書季子貧。夢繞西州歸雁遠，何時同采暮江蘋。

同聲之宿蕙櫋齋臨別賦簡

故人共宿幽齋小，扁竹花開映紫蒲。采閣冥傳浮水箭，金城朝建相風烏。朱絲鏤管書苔紙，銀篥秋衾夢橘湖。明日棹船金水去，煩君臨別贈文無。

爲高安何思恭題方壺所畫山水

古象山中白晝閒，紫煙樓觀鳳笙寒。試分玉井三秋露，戲寫方壺九疊山。老樹模糊常帶雨，茅茨瀟灑鎮臨湍。知君隱處渾如此，持向荷峰錦水看。

北澗春日

喔喔野雞鳴遠林，瑶琴揮罷思愔愔。寒陵山色難生態，春入溪雲易合陰。畬隴夜燒諳土俗，州城晝掩識邊心。芳皋杜若相將緑，偏覺騷人幽怨深。

題巴丘龍母廟

天開玉峽兩厓丹，隔岸諸峰似翠鬟。神女不歸龍已化，仙翁飛去鶴空還。碧壇芳草經年合，古殿蒼松落日閒。萬里長風起天末，如聞環佩白雲間。

寄淦川友人

廢郭浮煙合綠蕪，茅茨星散縣樓孤。江連戈舫鳴春鸛，樹對寒燈起夜烏。古研自磨銅雀瓦，坐氈還疊罽賓〔毹〕（毹）。市南美酒梨花白，最憶青絲繫玉壺。

送劉子堅之袁城

雪色征袍拂曙飈，宜陽西去思飄飄。千峰靜對芙蓉幕，三峽遥連螮蝀橋。櫂得雀舟銜雨綬，借來驄馬向春驕。青年書記相知久，共按秦箏和玉簫。

讀黄危二閣老送何彦正歸省詩序追賦一首

水滿金溝柳著霜，行人驅馬上河梁。公車未奏三京賦，祖道爭持五色裳。班固文章傳太史，鍾繇書法繼中郎。澗河夜雨燒銀燭，坐聽疏鐘憶建章。

題鄒惟中西樓

西樓遠對鼎山斜，野客來尋駕鹿車。竹嶼暝煙浮翠黛，石田秋雨潤銀沙。清尊未酌心先醉，往事重論鬢欲華。肯借溪南三畝宅，從君學種邵平瓜。

用韻送梁徵君孟敬還石門

渝曲經年不見君，偶同江郭看飛雲。蚌還乍喜雙珠合，龍躍終愁兩劍分。蹤迹每同樵客隱，姓名已被世人聞。暫隨郡邑還歸去，應念山中白鹿羣。

和友人過象牙潭韻

一曲寒山照水清，哀鴻驚鵲亂江聲。浪翻白雪千尋險，天接浮雲萬里平。前輩總隨煙霧盡，虛名真似羽毛輕。高懷欲棄人間事，同向天台訪赤城。

次友人鍾陵眺望有感之作

萬堞參差啓四門，滄江一望客消魂。鳳迷吴女瓊軒月，蝶遜滕王畫棟雲。孤鳥飛空看漸滅，連檣依淺坐成醺。獨愁交午歸來鶴，謾有仙音忍重論。

寄西峰李緯之

漢家仙吏駕雲螭，遺迹空存碧蘚滋。井底龍飛山客見，峰頭鹿過野人知。芝田舊長千年藥，石室新題五字詩。寄語山中李道士，好將苦學慰深期。

寄梁孟敬

菰山之陽隱者宅，日午隔溪聞讀書。時有門生陳八篋，再從家僕致雙魚。石門雨過箕篙逕，蓽户秋深薜荔疏。已約暮春攜稚子，詠歸沂上曳輕裾。

舟中望九華山

春游秣陵涉夏還，船頭初見九華山。乍起雲煙碧窗外，忽生金彩夕陽間。玉幢字隱仙書古，石扇苔青洞府閒。安得山東李太白，共看山色弄潺湲。

到郡不入城寄彭聲之雪印大虛

鳳洲秋水日漸漸，江水渾如博士衫。草屋結來人假宿，檄文書就手親緘。裁詩久愛中丞麗，制酒難禁吏部饞。相見立談還即别，寸心摇曳似風縿。

遊承天宫

石橋流水隔飛塵，古木蒼蒼繞澗濱。靈壝舊栖逃漢史，白雲曾識避秦人。冠裳千載遺瓊笥，環佩三秋集羽輪。翠壁丹厓如夙契，欲持名姓紀嶙峋。

西昌蕭鵬舉橐其師北平按察司副使劉君子高之詩千餘篇過潭溪山中欲余選擇將歸而刻之子高余友也負奇才碩學知名當時其詩今翰林侍講學士宋公評之至矣余何足以知之徒感鵬舉師友之誼重增故人之思次韻二章聊答盛意他日子高見之當發一笑也 録一。

雨過山居竹色新，華門松户面嶙峋。錦囊緗帙聯佳客，玉節青驄憶遠人。薊北烏啼官舍晚，江南鶯囀故園春。蕭條萬里俱華髮，月落西窗入夢頻。

題宋能敏青壁軒

沓嶂層巒翠幾重，神光動處有奇逢。霧生深谷藏玄豹，泉落陰厓化玉龍。丹篆曉書朱露溼，碧窗晝掩白雲封。何時攜我青藜杖，結屋來依五粒松。

酬别宋贊善大夫景濂二首

西閣垂簾坐夕陰，每因朝退共論心。文章千載知音少，獨立蒼茫感慨深。

大秀千峰菡萏開，玉梁高接九仙臺。預從山頂結茅屋，待得先生跨鹿來。

四時詞 録一。

學士峰頭雁正過，將軍峽口柳無多。雲屏露冷衣裳薄，欲櫂觥船采芰荷。

題竹

溪藤潤帶空青色，湘竹寒生琬琰文。何處幽尋不可□，夜深山雨隔窗聞。

聽琴圖爲周易題

韋帶�冠白氍衣，龍脣鶴足軫文犀。試看十指風泉繞，曲裏時聞烏夜啼。

題畫鷹

猶記鳴鞘出霸陵，新豐市北醉呼鷹。於今豪氣都消盡，閒看新圖剔雁燈。

題郭熙春山

紫霧春山緑樹齊，水流花嶼亂鶯啼。蹇驢烏帽歸來晚，恰似成都濯錦溪。

題扇

烏絲細寫蠶頭篆，白紵新裁燕尾衫。雨過西軒苔色淨，澗中雲影似江帆。

秋江晚釣圖

□渚環洲隱釣篷，寒藤古木落秋風。十年閉户空山□，忽憶江湖似夢中。

和曾郁文韻

□戍鳴笳起畫樓，滿天涼月恨悠悠。離人一夜思親夢，度盡巴江楚水秋。

題竹三首

□窗新霽緑陰稠，隨意揮毫倣薊丘。老鶴哆翎回舞□，洞簫吹徧石林秋。

洞裏仙人白兔公，手持玉笛向秋風。彩雲低度天如水，吹作龍吟山月中。

讀易茅齋夏日長，琅玕繞屋擬瀟湘。山風一夜吹疏雨，共愛西窗五月涼。

題扇

金鳳洲頭倒玉壺，銅塘浦口送飛艫。他時若記分攜處，花滿春城聞鷓鴣。

飛仙圖

緑膺幺鳳載瓊簫，霧鬢煙鬟向月飄。閬苑獨歸仙路遠，九天風露溼紅綃。

和何平子韻三首

碧池萬柄青荷葉，相映茅齋水霧深。滿酌君家琥珀酒，時時扶醉過花陰。
雪竹霜筠負所期，寒雲飛雁影離離。懸知磐石蒼苔上，猶有山陰道士詩。
蕭蕭官柳著霜稀，水鳥沙禽弄夕暉。明日鍾陵相祖别，金盤斫膾鯉魚肥。

重過何氏席上作二首

霜筠雪竹暮雲寒，采筆題詩點石闌。銀燭金尊重到日，老懷不似少年歡。
謝家羣從最多賢，第宅新成綺户連。預喜酒闌賓客散，看傳銀燭散青煙。

寄彭聲之

素紈便面小行書，最愛風流半醉餘。芙蓉楊柳娟娟月，何處相逢解玉魚。

寄西峰道士七首

栖碧山人兩袂輕，玉蜍盛得露華清。新詩不記人間事，盡寫瑶臺閬苑情。
古墨輕磨紫麝臍，白雲窗下小書帷。何時爲寫梅君傳，换得鶖羣映錦池。
百尺飛樓接太清，萬年枝上月華明。鹿車入谷無人見，應是仙人衛叔卿。
小鳳雙吹紫玉簫，雪毛丹頂唱雲章。碧桃開徧靈芝長，萬壑千峰露氣涼。

夜禮珠衡佩玉鏘，慶雲低繞鬱金章。空中鶴語神君至，睡鴨頻添百和香。
瑶擅丹柰景闌干，不比人間荔子丹。明月娟娟清露溼，碧苞珠實滿金盤。
石室虚明隔紫煙，靈文中閟白瑶鐫。丹書隱字誰能識，歲月應題建武年。

北澗夏日二首

酒傾蘭勺石泉香，水翦荷盤露氣涼。誰料十年江海興，閉門疏雨對横塘。
白紵衣裳碧玉冠，緑波池上獨盤桓。水禽飛下涼颸起，閒看冰荷側露盤。

夜宴定侯宅醉中口號

刻羽堂中畫燭明，將軍夜醉水西營。青樓小婦新承寵，彈得《涼州》第一聲。

吹簫圖爲劉海陽賦

曾引雙飛綵鳳來，紫瓊鏤管上簫臺。於今無復人間夢，一曲閒吹坐碧苔。

題墨梅

郭西茅屋經年别，嫩蕊疏枝入夢頻。何處幽尋重相憶，寒雲野水月如銀。

爲何彦脩題縣厓古木圖

古木蒼蒼帶女蘿，峰陰斜醮石潭波。十年不到屏風疊，夜雨茅檐幽夢多。

與何重容

百尺長松不記年，石牀攲帽午陰圓。何郎茅屋相憐住，爲煮新茶汲澗泉。

題扇

揚州何遜多才藻，秋水金塘艷碧蕖。深院閉門芳草合，小簾低護殺青書。

重過北澗和韻

北澗蒼蒼古木長，南塘夜雨落花香。重來萬事堪惆悵，剪燭西窗共一觴。

三友圖

冰髯玉節間苔枝，瘦影參差落墨池。最憶山陰殘雪裏，西窗相對鬢如絲。

和貳守漫興

鄱陽春水渺連空，煙嶼飛花遠近紅。石渚買魚新斫膾，一時風致似吴中。

宿西峰懷舊

得失浮雲聚散間，陸機先識愧張翰。無端一派西安水，故作愁聲入夢寒。

題墨梅二首

茅屋蒼苔野水濱，歲寒冰雪久相親。江湖後夜扁舟夢，猶記尊前對玉人。
仙館曾逢玉帶姿，夢中要作曉寒詞。於今相對情如水，唯有清霜繞鬢絲。

寫墨竹一枝

爲君粘筆寫篔簹，數尺新梢緑粉香。持向西窗聽夜雨，高情渾似對瀟湘。

爲彭子弘題漁釣圖

彭郎磯畔小茅堂，露滿秋林木葉黄。石渚水生魚欲上，一江風雨夜嗚榔。

題北澗精舍

石田流水繞生苔，翠竹蒼松傍舍栽。恰似輞川莊裏住，蓽門斜對芰荷開。

南湖先生貢性之

性之，字友初，尚書師泰族子也。元季以胄子除簿尉，後補閩理官。明洪武初，徵録師泰後，大臣以性之薦。性之避居越之山陰，更名悦。從兄弟同仕於朝，迎歸金陵、宣城，俱不往，躬耕自給以終其身。門人私謚曰貞晦，以世家宣城之南湖，因號「南湖先生」，有南湖集藏於家。弘治間，六世孫吏部員外郎欽出示李少師東陽，少師稱其詩清新可傳，爲删去什之一，付欽刊刻行世。錢唐田參議汝成謂友初詩才清麗，但纖濃乏骨。其《湖上春歸》、《吴山遊女》、《送戴伯貞還廣西》諸詩，叙事委曲而感慨系之，出諸作之上。今其集中如「游魚出没不多个，白鳥往來時一雙。」「洞簫吹徹聲如縷，釣艇歸來小似梭。」「叱撥穩馱夷女醉，猩紅新染毳袍深。」「雲將雨意驚秋早，雁帶邊聲入座遥。」「蒼梧山暝雲連樹，青草湖春水拍天。」「烏藤拄杖扶來瘦，絳色輕袍製得方。」「晴雲接地深遮屋，春水穿船直到門。」亦多傑出之句也。

送盧思敏歸天台

天台山高四萬八千丈，神仙之徒往往窟宅乎其間。我嘗探奇恣玄覽，直上絶壁窮躋攀。松風流水聲瑟瑟，桃花玉洞春漫漫。曾逢兩仙人，對弈猶未殘。毰毸白髮長被耳，千二百歲如童顔。手攜緑玉杖，劍佩黄金環。見我拂衣起，念我行路難。問我何從來？延我啓重關。授我長生訣，餌我金霞丹。餐松齧柏飲沆瀣，伐毛洗髓滌肺肝。吁嗟凡骨不易蜕，失身又復歸塵寰。始知神仙有術終不可以遽學，使我夢寐至今夜夜空與相往還。盧郎天台人，縛屋天台下。年少事遠遊，仗劍歷中夏。才華擅文藻，富貴若土苴。曳裾恥王門，望雲念親舍。浩然欲歸養，即日具鞍馬。上堂奉旨甘，載拜獻杯斝。適此舞綵歡，勝彼途路者。父母見子歸，喜氣揚雙眉。親戚饋壺漿，鄰里將豚雞。慰藉遠歸人，老幼咸熙熙。但諳風俗淳，不識亂與離。因君重念山中好，歸來已覺輸君早。汩没塵埃徒我慚，顦顇形容漸枯槁。今君往矣誠難留，殷勤爲謝羣仙道：明年二月春正繁，期爾山中拾瑶草。

高山流水圖

山雲飄蕭山月涼，溪風颯沓溪流長。山水遺音秋滿耳，似與琴響參宫商。若人領此山水勝，謾託冰絃寄幽興。天空自覺響逾寂，指落先與心相應。音傳今古知者稀，孰云舉世惟鍾期。仰天爲爾一長嘯，音兮琴兮知不知。

題扇

鮫人夜織綃滿機，并刀剪碎光陸離。歸來斫斷珊瑚枝，製就明月初圓時。南洲溽暑醉如酒，朝攜暮攜常在手。從此相親成狎友，縱使分違應不久，祝融峰頭重回首。

牧牛圖

溪童飲牛渡溪水，牛遇水深行復止。人知水深牛不行，誰識回頭顧其子。桃林之野春雨晴，燒痕回緑春草青。太守勸農當二月，土膏肥煖牛可耕。邯鄲城頭征戰息，甯戚徒勞吟《白石》。一聲笛裏《太平歌》，牛背溪童自朝夕。

題山農畫梅

大庾嶺頭春信早，十月梅開照晴昊。曾騎官馬隴頭來，百里梅花夾馳道。夫君元是嶺南人，自言家近羅浮村。種梅繞屋一萬樹，玉爲肌骨冰爲魂。得官遠向西湖住，喜與林逋作賓主。夢回酒醒霜月寒，又見梅花在窗户。笑倩傍人爲寫真，相看如見嶺頭春。一聲長笛月欲落，腸斷梅花身後身。

溪山小隱和胡虚白韻

我聞神仙之國伐毛兼洗髓，遠在西海西邊蓬萊之弱水。我生有夢不可到，髣髴君家畫圖裏。溪流冷浸玻瓈天，層巒疊嶂含雲煙。渡頭楊柳緑如染，洞口桃花紅欲燃。老夫已借過眉杖，來聽松泉弄幽響。雲中雞犬知幾家，胡麻已熟雕胡掌。此中此樂何紆餘，赴隴無煩來鶴書。便欲相從學耕釣，細和山聲同水調。

題畫梅

江南十月霜雪飄，杖藜東郊復西郊。酒酣不憚行路遥，踢遍第六西湖橋。北風獵獵吹枯梢，青天有鶴不可招。逋仙起舞來解嘲，請君與我看此高堂素壁一幅之生綃。

青山雲一隝圖

青山青，青欲斷，青山斷處雲如幔。人家深住隝東頭，剛被雲遮一多半。山兮雲兮窅莫分，雞犬遥隔雲中聞。有時隨風或凌亂，長日與山相吐吞。城中車馬多如織，没馬紅塵深幾尺。只有富貴解留人，且與雲山未曾識。吁嗟山中人，夢憶雲中君。卷舒隨所適，放浪由天真。我昔西游登五老，五老諸峰插晴昊。酒酣放歌謫仙句，擬共雲松結巢好。江郎自是青雲姿，按圖笑索雲山詩。從來知爾出山去，爲雨爲霖當及時。

題息齋竹次韻

憶昔舟泊湘江時，青天皓月流素輝。美人騎龍上天去，遊魂夜半招不歸。興來一飲三百斛，醉倒肯惜千金揮。孤鸞隨影秋水碧，鷓鴣叫入蒼雲飛。涼飈颯颯似鳴籟，翠霧漠漠如張幃。胸中氣吐萬菡萏，筆底勢走千明璣。飈車摇摇渺何許，疑是柱頭丁令威。風流雲散世已遠，蕭條遺墨人間稀。眼前俯仰卽千載，底問誰亡復誰在。我來見畫如見人，往事悠悠付深慨。挂之高堂素壁中，老氣凜凜迴長風。狂歌起舞還自惜，笑看白日行青空。

宫梅圖

瑶樓夜寒銀漏澀，滿地霜華月光白。翠禽啼斷夢中魂，窈窕虚窗碧紗隔。千門深鎖含章宫，未許人間識春色。只愁笛裏曲聲哀，零落香鈿點妝額。

百馬圖

烏桓城頭春雨晴，烏桓城下春草生。百靈長養少畋獵，牧馬曉出烏桓城。騰驍馳突各異態，飢齧渴飲仍縱横。胡兒獨誇好身手，上馬捷若飛鳶輕。青絲不鞚錦鞍卸，什什伍伍争先行。胡官遥望拍手笑，落日半照旌旗明。憶昔開元全盛日，四十萬匹俱龍精。驌驦騄駬總神物，駿氣上貫房垣星。只今四海罷征戰，含哺鼓腹歌昇平。英雄用武已無地，一日底用千里程。丁寧伯樂倘一顧，爾價頓使千金增。

題畫

城中車馬多如雲，林下相逢無一人。城中甲第十萬户，林下草堂空四鄰。胡爲奔走上城市，歸來兩袖飛黄塵。高堂素壁忽見畫，使我頓覺清心神。何時此地一相就，坐席甘與漁樵分。借君清澗濯雙足，借君松枝懸角巾。更須長揖謝軒冕，相期歲晚終吾身。

題楊文昭爲劉敬思畫

我家茅屋滄江邊，屋頭高樹雲相連。秋聲六月常在座，髣髴兩耳聞鈞天。竭來城市住未久，已覺塵埃滿衣袖。高堂素壁忽見畫，風雨如聞龍怒吼。憶昔劉郎多好奇，七尺長身玉雪姿。眼中爲惜棟梁具，笑倩楊昭圖畫之。楊生好畫亦成癖，醉墨淋漓不停筆。遠山近水漫塗抹，鐵幹虯枝儼行立。一時清致俱寂然，惟餘此畫人間傳。精神恍惚奪造化，意象慘澹含雲煙。吁嗟二公不復見，把玩令人竟忘倦。老夫白髮已如此，往事悠悠淚如霰。

雪山竹房爲王御史題

海天冥冥同一色，雪花墜地大如席。大凶奰屭號長風，片片吹落淇園中。淇園之中何所有，琅玕箇箇青龍葱。琅玕白雪兩相敵，萬籟無聲晝岑寂。孤鸞獨鶴手可招，玉龍翠虯寒不蟄。此時獨有高潔人，愛此瀟灑來相親。手攜神仙緑玉杖，行隨玉樹歌陽春。歲寒之節世□識，挺挺長身抱虚直。會待金烏出暘谷，環佩鏘鏗弄蒼玉。始知不與雪俱消，要與人間洗塵俗。

題畫

琳館依珠樹，青山走游龍。水流疑動石，雲低不礙鐘。將尋采芝侶，於此謝塵蹤。

題畫鷺鷥

秋堤柳疏疏，秋塘荷葉枯。水淺微露石，水清還見魚。飲啄各自適，樂哉此春鉏。

題畫

衆峰涵夕陰，羣水澹秋色。透迤見古道，蕭條少行客。雖無桃花源，亦與塵世隔。縱有扁舟來，重尋恐難得。

夜宿書舍

齋居頗幽敞，洞然啓八窗。梧影落几席，密葉如青幢。韋編既滿座，濁酒亦盈缸。矯首青天鶴，時時來一雙。

梅花扇

香雪綴晴梢，東風暖未消。路經蘇小墓，船泊段家橋。瘦倚吟邊竹，寒低月下簫。逋仙杳何許，千古若爲招。

過破衣庵訪阮子昌

行過河西曲，來尋小阮家。繞籬都種菊，十月未開花。遠樹含秋色，輕雲護晚霞。也須頻到此，隔屋酒堪賒。

題畫

窗户碧玲瓏，看山面面通。樹涵雲外雨，涼度水邊風。瀹茗嗔童懶，揮毫對客雄。笑談如著我，也入畫圖中。

題王師文半篷春雪圖

香是臨流得，詩因倚櫂成。岸移驚樹轉，牆礙覺枝橫。似隔僧廬見，如緣閣道行。傍人歌斷處，疏影月三更。

清江圖

江驛背孤城，江流繞舍清。露枰松下弈，驛騎柳邊行。帆落晴窗影，鐘傳雨寺聲。堆牀餘簡帙，列座總耆英。燕語能留客，鷗馴解結盟。詩郵趨堠吏，衙鼓集關兵。薄俸尊仍滿，新知蓋屢傾。不才翻自愧，何以答深情。

題畫山水

山水東南勝，遊遨歲月遷。登高頻折屐，載月屢移船。鏡水荷花裏，秦雲嶺樹邊。猿偷霜果下，鹿借石牀眠。野趣閒誰適，詩懷静自便。洞深通窈窕，澗曲寫之玄。采藥時逢虎，看棋或遇仙。僧留題竹字，鶴避煮茶煙。捷徑惟增愧，移文只浪傳。種桃春萬樹，别有武陵天。

送葉南夫

君家盛事古全稀，九十雙親七十兒。四百人中同戌日，八千里外獨歸時。尊前舞袖花前酒，畫裏關山卷裏詩。親故争傳看遠客，不妨銀燭夜筵遲。

越山清曉

曙光晴散越王臺，萬壑千巖錦繡開。鼓枕僧鐘雲外落，卷簾漁唱鏡中來。樹藏茅屋雞聲斷，露溼松巢鶴夢回。安得畫圖分隙地，移家仍住小蓬萊。

送人之靖州從軍

十年書劍遠從軍，萬里驅馳净虜塵。報國有身甘負戟，思親無日不霑巾。馬嘶青海邊頭月，人卧黄沙磧裏春。看取漢庭功策在，要將圖像入麒麟。

登越王臺次任一初韻

芙蓉城郭自天開，形勢盤回亦壯哉。風作鳴潮吹雨散，山如走馬渡江來。王圖霸業今何在？越寺吴宫莫漫哀。此日明年各何處，更須扶醉一登臺。

夜聞漁歌

一聲高徹一聲低，憑仗東風度水西。著意聽時腔轉細，斷人腸處思先迷。雁驚何處沙邊渚，船泊前村月下溪。不道客愁愁不醒，要隨羌管入雲齊。

重過姑蘇有感

昔客蘇臺鬢未霜，不知塵世有悲傷。聯詩刻燭過三鼓，一月看花醉幾場。紅袖舞殘歌緩緩，錦筝彈罷雁行行。重來底用嗟興廢，亦有咸陽與洛陽。

約遊山阻雨

春事無多苦未晴，數來花信過清明。都將酒債兼詩債，付與風聲共雨聲。燕落香泥霑紙重，蝶翻飛絮入簾輕。懷人久負南山約，縱有南山不可行。

寓毘陵旅邸

月光涼墮夜堂深，草草杯盤款款斟。歡喜情懷無復舊，别離時節又從今。坐消爐篆清煙細，聽徹壺籌玉漏沈。關隴衹緣頻作客，翻令兒女訝鄉音。

送别

江上船開起櫂歌，離愁無奈故人何。桃花流水春三月，楊柳東風雨一蓑。送别轉嗟形影獨，相思從此夢魂多。到時定有平淮策，勳業終歸馬伏波。

雲錦溪

東西岐路一橋分，南北人家兩岸村。賣酒青帘懸屋角，采菱小艇繫籬根。不將姓字通朝市，只許詩書遺子孫。我亦江湖倦遊客，卜鄰他日願從君。

接曹孟圭

曲江新漲黄梅雨，雨裏客船江上來。對酒肯辭今夕醉，有懷能向幾人開。歌傳皓齒香生席，舞按纖腰月滿臺。縱是金吾嚴禁夜，也須容我更遲回。

送陸景宣靖州從軍

蠻荒溪洞極邊頭，仗劍從軍憶壯游。楊柳春風千部落，旌旗曉日萬貔貅。路經彭蠡洲前過，江自巴州峽外流。早報遠人歸聖化，貂蟬從古出兜鍪。

送王魯從軍

歎息儒冠早誤身，謾將書劍學從軍。三千客路多依水，九點青山半入雲。曉日旌旗明虎帳，春風鼓角動轅門。倚閭望斷慈親眼，湘北湘南一夢魂。

題畫壁

何處江山似此佳，看君圖畫欲移家。沙邊洲渚潮渾没，雲裏樓臺樹半遮。叢桂漫歌《招隱賦》，種桃誰識避秦花。晚風吹送歸舟急，一片征帆帶落霞。

讀史

自緣天運不尋常，勝敗兵家豈易量。三户滅秦皆楚語，重瞳不渡殆天亡。怒來我亦坑降卒，事定人能殺假王。寄與英雄須入慮，莫教辜負魯連狂。

喜魏仲房見過

江上柴門掩夕暉，客來剛被鵲先知。出迎不較衣翻著，對飲寧辭盞倒垂。話到更深無斷處，起看月落幾多時。人生恨不如潮信，暮去朝還有定期。

雪竹山房

此君節操獨淩寒，冰雪叢中更耐看。簾幕影迷金鎖碎，佩環聲動玉闌干。只疑玄圃翻瓊樹，錯訝瑶臺舞素鸞。白戰幾時能著我，萬竿深處一憑闌。

題畫

白沙翠竹溪邊路，緑樹青山郭外村。釣艇直隨流水出，僧鐘遥隔暝煙聞。謾誇李愿居盤谷，絶勝龐公隱鹿門。如此故鄉歸未得，看君圖畫一消魂。

送戴伯貞檢校還廣西

桂江煙水接瀟湘，遠客歸來一作「南歸」。道路長。卷裏謾多新制作，篋中猶是舊衣裳。逢人且一作盡。説身如夢，一作「宦如水」。老我相看鬢已霜。此去莫教音問隔，一作斷。雁飛今喜一作已。過衡陽。

水竹軒

萬竹蕭蕭水繞門，九街車馬自晨昏。晴天波影摇窗户，静夜秋聲入夢魂。曾爲故人頻下榻，每因佳客屢開尊。百年清致今猶昔，春雨深深長子孫。

城南耕隱

愛爾城南隱者居，春田繞屋總膏腴。兒孫候暖晨驅犢，燈火分涼夜校書。入社有懷占樂歲，趨朝無夢候公車。相逢自歎飄零久，投老歸來愧不如。

次萍居留别韻

且勿長亭折柳枝，離筵已判酒如池。因思會面難期處，直使銜杯到醉時。檣燕留人雙上下，岸花迎客半低垂。計程明日毘陵道，吟寄新詩欲倩誰。

井南丹室

仙翁隱處存丹井，汲井憐君復鍊丹。朱汞□隨雲氣合，翠煙晴掩月光寒。鬼知火候窺靈竈，虎作人形護藥闌。我亦卜鄰從此老，蓬萊不隔海漫漫。

贈別鄉友芮公 諱麟。

老去親朋見面稀，見時無計得同歸。遊絲落絮都成恨，社燕秋鴻各自飛。杜宇叫殘孤館夢，西風吹老故山薇。明年春雨南湖漲，擬把長竿坐石磯。

題畫竹木

木葉已辭柯，秋風日更多。楚人腸易斷，莫□□□歌。

墨菊

醉折東籬朶，看如隔暮煙。莫驚顏色改，不是義熙年。

題畫白頭雙鳥

笑殺錦鴛鴦，浮沈浴大江。不如枝上鳥，頭白也成雙。

題畫

石瀨清冰合，黄山白戰鏖。道人禁得冷，扶醉過溪橋。

雀二首

野雀振雙翰，卑枝立自閒。莫愁風力緊，絶勝紇干山。
荆棘半低垂，幽禽衹自悲。可憐棲不穩，不似上林時。

題畫

樓倚溪頭水，溪環竹外山。扁舟垂釣者，相對白鷗閒。

畫梅

月下獨吟時，寒香襲暗衣。直疑春信早，胡蝶作團飛。

題四季畫爲王僉憲作　録二。

春山煙雨

柳帶輕煙澹澹，花含宿雨深深。魚樂新添曉漲，鳥啼越覺春陰。

長夏雲林

雨過溪流交響，樹涼暑氣潛消。不是謝公別墅，定應杜老西郊。

題畫扇四首

三間兩間茅屋，五里十里松聲。如此山中景色，何時共我同行。
萬事從教計拙，千金難買身閒。船尾都教載酒，船頭飽看青山。
鴨觜灘連溪尾，羊腸路轉山腰。雲氣晴晴雨雨，泉聲暮暮朝朝。
緑樹灣頭釣艇，青山凹裏人家。前度劉郎去也，莫教流出桃花。

東坡竹

玉堂罷值獨歸遲，墨瀋將秋入研池。坐到夜深清不寐，瑣窗涼影碧參差。

畫馬

天閑牽出許一作自。奚官，飲罷春流未解鞍。記得曾陪仙仗立，五雲深處隔花看。

題畫

山接天台路萬重，仙家樓閣杳難通。不知昨夜溪頭雨，流出桃花幾許紅。

墨菊

柴桑生事日蕭然，解印歸來只自憐。醉眼不知秋色改，看花渾似隔輕煙。

送別

桃花浪暖錦帆開，楊柳風輕燕子來。無限離情隔江水，隨人直向鳳凰臺。

觀畫

滚滚長江入窅冥，越山無數隔江青。一雙白鳥誰驚起，銜破蒼煙下别汀。

題犬

深宫飽食恣狰獰，卧毯眠氈慣不驚。却被卷簾人放出，宜男花下吠新晴。

題竹

美人環佩玉玲瓏，騎得青鸞下碧空。寂寞湘魂招不返，鳳簫聲斷月明中。

題梅

平生心事許誰知，不是梅花不賦詩。莫向西湖踏殘雪，東風多在向陽枝。

按貢欽序云：「時會稽王元章善畫梅，得其畫者，謂無貢南湖詩則不貴重，故集中多詠梅詩。南湖嘗題絶句云：『王郎胸次亦清奇，盡寫孤山雪後枝。老我江南無俗事，爲渠日日賦新詩。』又云：『王郎日日寫梅花，寫遍杭州百萬家。向我題詩如索債，詩成贏得世人誇。』」其風流可想見也。

畫馬

偃蹇龍駒不受羈，貢來遠自渥洼西。天閑立仗歸來晚，猶向東風振鬣嘶。

題畫梅送友人

折梅江上贈人行，此是東風第一程。從此不須憑驛使，看花直到豫章城。

題畫

風來水面緑生波，雲浄山頭翠擁螺。白鳥驚飛背人去，一聲何處采菱歌。

送人回黄山

望斷秋空白雁過，故人書問轉蹉跎。無端又與君相别，添得苕溪夢更多。

畫梅便面

嫦娥深住廣寒宫，不許人間信息通。秋來折盡婆娑桂，偷得寒香在月中。

洞庭秋月圖

一天秋水浩無涯，短葦蕭蕭泊暮槎。知是夜凉明月出，解將雁影落平沙。

題畫竹

鷓鴣啼望水龍吟，舟過湘江夜雨深。清思滿懷無著處，却將墨沼寫秋陰。

題盧東牧雲山

風流争解説盧郎，墨瀋淋漓入醉鄉。雲白山青隨意寫，一時不數米襄陽。

題畫梅四首

溼雲壓地雪花乾，一日狂風十日寒。不管春光滿鄰屋，却從牆角借來看。

美人別後動深思，春到南枝總未知。記取灞橋明月夜，忍寒花下立多時。

羅浮山下著青鞋，蹋雪曾看爛熳開。好似人家茅屋底，一枝先占短牆來。

十月江南正苦寒，花開如雪雪成團。如今老盡咸平樹，只寫前身畫裏看。

陶靖節像

解印歸來尚黑頭，風塵吹滿故園秋。一生心事無人識，剛道逢迎愧督郵。

題畫蒲萄松鼠

猥似獼猴捷似猱，栗梢走過又松梢。紫蔔若使知滋味，一日能來一百遭。

畫蓮

吴王宫殿水流香，步屧廊深暑氣凉。長日香風吹不斷，藕花多處浴鴛鴦。

題畫

桃花紅綻斷橋邊，楊柳垂陰散緑煙。記得少年曾取醉，玉人扶上總宜船。

暮春二首

吴娃二八正嬌容，鬭草尋花趁暖風。日暮歸來春困重，鞦韆閒在月明中。

惜花公子愛春晴，駿馬驕嘶曉出城。半醉歸來人共看，笑將金彈打流鶯。

雲山圖

鴨觜灘頭燕尾分，西風吹老樹無根。何人醉灑淋漓墨，半是青山半是雲。

題畫

多景樓連鐵甕城，壯游猶記昔年曾。江心遥見金山寺，風裏鐘聲塔外燈。

題梅

第六橋頭雪乍晴，杖藜曾引鶴同行。詩成酒力都消盡，人與梅花一樣清。

百舌

聽徹千聲與萬聲，掠花穿柳漫多情。可憐不及岐山鳳，立向朝陽試一鳴。

題畫

雨蒲煙草接風湍，望入蒼梧九點寒。怪得歸帆如馬健，有人樓上倚闌干。

蘭竹

翠鸞飛下尾毿毿，怪石嶄巖倚碧潭。一路鷓鴣啼不斷，行人揮淚溼征衫。

寄友人

瘴雨蠻煙萬里餘，别來消息近何如。誰憐白髮疏狂處，猶寫平安兩字書。

紅梅翠竹

仙子羅浮侍宴來，笑扶殘醉下瑶階。東風不管雲鬟亂，吹折雙雙翡翠釵。

書所見

使者徵兵夜度關，南人無奈北風寒。將軍空受登壇拜，羞向燈前把劍看。

桃花雙鳥圖

茂陵帝子宴瑶池，翠管銀笙取次吹。王母不來桃未熟，可憐雙鳥立多時。

雲山圖二首

百折溪流路轉深，溼雲低壓樹陰陰。山中底事如秦晉，剛被漁郎説到今。

閒身閒看白雲閒，更愛青山懶出山。別起樓臺半空裏，只教鐘鼓落人間。

題竹

翩翩幺鳳下晴空，半入江雲半落風。憶昔瀟湘泊船處，玉簫聲斷月明中。

墨蒲萄

酒醒西樓月欲斜，滿窗晴影走秋蛇。狂夫臘有相如渴，一滴涼州未許賒。

枯木竹石

怪石犖确厓谷深，涼風蕭瑟蒼雪陰。美人何處解長佩，湘波澧水勞余心。

題畫

月明風静夜如何，船向三江七澤過。涼影滿篷成獨坐，半聽楚調半吴歌。

柯博士竹

丹丘遺老舊詞臣，歷代圖書鑒賞頻。閒却玉堂揮翰手，墨池染出鳳毛新。

觀弈圖

笑殺王郎底事癡，斧柯爛盡不曾知。却抛塵世無窮樂，只博山中一局棋。

畫蘭

吴剛斫斷雲根石，不數珊瑚高百尺。美人林下獨含愁，霹靂一聲山鬼泣。

過鑑湖二首

歸思關心路轉遥，打頭風急滯蘭橈。夕陽江上秋無數，血點蜻蜓立碧苕。

南風吹斷《采蓮歌》，越女船開小似梭。却恐紅妝不成態，背人偷照鑑湖波。

畫梅二首

朔風撲面凍雲垂，引鶴衝寒出郭遲。却憶西湖霜月下，美人相伴立多時。

江城鐘鼓夜迢迢，霜月多情照寂寥。更有梅花是知己，小窗斜度兩三梢。

題菜二首

西風吹動錦爛斑，曉起窺園露未乾。三日宿酲醒不得，正思風味到辛盤。
雨過畦蔬緑漸勻，呼童小摘慰情親。箇中滋味如諳得，不是尋常肉食人。

凍凫

江天歲晚景凄凄，雲脚低垂望欲迷。水鳥畏寒飛不起，黃蘆枝上並頭棲。

題畫

此生無夢到京華，到處谿山即是家。昨夜石橋新過雨，錯教劉阮認桃花。

題梅四首

美人吟苦減腰圍，瘦影竛竮不自支。只有梅花是知己，相逢多在月來時。
十年癡坐冷官氈，幾度看花雪後天。白水同心如此調，載將春色上歸船。
萬里無雲月正高，翠禽啼斷酒初消。靈均自是非知己，不寫芳魂入楚騷。
寒氣棱棱雪作晴，看花獨自出郊行。北枝未吐南枝發　笑殺春光也世情。

枯木圖二首

湖石東頭太液西，春風宮樹半高低。王孫金彈多如雨，不著黃鸝一箇啼。
翠蘿牽恨引絲長，黃葉將風戰曉霜。莫怨一枝棲未穩，上林春樹近昭陽。

白描海棠花

美人睡起不奈愁，弄粉調朱只謾羞。閒倚緑窗春晝静，雙鸞飛上玉搔頭。

題畫

擾擾黄塵没馬鞍，幾人消得此中閒。緑陰清晝深如水，飽看溪南雨後山。

題翠竹紅梅

美人燕罷酒初消，凌亂雲鬟壓步摇。莫遣翠禽啼夢斷，醒來無處託春嬌。

題畫

一江春水晚微茫，醉倚篷窗客思長。忽聽簫韶雲外落，松風輕度鬢絲涼。

梅

眼中誰識歲寒交，只有梅花伴寂寥。明月滿天天似水，酒醒聽徹玉人簫。

戴春雨

長江煙水接蓬萊，百尺風帆破浪開。二月桃花春雨裏，候人還向水邊來。

題畫翎毛

莫怪幽禽雪滿頭，多情只爲海棠愁。開元宫裏千株錦，一夕西風起碧秋。

題肅萬邦蒲萄

憶騎官馬過灤陽，馬乳纍纍壓架香。釀就瓊漿三百斛，胡姬當道唤人嘗。

題美人圖

離離珠樹隔秋煙，望斷歸帆信杳然。試問海山今夜月，不知何處照人圓。

湧金門見柳 一作《湖上春歸》。

湧金門外柳垂一作如。金，三日不來成緑陰。折取一枝一作「得長條」。入城去，使一作教。人知道已春深。

吴山遊女 見田汝成《西湖志餘》。

十八姑兒淺澹妝，春衣初試柳芽黄。三三五五東風裏，去上吴山答願香。

題紅梅翠鳥圖與唐愚士聯句

萼緑枝頭翠羽鮮，貢。春風早入艷陽天。幾回夢覺頻聽處，唐。正是書聲欲斷邊。貢。

龜巢老人謝應芳

應芳，字子蘭，武進人。爲人耿介尚節義。至正初，江浙行省舉三衢清獻書院山長。阻兵，居吴之葑門，轉徙吴淞江上，築室松江之旁。教授之暇，以詩酒自娱。洪武初，年逾八十，歸隱横山。自號龜巢老人，所著詩文曰《龜巢稿》。子蘭紬繹經史，作爲文章，咸有根柢。閩人張志道評其詩雅正純潔，可與傅與礪相伯仲，識者以爲名言。門人王著嘗請刻其詩，子蘭手摘數十篇與之，曰《龜巢摘稿》。豐城余詮、范陽盧熊弁其首。次子林，字璠樹，洪武十年，以郡府所舉至京師，授開封新鄭縣學教諭卒。錢宗伯《列朝詩集》載謝《璠樹》詩一首入甲集。云詩出朱存理鈔本，其名未考，想未細審邑志及余、盧二公所撰序耳！

登金牛臺

六龍城西吕城東，奔一作金。牛古堰卧兩虹。誰築高樓一作臺。水中沚，野有蔓草牛無蹤。河邊青苔生白一作枯。骨，刀創箭瘢猶未没。問知八十一年前，戰死當時皆義卒。鐵馬遁去劉將軍，大家牽羊走燕雲。二百山河獻明主，北駝南象今紛紛。登臨且喜得佳客，鞠育青青已堪摘。浮雲世事勿復論，一醉西風真上策。

呈趙徵士《摘稿》題作《感諷》。

吴姬手執金叵羅，春風笑面生紅渦。主人留客長夜飲，客拜主人持酒多。主人沈一作爛。醉客亦醉，客散扶歸主人睡。殘杯冷炙厨頭傾，鄰家兒有啼飢聲。

養鶴

西鄰主人翁，養鶴如養客。專童供鶴料，稍慢童受責。試問鶴何好？毛羽喜潔白。又能舞蹁躚，長鳴振金石。客有鶴骨清，粹然含素德。窮居以詩鳴，冷面常菜色。賦命鶴不如，可爲長太息。

耕隱爲蕭徵士作

蘭陵溪上梅花村，世居齊梁之子孫。瀕溪沃壤足禾黍，教子讀書深閉門。時人笑渠生理拙，渠亦笑人多覆轍。春來烏犍一犁雨，歲晚黄精三尺雪。有時獨速舞短蓑，飯牛别作耕田歌。長安車馬自塵土，奈爾濯足滄浪何。君不見蘇秦爲無田負郭，平生不識耕田樂。奴顔婢膝謁諸侯，黄金載多禍隨作。君今有田兼有書，夜親燈火朝犁鉏。只恐一朝富貴逼人去，猿鶴笑人留不住。

鮮于瑞卿還碧亭

鮮于公子平泉莊，有亭翼然水中央。天光雲影白日静，菱葉荷花清露香。柳下繫船魚可釣，座中留客酒盈觴。門前漁浦接洮滆，白鳥飛去煙蒼茫。

送秦彦明

美人木蘭舟，春風挂帆去。舟輕疾如飛，可喜亦可懼。浙江多風波，越山暗煙樹。孤月照篷窗，今夜宿何處？

代簡蔣成玉

春來一月苦陰雨，少頃雨晴邀客嬉。金斗城西芳草路，水邊楊柳青離離。

邀高則誠郊居小集

别多無那苦相憶，賴有尺書時往來。逢人爲説烏寶傳，此客合貯黄金臺。北風塵土歲云暮，南湖水波冰欲開。扁舟短櫂日相□，元出西郭看野梅。

除夕和諸葛用中韻

盡道王門可曳裾，青山吾自愛吾廬。新年且醉屠蘇酒，舊業重修種植書。堂上弄雛慈母喜，階前繫馬故人疏。東風一樹梅花雪，折得南枝報鯉魚。

陳伯大先輩偕郲中義陳容齋張子毅見過酒邊以茶瓜留客遲分韻得茶字

白鶴溪清水見莎，溪頭茅屋野人家。柴門浄掃迎來客，薄酒留遲當啜茶。林響西風桐隕葉，雨晴南畮稻吹花。北窗幾箇青青竹，題遍新詩日未斜。

嘉定道中二首

黍熟湖田花鴨飛，雨香秋浦簖魚肥。野翁織屨街頭賣，日暮裏鹽沽酒歸。

趁潮艇子若游龍，潮落横塘日下春。負郭人家星散住，水邊多種木芙蓉。

崐山時州治移居太倉

孤峰雲疊疊，舊邑草蕭蕭。覓石敲新火，挐舟趁早潮。沙田紅稻熟，溪網白魚跳。寂寞悲秋客，篷窗酒一瓢。

寄郟仲義二首

我思垂虹橋，滄波緑楊津。鄂鄂棣華宅，瞰此江之濱。荷衣佩秋蘭，野飯羹紫蓴。一從橋上別，花發三年春。相思復相思，爲爾歌停雲。

我思釣雪灘，煙波數千頃。幽人讀書罷，乘風放孤艇。沙頭弄明月，水底見天影。鱸魚秋自肥，楓葉霜自冷。釣鉤未連鼇，聊此駐清景。

羣鼠

羣鼠穿我墉，晝出不我避。蒼頭生執之，赤手遭□噬。號呼驚四筵，狸奴盡呼至。羣狸視如盲，鼠輩從此逝。老我氣力衰，長吁夜無寐。

寄惠山鑒長老 字仲明。號太虛。

太湖之陽九龍峰，金田蟄爾僧中龍。山頭雲出野漠漠，石眼泉落聲淙淙。呵冰古硯寫墨竹，掃雪幽軒看碧松。別來兩度歲年晚，祇見梅花信一封。

避雨

繫馬虔亭東，郵亭似鶴籠。一作「題詩野店中」。長河飛白雨，高樹灑清風。州界纔相接，鄉音便一作遽。不同。野人來問字，錯認是揚雄。一作「齊梁陵寢地，猶得問樵翁。」

無錫贈何敬存

峩峩九龍峰，寒泉落冰雪。美人此傾蓋，爲我滌煩熱。世途自荊榛，肝膽無楚越。憑高一長嘯，清風滿林樾。

河魨

世言河魨魚，大美有大毒。彼美吾不知，彼毒聞已熟。其子小如芥，食之脹如菽。腹腴膏血多，目睥頭項縮。烹爊苟失飪，〔禍〕（祸）至不轉矚。或言直一死，輕命重口腹。爾來州里間，杯羹數家哭。譬諸安與史，甘用取顛覆。溺愛多不明，奚止一水族。作此河魨詩，逢人敢忠告。

瓊花行送盛克明教授歸維揚

揚州好花非不多，奈爾絶品無雙何。水沈香滑素玉蕊，琉璃滑葉青瑶柯。東風二月花時節，二十四橋香浸月。小山叢桂避芳塵，東閣官梅褪殘雪。向來名士多品題，栝香御史今亦知。何日移春獻天子，不負此花天下奇。

過鄒道鄉先生墓有感

忠公天下士，夙學能慎獨。平生寸心赤，耿耿照黄屋。元符引裾諫，痛甚賈生哭。上言正中宫，下言斥當軸。直道時不容，除名竄荒服。建中及崇寧，寵辱手翻覆。炎蒸嶺南地，文章散青馥。晚歲歸故山，林莊竟薶玉。向來望佳城，鬱鬱暗松竹。今爲禾黍區，春雨耕觳觫。翁仲知何歸，云仍困無告。嗟余佔畢生，斯文賴私淑。願言理侵疆，重植宰上木。愚公將移山，自謂計已熟。精衛欲填海，可奈力不足。傷心復傷心，殘碑卧荒麓。

喜復鄒忠公墓田賦絶句十首謝兩郡侯 録二。

府公遺愛霑幽壤，禮部文章勒翠珉。寒食清明人灑飯，落花飛絮鳥啼春。

里翁猶記前朝事，五馬年年上冢來。白烏能言高桂古，黄楊合把細花開。

養竹成大林 以下二首。摘稿題作《感興》。

養竹成大林，頻年竹生孫。美竹非不多，惡竹亦已繁。羣奴爲洗之，往哉聆我言。美者慎勿傷，去惡必去根。勿虞爾斧缺，勿憚爾力煩。宿莽蕩無餘，清風仍滿園。

樹頭鴉舅鳴

樹頭鴉舅鳴，農人起耘苗。問之何爾忙，良田莠驕驕。去年耘較遲，草蔓全力寡。稂莠非不除，卒以害吾稼。吾聞農人語，猛省天下事。養虎當害人，玩寇亦如此。

三五七言

角蛇啼，翼虎飛。百年鳳凰壞，五色鵷雛飢。盲風怪雨連三月，青天白日寧無時。

歲暮獨歸

浩浩北風吹戰塵，還鄉無復見鄉人。四郊荒草斜陽外，一樹寒梅野水濱。偶有新詩題甲子，勿驚初度過庚寅。僧廬夜宿明朝别，默念莪蒿淚滿巾。

西膠山下雪晴 寫呈無錫州尹，遂蒙罷吴家渡築城之役。

一夜雪深二尺强，石人墮指冰蠶僵。猶喜金烏兩翅凍不折，天明飛出海上之扶桑。老夫晨起膠山下，風景看來渾似畫。連山萬頃玉爲田，隔水數家銀作舍。田中築城團義兵，日高未飯飢腸鳴。黄泥凍地硬如鐵，白柄短鉏鏗有聲。不辭受寒餓，但恐虧工程。將軍踏雪來點名，萬夫鵠立顫且驚。馬前壯士五色□，棒頭性命鵝毛輕。余生悔不習兵法，雪夜擒吴書奏捷。客欄抱膝漫悲歌，奈爾義兵寒若何。

丹陽陳天倪及其弟剛中奔牛陳心遠諸羽士避兵洞庭山寄此代簡

洞庭林屋聚羣山，一作「松喬一别兩經年」。問訊曾逢賣橘船。湖上白魚多滿尺，一作「鷗堪結社」。山中朱果不論錢。仙家犬吠雲連屋，澤國龍吟月滿一作「水接」。天。辟穀有方煩寄我，一作「能寄否」。吾將多與世人傳。一作「老夫愁鬢雪紛然」。

寒食日聞鄉信口占

鄰舍驚呼避蝮蛇，老妻嗔怒唾烏鴉。誰知昨夜三更雨，又送春風一度花。寒食清明人上冢，夕陽芳草客思家。愁來復遶青山去，何處壚亭酒可賒？

過鴻山訪孟伯堅周履道不遇

班馬文章駕並馳，雲龍追逐去何之？門前流水垂楊柳，屋上青山叫子規。三月又逢修禊日，一觴還憶太平時。可憐潦倒無家客，滿目風塵兩鬢絲。

刺促行次履道韻

刺促何刺促，江上秋風破茅屋。誰憐杜少陵？長歌之哀甚於哭。故山可望不可歸，髑髏臺高春草綠。浮雲滓日竟誰洗？烈火連天勢難撲。三農不復把鉏犂，風雨荷戈城上宿。於戲人生有子作征夫，不如返哺林間烏。

題春林雨意圖

前山後山雲氣濃，欲雨不雨天無風。記得一作「絶似」。去年初夏一作「兵革」。裏，此時船過滆湖東。

狗寨謡

往聞淮西軍食人，狗亦有寨屯如軍。是時江南幸無事，尚謂傳者言非真。安知吾鄉今亦爾，地方百里皆荆榛。三村兩村犬成羣，見人如見東郭㕙。跳踉大噉猛於虎，跛跎高踞聲狺狺。路旁青草堆白骨，天外飛鳶銜斷筋。征夫早去膽欲落，寃鬼夜哭情難伸。可憐性命葬饑腹，往往多是還鄉民。向來喪家狗絶食，遺骸或與狐狸分。乘時爲暴至若此，此事千古同悲辛。寢皮食肉不可得，張牙弄爪何由馴。虞廷九官分厥職，益必掌火山澤焚。犬乎犬乎，胡不革爾心，全爾身。主爾主，鄰爾鄰。摇尾乞食仍相親，毋使狗砦之名天不聞。

贈道傳上人

偶識廬山遠，山莊借屋一作客。居。撥雲一作「長瓶」。分臘酒，踏雪一作「老圃」。送寒蔬。門俯溪光迴，窗含野色虛。相過兩不厭，燈火案頭書。

至正丁酉冬昆山顧仲瑛會客芝雲堂適時貴自海上來以黄柑遺之仲瑛分餉坐客喜而有作屬余及陸良貴袁子英等六客同賦

青巾西來一作「赤眉横行」。食人肉，逃難西來一作「逃我昆山」。采黄獨。上書不伏光範門，忍飢寧負將軍腹。玉山燕客客滿堂，香柑新帶永嘉霜。分金四座照一作炫。人眼，潄玉三嚥清詩腸。山中椰瓢大如斗，吴姬擘來薦春酒。酒酣遥指洞庭山，爲問木奴曾貢否。頻年兩浙阻兵戈，黄柑緑橘不相過。此時共享一作食。此佳果，胡不取醉花前歌。漢庭傳柑還賜宴，應念江南久征戰。聖恩有語復蠲租，可奈數州人已無。一作「願言海内無征戰，漢廷還有傳柑宴。白髮吴儂能上天，野芹亦獻蓬萊殿。」

漫興一作《吴下詠懷》十首

甫里水東頭，垂蘿繫客舟。客心清似水，吟鬢白於鷗。詞賦知無用，干戈苦未休。篷窗三日雨，農事憶西疇。

五十不富貴，蹉跎又六年。新愁添鶴髮，故國暗狼煙。白帽看雲坐，青燈聽雨眠。癡兒書懶讀，翻笑腹便便。

吳地方千里，齊民總荷戈。人生無可奈，天運竟如何。米市黃金賤，沙場白骨多。故山時一望，老眼淚懸河。

伐木燒官炭，中林霹靂飛。窮猿無可擇，飛鵲更何依。野雨生稊稗，山風長蕨薇。兒曹能采拾，猶足慰年饑。

吳女何多巧，《吳趨》作一作變。楚聲。市廛方易肆，朱粉復傾城。壓酒桃花隝，彈箏細柳營。將軍正年少，相顧若爲情。

闔閭城下柳，誰一作新。種綠陰成。樹繫浮江馬，枝遷出谷鶯。朝家方用武，僧寺總屯兵。猶喜湖田熟，街頭米價平。

田舍方東作，州家要義兵。瀕湖團水寨，斸石甃山城。柳暗村煙暖，芹香澗雨晴。荷鉏歸未得，布穀爲誰鳴。

盡道從軍好，封侯甚不難。羽書頻報一作「纔奏」。捷，相府即除官。北鄙煙塵一作「西日長安」。遠，東風雨雪寒。腐儒人共笑，白首鹿皮冠。一作「此身知已悞，依舊著儒冠。」

太湖三百里，流血水雲腥。戰鼓有時歇，漁歌無處聽。飄零孤雁白，慘澹遠山青。題橘音書斷，令人憶洞庭。

近聞哀痛詔，使者出一作又。江東。兵革何時息？一作已。車書四海同。落梅春雨後，芳草夕陽中。俯仰長流涕，窮途一老翁。一作「欲作菟裘計，桃源路不通。」

顧國衡萬户席上與乃翁及元璞長老數客把酒賦詩各成七言四韻

客來寒食清明日，每日清風醉玉山。綵筆醉題鸚鵡賦，寶香頻爇鷓鴣斑。檐前修竹翠欲滴，池上小桃紅更殷。按得錦筝新製曲，隔花黄鳥共間關。

和顧仲瑛金粟冢燕集

我昔過北邙，立馬山之隈。爲問隴頭樹，皆云後人栽。生前尊酒誰不有，無人到此自對青山開。屋堆黄金五侯貴，難免白骨生蒼苔。最憐吉士或枉折，有如爨下焦桐材。一作「道旁多棄夜光璧，爨下誰惜絲桐材。」玉山先生達觀者，胸次不著閒悲哀。清秋攜客壙上飲，麴車載酒山童推。大笑胥魂乘白馬，深慚鯀魄化黄能。墓銘自製身一作詩。自輓，視身不翅輕如一作於。埃。鸞翔鳳翥玉箸篆，虎踞龍蟠金粟堆。鶴羣三一作長。繞嘉樹舞，龜趺並載豐碑來。《摘稿》上四聯倒轉。長吟復短吟，此興何悠一作高。哉。秋風無情摧萬物，芙蓉亦老臙脂顋。笑言他年翁仲共寂寞，何如此時賓客相追陪。功名絶一作本。愁根，富貴脱一作真。禍胎。百年能幾日，一日能幾杯。從兹秉燭長夜飲，猶恐四蛇二鼠忙相催。主人爛一作沈。醉客亦醉，絶倒不顧旁人咍。北望中州數千里，人家盡作兵前灰。髑髏委江一作荒。郊，多是賢與才。忍飢自作一作「伯夷空忍」。首陽鬼，一作餓。獨醒誰念一作「屈原徒作」。湘江纍。神仙初無不死藥，方士浪説尋蓬萊。君不見無邊之海白淼淼，無名之山青巍巍。長鯨噓吸成風雨，一作雷。徐市一去何曾回。

玉山以余欲徙居淞江之東設席書畫舫邀袁子英陸元祥恢上人用江東日暮雲分韻賦詩以餞余得江字用以留别

浮家野老雙眉厖，捩柁欲度吴淞江。東將入海鉤濤瀧，玉山山中别老龐。西池之屋如艓艭，左圖右書堆滿窗。燈花摇摇落銀釭，葡萄灩灩傾玉缸。四檐白雨飛流淙，若裂媧石銀河淙。主人長歌客按腔，翕然鏜鼓相擊撞。酒酣捉筆如長杠，千軍可掃鼎可扛。諸公大才齊楚邦，騷壇老將森麾幢。客來投戈乞受降，乃辱贈以白璧雙。明朝短櫂纜解樁，馮夷前驅鼓逄逄。海濱懷人倚石矼，書筒好寄黄耳尨。

子英云玉山顧隱君今於同里法喜寺樓居日鈔佛書至午而止餘暇則吟詠不輟雖親舊來訪亦不往荅焉余因子英復去作此代簡

《摘稿》題作《袁子英過長洲寓舍云顧仲瑛寓吴江法喜寺日鈔佛書過午則觴詠不輟子英行附此問訊》。

客來喜得平安信，蕭寺樓居日掩扃。湖近浪摇窗影白，地偏苔没屐痕青。羣賢方結蓮花社，小楷猶鈔貝葉經。歲晚扁一作歸。舟歸一作經。甫里，好尋漁父過寒汀。

踏車婦

吴田水深三尺許，總是去年秋暮雨。勸農使者催春耕，田甲頻撾水車鼓。江村破屋能幾家，幾家婦姑俱踏車。蓬飛兩鬢赤雙脚，亦有兒女雙髻丫。淞江太湖愁滿眼，白汗霑衣足生趼。車輪轆轆羊角轉，水波翻翻龍舌卷。春來十日九不晴，怕聞鵓鳩呼雨聲。滂沱纔俾片時久，辛苦又加三日程。當家豈無夫與子，打魚日糴去城市。城中禁米難出關，田上忍飢還戽水。四郊未種園田穀，三邊已運官倉粟。安得木牛爲木龍，運水疾於牛走陸。西林日落田婦歸，隤岸白煙魚虎飛。詩翁獨立長太息，何處青山有蕨薇。

二月歸田舍作四首

十年爲客不窺園，數日還家獨閉門。兒女牽衣拂塵土，親朋折簡問寒暄。江南花柳青春好，淮上風煙白晝昏。聞道賊渠今磔死，雨窗歡喜倒清樽。

餘生廿分老漁樵，竹徑柴扉掩寂寥。舍後薄田堪種秋，門前流水喜通潮。人遭歲歉餐榆粥，天假春晴養麥苗。早起凴高望西北，楚氛猶自未全消。

鵶鳴鵲噪總無靈，庸孺謁言更莫聽。萬國山河春蕩蕩，一時煙霧晝冥冥。官軍自足追窮寇，縣吏猶勞募壯丁。何日賣刀仍買犢，花村雞犬共安寧。

飛芻輓粟未能休，嗟我鄉鄰日夜憂。何事羣兒啗猖獗，半年諸將擁貔貅。桃花過雨紅顏老，杜宇傷春血淚流。堪笑腐儒無可用，下帷依舊說春秋。

客來

帶孔頻移轉覺寬，酒杯雖舉不成歡。客來爲說紅巾苦，窗下榴花亦怕看。

題金陵陳時舉宅畫壁

雙松歲寒姿，卷石太古色。我昔山中一作「南山」。遊，憩一作歇。此松下石。松花雪霏霏，松葉風瑟瑟。安知此清景，相對復今日。撑空兩髯龍，還在書中室。主人罷鳴琴，宴坐室生白。客來苦炎熱，倚樹欲挂幘。不聞天籟鳴，但見空翠滴。煩襟頓如洗，林壑幽興適。經月數相過，明朝有行役。黄埃赤日中，令人轉相憶。

兵後到杭馬掾史置酒見招且示所與石處道丘長卿西湖倡和之什次韻一首

《摘稿》題作《馬仲達省郎招飲出示石處道丘長卿西湖倡和之什乃即席次韻以寓感慨》。

西湖山色冷如灰，前度劉郎今又一作「兵後」。來。紅粉畫船俱寂寞，斷橋流水自縈回。一隄寒柳風煙老，兩鬢飛一作秋。蓬歲月催。賴有故人能慰藉，緑尊長對晚山開。

西湖曲

西湖春水緑於酒，西湖女兒嬌似柳。依稀二月三月春，攀折千人萬人手。我有一索青銅錢，明朝也一作亦。買下湖船。試歌斷臂孤兒曲，湖上豈無人解傳。

舟中懷辛至善

春草緑如許，之人猶未歸。江東雲度水，馬上雨霑衣。王事驅馳久，家鄉信息稀。多情舊時燕，還繞畫梁飛。

嚴將軍戰馬歌 并序。

至正乙未春，常多盜，省府調兵捕之，浙東宣慰司元帥嚴公來總軍事。未幾無錫平，移軍武進，一日擣禾富莊賊巢，軍中失二馬，明日賊乘之，抗官兵烈塘上，二馬聞金鼓來奔，賊控勒不能止，遂墮地，馬立踶殺之，官兵大捷。故余烈塘之民咸神其事，俾余作歌以美之。《摘稿》序云：「至正乙未春，浙東宣慰司元帥嚴公某統兵捕寇，過浙西。秋八月，兵駐烈塘。一日，遣兵擣禾富莊賊巢，失一騎士，既而賊乘馬出拒，其馬望官軍來奔，賊墜地，馬踶殺之。賊衆驚潰，官軍大捷。以馬詣帳前白事，時余適在公座中，聞而喜之，故有是作。」

往聞齊軍夜路迷，老馬前導人追隨。又聞的盧躍檀前，漢業復立西南陲。古來良驥稱有德，未有驍騰能殺賊。將軍兩馬馱賊來，雲霧四起生風雷。紅綃帕首爾何物，霜蹄一踣成飛埃。軍前認主鳴且舞，驚倒熊羆與貙虎。羣兇膽落敢□追，官軍凱還槌大鼓。馬兮馬兮誠有功，須知感物由元戎。將軍接迹武惠功，煌煌史册書勳庸，爾馬名示垂無窮。《摘稿》詩云：「將軍武惠之嫡孫，帳前甲騎多如雲。一驪偶爾墮賊窟，背馱賊渠來策勳。沫流兩吻噴白雪，光爍雙瞳夾經月。雷奔電激煙霧隨，望我旌旗馳踣鐵。渠方命墮鐵蒺藜，驪□踶之成粉虀。賊曹瓦解爭納款，我軍凱歌歸馬嘶。古來良驥稱有德，未有驍騰能殺賊。呂家赤兔項家騅，骨朽猶當有慚色。將軍報國秉精忠，安知馬亦肝膽同。他年太史作佳傳，宜亦牽連書乃功。」

過無錫口號

至正十五年十二月初一日，丞相達識帖穆爾公赴江浙，余舟隨行，覩賊輩無狀，感憤而作。

丞相樓船搥大鼓，鐵騎前驅猛於虎。紛紛一作「何物」。鼠輩敢横行，一作「跳梁」。與我官軍戰河滸。一作「不畏輕遣萬鈞弩」。落日未落懸林梢，一天殺氣風騷一作蕭。騷。官軍縱火鼠入窟，太湖水闊陽山高。相君賢似唐一作「名位同」。裴度，豈無將軍如李愬。兜鍪戴雪擣賊巢，一夕湖船可飛渡。我有一一作方。寸鐵，願作將軍箭。將軍三箭定陽山，湖水依然浄如練。

題林泉雅趣圖贈杜玉泉

泉翁愛山如愛客，到處好山皆莫逆。脚根不涴京洛塵，面紋長帶煙霞色。奚童抱琴翁曳屨，長日山中看流水。萬松清籟響如絃，滿地白雲吹不起。桂花蘿月秋復春，野花幽鳥情相親。巢由相去數千載，黄綺以來能幾人。山顛水涯風物美，都在我翁詩卷裏。莊周夢蝶蝶夢周，覽是圖者同天游。

奉寄楊鐵厓先生

光範門前三上書，先生曾爲發長吁。□橋楊柳藏書屋，鐵笛梅花落酒壺。偶遇故人論北海，相思一夜夢西湖。由來海内誇長句，肯寄浮家野老無。

玉山邀至同里法喜寺飲别是夕酒醒夢回宿雨初霽月明可喜卽景賦詩兼寫送别之意

風吹雨脚斷，月到天心明。孤鶴有清夢，荒雞非惡聲。南浦明朝别，西湖幾日程。櫂歌人正苦，莫上石頭城。

再和韻寄趙彦深

平原公子午橋莊，草木當年雨露香。桂樹不嫌招隱士，桃花應喜識漁郎。錦茵醉酒冬宵暖，冰檻垂綸夜月涼。我亦欲拈横玉去，爲君三弄踞胡牀。

雨夜懷朱澤民

一天風雨夜漫漫，獨爲先生發永歎。杜甫百憂茅屋破，鄭虔三絶坐氈寒。鷺花紫禁回頭夢，煙樹青山抱膝看。最憶舊游諸閣老，别來零落漢衣冠。

和鄒弘道諸公遊積沙寺

錢塘形勝接蘇湖，風物于今入戰圖。獨爾積沙仍似舊，諸公杯酒不相孤。遠山雲斂千峰出，幽樹春來百鳥呼。白髮老僧盤膝坐，笑看車馬涉危塗。

中秋日玉山顧仲瑛邀翟明府份陸良貴仁秦文仲約等十人飲金粟冢上酒酣賦詩各成一首

憶昔避戎馬，放櫂來北山。相逢適中秋，展席解愁顔。安知復今夕，嘉燕得良會。烽煙猶眯目，慘澹千里外。卓哉山中人，曠達誰與儔。坐客金粟家，酌醴相勸酬。華月出松杪，靈颸吹桂子。荷鍤長自隨，駒隙去如水。摇毫寫雅懷，絢爛無遺言。客亦興不淺，闗勝寂不喧。清歡忘城鼓，盡醉傾笑語。柱頭老令威，爲作八風舞。停杯論古今，仰天問嫦娥。見此曠達士，百世能幾何？庾樓榛莽暗，牛渚風浪惡。縱有酒如澠，恐亦無此樂。夜深月愈白，清溪歸洄沿。一笑謝主人，今年復明年。此詩從倪原道畫《金粟冢燕集圖卷》録入。本集云：「憶昔避戎馬，放櫂來北山。相逢適中秋，展席解愁顔。安知復今夕，嘉燕集羣彦。烽煙雖不熄，眼底喜不見。華月出松杪，靈颸散天香。主稱死便薶，荷鍤童在旁。酒酣客哦詩，其樂勝鐘鼓。柱頭老令威，爲作八風舞。人生不飲酒，杯盂空匱前。寥寥數千載，孰與劉伶賢。」與此小異。

贈章彦復省掾 一作郎。

相約攬秋色，淞江來小一作「重來檥客」。舟。留人十日雨，洗耳一作「釃酒」。百花洲。祖逖鞭方著，張良箸欲一作可。籌。吾廬吾自愛，霜菊晚香幽。一作「青山應笑我，白首未歸休。」

寄章彦復

蘭省歸來日未斜，閉門塵静似山家。教兒楷字謄詩稿，遺客生綃寫墨花。太伯祠前人走馬，姑蘇城上樹棲鴉。知君觴處多懷古，忍聽《吴趨》唱小娃。

絶句

屈原沈一作投。江死，揚雄投閣生。一時生死計，千古是非名。

夏五雜書

遠客相過説帝都，黄金如玉米如珠。内園人歇催花鼓，市肆塵生賣酒壚。河北功臣稱李郭，江南租税賴蘇湖。明朝漕運開洋去，幾日風帆到直沽。

次韻陳維寅蘇杭懷古各三首

幽尋度香徑，遐思倚琴臺。烏喙嘗膽日，雉妖捧心來。春風煽天一作穠。艷，滅國輕於埃。

憑高望海潮，白馬還來無？一杯弔忠魂，江風爲號呼。悲哉抉眼地，愁烟暗一作化。落蕪。

奕奕一作「丹青」。讓王宫，遥遥延陵一作「松柏季子」。墓。吴儂一作「黔黎」。奉烝嘗，春秋幾霜露。胡爲後一作今。之人，無復繼高步。

寶鼎移炎祚，降王赴幽都。遂令虎林人，得一作斯。免馬邑屠。獨一作可。憐金椀出，啼殺稽山烏。

輦路土花碧，金門苾芻闕。浮海兩龍起，一作馬。一去亦不一作「不復」。還。空遺温室樹，一作「蕭條鳳凰嶺」。過客猶高一作「忍躋」。攀。

我來銅駝巷，葛嶺重行行。一作「襄樊怕人問，威福得專行。」相逢話一作「九重倚」。師相。皆云一作「十年」。誤蒼生。遺臭千萬年，沙堤潮上横。一作「銅駝卧天街，今雨淚縱横。」

烈婦歌 并序。

婦周氏，吴郡太倉人。至正丙申，其父以義兵元帥貪暴，將殺之，謀泄而舉家被害。帥之子悦婦少艾，誘爲妾，不從，痛駡而死。鄉人義而哀之，爲之構祠立碑。會稽楊公廉夫爲文，且屬江西陳季子索詩，以著其事。

陳君手持烈婦碑，勸我爲作烈婦歌。人生自古孰無死，烈婦之死名不磨。本是東滄小家女，粉黛不施眉自嫵。父憐母惜忍違離，納壻於家半年許。阿爺從軍氣頗粗，欲殺不義奔京都。手持芒刃機不密，身落禍阬家乃屠。繡衣郎君元帥子，少年絶愛傾城美。願言攜手與同歸，卽免梟首尸諸市。郎君滿屋堆黄金，安知難買烈婦心。耳邊言逐飄風過，腹内怨含滄海深。駡聲不絶郎君怒，馬上揮刀斫頭去。雙鸞羞對一作覩。青銅鏡，全家甘赴黄泉路。娟娟肌體嬌如雪，烈烈肝腸堅似鐵。一團冤一作怨。血注婁江，至今流水聲嗚咽。男兒讀書裹冠巾，偷生或忍忘君親。奴顔婢膝曳朱紫，得不愧此裙釵人。嗚呼，得不愧此裙釵人！

盧知州宜興秩滿以避一作兵。亂久寓無錫視同故鄉今知岷山一有州字。必有懷二州風物之美贈詩言情并致頌禱 一作「與子敘舊言懷良有感慨作二詩貽之」。

我思陽羡茶，初生如粟粒。州人歲入貢，雷霆未驚蟄。天荒地老今幾一作十。年，春歸又聞啼杜鵑。山中靈草化荆一作榛。棘，白蛇何處藏蜿蜒。玉山一作川。先生一寸鐵，欲刳妖蟆救明月。丹霄路斷肝腸熱，還憶茶甌飲冰雪。

我思惠山泉，長流無古今。一作「泠然響鳴琴」。瓶罌走千里，煮茗清人心。向來劫火炎錫谷，神焦鬼爛勢莫撲。一作「猿猱哭」。池邊浦一作櫛。石亦灰飛，此水泠泠瀉寒玉。高一作若。人飲泉五六年，一襟清氣清於泉。好爲吴儂洗煩熱，乘風歸報蓬萊仙。

顧仲瑛避地嘉興幾二年聞回崐山往不見遇作詩寄之末章兼簡白西長老二首

細雨清明日，扁舟過玉山。傳書元有誤，飛鳥竟無還。芳草萋萋碧，落花點點斑。題名牆外竹，黄鳥正間關。

客來常問信，書去半沈浮。兩度黄梅雨，相思白髮秋。樵漁今短笠，山水古長洲。寄語天寧老，龜巢賦詠不？

和陸宗魯韻贈夏師魯

日斛葡萄賸有餘，一官不换只閒居。窗含煙氣虞山近，門掩秋聲栗樹疏。鴻雁去來知幾度，雞蟲得失竟何如！丈夫高蓋非無日，聊遣閒情賦《子虚》。

崐山陳伯康築亭山巔楊邊梅過之題曰玉山高處且爲賦詩命郭羲仲劉景儀及余和之

神仙中人鐵笛老，愛一作爲。爾玉山雙眼青。玉山高處拄手杖，一作板。鐵笛醉時圍內屏。天生丹穴鳳爲石，東望黑洋鯤出溟。人傑地靈風物美，一作「一代風流有如此」。絶勝一作「名齊」。西蜀子雲亭。

過震澤留別智愚隱長老蘇昌齡先生

淞江太湖春水生，湖邊一作上。白鷗尋舊盟。遠公沽酒壯行色，坡老賦一作題。詩慰一作言。別情。燕子日長書屋静，柳花風颺釣絲輕。相過不負青山約，一櫂夷猶兩日程。

過吴江三高祠

三高祠前秋水波，客來弔古悲且歌。季鷹魯望桑梓敬，蠡也籩豆理則那。生爲越人身相越，百計謀吴吴乃滅。真憂鳥喙將無情，兔死狗烹肝腦裂。飄然攜家湖海遊，捧心人與同扁舟。越人誇功鑄金像，於吴孰曰非仇讎。行裝重寶久彌□，清高之風絶何有。奉嘗堪笑木腸兒，忍睹荒臺麋鹿走。江風肅肅楓葉寒，扣舷折我青琅玕。靈胥怒抉海潮起，殷若雷鳴過雪灘。

六柳莊爲沈太守作

彭澤五株柳，清風千載餘。顧余心乃心，修名難與俱。所以樹六柳，於焉結吾廬。門前有流水，樹下堪釣魚。我柳已成陰，豈不懷放歸。人生一趣舍，世事紛萬殊。善學柳下惠，風雨慎攸居。繼跡子陶子，亦曰姑徐徐。誰其知此心，南山默如愚。

贈慶别駕

台州别駕不之官，煙水孤村共歲寒。偶有濁醪留晚酌，旋挑生菜簇春盤。三年鄰里通家好，四海兵戈行路難。且喜門前金色柳，東風堪作畫圖看。

贈楊君濟縣丞

我昔崐山鉏白雲，高軒訪我麋鹿羣。我今長洲釣明月，君復過此寂寞濱。感君相知式相好，與君談笑開懷抱。坐分半席白鷗沙，滿目青山浄如掃。社公雨晴風作惡，一作「不作」。村北村南花自落。勸農來往杏花村，一作「落花間」。雞犬不驚田舍樂。君歸哦松坐松陰，我舟更入菰蒲深。釣鉤無餌勿語人，但説煙波無處尋。

和郜彦清州判莫春寓僧舍

篋藏湘帙心雲香，手閲金經掩竹房。門外不知春早晚，緑陰池滿日初長。

劉旭齋過婁江客舍作詩贈之

方一作正。欲題詩寄草堂，遠勞移櫂過滄浪。十年同飲三江水，一笑相逢一作看。兩鬢霜。田野一作舍。

無人一作「從軍」。鴉種麥，漕渠通海蟹輸芒。憑君莫話一作「目前無限」。悲秋事，一作意。且復持杯送夕陽。

簡吴江朱志道諸昆仲

去年長至聽塤篪，轉眼今年又此時。棣萼喜存兵後樹，梅花早綻雪前枝。西山近日無烽火，東閣何人共酒卮。兒輩此歸今問訊，吴音變楚莫相疑。

盛彦英隱居太湖之陰號具區耕叟命僕作詩以歌詠其樂云

《摘稿》題作《具區耕隱歌爲盛徵士作》。

脱屣東華塵，躬耕一作「結廬」。太湖濱。桑麻接鄰里，魚鳥情相親。閒時讀書牛背上，安知六國方攻秦。上四句一作「蓬藋開卜徑，桑麻接比鄰。金門玉堂望不到，煙蓑雨笠情相親。」東風二月桃花雨，布穀飛來向人語。犁初破隴頭春，黄犢出闌健如虎。羲農世遠莫可追，南山石爛無足悲。上二句一作「西山不知誰采薇，南山不知誰采芝。我耕我田食我粟，歲晚復有冰壺鼈。」悲歌笑甯戚，夜半猶未已。人間閒是非，何用污牛耳。我田已耕一作「緑陰繋牛」。春晝閒，樵童隨我看青山。日暮歸來一壺酒，我歌嗚嗚童拍手。童拍手，兒飯牛，一天星月爛不收。重捻戲笛作三弄，七十二峰俱點頭。上六句一作「牛棘花前開笑口，笑問儂家子若孫。知我犁鉏佳趣否？豈不見蘇秦爲無二頃田，六印纍纍苦奔走。到了落禍阬，虚名何足取。鹿門龐，真吾友。」

臘月

臘月無多日，行年七十三。浮生空自老，往事日多慚。南國山皆赭，東郊草未藍。蕭條江郭外，雲暝雪毵毵。

古鼎歌 并序。

中喜一作「蘇州」。萬壽寺舊藏古銅鼎，其款識有云：王在周康穆宮，册錫褱，用作皇考鄭伯姬尊鼎。大德中，任陽謝氏嘗欲以重寶易之，時住持點翁師不從，後謝氏爲構佛殿，點遂以鼎答之。至正丙申，謝遭兵，鼎因失去。甲辰夏四月，愚隱智公乃得於軍人之手，耆舊聚觀，皆曰：吾山中舊物也。既而出鼎見示，且徵余詩以紀之。

碧雲師著金伽黎，空王殿上一作前。龍象隨。一夫長跽一作「當階一卒」。送古鼎，狀若獻寶波斯兒。羣緇來一作聚。觀集丈室，中有老夫曾一作「僧前」。致詞。云是山中舊時物，立誦款識能無遺。惟有臣褱紀君賜，用顯厥考鄭伯姬。文詞詰屈錯盤誥，字體隱伏蟠蛟螭。蒼姬訖録世屢改，不知何代來於斯。謝家寶樹易趙璧，一作「修佛刹」。巨構買與秦城齊。鼎兮鼎兮什襲去，歲逾數一作「經六」。紀今來歸。師聞此語重歎息，兵火連年炎九域。金鐘大鏞棄路一作道。傍，總若沈沙銷折戟。珠還合浦一作「鼎歸禪月」。獨無恙，護持信有天龍力。摩挲兩鉉溼煙霧，錯落丹砂映金碧。濁水一作「光如」。摩尼五色兼，一作「含五色」。出海一作「高比」。珊瑚高一作長。一尺。嗚呼羲軒之鼎真一作莫。可求，禹鼎亦已淪東周。世所用者非爾儔，或膨豕腹徒包羞。調羹爾無與，覆餗爾不憂。歸來兮歸來，北山兮菟裘。汾陰自有爲時出，切莫放光驚斗牛。

劍池曹廣文送府學院檢討

峩峩虎丘山，湛湛劍池水。水深人莫測，草生寒不萎。世傳龍祖劍，斫斷蒼雲根。千古兩絶壁，鐵花點苔痕。僧厨轉轆轤，陰厓落冰雪。臨池人有語，響答出林樾。先生屢幽賞，盥濯彈琴鳴。木石俱點頭，魚龍亦知音。今居白玉堂，還念青山約。羣山與重遊，增輝舊巖穴。

和浦玉田清明日郊行三首

湖上新隄踏軟沙，少年人面映桃花。花村風物渾如舊，獨欠青帘賣酒家。
一幅春雲巧似裁，隔湖飛過碧山來。野橋小立題詩處，夾竹桃花爛熳開。
四壁青山眼欲花，山光都似薄雲遮。杖藜隨步歸來晚，月上東窗都到家。

申仲義録事杭州來議論慷慨風節可喜作此以贈

客來試問錢塘事，冠蓋都非舊日人。尚喜西湖堪種菊，一作柳。不知東海欲揚塵。手題王粲《登樓賦》，頭戴陶潛漉酒巾。如此江山如此客，政須傾倒洞庭春。

和沈啓之立春作

何物淮夷久亂華，東風依舊滿天涯。春盤薦酒杯頻舉，醉筆題詩字半斜。無數故人俱契闊，一雙老眼近昏花。家貧賴有長鑱在，坐待青山長蕨芽。

暮春陪周明府顧將軍祠下看碑

黃天蕩上將軍樹，樹下數家人姓顧。行人遥指若堂封，往事猶論麾扇渡。新祠畫藻煙霧溼，古木垂蘿鬼神護。長洲縣令枉高蓋，短褐巢翁曳雙屨。海棠正落臙脂雪，山瓶爲酹金盤露。柱頭老鶴作人語，道旁騶雉隨車駐。《吴趨》一曲歌未了，蜀魄數聲春又暮。金戈鐵馬尚酣戰，白羽清風復誰覩？看碑莫怪客如雲，彼君子兮真可慕。

臘月二日偕俞寬仲過篠涇僧舍蒙舉似近詩次韻一首

故國溪山各遠離，倚樓長笛爲誰吹？相逢山海三生石，共惜邊風兩鬢絲。客舍暫如桑下宿，世塗危甚劍頭炊。明朝果若西庵去，更約匡衡細説詩。

懷徐伯樞諸友 一作《避地篠涇懷友》。

一一作憶。昨方卧疴，妻子呼避兵。扶持上輕舟，烽火照夜明。一作「登舟夜將半，骨立心顫驚。」問兵今遠近，言圍闔閭城。賴有風滿帆，送我東南征。三一作信。宿坐不寐，鶴鳴近華亭。曉一作晚。泊青龍江，蘆菔匝地青。新知適相遇，留我居篠涇。土風頗淳朴，地僻雞犬寧。吾病日以瘳，客來能送迎。老瘦心自憐，或謂詩骨清。比鄰兩三家，情親若平生。園蔬日持送，酒壺時共傾。對酒不能樂，一作「强飲不成歡」。

艱虞未忘情。懷哉數君子，雨打水上萍。飄零各何許？吾將尋舊盟。賣刀買黄犢，子孫共春耕。奈何西枝西，礮石猶雷鳴。

次韻贈本蘭亭上人

庭前手植娑羅樹，樹下頻繙竺國書。失鹿不知秦二世，葬魚那問楚三閭。園收柿葉皆新紙，林養松花當宿儲。十里雙溪春水緑，浮杯時復訪樵漁。

余患項癰適兵後無醫藥可療即事口占并寓感歎

吮癰人在五侯家，市肆渾無藥可賒。童子歸來風雪夜，老夫愁絶對梅花。一作「童子歸來貪睡著，竹爐吹火自煎茶。」

次韻徐伯樞寄二首

病卧碧山久，愁添白髮新。一冬無雨雪，四海有風塵。妻子移家遠，親朋折簡頻。梅花應笑我，出語欲驚人。

客夜牛衣薄，王春鳳曆新。東南蛙角地，多少馬蹄塵。鼙鼓依然急，壺觴莫厭頻。君看塞翁馬，得失豈由人。

題孫彦學所藏江貫道清江泛月圖

吾聞老郭之傳許與江，山水絶筆稱無雙。此圖夜景江所作，彷彿秋聲動林壑。長江澄澄月在水，遠山蒼蒼樹如蟻。如此江山夜放舟，若人真是逍遥遊。爾來一百四十載，陵谷變遷圖畫在。世無蘇李兩詩仙，赤壁采石俱蕭然。老夫此興固不少，解裘亦足酤清醥。出門有礙行且休，不如燒香看畫樓上頭。

和臨寒食有感五絶 録四。

何處登臨散客愁，千墩浦上聽漁謳。清明落盡梨花雪，能得春風幾日遊。

烈塘墳上樹如雲，一掃東風十五春。不信令威歸不得，竟移華表屬他人。

一逕落花春晝静，四鄰嘉樹緑陰繁。兒曹忘却懷鄉意，浪説春風似故園。

白髮蕭蕭客未歸，凄風緊雨禁煙時。青苔白骨尋常事，堪笑田文爲客悲。

遷居

逃一作多。難居頻徙，幽懷孰與論。崑山一舍地，湓浦數家村。老去仍爲客，朝來又抱孫。雨餘春韭緑，生意滿東園。

聞玉山顧隱居以賦役入城負疾而歸而山中花竹多爲有區區懷思寄詩代簡

聞道龐公也一作近。入城，還家風雨近一作過。清明。催租人去詩仍好，市藥童歸病已輕。尚喜竹林青筍出，不嫌花逕紫苔生。野夫得此平一作「路逢緇侶傳」。安信，尋訪一作「候問」。姑遲數日程。

四月二日林自逢城歸寫呈遷居詩四首因以述懷并記時事

鶴長鳧短世難齊，滿眼風塵客路迷。竈突未黔居未徙，兒曹况在兩湖西。

六幅蒲帆帶雨開，逢城艇子過湖來。老妻正倚門前樹，雪色楊花覆緑苔。

僦得山居鑿井新，客來不厭煮茶頻。屋頭驀地顛風起，狼藉桃花滿樹春。

鬢絲垂領白毿毿，老我身如作繭蠶。午夢忽驚飛礮響，狼煙只在澱湖南。

答徐伯樞見寄二首

十載風塵走朔南，白頭如雪面如藍。借車載具家頻徙，應俗爲文筆大慚。茅屋雨添苔上壁，竹林煙護筍抽簪。别來行路難行甚，何夕挑燈細與談。

杜宇催歸不絶聲，知君歸計正留情。東膠茶焙春煙暖，西堠花村夕照明。音信尚煩黄耳寄，交情不負白鷗盟。明年築室相鄰住，兒輩求田與力耕。

贈筆生王伯純　一作「世超」。

時方用武我業儒，王生一作「超也」。賣筆來吾廬。生承世業霅溪上，製筆特與常人殊。一作「日余製筆似輪扁，妙不能言徒歎吁。」宣城阻兵十三載，猶喜山中老鵵在。拔來秋一作紫。穎帶微一作秋。霜，縛得銛錐含五彩。一作「製得筆成時世改」。昔一作鄉。年草創供玉堂，玉堂仙人雲錦裳。三縑一字不易得，筆價亦與時俱昂。莫怪年來棄如土，掃除風塵必斫斧。生一作爾。今賣筆我賣文，何異適越資章甫。呼兒亟用一作「爲我」。買一束，爲我一作「亟用」。寫成懷古録。吾兒作字一作「一書永字」。三歎賞，八法以之隨意足。我有好一作佳。音生可一作「語爾」。知，用筆將見文明時。諸公筆諫佐明主，老我筆耕箋古詩。逝將重作毛穎傳，爲記頻年遭薄賤。一作「詩成未若相如倦，毛穎更須重作傳。」牽聯爲生一作爾。書姓名，字業不隨陵谷變。一作「書上溪山亦葱蒨」。中秋適逢酒禁開，椰瓢酌生一作我。新潑一作緑。醅。酒酣仰視月中兔，長嘯一聲歸去來。

方池詩爲馬公振賦

攜我方竹杖，看君方池水。宛然俯中庭，照影月明裏。清風生蘋末，素練吹不起。魚樂魚自知，主人亦應爾。

和許君善郊居

秋色蒼茫日落斜，鯉魚風起荻飛花。先生晚酌依稀醉，吹笛漁童恰到家。

淮夷篇

大邦浙河西，吴郡稱第一。淮夷著柘黄，來作豺虎窟。交鄰無善道，西顧無一作拒。勍敵。一鶚嬰網羅，同氣頓蕭瑟。正朔仍奉漢，天恩滿牀笏。賦粟歲倍蓰，郿塢金日積。非無舶艕風，海運不挂席。包藏狼子心，反覆莫可測。臺閣兩重臣，忍爲梟獍食。井鼃自尊大，出入復警蹕。愛弟寵且一作「日寵」。驕，開府門列戟。提兵幾百萬，勢熱手可炙。甲第連青雲，闤闠東一作亦。丹碧。瑶池長夜飲，《天魔舞》傾國。帷幄皆面諛，忠鯁卽麾一作擯。斥。權門競豪奢，婪婪務懷璧。淮南舊巢穴，坐視成棄擲。出師理侵疆，所向輒敗績。鄰兵賈餘勇，一舉數州得。羣兇納降去，孤城一作「斂戍」。獨堅壁。奈何圍數重，樓櫓比如櫛。礮車拂雲漢，晝夜飛霹靂。寵弟旣齏粉，左右皆股栗。短兵屢相接，苗獠與戮力。南濠百花洲，流血水盡赤。閉關甫期月，人面多菜色。蔬食一作茹。猶八珍，骸骨爨下析。衆叛已不知，豕突猶親出。前徒忽投戈，回騎不數匹。一炬齊雲樓，妻子一作「紅粉」。隨煙滅。縛虎送臺城，咆哮氣方息。嗟哉爾淮夷，亡命起倉卒。衡行十五載，貴富亦已極。雕牆底滅亡，斯理信勿忒。

過無錫書所見

朝發吴門東，暮宿錫山下。隔牆語嗚咽，云是流移者。生來本村居，白首事耕稼。居城僅期月，區區避兵馬。狂奴稱老虎，咥人空四野。城降人出關，方□虎遭咼。里胥俄促人，負郭一綱打。監官驅上船，寸步不少假。不知遣何之，骨肉忍相舍。□□哭聲悲，涕與淚交瀉。同行千數人，瘦骨皆□把。鐵索連繫頸，俯首若喑啞。天高恐未聞，爾悲知者寡。

歸故里

憶昔走避兵，棄别鄉井去。意將朝暮歸，行行重回顧。安知今一作踰一紀，方踏去時路。四郊皆蔓草，白日暝如霧。披榛訪閭里，隔水拜丘墓。傷哉脊令原，黄蒿走狐兔。别墅破垣在，郵亭乃新作。鄰兒二三輩，衡茅晝扃户。初若不相識，熟視肖厥父。坐久泣且言，爲我話親故。什九死兵戈，餘亡不知處。其詞吐未終，我淚已如注。對食不能餐，相期歸蟻聚。吾將語吾兒，賣書買農具。歸耕漏上田，宜若烏返哺。吾其正丘首，此心庶無負。

馬公振以久雨懷思作詩見寄適千墩諸友朋爲謀道旁之舍因和及之并發巨浸之歎云

芳草萋萋春復春，桃花應笑未歸人。數椽矮屋清溪曲，一箇扁舟緑柳津。且與往來乘款段，從教圖畫上麒麟。老妻頗勝劉伶婦，不惜春衣典酒頻。

簡熊元修

憐君苦有軟脚疾，愧我貧無挑藥錢。此日尺書重問訊，何時杖策與周旋。湖鄉地溼黄梅雨，舍館窗含緑艾煙。猶喜東家人好事，銀瓶長送酒如泉。

石箭頭歌 并序。

丙午冬，吴人自望亭驛鑿渠通漕湖。深丈餘，乃得石箭頭。長洲徐伯昂氏以所得之一見遺，一以遺倪元鎮，請各賦詩。

南山爛盡蒼雲根，飄風勢欲傾崑崙。何物老砮作遺鏃，一作「老砮作鏃幾千載」。神鑱鬼削秋無痕。沉沙不隨戈戟折，太陰玄精壯冰結。五丁假手一作「手抉」。出重泉，猶帶堯時九烏血。羵羊肝膽破，一作「鵂鶹驚破膽」。尼子一作「魍魎」。走折足。獨有老於菟，坐嘯風滿谷。猿臂將軍骨已枯，蒼頭盧兒金僕姑，時乎時乎奈爾砮。

和靈巖虎丘感事二首

娃宫無復有樓臺，佛刹而今亦草萊。衲子盡隨飛錫去，將軍曾此駐兵來。青山銜日猶前度，滄海揚塵復幾回。霜落吴天香逕冷，斷猿啼月不勝哀。

兵餘重到古禪關，無限傷心四望間。林下點頭皆礟石，門前戰骨似丘山。劍池屢變珠光赤，盤石猶霑血點斑。白髮破衣耆舊在，獨憐寧老不生還。

遣興和馬公振韻

馬圖莫一作毋。怪出河遲，世事方如理亂絲。蓮葉有巢龜已老，竹花無實鳳仍飢。籬邊艇子供垂釣，林下樵童許看棊。苜蓿一盤三丈日，老一作山。妻晨起一作「白首」。案齊眉。

顧仲瑛臨濠惠書詞甚慷慨詩以代簡

濠上人來書數行，開緘如對語琅琅。酒杯已辨弓蛇悞，藥杵無勞玉兔將。少待天公舒老眼，臘收雲母束歸裝。舊家亭一作池。館花狼藉，春水依然滿緑一作「緑漫」。塘。

老病

乾坤如許大，老病此江濱。無酒可留客，青山應笑人。幅巾方竹杖，青草落花茵。賣得《長門賦》，相如未是貧。

次韻答許君善

小逕迂回草欲迷，村居如在瀼東西。爲煎新茗頻敲火，自掃殘花恐污泥。白首十年吴下客，傷心千古越來溪。羣賢何日能相顧，重爲湖山一品題。

祭顧玉山詩

於乎一作「嗚呼」。玉山翁，先世吴右族。生逢元一作全。盛時，當路屢推轂。辭榮樂蕭散，竟藴璞一作石。中玉。早持萬金産，轉手授家督。不爲五嶽遊，家園蒔花竹。讀書數千卷，旁覈聃與竺。非無酒如澠，過客佳乃肅。徒見駟馬車，未若一儒服。緇黄粲然者，待遇亦刮目。一作「情亦篤」。常言性嗜詩，趣味勝一作「雋永過」。粱肉。興來抉雲漢，毫端注飛瀑。詞林采英華，琰刻播芬馥。承平三十年，一作「詩名滿朝野」。嘯傲心自足。世故一變更，十室九顛覆。幽棲綽山下，擬比一作「人擬」。王官谷。時余逃難來，顑頷如病鵠。相見恨殊晚，姓名聞已熟。一作「踵門通姓字，一見已刮目。」夜飲嘉樹軒，明朝杯又續。高堂桂花秋，金釵剪銀燭。雙歌櫂觥船，洗我愁萬斛。一留兩月餘，坐客常五六。寫圖紀觴詠，墜水亦有曲。連牀可詩齋，清話屢同宿。擇鄰移我家，一作「扃移家」。歲晚安且燠。奈何鼙鼓聲，忽一作又。若雷震屋。妻人悉驚散，我亦猿失木。萍漂甫里東，賣文如賣卜。感翁數相過，餽問慰窮蹙。翁亦客檇李，遠避賦蛇毒。山川鬱相望，詩筒時往復。陵谷復一變，翁歸理松菊。松菊理未能，蒺藜俄困辱。余舟榜笠澤，訪舊宿西塾。夜深屏輿隸，促膝語一作「首話」。心腹。春風舊池館，荒煙秋草緑。朝廷更化初，召役事重繆。挈家赴臨濠，星言去程速。送行媿鄒游，口占謝龜縮。詩去秋復春，客來書滿幅。念我及兒輩，舉室蒙記録。自言多疾疢，經年在牀褥。鬱攸屢驚嚇，使我長觳觫。尚須手顫定，親札寄篇牘。安知僅逾月，遽爾聞不禄。初疑傳者譌，細問淚盈掬。嗟余老異鄉，知己失鮑叔。蕪辭敍疇昔，一作曩。哀一作悲。吟甚於哭。神交死如生，歆此杯中醁。

叔正過訪傳恢書記寄聲作詩寄之

茶澤歸來王子猷，問君知與對滄洲。一灣流水市塵遠，兩岸人家煙樹幽。客至白雲分半榻，興來明月載孤舟。如何不到淞江上，卧看蘆花雪色秋。

和陳思忠過王德修草堂

曲塘柳岸似蘇隄，編户畬畬比鄭陂。春日鶯花圖畫裏，秋風雞黍古人期。開樽許共傾蕉葉，出妓應教舞《柘枝》。老我杖藜慵出入，草堂遥望爲題詩。

慧山泉

此山一别二十年，此水流出山中鉛。人言近日絶可喜，不見流鉛但流水。老夫來訪舊煙霞，一作「僧家」。僧一作石。鐺試瀹趙州茶。惜哉泉味美如故，不比世味如蒸沙。

陽羨茶

南山茶樹化劫灰，白蛇無復銜子來。頻年雨露養遺植，先春粟粒珠含胎。待看茶焙春煙起，箬籠封春貢天子。誰能遺我小團月，煙火肺肝令一洗。

寄徑山顔悦堂長老 時退居崐山州城之南，扁其室曰「城南小隱」。

每憶城南隱者家，崐山石火徑山茶。年年春晚重門閉，怕聽階前落地花。一作「逢人與説無生話，麈拂拈來帶雨花。」

黄宗禮

星槎池館東牀客，冰玉襟懷我所知。百榼葡萄春灩灩，一欄芍藥晝遲遲。門前送却催租吏，枕上還吟夢草詩。只恐繡幃人起早，又催京兆畫蛾眉。

逸庵詩爲吴子明作

日高三丈餘，先生睡初起。雪屋燒暖香，行庖鱠冰鯉。一作「瀫山小湖邊，草亭修竹裏。」逍遥白氈一作「漉酒」巾，傲睨烏皮一作「兀燒香」。几。鈎簾對青山，倚杖看流水。一作「放鶴上晴霄，觀魚戲春水。」世事了不聞，無勞洗吾耳。

送李彦明歸高郵

老夫歸從東海頭，春風送客歸秦郵。出門復覩雁北鄉，物我喜得同悠悠。吴船鼓櫂渡江去，烏輪正挂扶桑樹。桃花倚岸笑相看，杜宇催人啼不住。征袍十年塵土多，濯纓今年《滄浪歌》。一百五日寒食雨，三十六湖春水波。交游臺榭翦荆棘，繼美前修集佳客。誰能唤起老龍眠，重寫耳孫湖上宅。

寄題無錫錢仲毅煮茗軒

聚蚊金谷任葷羶，煮茗留人也自賢。三百小團陽羨月，尋常新汲惠山泉。星飛白石童敲火，煙出青林鶴上天。午夢覺來湯欲沸，松風吹響竹爐邊。

雨宿縣學齋舍作

客來帷林候漁父，黌舍坐聽三日雨。諸生讀書喧兩廡，商羊飛來立當宁。雨聲書聲雜蛙鼓，蚓歌亦自諧宫羽。青苔上階菌生柱，敗壁淋漓籀文古。齋僮不敢開牖户，風撼庭柯嘯飢虎。南山老石爛成土，天漏誰能鍊金補。去年旱魃走吳楚，田家往往悲塵釜。麥秋一飽方自許，莫教化作飛蛾舞。

結茅東郭歲晚言懷

過客應相笑，衰翁未得閒。酒經方補注，詩稿又重删。藜杖家家竹，籃輿處處山。數朝天色冷，高卧掩柴關。

贈董明府惠炭

范叔寒多正不禁，烏薪重惠比烏金。賒來脱粟忙炊粒，留得焦桐好製琴。環堵一龕春盎盎，麗譙三鼓夜沉沉。硯池冰釋龍香暖，寫我朝來抱膝吟。

雨中懷秦主簿

東門之東西市西，人家屋頭啼竹雞。新年十日九風雨，二老幾時堪杖藜。

次韻言懷二首

風冷柴門閉，齋居縮似蝸。小橋平陸里，識字老農家。野飯常留客，村醪頗勝茶。早梅谿上折，斜插膽瓶花。

貧居家事少，客去跋溪閒。茅屋牽蘿補，蘭階擇草删。雪添南浦水，雲暗北窗山。孰謂寒如許，雞鳴客度關。

送秦宜仲主簿之京

丈夫不灑離别淚，杯酒聊發《玲瓏》歌。黄楊閏餘歲已久，紅杏日邊春正多。子瞻手擕鐵柱杖，太白足上金鑾坡。鳳臺佳景必重賦，千萬寄語來薜蘿。

雜詩

山雲忽低回，四郊紛白雨。老農荷鉏歸，布谷桑間語。相勸一何勤，一鳴再三俯。老農感禽意，豈憚東作苦。嘉穀已函活，尚待明月煦。小兒未解事，大兒遠服賈。農器已可陳，鉏耰在梁梠。入室惟老妻，出汲撫甖瓶。

二月二日漫興

東風吹散社公雨，紅白一作「南郭」。花開爛錦雲。時俗喜逢迎富日，老夫羞作《送窮文》。裌衣試著寒猶怯，拄杖歸來酒半醺。爲問驛橋楊柳樹，送人多少去從軍。

寄熊元修

佳兒發軔之官去，名父居閒味道腴。詩卷牘添兵後作，酒尊常爲客來沽。江湖結社鷗盟冷，遼海還鄉鶴夢孤。煙水相望遠相憶，寒雲欲雪盡模糊。

寄盧公武兼問殷孝伯安信 時殷爲咸陽縣教官。

憶昔雨別去塗難，喜得雲歸舊谷盤。郡乘手揮狐史筆，齋居頭戴鹿皮冠。草生林館皆書帶，竹老溪園可釣竿。獨念一作「爲問」。咸陽殷博士，有無黄耳一作「書尺」。報平安。

徙居横山口號

爲愛横山山水清，山前築室小溪縈。老夫枕石看雲卧，兒輩求田候雨耕。古井寒泉龍有宅，孤村夜月犬無聲。廿年兩眼風塵暗，猶喜如今見太平。

兒子木蒙恩釋屯種而歸詩以志喜

老烏失孤雛，噭號鸞臺前。鸞鳴徹九淵，德澤降自天。鐵籠放雛歸，渴飲劍井泉。井泉非不甘，飲之不下咽。念我老病烏，肺肝煙火然。反哺知幾時，骨肉且生全。牖户尚綢繆，羽衣復褊襹。衆鳥喜聲集，卉木回春妍。援筆紀離合，執徐洪武年。

吴中行惠方竹杖

往有方竹杖，化龍歸混茫。吾知龍之靈，知我力尚强。今年八十餘，舉足勢欲僵。一目眇數月，白日如昏黄。出門多荆棘，一作榛。況復多一作畏。虎狼。感君扶持意，以杖遠寄將。稜稜七尺觚，材拔宛種良。孤根斬鐵石，老節凌風霜。聱叟性惡圓，爲爾重激昂。氣類喜相得，顛危賴能一作周。防。秋風黄葉村，春雨烏石岡。挂我沽酒錢，時與遊醉鄉。赤藤含一作有。赧色，青藜失輝光。覩物思故人，晤言未渠央。

復愁 一作《傷秋》。

茅茨數家黄葉村，霏一作霖。雨一月谿水渾。慈鴉種麥日未暝，猛虎下山人閉門。

重遊虎丘寺

不謁閭丘謁虎丘，幅巾藜杖興悠悠。飄蕭白髮三千丈，來往青山八十秋。寶地近曾爲戰壘，劍池今復屬禪流。老松知我題詩意，也學生公石點頭。

代簡張希尹

余生寡諧俗，老去得知己。論交固云晚，莫逆良可喜。聯翩諸侯客，寂寞著書事。夜分青藜火，一作光。晝一作日。並烏皮几。幾回論班馬，一笑覩一作易。亥豕。煙雲揮灑外，風月吟嘯裏。蚶杯酌流霞，獸爐爇沉水。佳哉水調詞，清我塵俗耳。朱絃聽者希，《白雪》和能幾。别來懷盍簪，夢見承倒屣。帷林大江邊，瓢巷横山趾。秋風落一作響。梧葉，甘雨熟菰米。相望不三舍，相過堪一葦。詩筒繼元白，通家猶孔李。况於阿戎談，亦與諸任齒。尚友古之人，厥德薰晉鄙。

寄賈教授相期詣鄒墳祭掃

題詩郡圃景鄒亭，澆酒林莊下馬陵。白草西風秋莽莽，青山北郭路登登。柱頭且看誰爲鶴？驥尾何慚我附蠅。坐待秋涼行有日，老夫扶憊策烏藤。

雪巢爲馬仲良賦

馬鞍山高數千尺，考槃之阿環大澤。梅花爲屋雪爲巢，窗户玲瓏虚室白。諸公衮衮登雲梯，若人奚獨能幽棲。澹然素志絶華藻，要令朴俗還標枝。藍關策馬官遠謫，居延牧羝氈盡嚙。何如雪飲樂巢居，更與党家風味别。梨雲無夢親如許，膝上兒郎賦冰柱。此生此樂慎勿移，聽取龜巢老人語。

次韻答許西溪

憶昔送别黄花秋，烏紗破帽霜滿頭。别來作詩屢問訊，夢中載酒時遨遊。兵戈同歷十二載，鵂鶹夜啼雲靄靄。全家老稚幸逃生，又閱桑田變滄海。啓榮之樂今有餘，勿謂比榮年不如。峴山一望三太息，襄陽耆舊晨星疏。

次韻自述

百年有限恥求仙，數口無飢賴薄田。菰米熟來連日雨，菊花開到小春天。方從易外窮羲畫，無復詩中泥鄭箋。客至酒杯時一舉，開籠放鶴舞蹁躚。

題夜潮圖

昔余夜醉錢塘酒，看潮八月中秋後。銀山湧出海門來，潮聲殷若雷霆吼。此圖之作知幾年，當時景物皆依然。雲山兩岸澹籠月，雪岸一江高拍天。一觀頓覺毛髮立，再觀衹恐衣裳溼。扁舟漁子任掀舞，別渚鷗梟自翔集。奔騰澎湃無足驚，人間平地風波生。乘桴尼父果浮海，從遊我欲跨長鯨。

張仁兄弟濠梁蒙恩還鄉

客行二月初三日，詩到千墩寄二難。且喜江南春氣早，不聞濠上雨聲寒。花時多釀醁醽酒，芳館重修芍藥欄。往事真成塞翁馬，正須招集笑相看。

題村田樂圖

老人村，老瓦盆。嘗作雞豚社，不識州縣門。阿翁醉倒阿婆笑，膝上咿鴉弄乳孫。

過顯慶寺

六載重來釋氏家，一甌新啜趙州茶。杏花風後春何冷，柏子庭前日未斜。拄杖賴能無潦倒，闕文煩爲補《楞伽》。要聽説法頻來往，且喜平橋路不賒。

書路城樵舍壁

瀼東瀼西農畝，巷南巷北人家。白露秋香雞黍，緑雲春靄桑麻。

自和述懷韻

曾聞社酒可治聾，椑榼分來謝阿翁。才士謾磨龜硯石，貴人多佩虎符銅。人前出語羞稱好，杯後爲文錯送窮。連日昏昏如病蝛，不知春到楝花風。

瓜隱爲岷山邵濟民賦

藥壺舊懸紅杏林，瓜廬今在清江潯。南柯太守了無夢，東陵故侯同此心。灌園自捧漢陰甕，抱蔓别作黄臺吟。□我坐馳三百里，何由縮地重相尋。

簡無錫華景彰

百書不如一見面，此語信然胡未然。燈花有約半年久，桂子已落中秋前。東門種瓜抱溪甕，西齋瀹茗斠山泉。少游鄉里樂如此，應笑鳶飛瘴海天。

寄徐伯樞

東膠山人不出村，南州高士之裔孫。十年曾作螻蟻夢，四壁祇有莓苔痕。松牽女蘿補茅屋，童引乳泉澆藥園。别來幾度屋梁月，顔色宛然清且温。

薦福寺紅梅詩 并序。

紅梅閣事見《毗陵志》等書，《〔庚〕（唐）溪詩話》載程致道詩，有「春風日浩蕩，醉色回冰肌」之句，元末兵燬。今東山釋源公竺淵恢復舊刹，重植茲花焉。余記之。

紅梅閣下紅梅樹，陵谷變時風拔去。堯峯老禪歸故山，覓得孤根栽舊處。年年春到花時節，一枝五出臙脂雪。春風笑面歲寒心，光塵混融風韻別。老禪道服忘妍醜，品題假我扶犂手。黃州定慧海棠花，可與齊名傳不朽。月香水影象王宮，雜花世界將無同。幾度拈花有人笑，吾將請問瞿曇翁。

獨孤公檜詩 并序。

唐獨孤憲公爲常州刺史時，有手植之檜，今見諸郡志等書。元末樹毀於兵，至此二十餘年。爲常州民者，宜再植以寓思賢之意，況有周鍊師爲松菊主者乎！率爾口占，呈乞諸搢紳先生更倡迭和，相與贊成，亦庶乎厚風俗云。

憶昔十五六，好古尊前賢。初聞獨孤檜，快覩曾爭先。蒼然一株栟舊根，皴皮錯節枝葉蕃。適逢夜雨半身溼，宜是往年甘露痕。孔明廟前柏相似，乃在陳司徒廟之後園。鄉來陵谷忽變改，造化劫灰飛入海。神焦鬼爛救不得，桐鄉自此無光彩。幸存一曲闌干石，題公姓字留遺跡。石苔斕斑土花碧，相伴銅駝非荊棘。余從海上避兵歸，幾度摩挲長太息。懷哉古之人，好賢意無窮。詠甘棠，愛召伯，賦菉竹，美武公。憲公此樹堪比隆，後人寧不仰高風。玄都道士桃千樹，一會區區豈難措。龍鍾野老及羣英，亦愧因循坐遲暮。檜乎檜乎重培植，風枝相樛霜幹直。邦人具瞻仰遺德，見樹猶如見顔色，六百二十五年如一昔。

出門

老去多懷舊，興來時坐馳。出門窮鬼笑，罄室故人知。野飯新菰米，詩囊古竹枝。諸孫溪上别，矻矻問歸期。

江山漁樂圖

數口妻兒網一張，船爲家舍水爲鄉。江南江北山如畫，欸乃聲中送夕陽。

洞庭胡敬之以余父執之交歲饋新橘凡十有餘年感無以報是用作歌

湖山清氣鍾而翁，生兒亦有古人風。年年送橘拜牀下，甚愧我非龐德公。今年霜落洞庭早，橘熟先於葑田稻。青衣童子黄金丸，橘頭摘來霜未乾。儂家食指百三十，分甘喜得皆波及。嬌癡堪笑兩曾孫，手弄金丸口欲吞。阿翁老饕三嚥畢，□教食之還自喫。一枝一枝復一枝，翁有笑聲孫亦咍。枯腸久似長卿渴，甘露適從仙亭來。楚江萍實不可得，華峰藕亦無〔人〕（入）識。冷比雪霜甘比蜜，此句真可題此橘。韓子之詩今代無，借作報章揮我筆。懷哉故人家洞庭，七十二峰環翠屏。洛陽秋風塵滿城，莫能污爾雙鞋青。南山不爛黄河清，正須坐閲三千齡。山中舊識諸耆英，煩道老夫多寄聲。

紅梅

前代支郎亦異哉，白雲堆裏植紅梅。樹經劫火多番換，花向春風二月開。鄰舍杏桃多赧色，禪林草木絶纖埃。一時想像題詩去，别日尋芳載酒來。

懷詹伯遠

蝌蚪殘書補未全，齋居一榻坐來穿。楊花遶屋白如雪，溪水出湖青接天。冠蓋不來騎馬客，鷗鳧長傍釣魚船。多時欲問平安信，伏日題詩寄竹邊。

次韻送秦文仲歸海上

溧水先生挽不留，故山回首鬱相繆。落花飛送九年客，行李歸來一葉舟。勳業鏡中成白首，耆英會上冠清流。獨憐詩社今寥落，無復尋盟集舊鷗。

賀潤天澤住持保寧寺

橫林之北橫山西，孤村流水古招提。青苔一徑童不掃，白雲半間人共棲。松枝甘露落麈尾，桂子香風吹麝臍。我來欲問生公石，道價孰與生公齊。

和王有恆野步

芳草青青路欲迷，白頭有客共扶藜。吴田半没桃花水，辜負春風布穀啼。

寄南宗僧綱和尚

去年同看中秋月，東閣開窗夜賦詩。閣下桂花無恙否，秋風又到去年時。

次韻答臧尚迪先生見贈

延陵野唱風吹去，曲誤誰知顧且聽。湖海卧遊春晝静，一簾花雨集中庭。

倪元鎮過婁江寓舍因偕智愚隱遊姜公墩得如字

秋暑賈餘勇，懷抱方焚如。故人江上來，風雨與之俱。遂令沸羹鼎，化爲寒露壺。幽尋陟崇丘，飄飄素霞裾。同遊得名緇，吟嘯興不孤。大樹倚高蓋，小酌歡有餘。三江五湖上，羣峰開畫圖。獨憐我鄉土，煙塵尚模糊。安知艱虞世，得此暇日娱。一笑百慮忘，松風奏笙竽。

題偶武孟江雨軒

春雨如暗塵，江鄉晝冥冥。幽人感時變，於兹事耕耘。江南亦屢作，江風穆而清。土膏潤如酥，草木努甲生。此竟誰爲之？曰維天之誠。我藝我稷黍，我軒洎我宇。晨興帶經鉏，寧惜作勞苦。嘉苗既芃芃，田畯爲之喜。霜颷一披拂，致此歲功美。斗酒以自勞，共入此室處。矧兹值時康，樂哉詠江雨。

兵後過季子祠

延陵采地荒榛棘，延陵遺廟成瓦礫。延陵野老歸弔古，獨立斜陽長太息。塵埃野馬紛滿眼，城郭人民總非昔。共惟泰伯吳鼻祖，三讓高風冠千古。周衰列國俱戰争，卓爾雲仍踵遐武。去國躬耕江上田，曰附子臧非浪語。天倫義重情所鍾，屹立狂瀾見孤柱，此義孰可比采薇？西山孤竹子，此情知者誰？獲麟老筆十字碑。德音寥寥二千載，陵谷幾番經變改。江南近代淫祠多，梁公不作可奈何。於乎祠堂之毁還可屋，禮讓風衰較難復。漢家兄弟歌布粟，唐家兄弟相屠戮。何當大化一轉轂，於變澆漓作醇俗，九州八荒春穆穆。泰伯延陵斷絃續，芳也未死當刮目。

題杜拾遺像

國破家何在，窮途更暮年。七歌同谷裏，再拜杜鵑前。胡羯長安滿，騎驢短褐穿。畫圖憔悴色，猶足見憂天。

季子祠

千古一抔忠義土，青山門外碧溪陰。溪流冷浸中宵月，照見先生未死心。

青村先生金涓

涓字道原，義烏人。本姓劉，先世避秦武肅王嫌名，改姓金，生于元季。嘗受經于白雲先生許謙，學文于黄侍講溍。淹貫經傳，卓識過人，虞文靖公集、柳文肅公貫交薦之，不起。洪武初，州郡薦辟，輒懇辭謝。隱居教授青村，夷猶雲山水石間以終。所著有《湖西》、《青村》二集，共四十卷，兵燹之餘，散佚莫存，嘉靖間，六世孫魁搜得遺稿，付其子江爲之梓。王子充嘗贈詩云：「惜哉承平世，遺此磊落姿。」宋景濂謂青村氣雄而言腴，發爲文章，尤雅健有奇氣，不但長于詩而已。青村與王、宋同里而爲同門生，相知最深，而推許如此，知非溢美也。

和吴正傳五臺懷古韻

姑蘇臺

闔閭城畔姑蘇臺，百花洲上千花開。笙歌半空曉未絶，一聲落月啼烏來。蛾眉顰翠愁如簇，空捧春嬌在心曲。滄江羅網縱鯨鯢，碧瓦丘墟走麋鹿。悽煙慘日潮生處，怨滿鴟夷猶不悟。甬東東海不可棲，劍光夜冷吴山路。

章華臺

楚臺雲棟連天宇，伯氣憑陵檯九土。方會諸侯求鼎時，天下無周而有楚。一朝吴蔡兵合謀，孤舟江路誰從遊？宫花曉露細腰泣，空山落日餓鬼愁。春風過眼秋蕭瑟，餔人一飯那能得。道傍塊土棲草煙，夜寒夢落空臺前。

朝陽臺

楚王昔日遊臺上，前望巫峰近相向。青楓錦石叢古祠，暮雨朝雲依疊嶂。蔓花古木多春寒，翠幃仙佩非人間。神功治水佐禹跡，至今石刻巍如山。詞臣錯寫《高唐賦》，剛道朝雲夢中遇。千尺黄湍洗不清，水聲猶望臺前怒。

黄金臺

昭王有志興宗社，厚幣卑辭禮賢者。郭君一語捐千金，國士争趨駢驷馬。燕臺計議皆英豪，齊人蹴踏猶兒曹。三軍旗幟白日動，半空劍氣青雲高。樂生既去士亦少，回首春風長芳草。火牛遂復七十城，恨滿臺荒天地老。

戲馬臺

將軍逐馬關中來，神威掠地風雲摧。鴻門舞劍成敵國，彭城衣錦空登臺。馳下漢軍何披靡，垓下楚歌相應起。山河百二幾諸侯，子弟八千無一騎。古來天下誰英雄，荒臺老樹悲秋風。符命合歸赤帝子，項伯不忠范增死。

和楊仲齋韻

溪行欲假屨，雲坐不須冠。樹密一天小，樓高六月寒。袈裟憎客至，魍魎喜人看。惟有松無意，風來即奏彈。

秋夜

四望秋無際，憑闌夜未央。星榆晴舞葉，月桂冷飛香。人澹琴心苦，林幽鶴夢長。此情當此夕，誰肯賞淒涼。

山莊

青村溪盡處，林密隱孤莊。石老莓苔路，門荒薜荔牆。人行秋葉滑，鶴立晚松涼。治畝農歸後，蓑衣挂夕陽。

江村

寂寂江村路，輕煙晚自生。遠峰晴有色，獨樹暖無聲。渚鷺行看水，溪魚賣入城。孤舟人不渡，兩岸夕陽明。

錢塘行在

鳳舞龍飛處，寒煙半野蒿。地卑東海近，天遠北辰高。來往春秋燕，盈虚日夜潮。老僧年八十，對客話前朝。

舟次漁浦

雙溪東入浙，終日坐危舟。流水遠明目，小篷低壓頭。煙村鴉入暮，江國雁賓秋。一片淒涼景，安排獨客愁。

浙江曉渡

片帆風力飽，涼氣碧飂飂。江闊欲沉雁，天空惟見秋。漁歌聞四起，人影在中流。隔望秦峰出，東南第一洲。

舟次嚴灘

八月桐江曲，青蘋未著花。亂雲低壓樹，細水淺流沙。到郭無多路，依山有幾家。故人成遠別，相望各天涯。

雨後書懷

畏俗久不出，其如此意何？鬢毛詩白盡，山色雨青多。曲偃行蛇草，圓生浴鳥波。與誰專一壑，同和《采芝歌》。

康湖山居

康湖環十里，半世樂吟身。白屋居寒士，青山是故人。松多天不暑，瀑近地無塵。頗得漁樵趣，生涯日又新。

别徐處士歸嚴州

浙水連天白，輕帆帶雨飛。榻懸高士去，釣在故人歸。秋盡雁初過，江空魚正肥。君如招伴隱，我正欲相依。

客中與里人言别

同是婺中人，情親若弟兄。客邊今識面，詩上已聞名。驛柳分春遠，山花照晚明。相逢即相别，流水幾多情。

旅懷

江湖爲客久，歸計與誰論。春色草無路，雨聲人閉門。薄衣知酒暖，病眼覺燈昏。蜀水家邊景，連宵役夢魂。

江樓有見

睡起無忙事，寒多不下樓。櫓聲和雁去，江影照人愁。山碧雲初曉，林紅葉正秋。琴書無恙否？我欲問歸舟。

自述

索居三十載，一硯鐵穿磨。學淺非時用，人生奈老何？竹房來暝早，花塢聚春多。静坐無餘事，門前水自波。

村居

荒草無行路，人家隔小溪。雨多嵐氣重，石少水聲低。病鶴依松立，寒雞傍砌啼。近來渾懶動，静處欲幽棲。

亂中自述二首

汩汩兵猶競，凄凄興莫賒。嬌兒將學語，稚子慣烹茶。亂後添新鬼，春歸發舊花。十年湖海志，羈思滿天涯。

春夢猶爲客，題詩發興清。風帘茅店酒，晴日柳橋鶯。親老頻歸覲，時危未息兵。況來招隱計，擬問鹿門行。

蜀墅頭

溪頭自舒散，天澹夕陽微。拂石松邊坐，看雲水上飛。舊磯雙鷺下，小櫂一漁歸。不覺吟成久，苔痕溼上衣。

雲門道中

三月山南路，村村叫杜鵑。白雲千嶂曉，斜月一溪煙。水冷長松井，春香小薺田。何時移別業，來往繡湖邊。

秋夜有感

苦吟人不寐，中夜啓幽扉。明月霜初下，西風葉正稀。家貧豚有子，天冷客無衣。感事忽如夢，孤螢入我幃。

寄友人宋邦彦

故人別後見尤難，彼此詩盟尚未寒。寧暇對牀論契闊，謾勞折簡報平安。春山裂竹愁如海，流水落花紅滿灘。九十春光都過了，諸君何以罄交歡。

重遊光明寺

梵王宫闕倚崔嵬，積翠繽紛圖畫開。啼鳥避人穿樹去，老僧迎客下山來。裁詩石逕書青竹，散髮雲林卧緑苔。自識箇中幽興熟，杖藜何惜重徘徊。

送李子威之金陵

金陵自古帝王州，策馬飄然作勝游。一代衣冠新禮樂，六朝文物昔風流。此時送别詩盈軸，何處相思月滿樓。若見潛溪宋夫子，勿云江漢有扁舟。

喜雨寄楊伯容

江城曉夜雨浪浪，并作芳齋六月涼。倚杖出門田父樂，題詩呼酒野人狂。不愁戰地多兵甲，遂喜豐年足稻粱。問訊草玄亭上客，竹林疏簟夢秋光。

秋暮會楊仲章

矮褐凄涼淹别館，故人一見話綢繆。溪頭水落魚龍夜，塞北雲深鼓角秋。爛醉豈知猶是酒，相逢誰爲不封侯。江湖明日重分手，滿眼西風獨倚樓。

贈術士吕公

短褐垂綸已十載，柴扉篳竇即湖邊。年來出處常存道，身外功名懶問天。造次可無詩入聖，相逢還有酒爲賢。虎頭燕頷君休論，好向山陰買釣船。

贈陳仲玉本學教諭致仕

聽雨芹池二十年，如何一旦卷青氈。陡令猿鶴生秋怨，高枕琴書且晝眠。詩爲懶題閒木筆，飯因不足羡苔錢。石田茅屋華川曲，從此挑燈繡佛前。

清德晚歸

酒留詩戀意遲遲，回到中途已落暉。小蹇引秋行落葉，老漁隈冷坐危磯。山間明月隨人出，松外閒雲伴鶴歸。試問夜深何處宿，欲從山下扣禪扉。

方學士招飲不赴

我在林間鹿與羣，君爲天上玉麒麟。莫將綵樹燈前酒，來醉梅花月下人。白屋不生三閣夢，青山那識五陵春。行吟每到看松處，自有漁樵作主賓。

秋江話別

別酒相傾別淚流，江流亦不爲君留。片帆今夜人何處？明月滿天誰共樓。一雁叫霜紅入葉，十年爲客白侵頭。莫嫌歸計多蕭索，三徑西風菊正秋。

送張學諭歸三衢

穩泛靈槎訪斗牛，未容歸伴赤松遊。蓴鱸此去無千里，雞黍相期在幾秋。瀫水月寒梅入夢，繡湖煙澹柳分愁。春風莫問田園計，須趁功名在黑頭。

寄王照磨季耕

底事鄉心憶鏡湖，一朝歸去伴樵漁。傳家尚喜貧存硯，教子尤勤老著書。静裏有時觀水坐，閒來何處買山居。門牆桃李應如舊，添得春風柳五株。

送東陽杜僉憲之河南　號「尺五翁」。

玉堂學士草堂仙，濟世英才間世賢。憂國正操言事筆，移官又買載書船。風摶渤澥三千水，雲擁蓬萊尺五天。更到鳳池春好處，紫薇香暖御爐煙。

夜泊蘭江

江山歷朗雪初融，坐見宵分碧落空。世景固知光霽少，人生多在别離中。影隨月下成三友，春到梅邊第一風。此夕此情聊復醉，馬蹄明日又西東。

秋日山中

不記秋風幾日晴，偶來林下見雲生。野梧半脱無多影，山雉驚飛忽一聲。短錫引船僧渡水，小輿聯擔客歸城。溪頭聽得漁翁説，近日前村酒價平。

秋日客中

久客歸來静閉門，秋風落葉自紛紛。夜來一暖做成雨，早起滿溪流出雲。山色祇疑閒裏看，雁聲那可客邊聞。黄花開遍歸無計，吟老秋光又幾分。

富陽舟中

終日推篷對酒杯，漁郎隔浦櫂歌回。路傍古屋無人住，山下疏梅獨自開。幾處汀洲分雁下，滿江風雨送潮來。白頭篙叟休相促，明日天晴上釣臺。

城中歸志喜

城郭多時得一歸，小園幽館雅相宜。種荷池暝便鷗睡，儲粟瓶空慮鶴飢。兩屐苔痕人立處，一軒秋影月來時。静中自得其中理，此意無人會得知。

曉發金華

一帶寒林古木齊，濛濛山色亂雲迷。沿村問酒難尋店，隔岸呼舟欲渡溪。夜雨草深蛙鼓鬧，曉風花落子規啼。可憐客路多岑寂，何處垂楊駐馬蹄。

村舍

幾村桑柘遠相連，村北村南小渡船。茅屋有緣臨水住，閒身無事看山眠。孤林欲暮鴉争樹，一雨及時人種田。昨夜鄰翁喜相報，今年依舊是豐年。

山莊值歲暮

坐久那能笑口開，篆煙燒盡石爐灰。山厨度臘貧無肉，茅屋逢春富有梅。凍鳥縮身依雪立，饑驢直耳望人來。窗前更展《離騷》讀，消得茶甌當酒杯。

春日過繡湖

湖上晴光麗物華，行行幽興浩無涯。林頭新店去沽酒，門外小盆來賣花。天氣可非三令節，春風多在五侯家。茅庵兀坐無餘事，静看遊蜂報午衙。

望天台

日光紅處是天台，萬壑千峰紫翠開。滄海波濤時洶湧，瓊樓石室自崔嵬。丹丘霞酒憑誰遣，緑水胡麻安再來。東望長歌搔短髮，秋風滿抱一登臺。

病後自吟

地僻柴門少客過，寂寥生計奈愁何？秋來得雨涼偏早，病起緣詩瘦更多。鶴立露枝黄墮葉，鷗飛煙渚翠翻荷。幾回夢入江湖櫂，笑看雲山卧緑蓑。

春日

今年春日殊無賴，不逐黄衫作伴遊。學道十年心似醉，懷人一别歲如流。殘山剩水塵凡隔，瘴雨蠻煙日夜浮。戰伐即今憐壯士，功成誰擬覓封侯。

舟中

短篷摇下雨長川，山重寒雲樹重煙。篷底筆牀相對坐，有人看作米家船。

秋夜

獨自歸來秋夜静，雨濕寒雲小窗暝。竹爐無火客思茶，隔樹人家有燈影。

冬夜

獨坐夜深人讀《易》，屋外雪明如月色。松寒老鶴睡不成，飛下窗前伴人立。

春晴

曉風吹暖破陰雲，草色湖光轉緑痕。試看海棠枝上月，定將花影到重門。

遊赤松

枕石聽流夢未安，碧雲蘿薜古祠寒。夜深鸞鶴羣仙過，人在青松月下看。

村園

半畝村園接水涯，誅茅新構小書齋。窗前不用栽花柳，只對青山景自佳。

春曉偶成

清晨睡起覺衣單，亭館東風怕倚闌。一夜好春吹作恨，梨花寂寞雨鳩寒。

幽興

閉門不出動十日，雨後憑闌眼倍明。萬樹飛花將欲盡，一池春水漲浮萍。

南窗

南窗不受北風寒，筆硯供吟對景安。最喜手攀檐外竹，雪中尤勝作花看。

子猷乘興圖

月照梅花雪點春，小舟危坐醉中身。一時爲愛溪山去，本是無心見故人。

美人圖

綵雲宮殿月闌干，翠袖春風倚暮寒。馬上琵琶愁未已，不須重展畫圖看。

內人燒香圖

小院鈎簾拜月明，暗將心語達微誠。妾身不願承恩重，願保君王樂太平。

趙昌海棠圖

銀燭燒殘夢未回，舊家庭院已荒苔。玉簫聲杳人何處？惟有東風燕子來。

徐熙牡丹圖

翠幄籠霞護曉寒，無人凝笑倚闌干。玉環去後千年恨，留與東風作夢看。

探梅

乘輿扶藜過石橋，地平不覺萬山高。庭前一樹梅花白，疑是春陰雪未消。

幽興

燕子飛來近畫檐，暮春時節雨纖纖。杏花落盡無情緒，何處人家有酒帘？

范增

舞劍鴻門計不成，咸陽歸路楚愁生。子房玉斗空撞碎，奈有陳平四萬金。

東山先生趙汸

汸字子常，休寧人。師事九江黄澤楚望、嚴陵夏溥大之、義烏黄溍晉卿，明《易》象、《春秋》之學。至正初，臨川虞學士集見其書，深加敬異，延致于家。未幾歸，築東山精舍，隱居著述，學者尊之。輔元帥汪同起兵保鄉井，授爲江南行樞密院都事。丙申後，結茅星溪古閬山。洪武二年，召至京師，與修元史。既竣事，得請還，未逾月以疾卒，年五十一。門人汪蔭及范準先後集其所爲詩文得若干卷。星源汪仲魯謂子常之詩，因感發而形諸詠歌，雖不專乎是，然長篇短哦，亦不一字苟爲也。

題黟令周君儒所藏清溪白雲圖

結屋清溪上，白雲與爲鄰。雲影常在地，溪光浄無塵。餘暉及山木，掩映忘冬春。逍遥窗户間，亦足娱心神。相望彭澤宰，仕止孰由人。忽憶桃花源，悠然思問津。

悼子琯

無子未嘗憂，有子悲不育。妙贊世所稀，我窮焉得鞠。所嗟百日間，奔走無停躅。賀者猶在門，房中已聞哭。汝病吾不知，汝名人已録。我無高飛翼，安用煩羈束。奉身如拱璧，世亂遭指目。禍福來無端，每虞連骨肉。殤子古稱壽，彼耆非汝毒。勿羨彭與聃，貪生恒局促。

題米元暉江山小景

滄波浩無津，揮手揚帆去。回顧江上山，蒼蒼但煙樹。結茅傍洲渚，豈少垂綸處。終然塵迹近，未及扁舟趣。世運如風飈，朝新夕成故。白雲何亭亭，倏爾天際住。寄謝山中人，奚爲獨多慮。

病士

病鷹不忘擊，病驥不忘驤。病鶴俯不啄，仰睇霄漢長。惟有病士心，死灰不復颺。居處終鮮歡，起行若痛亡。逢人目輒動，内惕外周章。口雖强諾唯，退省但茫茫。已疾且忘療，焉知民未康。多謝遊談者，勉旃思自强。是棄果蓏哉，爲稱充圓方。

峽源瀑布

寒峽隱堂隍，尋源得飛瀑。懸空下千尺，飛鳥驚不度。雷激丹嶽摧，電穿青山破。陰厓排積雪，霈雨恆時注。我來屬時艱，對此忘百慮。塵襟欣一洗，徘徊不忍去。崇山限吴楚，避遠誰能顧。應有避秦人，巖前覓微路。

題雲林小隱

杉松冥冥煙霧溼，青合兩厓愁壁立。方池怪石小窗研，家具圖書劣容膝。十年官道暗黄塵，錦里蕭條少四鄰。峻嶺截雲天禦暴，《樵歌》一曲斷行人。古林先生身種德，芝田蘭畹無荆棘。心閒雞犬亦清寧，虎倀狐妖俱屏迹。木葉歸根蟲閉關，雪深半夜失前山。兒童挾策莫言冷，信有「陽和」（和陽）地底還。

浮丘祠

浮丘説詩秦漢間，龐眉鶴髮映朱顔。適逢偶語幾棄市，又見慢儒來溺冠。飄然長往不知處，遺跡宛在軒轅山。年穀常豐物無厲，石泉一盞薦甘寒。

中秋雨分韻得秋字

蓬萊别館天香浮，仙家好景惟中秋。舉杯邀月不知處，淫雲滿地寒蛩愁。大地山河忽破碎，蒼茫微影將焉求。盲風怪雨豈終夕，中軒坐見寒光流。

故人

故人别我秋江涘，幾載重逢春夢裹。忽覩明月憶高情，愁絶長空三萬里。荒山久病莫能興，狂風暴雨何憑凌。麈尾呦呦呼厥類，雉媒戛戛求其朋。

余村道中寄魯齋

青山並岸如蒼虬，石門翠樹如相樛。似與幽人護清境，玉梅翠竹縈寒流。溪行半日足生繭，水望千回山百轉。請君處處種桃花，莫使重來迷近遠。

尉氏讀阮嗣宗詩

明月照北林，孤鴻有哀音。攬衣起坐彈鳴琴，憂思徘徊獨傷心。可憐堂上生荆杞，空自繁華粲桃李。種瓜寂寞青一作東。門外，采薇悵望西山址。芒碭雲歸大澤空，後五百一作百五。歲無英雄。途窮慟一作「窮途痛」。哭誰一作無。知者，沈湎狂言元自公。

古津渡夜談贈金元忠

相逢歲晚詩更誦，燔盡枯楂談愈縱。短茨低覆結冰花，寒壓溪雲不成夢。竹帛煙銷黔首愚，《紫芝》一曲老商於。坑外竟逃真學士，浮丘雅頌濟南書。

題碧山圖

嘗愛李太白，興來棲碧山。山中別有一天地，惜無圖畫留人間。誰爲碧澄翁，久向山中住。栽花種柳待春風，忽見新圖識其趣。青山淡淡雲離離，小橋流水涵清漪。抱琴擇勝可終日，安得似汝圖中時。韓侯好詩仍好畫，嗜酒不憂官長怪。欲圖李白碧山居，酒禁方嚴筆如借。知翁有子舊曾遊，淡泊無縈心日休。圖成漫與翁爲壽，願翁長樂無虞憂。

觀輿圖有感五首

朝雨茅茨溼，披圖羨禹功。山河一掌上，宇宙九疇中。水性惟趨下，民生本易窮。胼胝豈無事，大智與天通。

四載勤難繼，八年績竟成。一作「四履應難辨，三河尚可尋。」功推城濮售，澤想召陵深。問鼎猶懷惡，投龜肯易心。向無微管歎，孰憶到于今。

轍已環諸夏，居身一作猶。憶九夷。難求伐木處，尚想饋豚時。夾谷真成謗，中年不易知。惟存删述事，赫赫起周畿。一作衰。

皓首陳王道，時君孰可匡。一作當。艱難思稷契，容易託齊梁。越豈資冠冕，秦方用虎狼。空聞歸大老，不復見鷹揚。

洛邑空南渡，東都亦北轅。已符前五閏，一作運。空憶後三元。世謂漢、唐、宋爲後三代。分合巧相似，今昔一作短長。難等倫。女真如拓拔，一統位一作世。中原。

江彥明來訪

敲門知有客，已謂是君來。亂後交游少，秋清懷抱開。劇談無可諱，信筆不相猜。木落山容净，樓居且莫回。

病中和伯友絶糧韻

貌比年加老，憂如病轉深。風檐驚淅瀝，竹徑怯陰森。獨立籌家難，朋來阻歲祲。遠書思過雁，危坐自沈吟。

次韻玉琊雲隱圖 并序。

鄱陽王本善，故居懷玉山之北，號曰「玉琊雲隱」。鄉先達進士董公爲之記，和陽王使君爲之賦，又得星源韓徵君爲之圖。余嘗過本善所寓，見其浄掃一室，琴書圖畫與弓劍雜前。培桂植菊，怪石織蒲，幽潔可愛。蓋能審己推分，隨所寓而安，視竄名尺籍而有所顧顧者，不同科也。乃次使君韻附于卷末，以釋其幽思云。

馬上劍三尺，山中雲半間。無人尋草迹，有虎卧柴關。解甲端陣後，懸弓定地還。胡爲思舊隱，畢竟復誰閒？

張節婦

家雞年方茂，時艱志益堅。九原無起日，一節矢終天。逮下恩猶昔，隆師子象賢。姓名歸太史，墓碣不須鐫。

和唐縣尹山居三首

早從上國接英遊，晚卧滄江擅一丘。無復謝公攜處妓，空餘陶令去時舟。千章古木排雲起，一派寒泉傍石流。客至不須談世事，小亭已扁四宜休。

絶無塵土到幽扃，手把《離騷》傲獨醒。弁嶺晚來雲自白，六湖春盡草長青。沙邊忽復飛鴻鴈，屋角隨常鳴鵲鴒。莫對江山重回首，乾坤萬古一郵亭。

塵事紛紛未有涯，一舟聊復信年華。閒過用里先生宅，謾訪孤山處士家。有酒何曾留俗客，無錢猶自買梅花。新詩寫就人先見，醉筆淋漓醉復斜。

次童以清韻

山城二月百花開，喜代元戎報捷來。縣小適逢多事日，時危須仗出羣才。烏絲寫就雲生沼，白紵裁成月滿臺。爲有幽期常極目，晴空雙鶴自飛回。

除夕贈倪明善程仲元

舊交誰可共殘編，亂後相逢意惘然。肯伴歲除憐我病，欲傳家學識君賢。治身土苴知何晚，涉世風帆愧不前。莫歎長鑱逢積雪，清談相與度新年。

和葉中茂過訪見貽

早識長材歎陸沈，逢時況復重南金。少年漫説從軍樂，志士常懷報國心。已見奇功書幕府，每傳佳句到山林。孤燈偶共抽青簡，夜雨寒窗感慨深。

屏山即事時周明甫來訪

地近仙巖日自長，短牆時度竹風涼。樓頭古木禁秋雨，檻外危峰倒夕陽。高榻坐聞金奏響，小橋行近翠盤香。清談況復陪賢達，始信他年未易忘。

丙申冬遊黄山

束緼迎門月墮初，同來有客共艱虞。幾年避寇今無地，何處誅茅可結廬。雪虐風饕樵客路，山囚瀨縶野人居。一簞肯許同棲息，寂寞殘生不願餘。

次韻成大用推官黟縣即事

無復居人接近郊，空餘白骨没青蒿。旌旗蔽日軍容壯，營栅排雲地勢高。敗屋毁垣迷故邑，小溪春漲入空濠。浮丘近有黄山約，千斛松肪可釀醪。

題九龍菴新樓

樓觀憑虛倚玉臺，遠涵空翠絶浮埃。璿璣宵轉星辰近，沆瀣朝盈户牖開。雷劈蒼厓龍起立，風翻碧海鶴飛回。仙家自信春長好，應笑胡僧辨劫灰。

棲真别館贈松高鍊師

欃櫂青林翠欲流，尋真勝復□英遊。上方道士紅雙頰，别館仙翁碧兩眸。絳節朝回瓊島近，金丹時就石壇幽。投書欲與鄉人别，長伴羣仙駕十洲。

贈曹元達子

故人别我今幾秋，見爾難禁雙淚流。一家寄食悲南國，千騎擁麾雄北州。轉戰不知何處在？相逢未擬此生休。清門生理依諸舅，長大廢書吾漫憂。

省古逸汪先生墓

百年高興太平時，喪亂空餘死後悲。煙草已墟顔氏巷，雲山猶寫杜陵詩。飲冰食檗老逾壯，鍛鐵椎金幼已奇。先生年十六賦《新竹》詩云：「待成竿後節方露，自作笋時心已空。」又《贈人》云：「椎金鍛鐵作硬語，意氣硉矹真丈夫。」賴有諸孫營葬地，清風誰鐫首陽碑。

秋懷

莫怪人呼作病翁，長年藥裹愧無功。夢回左角鴻溝外，秋入南柯石火中。陽九適逢當日厄，大千會悟本來空。跰躃鑿井寧多事，安得相攜一笑同。

次韻戲答留題東山者

詩翁扶醉上危巔，得意留題拂短垣。嗔喜未忘春夢後，是非猶記劫灰前。弓刀幾處排堅陣，風月何人爿小軒。失脚黄塵應有恨，元龍終不羡求田。

唐伯庸以詩謝作讀書林記次韻答之

塵居原不見紛華，矮屋疏籬只一家。雪後松筠初换葉，春深桃李自開花。讀殘青竹無人到，覽罷《黄庭》日已斜。此道已來成寂寞，似君端合向人誇。

鄰翁

世亂雲浮一作「人心」。薄，年荒虎迹多。鄰翁近相戒，日暮少經過。

詠蟋蟀

赤翅晶熒何處歸？秋來清響傍庭闈。莫言微物無情意，風虎雲龍共一機。先生年十二時，從胡井表學于家塾，賦此〔詩〕（時），胡大驚異，賦《乳燕詩》以答之云：「他年高拂雲霄上，莫負當年乳哺恩。」

山居雜題二首

山高結茅不厭低，山下如今路已迷。新月夕陽都不管，晚來愁絶數峰西。

高枝密葉一時空，倚杖沈吟落木中。亂後山居無紀曆，偶來林下見西風。

次韻答何判簿見寄

少駐沙邊載月舟，依依父老話平疇。霜清木落山容静，三十六峰渾是秋。

贈唐宗魯

鷲飈振原野，草樹日已疏。客子懷故林，哀鴻雲外呼。九土人相食，煙塵暗長塗。骨肉一分散，東甌定勾吴。側身無津梁，飛夢輕重湖。荆璞時未珍，所貴璉與瑚。棠溪古云利，百鍊不受誣。憂患啟明哲，艱貞奮良圖。熠熠草上螢，青青澗中蒲。已感秋日短，復悲冬夜徂。陽光燭幽昧，陰蟄羣生蘇。歸舟泛春濤，一觴酹伍胥。

黄星行

八月十五夜未央，中天皓月懸清光。大星稀少小星没，出門四顧山蒼蒼。我生不讀甘石書，但見一星明且黄。今宵不見兒童怪，應隨斗柄西山外。石橋徙倚聞幽香，荷葉團團大如蓋。黄星明夜應復來，清露爲酒荷爲杯。舉杯漫與黄星壽，自古昆明有刦灰。

洛陽劍客歌爲程景陽作

洛陽古稱豪傑窟，奇才劍客尤超忽。漢家三十六將軍，劇孟歸來如敵國。争誇玉貝高拄頤，曼胡短後供兒嬉。平生恥學一人敵，胸中耿耿誰能知。功名何必慚廉藺，排難解紛聲愈振。白頭恨不當單于，誤身竟坐封侯印。長安卿相真庸奴，鬼妾鬼馬窮歡娱。一朝萬事成瓦裂，金錢果爲何人輸。君不見洛陽劍客藏名久，好盡中山千石酒。精靈變化會有時，莫遣光芒射牛斗。

登黄山鍊丹峰尋昔人隱處

我遊黄山當嚴冬，雪消日暖無天風。欲求昔人棲隱處，發興況有高僧同。危矼側步目已眩，絶壁下瞰心爲忡。交流二澗瀉寒碧，樵牧不來蘿徑窮。嵯峩亂石大如屋，蹴踏豺虎登虯龍。手披灌木出林杪，仰從雲際窺奇峰。中高一柱揭南斗，旁扶兩岫森寒松。文楸萬本翠如織，宛宛内蓄何沖融。仙靈窟宅景象異，豈與下界同污隆。名姓無傳年代遠，只有藥臼留遺蹤。摩挲考擊三歎息，悵不並世來相從。因憐李白升絶頂，空吟菡萏金芙蓉。幾年戎馬暗南國，眼前厭見旌旗紅。脱身長往宿有願，把茅不用煩人工。曹阮浮丘應好在，山南山北會相逢。

楊行密疑塚

荒郊石羊眠不起，枯塚纍纍各相似。海陵寃骨無人收，豈有兒孫來擘紙。幾堆空土效曹瞞，百戰江南帝徐李。龍山突兀表忠祠，至今父老思錢氏。

丙申冬遊黄山

搜括山林盡，誅求鳥雀悲。力微思引避，勢迫遂相夷。誤返屠羊肆，空憂漆室葵。浮丘如可見，攜手訪安期。

海月巖二首

踏盡崔嵬倚石門，海風山月滿巖巒。自言仙室依蓬島，不覺人寰變廣寒。千載揚塵安可測，一杯對景且爲歡。巖前浴日皆詩景，喚醒東坡仔細看。

架巖鑿石有規模，不學桃源舊畫圖。亭作人稀林鳥樂，錫飛天老野雲孤。雨餘石井泉深淺，煙淡虎門山有無。說與山靈莫分別，從教仙穴看浮屠。

環谷先生汪克寬

克寬，字德輔，一字仲裕，祁門人。嘗從雲峰胡炳文、可堂吴仲迂、朝陽吴暾學。泰定丙寅，中江浙鄉試。次年會試，論《春秋》與主司不合，遂見黜，貢待制奎深惋惜之。南歸，篤志著述，以所居山谷環遶，稱曰環谷，四方學者皆曰環谷先生。洪武二年，召至京師，與脩元史。事畢，特旨一班留仕，以老疾力辭不受。乃命禮部設宴，賜白金綵緞，給驛而還。五年卒，年六十九。德輔生而穎異，其外王父爲康石溪先生，來視輒教之。一日引羣兒浴于溪滸，因以對偶試羣兒，乃曰：「童子六七人，浴乎沂水。」德輔即應曰：「英雄三百輩，隨我瀛洲。」石溪喜曰：不負吾宅相矣。後果以理學名世，當時推爲史局布衣第一人云。

清明思先壟

芳樹曉煙鶗鴂鳴，澹雲暈碧漏新晴。驚心時序百六日，回首家山十五程。病思爲魔成逆旅，夢魂飛淚灑先塋。遥知兄弟溶溪上，細掃松花酹麴生。

和唐辛山行

山縣千峰疊，閭閻雜嶮夷。雨香魚撥刺，風軟燕差池。郭外耕夫耦，桑中稚子嬉。絃歌聲教遠，民俗變澆漓。

丁亥四月十四日陪尚書公澤民遊祥符寺分得煖字

芙蓉六六森如鏇，乘輿登臨寄疏散。綠沈靈湫老龍蟄，翠護祇園新竹短。山樂鳴空石洞寒，金雞舐鼎丹爐暖。蘚瘢拂拭讀殘碑，一浴靈泉客塵浣。

題道士張湛然彈琴詩卷

嶧山白桐千年枝，金星爛爛蛇蚹皮。文光七軫藍田一作「水蒼」。玉，冰絃細遶吴蠶絲。丹山雲煖鳳凰語，露草寒蛩訴秋雨。娥英泣灑湘筠斑，遷客相逢話羈旅。翠巖懸瀑鏘瓊瑶，雷一作春。霆霹靂轟層霄。瞥波細荇游蕩漾，劈空輕絮飛飄飖。仙林唳鶴驚離別，老龍湫底吟寒月。海門送上子胥潮，澎湃奔騰卷殘一作晴。雪。羽人瀟灑顔如仙，凴虛來往黄山巔。古音浄洗箏琶一作笛。耳，何須更濯丹砂泉。

題李營丘畫驪山老姥賜李密火星劍圖

蒲山鋭額千牛客，蒲韉跨犢行無跡。挂角青緗一束書，夢對重瞳意相得。昆吾寶劍三尺水，火星炯炯精光起。花冠仙姥授神奇，拜起倉皇驚更喜。犖南歃血盟玉盤，龍舟錦纜誅疵瘢。折簡唐公結昆弟，威棱六月嚴霜寒。豈知不學萬人敵，雄才空覺乾坤窄。九卿裂地藏瑚弓，稠桑土蝕銅花碧。岧嶤古樹蒼玉林，丹厓慘澹霾輕陰。龍津倏忽風雲化，未須感慨荊軻心。

秋後雨

楚東五月天無雲，日光流金百草焚。南風吹山彭蠡涸，稻畦坼坼一作「灼灼」。占龜文。木郎無神龍不起，牲牢熏燎徒紛紜。梧桐一葉炎官老，雷車轆轆天瓢倒。陂池泛溢失高低，萬穟青黄發枯槁。白髮田翁半憂喜，却憐久雨禾生耳。磨鐮欲穫泥濺胸，累日陰霾黑千里。何時木德守三星，五風十雨歌昇平。

夜

玄觀空山静，秋風晚更清。嵐光連霧氣，松響亂泉聲。竹户流星近，蘭階落葉平。夜寒人不寐，獨對一燈明。

鄭□□洪

洪字君舉，號素軒。有詩一卷，爲秀水曹侍郎溶家藏本，題其簡端，云是永嘉人，蓋本諸賴良《大雅集》也。而朱檢討彝尊云，嘗見鮮于伯機題《趙子固水仙卷》稱元貞二年正月同餘杭盛元仁、三衢鄭君舉觀於困學齋，則君舉乃三衢人也。未詳孰是？俟更考之。

寄林仲實主簿

新築書齋壁未乾，盟言誰信未曾寒。春風不到梅花帳，曉日常懸苜蓿盤。鄉里總知新部曲，朝廷不改舊衣冠。分明寄謝嵇中散，莫把尋常冷眼看。

題碧雲樓

一柱樓臺從地湧，八窗圖畫自天開。雨中日脚青紅暈，霧裏山容紫翠堆。析木高寒天似蓋，蓬萊清淺海如杯。洞簫一曲吹黄鶴，肯信愁腸日九回。

和楊廉夫贈海東雲韻

祇陀樹園立孤鳳，舍衛國城懸五雲。衡山秀削芙蕖朵，鐵史書題星斗文。日日中天寶花落，時時空谷屐聲聞。芸窗琢得集雲句，繭紙烏絲寫八分。

龍門避暑

龍門絶頂松風冷，空翠溼衣山更深。六月地爐長擁火，半窗雲影便成陰。懸厓果熟猿争樹，白晝人驚鬼出林。一箇老僧飛錫去，不知消息到如今。

近詠二首

□羊十萬擁孤城，黄鉞將軍久控兵。海上晚風春播蕩，天邊北斗夜分明。憂愁自擬周嫠婦，出處深慚魯兩生。望斷白雲心欲折，篝燈含淚讀陳情。

總戎羽檄似流星，將校麾旄駐野亭。江水總流兒女淚，湟池空染□羊腥。長洲二月花無主，茂苑千年草自青。讀罷陰符無一事，如何閉户草《玄經》。

述懷

一春夜客傍江村，日日傷春只斷魂。又見海棠飛燕子，不堪芳草怨王孫。清閒幕府無公案，落魄形骸付酒樽。依舊虎丘山上月，多情照我白紛紛。

過茜溪隱居會項從理

樹繞河隄水繞門，人煙雞犬自成村。清時自保無兵甲，白屋相傳有子孫。仿佛巴仙藏橘圃，依稀晉士入桃源。柏臺小吏吾知己，日日相逢具酒樽。

次王蒼雪韻五首

木蘭舟子小如梭，溪口停橈繫薜蘿。自擬仙人識劉阮，浪傳詩句似陰何。眼中白髮王臣少，夢裏青山越上多。漠漠太湖三萬頃，可憐無地著漁蓑。

茜溪春日浄暉暉，胡蝶雙雙上客知。流水桃花聊避世，滄江鷗鳥自忘機。迢迢魏闕江湖遠，渺渺吳雲日夜飛。官事有程歸未得，南風吹老北山薇。此詩仿雪崖《晚庭》之句。

驅馳不覺青春過，離别只應白髮生。且就東山攜月色，不禁南國動秋聲。天瞻析木低雙闕，星拱勾陳轉二更。庾信平生好詞賦，年來哀怨不勝情。

百年王業在《豳風》，九鼎猶存澗水東。共喜干戈指淮甸，兼聞仗節下崆峒。青袍白馬飄零外，羽扇綸巾指顧中。昨夜天公洗兵甲，一江雷雨似飛洪。

東閣諸郎總好文，南州多士望龍門。共傳江左風流遠，且喜河汾禮樂存。白詠青絲歸賦詠，黄花翠竹共匏樽。劉蕡一卷匡時策，更待青燈細討論。

遣悶

柳葉參差杏葉團，桃花零落薺花圓。那知人事有今日，却憶風光似去年。客路青春誰作伴，庭闈白髮夢相牽。濃愁深似三江水，都在滄洲白馬邊。

秀上人飲綠軒

半勺滄浪歌濯纓，一瓢天乳酌靈星。紺雲滿漲蒲萄甕，青雨長懸瑪瑙瓶。不向蘇耽尋橘酒，却從陸羽校《茶經》。西江吸盡無窮味，濁世浮沈幾醉醒。

賞梨花命妓行酒歌詞爲賦此 賴良《大雅集》作《嘉定嚴希德請賞梨花命妓行酒》。

瀟灑東闌一樹春，雪膚冰骨月一作玉。精神。朝雲著處迷詩夢，暮雨來時想玉人。華屋洗妝歌小小，銀瓶推枕喚真真。紫微閣一作花。下繁華處，芍藥荼蘼總後塵。唐趙顏得軟障，畫一美人。工人曰：余神畫也。亦有名曰真真，呼名百日，即應而下，與合。久之，生一子。友人使劍與，欲斬之，真真即攜子上畫也。

過儀亭

扁舟落日過沙湖，十月清霜野水枯。稺子刺船争打鴨，小娃倚市夜當壚。紅紅枸杞珊瑚出，白白蘆花組練鋪。有約草堂陳孺子，夜篘渾酒煮江鱸。

題春江送別圖

西陵渡口山日出，蘆芽青青柳枝碧。龜山赭山潮東來，黄郎刺船水如席。勸君勸君遲渡江，柳條貫魚赬尾雙。治魚沽酒待明月，人生莫作輕離別。

題黃子久畫

二十年前識大癡，樓鞋桐帽薜蘿衣。星霜老髮三千丈，梁棟遺材四十圍。圖畫渾如詩句好，丹砂終與道心違。筲箕永上青松樹，猶覆當年白版扉。

題宋元凱都市寺爲中正堂畫溪山晚釣圖

百畝青山二頃田，金溪南畔竹庵前。紺園薝蔔花香澹，寶地杪欏樹影圓。日日釣絲牽蒟雨，年年禪榻對茶煙。郎星昨夜明如月，偏照君家書畫船。

寄甯子堅

瀫山湖頭鷗鳥飛，謝家泖口鱖魚肥。菱花正熟胡兒米，荷葉新裁楚客衣。鶴立瑶階毛羽整，雁來滄海簡書稀。詩囊織得天孫錦，應寄南城白版扉。

寄毛府判

南湖水長没蒹葭，西浦横橋對白沙。鴻雁來時菰有米，鳳凰飛處竹無花。石田賦寫張平子，雲閣書通蔡少霞。零落江陵千樹橘，青門猶戀故侯瓜。

寄宋國瑞二首

虎豹重關錫命來，麒麟高閣畫圖開。七書總是平時略，三策應非濟世才。玉樹無花江令老，青袍似草庾郎哀。風塵滿地江湖迴，都把心情付酒杯。

析木天清泰運開，五陵佳氣鬱崔嵬。樓船盡向東溟去，天馬新從西極來。一統王春行四嶽，六符星象正三台。會同館客多如雨，說道黄金又築臺。

吴山白塔寺

江山襟帶尚依然，王氣銷沉已百年。八葉龍孫東渡一作入。海，六宫虎士一作「綵女」。北歸燕。銅駝荆棘荒山一作「秋風」。裏，石馬莓苔落照邊。玉柙游魂飛劫火，五陵無一作嘉。樹不啼鵑。

鳳凰山報國寺

當時此地肅朝班，閶闔深沉虎豹關。大將偃旗奔魯壁，降王銜璧下吴山。空中萬馬浮金碧，夢裏千官擁佩環。極目長江如練帶，百年誰似白鷗閒。

和謝雪坡太守詠新城

十二城樓面面開，登高送遠興悠哉。玉虹萬丈横銀海，白雁千行下弩臺。漂泊自憐能賦客，艱難誰識濟川才。長江不作東南限，拱北樓頭畫角哀。

題馮叔才芭蕉仕女

楊花夢覺春陰陰，鳳釵綰髻雙黄金。守宫血冷臂如削，豆蔻蘤紅愁正深。羅衣熨帖沉煙縷，恨身不作雙飛羽。芭蕉心折郎未歸，蘼葱花開淚如雨。

浙江亭留題二首

海門潮水貫長虹，天際山形隱伏龍。南省官曹終日醉，西陵烽火隔江紅。黄金不鑄岳武貌，青史直書劉巨容。

瀟灑江南哀不盡，庾郎才賦若爲工。

江頭日暮虎成羣，城北城南路不分。魏闕共瞻天際日，越鄉遥見浙東雲。湖山翠黛顰西子，江渚旌旗望北軍。聞説漢廷將喻蜀，茂陵司馬盡能文。

蕭山秋興二首

闌干曲曲倚西風，桂樹懸秋月正中。千里功名憐櫪馬，百年身世愧冥鴻。天垂南斗星猶北，江繞西陵水自東。撫罷吴鈎雙淚落，飯牛捫蝨盡英雄。甯戚遇齊桓公事。王猛見桓公温談天下事。

雙杵孤砧擣客心，野雲江樹障秋陰。越王臺上青山小，賀監湖頭緑水深。負郭已無田二頃，傳家那有橘千尋。卧龍只合南陽老，梁甫愁來莫浪吟。

送楚良之杭州

七月仙舟泝大江，滿江花雨送飛幢。琳琅金龘筆五色，天寶龍光劍一雙。春透桃花青海浪，秋涵桂樹白雲窗。別離最苦東曹掾，醉倒沙頭玉兩缸。

寄張景叔□欽若

衡門草深鞍馬稀，泖湖水多菱芡肥。賤買黃魚供蓐食，寬裁白苧製深衣。七州聚鐵不成錯，六鷁過都甘退飛。五代羅紹威殺盡牙軍，勢弱，悔曰：聚七州四十三縣鐵，打此一箇錯不成也。寄謝淮南兩文學，相思新減玉腰圍。

寄祇園師眗東白

一別東林遠法師，十年滄海夢相思。黑貂已弊猶存舌，白社雖貧尚有詩。菰米雲深鴻雁飽，梧桐月冷鳳凰飢。台州若問狂司户，張翰湖頭兩鬢絲。

寄静庵

錢唐三百六十寺，南北兩峰圖畫開。三秋桂子月中落，萬里潮頭天上來。金湯故國旌旗暗，錦繡新城鼓角哀。大法一絲懸九鼎，雨花飛繞講經臺。

寄楚良

八月西山爽氣多，兩峰如髻緑嵯峩。蘇公隄上無楊柳，岳武墳前多薜蘿。關口烽煙苗子寨，江頭風浪越郎歌。遠遊不似歸來好，菱芡滿湖生白波。

題張士厚四時仕女四首

繡簾壓地花陰陰，鳳釵綰髻雙黃金。飛絲千尺不墮地，絶似江南游子心。寶匳百刻煙如縷，暗擲金錢卜神女。櫻桃子熟人未歸，蘼葱花開淚如雨。

金盆沐曉蟠雙鴉，緑紅粉汗霑蟬紗。金刀取玉薄於紙，渴心欲死東陵瓜。木蘭艇子沙棠檝，采蓮得花棄荷葉。荷葉輕如薄倖兒，蓮花酷似多情妾。

梧桐月小蟾蜍蟄，芙蓉露冷銅山泣。金粟香懸十二闌，襪羅塵沁莓苔涵。畫屏絳燭煙未銷，夜深恨殺雙鸞簫。唤回金屋鴛鴦夢，不到銀河烏鵲橋。

霜蟾弄影窺金屋，么鳳吹香絢銀燭。繡羅小襪蹙雙蓮，翠袖垂肩倚孤竹。紅錦凍折水如車，寒衣遞到長風沙。莫遣朝雲妒桃葉，寄將春信與梅花。

題梅花道人偃松

墨池帽脱管城子，璧府罄折徂徠公。玉關金鎖掣玄豹，銅臺瑶柱蟠蒼龍。星霜鬢眉遽如許，鐵石肝膽將誰同。丈夫受命當傴僂，天子法駕行東封。

八月三日夜宿張景叔聽雨聯句憶張思廉

黑雲如浪没金鴉，白雨連山卷雪車。觀海仙人騎赤鯉，驅雷使者躡黄蛇。千莖雪溜懸銀竹，一穗秋燈垂寶花。門外波濤接河漢，客星光彩動靈槎。

寄周茂卿兼簡蔡彦文葉德新

客裏無書問起居，雲間有客報新除。郎官星彩聯台輔，寶劍虹光貫斗墟。蓴菜江湖秋渺渺，芙蓉簾幕雨疏疏。東曹二妙真連璧，不寄錢唐雙鯉魚。

感興二首

巍巍華岳鎮黄河，漫説東南王氣多。天塹波光千尺練，海門山色一青螺。中台已應張華讖，明月空聞斛律歌。白馬青袍最蕭瑟，故鄉何處是銅駝！華因台星拆被誅，斛律光摇明月受戮。

關陝雄藩未歃盟，江淮豪傑已鏖兵。金盤泣下銅仙淚，璧月歌殘玉樹聲。斗柄西横文曲暗，天樞北轉太階明。小臣解著中興頌，悵望黄河幾日清。

映雪齋

八窗闌檻倚冰梁，四座圖書貝月光。眼眩欲迷《黄竹賦》，神遊疑在白雲鄉。瓊臺花滿瀟瀟下，石鼎茶煙細細香。想得哦詩清鏡裏，霜娥一夜泣瀟湘。

悼聖福林

揪龍舞象下西天，傲睨煙霞八十年。忍見瓊林凋玉樹，俄聞火井迸紅蓮。草堂居士非凡客，蘭若淵明是夙緣。不及生芻澆莫酒，且將秋菊薦寒泉。

題梅道人平林野水圖

浣花谿頭車騎發，鏡湖影裏畫圖開。有客相尋草堂去，何人却櫂酒船回。是處山林有真隱，如此風塵無好懷。青袍不似黄冠樂，二老風流安在哉。

題盛叔章畫

記得天台雁宕歸，滿山松露溼人衣。十年眼底無林壑，今日畫圖看翠微。

周玄初來鶴詩 洪武己巳。以下見賴良《大雅集》。

緑章朝帝駕雲車，白鶴從天下玉除。赤壁已無身後夢，丹丘應有寄來書。五鬣松陰秋落落，三花樹影夜疏疏。琴心三疊蓬萊淺，兩翼剛風響佩裾。

題己上人墨梅

故園梅樹三年别，長憶看花溪雪晴。巧出疏籬〔便〕（更）蕭散，近遭碧水更分明。揚州何遜足詩興，茅屋己公無俗情。畫圖忽見轉愁絶，遥想月華枝上生。

幽致軒

花落晴窗燕拂檐，蕙牙蘭葉翠纖纖。幽谷與雲通小徑，清波四月映疏簾。

大姑謡 以下見偶桓《乾坤清氣集》。

大姑嫁將軍，小姑未有夫。小姑兩脚泥，大姑滿頭珠。前月小姑去，嫁作莊家婦。釵削矍下荆，衣裁機上布。大姑嗔小姑，生憎兒女癡。多少馬上郎，偏愛牧羊兒。八月點軍卒，將軍五門出。大姑詫夫壻，上馬快如鶻。昨日邊報歸，大姑淚如揮。郎君馬上死，無處寄征衣。連理與枯枝，雙飛成戢翅。都無百夜恩，浪作千歲計。小姑莊上來，瓦盆雙鯉鮐。上堂拜父母，夫婦恣歡諧。大姑見小姑，珠翠無顔色。低頭怨悵天，仰天呼不得。人生百年良所無，白頭相送真良圖。東家女郎欲嫁夫，切莫猖狂學大姑。

城上烏爲李僉憲賦

城上烏，飛畢逋，雄飛啞啞雌者呼。下飲九曲之清池，上集百尺之高梧。烏烏一巢生九雛，去年築城與萬夫。家家力役到妻孥，使君勗我我力痛。蒸豚滿筐酒滿壺，作勞耳熱歌嗚嗚。今年城堅如鐵石，弩臺侵弓土花碧。白雲爲藩樹爲戟，朱旗星流落日赤。馬鳴蕭蕭人寂寂，六門虎賁晨晏食。城頭高高如屋極，烏朝出飛暮來息，雌雄哺雛乳而翼。城上烏，畢逋尾。九雛羽翼成，飛去青雲裏。江南無好樹，處處烽煙起。危枝繞遍不堪棲，昨日歸來舊巢底。使君青驄馬，繫在垂楊下。手中金僕姑，不驚城上烏。恩情雙飛鳥，遺愛在中吴。使君去，幾時回？新城高百雉，仰德並崔嵬。

朱處士希晦

希晦，字□□，樂清人。以詩名于元季，隱居瑶川，與四明吴主一、簫臺趙彦銘遊詠雁山中，時稱雁山三老。遭至正之亂，避地所至，名山勝境，遊覽殆遍。洪武初，始歸瑶川，鬚髮皓白，幅巾短策，徐行林壑，望者以爲神仙中人也。有司嘗以姓名著薦剡，不及領朝命而卒。所居曰「雲松巢」，集因以名焉。嘉靖間，七世孫玄諫選輯行世。集中佳句如《春日》云：「日陰團碧樹，風煗韻黄鸝。」《寫懷》云：「水滿魚兒出，泥香燕子來。」《夏日書懷》云：「白髮生涯人已老，緑陰時節雨偏多。」《次竹隱一弟韻》云：「兩袖秋風停野騎，半篙秋水漾漁舠。」《幽居》云：「竹吹緑霧沾書帙，花發紅雲映藥欄。」所謂清麗簡亮，可振唐人遺響也。

秋懷

怪底浮雲翳碧空，千山秋色入溟濛。何當一掃羣陰盡，坐看東方片日紅。

寄友

雨過溪頭鳥篆沙，溪山深處野人家。門前桃李都飛盡，又見春光到楝花。

次李二丈韻

看花醉眼不須扶，花下長歌擊唾壺。回首荒城春較晚，淡烟疏雨緑平蕪。

感時二首

陰霾昏日月，妖氣塞乾坤。戰血流淮水，音塵隔薊門。浮榮槐蟻集，叢謗棘蠅喧。欲效東陵隱，終身老種園。

觸目傷時事，干戈鬱未開。百年馳白日，萬里漲黄埃。廢苑猶花柳，荒城但草萊。登樓作賦罷，不獨仲宣哀。

時事

貧病知交態，驅馳愧老身。薊門深雨雪，淮海暗風塵。雖有樓船將，能無柱石臣。會須安反側，早晚畫麒麟。

感懷

自笑一作嘆。頽然一老翁，十年奔走鬢飛蓬。中原虎鬬干戈滿，四海人憂杼軸空。葛亮平生恢復計，汾陽材畧中興功。何當遠望春陵郭，佳氣朝來正鬱葱。

秋興

月明何處亂啼烏，坐久徒憐永夜徂。千里關山雙雪鬢，百年城郭半烟蕪。穆生謝病先辭楚，張翰知機遠憶吴。衰晚不如歸隱好，故山隨處且樵蘇。

寄周廷石

門外曾無長者車，一身奔走豈安居。誰憐杜老常爲客，我怪洪喬不寄書。煙色春歸楊柳底，雨香紅入杏花初。溪山咫尺風塵隔，却憶情人會面疏。

有所思

虚聞將帥擁彤戈，勇鋭誰如馬伏波。幾處烽煙連夜急，四郊風雨向秋多。最憐絶漠歌《黄鵠》，却怪長安饜紫駝。俯仰乾坤增感慨，悠悠身世定如何。

傷時

流年華髮兩相催，眼底煙塵鬱不開。太息有人趨玉食，可憐無地築金臺。城邊向晚黄狐立，海外何年白雉來。萬事何如一醉好，且須洗盞酌春醅。

自嘆

匠石搜林棄樗散，不材何敢玷簪裾。家貧粗有千金帚，國難曾無一箭書。今日總戎師管葛，明時徵士用嚴徐。野人不作功名念，欲效陶朱共養魚。

次韻簡緱山侯德詢徵之二徵士

幽尋杖策遶林泉，隨處遨遊興灑然。曾向山中招隱士，欲來海上候神仙。雲深丹竈長瑶草，水滿石池生碧蓮。薄暮凭闌時送目，白鷗飛雪點江煙。

和韻簡天則上人

涼風嫋嫋晚秋天，潮落雙門纜客船。永嘉郡城北有二門，郭璞所以立名雙門。九陌黄塵蓬鬢底，一籬香露菊花邊。故鄉鱸鱠牽歸思，近砌蛩聲攪夜眠。不道分攜成遠别，幾時林下細談禪。

訪雙溪上人不遇

雙澗縈回石徑微，煙嵐分翠溼人衣。松林夜静鶴初睡，花院日長僧未歸。萬里雲霄飛錫遠，半江風浪渡杯遲。無緣相見空相憶，自歎心期與願違。

臘日偕葉東白蔡伯恭登西岑

絶頂雲深一徑通，寒生短髮怯天風。千年物色闌干外，萬井人家圖畫中。宿雨亂滋嵐樹碧，朝暾深浴海波紅。我來欲訪香山社，醉酒長吟憶遠公。

比述二首

寶鏡何團團，光輝瑩冰雪。疑是造化爐，神工初鑄出。又疑廣寒宮，飛墮一片月。照人不照心，紅顔易衰歇。

彤弓如半月，力挽二石强。戡亂乃見用，櫜鞬寧久藏。應弦不虚發，狐兔焉敢當。疇能挾長矢，爲我殪天狼。

納涼

無事解衣坐，超然心境空。深林翳炎日，萬壑來天風。間停白羽扇，試拂朱絲桐。醉罷不知夕，月生滄海東。

自述

槿花不終朝，幽蘭有餘香。朝遊詩書圃，夕憩翰墨場。飽食待秋實，過眼捐春芳。疇能事形役，奔走白日忙。男兒生墮地，壯志在四方。胡爲守一室，鬱鬱徒悲傷。何由寫胸臆，酣酒竭罍觴。高飛羡黄鵠，矯翮淩雲蒼。

寫懷

巢居不厭客，況乃佳客至。擷蔬薦濁醪，談經得真趣。歸雲度遥岑，斜日在高樹。對飲須盡歡，何時復相遇。人生能幾何，行樂貴適意。不見萍與蓬，飄飄無定處。搔首仍踟蹰，臨風發長嘯。

冬雨歎

癸卯冬十月，海陬氣候偏。風南忽風北，寒燠非常年。緼袍御還脱，長箑揮不捐。胡爲黄落時，花卉紛争妍。蟲鳴應蟄户，虹見飲長川。兼旬苦霧密，暝與癡雲連。深泥污后土，行潦凌高原。農夫輟耒耜，勞歎心悁悁。二麥不得種，飢坑詎能填。格鬭況未息，中原擁戈鋋。天家重租税，瘡痏誰能憐？安得倚天劍，一掃開青天。金烏任騰翥，出自扶桑顛。陽光照六合，此屋俱歡然。

月夜放歌

海雲卷盡明月來，天光鏡碧無纖埃。嘯歌于此興不淺，美人對坐飛瓊杯。碧桃花香夜初静，露滴衣裳怯清冷。安得兩翼飛上天，爲渠拂拭山河影。乾坤一照越光明，就中殺却妖蟆精。上訴天公契人意，免教朔望生虧盈。玄霜擣成誰可食，好向仙娥問消息。服之到老無飢渴，贏得讀書眼常碧。

客邸中秋對月

去年中秋秋月圓，浩歌對酒清無眠。煙霏滅盡人境寂，仰看明月懸中天。今年客裏中秋月，静挹金波更清絶。可憐有月客無酒，不照歡娱照離别。夜闌淅淅西風凉，月中老桂吹天香。悠然長嘯動歸興，坐久零露沾衣裳。浮世悲歡何足數，庾樓赤壁俱塵土。風流已往明月來，山色江聲自今古。

答元易陳先生

人生自古多離别，尺書遠寄何由徹。短世光陰過隙駒，坐覺朱顔易衰歇。君看喬嶽千尺松，挺立蒼然傲霜雪。風來彷彿蒼龍吟，六月清寒换炎熱。槿花雖榮不足論，朝開暮落香已絶。只今尚憶江湖遊，扣舷一歌寬我憂。腰間老劍欲飛動，紫氣鬱鬱横清秋。虚名役人浪自苦，黄塵兩鬢風颼颼。千古乾坤等逆旅，百年生死同浮漚。君不見鴟夷子，功成去養魚千頭。

簡子文林訓導

東風落盡辛夷花，遥憶美人天一涯。美人久别音信杳，想見只今霜鬢華。山房幽深市囂遠，白日枕書眠碧霞。崖高瀑布灑晴雪，浄筅石鼎烹春茶。平生青紫不挂眼，榮名絆人安足誇。當年我來訪遺跡，拄杖看雲著雙屐。玉簫吹斷鳳不來，但見千峰倚天碧。臺前日夜溪水流，金星光動溪中石。邑志：西溪有金星石，石點點如金星。脱身擬欲恣幽棲，坐占瓊臺煉金液。衰年悮墮塵網中，齒豁頭童竟何益。

和包原彬韻

旅食京華日，鶯啼上苑春。魯連惟仗義，范叔不辭貧。絶域來龍馬，清時出鳳麟。襟懷開霽月，談笑接清塵。滄海三珠樹，青霄五色雲。酒傾香味别，詩寫性情真。吴地追遊好，龍山入夢頻。煙花如媚客，風雨似留人。男子生何幸，朋交素有因。遥知理歸棹，隨處覓通律。

倚韻自況呈金敬德

顧我衰顔肯再妍，白駒過隙歎流年。山中賸有誅茅地，洲上寧無種橘田。天姥遥連雙闕下，蓬萊祇在五雲邊。老夫不識神仙術，且解荷衣枕石眠。

雁山老人吴志淳

志淳，字主一，以字行，無爲州人。以父膺歷官靖安、都昌二縣簿，濠泗兵起，徙家豫章，徙居鄞之東湖。奏除待制翰林，爲權倖所阻，入明遂不仕。主一工古隸，學孫叔敖碑，詩宗唐人。如：「晚涼浴罷閒無事，水閣東頭看月生。」瞿存齋極歎賞，以爲主一得意之句也。

白楊行 并序。

真定劉生客死閩中，同行者爲歸其骨。其妻胡氏自圖夫容以祀，因哭而絕。鄉人憐之，遂合葬鍾陵東門。故又號「鍾陵行」。

鍾陵東門白楊樹，行人指點是雙墓。墓中夫婦俱少年，一雙白璧蘊黄泉。黄泉相逢語嗚咽，一一從前向郎説。前年郎去客三山，今年郎歸白骨還。當時自畫蛾眉樣，今日却寫郎容顔。容顔轉似心轉切，叫郎不應心斷絶。生時不得逐郎行，死時却與郎同穴。丹青遺像留人間，年年淚竹寒生斑。當年曾過延平渡，還見雙龍化劍灣。堂前既無父與母，堂下又無兒與女。使妾有子堂有姑，丹心一寸那能枯。六朝盛事付流水，忠義幾人能到底。秋風月冷鳳凰來，與郎同上吹簫臺。

兒牧牛

兒牧牛，豐林清潤縱爾游。長鞭短策莫輕舉，從渠飲齧飽即休。老幼年年仰衣食，耕種田園藉牛力。早夜罩衣自飯之，衹恐春來或牛瘠。日日丁寧語牧兒，老翁餉爾當及時。籠禽吹笛任相學，慎勿將牛嘗苦之。牛不耕田廩無粟，淮上三年食人肉。

春日遣懷

貧病相兼氣未舒，田園雖少樂耕鉏。爲儒已入他州籍，垂老頻收故國書。夜雨湖山人去後，春風門巷燕來初。潘生喜遂閒居志，阮籍從教禮法疏。

夏日園中清暑二首

青山地僻車馬稀，十載倦游歌《式微》。傍溪卜築面流水，拂石展簟消炎暉。老翁過從就蔬食，幼女補綴成絺衣。西亭去家苦不遠，日暮共逐漁樵歸。

東湖萬頃波渺茫，人家多在雲水鄉。《竹枝》調短阿家女，桃葉歌長何處郎。疏林歸鳥度花影，近水流螢浮竹光。東山坐待月已出，不覺涼露霑衣裳。

春游三首

湖上輕風吹柳絲，湖邊細雨溼花枝。百年總有三萬日，一日都來十二時。杜老每尋崔氏宅，山翁偏愛習家池。乘閒取醉真吾事，度水看花也自奇。

山中蘭麝香滿林，故人清游能遠尋。燕來已覺社日近，寒退始知春意深。山光入眼凝遠翠，華影到湖生夕陰。慈雲咫尺不一去，薄暮還家空復吟。

上日開筵曲水濱，年年相憶在兹辰。千家榆火催寒食，萬點楊花照暮春。紫燕却歸尋舊主，黄鸝到處唤遊人。東來巢父如相問，爲覓風流賀季真。

鄭元明高啓文攜友人所畫谷口圖訪予湖山未幾啓文先入城府元明獨留僧舍一月講明古今詩文墨制及秦漢以來書法歲晚將歸永嘉賦餞

竟日過從喜有餘，蕭蕭行李借僧居。江雲影落山窗静，野水光涵夜月虚。石臼松煙和露擣，寒林柿葉帶霜書。天涯回首多離思，空有新詩獨起予。

閒居東湖述懷

野叟耕鉏喜近郊，柴門風雨夜蕭騷。卧龍豈欲煩三顧，老鶴長鳴向九臯。北闕湛恩新賜爵，近臣傳敕舊同袍。自憐經濟全無術，祇有山林興最高。

題小山水景二首

十年小隱在青山，喜有東湖屋數間。門外白雲常在眼，此身渾似釣舟閒。

小舟何處問通津，二月東湖柳色新。老向天涯頻見畫，一枝曾折送行人。

宿龍庵懷友

高情久矣念離羣，獨向山中禮白雲。龍送雨來留客住，鹿銜花去與僧分。疏星出竹昏時見，流水鳴渠静夜聞。却憶故人江海去，題詩誰是鮑參軍。

日湖

玉几東來浮野色，錦溪西下接湖光。道人燕坐心如水，六月荷花鏡裏香。

甘布衣復

復字克敬，餘干人。至正之亂，張仲舉僑居雲錦山中，克敬與甘彦初、張可立往從之游。仲舉少許可，于三君獨加重焉。洪武初，三君皆以前元遺才爲士林推重。當時評彦初詩如美女簪花，可立詩如貞女守節。克敬篇什散漫，僅存手墨于同里趙石蒲。成化中，其孫琥始刻行世。邑人劉憲序之，謂其詩俊逸清奇。宜爲士林推重也。

道中

野風飄征衣，野日轉空壁。衆鳥號荒墟，雜花翳叢棘。路暗不逢人，煙火望林隙。

宿山家

木落秋滿山，窗虛夜涼集。風吹海月生，露洗苔衣溼。野客愛清泠，長瓢暝中汲。

晚至陳氏館

虛煙散華池，高蟬暮聲咽。落景對閒眠，新秋入華髮。素懷愜幽賞，微飈洒林末。爲愛竹間涼，相過步庭月。

曉起

晨暉澹芳牖，顥氣盈幽襟。巖谷有秋意，西風吹滿林。獨櫛高館罷，暢游南澗潯。漱齒掬寒瀨，矯首望孤岑。悠然釋百慮，似得静者心。磴轉入茂樹，衆山坐來深。

晚出池上

遥嶺散夕雨，掩書游方塘。棲鳥喧幽林，簷蛛引絲長。木杪微風度，颼然生早涼。沿流弄潺湲，倚竹聽琳琅。丘園信爲樂，圭組永相忘。落景送遐矚，暢懷寓清觴。但得寫心素，焉知兩鬢蒼。

送别

涼飈應秋氣，草木斂華英。客游總念歸，子有千里行。怱怱儔侶催，悄悄離思盈。丈夫懷志氣，孰不戀榮名。華薦起當路，使者促前征。追餞東門道，把酒哀絃鳴。蕭條野驛暮，泛艷江波清。密謀植帷幄，慰彼蒼生情。古來盛名士，多是起釣耕。

山堂詩爲周伯清賦

清旭崇林坳，疏籬翠澗上。細路經谷虚，幽軒面林敞。樹涼集鳴禽，地遠謝塵鞅。下手拂玉琴，微風遞遥響。泠然適素懷，聊以寄心賞。

送趙文昭之沔陽知事

王孫應時辟，長才屈卑宦。風煙塞川路，舟楫望江漢。親友不能別，離居忍分散。振跡林野隅，行李書策半。山川戰伐蹤，勝概溢文翰。幕府慎籌畫，機務貴奇斷。況彼古沔城，民生經喪亂。不有君子人，何以解愁歎。雲薄九疑峯，水白湘靈岸。念君遠行役，默默動離怨。

登東皋

日夕登東皋，東皋樹參差。回首望故園，天闊雲空垂。閭里孰不念，旅游孰不悲。大川風波盛，遠道豺虎飢。上興杞國憂，下肆楚狂癡。苦遭事物役，不覺歲月馳。年少誦經史，素心在濟時。漂蕩無定迹，神隳意若疲。從以業耕作，□□歌古詞。

曉出西園由谷中歸

披褐涉西園，煩襟散清曉。微風動高樹，零露下芳沼。始行幽谷中，忽出青林杪。流水漂餘花，修篁度啼鳥。身緣翠石回，思逐白雲杳。負杖孤賞懷，春闌緑陰悄。

聞過先生吴海

海字朝宗，閩縣人。博學負氣節，爲宣城貢尚書師泰、晉安林學士泉生所推重。性不悦流俗，慕鄒魯之風，徙居不克，因自號魯客。世遭喪亂，家益貧甚，扁其齋曰「聞過」，學者稱曰聞過先生。洪武初，部使者欲薦於朝，力辭不出。素與永福王翰友善，翰死節後，爲經紀其家，撫孤俾教之。所著有命本録，其爲文嚴整雅奥而歸諸理。殁後，俾爲編次曰《聞過齋集》，邑人邵銅重爲刊行於世。

送傅德謙還臨川

傅君隘流俗，舉步追古人。古人去已遠，斯道爲荆榛。出門抱高志，區區向誰陳？十年江海上，漂泊但一身。念我德不孤，邂逅遂見親。相知寧苦晚，不覺逾三春。精微共探討，議論發清新。誼合然諾重，途窮憂思頻。如何語離别，使我意酸辛。酸辛不在别，欲留我何貧。閩水東赴海，楚山西入秦。春波正浩蕩，誰能知其津？

遊郎官峰

連山如波濤，高峰盪雲日。萃然孤杓聳，其勢孰可匹。危攀將欲飛，俯瞰覺自失。羅田幾聚落，端坐見纖悉。南延川源深，北望海水出。處高視益遠，縮地豈有術。天寒霜露交，收穫事已畢。仍年蝗旱餘，民物盡蕭瑟。遘兹得非幸，惆悵寧具述。

遊七巖寺同行諸君子

羅田衆山中，七巖獨高秀。經營將半載，宿願始得副。緣雲攀鳥道，十步九歊歔。剛颸從北來，巖谷盡號嗷。促步赴層巔，依石避野燒。鬱然煙燄交，欻若雷電遶。其勢吁可畏，僮僕盡驚走。須臾得少息，方覺性命有。列坐咸自慶，啗胾酌大斗。陰陽却變化，霏雨垂白晝。癡雲迷海嶼，昏霧失林藪。歸途畏虎迹，慘慘暝色厚。幽懷莫能寫，造次宜自咎。述此成短章，聊用紀邂逅。

夏日燕東皋亭

展席俯清池，倚檻盼層巘。苗緑滿平疇，草秀被長坂。風度荷氣清，日移樹陰轉。長笑天爲高，汎觀心自遠。良時會豈易，莫待歲華晚。

楊博士翮

翮字文舉，上元人。父剛中，字志行，大德間，仕至翰林待制卒，有《霜月稿》。翮初爲江浙行省掾，至正六年，官休寧主簿，歷江浙儒學提舉，遷太常博士卒。按文舉所著有《佩玉齋類稿》，刻於至正間。陳衆仲、虞伯生、楊廉夫皆爲之序。而劉仔肩別採其詩入《皇明雅頌正音》。又楊基《眉菴集》悼楊文舉博士詩有云：「白髮蒼髯老奉常，亂離終喜得還鄉。」知其卒於洪武初也。

送唐伯庸二首

江南一何秀，寄語北人道。翡翠戲蘭苕，奈此顔色好。
諸父紆組綬，翁媪被封爵。盛年得逢此，光耀殊不惡。

送孔進道宰星子

素王有賢孫，達尊在德齒。爵膺天子命，綰綬宰百里。南康控湖江，屬縣望星子。江右號嚚譁，斯地獨醇美。帝眷禮義俗，擇令煩爲理。惟君當厥任，君志亦願喜。揚帆遡洪濤，巨艦千圖史。牛刀新發硎，割雞聊用此。撫字定多暇，弦歌自今始。廉車察殿最，衡鑑在止水。會採襦袴謡，移書上風紀。

送索都事赴浙東僉憲

挾策事明主，出入承明廬。一爲淮南賓，籍籍播清譽。制詔擢御史，行臺在東吴。問歲陞幕府，遄聞復超除。賓客出相送，餞飲西城陬。持節往何之，直指婺女墟。東甌杭於越，會稽薄海嵎。行部列郡中，山川鬱盤紆。長吏走上謁，縣令爲前驅。駟馬何奕奕，高蓋擁路衢。觀者咸歎息，云是今大儒。誰言鐘鼎貴，曾不由詩書。區區刀筆吏，安□遏亨塗。

上巳日燕飲

閒居睠芳春，況乃修禊時。羣賢畢傾蓋，招宴酬素期。華館挹奇觀，嘉席延多儀。蘭芬揚光風，藻色涵晴漪。末座聆高談，雅抱攄遐思。雖微絲與竹，清興良足怡。畫舸翳中沚，繁聲流四涯。俗情豈無樂，斯意非所知。千載一勝賞，繼此當復誰。達者解其會，浩飲寧須辭。

金谿縣孝女廟樂歌三章 并序。

有元至正元年，撫州路金谿縣新作二孝女廟成。按二孝女姓葛氏，在唐寶曆間，以官責其父祐虧鍊白金事，不勝暴酷，皆發恚投冶中焚死。父因獲免，并其邑除坑冶之害，以迄於今，是宜血食其土矣。國子博士吴君師道既文之石，而祀神之詩闕焉。上元楊翮撰爲樂歌三章，俾金谿之民歲時歌之以祠孝女，其辭曰。

靈之來兮兩旗張，導旌幢兮鏘琳琅。繽晻曖兮相頡頏，並輜軿兮歸故鄉。歸故鄉兮民所望，昭肸蠁兮留洋洋。庭燎輝兮夜未央，椒蘭發兮鬱芬芳。民報祀兮弗敢忘，心屏營兮咸肅將，靈格思兮民樂康。

靈之留兮澹容與，雲凝凝兮翳堂宇。瓊筵陳兮合簫鼓，列尊罍兮酌清酤。牲肥腯兮承雕俎，女巫進兮傞屢舞。誦神德兮歌頌舉，孰捐軀兮悟時主。齊英英兮惟孝女，繼茲今兮饗終古，靈醉飽兮民樂胥。

靈之去兮將安之，儼欲旋兮猋上馳。互招摇兮爛祈祈，遵雲路兮眷威遲。金有賦兮地不遺，竭貲産兮民力罷。我邑井兮咸熙熙，賴神惠兮獨弗罹。千萬禩兮神是稽，薦蘋藻兮答神釐，靈遄逝兮民聿思。

春遊次韻 以下見《皇明雅頌正音》。

白日諒難羈，流光遽侵尋。春風萬餘里，觸景愁我心。出門將何之？高步凌嶇嶔。纍纍丘冢間，古木殊陰森。音賢日已遠，朱瑟尚遺音。千秋百歲後，有酒不可斟。傷哉雍門語，感之淚霑襟。榮名安足羨，行樂須在今。夙興聽鴻雁，嗷嗷尚哀吟。

題徐熙桃花鸚鵡圖

海上紅雲日日新，碧鸞無夢識芳塵。金籠不鎖閒鸚鵡，占得東風一段春。

寄于清叔二首

暖沁香篝宿火温，絳紗紅燭照黄昏。自憐不廢千金夜，帳底吹笙倒玉尊。
梅花亂落雪紛紛，兩袖東風酒半醺。春月滿堂歌舞散，高情渾欲夢梨雲。

酬孔秀才

達人樂高蹈，寒士耽遠遊。遠遊欲何之，禦冬無重裘。栖栖道路間，四顧誰與謀。温言忽相慰，慶愜復焉求。三復《緇衣》詩，調高安能酬。薄言寫心曲，終覺懷慚羞。

遊廣教寺次李生韻

勝日款禪宮，蒼苔印屐蹤。雲間聞梵語，煙外聽齋鐘。樹列千年檜，林深百尺松。明珠光錯落，幽壑舞驪龍。

題李德瞻壁間相看不厭圖

窗前圖畫勝玄關，怪石長松九夏寒。寄語山靈休厭客，清風明月好相看。

清輝主人沈右

右字仲説，號御齋，吴中世家。能略去豪習，刻志詩書，與縉紳先生游，恂恂若諸生。年四十無子，買一妾頗艾，因問知爲故人范復初女，即召其母擇壻厚嫁之。晚歲仍舉一子。所居東林有樓曰「清輝」，王子充、陳敬初爲記。文學行誼，一時重之。

春暉樓者吴下一作郡。顧君仲瑛就養讀書之所也仲瑛日與昆弟子姪奉卮酒爲親壽臨海陳敬初氏實記之余不自揆輒賦古詩二首或者歌以介壽仲瑛之志也其詞曰

玉山之陽，延咢縈紆。有屋層出，君子之居。入奉父母，出與弟俱。有琴有書，以釣以漁。瀰瀰流水，深不一作則。可斠。英英白雲，邇而一作則。不迂。維春有暉，維德不孤。及爾孫子，永言樂胥。

先哲有訓，有典有經。淑爾君子，仰止景行。我來自東，春日載明。曰未覯止，中心怦怦。亦既覯止，我心則平。仰爾父母，及爾弟兄。既和且煦，令儀令名。升堂拜母，式表友情。維木有椿，有蔚其榮。維草有萱，有茁其青。韡韡常棣，有葉其生。有猗者蘭，有燁者荆。有懿者德，有休者徵。樂只君子，百福來并。

次韻叔方先生兼簡伯行敬初二首

憶昔陪二子，吟嘯野亭中。風急江花白，霜晴木葉紅。去留身若寄，陶寫興無窮。更喜陳夫子，幽尋訏許同。

掩卷坐忘寐，書燈耿獨明。年華勞髮改，夜氣與神清。感夢疑蕉鹿，挑愁賴麯生。何時重相覓？握手話真情。

次留笠澤別業詩

步屧春風裏，翛然忘世情。閒門無客到，載酒泛江行。雨過山如染，潮回水自生。鷗沙割千頃，夢不到承明。

顧仲贄移居詩次叔方先生韻

城南陋巷居新僦，緑竹移來幾箇斜。叢桂山中招舊隱，讀書堆裏認君家。蜀人謾詫文園賦，吴市争看衛玠車。斷簡味腴如啖蔗，虎頭癡絶至今誇。

叔方先生過詠歸亭二首

短櫂相過莫便回，詠歸亭上且低徊。升堂拜母稱觴後，隔竹呼童瀹茗來。八尺駝尼分紫錦，一雙蠟屐破蒼苔。空江草木雖摇落，猶有寒花帶雨開。

積雨空林喜報晴，杖藜隨意傍江行。天寒木落青山出，日轉沙虛白鳥鳴。漫擬東林時釀黍，自憐南畝晚歸耕。潁川高士能相過，閒把瑶琴膝上横。

來鶴詩贈周玄初

緘誠上達魏元君，俄頃神霄下鶴羣。頂鍊大還丹鼎火，翅霑南嶽嶺頭雲。仙人騏驥秋風遠，王子笙簫午夜聞。惆悵世間留不住，却驂鸞鶴出霞雰。

中酒雜詩四句五首

中酒如卧病，天寒露爲霜。東軒候朝旭，暴背屢移牀。

江頭風浪急，舟小力難勝。一棹歸來晚，長林月已恆。

太丘海岱士，肆情丘壑間。《考槃》詩賦罷，采菊對南山。

歲閏寒酒薄，風回水自生。杖藜隨小步，極目大江横。

朋酒享公堂，農家盡滌場。縣官薄税斂，田野足耕桑。

和西湖竹枝詞

勸郎莫向花下迷，勸郎莫待醉如泥。臨行更有分明語，枝上流鶯休亂啼。

題高尚書秋山暮靄圖

高侯筆法妙天下，貌得江南雨後山。都是乾坤清淑氣，興來移入畫圖閒。

與慎獨先生

東林薄酒試新嘗，中有松花膩粉香。遣送潁川陳有道，書齋渴飲勝茶湯。廿八字偕一壺薄酒奉寄上，惜不多耳。楊誠齋文稿不曾收得，所謂芍藥屋，疑只是用幄帟覆護者。古人稱牡丹爲木芍藥，白居易有詩云「上張幕屋芘」，豈亦本諸此，未審是否？更乞考正之，右再拜。

長真子譚處端

處端，一名玉，號長真子，東牟人也。生而穎異，善草隸書。大定丁亥重陽，全真開化真人王嚞飛錫仙遊，以往契夙緣，訪尋知友。於東牟得處端及丹陽子馬鈺，於東萊掖水得長生子劉處玄，於登州棲霞得長春子丘處機，所謂譚、馬、丘、劉是也。從遊抵夷門，真人付以口訣而逝。處端與三子挈徒西至終南山，卽真人舊隱，傳襲其道，十有餘年，嗣後各從所之。處端往來於洛川之上，行化度人，所至雲集。其歌詠舉筆卽成，同里范懌德裕謂其包藏妙用，敷暢真風，引人歸善，甚有益於時也。

題洛陽朝元宫

宫門寂寂鎖祥煙，古蹟靈蹤尚儼然。雲罩連枝烹藥鼎，霞生靈井溉丹泉。日魂煉就華胥國，月魄收將不夜天。紫詔師真歸去後，未知孰繼大羅仙。

遊靈山寺

閒閒雲水訪禪林，密密琅玕映碧岑。玉柱峰高塵不染，靈山寺隱境難尋。□交白雪匀鋪玉，間隔黄花亂點金。清澈古潭秋静夜，桂花獨現本來心。

述懷三首

挫鋭摧彊作善良，頓然心法兩俱忘。鼎中頻起金剛焰，爐内常燃般若香。玉蘂乍芳惟獨採，蟠桃初熟與先嘗。莫言迢遞華胥國，了了空虚路不長。

爲慕仙源景物長，滌除靈地布瓊芳。南宫赤子居涼殿，北海烏龜住絳房。清凈洞中囚白虎，無爲山上牧青羊。自從鼎内雲收後，常飲醍醐卧醉鄉。

天機深遠少人知，一粒刀圭午上持。霧卷古潭秋静夜，雲收碧嶂月明時。蛟龍縱得囚離鼎，猛虎擒來鎖坎池。煉就仙丹超造化，去奔蓬島撞真師。

述懷

譚馬丘劉四箇師，逍遥自在做修持。周天磨鍊無窮寶，一片靈光自得知。

遊懷川

雲耕寶陸三千里，月破黄昏十萬家。清夜碧潭澄皎潔，蚌吞銀焰産丹砂。

丘真人處機

處機，字通密，號長春子，登州棲霞人。兒時有相者曰：此子當爲神仙宗伯。年十九，爲全真學，師王真人嚞於海寧。戊申，召見闕下，隨還終南山，連召不起。己卯，元太祖遣近侍劉仲禄持手詔致聘，迎至雪山之陽，延問至道，答以節欲保躬，天道好生惡殺，治尚無爲清浄之理，太祖然之。癸未，乞東還，賜號神仙，爵大宗師，居燕太極宫，改名曰長春。丁亥，天大雷雨，太液池涸，北口岸崩，歎曰：山其摧乎，池其涸乎，吾將與之俱乎！遂卒，年八十。楊鐵厓曰：余善與余談丘真師，嘗火蒸者三日夜，開如故。賜堇酒者連觥，腹不潰，貌不變，如入内時。命弟子開方丈池，既歸池中，以爲死，池中湧沸，復起言笑，其道行如此。所作《青天歌》，鐵厓醉後輒喜歌之。著有《磻溪集》六卷。

雲屯山

雲屯山，雲冥冥，天風動揺飛雨零。神奇幻怪不可測，千變萬化無常形。雲收雨霽杳無迹，但見羣山羅翠屏。山高谷深復何有，白石磊磊松煙青。春風浩蕩滿山谷，直上似欲超天庭。心虚目極淡天闊，俯視漠漠環滄溟。昔居庵地走三郡，今爲洞天朝萬靈。虚空舊基作新觀，萬世不朽傳佳名。

煙霞洞四首

山雲勃勃湧驚濤，海水漫漫浸巨鼇。極目下觀千萬里，扶桑依約見蟠桃。
白石磷磷繞洞泉，蒼松鬱鬱鎖寒煙。碧桃花發朱櫻秀，别是人間一洞天。
海上羣山培塿多，岾餘高峻出陂陀。太平直與稽天翠，五岳高標未見過。
海曲山河洞府低，蓬壺閬苑海東西。仙人玉女時遊集，不許桃源過客迷。

青天歌八章 録四。

我初開廓天地清，萬户千門歌太平。有時一片黑雲起，九竅萬骸俱不寧。
月下方堪把笛吹，一聲響亮震華夷。驚起東方玉童子，倒騎白鹿如星馳。
縱横自在無拘束，心不貪榮身不辱。閒唱壺中《白雪歌》，静調世外《陽春曲》。
吾家此曲皆自然，管無孔兮琴無弦。得來驚破浮生夢，晝夜清音滿洞天。

題劉節使所藏顯宗御畫莊子像

顯宗好道當年壯，手筆南華古形狀。南華去世千載餘，狀貌風格知何如？只是今人重古道，彷彿氣象加襟裾。至人胸中本無待，萬竅吹嘘任天籟。楊韓嵇阮心不同，到了各歸於大塊。

題天壇二首

峩峩峻嶺接雲衢，古柏參差數萬株。瑞草不容凡眼見，靈禽只傍道人呼。鑿開洞府羣仙降，煉就丹砂百怪除。福地名山何處有？長春卽是小蓬壺。

四面諸山若附庸，突然中起最高峰。每看晴日移壇影，常説寒潭卧黑龍。沆瀣要和千歲藥，茯苓先斷萬年松。擬尋活計參真趣，又隔煙蘿第幾重。

春晚登眺

殘花冉冉飛紅雨，落日依依散白毫。遥望西山官堠子，倚天孤聳一拳高。

春寒

海上春風日日顛，山頭春色幾時妍。清明過了朱明近，未有紅芳到眼前。

鼇山 卽牢山。

重岡複嶺勢崔嵬，照眼雲山翠作堆。路轉山腰三百曲，行人一步一徘徊。

勞山

卓犖鼇山出海隅，霏微靈秀滿天衢。羣峰削巘幾千仞，亂石穿空一萬株。

獅子峰

鼇山東面海浮空，日出扶桑照海紅。浩渺碧波千萬里，盡成金色滿山東。

答宣撫王巨川　以下見長春子《西遊記》。

旌旗獵獵馬蕭蕭，北望燕師渡石橋。萬里欲行沙漠外，三春遽别海山遥。良朋出塞同歸雁，破帽經霜更續貂。一自玄元西去後，到今無似北庭招。

初入峽門

入峽清遊分外嘉，羣峰列岫戟查牙。蓬萊未到神仙境，洞府先觀道士家。松塔倒懸秋雨露，石樓斜照晚雲霞。却思舊日終南地，夢斷西山不見涯。

赴龍巖寺齋以詩題殿西廡

杖藜欲訪山中客，空山沈沈澹無色。夜來飛雪滿巖阿，今日山光映天白。天高日下松風清，神遊八極騰虚明。欲寫山家本來面，道人活計無能名。

寄燕京道友

此行真不易，此别話應長。北蹈野狐嶺，西窮天馬鄉。陰山無海市，白草有沙場。自歎今華髮，還來歷大荒。

復寄燕京道友

十年兵火萬民愁，千萬中無一二留。去歲幸逢慈詔下，今春須合冒寒遊。不辭嶺北三千里，皇帝舊兀里多。仍念山東二百州。窮急漏誅殘喘在，早教身命得消憂。

出明昌界

坡陁折疊路灣環，到處鹽場死水灣。盡日不逢人過往，經年時有馬回還。地無木植惟荒草，天產丘陵没大山。五穀不成資乳酪，皮裘氈帳亦開顔。

魚兒濼

北陸初寒自古稱，沙陁三月尚凝冰。更尋若士爲黄鵠，要識修鯤化大鵬。蘇武北遷愁欲死，李陵南望去無憑。我今返學盧敖志，六合窮觀最上乘。

濼驛路

極目山川無盡頭，風烟不斷水長流。如何造物開天地，到此令人放馬牛。飲血茹毛同上古，峩冠結髪異中州。聖賢不得垂文化，歷代縱横只自由。

雪山

當時悉達悟空晴，發軫初來燕子城。撫州是也。北至大河三月數，即陸局河也，四月盡到，約二千餘里。西臨積雪半年程。即北地也，山常有雪，東至陸局河約五千里，七月盡到。不能隱地回風坐。道法有回風隱地攀斗□天之術。却使彌天逐日行。行到水窮山盡處，斜陽依舊向西傾。

金山

金山南面大河流，河曲盤桓賞素秋。秋水暮天山月上，清吟獨嘯夜光毬。

望陰山

高如雲氣白如沙，遠望那知是眼花。漸見山頭堆玉屑，遠觀日脚射銀霞。横空一字長千里，照地連城及萬家。從古至今常不壞，吟詩寫向直南誇。

自金山至陰山紀行

金山東畔陰山西，千岩萬壑横深溪。溪邊亂石當道卧，古今不許通輪蹄。前年軍興二太子，修道架橋徹溪水。三太子修金山，二太子修陰山。今年吾道欲西行，車馬喧闐復經此。銀山鐵壁千萬重，争頭競角誇清雄。日出下觀滄海近，月明上與天河通。參天松如筆管直，森森動有百餘尺。萬株相倚鬱蒼蒼，一鳥不鳴空寂寂。羊腸孟門壓太行，比斯大略猶尋常。雙車上下苦敦攧，百騎前後多驚惶。天海□在山頭上，百里鏡空含萬象。懸車束馬西下山，四十八橋低萬丈。河南海北山無窮，千變萬化規模同。未若茲山太奇絶，磊落峭拔加神功。我來時當八九月，半山已上皆爲雪。山前草木暖如春，山後衣衾冷如鐵。

至回紇城暇日出詩一篇

二月經行十月終，西臨回紇大城墉。塔高不見十三級，以甎刻鏤玲瓏，外無層級，內可通行。山厚已過千萬重。秋日在郊猶放象，夏雲無雨不從龍。嘉蔬麥飯蒲萄酒，飽食安眠養素慵。

二月二日司天臺判李公輩邀遊郭西歸作

陰山西下五千里，大石東過二十程。雨霽雪山遥慘澹，春分河府近清明。邪米思干大城，大石有國時，名爲河中府。園林寂寂鳥無語，風日遲遲花有情。同志暫來閑睥睨，高吟歸去待昇平。

復遊郭西

深蕃古蹟尚横陳，大漢良朋欲徧尋。舊日亭臺隨處列，向年花卉逐時新。風光甚解流連客，夕照那堪斷送人。竊念世間酬短景，何如天外領長春。

晚泊古渠

志道既無成，淵冰深有懼。東辭海上來，西望日邊去。雞犬不聞聲，馬牛更遞鋪。千山及萬水，不知是何處？

寄東方道衆

當時發軔海邊城，海上干戈尚未平。道德欲興千里外，風塵不憚九夷行。初從西北登高嶺，卽野狐嶺。漸轉東南指上京。陸局河東畔東南望上京也。迤邐直西南下去，西南四千里到阿里朵，又西南二千里到陰山。陰山之外不知名。

回紇紀事

回紇丘墟萬里疆，河中城大最爲強。滿城銅器如金器，一市戎裝似道裝。剪鏃黄金爲貨賂，裁縫白㲲作衣裳。靈瓜素椹非凡物，赤縣何人搆得嘗。

雪山

東山日夜筆濛鴻，曉色彌天萬丈紅。明月夜來飛出海，金光射透碧霄空。

秋陽觀二絶

秋陽觀後碧岩深，萬頃煙霞插翠岑。一徑飛花春水急，灣環流出洞天心。

羣山一帶碧嵯峨，上有羣仙日夜過。洞府深沈人不到，時聞岩壁洞仙歌。

登壽樂山

地土臨邊塞，城池歷古今。雖多壞宮闕，尚有好園林。緑樹攢攢密，清風陣陣深。日遊仙島上，高視八紘吟。

按長春子《西遊詩》，最多奇句，如《龍陽觀度貞》云：「碧落雲峰天景致，滄波海市雨生涯。」《望大雪山》云：「南横玉嶠連峰峻，北壓金沙帶野平。」《寒食日春游》云：「島外更無清絶地，人間惟有廣寒天。」惜全首多涉道家語，概不入選。

吴宗師全節

全節，字成季，號閒閒，饒州安仁人。世居壽櫪山，有醴泉靈芝之瑞。生時丹光滿室，七月能言，父夢神告曰：「高仙托體塵中，不能留也。」年十三，學道龍虎山，元世祖定江南，侍其師張留孫入見，命留禁近，賜號上卿。元貞初，制授沖素崇道法師南嶽題點，尋加授玄德法師崇真萬壽宫提點。大德末，授玄教嗣師。至治元年，留孫卒，二年，制授特進上卿、玄教大宗師、崇文弘道玄德真人，總攝江淮荆襄等處道教，知集賢院道教事。卒年八十二。閒閒歷事六朝，出入禁闥，眷渥如一。封其父司徒饒國公，母饒國太夫人，名其鄉曰「榮禄」，里曰「具慶」。初在京師，移植江南梅花，護以穹廬，扁曰「漱芳亭」。晚又作環楹堂，佈先天圖畫于壁，自題詩曰：「要知顔子如愚處，正是羲皇未畫時。」御書「閒閒看雲」四字賜之，因自號「看雲道人」。所著舊有《瓢稿》、《代祠稿》，總名曰《看雲集》，共二十六卷。吴伯清稱其詩如風雷振蕩，如雲霞絢爛，如精金良玉，如長江大河，字字鳴國家之盛。諸於英莖咸韶之樂，固非寒陋困悴拂鬱憤悶者之所可同也。

至大三年代祀茅山宿玉晨觀　以下十八首見劉大彬《茅山志》。

皇馳六轡過華陽，晉檜蒼蒼古道場。夜鶴唳風清地肺，曉龍雨護〔閣〕天香。三峰恍惚蓬萊境，萬象昭回草木光。青石壇高天咫尺，緑章封事答吾皇。

登大茅峰

第一福地第一峰，玉臺積翠摩蒼空。大君成道二弟從，還丹返老顔如童。繡衣趣召淩天風，此事萬古將無同。山高有仙水有龍，龍腹如篆朱砂紅。蜿蜒變化理莫窮，作霖濟旱年屢豐。神仙爲市壇朝宗，真人涣號芝泥封。猿鶴相語千載逢，葵心耿耿通宸楓。萬里六轡馳花驄，香飄龍篆江雲東。瑞凝草木氣鬱葱，稽首峰頂歌玄功，他時歸奉明光宫。

三峰二首

午夜瑶壇謁帝還，筍輿銜雨兩山間。客來似覺茅君喜，浄掃浮雲出好山。

石徑松雲入步輕，垂垂空翠雨初晴。風來山閣涼如水，小倚闌干聽鹿鳴。

崇禧觀

曲林古觀水西流，天遣皇華駟玉虬。高士遠分龍虎派，哲人久伴鳳凰游。樓臺山色三峰曉，池館泉聲五月秋。雲案凝香浮洞府，坐令和氣藹丹丘。

牧齋真人華陽道院

鼇載三峰擁客槎，采真訪古意無涯。雲山夜雨棠梨樹，宇宙春風棣萼花。龍洞遠分丹井水，鶴松高映赤城霞。宗師應帝光前緒，仙館新開第一家。

鑑止

山泉漱玉雨浪浪，渟蓄深開一畝塘。若向動中知静體，湛然泰宇發天光。

喜客泉

客遊華陽天，山逕肩竹輿。首登大茅頂，天市神仙居。回觀喜客泉，稽首孫仙姑。方池鑑止水，湛湛涵太虚。仙君驅驪龍，爲吐萬斛珠。滚滚出石底，拍手相歡呼。有情感無情，此理妙鼓桴。泉喜客亦喜，主人當何如？我願斠一勺，萬物同霑濡。歌詩謝山靈，臨風重躊躇。

金清境界

境界全清地位高，山中盡日樂陶陶。旋劖白石開三逕，可是青山厭二豪。眼底浮榮看草露，耳根清韻起松濤。明朝匹馬西湖路，回首靈峰聳巨鼇。

别茅山

長松古道翠深深，回首層巒聳積金。鶴語雲峰人换世，鳳□仙路客來今。連朝晴雨隨人意，到處烟霞感帝心。如此山川歌不足，行看褒衮出詞林。

延祐元年五月重祀茅山瑞鶴詩二首 并序。

至大庚戌秋，百餘鶴集大峰一宿，宗師劉君以其明年入覲，嘗圖以獻。兹以上命再祀宗壇，比至下泊，有鶴十二若相迎導。遂賦二絶并紀之。

一雨三峰分外青，巖華澗草共欣榮。茅君聞道天香至，先遣西山羽駕迎。

圖寫丹青上九天，秋風百鶴駐山前。誰知六轡重來日，又見排空十二仙。

重登第一峰

重登大峰頂，曉色正蒼涼。華構煙霞壯，幽居日月長。碧雲浮洞户，清露沁衣裳。水淺玄龍躍，林深黑虎藏。去天疑咫尺，勝地豈尋常。屏俯金峰畫，爐分玉案香。會仙猶有市，濟世得無方。藥圃多春意，丹房耿夜光。何時結茅屋？稽首禮華陽。

二峰

壇高青石古，峰小白雲多。樂奏仙君喜，茶香使客過。神丹藏蕊笈，清露滴松蘿。路接金鼇背，〔回〕（四）輧發浩歌。

三峰

三峰琳宇狀，松老鶴知還。江白南徐月，樓青北固山。浮雲通地肺，古洞敞天關。寄語尋仙者，蓬萊只此間。

重過喜客泉二首

萬珠寒湧碧琉璃，山色天光湛一池。客本喜泉泉喜客，闌干倚遍立多時。

前度題詩重拂塵，泉迎〔熟〕（熱）客喜津津。主人不負當年約，爲把殊庭總一新。

震靈方丈贈玉虛宗師

曉起南窗看白雲，道心如水鬢絲銀。當時宣室前鼇席，此日仙壇得主人。方外烟霞知有喜，掌中雷雨信如神。夜來親見茅君說，五百年間再世身。

閒閒真人奉旨代祠三茅竣事，既歸，以行卷示余，爲詩若干首，并集庚戌代祀詩，援先虛靖書劉静一詩例，求余并書，將以傳區。余不見《瓢稿》久矣，讀之釋然。於登高能賦問，而有歸美報上之心，又皆以王事而從方外之樂，真如坡翁所稱羡者，是皆宜書也，故爲行筆，亦以想象同游之意云爾，若曰擬虛靖則不敢。延祐第一重九日，嗣天師張與材敬題。

六月十六日早朝偶成八句寄山中諸友

五年四覲六龍飛，又領羣仙覲紫薇。金殿一作闕。烟霞一作「雲烟」。一作「烟雲」。浮黼扆，一作几。玉階日月麗旌旗。羣一作庭。臣奉璽勤三讓，國母臨朝重萬機。遥食蟠桃一作「桃熟山中」。知幾次，一作度。客星還照一作「月明長憶」。釣魚磯。

送原功〔大〕（太）監南歸

漸覺文星闕下稀，奎章兩見送行詩。渭城朝雨歌三疊，湘水秋風賦九疑。國典紬金藏鳳闕，詞臣步玉卽龍墀。席前時有蒼生問，可向江南久別離。

送虞伯生使蜀

送別應思舊所經，秦川花柳短長亭。三峰高拊仙人掌，萬里先占使者星。錦水東流江月白，潼關西去蜀山青。當年不盡登臨意，待爾一作汝。重鐫一作鑱。劍閣銘。

獲玉印 并序。

三茅山道童遇白兔入穴，掘之，得一玉印，乃九老仙都君玉印一顆，乃宣和故物也。

瑶瑛篆刻鎮華陽，猶帶宣和雨露香。玉兔有靈開地藏，金童無意得天章。九重臺上增春色，萬里書中耿夜光。喜遇明時薦神瑞，三君珍重護宏綱。

題饒氏雨樓

夜夢蒼虯遶屋梁，曉看飛雨灑浪浪。潤涵琴調清風遠，涼入書聲白晝長。翠壁凝雲流石乳，綠疇翻浪沃金穰。何時剪燭西窗下，却聽檐花共醉鄉。

題葉氏四愛堂

方今文采重奎章，光照芝山四愛堂。梅蕊春融冰雪界，蓮花晚静水雲鄉。湘纍往矣蘭爲佩，陶令悠然菊泛觴。千古高風猶一日，迢迢歸夢楚江長。

玄妙觀

榴皮書壁走龍蛇，池上芭蕉又見花。北闕恩承新雨露，西湖光動舊烟霞。春風日長玄都樹，秋水星回碧漢槎。修月功成三萬户，蕊珠宫裏誦《南華》。

季境舍人歸維揚朝中名公各贈以詩看雲八十翁閒閒吴全節作唐律一首以授之

相君五馬攸饒時，玉樹秋香生桂枝。日麗鳳毛延世澤，風培鵬翼運天池。平山堂北看紅藥，析木津頭識紫芝。文獻通家遺一老，塗鴉贈别寫烏絲。

沖佑萬年宫

武夷天賜萬年宫，雲隔蓬萊夢已通。玉旨煌煌鐫石壁，櫂歌隱隱渡溪風。帆歸海國春潮緑，市俯星村晚照紅。不用廣寒修月斧，奎章大筆紀成功。

繁禧觀

門前流水泛桃花，回首蓬山别一家。曾把金莖餐沆瀣，閒揮玉麈看琵琶。火存丹鼎春長好，卷掩《黄庭》日欲斜。心與江湖天共遠，大開瀛海駐吾槎。

子昂諸賢賦天冠山五言詩二十八首模寫已盡矣余遂作唐律一章題卷尾云

青山特地聳天冠，聞説羣仙駕紫鸞。浮世黄金空白髮，倚雲蒼玉尚玄壇。松根怪石千年化，檜頂飛泉六月寒。弘景定辭神武去，鷗波浩蕩錦江干。

江上作

短櫂輕舟幾度過，月明江上《竹枝歌》。故山歸去青依舊，華髮添來白已多。

方方壺惠山舟行圖

甘河當日逢仙□，七朵蓮花變金色。洪厓得道隱山東，夜夜神光丹室白。

謹題王鵬梅金明池圖

龍舟疊鼓出江城，送得君王遠玉京。惆悵金明池上水，至今嗚咽未能平。

題黃子久天池石壁圖

鳥啄殘花污草庵，一春未到兩山探。忽觀癡老圖中道，南峰翠帶北峰嵐。

題米元暉畫雲山圖二首

谿上青山過雨濃，分明倒滿玉芙蓉。令人却憶匡廬頂，百丈銀河下碧峰。

雨外夕陽摇樹明，山雲吞吐亂陰晴。飛帆一點知誰子？疑在元暉畫裏行。

中嶽廟投龍簡

陽城天地中，坤靈奠神嶽。積翠千層霄，元氣遠盤礴。降神生申甫，形勢控伊洛。谽谺虎豹蹲，偃蹇蛟龍躍。猛士橫戈矛，奇陣出幃幄。簇簇羅旌旗，巍巍聳臺閣。玉鏡爲誰開，金櫃爲誰鑰。遠近列畫圖，周遭峙郛郭。萬狀不可名，起伏互連絡。皇皇聖帝居，歷代重封爵。老栢浮蒼煙，古殿蝕丹艧。天朝混華夏，秩禮特優渥。皇慶二載春，宵旰軫民瘼。有旨醮長春，玉簡命新琢。詔臣走登封，香幣致虔恪。邃洞藏寶符，瓊音降笙鶴。三呼今復聞，祥風度天樂。小臣奉明祀，三使陟雲崿。箕山勝可家，潁水清可涿。遐想飲牛人，高風動寥廓。賜玦知何時，分我雲半壑。歌詩勒嵩珉，用贊聖人作。

壽慶堂　王氏建。

堂成仙子捧流霞，文物衣冠見世家。江上青山如玉壘，山中白石亦金華。雲連壽櫟千年樹，日映蟠桃幾度花。天府歸榮傳錦里，行看丹鳳降黄麻。

上清外史薛玄曦

玄曦，字玄卿，河東人。徙居信州之貴溪。年十二，辭家入道龍虎山，師事張留孫、吴全節。延祐間，用薦者召見侍祠，制授大都崇真萬壽宫提舉，陞提點上都崇真萬壽宫。泰定元年，奉詔徵嗣天師，既至，住鎮江之乾元宫，未行，扈從灤陽，還至龍虎臺，喟然歎曰：楚雲江樹，遐阻萬里。引領親舍，寧無惕然於中乎！即日辭歸。闢清寧齋、見心亭、熙明軒，築瓊林臺於龍虎山之西，日與學仙者相羊其間，而密修大洞回風混合之道。會杭州佑聖觀孫真人仙去，法席久虚，省府奉書幣以迎，辭不就。至正三年，制授弘文裕德崇仁真人佑聖觀住持，兼領杭州諸宫觀，玄曦不得辭，乃拜命而遣弟子攝其事。五年卒，年五十七，自號上清外史。所著有《上清集》、《樵者問》，會稡羣賢詩文爲《瓊林集》。玄卿負才氣，倜儻不羈，善爲文，而尤長於詩。揭曼碩留瓊林月餘，齋三日乃爲作序，稱其老勁深穩如霜松雪檜，百折莫能撓；清拔孤峻如豪鷹俊鶻，千呼不肯下；蕭條閒遠如空山流泉深林，孤芳自形自色，不與物競。人以爲知言。玄卿書札極麗逸，片楮出，人争欲得之。有聞風而未之見者，或使圖其像以去。見心亭後有土阜隆然，人稱之曰「薛公墩」云。

次韻歐陽檢閲濠池觀荷

行行濠池上，亭亭見長荷。瓊葩耀初日，碧芰卷輕波。深蒲曉色亂，微雨晚香多。方舟時自移，高軒或來過。豈無河朔飲，那復發商歌。商歌一慷慨，此物奈君何！

野宿山簡虞博士王待制

迢迢野宿山，峰巒何崔嵬。朝登猛虎嘯，暮宿玄猿哀。高風四面發，花鳥爲誰開？傳聞章皇帝，此地昔徘徊。龍駕竟不還，浮雲空往來。秀色九天外，巨靈不敢摧。飄摇散襟帶，覽結何悠哉！

題高尚書夜山圖

高李風流仕西浙，共倚危樓望吴越。吴越江山千萬里，高侯畫對中秋月。生紙經營入董源，朦朧煙樹迷宫闕。玉露沈沈四泬寥，潮聲已息簫聲咽。不寫思陵全盛時，空遺白塔堪愁絶。君不見王子猷，亦向山陰弄雪舟。誰拈秃筆埽清遊，古今嘉致總悠悠。

燕粟總管玩芳亭子

粟氏林亭好，飄飄借馬遊。藥闌當户密，花逕近城幽。未許朝參懶，聊爲逸興留。使君行樂處，風物爲春柔。

送文郎中奉使交趾

天子龍飛統萬邦，玉符封檢下殊方。遠人盡是雕題獠，奉使唯應粉署郎。翡翠飛時銅柱溼，鷓鴣啼處石門荒。炎風苦雨煩珍重，蔞葉檳榔取次嘗。《體要》、《正體》俱作柳貫，《待制集》中不載。

送陳都事使雲南兼寄李仲淵廉訪

送君銓選使滇池，一作溪。部落諸賢想自一作「夷自品」。題。明月先經一作「夢回」。夔子北，長風却一作吹。度夜郎西。山横一作涵，又作憐。塞雨驊騮滑，花發一作壓。蠻雲杜宇啼。爲問霜臺李廉訪，一作「學士」。白頭官滿尚羈棲。《元音》作趙孟頫，《松雪集》中不載。

宋顯父祕書惠海子北門之什次韻答之

得君佳句見君情，春半閒從海上行。紅杏啼鶯沙苑邃，緑楊嘶馬漢堤平。玉山地勢連雙闕，金水河流注夾城。萬乘以仁懷遠邇，遊觀宜著魯諸生。

送朱本初之玉隆堂

西山紫翠簇芙蓉，師住逍遥第一峰。慎勿挽弓思射鹿，祇須鑄鐵學降龍。閒穿曉月鉏靈藥，醉拂秋風卧古松。應憶京華舊遊處，蓬萊訪畔五雲重。按此詩蔣易《風雅》題作《送真一詩》，云：「西山紫翠鬱芙蓉，師住逍遥第一峰。滕閣雨收瞻駐鶴，楚江沙長羨降龍。有時帶月鉏靈藥，無事焚香對古松。謾憶京華舊遊處，蓬萊坊畔五雲東。」與此小異。

遊張公洞簡常守劉道中

赤烏二載發奇空，古洞深沈道路危。翠竇下攢山瀑落，紫巖中廓石膏垂。鐵船通海時難遇，金鼎調元事可期。祇恐使君同變化，白螺來往少人知。

題劉京叔歸潛室

獨搆茅堂養道真，滿前俗事罷紛紜。磻溪夜釣波心月，汾曲春耕隴上雲。長笑熊羆勞應夢，直一作肯。教猿鶴怨《移文》。近來傳得安心法，萬壑松風枕上聞。

攸寧菴

高興何如向子平，男昏女嫁一身輕。白雲在望頻登隴，黃髮爲期少入城。繭室已營身後計，鳳笙時聽月中聲。江淮十載風塵滿，回首誰應似獨醒。

萬歲山次韻

萬歲仙山聳碧空，廣寒春一作宮。殿最當中。橋連綺一作「雲移錦」。石通三島，路遶銀河接兩宮。柳拂甘泉巢翡翠，花凝太液下冥鴻。一作「孔雀花濃深駐日，鳳凰枝老細含風。」年年此地一作歲歲。經遊輦，自是承一作昇。平樂未終。

簡暢廉訪

名家世代産賢臣，清白流芳邁等倫。柏葉拂階迎廌角，紅雲擁殿識龍鱗。暢當詩律知無敵，薛稷才華愧不純。江左掃清雖一道，裏行猶賴濟斯民。

華素臺

銀臺錯落照長春，泰宇清明絶點塵。星斗九天分楚越，山河萬里界甌閩。花邊絳節招猿鶴，雲裏丹梯駐鳳麟。戲馬歌風何足數，初陽今古對天人。

張舍人遥碧樓

西北高樓入九天，楚雲吴樹浄娟娟。玉浮翡翠流青草，金削芙蓉列紫煙。方匱尚藏周典禮，故家猶繼漢神仙。想應公子登臨處，明月吹笙彩鳳旋。

慶黄晉卿任江浙儒學提舉

憶昨追隨到上台，鼇頭先奪錦標回。道人獨寶籠鵝帖，天子曾驚倚馬才。禮以二儀宗太極，名因三賦重蓬萊。只今教雨司吴越，絶勝文翁化蜀來。

大駕度居庸關

居庸雄據萬重山，南北門分作漢關。鼓角動時森虎衛，旌旗行處識龍顔。禪宫路轉風煙合，御苑春深草樹閒。待得長楊圍獵罷，又隨車騎此中還。

次韻王侍郎上都見寄

灤水東風浄物華，石鼇峰下駐仙車。清明草檢歸黄閣，勝日開筵近紫霞。萬户砧聲聞别館，九天秋色落誰家？仙郎賦罷長回首，南去還乘八月槎。

寄贈華陽洞隱者

歸去華陽古洞天，高情蕭爽絶凡緣。牽蘿石壁書紅葉，散髮雲林卧紫煙。長史玉經何日降，隱居真訣至今傳。江東却擬尋君去，合景回風問上玄。

高遠堂

數椽茅屋雲中出，一抹青山坐上看。讀罷《黄庭》春雨後，刺桐花落鳥聲寒。

贈聶尊師

青山寂寂雨瀟瀟，一箇長松翠欲飄。白髮道人年八十，小樓閒坐説前朝。

題雲林子南村隱居圖

山高白石秀，竹密緑陰濃。窗映風光掃，溪流月影重。

簡高僉事堯臣

憲府開江左，清風肅百曹。朝廷任隱逸，郡縣覩英豪。必使民情直，須除吏弊牢。馬周爲善政，今古尚持操。

送李理問赴嶺北省二首

君向龍沙去，迢迢不計程。關山殊漢苑，河隴異秦城。青草明妃塚，黄雲屬國營。盛年經此地，往事肯傷情。

畫省開邊鄙，郎官選俊才。臂鷹過雁磧，走馬上龍堆。氣候調中律，星辰接上台。何當瓜及日，却向晉陵回。

送黄元深游淛

南宫朝殿鎖蓬萊，芳草春深夢不回。只有海門青一點，月明猶送舊潮來。

春盡北行留別吴大修撰

萬柳千花拂酒旗，南陵北苑草離離。居庸關下泉嗚咽，又是東風欲去時。

次韻盧踈亭廉使見寄

西風吹老敬亭秋，回首江雲近涿州。記得少年陪劍履，麒麟閣上鳳池頭。

黄尊師石翁

石翁，字可玉，號松瀑，南康人。世儒，家居廬山下。少多疾，父母強使爲道士。所居室多唐、宋雜蹟。問疾作，閉户反復在手。疾止危坐若思。客至馳辯榮辱，石翁閉目不復答，人多咎之，因自號曰「狷叟」。年幾六十而死，常自作墓銘。鄧善之謂其學典麗該洽，貫儒名老而同歸。文章由古訓誡，誡若擬金石而奏《韶濩》。袁伯長稱其静而不馳，溢於哀忿，砥礪志節，有古逸民之風焉。

自麻仙至筆架道中作

三步五步歇，六日七日晴。豈不念我歸，春色相送迎。前宵社酒散，行將返清明。紅紫小零落，嚶嚶相和鳴。叢薄山礬花，玩之有餘馨。亦欲寄所思，歸鴻已宵征。悠悠不可極，惻惻難爲情。荒荒誰與語，脈脈曳杖行。

望雲

日出五丈高，白雲浩如海。城郭在雲中，山人在雲外。望雲雲氣深，入雲雲氣淺。亦欲入深雲，不知雲近遠。

題米元暉湖山煙雨圖 並序。

《湖山煙雨圖》初裝，即作此詩，久而未寫，病後眵昏，聊試目力。歲攝提格秋暮，廬山黃石翁。

江南舊物澄心紙，百數十年誰得此。揮毫無復老元章，付與承家大兒子。展開素幅作湖山，點染與入蒼煙間。偶然墨雲起霮䨴，風雨偃林生暮寒。筆端奮迅有疾急，雨氣淋漓紙猶溼。世人藏畫尚精微，到此精微下風立。流寓東南誰與鄰？傾懷付與李家親。忽因〔徼〕（微）較論資格，紙上數峰微笑人。

飯山道院

萬鍾鼎食不到我，正自不必西山餓。飯山雲氣如炊煙，三餐而返腸果然。臨川丞相有素願，何處獨無魚羹飯。勸君飯客先飯窮，往往乞匄皆英雄。

送高麗五明馬

海波不動鬬梁通，虬髯使者來吴中。名騅額間挂明月，四蹄猶帶龍堆雪。仰秣不受田家芻，太官之羊五味俱。賢才萬里不難致，糠粃不充盱老矣。

客語

舊時供奉曲，歌者亦無人。但感歲年晚，不知天地春。客猶談寶慶，吾亦及咸淳。何處楊花過，飛來照角巾。

午日

世故一炊黍，吾生百煉銅。客情傷髮白，醒眼對榴紅。遠岫冥冥雨，疏衣細細風。欲論千古恨，不見楚南公。

次韻謝新荔

海國仙人剪絳霞，年年一朵到仙家。眼中玉色如何晏，席上風流得孟嘉。野客不分唐殿帶，老臣並按建溪茶。醉來往事都休問，且擘輕紅對晚花。

寒食客中二首

明朝便典黑貂裘，寒食寧無數日留。煙斷舊嘗悲介子，火衰今不祀商丘。百年盡付風吹柳，一雨遠隨山入樓。安有五侯鯖到我，自修茶事試香篝。

慘澹微茫斷客魂，最難忘處最難言。南陵不可避風雨，麥飯何如託子孫。往事滄江推白鳥，誰家鐵撥送清尊。欲尋隱者相傾倒，煙柳深深不見門。

暮春計籌山中寄句曲山人

松花落粉啼子規，山人燕坐春晝遲。石泉豈非《大韶》樂，日色猶是鴻荒時。筠籃竹杖烟中語，青紙丹書林下詩。應謝錢塘舊知識，白雲獨往無還期。

碧桃

洗盡嬌紅出翠帷，玉人無語背斜暉。綠華前度通仙譜，天水何年染素衣。宴罷瑶池春夢斷，影寒姑射夜深歸。禁煙時節多風雨，莫遣繁英一片飛。

墨梅

去年曾訪林君復，烟水蒼茫鶴未歸。不似對君横小幅，一枝和雪照柴扉。

金溪羽人查居廣

居廣，字廣居，臨川人。少入金溪望仙觀受度爲道士，復之上饒龍虎山，從廬阜黄尊師石翁學爲詩。嘗東遊至鄞海上，還憩虎林山，得楊推官仲弘詩七言今體，服其雄浩。又得范太史德機詩五七言古今體，服其清峻。皆手鈔口誦，心領神解，期與之俱化。因橐其詩西之清江百丈山，求德機之廬而卒業焉。德機定其可傳者五十餘篇，序爲《學詩初稿》。天曆己巳，卒于仁壽觀，年四十六。廣居與杜原父、孫履常、揭曼碩友善，所交多畸人静士，雅嗜佳山水，杖屨所歷，攬結奇秀，資之賦咏。柳道傳爲作墓表，謂當時詩名與廣居上下頡頏而余最善者，危素太樸、王漸玄翰、揭車子舟四人，爲江右後來之秀云。

二銀女祠

銀冶二女祠，撫州之金溪。其家姓葛氏，無字年未笄。羞顔不出户，宛〔變〕（戀）守禮儀。在唐寶曆歲，其父爲胥吏。官家起銀場，日夜遭箠楚。勸紅問父苦，玉頰啼朱雨。父命斯易活，誓以死相許。禽獸尚知義，報父寧死心。投身入銀冶，遂化成白金。郡縣驚且歎，奏名上朝端。下詔罷爐冶，雞犬皆平安。已經五百歲，歷歷人猶傳。荒祠俯流水，像設還儼然。世間盡兒女，此事誰能前？緹縈費娥去，未有堪比倫。可比惟英皇，雙魂抱煩冤。至今湘江竹，出土含淚痕。

□□□□□□□

汲汲歲年徂，慘慘冰霜厲。君子不遑舍，明發戒行李。南臺雄且高，國家所仗倚。辟掾無凡材，今子足稱是。諤諤鉏姦貪，軒軒攝悍鷙。風俗歸之正，郡邑得以治。御史不敢争，簡書豈非議。擣空狐狸穴，動有鷹隼氣。仕宦等一擲，名節在萬世。皇皇吾君業，正朔越裳被。今歲一再敢，求言弭災異。況子得言秋，盍體堯舜意。吾師范德機，每與論兹事。露坐山月高，撫劍各流涕。我本滄浪人，鼓枻從此始。

孝子行 並序。

豐城廖孝子，至元十九年，鄉寇大作，子負母冒刃逃。反靖，孝養終身，與江革不殊，惜無史書之。揭翰林近題其墓曰：有元純孝廖某之墓。又爲作文刻石，虞學士書之。

豐城昔在至元歲，寇賊紛紛亂如鬼。是時廖生抱母行，不死白刃天有情。固知至願天必感，母子全活見太平。廖生雖死猶未死，往往遺民言此事。有如江革遭亂離，負母逃潛經險阻。情詞惻惻賊舍之，孝德還堪耀今古。烏乎薄俗梟獍同，墓上請看純孝子。

胡波斯引爲丹陽氏作

紫鳳檀瓢剖鳴玉，潾㛹鏡面蚺蛇腹。銀絲四索挂寒冰，中有驪珠三萬斛。丹陽老人今樂師，當筵一曲

《胡波斯》。太罕新聲變哈失，曹綱縮手昭君悲。捩軸抽絃彈曳樂，歷亂金盤撒飛雹。貝宮月冷泣雌蛟，瑶漢秋清叫孤鶩。玉壺水咽銅龍哀，繞指忽作盤空雪。劍光迸火玉斗碎，馬蹄飛蹴河冰裂。洪牙促羽調聲轉，壯士氣酣毛髮立。蹋歌起舞勸一觴，不惜花袍酒淋濕。老人波斯技絶倫，出入侯門三十春。銀鶯半臂紫貂帽，光動主翁筵上人。繁華轉眼成今古，獨技波斯向誰鼓。歸來醉卧錦氍毹，高樓一夜梨花雨。

送危方逸之京

石門江上送危郎，好上神京北斗旁。漢代文章須賈馬，周家道德並虞唐。柳林馬過沉雲黑，沙磧駝鳴落日黄。爲計遊程二千里，朔風吹雪正茫茫。

智覺禪師明本

明本，號中峰，錢塘人。住雁蕩村，姓孫氏，出家吴山聖水寺。聞高峰原妙禪師居天目山，往叩之，一見驩然，薙染於師子院，遂契妙旨。與斷厓義公俱爲高峰座下，或問優劣，曰：義首座固是根老竹，其如七曲八曲，惟本維那却是竿上林新篁，他日成材，未易量也。元貞間，高峰將遷化，以大覺禪寺相屬，辭推第一座祖雍主之。登皖山，遊廬阜，至金陵，結庵廬州弁山及平江雁蕩，已而還山，領師子院。辛相大臣以五山主席交聘，俱力辭，因日避走南北間，朝廷聞其名，特賜金襴伽梨衣，進號佛慈圓照廣慧禪師，欲召見闕廷，終不一至。惟再封香下詔，即所居修敬而已。至治三年八月，安坐而逝。世壽六十有一，僧臘三十有七。文宗敕詞臣製碑，謚曰智覺，塔曰法雲，有《中峰廣録》三十卷。元統二年，詔收入佛藏，藝文監丞揭傒斯爲之序，謂其提倡激揚，如四瀆百川，千盤萬轉，衝山激石，鯨吞龍變，不歸於海不已。其大機大用，見於文字有如此者。中峰屢辭名山，屏跡自放。時住一船，或僦居城隅土屋，若入山脱笠，即結束茅而棲，俱名曰幻住。自作《幻住庵記》。其居東林也，趙學士子昂、馮學士海粟爲之躬運土木以執役。初，子昂與中峰爲友，海粟甚輕之。一日，子昂偕中峰往訪，海粟出示《梅花百韻詩》。中峰一覽，走筆和之。復出所作《九字梅花歌》以示，海粟竦然，遂與定交。

頌古七首

醉乘白鶴登銀闕，夢跨青鸞入絳宮。酒醒眼開俱不見，一川桃李自春風。
白玉琢成西子骨，黄金鑄就伍員心。蓮宫人醉歌聲咽，月落吴江淚滿襟。
斧爛柯銷局未闌，天風吹鶴下瑶壇。滿盤黑白輕翻轉，袖拂蒼梧玉佩寒。
天生富貴稱雄才，織翠華裾擁不開。一簇管絃聲未絶，醉扶公子上樓臺。
三冬枯木遇春陽，翠蕚寒英噴古香。雪鬢老婆情未瞥，冷看花樹哭檀郎。
葉卷西風樹樹寒，亂蛩吟砌夢初殘。情懷自是不堪聽，又把琵琶月下彈。
赤脚波斯叩海門，黑風吹浪暗昏昏。三更掣斷青霞鎖，笑看驪龍戲子孫。

自贊

截斷紅塵石萬尋，衝開碧落松千尺。巖花朵朵水泠泠，楊柳一瓶甘露滴。

送吉上人之江西下高峰和尚遺書

寒巖一夜風雷惡，師子迸斷黄金索。驊騮萬里追不回，聲沈宇宙空山嶽。君今去去持此音，十八灘頭探麟角。君不見馬師一口吸西江，波騰浪沸煙茫茫。又不見集雲峰下四藤條，雨洗風磨恨未消。生耶死耶俱不道，鐵壁銀山齊靠倒。有問禪，血染溪花春正妍。有問道，兩岸夕陽對芳草。千差萬别任縱横，瞥轉一機何處討。玄沙白紙脱或舉，似時更須莫謗西峰好。

和皖山隱者

野人原上十五里，寒厓白日啼山鬼。萬峰重疊路回旋，半間箬屋青松底。老僧和錨入煙霞，滿林摇落朱藤華。燒田種寒粟，斸地栽胡麻。雲根撥笋，澗底尋茶。糞火深埋魁芋種，砂瓶爛煮黄箐芽。人謂隱者閒不足，何故山翁事驅逐。山翁笑指溪上桃，庭前竹，春風幾度更新緑。香嚴不作靈雲死，徒有是非喧兩耳。争似儂家百不知，從教少室分皮髓。

秋夜述古

蛩聲唧唧，雁聲嚦嚦。病葉落空階，清籟鳴空隙。客來叩我白雲房，三遶禪牀振金錫。玄音落落不覆藏，更加一語成狼藉。擬來此處尋聲迹，萬里秋風有何極。丈夫何事不肯休，直欲參天起荆棘。九載少林窮的的，一宿曹溪浮逼逼。偃溪流水香嚴擊，切忌隨他那邊覓。良由眼聽與心聞，疾飈過風俱莫及。威音那畔空劫前，底事何曾異今日。幻住道人都不識，柴扉晝掩千山碧。寒莎葉底露氿氿，烟外數聲牛背笛。客既無言我亦休，横眠一覺青茅席。夢裏忽聞蕭騷淅瀝何處生？覺來元是山雨四檐聲滴滴。

閲林間録有感

林間編此録，深夜剔殘燈。慧命微如綫，人心冷似冰。祖庭空積雪，古路不逢僧。追企前賢轍，思歸一念增。

禮四祖真身塔

九拜曉龕前，追思獨慘然。真身無日壞，此道有誰傳？古岸横秋水，空山起暮煙。幾多西祖意，寂寞在江邊。

雁蕩除夜

茅屋三間冷似冰，灰頭土面十餘僧。掃除自己閒枝葉，不打諸方爛葛藤。就手揭開新歲曆，和光吹滅舊年燈。頂門别具摩醯眼，越死超生似不曾。

贈營壽藏

斷斷雲根闢古基，粉牆低護石樓危。既知身後有終日，肯信目前無了時。夜雨一窗蠶課繭，春風千里燕銜泥。到頭共熟黄粱夢，哭送斜陽欲恨誰？

次韻答盛秀才

風月何緣事苦吟，擬將英譽壓雞林。幾回立盡三更月，一字搜空萬劫心。夢裏忽驚霜入鬢，梅邊不覺淚霑襟。可憐半世聰明種，甘爲浮詞又陸沈。

送禪者歸鄉

湖海俄經三十年，無端一念憶生緣。夢中復做還鄉夢，禪外重參逆旅禪。踏碎暮雲投古寺，衝開積雪望炊煙。狂心未向機前歇，滋目家山轉棄捐。

船居十首　録四。己酉舟中作。

世情何事日覊縻，做箇船居任所之。豈是畸孤人共棄，都緣疏拙分相宜。漏篷不礙當空挂，短櫂何妨近岸移。佛法也知無用處，從教日炙與風吹。

水光沈碧駕船時，疑是登天不用梯。魚影暗隨篷影動，雁聲遥與櫓聲齊。幾回待月停梅北，或只和煙繫柳西。萬里任教湖海闊，放行收住不曾迷。

人在船中船在水，水無不在放船行。藕塘狹處拋篙直，荻岸深時打櫂横。千里溪山隨指顧，一川風月任逢迎。普通年外乘蘆者，未必曾知有此情。

一瓶一鉢寓輕舟，溪北溪南自去留。幾逐斷雲藏野壑，或因明月過滄洲。世波汩汩難同轍，人海滔滔孰共流。日暮水天同一色，且將移泊古灘頭。

山居十首　録四。六安山中作。

胸中何愛復何憎，自愧人前百不能。旋拾斷雲修破衲，高攀危磴閣枯藤。千峰環繞半間屋，萬境空閒一箇僧。除此現成公案外，且無佛法繼傳燈。

數朵奇峰列畫屏，參差泉石暢幽情。青茅旋釃尖頭屋，黄葉頻煨折脚鐺。雲合暮山千種態，鳥啼春樹百般聲。世間出世閒消息，不用安排總現成。

見山渾不厭居山，就樹誅茅縛半間。對竹忽驚禪影瘦，倚松殊覺老心閒。束腰懶用三條篾，扣己誰參一字關。幸有埋塵甎子在，待磨成鏡照空顔。

頭陀真趣在山林，世上誰人識此心。火宿篆盤煙寂寂，雲開窗檻月沈沈。匡懸有軸長生畫，瀑響無絃太古琴。不假修治常具足，未知歸者謾追尋。

水居六首　録六。東海州作。

道人孤寂任棲遲，跡寄湖村白水西。四壁煙昏茅宇窄，一天霜重板橋低。驚濤拍岸明生滅，止水涵空示悟迷。萬象平沈心自照，波光常與月輪齊。

水邊活計最天然，物外相忘事事便。門柳每招黄蝶舞，岸莎常襯白鷗眠。雨蒸荷葉香浮屋，風攪蘆花雪滿船。不動舌根談實相，客來何必豎空拳。

縛箇茅庵際水涯，現成景致一何奢。野塘水合魚叢密，遠浦風高雁陣斜。道在目前安用覓，法非心外不須誇。一聲鐵笛滄浪裏，煙樹依依接暮霞。

年晚那能與世期，水雲深處分相宜。茭蒲繞屋供晨爨，菱藕堆盤代午炊。老岸欲隳添野葑，廢塘將種補新泥。無心道者何多事，也要消閒十二時。

雲漫漫又水漫漫，新縛茅龕眼界寬。儘有池塘堪著月，且無田地可輸官。四時風味人誰得，萬頃煙波我自觀。却恐客來爲境會，閉門收在一毫端。

水國庵居最寂寥，世塗何事苦相招。去村十里無行路，隔岸三家有斷橋。數點鴉聲迎暮雨，一行魚影張春潮。陳年佛法從教爛，豈是頭陀懶折腰。

鄽居十首　録一。汴梁作。

足跡無端遍海涯，現成山水不堪誇。市鄽既可藏吾錫，城郭何妨著吾家。四壁虚明連棟月，數株紅白過牆花。見聞不假存方便，只麽隨緣遣歲華。

按中峰《四居》詩，皆避地時作。如《船居》云「隨情繫纜招明月，取性推篷看遠山。煙蓑帶雨和船重，雲衲衝寒似紙輕。」「主張風月篷三葉，彈壓江湖艣一尋。」《山居》云「雪澗有聲泉眼活。雨厓無路蘚痕深。」「偷果黄猿摇緑樹，銜花白鹿卧青莎。」「白髮不因栽後出，青山何待買方歸。」《水居》云「波底月明天不夜，爐中煙透室長春。」《鄽居》云「錦街破曉鳴金鐙，繡巷迎猿擁翠鈿。」「月印前街連後巷，茶呼連舍與西鄰。」「玩月樓高門巷永，賣花聲密市橋多。」並妙句也。附摘于此。

次韻瀋王題真際亭

按《中峰行録》云：駙馬太尉瀋王王璋遣參軍洪鑰齎書幣敘弟子禮，期請上命，南來參叩。己未秋九月，王奉御香入山，謁師草廬，咨訣心要，請師陞座爲衆普説，師激揚提唱萬餘言。王復求法名別號，師名王以「勝光」，號曰「真際」，王因建亭師子巖下，以記其事。

高亭結構標真際，體共雲林一樣閒。山勢倚天忘突兀，水聲投澗自潺湲。伽陀迥出言詞外，海印高懸宇宙間。佇看凭闌人獨醒，又添公案入禪關。

雙髻峰有懷 高峰和尚初創庵於此。

雙髻雲深古道危，不來夜半叩柴扉。六年底事成遺恨，寂寞空山啼子規。

次韻酬李仲思宰相

晴雲萬疊裹羣山，匡瀑千尋落樹間。定裏驚傳王駕至，祇應來奪老僧閒。

客中聞訃

訃音遺我客牀頭，話到輪回鬼亦愁。肉眼未空今古夢，滿天霜月曬枯髏。

次韻酬馮海粟待制

無言童子拂香臺，報道長沙學士來。爛煮橘皮砂罐冷，幾年生意喜潛回。

道話

團團相聚火爐頭，商略溈山水牯牛。一語忽投人拍手，滿天霜月下西樓。

偶成

檐頭密布蜘蛛網，砌下高堆曲蟮泥。達磨眼睛渾不顧，尋常讀作一聯詩。

省菴　已上《中峰廣録》。

一聲幽鳥到窗前，白髮老僧驚晝眠。走下竹牀開兩眼，方知屋外有青天。

梅花百詠和馮學士海粟作　録十二

見非恍惚夢非神，雪後霜前分外真。疏影暗消三弄月，半聯淒斷獨吟人。歲寒摇落孤根在，江驛荒涼往事塵。碎嚼幽香清可挹，玉奴無復更臨春。

玉簫起處暗驚神，曲緩瑶臺逸韻真。泉石幾年雲冷鶴，關山萬里月愁人。香凝老樹調風味，影落寒窗枕隙塵。檀板金樽久岑寂，微吟不減昔時春。

目送空山遠駐神，似曾相識倍情真。半牀素被鋪寒玉，一幅生綃畫美人。爽入冰姿欺國色，悵隨哀曲黯京塵。三郎正愛《霓裳》舞，珍重椒房自惜春。

白雲堆裏曉飛神，道骨翛然一太真。古岸埋香多是雪，寒巖欺影四無人。因風寄遠愁應老，坐雨辭根恨未塵。贉欲巡檐賦歸隱，共君心事答閒春。

征路愁迷黯動神，穿林入谷自尋真。亭亭有意冷移玉，黯黯無言空悵人。夢斷陽臺半雲雨，淚空青冢幾沙塵。餘芳消歇繁華起，野水蒼煙意自春。

眼花落井眩雙神，雪步迢迢見欲真。澹墨畫圖横玉影，黄昏庭院倚闌人。唾絨猶認窗間迹，啼粉空餘鏡面塵。消得黄金鑄成屋，年年雪裏貯芳春。

水中仙子鏡中神，夜夜相攜入夢真。隴雁哀殘埋玉地，朔風吹老弄蟾人。寒添灞上雙眉凍，愁壓江南幾屐塵。雪裏不嫌情味苦，一枝占斷九州春。

横影伶仃似有神，半清淺處獨呈真。數枝沖澹晚唐句，一種孤高東晉人。上苑清房誰耐雪，廬山玉峽肯蒙塵。是中天趣那能識，惜被東風漏洩春。

夢來曾憶二郎神，花影愁端語最真。月浸一庭寒水玉，夢驚孤枕斷腸人。不堪往事從頭看，總欲新詩得句塵。啄木敲門窺我醉，四山寂寂鳥啼春。

憶昔君平勘卜神，青衣應是日時真。雲開巫女多嬌面，浴出楊妃一麗人。竹葉杯浮苔砌月，豆萁灰暖紙窗塵。驚春恐落羣芳後，先到名園逐上春。

遺情極像白拈神，仙與吟翁意氣真。月曉憶同林外飲，酒醒愁恨曲中人。荒溪獨照山初静，寒影相持雪亦塵。每惜半檐風露重，起披玉毳伴瓊春。

朵中飛下玉霄神，仙韻嬌姝一粉真。冰曉浴乾銀浦水，雪籬愁損草堂人。名姬駿馬空詞筆，廢苑荒臺老戰塵。凍野蒼茫天四慘，兩行啼雁獨傷春。

按中峰《梅花百詠》如「斜照窗紗斜照水，半隨風信半隨塵。」「一點芳心憑驛使，半梢清影伴詩人。」「飢蜂冒雪身遊絮，病鶴眠苔跡妒塵。」「曉起白迷煙外策，夜深寒醒酒邊人。」「吟對瘦憐寒夜影，折看愁殺故鄉人。」對仗極工，應不減孤山處士疏影暗香之句也。

憶梅

夜分明月是揚州，尚有春風在樹頭。莫怪當年何水部，歲寒心事與誰愁？

評梅

月旦花前豈乏人，風霜齒頰帶陽春。江南野史餘芳論，絶世清如古逸民。

別梅

花謝東風攪離思，愁翻縞袂忍輕分。月明梢送臨溪水，春樹遥憐隔暮雲。

惜梅

香銷泥汙意徘徊，掠地迴風玉作堆。愁絶黄昏無一語，怕看孤月上窗來。

剪梅

破玉并刀試手温，香凝雙股斷芳魂。花隨燕尾輕分去，不帶春風爪甲痕。

蟠梅

鐵石芳條誰矯揉，從教曲折抱天姿。龍蛇影碎玲瓏月，交錯難分南北枝。

苔梅

古貌蒼然鶴膝枝，唾花生暈護春機。玉堂試看青袍客，莫忘江南有白衣。

月梅

數枝姑射鬬嬋娟，疏影分明不夜天。散却廣寒宮裏桂，春光長滿玉堂前。

風梅

花間少女剪春寒，粲粲《霓裳》舞隊仙。月夜遥看環佩冷，莫教吹落玉花鈿。

煙梅

夢隔梨雲逗曉天，苔枝浮翠逗春寒。不嫌玉質籠輕素，留與詩人冷澹看。

疏梅

依稀殘雪浸寒波，桃李漫山奈俗何？瀟灑最宜三二點，好花清影不須多。

孤山梅

種玉西湖獨占春，逋仙佳句播清芬。月明花落吟魂冷，童子何之鶴在墳。

茅舍梅

數椽草屋延清客，竹作疏籬護玉葩。不是玉堂無分到，且和明月到山家。

隔簾梅

庭花映箔眩吟眸，一片湘雲鎖暮愁。風卷黄昏疏影動，珊瑚枝上月如鈎。

紙帳梅

春融剡雪道人家，素幅凝香四面遮。明月滿牀清夢覺，白雲堆裏見疏花。

九字梅花詠　以下各選本録入。

昨夜西風吹折千林梢，渡口小艇滚入沙灘坳。野橋古梅獨卧寒屋角，疏影横斜暗上書窗敲。半枯半活幾箇㵾蓓蕾，欲開未開數點含香苞。縱使畫工奇妙也縮手，我愛清香故把新詩嘲。

留題惠山寺

惠山屹立千仞青，俯瞰天地鴻毛輕。七竅既鑿渾沌死，九龍攫霧雷神驚。霹靂聲中白石裂，銀泉迸出青鉛穴。惟恨當年桑苧翁，玉浪翻空煮春雪。何如跨龍飛上天，并與挈過昆侖巔。散作大地清凉雨，免使蒼生受辛苦。我來叩泉泉無聲，□曲冷光沈萬古。殿前風檜砉然鳴，日暮山靈打鼓鐘。

題金山寺

半江湧出金山寺，一簇樓臺雨岸船。月到中宵成白晝，浪翻平地作青天。塔鈴自觸微風語，灘石長磨細浪圓。龍化楚人來聽法，手擎珠獻不論錢。

松月

天有月兮地有松，可堪松月趣無窮。松生金粉月生兔，月抱明珠松化龍。月照長空松挂衲，松回禪定月當空。老僧笑指松頭月，松月何妨一處供。

雪

凍雲四合雪漫漫，誰解當機作水看。只爲眼中花未瞥，啓窗猶看玉琅玕。

田歌 留天童寺作

村南村北春水鳴，村村布穀催春耕。手捧飯盂向天祝，明日插秧還我晴。

林塘庵

學得閒來便得閒，好山好水任盤桓。林塘庵外湖山景，堪與杭州一樣看。

元叟禪師行端

行端，字景元，一字元叟，臨海儒家何氏子。年十一，得度於餘杭之化城院。初參藏叟和尚於徑山，言下豁然頓悟，藏叟告寂，依浄慈鞏石林爲記室。與陵虚谷、海東嶼、熙晦機、永東州、真竹閣爲莫逆交。尋挂錫靈隱伏虎巖，住徑山。請居第一座，既而退處楞伽室。大德間，出世湖之資福，名聞京國。至大間，特旨賜號曰「慧文正辯」，行宣政院舉主中天竺，遷靈隱。延祐間，有旨設水陸大會於金山，命升坐説法，竣事入覲，加賜「佛日普照」之號。南歸養高於良渚之西庵，泰定間，降璽書命主徑山，作大護持者二十年。至正辛巳，終於丈室，世壽八十八，僧臘七十八。元叟以餘力施於篇翰，尤精絶古雅，自稱「寒拾里人」。嘗擬寒山子詩百餘篇，四方衲子多傳誦之。林石田隱居吳山，不與世接，獨遺以詩曰：「能吟天寶句，不廢嶺南禪。」其取重前輩如此。

擬寒山子詩六首

昨日東家死，西家賻冥財。今朝西家死，東家陳奠杯。東東復西西，輪環哭哀哀。不知本真性，冥漠登泉臺。

木落湫水寒，千峰正岑寂。惟聞虎嘯聲，不見人行迹。霜露溼巖莎，月輪挂空碧。此時觀此心，獨坐盤陀石。

名利是何物，人心不自灰。榮來終有辱，樂去可無哀。富家草還出，貧門花亦開。耕桑枉辛苦，鬢白鬢毛衰。

偃仰千巖內，超然與世違。采芝爲口食，紉槲作身衣。瀑水淋苔磴，湫雲漬草扉。閒吟竺仙偈，幾度歷斜輝。

山中高且寒，人罕來登陟。松搖雪珊珊，蘿冪煙冪冪。巖花春不開，潭冰夏方釋。住此夫何爲？心源湛而寂。

我住在峰頂，白雲常不開。窗扉沿薜荔，門徑疊莓苔。山果猿偷去，巖花鹿獻來。長年無一事，石上坐堆堆。

思洞庭寄承天寺覺庵老師

烟蒼蒼，濤茫茫，洞庭遥遥天一方。上有七十二朵之青芙蓉，下有三萬六千頃之白銀漿，中有美人兮佩服金鴛鴦。游龍車，鳴月璫，直與造化參翺翔。憶昔天風吹我登其堂，飲我以金莖八月之沆瀣，食我以崑丘五色之琳琅。換爾精髓，滌爾肝腸，灑然心地常清涼。非獨可以眇四極輕八荒，抑且可以老萬古凋三光。久不見兮空慨慷，久不見兮空慨慷！

趙李倪三居士建凌霄會求贈

雙徑在吴浙，實爲山之雄。天目如屏擁其北，錢塘似練紆其東。重巒疊巘不知幾千萬，但見五峰秀色巑岏摩青空。下有跋陀神龍窟，上有覩史夜摩宫。晴雲暖靄生巖松，朝開暮合無終窮。祖師據此鞭麟鳳，森羅萬象明真宗。納須彌兮于芥子，卷法界兮于鍼鋒。本源自性有常分，寧須妙用求神通。儼如鹿園與鷲嶺，紫金光聚人天中。説法至今猶未散，天華似雨飄空濛。

送方上人西蜀省親

道本絶方所，隨緣觸處真。家鄉元不遠，父子即非親。徑蘚粘輕策，江華拂浄巾。東吴與西蜀，曾不間纖塵。

寄晦機和尚

流落似孤蓬，君西我在東。二三千里外，一十五年中。老去頭毛白，寒來樹葉紅。所期盤石上，松月夜禪同。

山居二首

山木交柯莎滿庭，馬蹄且不污巖扃。篝燈對雪坐吟偈，擁衲繞泉行課經。睡少每知茶有驗，病多常怪藥無靈。金園一歲一牢落，誰似孤松長自青。

小榻新營巖瀑西，白雲無路草萋萋。月明扃户野猿嘯，日晏擁衾山鳥啼。積世詩書空簡蠹，累朝墳墓半鉏犂。邯鄲枕畔一炊黍，堪笑古今人自迷。

題飛鳴宿食雁圖

年去年來無定一作「年復」。一作「又一」。年，中郎何處有書傳。一作「帛書曾達茂陵前」。影橫一作連。薊北月連一作橫。塞，聲斷衡陽一作「江南」。霜滿天。雨暗荻一作蘆。花愁晚一作夜。渚，露香菰米落一作下。秋田。平生千里與一作復。萬里。塵世網羅空自纏。一作縣。此詩亦見薩天錫集。趙子昂家居，有以《飛鳴宿食四雁圖》求跋者，時詞客滿座，而端叟老禪亦與焉。子昂屬客賦詩，端公援筆立成，合座歎異。作天錫詩，誤也。

北固山

三面鯨濤連碧天，金湯形勢尚依然。山花黯黯人吹笛，江柳青青客上船。馬帶淮雲東入浙，雁拖湘水北歸燕。武侯一去孫劉死，原野幾人耕墓田。

題水月猿圖

水中明月輪，可翫不可覓。獮猴徒自狂，觸破寒潭碧。

山房自述

故園歸路隔天涯，絕頂閒房且寄家。翻罷貝多山月上，一棚花影漾袈裟。

雪樵

珠霰飄飄柴在肩，且謀燒火過殘年。庭前此際無人立，爐内憑誰續斷煙。

次韻答林首座

一房閒寄長松下，殘喘誰留如病何。爲報南山舊玄侶，幻華光景已無多。

寄東嶼和尚

相別于今八載餘，君臣徒衆我閒居。白雲流水乾坤外，終不相親枉寄書。

維故人別墅

門徑無塵有緑苔，東風落日舊曾來。白頭道者今何在，一樹櫻桃花自一作正。開。

栽松

鈍钁横肩雪未消，不辭艱步上岧嶤。等閒種得靈根活，會看春風長緑條。

静軒

六户虚凝湛不摇，從教塵世自喧囂。階前盡日無人到，只有閒雲伴寂寥。

海翁

窮盡波瀾絕一漚，餘生甘自老扁舟。四溟高卧月如晝，閒把漁蓑枕白頭。

擬寒山子詩二首

人生在世有何事，日用但教心坦平。縱是金珠充屋棟，到頭難免北邙行。

天上日没月又出，山中葉落花還開。黄泉只見有人去，不見一人曾得回。

題羅漢圖

諸諦空來世所無，神通百變絕名模。不知何處留蹤跡，却被人傳作畫圖。

題牧牛圖

誰家荒疃連平原，何處孤村帶喬木。官田耕盡牛正閒，且對東風弄横玉。

古鼎禪師祖銘

祖銘，字古鼎，奉花應氏子。年十八，從金峨横山錫公學出世法，二十五得度。竺西坦公主天童，使掌書記，後偏參諸尊宿，聞元叟在靈隱，往謁焉。言下豁然開悟，元統元年，始自徑山出住昌國之隆教，遷普陀，復遷中天竺。至正七年，還主徑山，錫號慧性文敏宏學普濟禪師。十七年，退居妙明庵。十九年書偈而逝，有《四會語録》暨外集若干卷，古鼎洞徹玄微，踔厲縱横，袁伯長、胡汲仲、黄晉卿、虞伯生、歐陽原功皆稱慕之。原功贈詩，有「上人能舉龍文鼎，坐斷淩霄第一關」之句。初在中竺時，有童子仇姓者，從師荷包笠。夜宿蘇之承天寺，見空中有一寶鼎。左右翼衛皆天神，曰：「天帝以此鼎還賜徑山。」詰旦以事質其僧，曰：「此必古鼎師還遷徑山也。」俄而徑山命下，聞者異之。

徑山五峰

堆珠峰

天勢下淩霄，坐使萬壑趨。元氣結巒岫，獻此大寶珠。翊殿護釋梵，鼓鐘殷人區。

大人峰

五髻生雲雨，鎮踞何春容。具此大人相，題爲大人峰。偉哉天地間，萬象同擴充。

鵬搏峰

峰勢來大鵬，鼓此垂天翼。培風本無待，適兹造化力。何須問天池，在在六月息。

宴坐峰

杉松太古色，不別春與冬。道人此宴坐，一念萬劫融。不特座燈王，等了諸法空。

朝陽峰

二儀開幽漠，日月臨下土。萬物麗高明，此峰正當午。堂堂大聖人，兩眼空寰宇。

山中五峰，傳之久矣。然指者不一，今各賦一詩，庶來者不待問而知也。至正庚寅七月，徑山釋銘書。

南屏雨中

五月雨聲連六月，南屏雲氣擁柴扉。林巒有穴山精出，巖谷無人石燕飛。詩句偶從行處得，家鄉多在夢中歸。曉來杖策湖頭去，春水溶溶没釣磯。

次韻免原懷徑山

蒼蒼喬木五峰齊，十載江湖憶舊棲。丘壑芝蘭香霧上，金銀樓閣彩雲低。秋風悵望遼天鶴，夜雨悲涼冢上雞。但得閒身各安健，會尋石壁灑新題。

題熨襁圖

練光帖帖雪光開，倩得鄰姑熨未裁。郎在征途兒在眼，十分寒向意中來。

宿徑山娑羅林二首

高齋宿層巒，無眠振衣起。歷歷夜方悄，婉婉情自美。濃露灌桂花，清香襲庭几。林曠鳴籟隱，空淨停雲徙。萬事坐若遺，靜極到天理。舉目注秋江，涼月薄如水。

閒宵散積抱，澹然得心妙。蛩冷暗響流，燈靜寒光掉。星河累明滅，崖溜落淵奧。林風來朋朋，吹我形影弔。浩歌弄明月，高樓入清照。

二靈山

爲愛山靈與水靈，一庵高占白雲層。風光只在闌干外，半屬漁樵半屬僧。

栯堂禪師益

益字栯堂，温州人。大慧杲四世法嗣，得法于浄慈隱公。住慶元奉化岳林寺，世傳《山居詩》一編，蘗庵黄僧游廣陵，得于東隱精舍。爲元時舊刻。如「春暖鹿眠三徑草，夜寒雁叫一天霜。」「樓鞋踏凍石梯滑，松帚掃霜山徑陰。」「相韓卿趙禪中蝨，霸楚王吴檻内猿。」「灌蔬月下擔寒浪，移石雲邊接斷橋。」「一火燒畬春採蕨，半蓑披雨曉鉏園。」「黄狖林中偷果去，翠禽籬下引雛飛。」格律在皎然、無本之間，當不徒賞其山居高致已也。

山居四十首　録十二

亂流盡處卜幽棲，獨樹爲橋過小溪。春雨桃開憶劉阮，晚山薇長夢夷齊。尋僧因到石梁北，待月忽思天柱西。借問昔賢成底事，十年騎馬聽朝鷄。

白雲影裏呵呵笑，地老天荒更不疑。樵徑有霜尋藥冷，石窗無月了經遲。青羝夜雪憐蘇武，黄犬西風歎李斯。千古青編在天下，留芳遺臭更由誰。

自知疏拙不可變，深入寒雲千萬層。夜火晴收楓塢葉，午茶寒煮石池冰。青林有雀安知鵠，碧海非鵾不化鵬。從此世人尋不到，亂山無路石稜稜。

自是不閒閒便得，矜功負氣總徒勞。乾坤不换蜩雙翼，泰華何殊牛一毛。揭石出潭秋水怒，捲芇落地晚風號。滿頭白髮干時政，謾說商山四皓高。

亂山疊碧幾重重，殘日晴霞半映紅。事有廢興秦失鹿，物無得喪楚亡弓。虛名終日雪填井，幻景百年繩繫風。轉憶天台松樹下，倚看瀑布石橋東。

異草靈苗世莫栽，蘿龕禪起獨徘徊。嶽僧近寫《茶經》去，海客遥尋藥塢來。曉洞雲腥龍孕子，夜天月冷兔懷胎。事殊世異真風遠，漢武開池見刦灰。

千年明鏡忽生塵，逐妄迷真豈有因。海上刻舟求劍客，市中當晝攫金人。萬牛難挽清風轉，兩曜偏催白髮新。此事知音古來少，碧天無際地無垠。

溪隔紅塵樹鎖煙，寒蒲終日自安然。黄河定是有清日，曲木其如無直年。道在玄珠澄赤水，德亡神劍躍深淵。從來不結東林社，屋外開池自種蓮。

鐵載能浮羽楫沈，敗非成是跡休尋。漫言解返秦庭璧，須信難藏郿塢金。甜到盡時忘蜜味，酸從回處見梅心。青山若個不堪住，獨買沃州支遁林。

荒徑攲斜挂籜蓬，半籬紅粟倩溪舂。山中有客見真虎，世上何人識假龍。秋竹走箯穿斷石，老藤行蔓上枯松。晚風斷送雲歸去，誰打原西寺裏鐘。

百年三萬六千日，一似塵飛窗隙間。銅雀已成身早没，玉門未到夢先還。斬蛟膽壯渾忘水，逐鹿心狂豈見山。獨許白雲最深處，老松枯石伴身閒。

即今休去便休去，何事却求身後名。世亂孫吴謀略展，才高屈賈是非生。溝中斷木千年限，海上浮槎萬里清。誰識枯禪涼夜月，松根一片石牀平。

題徑山 見《徑山志》。

攀蘿捫石上崔嵬，爲訪名師特到來。碧眼望穿紅日際，青鞋踢破白雲堆。松濤振壑鳴天籟，瀑布春巖動地雷。好境自然塵世別，何須海上覓蓬萊。

夢觀道人大圭

大圭，字恒白，姓廖氏，泉州晉江人。得法於妙恩，博極羣書。嘗曰：「不讀東魯論，不知西來意。」爲文簡嚴古雅，詩尤有風致。自號「夢觀道人」，著《夢觀集》及《紫雲開士傳》，晉江有金釵山，其《募修石塔疏》云：「山勢抱金釵，聳一柱擎天之雄觀；地靈侔玉几，覩六龍回日之高標。」一時傳誦。同時有守仁，字一初，富陽人。亦號夢觀，有《夢觀集》六卷。洪武間，徵授右善世，詩見《列朝詩集》中，而曹能始《石倉詩選》合爲一人，誤也。

詠史

敦弓轂明月，決拾生清風。一發期必中，大射師友同。學成遂專巧，教者初無功。其心既殺羿，天下惟一蒙。含戴亦齒髮，位置三才中。如何懷此逆，天地或爾容。齧鏃果有術，肆毒應無從。蚩蚩一爲鑒，維以保令終。

定公生焚詩 并序。

吾釋氏者定，世古昆吾人。客漳久之，僑居開元寺，業白以老。至元四年秋，峒賊來攻城甚急，漳人莫知所出，定公禮空而祝曰：「使城不陷賊，吾當火吾身以答。」已而果然，越六年夏，遂累薪爲龕室西郊，行與衆訣，留之不可，乃自燔其間。其火之始張也，人視之泰然，無毫髮惴惴色，郡人咸大駭異，請卽其地作塔廟以祠。於乎！定以誓故生而自焚，宜若得罪於名教者，然與夫食人之食而見危不能致命，立人之朝臨大節而變者，不亦遠乎哉！況定之心，以一身全一城之死靡渝，亦宜若無得罪於名教者也。抑吾聞之，定老出世學，其成就豈此哉！人殆見其膚耳，定之詳，余實得之靈源上人。源與之同居，又將經始其祠者，且請余爲之詩曰。

羣兇白日至，梯衝舞嚴城。噫能身獨死，而俾城不傾。定公出兹誓，金石開精誠。未幾來訊醜，復見溝壘清。前言儻云食，吾將負神明。積薪自厝火，怡然就無生。何意金石軀，倏忽煨燼成。顧此乃餘事，足爲流俗驚。塔廟遂翼翼，鐘鼓初喤喤。爲國效死節，勗哉爾簪纓。

夏日同趙生鄭生許氏兄弟遊龜山山有大石下有遺址相傳歐陽詹讀書於此因造焉相與慷慨賦詩分韻得魚字

閒情素乖俗，樂彼中林居。林居未云果，幽賞意有餘。出郭青山多，佳木亦扶疏。並游得良友，方駕從所如。翠微薄炎景，蘿風汎涼裾。雲逕步窈窕，石門入清虛。少留席豐草，綠縟綿以舒。叢柯翳鳴鳥，石澗清有魚。形神一蕭散，疲勩亦以袪。夤緣龜巖東，遂卽歐陽廬。懷賢仰高躅，撫蹟驚廢墟。顧留石中室，畢誦人間書。兹焉恐遲暮，眷眷空躊躇。

造唐山人居

行行野田盡，荒蹊入秋水。何人有新屋，鬱鬱松林裏。欣然造其門，晤言乃君子。解衣坐微凉，超遥適閒美。日澹疏雨晴，山色散窗几。石上聞鳥鳴，林端見雲起。平生事外心，即此胡不喜。少暇同飲泉，幽期自今始。

築城曲

築城築城胡爲哉？使君日夜憂賊來。賊來猶隔三百里，長驅南下無一跬。吏胥督役星火催，萬杵哀哀亙雲起。賊來不來城且成，城下人語連哭聲。官言有錢雇汝築，錢出自我無聊生。收取人心養民力，萬一猶能當盜賊。不然共守城者誰？解體一朝救何得。吾聞金湯生禍樞，爲國不在城有無。君不見泉州閉門不納宋天子，當時有城乃如此。

和詹生春雨寒歌

十日春，九日雨，空屋貯寒寒色苦。曉雪都成陌上泥，暮雲不見城東樹。所思今何處？相去纔幾許。獨將寸心寄短琴，琴老無絃暗塵土。東風吹落錦一幅，文章字字成金玉。中有苦寒詞，詞古聲更悲。賡歌我不忍，上訴蒼蒼知。俗眼瞳人久生脂，競收瑣尾遺瑰奇。野禽乘軒士徒步，黄土被繡人無衣。天公有意回春燠，千林一夜生紅緑。長年呻吟卧掩門，人生不解同草木。君勿歌，春雨寒，我有兩耳愁心百盤。爐空葉已灰，屋漏苔生椽，檐聲夜夜春水懸。人間惟我與子同此味，鬢髮未白書如山。春雨寒，歌一闋，窮達在天愁不得。當時短衣夜半悲飯牛，何如學取商頌聲金石。

夜聞水車

旱火秋蒸土山熱，新苗立死田寸裂。西風何處送嗚嗚，一夜水車啼不歇。水車聲作水中龍，赤脚踏龍憐老翁。白水田頭月未落，千畦萬畦雲雨同。流蘇醉卧誰家子？有耳不聞汝啼苦。水龍水龍汝勿苦，及物無功得如汝。

次韻陳鷺民惜春

金尊瀉酒胡琴語，白日長看花在樹。東風一夜來戲人，老紅飛盡江南雨。勸君莫苦愛流芳，紅顔百歲終黄土。山人眼底不見春，古檜陰陰翠虬舞。

出無車

出門便有路，路與天長盡何處？今日出門去不去，去時喫苦不得住。繭生脚背汗雨流，草鞋穿破脚不羞。大砂小刺踏入肉，疼痛連心眉總蹙。前村落日起孤煙，客子苦飢還問宿。歸來資用無一存，大悔三月不出門。白面年少命運好，連鑣結駟隘衢道，肯信無車一生老。

僧兵守城行

驅僧爲兵守城郭，不知此謀誰所作？但言官以爲盜防，盜在深山嘯叢薄。朝朝上城候點兵，羣操長干立槍槊。相看摩頭一驚笑，竹作兜鍪殊不惡。平生獨抱我家法，不殺爲律以自縛。那知今日墮卒伍，使守使攻受官約。謂僧非僧兵非兵，未聞官以兵爲謔。一臨倉卒將何如？盜不來時猶綽綽。敵人日夜徂我城，示以假兵無乃弱。我官自有兵與民，願放諸僧卧雲壑。

五日弔古

楚國大夫去，彭咸從所居。祇今浮水馬，何處問江魚？異俗悲遺事，離騷讀舊書。一觴川上酒，斜日雨疏疏。

世故

世故占星變，吾生共月孤。此時無夢寐，長恐涉艱虞。山色宜茅屋，松花滿飯盂。素心將獨往，及早謝人徒。

次韻詹生懷陳衆中阮信道

舊遊陳與阮，不見獨成吟。無復此聯璧，爲誰重鼓琴？方朔文字老，南國酒杯深。今日風流遠，令人恨滿襟。

湖月箇閒中

秋近清波荷葉圓，葉陰疏處見青天。偶臨湖坐得佳樹，欲傍花行無小船。林院鶴歸山色外，水亭人去夕陽前。深知碧玉壺中樂，一笑臨風揖地仙。

桐下井

曉風吹銀牀，蕭蕭古桐樹。時有新汲人，瓶攜落花去。

江晚

長天鳥飛盡，兩岸蘆花發。何處一舟來？清江上秋月。

五峰山

一尋五峰老，孤塔在雲端。鐵策已古色，石房空晝寒。

無題

樹影半窗明月，蟲聲一夜清秋。我意浩然千古，人間總是閒愁。

聞杜宇

情知望帝是前生，春盡江南憶錦城。到處青山山有樹，如何偏起故鄉情。

戲成

城郭無心寄一瓢，此身便欲老山椒。山童忽報松花盡，又逐扁舟上早潮。

謝櫢

謝櫢歸來卧白雲，祇今心事與誰論。故人不似蒼苔好，歲晚青青一到門。

夜起

野人獨卧山中屋，夜半雨聲清夢熟。起來竹下一開門，秋入千峰月如玉。

次韻王季鴻遊九日山 并序。

季鴻王君攜友遊九日山，過姜相墓，感秦隱君能爲卜葬事，不暴於世。弔以詩，余未識其人，愛其詩，亦次其韻。

有客車馬同，新秋在雲巘。幽尋意方愜，周覽涕欲泫。碧草滿地生，白石抱空轉。下有丞相墳，奈此牛羊踐。隱君昔深遯，芳木足幽搴。維時諒多艱，此地憩重趼。日長聃書盡，歲暮越山遠。初月聞嘯歌，歸雲同息偃。鶴足喜松高，魚心畏池淺。有懷莫與同，尚古一何緬。姜公寔英材，悟主片言善。位及台鼎崇，職與諫垣選。骨鯁方左遷，時運蓋多舛。澹泊兩相求，綢繆永云展。吁嗟日南英，梁棟先摧剪。微爾收白骨，當時委蒼蘚。逸事傳海陬，史氏闕光顯。千載有若人，游影始相勉。往古凜高蹤，來今戒駕蹇。友道日以媮，殷勤何由遣。

臺上晚涼未去

高臺日將暮，風涼未歸客。長歌林木秋，微靄山光寂。素友適心期，幽賞忘物役。殷勤松間月，照我歸途白。

獨坐

秋風一來林院深，開户自彈焦尾琴。叢木寒涼獨鶴白，亂雲高下羣山陰。老天有月照閒坐，清夜無人同苦吟。古來窮餓得不朽，我生與世空浮湛。

王丞石泉

白石叢叢屋上山，泉聲一道碧雲間。十分如練月同色，萬古不痕天照顔。静夜竹齋知雨意，清秋茶鼎共僧閒。甘寒可濯功名念，公子青袍鬢未斑。

雲樹

樹爲陳洪進故築。

老屋危臺雨氣昏，石苔不見舊鑱痕。當年霸業旌麾盡，故國秋聲樹木存。度海雁行驚斷角，近城螢火没荒垣。無人去買長瓶酒，一酹陳王千載魂。

送錢將軍北上

魯國將軍蓋世雄，十年歸卧海門東。舊游臺閣諸公在，當日京師萬馬同。行李忽來人意外，舳棱重入眼明中。聖心政爾思頗牧，待賜臨軒節鉞崇。

龜峰絶頂

危石青入雲，上有千歲木。我來卧其間，天風響巖谷。

憶梅山隱者

夢入青山去，獨尋雲侶遊。依稀攜手處，月出石門秋。

石湖禪師宗衍

宗衍，字道原，中吳人。善書法，遍讀内外書，而獨長於詩。至正初，住石湖楞伽寺佳山水處，一時名士多與游，爲危翰林太樸先輩覺隱誠公所推許。嘗以僧省堂選主嘉禾德藏寺，才辯聲望，傾於一時。年四十三而殁，孫西白金嗣其法。道原爲詩，博采漢魏以降，而以少陵爲宗。取喻託興，得風人之旨，所著曰《碧山堂集》。初太樸與道原相知而未嘗相見，及洪武革命，太樸歸江南，而道原之殁久矣。特爲之序其首云。

石湖閒居

過懶愧前垢，晨起亦已勤。開門掃積葉，苔色一何新。不知何夕雨，餘溼未生塵。初日照修竹，青山可憐人。俯仰衡門下，誰知此意真。

遣興

龍化不改鱗，士達不改身。借問當路子，如何棄賤貧。仲尼稱大聖，原壤乃狂人。光武有天下，嚴陵實隱淪。故舊不可忘，何況師友親。嗚呼千載下，此道如埃塵。

獨坐

客至固足喜，不至静亦佳。柴門終日掩，風過有時開。豈不念笑言，輕易交成乖。庭柯有好鳥，衆音何喈喈。晨征暮來止，乃與我心諧。

泊平望

計程息勞牽，日晚江路永。連檣如有待，聚泊就村井。沙明鷗羣回，月出人語静。心清獨不寐，況乃風露冷。因思往來客，終日困馳騁。得非衣食驅，無乃緣造請。吾人方外士，素志慕箕潁。胡爲淹水宿，混跡問黿黽。丈夫別有念，此意誰得領。人生未聞道，如何卧煙景。

東臯爲陳隱君作

晨光散蒼涼，灌木露未晞。衆鳥各相命，遲遲出林飛。豈不畏網羅，所苦渴與飢。人生有常策，胡爲不知歸。東臯春雨深，皉澤黍豆肥。理荒朝荷鉏，迫暮返荆扉。筋力固疲倦，庶幸無禍機。鹿臺多黄金，首陽悲采薇。且自食吾力，焉知彼是非。

雜詩次俞伯陽韻

無營百慮省，有作慮乃多。空林無客過，寂寞類山阿。果熟風自落，蛛絲當户羅。斷蓬非無根，落木亦有柯。所懷願不獲，抱恨將如何。白雲悵悠悠，回首聊詠歌。

静趣軒

躁静失本性，滯寂聖所訶。不有止觀幻，欲静動愈多。道人非避世，偶此住山阿。幽侶不到門，況聞車馬過。閒雲謝冗跡，止水無驚波。山光明户庭，定起聊婆娑。擾擾奔競者，聞風意如何？

感興

兩櫰當我門，昔種不盈把。十年各長大，我屋在其下。風吹枝峥嵘，壞我屋上瓦。伐櫰傷屋甚，小過且容捨。樵兒驅之去，不去反怒嗔。豈不有曲直，但念是比鄰。

遣興

清晨啓重門，童子浄灑掃。披衣視天宇，野曠日杲杲。憶昨懷故園，似遭青山惱。一捐彼此念，適意無不好。我性真坦率，逢人輒傾倒。非關渠我欺，擺落自不早。涼颸吹衣裳，溪色映青稻。飲水讀我書，逍遥以終老。

對菊有感

百草競春色，惟菊有秋芳。豈不涉寒暑，本性自有常。疾風吹高林，木落天雨霜。誰知籬落間，弱質懷剛腸。不怨歲月暝，所悲迫新陽。永歌歸去來，此意不能忘。

晚涼懷故山

疏林生晚涼，微日映書幌。南山澹相對，幽磬時一響。懷歸見素心，感舊發遐想。稍待秋橘香，風汀蕩雙槳。

浴罷

浴罷振輕袂，漱齒汲石井。木落歲已秋，山深夜逾静。細詠餘幽響，清心寄真境。松門涼月陰，拄杖一僧影。

啄木

啄木江南飛，蝨蟲生上林。江南亦有蠹，不聞剥啄聲。蝨種日以滋，木病日以深。啄木不啄蝨，孰慰鳳凰心。

墨蘭

楚雪春已晴，沅湘水初滿。去年故葉長，今年新葉短。波明碧沙浄，日照紫苔暖。不見澤中人，江南暝雲斷。

遣興二首

涼風一葉落，志士感其微。豈但振泉木，寒將裂我衣。治田去稂莠，所憂稼穡稀。君若不見察，善類將安歸。

紫蘭生幽林，聊與衆草伍。青蠅亦何物，天乃傅其羽。鴟梟紛翺翔，鳳凰不一覩。自古已云然，今人況非古。

楞伽寺得月臺

月出湖水湄，清輝映林屋。山明秋樹静，照見幽鳥宿。開門誰遣入，俯礀近可掬。道人猶未眠，經聲出深竹。

題韓幹畫馬圖

唐朝畫馬誰第一，韓幹妙出曹將軍。此圖無乃幹所作，世上有若真空羣。雙瞳精熒兩耳立，蘭筋束骨皮肉急。何年霹靂起龍池，五花一團雲氣溼。當年天子少馬騎，遠求烏孫詔寫之。卽今内廄多如此，縱有麒麟畫者誰？

中山堂爲許隱君作

俗子居山不見山，静者居廛山在眼。請看東郭許隱君，中山之堂最蕭散。堂前種竹堂後萱，春深筍長萱花繁。大兒稱觴壽花下，小兒讀書當竹根。城中無山亦可樂，城中有虎仍戴角。歸來不愁虎食人，閉門日醉中山春。

萱庭春意爲胡景仁作

春庭種萱春日長，春風吹衣春酒香。閉門讀書母在堂，百畝之稻五畝桑。萱能忘憂，無憂可忘。晨羹須調不須鯉，婦善奉姑姑自喜。阿孫來來花下戲，慎勿傷花失婆意。

野雞毛羽好

野雞毛羽好，不如家雞能報曉。新人美如花，不如舊人能績麻。績麻作衫郎得著，郎見花開又花落。錢牧齋云：此詩流俗訛傳爲陳少卿妻寄夫之作，今削而正之。按錢唐胡文焕《五倫詩選》作劉氏雲作。

題川船出峽圖

瞿塘險爲三峽門，兩岸束急洪濤奔。十丈江船萬斛力，一篙失勢原無根。前船纔過後船出，蜀商來往無虛日。君不見人間行路難，咫尺風波永相失。

題扁舟醉眠圖

江水蕭蕭江岸風，泊舟不歸何處翁。黿鼉出没浪如此，爾尚醉游春夢中。空山雲深白日静，松聲如濤屋如艇。歸來歸來毋久留，不歸恐君將覆舟。

舟中夜歸

夕風蕭蕭雲氣亂，篙子移舟頻觸岸。溪頭犬吠聲轉獰，沙際人歸暗相喚。兩三家村稍已近，十五里程纔過半。一星不出雨欲來，時復推篷仰天看。

秀州東郭舟中

自在眠沙鳥，參差入郭舟。山林吾計拙，天地此身浮。曉氣成雲住，晴波雜霧流。攬衣疑厚薄，十月暖如秋。

吴江晚泊

風壤三洲接，江湖一水分。虹消滄海雨，日落洞庭雲。客意終難盡，漁歌不厭一作「實飽」。聞。長思陸魯望，不出可忘君。

楞伽寺

疊嶂來山尾，平湖對寺門。登危逾近郭，望迥更連村。客醉迷花畔，樵歌坐樹根。不煩留煮茗，雨過井都渾。

送樂子儀侍兄之京

祖帳閶門外，送君江水濱。關山深積雪，鑾海尚飛塵。獻策思奇士，觀光得上賓。棣花行處好，楊柳別時新。解纜占風色，登程記月輪。預期當到日，猶可見殘春。苜蓿能肥馬，蒲萄解醉人。衣冠雲縹緲，宮殿翠嶙峋。地接煙霄近，天垂雨露頻。如蒙前席問，先願及吾民。

秋興

一別空山舊草亭，衣裳五見點秋螢。沙沈短艇餘菰米，苔卧長鑱老茯苓。弱水蓬萊那可到，瞿塘灩澦不須經。歸帆早晚吴波裏，嫋嫋涼風望洞庭。

題趙松雪墨蘭

湘江春日静輝輝，蘭雪初消翡翠飛。拂石似鳴蒼玉佩，御風還著六銖衣。夜寒燕姞空多學，歲晚王孫尚不歸。千載畫圖勞點綴，所思何處寄芳菲。

錢唐懷古

鐵馬悲鳴汴水黄，翠華南渡駐錢塘。至今父老稱行在，往昔君臣認故鄉。銀海雁飛虚夜月，銅盤仙去只秋霜。乾坤離合寧非數，詩罷長吟意渺茫。

題仙山樓觀圖

琅玕珠樹隔煙霄，仙子樓居積翠遥。羽化夢驚玄鶴返，丹成身與白雲飄。杖隨麋鹿山深淺，釣掣鯨魚海動摇。想像虚無圖畫裏，秦皇漢武若爲招。

子熙兩和詩寄再用韻以答

梁甫吟餘自荷鉏，南陽非復舊門閭。春愁亂逐楊花起，秋興頻將柿葉書。水落楚江尋瘞鶴，草荒吴苑問蒸魚。遠游憶母還歸省，安得雲萍有定居。

次韻瑛石室謝事雪竇歸吴江

草堂舊在吴江上，江水江花照眼明。久客歸來渾似夢，比鄰相見不知名。蓴香笠澤思張翰，瓜熟青門憶邵平。一夜西風吹白髮，挑燈因自賦秋聲。

次韻春日西湖懷古二首

當時翠輦此經過，天馬玲瓏撼玉珂。宴罷湖山芳草合，歸來風雨落花多。子規夜半啼宫樹，翁仲春深帶女蘿。自古興亡多有此，不須惆悵問如何。

錢唐父老眼看天，國破尤一作猶。能話昔年。江草忽嘶關北馬，風帆不返海南船。空林落木無人掃，廢苑餘花只自妍。此日西湖回白首，功名若箇在淩煙。

送友人游温台

天台雁宕好林丘，水竹風杉寺寺幽。路轉山腰斜避石，渠通泉眼細分流。經過遂欲留佳處，險絕何須到上頭。八月錢唐望歸櫂，江潮如雪倚江樓。

寄李太無

不見能詩李謫仙，東湖吟望兩經年。丹光迥出青雲上，紫氣長臨碧海邊。擬對棲衣論澗竹，更留茅屋賦江蓮。疏鐘細磬匡山裏，頭白歸來也自賢。

挽王非隱

王衍風流絕世無，璚林玉樹映珊瑚。夢回忽棄沈香楹，歌罷空餘玉唾壺。杳杳緱山飛獨鶴，漪漪白水没雙鳧。輞川池館煙花裏，他日相思展畫圖。

題小畫

秋高山氣佳，木落江水静。意固不在魚，魚驚釣絲影。

題懸厓蘭圖

居高貴能下，值險在自持。此石或可轉，此報終不移。

吴江晚泊

無數舟航共晚晴，大星先見月初生。背人白鳥雙飛去，隔水幽花一樹明。

漁村夜歸二首

絲絲暖雨歇春潮，雲壓江流落澗橋。欲訪桃花無路入，好風時度玉人簫。

月落蘋汀宿霧凝，小橋霜冷挂漁罾。歸來已是三更後，水際人家尚有燈。

薛氏蘭英　蕙英

蘭英、蕙英，吴郡人。皆聰明秀麗，能賦詩，建一樓以處，曰「蘭蕙聯芳」。二女日夕吟詠不輟，有詩數百首，顔曰《聯芳集》。時楊鐵崖製《西湖竹枝曲》，和者百餘家，見之笑曰：「西湖有《竹枝曲》，東吴獨無《竹枝曲》乎？」乃效其體作《蘇臺竹枝》十章。鐵崖見其稿，手題二詩於後云：「錦江只見薛濤牋，吴郡今傳蘭蕙篇。文采風流知有日，連珠合璧照華筵。」「難弟難兄並有名，英英端不讓瓊瓊。好將筆底春風句，譜作瑶箏絃上聲」。自是名播遠邇，咸以爲班姬、蔡女復出，易安、淑真而下，不足論也。

蘇臺竹枝詞十首

姑蘇臺上月團團，姑蘇臺下水潺潺。月落西邊有時出，水流東去幾時還。

館娃宫中麋鹿遊，西施去泛五湖舟。香魂玉骨歸何處？不及真孃葬虎丘。

虎丘山上塔層層，静夜分明見佛燈。約伴燒香寺中去，自將釵釧施山僧。

門泊東吴萬里船，烏啼月落水如煙。寒山寺裏鐘聲早，漁〔火〕（水）江風惱客眠。

洞庭餘柑三寸黄，笠澤銀魚一尺長。東南佳味人知少，玉食無由進上方。

荻芽抽筍楝花開，不見河豚石首來。早起腥風滿城市，郎從海口販鮮回。
楊柳青青楊柳黃，青黃變色過年光。妾似柳絲易憔悴，郎如柳絮太顛狂。
翡翠雙飛不待呼，鴛鴦並宿幾曾孤。生憎寶帶橋頭水，半入吴江半太湖。
一緺鳳髻緑如雲，八字牙梳白似銀。斜倚朱門翹首立，往來多少斷腸人。
百尺高樓倚碧天，闌干曲曲畫屏連。儂家自有《蘇臺曲》，不去西湖唱《采蓮》。